Seremos recuerdos

Elísabet Benavent es la aclamada autora de la Saga Valeria (*En los zapatos de Valeria, Valeria en el espejo, Valeria en blanco y negro* y *Valeria al desnudo*), la bilogía Silvia (*Persiguiendo a Silvia* y *Encontrando a Silvia*), la trilogía Mi elección (*Alguien que no soy, Alguien como tú* y *Alguien como yo*), la bilogía Martina (*Martina con vistas al mar* y *Martina en tierra firme*), la bilogía La magia de ser… (*La magia de ser Sofía* y *La magia de ser nosotros*), la bilogía Canciones (*Fuimos canciones* y *Seremos recuerdos*); de las novelas *Mi isla, Toda la verdad de mis mentiras* y *Un cuento perfecto*; y de los cuadernos *El diario de Lola* y *Este cuaderno es para mí*. Su obra se ha convertido en un éxito total de crítica y ventas con más de 3.000.000 de ejemplares vendidos. Sus novelas se publican en 14 países y los derechos audiovisuales de la Saga Valeria se han vendido para su adaptación televisiva, disponible en Netflix.

Para más información, visita la página web de la autora: www.betacoqueta.com

También puedes seguir a Elísabet Benavent en Facebook, Twitter e Instagram:
[f] BetaCoqueta
[t] @betacoqueta
[i] @betacoqueta

Biblioteca
ELÍSABET BENAVENT

Seremos recuerdos

DEBOLS!LLO

Papel certificado por el Forest Stewardship Council®

MIXTO
Papel procedente de
fuentes responsables
FSC® C117695
FSC
www.fsc.org

Penguin
Random House
Grupo Editorial

Primera edición en Debolsillo: enero de 2019
Octava reimpresión: septiembre de 2021

Printed in Spain – Impreso en España

ISBN: 978-84-663-4650-4
Depósito legal: B-25.886-2018

Impreso en Novoprint
Sant Andreu de la Barca (Barcelona)

P 3 4 6 5 0 B

Si alguna vez hablamos, brindamos o nos sonreímos…
Este libro es para ti.

1

La nueva vida de Macarena Bartual

Empujé la pesada puerta del restaurante y un par de chicos que bebían junto a la entrada la sujetaron con amabilidad.

—Gracias.

—Las que tú tienes, morena.

—No te creas, es relleno. —Le sonreí con cierto sonrojo al que estaba más cerca y había escuchado mi contestación, y seguí andando hasta la mesa sin mirar atrás.

Jimena me miraba como si estuviera viendo cómo me abducían; Adriana arqueaba las cejas. Por un momento me sentí incómoda dentro de mi ropa, pero tras un par de pasos me erguí, reafirmándome. A la nueva Macarena no debía importarle arrastrar un par de miradas.

—¿Quién eres tú y qué has hecho con mi amiga? —escuché preguntar a Jimena mientras me sentaba.

—¿Por?

—¿¡Por!? —exclamó volviendo en sí—. Pero ¡si pareces la jodida Kendall Jenner!

Me eché un vistazo. Pantalones de cuero sintético, sandalias de tacón, camiseta básica negra de tirantes a través de la que se intuía un sujetador de encaje del mismo color. Me encogí de hombros.

—Renovarse o morir.

—¿Dónde está la Macarena que pensaba que era mejor ser invisible que…?

Me atusé el pelo, recién cortado por los hombros en un *long bob*, y puse los ojos en blanco.

—Tengo que ser discreta en el trabajo y lo voy a ser, pero… me he cansado de que no me vean ni en mi propia vida. A partir de ahora, fuera los «qué pensarán si…».

—¿Por eso vas vestida de perra? —preguntó Jimena.

—¿De perra? Jime, por Dios. Llevas la blusa abrochada hasta el cuello y la que está siendo una perra eres tú juzgando. Nosotras no hablamos así. Estoy cómoda. Ya no tengo de qué esconderme. Aunque os daré un consejo: el cuero sintético no transpira lo suficiente como para ponérselo a estas alturas del año. —Apoyé los codos en la mesa y les sonreí—. Qué bienvenida más rara. Cualquiera diría que hace días que no nos vemos.

—Estás guapísima —dijo a modo de disculpa Adriana, acercándose y dándome un beso en la mejilla—. Sea lo que sea que haya pasado desde el viernes…, te ha sentado bien.

—Ponnos al día —pidió Jimena acercándose para darme otro beso en la mejilla.

—No, no. ¡Vosotras primero! El misterio de Samuel, por favor. Me tiene en un sinvivir. ¿Qué pasó?

—¿Y lo de Leo? No, no. Habla tú primero.

Eché un vistazo hacia Adri.

—¿A ti te lo contó?

—¿Lo de Samuel? —me preguntó—. Qué va. Parecía que sí, pero en mitad de la historia se echó atrás.

—No podía contárselo solo a una —se justificó—. No podía arriesgarme a que ella te lo contara por teléfono y me perdiera tu reacción genuina.

—¡¡Por Dios!! Pero ¿qué hizo? ¿Fue modelo erótico? ¿Ex prisionero de guerra con síndrome de estrés postraumático? ¿Le gusta follarse a los cojines del sofá?

—Ahora os lo cuento, por favor… Dadme un rato. Empieza tú, anda. Por cierto, hemos pedido tres cervezas.

Eché un vistazo a la carta y me metí en la boca una de las aceitunas que habían puesto como aperitivo. Las cervezas llegaron, me saqué el hueso de la boca y después di un buen trago, dejando una huella de carmín en el borde del vaso. Las dos me miraban sosteniendo sus cervezas, sin beber.

—¿Qué?

—¡¡¿Empiezas ya o te mato?!!

Hice una mueca.

—Pues… a ver… En realidad hay poco que contar. Leo me pidió perdón. Y le perdoné. Fin de la historia.

—Ya, sí —musitó Jimena, alcanzando las aceitunas y evitando mirarme.

Sí, Jimena, le perdoné. Estaba ya harta de cargar con ese peso.

—¿Y cómo sabes que le has perdonado?

—Porque el sábado me probé mi vestido de novia y no me morí. Ah, y el domingo lo colgué en Wallapop a ver si me saco un dinerillo con él. Escribiendo el anuncio no sabía si morirme de pena o de risa: «Se vende vestido de novia sin estrenar. Talla pitufo». —A las dos se les escapó una risa, pero Jimena me lanzó otra mirada de desconfianza—. No sabes lo que puede cambiar la vida desembarazarse de un lastre emocional, Jimena. Prueba a hacerlo —insistí.

—Yo no tengo lastres emocionales.

—¿No? Porque lo del amante muerto…

—Y dale con el amante muerto. Santi no tiene nada que ver con ninguno de mis problemas actuales.

—A ver… —Crucé los brazos sobre la mesa y esperé a que lo contara, pero como respuesta solo me lanzó un hueso de aceituna.

—¿Puedes terminar de contar tu historia? Después no quiero ni media interrupción.

—¿Pedimos mientras tanto? —supliqué con las manos juntitas—. Me muero de hambre.

Jimena se giró, agarró al camarero por el mandil y tiró de él.

—Solete, perdona las formas, pero estamos teniendo la conversación más abrupta habida en este grupo. ¿Crees que podrías tomarnos nota antes de que decida apuñalar a mis amigas? ¿Sí? Apunta: croquetas, una tablita de quesos y… pollo… Seguro que tenéis pollo rebozado de alguna manera, ¿a que sí? Pues ale. Marchando eso. Y no te molestamos hasta los postres.

Adriana, literalmente, se colocó el bolso por encima de la cabeza para esconderse.

—Si fuera camarera y me tocase atenderte, escupiría en tu plato sin lugar a dudas —le recriminé—. Pero ¿qué formas son esas?

—¿Puedes terminar tu historia?

—Si tantas prisas tenías por compartir la tuya, ¿por qué cojones me obligas a mí a hablar primero?

—Sigue, por favor. Se le está hinchando la vena de la frente y me da miedo —me pidió Adriana.

—Lo perdoné y…, y ya está. Y fue todo como se supone que deben ser estas cosas…, de película. Nos cabreamos, nos vinimos arriba y él se vino abajo, y nos dimos cuenta de que no quedaba nada de lo que fuimos. Me marché a Valencia a recordarme por qué debía darlo por zanjado, por qué tiene que ser el punto y final, y funcionó. Incluso hablé con mi hermano. Me sentía mal porque… —me aparté el pelo de la frente y evité sus miradas— era como si me hubiera interpuesto entre dos mejores amigos y les hubiera obligado a elegir entre su amistad o yo. Lo último que sabe Leo de mi hermano es la hostia que se llevó puesta a Londres. —Levanté los ojos y sonreí—. Y ahora que Antonio se casa…

Esperé la reacción de Jimena. Si no se ponía a gritar, dar palmas o rompía platos como en una boda griega, significaba que definitivamente no me estaba escuchando. Pero no. Vi sus cejas finas elevarse y su mentón bajar casi hasta el pecho.

—¿Que Antonio qué?

—Que se casa.

—¿¡Qué dices!? —preguntó otra vez.

—Se nos ha hecho mayor. —Sonreí—. Se casa…, cágate lorito…, en la basílica de la Macarena.

Jimena se echó a reír, pero a reír de verdad, como lo hice yo después de atragantarme cuando me lo contó comiendo en nuestro restaurante preferido. Adriana arqueó las cejas.

—¿A qué viene tanta risa?

—Mi hermano es lo menos católico que te puedas imaginar —le expliqué—. En el instituto decía que quería ser satanista.

—El amor todo lo puede —se burló Jimena.

—Y tanto.

—Esa Ana me cae bien. Un día le meterá un dedo en el culo y le dará vueltas.

—Era lo que necesitaba, una tía con un buen par de ovarios. Está supercentrado —asumí—. Se le ve muy feliz.

—Como no me invite a la boda le monto un circo —anunció Jimena.

—Por eso no creo que tengas que preocuparte. —Sonreí para después desviar la mirada, evitando la suya—. Quiero que invite también a Leo.

La risa cesó de golpe y las dos me miraron; Adriana lo hizo con cara de circunstancias y Jimena con incredulidad total.

—Superado de la hostia, ¿eh, Macarena? Tan superado que ya estás forzando el reencuentro.

Puse los ojos en blanco.

—El reencuentro será en Madrid el día menos pensado. No voy a echarlo de la ciudad ni voy a mandar que lo cacen y lo disequen. ¿Fingir que no existe es superarlo? Yo diría que todo lo contrario. Lo que quiero es devolverle a mi hermano su mejor amigo.

Adri me cogió la mano y puso carita de emoción.

—Eso es precioso, Maca.

—Es lo justo. Por cierto…, ¿habéis visto qué pechugas me hace este sujetador con relleno?

Saqué pecho, orgullosa de la leve curva que lucía en el canalillo y de haber podido exponer el tema de Leo con tanta sencillez y sin sufrir una úlcera.

—Déjate de rellenos. —Jimena me echó un vistazo—. Ostras, es verdad. ¡¡Deja de liarme!! —me increpó—. ¿Y Pipa? Dijiste que creías que te habías despedido del trabajo pero…

—Y me despedí. —Sonreí—. Mira que soy nula con las estrategias, pero esto… me salió redondo.

El lunes pasé de ir a trabajar, a pesar de que el día anterior había cogido el tren de vuelta a Madrid a toda prisa, acobardada. Tenía intención de empezar la semana sentadita en mi puesto de trabajo como una buena chica. Pero cuando me sonó el despertador, una fuerza chulesca sin parangón me hizo apagarlo, darme la vuelta y seguir durmiendo… ¡hasta las once! No había sido una chiquillada ni una chulería que se me había ido de las manos. No tenía por qué pedir perdón…, es más, era yo la que tenía que recibir una disculpa por parte de Pipa, de modo que a la mierda la antigua Macarena, la que siempre era responsable aunque se extralimitara en sus funciones hasta fundir el respeto que se debía a sí misma. Ahora era otra y en el mundo hay que predicar con el ejemplo.

Pipa llamó a las tres de la tarde completamente fuera de sí, mientras yo me comía un túper de arroz al horno que me había preparado mi madre (uno de los diez mil, concretamente). Estaba indignada, me dijo nada más descolgar.

—Pues para estar indignada, a buenas horas llamas… —respondí con un ojo puesto en el *reality* de las Kardashian que estaban echando en la tele.

—¡Pues a las que he podido pasarme por el despacho! ¡Y sorpresa! ¡Aquí no hay nadie ni lo ha habido en toda la mañana! ¿Se puede saber dónde estás y qué haces?

—Estoy en casa, comiendo arroz al horno con embutido. La morcilla de arroz está que te cagas.

—¡Qué asco, por Dios, Macarena! ¡Te dije que estuvieras aquí el lunes a primera hora de la mañana!

—Y yo que no iba a volver. —Ni siquiera estaba segura de habérselo dicho, pero supongo que quedó bastante claro cuando la mandé a tomar por el culo y le indiqué diligentemente que su novio gay podía enseñarle la técnica.

—Pero, vamos a ver…

—¿Qué necesitas? ¿Que te avise con quince días de antelación? ¿En serio? —Me miré la mano que no sujetaba el teléfono…, me temblaba. Me senté sobre ella. A tomar por culo.

—¿Todo esto por qué, Macarena? ¿Por qué? ¿Sabes a qué suenas? A niña desagradecida que ha descubierto que los Reyes Magos no existen.

—Todo esto, Pipa, por tres años de humillaciones continuas, por cargarme con más trabajo del que es capaz de sacar un humano sin doparse, por hacerme daño deliberadamente con un tema que sabías que me destrozaba y porque tienes un máster en tomarme el pelo. Te lo dije en Milán, Pipa, eso se tenía que acabar. ¿Y qué hiciste tú? Regalarme un bolso que te daba asco por si lo había tocado alguien antes que tú, creerte que soy tonta y seguir haciendo lo que te sale del mismísimo mejillón.

Se quedó callada. Creí que iba a gritarme que era una ordinaria, pero no lo hizo. Arrugué el ceño, extrañada, pero me mantuve en silencio y alerta.

—Esto no se hace, Maca. Creía que teníamos confianza como para hablar las cosas —argumentó a la desesperada.

—Por eso las hablé contigo, pero cuál fue mi sorpresa cuando tuve que asumir que la situación no iba a cambiar. Tú no vas a cambiar. Y yo no tengo ganas de seguir siendo infeliz. Quiero hacer de mi vida algo de lo que sentirme orgullosa y tú eres un impedimento.

Pipa ahogó una exclamación. Me pregunté si alguna vez en la vida alguien le había hablado tan claro. No es que se me diera fenomenal, la verdad. Solo yo sé cómo me temblaba el cuerpo mientras hablaba y el regusto amargo de la bilis en mi garganta. Pero hay cosas que, sencillamente, hay que hacer.

—Maca, venga… seamos razonables.

—Te deseo lo mejor, Pipa, de corazón. No te guardo rencor. Un abrazo.

—¿¿¡¡Le dijiste todo eso!!?? ¡No me lo puedo creer! —aplaudió Adriana muerta de la risa.

—Si te soy sincera…, ¡yo tampoco me lo creo! Pero me salió solo. Creo que por fin he aprendido a hacerme valer.

—¿Y qué te dijo? —Jimena se metió dos aceitunas en la boca.

—Me llamó el martes por la tarde. —Comedí una carcajada—. Tardó un día…, ¡veinticuatro horas!, en darse cuenta de que no sabe hacer nada sola. Creo que solo le cogí el teléfono por el placer de escuchárselo decir.

—¿Y lo dijo?

—Me pidió…, ¡suplicó!, que impusiera mis condiciones para volver.

—¿Y?

—Me negué. —Le di un traguito a la cerveza—. ¿Hemos pedido agua? Esto no me quita la sed.

—Ahora, cuando sirvan la cena. Tú sigue…

—Me negué. Le dije que aquello era como el cuento de Pedro y el lobo, que no la creía y que no pensaba volver. Insistió hasta la exasperación argumentando que todos tenemos un precio.

—¿Has vuelto?

—Sí —asentí—. Sorprendentemente, he descubierto que también tengo mi precio. Me sube el sueldo quinientos euros al mes, contrata una ayudante, me da la opción de trabajar desde casa hasta dos días a la semana si quiero…

—¡Joder!

— Aún no he terminado. —Levanté el dedito—. Más paga extra en verano y tres días más de vacaciones.

—Te debe días del año pasado…, ¿tú te lo crees?

—¿Te refieres a los días que me voy a coger junto a mis vacaciones de agosto? —Sonreí—. Me lo ha dado por escrito. Hemos firmado un contrato.

Me di a mí misma dos besos en la mejilla y sonreí como una bendita.

—¡Bien hecho! —Adri chocó la mano conmigo y las dos bailoteamos en nuestra silla.

—¡¡Por fin voy a trabajar en condiciones dignas!!

—No te fíes demasiado. Las rubias tienen siempre un as en la manga —añadió Jimena.

—¿Qué tendrá eso que ver con el color de pelo?

—Tú hazme caso.

—Mal iría si te hiciera caso. —Suspiré—. ¿Sabéis qué? Que con todo esto he descubierto que quiero que mi trabajo sea motivo de orgullo para mí. Voy a probar con esto, pero por primera vez no esquivo la idea de ir buscándome la vida por otro lado. Quiero recuperar la pasión.

—Suena bien —sentenció Jimena con sinceridad.

—Sí, suena bien, pero no te escaquees y escupe… ¿Qué es lo que pasa con Samuel?

Jimena nos miró con sus enormes ojos claros y se mordió el labio.

—No sé ni cómo empezar.

—No será tan grave.

—El problema es que desde el viernes por la noche me debato entre si lo es o no. Un rato pienso que es una chorrada y quiero llamarle... y al siguiente me convenzo de que es una locura total.

—¿Ha matado a alguien?

Acercó una uña a sus dientes y la mordisqueó. La llegada de una tabla de quesos con nueces, biscotes, arándanos y un par de mermeladas la ayudó a ganar un poco de tiempo. Pero, aun con los carrillos llenos de tostaditas con queso, tanto Adriana como yo la miramos inquisitivamente, esperando que desvelara la solución al misterio.

—Su anterior pareja..., esa con la que estuvo siete años. Enamoradísimo, por cierto. La persona que le enseñó a follar y a querer...

—Sí, sí, venga... —la apremió Adri mientras untaba mermelada en un trozo de pan y le ponía un dado de queso encima.

—Esa persona... era un tío.

Adri le dio un delicado mordisquito a su montadito y me miró. Yo fruncí el ceño.

—La expareja de Samuel es un tío —anuncié para aclararme.

—Un tío. Con su polla y todo —aclaró Jimena.

Tuve que taparme la boca para no escupir lo que estaba masticando.

—¿Ves? ¡¡Os estáis riendo!!

—¡Yo no! —se quejó Adriana— . Lo que estoy es flipando.

—Ya lo sé, tía. No dejo de pensar...: ¿daba o le daban?

—¡¡Jimena!! —la increpé a carcajadas—. A ver..., entiendo que estés sorprendida, que sea un tema delicado, pero... ¡¡es una tontería!!

—Ale, ya llegó la moderna. —Puso los ojos en blanco—.
Pues para ser una tontería bien que te ríes.

—¡Me he reído de lo de «con su polla y todo!» A ver, es
chocante, pero... ¿a ti qué más te da? Quiero decir, si te hace
sentir bien, si eres feliz, si en la cama te llena...

—Como para no llenarme. La tiene como un purasangre.

—Ya estamos con las comparaciones equinas... —se quejó Adri—. ¡Tía! ¡Tú eres una retrógrada! ¡No te tenía por alguien... así!

—¿Así? ¡¡Mi amante se montaba a un tío antes que a mí!!
—vociferó.

El grito recorrió el salón del restaurante e hizo que muchas personas volvieran la cabeza, pero las chicas de la mesa de
al lado mantuvieron los ojos clavados en nosotras con bastante poca educación y algún que otro comentario.

—¿¡Qué!? —les gritó Jimena.

—Tu chico es gay. Deja de darle vueltas.

—¿¡¡Y tú qué sabrás!!? —exclamé yo—. ¡Más atención a lo
que pasa en tu mesa!

—¡Pues dejad de gritar!

Adriana me dio un codazo para que no respondiese, pero
yo señalé la espalda de la desconocida antes de decir:

—Eso, Jimena, es ser una zorra: no llevar pantalones de cuero.

Gracias a Dios, no me escucharon. Lo último que necesi-
tábamos era salir del garito agarradas del pelo de unas extrañas
en plena riña de gatas.

—¿Desde cuándo eres una camorrista? —se quejó Adriana mirándome indignada.

—Es una etapa de la ruptura —asumí—. Como el corte
de pelo y el cuero.

—Como la crisis de Ross en *Friends* —aclaró Jimena—.
Ya se le pasará. Ha tardado tres años en asumir la ruptura, no te
digo más.

Le tiré el trozo de pan con el que iba a comer más queso y acerté en medio de su frente.

—¿¡¿Qué hago?!? —Hizo caso omiso a lo que le había arrojado y se llevó las manos a la cabeza—. ¿Y si esa zorra tiene razón? ¿Y si Samuel es gay y se está autoconvenciendo conmigo?

—Vamos a ver…, ¿tú sabes de verdad cómo va la cosa? A los gais les gustan las personas de su propio género. ¿Cómo iba él a darte los meneos que te da si no le gustases?

—¿Es bisexual? —Arqueó las cejas—. Mi padre siempre dice que no se cree a los bisexuales.

—Tu padre no se cree que Elvis esté muerto, Jimena —insistí.

Eché un vistazo a Adriana, que miraba fijamente a nuestra amiga sin añadir nada.

—Adri, dile algo.

—Es que estoy sin palabras. Pensaba que eras un poco más empática, Jime… —bufó—. ¿Se puede saber cómo reaccionaste delante de él?

—Pues ¿cómo reaccionarías tú si ahora Julián te dice que es pansexual? ¡Por Dios! ¡Pero si al principio pensé que me estaba diciendo que le gustaba meterla en los paquetes de pan de molde!

—Te lo estoy diciendo en serio, Jimena. No me haces gracia.

Tuve que mirar al suelo porque lo del pan de molde… a mí me había hecho un poco de gracia, la verdad.

—¿Y qué quieres que haga? —le recriminó Jimena.

—¿Practicar la empatía? Ese chico te cuenta algo tan personal y tú… ¿haces bromas sobre el pan?

—No hice ninguna broma. Se puso borde, yo me ofendí y me fui de su casa.

—Eso tiene pinta de ser una de tus verdades a medias —tercié.

—Lo es —admitió—. Pero mencionó a Santi y yo tenía la cabeza embotada. No supe reaccionar. Y ahora tampoco sé qué pensar.

—Haz el favor de quedar con él y habladlo —le pedí—. Puede que le hayas hecho daño.

—¿Cómo voy a llamarle? —Bajó la mirada a la mesa—. Si cuando me lo dijo fue en una especie de declaración de amor.

—Ay, Dios… —Adri se tapó la cara.

—No sé. —Jimena movió la cabeza—. Estoy hecha un lío. Samuel me gusta. Me gusta muchísimo.

—Entonces ¿cuál es el problema?

—Que no entiendo muy bien cómo es posible que pasara siete años metiéndose en la cama con un hombre y ahora tenga ganas de meter la cabeza entre mis piernas cada veinte minutos.

—¿La cama es el problema? —Arqueé las cejas.

—No. O sí. No lo sé. El problema es que no entiendo nada.

—Pues entonces, si tienes preguntas, lo mejor es que las hagas —soltó la pelirroja a la vez que dejaba caer los cubiertos sobre la loza de su plato.

Adriana se quedó muy seria después de decir aquello. Mucho. Cuando llegaron las croquetas y Jimena nos pidió por favor que hablásemos de cosas frívolas, Adri siguió meditabunda. Y… no sé por qué ni a cuento de qué, me acordé de mi viaje a Milán, de cuando creí que el avión se caía y de todo lo que se me cruzó por la cabeza sobre las personas a las que quería. Una de aquellas certezas era sobre ella, pero algo en mi mente la borró en cuanto se sintió a salvo. Eso o… me miré demasiado el ombligo con todo lo de Leo.

«Vas a morirte sin hacerle saber a Adriana que estás a su lado, aunque no quiera a su marido, aunque no acepte quién es».

Pasé un rato pensando en ello. Luego me dije a mí misma que no era nadie para meterme donde mi amiga no me había llamado. Después, que meditaría sobre ello con calma, en casa, sola, cuando dejase de notar que el chico mono de la barra miraba mucho hacia nuestra mesa. La nueva vida de Macarena implicaba despertar también a aquellas cosas.

2
Prejuicios

Por si alguien se lo pregunta, la noche con las chicas fue bien, pero... sin eróticas consecuencias para ninguna de las tres. El chico mono que miraba desde la barra se animó a hablarme cuando salíamos. Me preguntó dónde íbamos a estar y si me importaría que él y sus amigos pasaran por allí. Con una sonrisa y una caída de pestañas más bien torpe (lo de ligar no es mi fuerte) le dije que estaríamos en el Café de la Luz hasta que cerrase, tomando algo mientras decidíamos dónde terminar la noche, pero antes de que llegaran tuvimos que replegar velas: Jimena se cogió un mondongo de agárrate y no te menees, y Adriana y yo nos vimos en la obligación de dejarla en casa.

Cuando la tumbamos en su amado sofá, se echó a llorar.

—Todo se mueve y Samuel es gay.

—Todo se mueve porque te has bebido en dos horas el equivalente a dos piscinas olímpicas, y Samuel no es gay —le respondió Adri con mal humor.

—*Toy mu* malita —balbuceó—. Dejadme sola.

Le dejamos una palangana junto al sofá, la tapamos con una mantita y dejé sobre la mesa un vaso de agua y un ibuprofeno para el día siguiente.

—Esta tía es imbécil —farfulló Adri mientras salíamos del piso.

—Ey... —La agarré del codo en la oscuridad del rellano y la paré justo cuando iba a entrar en el ascensor—. ¿Estás bien?

—Sí. Es que... me enerva.

—Ya sabes cómo es. Es muy exagerada y...

—Y muy histriónica. Lo que le pasa es que es muy histriónica, Maca.

—Adri, ¿estás bien?

Se apartó el pelo de la frente y la luz de los fluorescentes del ascensor le dio un brillo mortecino a su piel, agravando sus ojeras.

—Sí. Es que últimamente duermo mal y estoy irascible.

—Si te pasa algo... sabes que puedes confiar en mí, ¿verdad?

—Verdad, Maca —respondió con un tono que dejaba claro que se le estaba terminando la paciencia—. Solo quiero llegar a casa y meterme en la cama.

Jimena ni siquiera se dio cuenta de la hostilidad de Adriana; me quedó claro cuando la llamé al día siguiente para asegurarme de que no había muerto ahogada en su propio vómito.

—Tía... —lloriqueó—. ¿Qué narices bebí yo ayer? Tengo una central nuclear a pleno rendimiento entre las cejas.

—Te lo bebiste todo.

—Jo, Maca..., qué vergüenza. Hace unos dieciséis años que no me ponía así.

—Alguno menos, según mis cálculos —bromeé.

—Lo siento, en serio. Luego llamo a Adri para pedirle perdón también. Soy una amiga beoda e insufrible.

—No te preocupes por eso. ¿Por qué no llamas mejor a Samuel y os vais a tomar algo?

—Buff —resopló—. Es complicado.

—No lo es tanto. Seguro que prefiere que lo acribilles a preguntas a tu silencio.

—¿Tú… lo ves normal? Quiero decir…, ya sé que «normal» es una palabra con poco significado. Pero ¿tú crees que es coherente? ¿Y si…?

—Jime, lo único que tengo claro sobre el ser humano es que no es coherente. No somos máquinas. Tenemos sentimientos y a veces son extraños, poco manejables o resultan ininteligibles para los demás. Date una oportunidad para entender.

No sé si quedó muy convencida, pero hice lo que creía que debía hacer. Si Jimena no llamaba a ese chico, iba a arrepentirse de todas todas.

El lunes, como por arte de magia, todas estábamos como siempre, dando los buenos días y contando chascarrillos matutinos en nuestro grupo de WhatsApp «Antes muerta que sin birra». Jimena no nos contó si había decidido llamar a Samuel; Adriana no mencionó su mal humor; yo no volví a hablar de trabajo ni de Leo porque, para mí, eran temas pasados y mi vida, un lienzo en blanco.

El reto de la página en blanco va mucho más allá de la página en sí. Es el reto de empezar a escribir algo cuyas palabras hemos pensado demasiado. A veces se atascan, claro que sí. Otras dan miedo.

He oído muchas veces a gente hablar sobre lo duro que es sentarse delante del ordenador con un documento níveo, virgen, y ver cómo el cursor parpadea sin ninguna palabra que lo acompañe. Y lo entiendo porque, a pesar de que mi experiencia con las letras se limita a los trabajos que tuve que entregar en la universidad y a los posts sobre moda que escribo para Pipa, la vida es algo así como el documento word y nuestras decisiones las palabras con las que lo llenamos.

La pregunta es... ¿la página en blanco es un problema o una oportunidad?

Para mí, quitarme el peso de la espalda de quince años de historia entre los dos fue... como descubrir que soy ligera. Quitarme de encima el error que fuimos durante tanto tiempo para tanta gente. Y es que tuve tanto pasado a cuestas que nublé mi futuro. Al final, una aprende a ser indulgente consigo misma cuando toca y entiende que no hay pecado en equivocarse..., solo el de no hacerlo nunca.

Donde no hay nada escrito puede escribirse cualquier cosa. No era la nada, el vacío, lo que me esperaba. Era el todo. Yo escogía. Donde me cerré tantas puertas, de pronto las encontraba todas abiertas.

Llegaron trescientos currículos a la oferta de trabajo como asistente para Pipa..., y eso que no dijimos en ningún momento que era para ella. En realidad era para mí, ¿no? Asistente de la asistente. Pero lo decoramos un poco más. Yo misma redacté la oferta con las necesidades que creía convenientes, Pipa le dio el visto bueno y la subimos a un solo portal. Las trecientas respuestas llegaron en el mismo día.

Hice una criba intensa. No eliminé juzgando la foto o el año de nacimiento. Quise hacerlo bien. Fui dejando fuera a las personas que no hablasen inglés con soltura, las que no supieran de Photoshop más que su nombre y, a petición de mi jefa, las que incluyesen su blog de moda en el currículo. Aun así, nos quedaron más de ciento cincuenta. Teníamos que ser más exigentes.

Fotografía, edición digital, que no dijeran de sí mismas que su peor defecto era ser demasiado perfeccionista o autoexigentes. Ciento veinte resultados. Me lo tomé muy en serio. Aquello era el primer paso en mi nuevo objetivo laboral: iba a acoger bajo mi «protección» a alguien a quien trataría genial y a quien le dejaría en «herencia» todo lo que había aprendido en los últimos tres años. Era el primer paso para convertir mi trabajo en un motivo de orgullo; a la nueva Macarena aquello le importaba.

Mandamos un mail a las supervivientes de la escabechina pidiéndoles un artículo de tema libre y un máximo de mil palabras, para asegurarnos de que sabían editar textos, no tenían faltas de ortografía y podrían hacerse cargo de los posts del blog cuando yo estuviera a otras cosas. Ochenta pasaron mi examen…, cincuenta el de Pipa, que era mucho más exigente que yo. A estas, se les pidió incorporación inmediata y se les indicaron las condiciones económicas y laborales: las treinta que no tenían problemas con ello fueron citadas a lo largo de dos días en nuestra oficina para una entrevista personal.

El primer día, a media mañana, recibí un certero flechazo laboral con una de las candidatas. Era educada, discreta, vestía sin estridencias pero elegante, tenía una sonrisa sincera y hablaba fenomenal. Además, tenía experiencia en producción en una promotora audiovisual, por lo que no se asustaría con nada de lo que Pipa pudiera pedirnos. Pero era una monada…, guapa de verdad, sin artificios, y creo que ese fue su pecado: ser potencialmente más guapa que la jefa.

—A esa no la quiero —me anunció nada más quedarnos solas.

—¿¡Por qué!? Pero ¡si es perfecta para el puesto!

—Es más de pueblo que una boina.

Era de una capital pequeña, como yo, lo que para Pipa debía de ser indigno.

El segundo día, una segunda candidata volvió a dejarme con la boca abierta: se llamaba Candela, hablaba tres idiomas, había hecho prácticas en una importante revista de moda y tenía muchas ganas de empezar a trabajar porque llevaba en paro casi un año. A Pipa tampoco le gustó:

—¿Esta también es de pueblo? —le pregunté con desdén.

—No. Esta es una marisabidilla.

Después de comer, fue Pipa la que se enamoró de una de las chicas entrevistadas. Carlota Fernández-Casas Santa María. Toma ya. Rubia, alta, delgadísima, cutis impecable, pero ostensiblemente menos guapa que Pipa (tenía la nariz un poco aguileña y torcida). Se presentó ataviada con un vestido de marca, unos zapatos de tacón de más marca todavía y un bolso que valía lo mismo que el edificio donde estaba mi piso.

Tenía un hablar engolado, como de persona que disfruta escuchándose a sí misma. La tez superbronceada para aquellas alturas del año. La manicura perfectamente hecha… Pipa y ella bromearon sobre lo ordinario que era llevarlas pintadas de ciertas maneras. Anunció que comía poco, que a veces con un batido detox le valía para todo el día. En resumidas cuentas…, mira que era difícil, pero encontramos una mini Pipa.

¿Lo peor? Que no pude negarme a su contratación porque no era justo: hablaba dos idiomas, francés e inglés, a la perfección (estudió en el Colegio Americano y su madre era de una bonita ciudad, no sé si os sonará, llamada París), dominaba el Photoshop, hecho que nos demostró ratón en mano, y escribía bien. Muy bien, de hecho.

Me puse pesada con Pipa, esa es la verdad. Le dije que no lo tenía claro, que debíamos hacer una última ronda, la final, entre Candela y Carlota: mi elección y la suya. Le dije que, quizá, podríamos elaborar un test con preguntas trampa que nos ayudaran a localizar posibles problemas futuros. Las cejas arqueadas de mi jefa me dejaron muy claro que pensaba que era una chorrada como un piano, así que me preparé para que impusiera su criterio. Sorpresa: cuando abrió la boca fue para decir lo contrario.

—Ay, Maca, por Dios. ¿Tanto rollo para una ayudante que va a ir a por batidos desnatados al Starbucks de Serrano? ¡Elige a la que quieras!

Gané la batalla…, pero no la guerra. ¿Y sabéis por qué no gané la guerra? Porque me pudieron mis prejuicios y fui tonta del culo. Ojalá hubiera contratado a la de los cuatro apellidos; me hubiera ahorrado muchas cosas. Pero no nos adelantemos.

3
La otra parte

Mis padres siempre defendieron la idea de que a la vida hay que ir a buscarla, que no encontrarás grandes cosas si esperas que sea ella la que te encuentre. Supongo que en muchos sentidos tienen razón, pero algún día debería sentarme a contarles que en ocasiones, cuando ya has perdido la fe en que ciertas cosas sucedan, son ellas las que te llaman. Fue la coincidencia la que me trajo de vuelta a Macarena; la serendipia se aseguró de que zanjáramos aquello que para tantos era una historia maldita y estaba a punto de saber que, cuando pides perdón y asumes la culpa, el karma te premia.

Estaba en mi despacho preparando el examen de una de mis asignaturas cuando empezó a sonar mi teléfono móvil. Solía ignorar las llamadas cuando estaba trabajando, pero esa la respondí, no sé por qué. Ni siquiera conocía el número desde el que me llamaban.

—¿Sí? —contesté sin despegar los ojos de mis notas.

—Hola, Leo. Aunque, según me han contado, quizá debería preguntar por el doctor Sáez.

Levanté la vista hacia la pared vacía de enfrente y me quedé sin saber qué decir. Me sonaba aquella voz grave y risueña a la vez, pero no reconocía a su propietario.

—Con Leo basta.

—No sabes quién soy.

—Perdona…, el caso es que me suena tu voz pero…

—Es normal, llevamos tres años sin hablar, y la última vez que nos vimos te di un guantazo que a lo mejor afectó a tu capacidad auditiva.

Apoyé la frente en el puño y cogí aire. Antonio.

—Joder... —resoplé—. No esperaba esta llamada.

—¿Y la sorpresa es agradable?

—Claro que lo es. Yo..., tío..., lo siento. Siento muchísimo lo que pasó.

—Ya, ya... —terció Antonio, conciliador—. No te llamo para que te disculpes.

—Pero tengo que hacerlo. He querido llamarte muchas veces en estos años, pero se me caía la cara de vergüenza.

—Plantaste a mi hermana casi en el altar; que se te caiga la cara de vergüenza es casi lo mínimo. —Sonó burlón al decirlo.

—No sabes cuánto lo siento. —Me revolví el pelo sin poder ni levantar la cabeza—, Yo..., ella..., bueno...

—No te preocupes. Me ha puesto al día.

—¿Sí? —Hice una mueca. Ahora es cuando venía el discurso de «eres un cabrón de mierda y no quiero que vuelvas a acercarte a nadie de mi familia».

—Sí. Estuvo aquí el fin de semana pasado. Me lo contó todo.

—¿Todo? —pregunté preocupado.

—Bueno, todo no. No dijo nada del polvo de despedida que estoy seguro de que echasteis. Pero lo que a mí me importa es que la vi bien. Por fin la vi bien.

No me di cuenta de estar conteniendo la respiración hasta que noté cómo salía de entre mis labios un montón de aire.

—Me alegra mucho escucharte decir eso.

—Sí, a mí también. Hacía años que no la veía tan... ella. Le irá bien.

—Eso espero. Es una mujer increíble.

Una sensación de presión se instaló en la boca de mi estómago. Era una mujer increíble que ya jamás sería nada en mi vida. Por gilipollas.

31

—Ya, sí. —Carraspeó incómodo—. Pero no te llamaba para hablar de ella. Maca me animó a hacerlo, es verdad, pero no es por ella. Es que…, bueno…

Qué malos somos los tíos por norma general para hablar de sentimientos, por Dios.

—¿Cómo te va? —atajé.

—Bien. Muy bien, de hecho.

—¿Sigues en la misma empresa?

—Sí. Y muy contento. Mi jefe me dio la oportunidad el año pasado de invertir algo de capital en el negocio y ser de algún modo socio. Tiene lógica… voy a ser de la familia.

Me quedé callado, intentando atar cabos.

—¿Quieres decir que…?

—Ana y yo…, salió bien. Nos casamos este año. Por eso te llamo. Uhm…, si pasas por Valencia un fin de semana de estos, estaría bien tomarnos un par de cervezas, ponernos al día y… ya de paso te doy la invitación. Nos gustaría que estuvieras con nosotros ese día.

Abrí la boca pero no sabía qué añadir.

—Han pasado tres años —conseguí decir—. Si no te sientes cómodo o no…, ya sabes, no tienes ninguna obligación, tío. Me porté mal y…

—Y te di un sopapo por ello. No me siento orgulloso, la verdad. Las cosas no se arreglan dando hostias como cuando éramos unos críos. Pero dejémoslo allí. Si mi hermana te ha perdonado, yo también puedo hacerlo, ¿no? Al fin y al cabo, ella es la implicada. Yo solo soy el hermano mayor. Y tú… mi amigo.

Y él mi mejor amigo, de hecho. Por más años que hubieran pasado, nunca conseguí pasar página. Antonio había estado a mi lado toda la vida. Habíamos crecido juntos, habíamos aprendido juntos, nos habíamos partido la cara por el otro en el patio del colegio y seguimos haciéndolo hasta que me porté como un gilipollas y salí por patas, tratando de huir de mis malas decisiones. Cuando me pasaba algo, seguía echando de menos poder contárselo. Sentarme delante de él en aquella cervecería alemana que tanto nos gustaba y escucharle hablar de chicas, de su curro, de la última película que había visto o de un grupo alucinante que tenía que escuchar... Si hubiera sabido mostrar mejor mis sentimientos, creo que hubiera llorado de alivio en aquel mismo instante.

—Gracias, tío —acerté a decir—. De verdad. Gracias.

—No me las des a mí. Ya sabes. Ehm…, dame un toque cuando andes por aquí. Y cuídate.

Tenía programado salir del despacho con el examen terminado y el papeleo al día, pero cuando colgué, lo recogí todo, apagué el ordenador y las luces y marché. Tenía algo más urgente que hacer que ponerme cabrón con las preguntas de una prueba final.

Cuando me abrió la puerta, su cara reflejaba confusión. Tuve la tentación de decirle que sí, que yo también lo había dado por zanjado y que lo de presentarme en su casa no iba a convertirse en una costumbre, pero no tuve que hacerlo. Sonrió con bonanza una vez repuesta de la sorpresa.

—Pasa. ¿Quieres tomar algo?

—No —negué—. No te molesto; es solo un minuto.

Macarena se apoyó en el marco de manera natural y apartó de su cara un mechón de pelo mucho más corto que la última vez que la vi.

—Tú dirás.

¿Cómo agradecérselo? ¿Cómo condensar en palabras el alivio de haber resuelto el único error que durante tanto tiempo pensé que no tendría solución? ¿Cómo explicarle lo que significaba para mí que Antonio me hubiera llamado, que hubiese propuesto que nos viéramos y que me invitara a su boda? La boda era lo de menos…, era un símbolo. Una bandera blanca. Una tabla rasa.

Hubiera necesitado horas para decir cosas que no sabía explicar. Tendría que haberle abierto mi corazón de par en par de una manera que ni siquiera sabría hacer. ¿Con un «gracias» valdría?

No lo pensé. Tiré de ella y la abracé. La abracé fuerte. El olor a limpio de su pelo me invadió las fosas nasales. Las curvas de su cuerpo fueron encajando en el mío conforme los músculos se relajaron. Mis brazos hacían presa alrededor de su cintura y su espalda, pero su mano pudo acariciarme la espalda en un gesto a caballo entre la ternura y la comprensión.

—Está bien…, está bien.

Me separé y me aparté el pelo de la frente.

—Gracias.

Ni siquiera le dije por qué. Ella lo sabía de sobra. Y sonrió. Lo que sentí al ver ese gesto no tenía absolutamente nada que ver con cualquier cosa que hubiera sentido al verla o en el pasado. No fueron mariposas en el estómago, no fue un cosquilleo sexual, ni siquiera fue aquella sensación de asfixia de cuando estaba horrorosamente colgado por ella. Fue distinto…, más pacífico. Macarena sonrió y yo, sin darme cuenta, lo hice con ella.

—Era lo justo —mencionó con sus labios rojos.

—Pero no tenías por qué hacerlo y lo has hecho. Gracias.

—Solo hice lo justo, de verdad.

—Yo… —Volví a revolverme el pelo, súbitamente incómodo con la situación—. Prometo que no vuelvo a presentarme aquí sin avisar.

—No te preocupes.

—Ha sido un impulso —me justifiqué—. Me he… me he alegrado mucho de que Antonio me llamara y…

—Lo sé. Yo también me alegro de que lo haya hecho.

—Ehm…, nada. No te molesto más.

—No es molestia —insistió, amable.

Me di la vuelta para bajar por las escaleras, pero Macarena encendió la luz del rellano y me llamó de nuevo.

—Dime… —respondí agarrado ya al pasamanos.

—No quisiera meterme donde nadie me llama pero mañana voy a ver a Raquel. Vamos a coincidir en un evento y quisiera saber si… la has llamado. Sé que me preguntará y no quiero meter la pata.

—Le mandé un mensaje y me respondió que me llamaría un día de estos. Estoy esperando. —Noté que aquellas palabras tenían un sabor agrio, pero no supe por qué.

—Déjame darte un consejo, aunque no me lo hayas pedido: si ella te gusta, llámala tú. El gesto valdrá para dejarle claras tus intenciones. La respuesta que te dé, te aclarará las suyas.

Nos despedimos con un «hasta pronto» sin saber si se cumpliría, pero, por primera vez en mucho tiempo, no me preocupaba. Sabía que nos veríamos. Sabía que volveríamos a cruzarnos el día menos pensado. Sabía que ella seguiría allí, pero… ya no me preocupaba. Solamente… lo sabía.

4

No tenía ni idea

En una escala medidora de sentimientos habituales, al ver a Leo lo que sentí era algo así como un expediente X. Inclasificable. Un OENI: Objeto Emocional No Identificado. No tuve náuseas, cosquilleos, bocanadas de furia ni llamaradas de pasión. No sentí nada que pudiera ser explicado con la letra de una canción de Rocío Jurado ni una pintura de Frida ni de Pollock ni de Kandinsky. De pronto, toda la vanguardia sentimental que viví con él (o sin él) simplemente pasó de moda y solo quedó el arte más naif: la sonrisa calmada donde no hay más donde rascar.

Apareció, titubeó, me abrazó, dio las gracias, aceptó un consejo y se fue. Y al darle un consejo sobre una vida sentimental en la que yo no jugaba ningún papel, no me subió la bilis a la garganta ni nada. O estaba a un pasito de la demencia o lo de Leo estaba superado. Quince años superados con un reencuentro sorpresa, un mes de putearse y una noche de sexo y llantos. Si me lo hubieran dicho a los dieciocho no hubiera dado crédito…, aunque creo que lo de la noche de sexo y llantos me habría valido como minidrama final y me hubiese quedado satisfecha. Quise hacerme una chapa en la que pusiera: «Mundo, ya puedes dejarme en paz: Leo y yo, *never more*». Así, me evitaría tener que dar explicaciones a mucha gente que sé que se sentiría reconfortada al saber que no volveríamos a intentarlo.

No llamé a Jimena para compartirlo con ella porque casi podía escucharla burlándose de mí, apuntando a que todo aquello no era más que una imperiosa necesidad de justificarme cuando, qué narices…, no tenía por qué (ni de qué) justificarme. Así que, cuando cerré la puerta y dejé de escuchar los pasos de Leo escaleras abajo, me fui a la cocina, herví dos calabacines y me hice una crema para cenar. A la hora de dormir, ya ni siquiera me acordaba de que lo que viví al verlo me había hecho sentir extraña y fuera de lugar en mi propia vida. Quizá era porque para entonces ya había comprendido que no estaba fuera de lugar en mi vida, sino en los recuerdos de algo que ambos habíamos dado por terminado.

—Quiero un ligue —le dije a Jimena al día siguiente, justo antes de entrar a trabajar.

—Y yo que me toque la lotería.

—Si no compras los décimos, ya me dirás cómo te va a tocar.

—Un café con leche más caliente que el infierno, por favor —la escuché pedirle al camarero del bar de debajo de su oficina—. Sí, ya sé que hace calor, pero es que así mi cuerpo regula la temperatura. ¿Que no? ¡¡Pruébalo y ya me cuentas!!

—¿Puedes atenderme? Quiero un ligue.

—Tú dices que si no compro lotería es imposible que me toque, ¿no? Pues aplícate el cuento.

—No, no…, en eso te equivocas. Voy a jugar. ¡¡Hombre, que si voy a jugar!! Estoy pensando en bajarme alguna aplicación de esas para follar.

Una señora del barrio de Salamanca se volvió indignada a mi paso y le sonreí como respuesta.

—Si te bajas una de esas aplicaciones no te va a tocar precisamente el gordo, Maca. Tú no estás hecha para esas cosas. Tú eres blandita y te gusta que te mimen y te abracen.

—Esa era la antigua Macarena. La nueva quiere vivir la vida loca. —Y fingí gruñir como una leona.

—¡Uy, qué vergüenza, por favor! Segunda adolescencia en camino.

—Segunda juventud, mejor dicho. Voy a pasármelo bien.

—Esa es una canción de Hombres G y está muy pasada de moda.

—Te lo digo en serio: quiero un ligue. Uno que no me caiga especialmente bien, con el que no quiera ni hablar.

—¿Y qué quieres de él?

—Pues que me empotre contra un armario…, tan fuerte, tan fuerte, que aparezca en Narnia cada mañana.

—En Narnia ya estás. No te bajes ninguna de esas aplicaciones. Salimos a ligar y ya está. Dentro de nada es tu cumpleaños —refunfuñó.

—¿Y me vas a regalar la visita de un señorito de compañía?

—Deberías organizar algo. Una cenita, una noche de marcha —continuó, ignorando mi propuesta—. Podríamos hasta pagar unas botellas en algún garito y gozarlas en un reservado.

—¿Desde cuándo nos gustan esas cosas?

—Desde que empezaron a llamarnos «señora» por la calle, cielo. No te prometo que nos vaya a gustar, pero, oye, tendremos que probar, que esta indefinición vital nos llevará a las inyecciones de bótox en menos de nada. Y eso sí que es peligroso.

—Lo del reservado en una discoteca no lo veo —respondí mientras buscaba las llaves de la oficina en el bolso.

—Pues nada. Tendremos que hacernos retoques estéticos hasta parecer un gato. Te dejo. Voy a subir en el ascensor y se corta la cobertura.

—Vale. Eh…, llama a Samuel, haz el favor.

—Sí, sí.

—Que no pase de hoy.

—Se… ort… a… a… amad…

—Jimena, no cuela. No se corta nada, eres tú poniendo voces. Llama a Samuel.

Jimena colgó. Después mandó un wasap diciendo que había sido la cobertura…

Al llegar al portal vi sentada en el escalón a una chica. Revisaba su móvil con cara de aburrimiento y abrazaba contra el pecho un bolso grande, de donde sobresalía una carpeta dorada. Era «mi ayudante».

—¡Hola, Candela! —saludé emocionada. Era el equivalente humano de mi prometedor futuro laboral: no iba a significar ascender, pero al menos no tendría ganas de morirme.

—¡Hola, Macarena!

—Puedes llamarme Maca si quieres. —Saqué las llaves por fin y abrí la puerta, dejándola pasar antes que yo—. ¿Qué tal? ¿Estás emocionada por tu primer día?

—Estoy nerviosa. —Se rio—. Espero estar a la altura.

—Esto es muy fácil, ya verás. Y cualquier duda, me la preguntas. Lo único con lo que hay que lidiar es con Pipa, que a veces puede ser muy especial.

Sonrió como respuesta y las dos nos metimos en el ascensor.

—Esta tarde hay un evento —le anuncié—. ¿Te apetecería venir?

—¿Un evento? —Se miró la ropa con preocupación. Llevaba un pantalón vaquero y una camisa blanca.

—Sí, pero no te preocupes. Yo iré así como voy. —Me señalé la camiseta y los jeans y le guiñé un ojo—. Es la «bienvenida al verano» de una marca de bebidas. Solo tenemos que ir a hacerle unas fotos a Pipa. La relaciones públicas nos mandará la nota de prensa del sarao para que podamos escribir el post mañana.

—¿Y necesitamos ir las dos?

—En realidad no. Pero así hoy te explico. Y las próximas veces podemos turnarnos.

—¿Te gustan esas fiestas? —Arqueó las cejas, como si mi respuesta fuera a aclarar si le gustarían a ella.

—En realidad no. No se disfruta nada. Es… trabajo. Aunque luego vas cogiendo confianza con gente del sector y ya no es tan frío. Siempre hay una cara conocida a la que saludar.

—Pero este mundo tiene que estar lleno de hipócritas, ¿no?

—Como todos. —Sonreí para infundirle tranquilidad—. También hay gente encantadora. No te dejes llevar por la impresión que te dé Pipa.

Y ese comentario, por más que me sorprendiera, no era una crítica hacia Pipa, era un aviso, un: «No la juzgues por la primera impresión». En mi fuero interno estaba segura de que no era tan imbécil como se empeñaba en parecer…, a pesar de ser una ingrata, una egoísta, una superficial, una estirada y una malcriada. Ale, menudo traje acababa de hacerle.

Entramos en la oficina y la conduje hacia la mesa que, el día anterior, habían instalado para ella. Me tapaba un poco la luz natural que bañaba el local, pero me dije que era mejor tenerla cerca para que pudiéramos hacer equipo.

—Esta es tu mesa. ¿Te gusta?

—Es genial. —Dejó sus bártulos sobre ella y miró alrededor—. Aún no me creo que vaya a trabajar para Pipa.

En realidad iba a trabajar directamente para mí, pero me dije que aquella aclaración sobraba y no me haría mejor «supervisora» o lo que fuera que iba a ser.

—Creía que no seguías mucho a Pipa. —Coloqué mi bolso en la cestita que tenía junto a mi mesa.

—Tampoco es que la siga, pero… todo el mundo la conoce. Además, estos días he estado navegando por la web para ponerme al día.

—Genial. A ver… Ahí detrás tenemos una nevera, una cafetera, el microondas y un hervidor de agua… A Pipa no le gustan demasiado los microondas. Dice que envejecen. En los armarios tienes café, té, galletitas y algo de vajilla. —Puse las manos en jarras—. ¿Qué más? Aquello es la montaña de regalos que la jefa recibe de marcas. Los abrimos juntas una vez cada dos semanas o así, según la disponibilidad de Pipa, y después escribimos desde su cuenta un mensaje de agradecimiento para todos; de algunos se hace reseña en redes, de otros no. Y una cosa buena de este trabajo… cuando está magnánima, reparte todo lo que no quiere.

—Entre las fiestas y los regalos, hay quien diría que este es el trabajo perfecto.

—Bueno…, yo no diría tanto, pero hay cosas que hacen de él un buen trabajo. A ratos.

Nos echamos a reír y le señalé nuestra pequeña cocina, invitándola a pasar para tomarnos el café de la mañana. Ella avanzó y encendió la cafetera.

—Deja que te lo prepare yo.

—¡No, mujer! No me cuesta nada hacerlo a mí.

—Déjate mimar un poco. He traído pastas… para celebrar mi primer día.

¿Alguien iba a hacerme el café? ¡Eso sí que era una novedad! Era un gesto amable que acepté porque sabía que no permitiría que se convirtiera en una costumbre. Candela me gustaba…, sí, señor. Me apoyé en la nevera y la observé abrir armarios en busca de tazas, azúcar, cucharillas… Parecía una persona resuelta, de esas que no se pegan a tus faldas y preguntan siempre antes de hacer cualquier cosa solas.

—¿Con leche?

—Fría, sí, gracias. Oye…, ¿puedo preguntarte cosas? Cosas personales. Para conocernos un poco más.

—Claro.

—¿Tienes novio? —Y me sorprendí empezando por aquella pregunta tan personal.

—Eh…, pues sí. Desde hace relativamente poco, pero sí.

—¿Y dónde lo conociste?

—En una fiesta en el piso de unos amigos. —Se volvió hacia mí con mi taza y se giró de nuevo para preparar el suyo—. ¿Y tú? ¿Tienes novio?

—No. Hace poco que rompí con alguien.

Me pregunté si me refería a Coque o a Leo, pero no me preocupó demasiado no saber la respuesta.

—¿Mal de amores? —consultó con delicadeza tras echarme una miradita.

—No. Estoy bien. Lo único es que… quiero cambiar un poco de vida. Tomármela menos en serio, en realidad. Quizá conocer a alguien con el que no me una nada más que la atracción, ya sabes.

—Suena bien. Cero implicación emocional, cero problemas.

—Eso mismo pienso yo.

—A por ello entonces, ¿no?

—¿Dónde se consiguen esos chicos? —le pregunté un poco sonrojada—. Me quedé, creo, en lo de salir a bailar y echar miraditas desde la barra.

—Ah, no. Ahora la gente sale de casa con el plan hecho ya. Bájate una aplicación para ligar.

—No sé si son para mí.

—Son para todas. —Me guiñó un ojo y agarró su taza para darle un trago—. En el descanso de la comida te abrimos el perfil. Será divertido.

No las tenía todas conmigo. En realidad creo que Jimena tenía razón, no en la parte en la que decía que yo era demasiado blanda para ligar de ese modo, sino en que a mí me gustaba más el cuerpo a cuerpo que la mediación de las nuevas tecnologías. Pero ¿quién sabía? Podía ser divertido.

—¿Pipa querrá café cuando llegue? —me consultó.

—Primera lección sobre Pipa: defiende que el café también envejece, como el microondas. Bebe té negro por las mañanas, té rojo en los descansos y té verde a partir de la hora de la comida. Aunque ahora, como hace calor, Pipa prefiere los zumos detox.

—Conozco un sitio cerca de aquí donde preparan unos buenísimos y que, además, tienen propiedades para la piel. Avísame diez minutos antes de la hora a la que creas que llegará y bajo a por uno. Así no pierde vitaminas.

Punto para Candela. Lo tenía todo programado. To-do.

5
Tampoco tenían ni idea

A lo largo de la mañana Jimena miró unas dieciocho veces (por minuto) su teléfono móvil apoyado sobre el bloc de notas, a los pies de la pantalla del ordenador. No quería llamar a Samuel, pero quería hacerlo. Echaba de menos su olor como a sándalo y romero, sus manos suaves de tanto aceite de masaje, ese gesto con el que se apartaba las greñas de la cara, y hasta los agujeros de sus camisetas. Quería hablar con él. Quería ponerse de puntillas y besarle, aunque los pelillos de su barba se le clavaran en el labio superior y le hicieran cosquillas. Quería escuchar su voz ronca cerca de la oreja, mientras uno de sus dedos apartaba un mechón de su pelo.

Pero tenía miedo, claro. Tenía miedo a muchas cosas. El miedo es una sustancia que se derrama por encima de las cosas y las disfraza de problemas que no son, por lo que hasta aquello a lo que antes no temía, empezaba a despertarle terror. Le asustaba que en realidad a Samuel le gustasen más los hombres que las mujeres, enamorarse de él y que no le correspondiera, que la gente que supiera de su pasado no entendiese qué hacía con ella, que la cama empezara a resultar un territorio complicado y abyecto para ellos, que no se entendieran, que el pasado pesara demasiado y... que Samuel la odiara. Por haber reaccionado como lo hizo, por su falta de empatía, por disfrazar el «no lo entiendo» de «estoy ofendida». Samuel tenía todo el derecho del mundo a pasar de ella y no hacer ni siquiera el esfuerzo de contestarle a la llamada. Si es que la hacía.

Guardó el móvil en el cajón en un arrebato. Lo sacó a la hora de comer y miró fijamente su pantalla apagada mientras se metía en la boca cucharadas de arroz con verduras que le sabían a corcho.

«Llama a Samuel, Jimena, haz el favor». Parecía que mi voz reverberaba en sus oídos aún, como si en lugar de en mi oficina estuviera agazapada detrás de ella, agarrada a su hombro como un loro, susurrándolo una y otra vez. Se planteó la posibilidad de que le hubiera lanzado algún tipo de hechizo, pero tuvo que desechar la idea cuando se dio cuenta de que yo ni siquiera creía en ellos.

Le pudo la presión al llegar a casa y darse cuenta de que pronto empezaría la Feria del Libro, tendría menos tiempo libre y una excusa más sólida tras la que parapetarse para no llamar a Samuel y pedir disculpas. Esa era la razón principal por la que quería hacerlo…, además de porque lo echaba mucho de menos.

Es curioso cómo irrumpe la gente en nuestras vidas. Un día no existe para ti y apenas un mes más tarde, volteas la cabeza con los ojos cerrados cuando alguien lleva su perfume en el metro. De la nada al todo más etéreo.

Fue recordar la cara de decepción de Adriana lo que la hizo decidirse. La pelirroja casi nunca se enfadaba. Era su rol en el grupo. Sí, su rol. Todos desempeñamos uno en el nuestro aun sin saberlo. La destensora, la pacificadora, la peleona, la líder, la sensata, la alocada…, y a Adriana le había tocado ser aquella que siempre mediaba para que no hubiera malentendidos. Velaba por la paz del grupo porque era su manera de ser feliz… o eso es lo que siempre pensó Jimena. Así que verla enfadada con ella, decepcionada, recriminándole su falta de empatía con aquella rudeza, la había hecho pensar. No en si albergaba algún secreto que justificara el hecho de estar tan a la que saltaba, sino en sí misma y su falta de tacto y comprensión.

Se preparó un té frío con mucha ceremonia, mientras ganaba tiempo e intentaba calmarse, pero, cuando se dio cuenta de que el gusanillo que se movía dentro de su tripa no se esfumaría, cogió el móvil y pulsó el contacto de Samuel sin más.

Un tono. «Dios mío, ¡estoy llamándole!». Dos tonos. «¡¡Cuelga!! ¡¡No!! ¡¡Ya no hay marcha atrás!!». Tres tonos. «No lo va a coger». Cuatro tonos. «Pues si no lo coge, la pelota pasa a estar en su tejad…».

—Hola.

Jimena se quedó cortada al escuchar su voz. Aunque la había echado de menos. Aunque había reproducido en más de una ocasión, de noche, alguna de las notas de voz que le había mandado antes de su discusión.

—¿Hola? —repitió.

—Hola, Samuel. Soy yo…, Jimena.

—Ya lo sé. Sé leer. Tengo tu contacto en la agenda, por lo que aparece tu nombre si me llamas, ¿sabes?

Vale. Nadie le dijo que pedir perdón fuera una plaza fácil de torear.

—Sam…, yo…

—¿Qué?

—He pensado mucho en lo que hablamos la semana pasada. Y siento haber tardado tanto en llamarte, la verdad.

—No tienes por qué hacer esta llamada de cortesía si vas a pasar de mí.

Jimena se dejó caer en el sofá con un suspiro.

—Es que no quiero pasar de ti.

—¿Ah, no? Disimulas estupendamente.

—Sigo sin entender muy bien lo que me contaste.

—Ya…

—¿Puedo…? Eh…, ¿puedo…?

—Si puedes, ¿qué?

—Ir a verte.

—¿Venir a verme? —respondió extrañado.

—Sí. A tu casa. No quiero que te quedes con el recuerdo de Jimena siendo una idiota en el sofá.

—¿Y qué vas a hacer para borrarlo?

—Pues… hacer volteretas sobre él. Quizá mearme encima cuando me siente. Eso seguro que borra el recuerdo anterior.

—Dios… —Samuel resopló. Quizá era demasiado pronto para hacerse la graciosa.

—Estoy intentando destensar el ambiente, Sam —se disculpó.

—También puedes pedirme disculpas y preguntar sobre todo aquello que no entiendas, sin más.

—Ya…, es una opción más pulcra. —El silencio se extendió como bruma baja en el auricular y Jimena empezó a ponerse (más) nerviosa—. ¿Qué me dices? ¿Puedo ir a verte y hablar? —insistió.

Le tocó el turno de suspirar a él, pero el sonido fue mucho más ronco y sexi.

—Ven cuando quieras, Jime, pero el problema, tenlo claro, no es conmigo. Es contigo y tus prejuicios.

—Quiero verte —repitió como una tonta.

—Pues ven. Nadie te lo impide…, ni te lo hubiera impedido la semana pasada. Te habría abierto la puerta si hubieras pasado por aquí.

—Pero me dabas miedo. Eres muy gruñón y muy alto.

—Contigo solo soy alto. El gruñón se ha quedado dormido.

A veces las declaraciones de amor más bonitas no pueden compartirse porque nadie entendería por qué nos hicieron sentir tan especiales.

Llevaba una camiseta blanca hecha polvo. Otra pieza que parecía sacada de un armario lleno de polillas o de una instalación artística. La combinaba con unos vaqueros claros y viejos que estaba segura de que se había puesto a toda prisa al escuchar el timbre. Pies descalzos. Barba que nadie había atendido en muchos días. Pelo revuelto.

—Hola —le dijo agachando la cabeza y escondiendo la pequeñísima sombra de una sonrisa que apareció en su boca.

Jimena se había dado muchísima prisa en aparecer en su casa. No quería dejar ni un rescoldo de duda.

—Déjame pasar al sofá, anda. Tengo que hacer limpieza de recuerdos de mierda.

Jimena lo apartó como pudo y enfiló el pasillo hasta colarse en el salón. Como siempre, hasta sin estar seguro de que ella pasaría por allí, todo estaba mucho más aseado que en su casa.

Cuando Samuel entró, ella ya se había descalzado y se había subido encima del sofá. Al acercarse, casi estaban a la misma altura y le hizo gracia.

—Por fin te veo los ojos. Los tienes claros —se burló Jimena.

—¿Qué haces subida en mi sofá?

—Una *performance*. Samuel…, subida aquí te pido que borres todo lo que hasta ahora te dije aquí sentada. Perdona mi falta de tacto y que no supiera hacer las preguntas necesarias. Perdona que fuera tan *australopiteca*. Perdona que me marchara de aquí sin darte la oportunidad de decirme que te estaba haciendo daño.

—No tenía que decirte nada. Tú ya lo sabías.

—Es cierto. Pero estoy subida en tu sofá pidiéndote perdón. Eso debería valer, ¿no?

—Al menos te has quitado los zapatos antes —dijo él echando un vistazo hacia abajo.

—Por supuesto. Tengo planeado que sea el escenario de la reconciliación y no quiero ensuciarlo.

—Ya…, pues el tuyo tiene mierda hasta decir basta.

—¡Basta! Bésame —le pidió teatralmente, apoyándose en su pecho.

—Jime…, en serio…, saliste cagando hostias de aquí. No estoy seguro de que no vaya a ser un problema para nosotros si esto sigue hacia delante. Quizá deberíamos hablarlo antes…

Jimena abrió las palmas de las manos sobre la tela blanca de su camiseta y después agarró el tejido y lo acercó.

—No quiero hablar de ello. No quiero que forme parte de nuestra historia… No porque me suponga un problema —mintió—, sino porque solo quiero que estemos tú y yo en ella. Yo no te hablaré de mis ex. Tú no mencionarás todo esto. Y ya está.

—No lo veo claro, Jimena —se quejó Samuel.

—Lo digo de verdad. Yo preguntaré si tengo dudas, pero tú… no le des tanta importancia. A mí hasta se me ha olvidado su nombre, y no es que me interese demasiado. No le des vela en este entierro.

Notó que la resistencia de Samuel flaqueaba y lo aprovechó para darle un beso que les hizo sonreír a ambos. La idea de la boca de ese chico fundiéndose con la de otro hombre le apareció por la cabeza, no porque le diera asco ni nada por el estilo. Solo porque pensó… que la sensación sería diferente. Como en el sexo. ¿Cómo lo harían? ¿Qué papel tendría él en la cama? ¿Le gustaría…?

—¿Me haces el amor? —le preguntó con cara de niña buena.

—No. —Samuel la envolvió con sus brazos—. Mejor voy a follarte contra la puerta. Te has portado mal y es hora de que me lo cobre.

Pues sonaba muy bien. Pero… ¿esa postura también podría hacerla con un hombre?

6
Al son del jazz

Vivimos nuestras particulares historias personales condicionadas por las bandas sonoras del momento. Una vez leí que el tema principal de la banda sonora de la película *La misión* había sonado en la ceremonia de centenares de bodas, aunque no tuvieran nada que ver con la película… La generación de parejas que se casaron en aquellos años unió aquel tema con su propia historia de amor. En cada época, en cada año, nos vemos abordados por la actualidad sonora que incide hasta en los recuerdos.

Nosotras tres, Jimena, Adriana y yo, estábamos viviendo el año más importante de nuestras vidas sin saberlo y al refugio de la banda sonora de una película que suscitó tantos elogios como críticas: *La La Land.* Por eso, cuando entré en el cóctel de aquella conocida marca de bebidas alcohólicas en los jardines del Museo Lázaro Galdiano, no me sorprendió que nos acompañara un grupo de jazz tocando una de sus canciones. A aquellas alturas de año, empezaba a resultar un poco reiterativo… por no decir un coñazo.

Pipa posó en la puerta, junto a un arco de arreglos florales. Llevaba un mono palabra honor blanco con estampado tropical y unas sandalias de tacón rojas impresionantes; estaba increíblemente guapa, con una coleta baja ondulada que caía sobre uno de sus hombros, y las fotos, con los contrastes de color, quedaron genial. A mi lado, Candela lo miraba todo maravillada.

—¡Qué pasada! —exclamó cuando nos fundimos entre la masa de invitados y un camarero nos ofreció un combinado.

Iba a decirle que estábamos allí por trabajo y que no podíamos relajarnos, pero me supo mal cortarla y yo también acepté el vaso bajo rebosante de mojito con su servilletita negra de cóctel.

—Venga, vamos a hacerle unas fotos más —contesté sonriente—. ¿Te atreves a hacerlas tú?

Ella asintió emocionada y se hizo cargo de la cámara. Con la *celebrity* imagen de la marca, con un par de contactos importantes, con los modelos que iban acercándose sonrientes a saludarla, sola fingiendo que no posaba… Cuando llevábamos unas doscientas fotos, Pipa se cansó y me hizo un gesto para que la dejásemos a su aire.

—Estoy bien —me dijo mientras se alejaba hacia una conocida—. Si necesito algo te llamo.

Candela pareció un poco decepcionada, no sé si porque Pipa no se había dirigido a ella más que para lo mínimo (látigo de indiferencia habitual, nada fuera de lo común) o porque pensaba que nuestra participación en el evento se acababa allí.

—¿Y ya está? —preguntó.

—Vamos a ver a la relaciones públicas de la marca y te la presento. Hay que hacerte tarjetas —me recordé más a mí misma que a ella.

—¿¡Tarjetas!? Esto es demasiado guay…

Le presenté a todas las personas que pude para que se sintiera integrada. Recuerdo que cuando empecé, aquello me reconfortaba: pensar que estaba haciendo contactos, que si desempeñaba bien mi trabajo terminaría por hacerme un nombre en la profesión (la de asistentes para todo/prostitutas emocionales, visto lo visto). Así que me esforcé por que Candela conociese a mucha gente: varias community managers, representantes de marcas y otras bloggers. Mi pupila lo miraba todo alucinada, pero era educada, correcta y muy simpática, aunque se le notaba preocupada por si su outfit no era suficientemente glamuroso.

—Relájate —la animé.

—Es que todo el mundo va tan elegante que me parece que tengo un cartel encima que grita que no pertenezco a este sitio.

—Somos del servicio, cielo. —Le guiñé un ojo—. Podríamos ir en chándal y nadie lo notaría.

Atisbé la melena espesa y morena de Raquel al fondo del jardín, junto al photocall de la marca, y animé a Candela a acercarnos.

—Ven, te voy a presentar a una amiga.

—¿Otra asistente?

—No. Es Raquel, del blog Cajón Desastre. Es encantadora y… no tiene asistente.

Me pareció que asentía significativamente, como si entendiese lo que quería decirle, pero yo en realidad no quería decir más de lo que dije. No había nada oculto tras esas palabras.

Me recibió con los brazos abiertos y una sonrisa enorme. Llevaba un pantalón de traje ceñido y una blusa vaporosa negra metida por dentro… con un escote hasta el ombligo. Los labios pintados de rojo…, juraría que de Ruby Woo, de MAC.

—¡Morenaza!

—Calla, loca. —Me reí abrazándola—. Mido metro y medio, la gente se va a reír si te oye.

Me separé de ella y la miré de arriba abajo a la vez que exclamaba un «GUAU» que la hizo reír. Con sus zapatos de tacón, medía unos diecisiete metros más que yo.

—Candela, ven. Esta es Raquel. Encantadora y guapa a partes iguales, y por eso la odiamos.

Nos echamos a reír y Candela se acercó a darle dos besos.

—Se acaba de incorporar a la oficina de Pipa —aclaré—. Nos va a echar una mano.

—¡¡Ya era hora!! ¡Bienvenida al infierno, pequeña! —se burló Raquel.

—No la asustes.

—Es broma. Has tenido la suerte de que te contrate la mejor persona de este mundillo: Macarena es la leche. Vas a aprender muchísimo de ella. Y para lo que necesites, aquí me tienes.

—Muchísimas gracias —respondió entusiasmada.

—Tengo que hablar contigo… —susurró Raquel, aprovechando que Candela se había quedado algo alelada viendo pasar a un actor de moda.

—¿Te ha llamado?

—Sí. Está aquí. —Sonrió—. Ha ido a por unas copas.

No supe qué decir y simplemente sonreí, pero Raquel dibujó una mueca con su boca.

—¿Esto está bien para ti? Quiero decir… si lo vuestro…

—No, no. Para —le pedí—. Te aprecio mucho, pero si no diera esto por terminado, no habría tirado la toalla. Bueno…, lo que quiero decir es que…, ¿me entiendes? Es difícil de explicar. Me da la sensación de que estoy hablando como una auténtica zorra.

Una sonora carcajada se escapó de entre los labios de Raquel, y después los estampó en mi sien.

—Por eso me caes tan bien, Maca, porque dices lo que piensas.

Un carraspeo nos hizo apartarnos de súbito y entre las dos apareció Leo cargado con dos copas de vino frío que ya empañaba el cristal. Camiseta gris oscura, pantalones chinos negros; natural, guapo, elegante, pero dejando claro que no le interesaba todo aquel postureo.

—Hola —saludé.

—Ey —respondió cortado—. El caso es que me pareció verte hace un rato.

—Allá donde esté Pipa…

—Ya. ¿Quieres? —Me ofreció su copa.

—No, no. No te preocupes. Yo estoy de servicio y ya me he bebido un mojito.

—Oye, Candela…, ¿por qué no vamos a por una copa para ti y otra para la jefa? —se ofreció Raquel claramente para dejarnos solos.

—¿Para Pipa?

—¿Pipa? —Raquel se echó a reír—. Yo centraría tus esfuerzos en Maca, que es más blandita. ¿Vino blanco o tinto?

—¡No, en serio! ¡Si me voy a ir en breve! —pedí.

—Otro mojito entonces.

Me guiñó un ojo justo antes de rodear a Candela por los hombros y desaparecer entre la muchedumbre que llenaba el jardín.

Leo se movió inquieto y yo miré mis pies.

—¿Tienes ayudante por fin?

—Sí. —Levanté la mirada y le sonreí—. Una batalla ganada.

—Eso está bien.

—Parece que la vida empieza a encajar y los engranajes funcionan.

—Nada como quitarse un peso de encima —bromeó.

Chasqueé la lengua y lo vi erguirse apurado.

—Mierda, no quería decir que… —intentó aclarar.

—No, no. Está bien. Hacer bromas sobre ello es el primer paso. Pronto podremos tomarnos un vino los tres sin que parezca tan raro.

—¿Es raro?

Me quedé mirándolo, estudiando su expresión. Parecía preocupado pero a la vez… más joven. Estaba claro que para Leo poner punto y final a lo nuestro, a la historia pasada de tortura emocional y recuerdos, también había supuesto soltar una carga.

—¿Puedo serte completamente sincera?

—Claro.

—Es raro verte y no sentir nada…, ni rabia ni celos ni intensidades. Estaba acostumbrada a que fueras una especie de fantasma del pasado siempre a punto de provocarme una angina de pecho.

—Me alegra haberme quitado la sábana de encima y dejar de darte miedo, pero debo confesar que a mí me pasa lo mismo.

Los dos asentimos un poco incómodos, porque una cosa era dejar marchar algo que no pudo ser y otra muy distinta convertirlo en un amigo del alma.

Iba a despedirme con intención de ir a buscar a Candela y Raquel y decirles que me marchaba, pero Leo empezó a hablar de nuevo:

—Te hice caso.

Levanté la mirada y le sonreí con vergüenza.

—Y me alegro mucho de que lo hicieras. Raquel está ilusionada.

—Lo sé. Yo, de algún modo, también lo estoy.

—¿De algún modo?

—Bueno…, es emocionante comprobar que uno puede volver a empezar, tenga la edad que tenga.

—Aún eres un crío. —Sus cejas se arquearon y me apresuré en aclarar mi comentario—. Quiero decir que tienes toda la vida por delante.

—Ah. —Se llevó la mano al pecho en un gesto teatral de alivio y sonrió—. Gracias, tú también.

—Sí. En ello estoy. —Suspiré—. Pero al parecer ahora eso de ligar de humano a humano está pasado de moda. Me han convencido para abrirme una de esas aplicaciones móviles, pero no me gusta el «mercado».

—¡Macarena está en Tinder! ¡No me lo puedo creer! —se burló.

—Ya, ya. No se lo digas a mi madre, por favor. Llevo unas pocas horas y creo que ya me he desencantado.

—Pues espera a tener citas. Es horrible.

—Parece que sabes de lo que hablas.

—Algún día te lo cuento. —Guiñó un ojo.

—Me voy —anuncié—. Estoy cansada, hace calor y no me gustan estas fiestas.

—Y te acabas de encontrar con tu ex, que según me han dicho es un cansino.

Los dos nos reímos y me puse de puntillas para darle un beso en la mejilla. El olor de su cuello me envolvió y respiré profundo…, pero ya no era Leo…, mi Leo. Era un Leo que seguía siendo guapo, inteligente, atractivo, caliente…, pero no era mío ni en los recuerdos. Demasiado para la nueva Maca.

—Pasadlo bien —susurré.

Su mano derecha se posó al final de mi espalda y me retuvo allí, junto a su mejilla. Escuché su respiración en mi oído y noté la duda en su garganta, como si no supiera si decirlo o no. Pero lo hizo.

—¿Sabré no cagarla, Maca?

Me aparté unos centímetros para mirarlo a la cara con las cejas arqueadas.

—¿Qué quieres decir?

—¿Podré estar con alguien sin ser un idiota integral?

Y dijo «alguien», no «ella» o «Raquel».

—Claro que sí —aseguré—. Por supuesto, Leo. Ella te gusta.

Tragué saliva.

—¿Es eso garantía de algo?

—Que te lo preguntes creo que ya es un gran paso. Y si tienes alguna duda, piensa en nosotros… y haz lo contrario de lo que hubiéramos hecho.

Eso nos hizo sonreír a los dos y di la conversación por terminada. El nuevo Leo olía muy bien y seguía siendo tan guapo como el antiguo. Una cosa es desembarazarte de los recuerdos y otra muy distinta que deje de gustarte el envoltorio que los contuvo algún día.

Me alejé entre la gente, adivinando las figuras de Raquel y Candela junto a la barra conversando con un cantante joven, alto, guapo y alternativo que las llevaba a todas de calle, a pesar de ser un imbécil de tomo y lomo. Estaba pensando en la advertencia cariñosa que hacerle a Candela para que no se dejase engañar, cuando alguien tiró de mi muñeca. Era Leo. De nuevo.

—Maca…

—Dime.

—Tinder no. Está lleno de tíos como yo.

—Suerte de no ser la misma Macarena que estaba loca por ti.

Y a ninguno de los dos aquello le pareció un insulto. Era una declaración de intenciones. ¿O no?

7

Si los demás se tiran por un puente...

Pongamos que sabes algo de ti mismo que nadie más conoce. Bueno, no es difícil... Todos guardamos algún secreto, ya sea un *guilty pleasure* o pequeños pecadillos que, oye, cuando nadie nos ve, como en la canción de Alejandro Sanz, «puedo ser o no ser». Hay a quien le cuesta meterse en la ducha los fines de semana, quien se hace bocadillos de Nocilla y chorizo, y luego los que se hurgan la nariz hasta el nudillo en busca de yacimientos petrolíferos. Eso lo tenemos más que dominado. Pero... pongamos que sabes algo, algo importante, algo que cambiaría tu forma de vivir si lo aceptases y aceptarlo pasa por romper con todo.

Uhm. Complicado.

Adriana sabía algo de sí misma. Quizá nunca lo había tenido tan claro como en aquel momento, pero lo sabía desde hacía mucho. Desde que jugando a la botella se le aceleraba el corazón si, al lanzar ella, le tocaba alguien «que no valía» y cuando al volver a tirar, no sentía nada al besar al chico en cuestión. Desde que vio porno por primera vez. Desde que se dio cuenta de que Julián era más amigo que amante, más compañero que marido, y a ambos les daba igual. El statu quo, impuesto por ella misma a través de los años, se había tragado quién era en realidad Adriana.

Si habéis llegado hasta aquí, ya sabéis a lo que me refiero, así que dejemos de darle vueltas y de buscar eufemismos que no tienen sentido. A Adriana desde siempre le gustaban las mujeres, pero nunca se permitió sentir por ninguna nada que no fuera una mirada. Adriana había fantaseado alguna vez con el sexo con otra mujer, con deslizar las manos sobre la piel suave de otro vientre hasta llegar al interior de los muslos y hundir un par de dedos allí. Adriana se preguntaba a sí misma, en silencio, por qué no podía contentarse con ser feliz con lo postizo si lo real le hacía daño. Lo real, su deseo; lo postizo, la vida socialmente aceptable que había adoptado.

Los primeros días después de alejarse de Julia fueron más fáciles, ¿quién lo iba a decir? Pero no es complicado cuando estás muerta de vergüenza, asustada y no entiendes qué te pasa por dentro: ni por la cabeza, que no dejaba de nombrarla y traer recuerdos con ella; ni por el cuerpo, que se calentaba y humedecía al pensar en repetir aquello. Las dos entrelazadas, desnudas, todo labios, lengua, yemas humedecidas y dedos que alcanzaban el lugar donde quisieron estar. Fue fácil porque para la Adriana que no se dejaba sentir aquello era una vergüenza, estaba mal y podría hacerle perder todo cuanto tenía y quería.

¿Qué pasaría con su vida si se sentase delante de Julián y le dijera: «Cariño, te quiero, te quiero muchísimo, pero no como debiera, porque a quien quiero es a otra»? Lo primero, que Julián tendría que lidiar con el hecho de que su mujer le dejase por alguien de su mismo sexo. No pensó que quizá aquello, por más que doliera, serviría también para que entendiese por fin por qué su relación siempre parecía no ser suficiente para hacer feliz a su mujer. Pensó en que él nunca llevó bien la frustración, en el escándalo, en la suegra que murmura y que lo cuenta a todo el mundo dejándola de «viciosa», en la familia que no entiende qué está contándoles, en la hipoteca a medias…, qué problema, hasta que el banco nos separe. La mudanza, el trabajo, las amigas.

¿Y si en su trabajo se enteraban y la despedían? No se planteó que eso era ILEGAL e IRREAL. Ella solo lo pensó así, sin más, dándose más argumentos que respaldaran la distancia. ¿Y si sus amigas (nosotras) ponían el grito en el cielo y se alejaban? Se quedaría sola. Sin familia, sin amigos, sin trabajo, sin Julián, sin casa. Ni siquiera el amor valía tanto la pena.

¿Era amor? ¿No valía la pena? ¿No estaría imaginándose cosas absurdas?

Los siguientes días fueron complicándose, claro, porque los argumentos vacíos, las exageraciones mentales y las hipérboles de ciencia ficción caían para dejar al descubierto una única verdad que no se podía refutar: Julia no estaba porque ella la había alejado de su vida, y la echaba de menos.

¿Cómo podía añorarla tanto? No había compartido con ella el día a día durante años, no habían compartido mañanas en la cama, ni besos de buenas noches; ni siquiera le había contado demasiadas cosas de ella, de su familia, de sus sueños…

Pero se habían besado y la vida ya no es la misma cuando pruebas a verla tras un cristal traslúcido al que le limpiaste tus miedos. Habían soñado con compartir mucho sin apenas decirlo, y a veces los castillos en el aire nos atrapan al desmoronarse.

La añoraba. Cada día más. Buscaba su perfil de Instagram, en Facebook y hasta revisaba su cuenta de Twitter por si había publicado algo. Poca cosa: todo de trabajo y en ninguna foto salía ella. Necesitaba quitarse de la cabeza la imagen idealizada de su pelo rosa deslizándose entre sus dedos, así que acudía a WhatsApp, donde la había bloqueado, y durante unos segundos en los que se le aceleraba el corazón, quitaba el bloqueo, miraba su foto y cuándo había estado conectada por última vez. Se la jugaba porque, en el fondo, le hubiera encantado que Julia estuviera haciendo lo mismo y aprovechara esos segundos para escribirle, al menos, un «te echo de menos».

Julián la había notado irascible, pero no triste. Yo sí, claro, pero no conseguí arrancarle la confesión de lo que, a medias, ya me imaginaba. No iba a decirle: «Oye, Adriana, tú eres lesbiana y no lo quieres admitir», porque ella hubiera podido contestarme que yo era imbécil y era demasiado evidente como para que no lo supiera hasta mi madre. No tenía dónde esconderse, así que lo hizo detrás de su mala gana. En todas partes se malhumoraba enseguida, menos en el trabajo, donde todo dejaba de importar y lo único que contaba eran las emociones de otra persona. Ella solo era la desconocida amable vestida de negro que abrochaba y atusaba telas, y eso la tranquilizaba.

Pero…, claro, no podía vivir en el trabajo. A nosotras podía esquivarnos un mínimo porque somos de esas mujeres que entendemos que de vez en cuando a una le puede apetecer no ver a nadie. ¿Y a Julián? A Julián no, claro. Vivía con él. Era su marido. Dormía en la misma cama noche tras noche y esquivaba sus manos muy a menudo, haciéndose la adormilada, la cansada o la despistada. La mejora que el trío había supuesto se había quedado entre las sábanas de casa de Julia.

Para compensar, decidió ceder en algo y dejó de poner excusas para tomar algo rápido después del trabajo con algunos de los amigos de Julián y sus parejas. Eran el típico grupo que se relaciona por géneros: los chicos con los chicos, las chicas con las chicas. A pesar de los años, ellas no habían terminado convirtiéndose en sus amigas porque no encajaban del todo. Eran de esas mujeres que parecen recién sacadas de *Amar en tiempos revueltos* o alguna película de época; se escandalizaban por cualquier cosa, no dejaban de cotillear malignamente sobre vecinas y familia y casi nunca hablaban de su vida, sus sueños, sus aspiraciones… solo de lo que hacían con sus maridos e hijos, en el caso de que ya los tuvieran.

—Si no cuentan nada es porque no tienen nada que contar —le respondía malignamente Jimena siempre que ella lo comentaba.

Y Adriana había empezado a pensar que era así.

Normalmente no quedaban entre semana: los que tenían niños debían regirse por la rutina del baño, la cena y acostar a sus hijos, y los que no, como ellos, tenían que madrugar al día siguiente. Pero el buen tiempo, que empezasen a alargarse los días y la insistencia de una de las parejas de la pandilla hicieron de aquel miércoles el día D. La hora H: hora de soportar con una sonrisa conversaciones que nada tenían que ver con ella, con gente que no sentía ningún interés en hacerla sentir integrada.

Se sentaron en una terraza, que pronto se llenó de copas de cerveza helada, refrescos, platos de aceitunas y patatitas de bolsa. Mientras echaban un vistazo a la carta por si pedían algo más contundente de picar, Adriana se preparó para las conversaciones intrascendentes sobre el clima pero en lugar de estas, sin previo aviso, sin que ni siquiera pasaran los cinco minutos de rigor para sentirse mínimamente cómodos con la compañía..., alguien lanzó la bomba:

—Chicos..., nosotros queríamos veros porque teníamos muchas ganas de contaros que...

—¡¡No!! —gritó una de las amigas—. ¡¡No me digas que...!!

—¡Estamos embarazados!

Un aluvión de enhorabuenas, vítores, palmadas en la espalda para el futuro padre, abrazos para la madre, preguntas del tipo «¿Cuándo sales de cuentas?», «¿De cuánto estás?», «¿Tú qué quieres, niño o niña?» llovieron pillando a Adri en medio de un río de gente que se movía de un lado a otro.

Se acercó, les dio la enhorabuena sincera y dos besos a los futuros padres y se sentó de nuevo junto a Julián, que la tomó de la mano. Lo miró, se topó con sus ojos brillantes de ilusión, riéndose, haciendo bromas sobre pañales y biberones que sustituían el mando de la PlayStation y las cervezas viendo el partido, y se quedó embobada. Pero ojo, no embobada de amor, sino como cuando la cabeza se va muy lejos de donde estamos y aterriza de lleno en cosas que nos torturan: qué feliz parecía de pronto Julián… tal y como tendría que hacerle sentir una mujer, que, en realidad, lo engañaba con otra mujer. Bueno…, una vez. Solo lo hizo una vez…

—¿Qué? —le preguntó Julián con una sonrisa, sacándola de su mutismo.

—Tú… —empezó a interrogarle ella, aprovechando la algarabía—, ¿quieres bebés?

—¿Quieres hablar de esto ahora?

—Solo di sí o no.

—Sí, pero no creo que este sea el lugar ni el momento para hablarlo. Además, no tengo prisa.

Miró a su alrededor. Las madres sostenían a sus hijos y los acunaban o jugaban con ellos; podían caerle regular, pero se las veía tan felices con sus niños… y a ellos también. Unidos. Con un proyecto en común. Algo sólido entre los dos, tangible; un compromiso indisoluble de por vida. No como ellos, que cada día eran un poco más fríos y distantes.

—Pues yo creo que sí —le respondió.

—¿Cómo?

—Que sí. Que… debería dejar de tomarme la píldora.

Julián la miró con una ceja arqueada antes de acercarse y besarla en los labios.

—Ya lo hablaremos.

Quizá ella pensó que un bebé la centraría. Siempre le gustaron. Siempre quiso ser madre, de eso estaba segura. Pero… no se paró a pensar en otra verdad: los niños no unen lo que antes de ellos ya se estaba deshaciendo.

8
Curiosidad científica

He hecho muchas cosas raras con Jimena y Adriana. Cosas como presenciar cómo Jimena le hace una depilación integral a Adri antes de un trío, por ejemplo. O acompañar a Jimena a que le limpiaran el aura. En una ocasión, hasta fuimos juntas a una demostración de taichí en el Retiro, pero la montamos tan gorda que no volvimos a pisar ni el parque, por si alguien se acordaba de nosotras.

Entre excesos (somos un grupo que no tiene medida, por definición), brindis, cenas, borracheras, tardes de compras, spas, caprichos y confesiones, ninguna había propuesto nunca quedar para ver porno.

Porno. Con sus cinco letras y sus desnudos. Como diría Jimena... con sus pollas y todo.

Si al llamarme para ofrecerme un plan tranquilo para el viernes me lo hubiera dicho tal cual, la hubiera mandado a freír espárragos o directamente a la mierda, pero Jime fue más hábil. Me hizo chantaje emocional: que si he hecho las paces con Samuel, que si qué razón tenías, que si tendría que hacerte más caso... Cuando ya había engordado mi ego amiguil lo suficiente, me lanzó la primera propuesta: quedar el viernes para ponernos al día, contárnoslo todo y comer pepinillos en vinagre con sabor a anchoa. No sabía yo la de pepinos que iba a ver.

Trasladó la solicitud a nuestro grupo de WhatsApp y pronto nos tuvo a todas convencidas.

Adriana:

¡Sí! Así nos cuentas cómo fue el reencuentro. Espero que te arrastraras por el lodo como la bruja que eres.

Jimena:

Por supuesto, ¿por quién me tomas? Me arrastré, sobre todo por la alfombra encima de la que me folló como un animal. Qué nardo tiene el tío... Creo que me ha movido el bazo de sitio.

Macarena:

Voy a tener que meterme un hierro candente por un orificio nasal para eliminar la imagen mental que me ha provocado leerte, Jimena. Eres el mal, pero lo cierto es que yo también tengo algo que contar: ayer me encontré a Leo en una fiesta. Con Raquel.

Jimena:

¡Madre mía! ¿Con Raquel? ¡¡A rey muerto, rey puesto!! ¡Qué barbaridad! Hay tíos que no cambian.

Adriana:

Ninguno cambia. Ellos sí que son el mal.

Macarena:

¡So! Que frene la caballería. Yo le dije que la llamara. Y la verdad es que el encuentro fue el más amigable y menos tenso de los últimos diez años. Os lo cuento el viernes. ¿En casa de quién nos vemos?

Jimena:

¡En la mía! No os lo vais a creer… ¡he aspirado el sofá!

Adriana:

¿Y se ha dejado? Porque la última vez que estuvimos
estaba a medio bocata de jamón de poder
considerarse un ente vivo.

Jimena:

Samuel me dejó un aspirador pequeño. Me dijo
que lo usaba para el coche. ¡Para el coche!
¿Quién aspira el coche, por Dios?

Macarena:

Eres anormal.

Y no sabía la razón que tenía de lo anormal que era todo
lo que Jimena planteaba. Si ofreció su casa no fue más que para
facilitar la emboscada.

Yo llevé un montón de encurtidos y Adriana las patatitas.
Jimena ponía la casa y los tintos de verano… y el entretenimiento, eso también.

Adri y yo quedamos en la parada del metro más cercano
para ir juntas hasta casa de Jimena. Quería intentar sonsacarle
algo sobre lo triste/meditabunda que la había notado en nuestra anterior quedada, pero de pronto la vi mucho más jovial y
algo dispersa. Era una mujer con un plan…, un plan para su
vida con unas coordenadas equivocadas.

Me comentó que quería contarnos algo cuando estuviése-
mos las tres juntas y me dijo que iba a quedarme de piedra con
su decisión; por un momento pensé que iba a dejar a Julián, pero
lo olvidé pronto porque conozco a Adriana y sé que no estaría
tan feliz si decidiera separarse. Lo dejé ahí, sin más, esperando

que nos diera esa noticia que nos dejaría patidifusas y cambiamos de tema. Hablamos sobre mi ayudante, sobre mi nueva tranquilidad laboral (¡¡llevaba saliendo a mi hora varios días!! ¡¡Varios!! ¡Y no de casualidad!) y de zapatos. Llevaba unas sandalias de plataforma preciosas con las que medía unos doce centímetros más y estaba orgullosa de poder andar encima de ellas sin parecer un excombatiente alcanzado por la metralla.

Jimena nos abrió la puerta muy feliz. Nos abrazó y dejó caer que «ya estaba todo preparado». Pensamos que se refería a las bebidas porque somos unas ilusas. El piso estaba ostensiblemente más limpio que de costumbre y los tintos de verano estaban sobre la mesa de centro, pero no era por eso: más bien por la pantalla de la televisión, que estaba conectada a la de su ordenador.

—Bien. Sentaos. Voy a poner los aperitivos en cuenquitos.

—¿Vamos a ver una película? —pregunté.

—Algo así.

—¿Cuándo empieza la Feria del Libro, Jime? —consultó Adriana—. Quiero pasarme a echar un vistazo y de paso te veo.

—El fin de semana que viene. El viernes ya estaré por allí, mareando más que trabajando.

—Pero ¿vamos a ver una peli o no?

Volvió al poco cargada de comida, que dejó frente a nosotras justo antes de que nos abalanzáramos sobre ella.

—Madre de Dios, ¿os dan de comer en vuestras casas?

—Ay, cielo. A estas horas entra de todo.

—Qué bien que lo digas, porque entrar, van a entrar muchas cosas. —Se rio diabólica—. Ponedme al día rápido, tengo que pediros un favor.

—¿Qué favor? —Adri y yo la miramos a la vez, con sospecha.

—Uno pequeñito. Maca, ¿qué tal con Leo y Raquel?

—Muy bien.

—¿Qué es eso de que le animaste tú a llamarla?

—Vino a mi casa a darme las gracias por interceder a su favor con mi hermano. Fue breve. Apenas un par de minutos; al despedirnos le animé a llamarla antes del miércoles. Sabía que iba a verla y no me apetecía tener que lidiar con sus preguntas sobre él. Y lo hizo. Me alegro de que lo hiciera. Parecía…, parecía hasta más joven. Juntos se les ve bien.

—Define «bien» —me pidió Adriana.

—Pues… bien. Relajados. Como un chico y una chica conociéndose, sin más.

—Lo normal, vaya —apuntó Jimena.

—Lo normal para otros; para nosotros nunca fue así. Siempre era terrible y apasionado. La mayor parte de las veces era desolador hasta cuando era bueno. Los besos nos dejaban vacíos, os lo prometo.

—Definición perfecta de una relación tóxica.

—Exacto. Y… os diré que es liberador no sentir celos ni nada que no sean ganas de empezar yo misma de nuevo.

—Te abriste al final un perfil de Tinder, ¿verdad?

—Sí —asentí—. Pero creo que tienes razón: no va conmigo. Hice *match* con un par de chicos que parecían normales, pero tardaron unos dos segundos en decirme que solo querían follar. Uno de ellos me preguntó si me gustaba tragármelo.

Adriana se echó las manos a la cabeza.

—Pero tú solo querías follar, ¿no?

—Sí. Ah, es que no os lo he contado. —Me erguí en el sofá y las miré alternativamente a una y a otra—. Me he dado un plazo: tengo tres meses para hacer lo que me apetezca; la única premisa es no enamorarme y que todo sea para procurarme la felicidad a corto o medio plazo.

—Suena bien —asintió Adriana.

Jimena me lanzó una mirada de soslayo.

—¿Y cómo piensas hacerlo?

—Voy a abrirme de par en par a conocer chicos. Y voy a dar un montón de oportunidades. A lo mejor hasta quedo con uno de los de Tinder.

—¿Con el que se quería correr en tu boca?

—Qué desagradable te pones, Jimena —la riñó Adriana haciendo una mueca.

—No, con otro; con el que me cayó menos mal. Objetivo: chuscar como una loca. Iré informándoos. Ahora tú, Adri.

—¿Ya? Bueno…, a ver…, lo he estado pensando y creo que este vacío existencial…

—¿Tienes un vacío existencial? Primera noticia —certificó Jimena.

—Eres idiota —susurré.

—… este vacío existencial se debe a que he estado postergando una decisión muy importante.

El estómago me dio un vuelco y me parapeté detrás de mi vaso para que, dijera lo que dijese, mi cara no me traicionara.

—¡¡Voy a dejar las pastillas!! Quiero ser mamá.

Como si se hubiera abierto el suelo del piso y hubiésemos caído al vacío. La sensación fue similar. ¿Que qué?

—No sabía que tuvieras tantas ganas de… —Dejé el vino frío en la mesa de nuevo—. Piénsatelo con calma. Es una decisión de por vida.

—Lo sé, lo sé. Pero creo que es mi momento. Julián tiene ya treinta y seis. A finales de año cumplirá los treinta y siete.

—¿Y? ¿Le han dicho que se le pasa el arroz?

—Jimena, por el amor de Dios —me quejé.

—¿Qué? A nosotras siempre nos están martirizando con esas mierdas. Digo yo que tenemos derecho a pataleta, ¿no?

—Sí, por supuesto. Pero…

—No, no. Está bien. No me ofende —aclaró Adriana—. Es que tampoco queremos ser padres mayores. Es buen momento para empezar a planteárselo.

—Pero entonces…, ¿dejas la píldora ya?

—Sí. Por ir probando.

Crucé una mirada con Jimena, pero no captó mi ansiedad.

—Esperaba otra reacción por vuestra parte… —musitó la pelirroja.

—A mí es que los críos no me gustan. —Jimena se metió un montón de patatas en la boca y siguió hablando mientras masticaba—. Cuando son bebés, me refiero. Luego ya sí. Hasta entonces, soportaré que Macarena sea la tía preferida.

—Es una decisión muy importante —tercié—. Estamos contigo decidas lo que decidas, porque te queremos tal y como eres y lo seguiremos haciendo siempre.

Las dos me miraron con extrañeza. Me había puesto muy intensa de repente.

—Ahm…, ya —asintió Adriana.

—Vale. Ya hablaremos tú y yo —le contesté—. Venga, Jimena, ¿qué quieres pedirnos?

Se levantó de un salto y la vimos trastear con el ordenador sin mediar palabra.

—Oye…, ¿qué haces?

—Estoy preparándolo. Veréis…, con esto de volver a estar con Samuel me han surgido dudas. Dudas existenciales. Curiosidad científica, digamos. Como me da cosa ponerme a investigar, he pensado que hacerlo con vosotras será menos traumático.

—No entiendo nada —musitó Adriana.

Jimena se giró con los brazos en jarras y una sonrisa enorme en la cara.

—Vamos a ver porno. Porno gay.

—¿Qué dices?

—Porno gay. Dos tíos. Necesito ver con mis propios ojos cómo lo hacen.

—¡Pues por el culo! —exclamé yo, nerviosa.

—Eso ya me lo imagino, Macarena, pero gracias por tu aportación. Así de activa quiero verte cuando empecemos con el visionado. He estado bicheando por webs de porno online y aunque hay muchas categorías, me he decidido por una normalita… para empezar. Luego ya veremos.

—Yo no quiero verlo —me dijo Adriana, buscando aliados.

—Ni yo.

—¿Os he preguntado? No seáis carcas. Solo van a ser…, a ver…, dieciocho minutos. —Se sentó entre las dos—. Tengo que aprender.

—¿Por qué?

—Porque Samuel ha pasado siete años acostándose con un hombre y no quiero que eche nada de menos, ¿entiendes?

—Pero… ¿por qué? —Volví a lloriquear.

—Porque…, porque… —La barbilla le tembló un poco—. Es él. Este es el de verdad. Este es el que me va a hacer olvidar a Santi.

Chantaje emocional elevado a la enésima potencia. Claro…, hizo efecto.

Cuando le dio al *play*, Adriana se tapó la cara, pero le di un cojinazo. Si yo tenía que verlo, ella también. Dos chicos de muy buen ver se estaban besando y sentí, con sorpresa, que la imagen me parecía muy sugerente.

—Pues están buenos.

—Claro que están buenos —se quejó Jimena—. Son actores porno. A ver…, por ahora ninguna diferencia con las relaciones heterosexuales, ¿estamos de acuerdo?

—Jimena, es porno. A lo mejor valdría la pena que le preguntases a Samuel directamente. Esto es como si…, como si quisiéramos que ellos aprendieran qué nos gusta a través del porno.

—Algo les enseñará —respondió sin despegar los ojos de la pantalla.

—Es verdad, Jime. Imagínate que tuvieran que aprender sobre las relaciones con una mujer con un vídeo de una rubia recauchutada frotándose con unas uñas kilométricas que parecen cuchillas mientras gimotea como un animal herido —intercedió Adriana.

—Blablabla. No estáis prestando atención y necesitamos todos los ojos para que no se nos pase nada.

Los dos chicos en cuestión sacaron el armamento del pantalón y comedí un grito de asombro.

—¡¡La madre del cordero!! Pero ¡¡¿qué es eso?!! —masculló Adriana—. ¡¡Si parece un morcón!!

—Querida Adri…, eso es un pollón.

Me tapé con el cojín con el que había atizado a la pelirroja instantes antes.

—Eso no le cabe. Jimena, eso NO le cabe a ninguno de los dos.

—Ya verás como sí. Esta gente es acróbata anal.

Me asomé por encima del cojín; la acción había cambiado de escenario. Ahora, los dos protagonistas yacían sobre una cama, bajo una iluminación tenue que, sin embargo, no dejaba que se perdiera ningún detalle. Uno de ellos tenía la boca ocupada…, muy ocupada.

Jimena dibujó una mueca.

—¿Qué? —le preguntó Adri.

—Pues que yo la chupo mejor. Y que sigo sin apreciar ninguna diferencia. O he escogido el vídeo fatal o de aquí no voy a sacar nada en claro.

Sacar, no sé si lo iba a sacar, pero los actores se afanaron en meter cosas con mucho brío. Las tres nos quedamos en silencio; un silencio sepulcral, inducido por una especie de trance. No podía dejar de mirar y…, joder, nunca lo habría imaginado, pero el sonido del sexo y los gemidos de placer me estaban poniendo un poco tonta. A pesar de que, evidentemente, había diferencias ostensibles entre lo que me apetecía hacer y lo que estaba viendo. La primera y principal…, yo no tengo pene.

Después de un par de cambios de postura, jadeos, frases bastante horteras (los terrores del porno no tienen género, me temo) y alguna gota de sudor recorriendo las tersas espaldas de los «contrincantes», vino el momento álgido: la explosión de placer.

La cámara tomó un par de planos que no dejaron nada a la imaginación (las tres reaccionamos con una mueca de dolor) y después ambos se fundieron en un beso húmedo mientras se tocaban el uno al otro. Como final, dos cuerpos deshaciéndose en alaridos de placer y el estallido húmedo contra las pieles.

Cuando el vídeo terminó, las tres lucíamos la misma cara; una en la que se leía «pues muy bien».

Pásame el vino…, tengo la garganta seca —me pidió Adriana con un hilo de voz.

—Acojonante —tercié mientras deslizaba su vaso sobre la mesa en su dirección—. Jimena, ¿no vas a decir nada?

—Estoy confusa.

Adri y yo nos concentramos en beber ávidamente mientras la mirábamos. Sus ojillos dibujaban una expresión como de sospecha.

—¿Qué? —insistí.

—No hay nada.

—No hay nada… ¿de qué? —la interrogó Adri esta vez.

—De diferencia. Al final, si lo piensas, el sexo se resume siempre en algo que entra. Bueno…, entre chicas no es exactamente así, me imagino. Zanahoria, tú tienes más experiencia en eso; aclárenoslo.

Adriana perdió el poco color que tenía en las mejillas cuando la escuchó.

—¿Yo? ¿Qué coño estás diciendo?

Jimena frunció el ceño.

—Sí, tú, la única persona de esta sala que ha hecho un trío. Joder…, cómo estamos.

—Ah… —Relajó los hombros y se pasó la mano por los ojos—. Ah, ya. Ehm…, no, con las chicas no va todo de llenar agujeros, pero entiendo lo que quieres decir.

—¿Ah, sí? —pregunté yo.

—Sí. Creo que está queriendo hacer una declaración de intenciones a favor de la idea de la pansexualidad.

—¿Qué? ¡No! Con eso sigo desorientada. Me refería a que… a lo mejor el problema es que lo estoy mirando desde el punto de vista equivocado.

—Eso seguro. Acabas de obligarnos a ver veinte minutos de porno…, loca —añadí.

—¿Y si…? ¿Y si no hay diferencia en el acto? ¿Y si lo que cambia son los «actores»?

—¿Esto va de decir perogrulladas? —Adriana me miró confusa.

—¡No! Escuchad. —Jimena se mordió el labio y después siguió hablando—. He visto el vídeo sintiéndome identificada con el que recibía, pero… ¿y si Samuel era el pasivo?

Adriana y yo no contestamos, más que nada porque no teníamos ni la más remota idea de por dónde iba Jimena.

—¡Chicas! ¿Y si Samuel… recibía?

—¿Qué? ¿Qué cambiaría en ese caso?

—¡¡Yo no tengo pene!! —exclamó.

Me tapé los ojos con las dos manos mientras suspiraba.

—Jimena, ¿y si dejas de convertir en problema cosas que no existen? —le pedí dejando caer las manos en el regazo—. ¿El chico te ha dicho algo o ha dado muestras de que eche de menos el sexo con un hombre? ¡No! ¿A qué viene todo esto?

Pareció no oírme. Estaba muy concentrada mordisqueando pepinillos.

—Deja de darle importancia, por favor —terció Adriana, molesta—. Esto empieza a ser incómodo y a dar vergüenza.

—Tampoco te pongas así —se quejó ella—. Cuando quisiste combinar percebes y almejas, nosotras no te juzgamos.

—¿No?

—¡No!

—Vale, vale. ¡Haya paz! Joder…, qué mecha más corta —intercedí—. Esto solo tiene una solución, Jime.

Iba a hablarle del tiempo: de dejar que pasara, que estableciesen una vida, una confianza y una complicidad entre los dos y que después preguntara abiertamente, sin preocuparse. Pero no me dejó.

—Lo sé —asintió.

—¿Sí? ¿Lo sabes?

—Claro. Necesito ir a un sex shop. Y necesito ir con vosotras. Fijo que yo compro lo más grande y Samuel termina en el hospital.

Y ya no habría nada en el mundo capaz de sacar esa idea de su cabeza. Lo peor es que lo sabíamos.

9
No puede ser tan difícil

A mis casi treinta años, no recordaba la última vez que salí a ligar. Había pasado buena parte de mi adolescencia (bueno, vale, buena parte no, mi adolescencia por entero) yendo y viniendo de una relación extraña y tortuosa que me tenía obsesionada. Si le comí la boca a algún otro chico en aquellos años fue más por casualidad que porque yo anduviera buscándolo.

Con Coque, mi querido, despeinado y siempre medio fumado Coque, tampoco salí a matar. Lo conocí en un cumpleaños de Pipa cuando aún era digna de ser invitada. Como no tenía nada elegante que ponerme, decidí que pasar desapercibida sería lo mejor... para variar. Así que el hecho de que ligase con Coque fue casi por despiste. No me di cuenta de que estuve coqueteando hasta que me vi en el portal con su lengua en la boca.

La nueva Macarena no quería ligar más por «despiste» o por «descarte». Quería escoger, como esas leonas de la sabana que salen a cazar mientras los leones se peinan al sol. Quería ser una *femme fatale* (de poco más de metro y medio, pero..., oye, ¿no dicen que los mejores perfumes vienen en frasco pequeño?) irresistible. Una de esas chicas que, en las comedias románticas, llevan de cabeza a todos sin apenas darse cuenta porque..., míralas, están demasiado ocupadas viviendo cosas chulas como para preocuparse por ellos. Así que... mis prioridades personales pasaban entonces, en aquella época de hedonismo total, por procurarme el placer. Al menos un poquito.

Nuevas normas en el barrio, chicas: adiós al «pasar desapercibida». Si siempre me gustó llevar los labios más rojos que el infierno, sería por algo. Me gustaba llamar la atención como a cualquier hijo de vecino: sin exageraciones, ni por falta ni por exceso. Ropa sexi… allá voy.

La siguiente norma…, pásalo bien, chica, la vida son dos días, y medio lo pasamos durmiendo. Quería algo sin preocupaciones, una historia sórdida en la que dejar solamente la cantidad justa de energía para que el placer entrase y saliese libremente de mi cuerpo: sin juicios de valor, sin dolores de cabeza y sin amor. Esencial. Ya me preguntaría a mí misma (y me preocuparía) después de aquellos tres meses de vacaciones morales por el resto de mi existencia. Para preguntarse si una va a morir sola rodeada de miles de gatos, siempre se está a tiempo, como para el resto de chorradas que vete tú a saber quién nos metió en la cabeza.

Uno sabe qué cosas se le dan mejor en la vida, y lo sabe porque salen solas y el tiempo que le dedica a mejorar y a «practicar» nunca cuesta esfuerzo. ¿Verdad? Pues a juzgar por esa afirmación, aquí a la menda Tinder no se le daba bien. Me parecía un auténtico coñazo pasar un rato ojeando fotos de maromos, leyendo sus biografías, preguntándome constantemente si deslizar a la derecha era «sí» o era «no». Además, me daba por momentos: o era hiperexigente, en un ramalazo superficial que me hacía sentir siempre basura, o decía a todo el mundo que sí, por si acaso, y si luego me hablaban, me hacía la muerta porque… en realidad no me gustaban.

Cuatro días me duró abierta la aplicación. Al quinto intenté quedar con el que me había caído menos mal… (que se debía de tomar todas las mañanas una pastillita de «Sobratín 500», de lo flipado que era), pero él salió con un jueguecito para el que yo no estaba preparada: las estrategias en la nueva comunicación 3.0. Mensajería instantánea, el infierno. De pronto, el juego consistía en escribirme y desaparecer cuando yo le respondía y dejarme en barbecho de doce a veinticuatro horas. Conectarse y dejar mis mensajes sin leer o, el súmmum, dejarme en visto y no hacer nada.

—¡Ah! —Se rio Candela, mi ayudante, cuando se lo conté—. Pero eso es lo más normal del mundo.

—¿En serio? —pregunté con el móvil en la mano, como quien sostiene el arma homicida de un crimen—. ¿En serio esto es normal? Porque yo pensaba que el tío era un mongolo.

—A ver… —Me cogió el móvil sin demasiado protocolo, lo cual me gustaba de ella porque denotaba naturalidad, y se colocó sus gafas de pasta retro para leer la conversación—. El tío es un poco… intenso.

—Es un sobrado, que no es lo mismo.

—Ya veo por dónde va…, este es de esos que hay que ignorar para que se interesen por ti. Déjalo sin respuesta hasta que vuelva a escribir y cuando lo haga, tarda unas seis u ocho horas en contestarle.

Arrugué el labio y ella me devolvió el móvil.

—Pero ¡¡si yo solo quiero echar un polvo!! —me quejé.

—Así es como se juega ahora, Maca. —Se encogió de hombros—. La vida es dura.

Me quedé mirando la pantalla de mi móvil, donde se podía ver perfectamente que el tío estaba conectado, pero que el tic azul no terminaba de aparecer junto a mis mensajes, señal inequívoca de que estaba pasando de mí como de la muerte.

—Y… ¿tu novio no tendrá algún amigo soltero? —le pregunté.

—Suenas desesperada —se burló mientras se sentaba.

—Lo estoy. La última vez que me acosté con alguien fue la resolución final de la relación más odiada de la historia y fue con el mismo tío con el que estuve acostándome diez años… que, por cierto, ahora lo hace con una amiga. La situación requiere medidas drásticas. Necesito convertirme en una comehombres sin escrúpulos en cuarenta y ocho horas o un bucle espaciotemporal me tragará y desapareceré del universo.

Candela se quitó las gafas y me miró con el ceño fruncido.

—¿El novio de Raquel es tu ex?

—No sé si son novios, pero sí.

—Dios mío… —Se llevó la mano al pecho—. ¿Y eso no te vuelve loca de celos?

—No. Ya no. —Me dejé caer en mi silla—. Ya lo superé. Le he perdonado.

—¿A quién has perdonado?

Pipa hizo una entrada triunfal con su melena suelta, con la raya en medio y vestida de sport, lo que en ella significaba estar absolutamente fabulosa (recordemos que ella sí usa esa palabra), pero con unos slippers planos, por supuesto de su colección cápsula para una conocida marca.

—A nadie. —Lancé una mirada de advertencia a Candela y le pasé unos folios a Pipa—. Aquí tienes todo lo del viaje a París: billetes, reserva de hotel, papeles de los *transfers* e itinerarios, incluyendo los restaurantes en los que ya tienes mesa. ¿Necesitas algo más?

Miró la carpeta como si en realidad estuviera estudiando los papeles y la lanzó después sobre su mesa.

—Un té. Y la previsión de redes para esos días —exigió.

—Yo me encargo del té —saltó Candela, que se apresuró a ir a la cocina.

—Te mandaré un wasap cada mañana para indicarte un poco por dónde ir: complementos, hotel, alguna calle de París, el look, si tenemos alguna colaboración pendiente… —le aclaré a Pipa—. Después envíame las fotos y yo las publicaré, como siempre.

—Ponle mimo a la publicación de la pedida. Y que no se te olvide etiquetar a la joyería. El anillo es espectacular. Estoy pensando que quizá deberías contratar un fotógrafo *free lance* que nos haga un par de fotos ese día.

Candela salió al segundo con una taza, que dejó sobre la mesa de Pipa; no me pasó desapercibida la expresión de asombro que es posible que yo misma le hubiera contagiado. Entonces… Pipa seguía adelante con sus planes de casarse con Pelayo. Iba a casarse con alguien a quien no quería y al que no le gustaban las mujeres.

—Esto…, uhm… —Me mordí los dos labios con duda y seguí hablando casi en susurros—. Vale. Te lo miro. Pero…, esto…, bueno, sé que la última conversación que tuvimos sobre el asunto no terminó de manera demasiado amigable…

—No sé por qué lo dices —ironizó, apoyada en mi mesa y con sus ojos claros clavados en mi cara, en una especie de amenaza velada.

—Lo que quería decir es que…, bueno, no soy quién para decirte nada, pero… piénsatelo bien. Todo.

—Tienes razón. —Sonrió con falsedad—. No eres nadie para decirme nada. Candela, gracias por el té. ¿Podrías, por favor, llevar a la tintorería las prendas que dejé en el burro de la entrada? Ojo con el blazer, por favor. Es de Saint Laurent.

—Claro, Pipa. ¿Te apetece poke para comer hoy? —le respondió esta—. Puedo comprarte uno a la vuelta.

—¿Poke? ¿Qué es eso?

—Muchos creen que es un plato de origen japonés, pero en realidad es hawaiano. Tiene una base de arroz blanco y pescado marinado en salsa de soja; después se le añaden otros ingredientes, como algas, cebolla… Es ligero, pero más completo que una ensalada. Como vi en Instagram que esta mañana tuviste un entrenamiento duro, creo que te vendrá muy bien para recuperar fuerzas, pero sin grasas.

Pipa me miró fijamente y yo me encogí en mí misma. Fue como si dijera, sin necesidad de abrir la boca, que aquello era lo que esperaba de mí… Algo que no le había dado, a pesar de mis esfuerzos, en los años que llevaba trabajando para ella.

—Suena muy bien. Gracias, Candela —pero lo dijo sin apartar los ojos de mí—. ¿Ves, Macarena? Estar al día no siempre es una pérdida de tiempo.

El golpe de melena que dio de camino a su mesa me dejó clavada en mi silla… Algo poco propio de la nueva Macarena. Si es que… aunque hubieran cambiado ciertas cosas entre nosotras, pesaba en nuestros hombros la relación que habíamos instaurado durante años: ella era una monarca absolutista y yo, una rata que vivía en las alcantarillas. Estaba a punto de reprenderme a mí misma por aquel ataquito de debilidad, pero me contuve: era humano sentirme mal por la frialdad de Pipa, pero no debía dejarme llevar ni castigarme.

Recibí un mensaje en mi pantalla en ese mismo momento. Era de Candela:

> Maca, ¡lo siento! No pretendía dejarte en evidencia.
> Solo quería quitarte trabajo.

Levanté la mirada y le sonreí antes de responder:

> No te preocupes, Candela. Ese poke suena fenomenal.
> Una Pipa alimentada es una Pipa que no pide batidos
> de hortalizas cultivadas en la falda de una montaña en
> un recóndito rincón de Bután.

Escuché un amago de risa cuando lo recibió y yo también comedí la mía. La escuché teclear y unos segundos más tarde su respuesta entraba en mi buzón.

No es mala tía... es que se siente sola.

Busqué su mirada cuando lo leí, pero Candela ya estaba de pie, cogiendo el bolso. Quizá fuera mejor así, porque no iba a encontrarse una mirada de complicidad, sino una expresión aterrorizada. ¿Era eso verdad? ¿Se sentía sola Pipa? ¿Era una incomprendida? ¿En qué lugar me dejaba a mí aquello?

Cuarenta minutos más tarde Candela volvió con las fundas de ropa vacías y una bolsa con comida: poke, agua con gas y un toque de lima y unos chips de verduras al horno. Y lo trajo para las tres, en paquetes individuales. En el mío había una nota: «¿Y si salimos este jueves y jugamos a ligar? Sin móviles ni estrategias». Le sonreí como respuesta, pero a mí ya no me apetecía demasiado.

10
Lo que te toca

¿Alguna vez habéis sentido que los demás avanzan a un ritmo diferente al vuestro? Y lo peor..., que lo que vale para ellos no va con vosotros. Como cuando tu madre te dice que tus antiguos compañeros de instituto están casados y empiezan a tener hijos, y a ti la idea sencillamente te horroriza. Justo así. Porque mi madre me había llamado para decirme que, de la pandilla del cole, yo era el único que seguía sin sentar la cabeza.

—Hasta Antonio se casa, Leo. No sé a qué estás jugando, pero uno no es guapo y joven para siempre.

—¿Cómo que no, mamá? Tengo tus genes. Voy a ser eternamente bello.

Me salió aquella broma como contestación, pero no pude evitar que se me instalara un pequeño nudo en el estómago. Supongo que es lo mismo que siente una mujer a la que alguien le dice que se le está pasando el arroz. Ojo, no me angustiaba quedarme solo ni nada por el estilo..., me angustiaba sentir que, de alguna manera, empezaba a hacer lo que se esperaba de mí, pero no estaba preparado para contárselo a nadie. Porque a mi madre le hubiera bastado que le dijera que estaba viéndome con una chica en Madrid..., una con la que me planteaba sentar la cabeza. Con eso y la puntilla de que no me agobiase con el tema, habría ganado un par de meses de tranquilidad, pero me callé. ¿Por qué? Porque no estaba preparado para asumir en voz alta que estaba en ese punto del camino.

Voy a explicarme...

Soy un tío que creció con la nariz hundida en los libros. En cualquier tipo de libros. He leído tebeos, novelas gráficas, ensayos, dramas, comedias, literatura experimental y también romántica. Nunca me avergonzó leer a Jane Austen, de la misma manera que no escondí los libros de Bukowski. Además, crecí enamorado de mi vecina de abajo, la hermana de mi mejor amigo, una niña que se compró su primer carmín rojo a los quince y nunca dejó de martirizarme con el color de su boca; una especie de «Carmen» pequeña y explosiva que en mis brazos se convertía en todos los amores literarios habidos y por haber concentrados en una única persona. Una piel, mil historias que yo leía en sus labios y todos los días un dolor distinto, como si pudiéramos cometer los errores de todos los personajes literarios a la vez y nunca encontrar ninguna de sus soluciones.

Soy un tío con una concepción del amor bastante romántica. No tiene nada que ver con lluvia de pétalos de flores y flechas disparadas por una deidad con alas. Para mí el amor era visceral, apasionado, con pequeñas damiselas que me abofeteaban antes de besarme y clavarme sus dientes en los labios..., aunque creo que debería no usar el plural en este caso porque me refiero solamente a Macarena. Pero Macarena ya no está.

Cuando la vi en la fiesta sentí algo, no lo negaré, pero nada que pudiera compararse a lo que sentí por ella tiempo atrás, ni a los remordimientos de creer que le había jodido la vida. Algo extraño y nuevo. Quizá un atisbo de reconocimiento trémulo y cálido, que no quemaba ni helaba. Un cariño sincero y sin dobleces. Por primera vez en mucho tiempo, al verla no quise dejarle la ropa hecha jirones y que me arañara la espalda hasta hacerme sangrar mientras la montaba.

La pasión por Macarena, la de antaño, había desaparecido entre sus sábanas. O con mi lágrimas, no lo sé. Tanto monta, monta tanto. Cuando la rabia se diluyó, esa pasión se fue con ella.

Estaba con Raquel. Hablamos, lo aclaramos y quedamos en intentarlo sin dramas ni intensidades.

—Un chico que conoce a una chica y una chica que conoce a un chico. ¿No hablan sobre ello miles de libros? No puede ser tan difícil de entender —me dijo sonriendo.

Me faltó el valor de explicarle que no vale cualquier historia cuando hablamos de amor: tiene que ser LA HISTORIA. No un chico que conoce a una chica, sino ÉL que la conoce a ELLA y pierde a sus pies cualquier timón. Si no tuve el valor es porque, después de lo de Macarena, empezaba a dudar que fuera así como la gente quiere en realidad.

Así que tenía un trabajo fijo y con cierta proyección; un trabajo que me gustaba, además. Tenía un piso con pinta de poder convertirse en un buen lugar donde vivir si me animaba y desempaquetaba las cajas que tenía pendientes (y compraba un buen ambientador). Tenía una novia preciosa, divertida, inteligente y nada atormentada que quería darme una vida fácil y cómoda con muchos besos de película. Tenía, por fin, lo que se esperaba de mí. Mi madre hubiera estado tan tranquila de saberlo...

«Mamá, estoy saliendo con alguien. Es una chica magnífica. Muy inteligente y divertida. Es... adorable. Y muy familiar. Dice que algún día quiere tener tres hijos. Te gustará mucho, pero... dame tiempo a asentarme antes de presentártela y formalizarlo de cara a la familia. Los grandes pasos se dan despacio».

Era fácil. No era un discurso complicado. ¿Dónde estaba el problema?

Estaba haciendo lo que todos. Estaba saliendo con mi chica a cenar, a pasear y a comprar platos para su piso. Le hacía el amor un par de noches a la semana, unas veces despacio, con ella encima, mirándola a la cara y estudiando cómo mudaba su expresión cuando nos acercábamos al final; otras conmigo enloquecido sobre ella, haciéndola gritar y clavando las yemas de los dedos en el cabecero de la cama. Estaba besándola en su portal las noches que ambos estábamos muy cansados o teníamos que madrugar, y estaba pasando noches con ella de sofá, manta y peli. Lo normal, ¿no?

Lo que estaba haciendo estaba bien y lo sabía. Era la vida que me merecía, tranquila y feliz. La vida que un día aspiré a tener; la del pareado a las afueras con jardín, el perro y algún día el bebé. Era lo que no sabía que necesitaba, pero que en el fondo ansiaba. Sin ira, sin tristeza, sin quebraderos de cabeza y dudas. Era la vida correcta, pero... algo me bailaba. Quizá era que no terminaba de entender al nuevo Leo; quizá solamente necesitaba tiempo.

En eso estaba en lo cierto. Me quedaban muchos meses por delante para entender que aquella era la vida que quería, necesitaba y ansiaba…, pero con la persona equivocada.

11
De compras

—No sé por qué narices hemos cedido —dijo Adriana con los brazos cruzados sobre el pecho—. En serio, Maca, creo que estamos malcriando a esa niña.

Eché un vistazo a mi amiga y sonreí. Estaba más roja que mi pintalabios, y eso que aún no habíamos entrado en la tienda. Sobre nosotras, el neón en fucsia que anunciaba «Sex shop» emitía un zumbido sordo, pero que reverberaba en nuestros oídos.

—Bah, mujer. No seas así. ¿Qué problema hay? Es solo una tienda.

—Una tienda llena de penes gigantes de goma.

—No creo que sean de goma, como los patitos para la bañera.

—¡No te me pongas técnica! —se quejó—. Ya sabes a lo que me refiero.

—Como mujeres modernas que somos —respondí—, debemos quitarnos los prejuicios. Esto es solamente una tienda que vende cosas.

—Cosas íntimas.

—Es una tienda sórdida, estoy de acuerdo. —Eché un vistazo dentro del local—. Quizá deberíamos haber escogido otra. Las hay muy monas y mucho más iluminadas. Esto parece recién sacado del Barrio Rojo de Ámsterdam.

—¡Sí, hombre! ¡Más luz, dice!

—Lo moderna que eres para algunas cosas y lo victoriana que te pones con otras... —rumié.

Jimena dobló la esquina a paso rápido y cuando nos vio empezó a hacer gestos, pidiéndonos perdón.

Jimena nunca se retrasa porque considera que la vida es corta, un día puedes tragarte un Dorito y morir ahogada y... cuenta la cantidad de minutos que perdiste esperando a esa amiga a la que siempre le pilla el toro...

—¡¡Perdón!! He calculado mal. Me ha llegado el mail de las reimpresiones a última hora y gestionarlo me ha tomado más tiempo del que creí.

—No pasa nada. Llevamos aquí cinco minutos.

—Cinco eternos minutos —musitó Adriana enfurruñada.

—Lo que me extraña es que tú hayas sido puntual —comentó Jimena de soslayo.

—Ya os dije que mi situación en el curro ha cambiado. Ahora Pipa sigue azotándome con su indiferencia, pero al menos salgo a mi hora.

Jimena hizo una especie de asentimiento, como si en el fondo no creyera que ahí terminaban mis problemas laborales pero no quisiera ser agorera. Después, desvió su mirada hacia Adriana.

—¿Qué te pasa, zanahoria? Estás del color de la remolacha.

—No estoy segura de querer hacer esto.

—Venga, tonta. Necesitas un vibrador que te quite ese ceño fruncido.

Jimena nos plantó un beso en la mejilla a las dos y se aventuró hacia el interior de la tienda con paso firme y seguro.

—¡¡Venga!!

Estaba en lo cierto cuando dije que debíamos haber escogido otro local. Las tiendas de juguetes eróticos han evolucionado mucho y ya no son esos sitios oscuros que dan un poco de grima. Suelen ser locales bien iluminados, decorados con cierto gusto y que presumen en sus estanterías del género sin caer en la chabacanería. No es que sea una clienta asidua, pero cuando compré mi vibrador no sentí atisbo alguno de vergüenza. Pero, claro…, había sido Jimena la que había elegido el sitio y dijo querer «la experiencia completa». Si la calle Montera ya era, a ciertas horas, territorio comanche, una tienda erótica allí rozaba lo *kitsch*.

—Hola, cielos —nos saludó la dependienta con una sonrisa. Llevaba una camiseta de tirantes que dejaba a la vista dos grandes melones y el tatuaje que le cubría uno de sus hombros: manchitas como de leopardo—. ¿Os puedo ayudar en algo?

—Queríamos echar un vistazo. —Le sonrió Jimena—. Pero si tenemos alguna duda te preguntamos.

—A mí o a mi compañero, que anda por ahí.

Le dimos las gracias y nos giramos. Frente a nosotras, Adriana observaba con cara de horror un superpollón de plástico.

—Pero…, pero… ¿esto para qué es?

—Para hacer escalada —respondió ligera Jimena—. Vamos a centrarnos.

—¿Qué buscamos? —le pregunté.

—Cualquier cosa que pueda introducirse por el orificio anal sin riesgo a terminar en un hospital ni por pérdida del artilugio ni por desgarro.

—Esto está siendo, con diferencia, lo más raro que he hecho en mi vida —rumié.

—Pues piensa que la pelirroja ha hecho un trío con una tía y verás cómo se te pasa.

Adriana contestó con un gruñido y Jimena lanzó una carcajada mientras se adentraba en un pasillo.

—Nunca había venido a una tienda de estas —musitó Adri echando un vistazo a las estanterías.

—Pero Julián y tú sí que habéis probado…

—Sí. —Levantó las cejas sin mirarme—. Pero si te digo la verdad, no les encuentro la gracia. A veces dice más un beso en la palma de la mano que un motor vibrador de estos en pleno… —Se volvió hacia mí y sonrió con cierta candidez—. Ya me entiendes.

Iba a contestarle algo sobre la diferencia entre la funcionalidad y la emoción cuando escuchamos a Jimena:

—Chicas, ¿qué os parecen los collares estos con bolas?

—¿Collares con bolas?

—Sí. —Se asomó con una ristra de bolas unidas por un cordón. Las bolitas iban de menor a mayor tamaño conforme se acercaban a la anilla—. Esto. Es como elegantón, ¿no?

—¿En serio te preocupa la elegancia en estas circunstancias?

—La elegancia es una cosa intrínseca del ser que la posee, queridas —contestó ufana—. No hay que olvidarla jamás.

—Es un juguete sexual, no el collar de perlas de Coco Chanel, Jimena —respondí.

—Bah, pandilla de mojigatas. No tenéis ni idea.

Vi a Jimena desaparecer de nuevo en el pasillo y al volverme, me encontré a Adriana sosteniendo una cajita donde se podía ver un tapón anal terminado en una especie de colita animal. Sí…, de pelo.

—¿Para qué es esto? —me preguntó.

—Pues… es un tapón anal, cielo.

Miró la caja con el ceño fruncido y me lo volvió a enseñar.

—¿Quién quiere meterse algo por ahí que le deje colgando la cola de una mofeta?

—Ay, no sé, Adri. —Me froté la frente.

—Tú eres la experta.

—Tener un vibrador no me convierte en experta. Me convierte en una mujer normal.

—¿Y esto? —Jimena apareció nuevamente de la nada cargada con una cajita de plástico retractilada en la que se podía ver todo el contenido—. Es un kit de iniciación anal.

Le eché un vistazo y me mordí los labios por dentro intentando que no se me escapara la carcajada antes de soltarle la broma.

—Es elegantón —tercié.

—Y tú idiota —rugió de vuelta hacia el pasillo—. No me estáis ayudando nada. Haced algo por la patria y preguntad a los profesionales, por favor. Al final la voy a cagar pero de verdad.

—Es que la vas a cagar compres lo que compres —se quejó Adriana—. No protesto por mojigatería. Vas a comprar juguetes sexuales con los que evitar una conversación sensata, madura y necesaria con el que quieres que sea tu novio.

—Es mi novio.

—Si eso es con lo que te quedas de todo mi comentario…, en fin. Perdona… —La pelirroja se dirigió al chico que ordenaba cosas en un pasillo—. ¿Kits anales para parejas?

—Uhm… —Se volvió hacia nosotras y no pudo evitar echarnos un vistazo curioso—. Para parejas… pues… no sé si hay algo tan concreto. Pero ¿queréis para los dos o solo para uno?

—Para uno —aclaró Jimena volviendo a aparecer—. La otra parte de la pareja tiene ya de serie un elemento penetrador.

—El chico arqueó las cejas—. Es para mi novio —añadió Jime—. Creo que le gustaría probarlo.

—Vale. —Sonrió el dependiente—. ¿Buscas algo como un plug anal o…?

—Perdona mi ignorancia… ¿Qué es un plug? Suena a bizcocho de mantequilla.

Contuvo la carcajada como un profesional.

—Empecemos por lo básico… Acompáñenme, señoritas.

—Casi…, casi explícaselo solo a ella. Nosotras nos damos una vuelta por aquí…, igual encontramos algo más acorde a nuestras necesidades.

—Eso. Seguro que encontráis algo grande que os quite el cinismo a base de vibración —dijo Jimena antes de darse la vuelta con un golpe de melena.

—Esta tía es tonta. —Se rio Adriana—. Ya verás qué risa cuando saque el «manolo» del cajón y le diga al otro que se lo quiere meter.

Sonreí y Adri se tapó la boca para no reírse a carcajadas. Cuando se nos escaparon un par de pedorretas de entre los labios, comiendo la risa, nos alejamos adentrándonos en otro pasillo para no sufrir la ira de Jimena.

—¿Cómo es el que tienes tú?

—Uno muy normalito. Un conejito de esos. —Señalé un vibrador rosa—. ¿Y el tuyo?

—Lo tiré. No me gustaba. Y cogía toda la pelusa del cajón de las bragas.

—Es que tienes que comprarle una funda.

—Da igual. Si quiero cosas entrando en mí, ya tengo a mi marido.

—Pero no es lo mismo —me quejé—. El conejito a veces sirve como un mimo para una misma.

—Claro. Igualito que darse un baño, abrir una botella de vino y leer un libro.

—¡Sí! —defendí.

—Ya no sé si es que yo ando muy despistada con el tema o si en realidad es más complicado de lo que parece. —Suspiró.

Cogió un dildo de la estantería y me lo enseñó con una sonrisa avergonzada.

—¿Por qué tiene dos puntas?

—Me imagino que porque… es para… doble uso.

—¿Se dobla y se mete por…? —empezó a decir.

—Ehm…

—Ese es para dos chicas —terció la dependienta desde el mostrador—. Se pone entre las dos y…

—Ya. Ya lo capto —la cortó Adri.

Lo dejó en la estantería rauda y veloz y se apartó hacia la puerta, junto al stand de los preservativos de colores y los lubricantes de sabores, pero sin prestarles atención.

—Me estoy agobiando aquí dentro —sentenció cuando la seguí, antes de que pudiera preguntarle qué le pasaba.

—¿Por algo en concreto o…?

—Está oscuro. El techo es muy bajo. Hace calor. No lo sé.

Arqueé las cejas y, para no violentarla más estudiando su expresión, fingí desviar mi atención hacia los productos expuestos detrás de ella. Cogí una caja de condones con estrías e hice como si leyera el reverso con mucho interés.

—¿Qué es? —me preguntó tras unos segundos de silencio.

—Condones con estrías. Aquí pone que potencian el placer femenino. Creo que deberíamos llevarnos una caja. —Levanté la mirada y le sonreí—. Bueno…, tú no, que vas a empezar a buscar el bebé. —Se movió incómoda y me arrepentí de haber sido tan directa—. La primera mamá del grupo —quise suavizar.

—Tú… ¿crees que me estoy equivocando con esta decisión?

—¿Yo? —Me señalé con la caja de preservativos en la mano—. No soy quién para juzgar esa decisión, Adri.

—Te estoy pidiendo tu opinión.

—Creo que no tengo toda la información necesaria para emitirla.

Adriana se quedó mirándome y yo a ella. No desvié los ojos de los suyos y me pareció que, durante unas milésimas, se planteaba contarme toda la verdad y que yo asumiría que mis sospechas eran reales, pero parpadeó, apartó la mirada y todo se rompió.

—Lo sabes todo —mintió.

—Pues entonces quizá me falla la perspectiva, como a Jimena —bromeé—. ¿Qué te dice al respecto tu amiga…, ehm…, Julia?

—¿Qué tiene que ver ella con lo que te estoy diciendo? —Se tensó.

—Bueno, te va a dar una opinión menos polarizada. Por eso dije su nombre…, podría haber dicho el de cualquiera de tus compis de curro, pero no me acuerdo de cómo se llaman. —Pareció arrepentida por su reacción y miró al suelo—. ¿Lo has comentado con alguien más aparte de nosotras? —insistí. Algo me decía que iba por buen camino.

—Es que Julia y yo nos hemos distanciado un poco. Era… raro.

—¿Raro?

—¡¡Chicas!! —gritó Jimena—. ¡¡Ya lo tengo!! —Se asomó con una cajita en la mano y la agitó—. El dildo anal más discreto y elegante del mercado. Ahora sí que sí. Por cierto, Maca…, he visto uno de esos vibradores pequeñitos de los que me hablaste aquella vez, los de la pepitilla. ¿Tú qué llevas ahí en la mano? ¿Condones? ¡Venga, pagamos y vamos a tomarnos algo, a ver si engañas a alguien para usarlos!

12
Dudas, vibradores y profilácticos

Salimos de la tienda en dirección a la mal llamada plaza de la Luna (que en realidad se llama plaza de Santa María Soledad Torres Acosta) para tomarnos algo en la terraza que se extiende, ya sea verano o invierno, en su centro. Cerca habían abierto recientemente una tasca de tapas de autor regentada por la mujer de un famosísimo chef que, según decían, nada tenía que envidiarle a su aclamado marido. Teníamos intención de acercarnos para, con suerte, conseguir mesa y cenar algo rápido y rico, pero aún era pronto. Empezaba a hacer calor y estábamos sedientas, así que nos pareció buena idea hacer una parada previa.

Jimena andaba muy contenta con su bolsa en la mano, parloteando sobre la mejor manera de proponer el uso del amiguito que había comprado, mientras Adriana insistía en que debía mantener una conversación sincera antes de la introducción del tercero de silicona en la cama. Yo escuchaba, pero no participaba; andaba un poco a desgana, con la bolsa del sex shop escondida en mi gran bolso, con la caja de condones estriados y un vibrador color turquesa chiquitito pero matón que todas las blogueras estaban encumbrando como el mejor amigo de las treintañeras. No sé muy bien qué tienen que ver los años aquí, pero como andaba a punto de cumplir esa cifra que parece la segunda mayoría de edad, era barato y estaba ávida de experiencias, la nueva Macarena lo compró con la esperanza de usarlo más acompañada que sola.

En la puerta de la comisaría que hace esquina en una de las calles que da acceso a la plaza, dos policías conversaban y como, lo siento, siempre me ha gustado más un uniforme que a un tonto un lápiz, me quedé pasmada mirándolos. Quizá por superficialidad (estaban más buenos que una tosta de micuit de pato con mermelada de higo), quizá con ganas de distraerme de las sensaciones extrañas de un día como aquel. Primero me planteaba que el problema entre Pipa y yo no fuera ella, sino mi tendencia a juzgarla como una persona vacía y sin sentimientos; después presionaba a Adriana para que me contase algo que ni siquiera sabía si existía y… juzgaba un pelín su decisión de dejar los anticonceptivos. Por no hablar de mi fracaso estrepitoso intentando quedar con el maldito sobrado que había conocido en esa aplicación para ligar.

—¿En qué irá pensando Maca que va tan callada?

—En Pipa, seguro —terció Adriana rápida, supongo que por miedo a que sacase su tema de nuevo delante de Jimena, que tenía el mismo tacto que un estropajo de fregar cazuelas.

—Pues sí, en Pipa. —Quise resumir en eso todas mis ansiedades—. Sin dramas, que conste, pero… hoy mi ayudante me sugirió la posibilidad de que Pipa sea una buena chica que se siente sola. Y no dejo de darle vueltas.

—¿Por? Dicen que el éxito es una casa grande, lujosa y muy vacía —respondió Jimena parándose a dos o tres zancadas de los policías—. No resulta tan raro de creer.

—Y no lo es, pero… ¿en qué lugar me deja eso? —Arrugué la nariz despegando la mirada de los jamelgos—. Ya os lo digo yo: en el de la ayudante envidiosa que juzga duramente a su jefa haga lo que haga.

—¿A qué viene esta crisis de creencias? —se burló Adriana—. Cíñete a la realidad, sin juicios: te encargas de ab-

solutamente todo el trabajo, cuesta arrancarle los agradeci-
mientos, es bastante tirana y no os entendéis. No hay más que
rascar. Nunca seréis amigas. No lo intentes.

—Uno de mis compañeros —intervino Jimena— tiene
un calendario de mesa que se ha quedado anclado en junio del
año noventa y siete. Nunca lo cambia porque dice que quiere
tatuarse a fuego la frase de ese mes; pone algo así como: «Cuando
comprendas que menos gente supone menos problemas, dejarás
de querer ser amigo de todo el mundo». Si quieres se lo pido prestado y lo pones en tu escritorio, Maca.

—Desde luego, sin ti tendría muchos menos quebraderos de cabeza —rezongué—. No es eso. Es que… me da la
sensación de que mi ayudante se lleva mejor con ella que yo
y… acaba de llegar.

—¡Claro! Es por eso: acaba de llegar y aún está fresquita.
No tiene el acumulado de la Bonoloto como tú. Ya verás cómo
termina quemándose.

—Tampoco es que se lo desee. —Reanudamos el paso—.
Oye, ¿habéis visto a los policías de la puerta? ¿Soy yo o estaban
de toma pan y moja?

—Estaban bien buenos. —Sonrió Jimena—. Y parecías
tonta.

Tonta no sé, pero lo de mirar por dónde ando…, lo llevo
mal. De los tres escalones que te llevan a la explanada de la
plaza donde se extiende la terraza, solo vi uno, de modo que me
tropecé con el segundo y, por ende, con el tercero.

Fue como una de esas películas americanas…, lo vi todo a
cámara lenta: los bracitos de Adriana tratando de alcanzarme.
Jimena dándose cuenta tarde. Mi vago intento por alcanzar la
barandilla de la izquierda y el primer traspiés al que siguen cinco más. Gracias a Dios no pude verme desde fuera, porque no
creo que pudiera superar jamás la imagen: yo, todo brazos en
aspa y piernas a lo Lina Morgan, luchando por no caerme de

bruces para terminar haciéndolo a los pies de una de las personas que se sentaban en la terraza. Las manos en sus dos rodillas, la cabeza prácticamente en su entrepierna y el bolso abierto de par en par y con todo su contenido desperdigado entre la mesa, el suelo y su pecho. Si yo hubiera sido alguna de las personas de alrededor, me hubiera meado encima de la risa.

—¡¡Por el amor de Dios, qué vergüenza!! —escuché a Jimena.

—¿Estás bien? —le siguió Adriana, que no se acercaba para no reírse en mi cara.

Levanté el rostro del paquete de aquel tío desconocido y reparé en que sobre su pecho, encima de aquella camiseta granate lisa, descansaba la caja de mi vibrador, con medio cacharro fuera.

—Me cago en mi alma —gruñí.

—Estoy bien, gracias por preguntar —escuché decir al tío sobre el que me había caído.

—Yo también, muy agradecida por tu preocupación.

—Casi me castras con la cabeza —dijo de nuevo.

—Una pérdida para el mundo, sin duda.

Tiró de mis brazos hacia arriba y antes de levantarse, agarró la caja que tenía en el pecho. Fue entonces cuando me atreví a mirarle a la cara, pero solamente para cerciorarme de que sabía lo que estaba sosteniendo. Me encontré con un tío con la típica barba que hoy en día llevan casi todos los hombres… Un tío que muchas chicas podrían considerar guapetón, pero al que cierta expresión petulante restaba atractivo. Pelo castaño claro, camiseta lisa y pantalón vaquero, no muy alto, pero más alto que yo… Un buen espécimen de macho humano.

—Toma, cielo, tu consolador —dijo con sorna.

Y gilipollas. Eso también.

—No es un consolador…, no tiene que consolarme nada. Es un vibrador, que vibra y me alegra la vida —le respondí bastante molesta, arrebatándole la caja y metiéndola de nuevo en mi bolso.

—Perdóneme usted…

Me aparté el pelo de la cara y no pude evitar repasar el paquetón que se le marcaba en los vaqueros. Ehm…, buen espécimen, gilipollas y bien dotado.

—Perdonado. Disculpa que estuviera a punto de desnucarme.

—Si es que vais como locas encima de esas plataformas.

Le lancé una mirada poco amable, y sonrió con chulería.

—¿Sientes amenazada tu masculinidad por nuestros tacones?

—No, por Dios. Si además se nota que los necesitas para poder hacer vida normal, ¿verdad?

Ay Dios. ¿Me acababa de llamar…? ¿Qué coño me acababa de llamar?

—Maca, ven, hay mesa ahí —escuché decir a Jimena, que pasaba de mi caída como de la de la Bolsa.

—No quiero sentarme en esta terraza —gruñí sin volver la cabeza hacia ellas del todo—. Hay mucho animal suelto por aquí.

Me limpié las rodillas con dignidad, metí dentro del bolso las llaves, la cartera y el cargador del móvil que se habían desperdigado sobre la mesa y me lo colgué al hombro. Vi a Adriana por el rabillo del ojo, sujetándose la barriga, roja como un tomate y muy preocupada por que su ataque de risa no emitiera ningún sonido. Hija del mal.

—Cielo… —me llamó el desconocido mientras volvía a sentarse—. Te dejas esto.

A sus pies, el paquete de condones. ¿Algo más, karma? ¿Qué coño te hice yo cuando nací para que las fuerzas estén tan desequilibradas en nuestra relación?

—Gracias —dije cuando me los alcanzó.

—¿Estriados? Creo que por aquí alguien necesita sumar esfuerzos.

—Sí, porque si tengo que esperar que el placer me lo proporcionéis vosotros, voy lista. Adiós, desagradable.

—Adiós, preciosa.

¿Preciosa? Ese tío era imbécil. Esa clase de imbécil que porque se ha acostado con muchas cree que sabe de mujeres. Aunque…, claro, a fuerza de practicar, alguna cosa sabría hacer. Alguna cosa efectiva, me refiero. Si el bulto que se entreveía en su paquete no eran imaginaciones mías provocadas por una especie de delirio de vergüenza, tenía buena materia prima.

Mientras andaba hacia donde Jimena se había sentado, con intención de arrancarla de allí y marcharnos a otro lado, lancé una miradita hacia atrás. Seguía mirándome, sonriendo de medio lado, sentado, con las piernas un poco abiertas en una postura un poco… ¿de ofrecimiento? Me giré de nuevo. Era mejor mirar por dónde andaba. A Adriana, la misma que se había tenido que sentar en un banco para intentar sofocar el ataque de risa, ya la recogería cuando consiguiera sacar a Jimena de aquella plaza.

Menudo imbécil. Un tío normal hubiera preguntado si estoy bien, ¿no? Seguro que en Tinder ese tío se haría llamar «Paquetón 2000» o algo por el estilo. Seguro que jugaba a lo de desaparecer durante horas antes de contestar un wasap. Aunque… sería práctico encontrar un tío así en Tinder. Me refiero al hecho de que no preguntase nada, que lo diera todo por sabido. Un tío con el que solo…, solo follar, con el que no me interesase mediar conversación ninguna. Uno con el que disfrutar de la nueva Macarena durante el tiempo que me durase aquella fase posruptura tan nihilista.

Me paré en seco.

—¡¡Maca!! ¡¡Tengo sed!! —se quejó Jimena haciendo aspavientos con los brazos.

Me di la vuelta y fui directa hacia el desconocido de nuevo. A Adriana se le pasó hasta la risa. Tenía un plan. Y debía adivinárseme en la cara.

Cuando llegué, me miraba entre la sorpresa y la curiosidad, con la cerveza pegada a los labios.

—Oye…

—¿Qué pasa? —Bebió y dejó de nuevo la copa en la mesa.

—¿Estás esperando a alguien?

—¿Cómo? —Volvió la cara en un gesto rápido, como si no me hubiera escuchado bien. Me dieron ganas de abofetearlo, pero era guapo y seguro que sabía hacer cosas que yo quería hacer.

—Que si esperas a alguien: novia, mujer, amante…

—Espero a un colega.

—Bien. ¿Eres hetero?

—Eh… —Parpadeó y asintió— Sí, aunque no sea de tu incumbencia.

—¿Por qué no me das tu número?

—Perdona…, ¿me estás pidiendo el número?

—Sí —asentí.

—¿Para… qué? ¿Vas a denunciarme por caerte a mis pies?

—Seré clara antes de salir corriendo muerta de la vergüenza, ¿vale? Acabo de salir de una ruptura…, una de esas de las que sales con ganas de juerga. Quiero tener una aventura: sórdida, sin implicaciones emocionales y sexi. Sin jueguecitos de «ahora no te contesto el mensaje». Algo directo y sin dobleces. Tú estás bueno, lo sabes y estoy segura de que no me vas a caer demasiado bien, por lo que pareces un buen candidato. ¿Me das tu número?

No despegó la mirada de mi cara durante unos segundos que me parecieron eternos. Después echó mano al bolsillo trasero de su pantalón vaquero y cogió la cartera, de la que sacó una tarjeta. Antes de tendérmela me preguntó:

—¿Tienes alguna enfermedad mental? ¿Arranques de ira? ¿Oyes voces que te dicen que nos mates a todos?

—No, idiota. ¿Es que una chica no puede entrarle a un…?

—Toma. Escríbeme cuando te apetezca. Me encantará caerte mal en esos términos.

Metí la tarjeta en el bolsillo de mi pantalón y dibujé la sonrisa de triunfo más comedida de mi repertorio. Después de una caidita de pestañas, como siempre patosa, anduve hasta Jimena, la levanté a la fuerza de la silla y la arrastré hasta donde Adri me miraba con los ojos fuera de las órbitas.

—Vámonos. Acabo de hacer de comehombres y voy a morir por combustión espontánea generada por la vergüenza.

13
Oye, morena...

—Y le pedí su número.

Candela dibujó un gesto de absoluto aturdimiento al escuchar el final de la historia.

—¿Perdona? A ver si lo he entendido. Te tropezaste en la calle con un imbécil redomado con aires de machito y... ¿le pediste su número?

—Sí. Quiero usarlo. —Sonreí con alegría por ser tan mala.

—Pero ¡si es idiota!

—¡¡Por eso!! Con este no habrá riesgo de confundir las cosas. El último chico del que me colgué iba siempre medio fumado, nunca se peinaba, vivía en un piso lleno de mierda con otros tíos y solo me llamaba cuando tenía ganas de mojar... y aun así creo que llegué a sentir algo por él y su melena a lo Kurt Cobain.

—¿Ese es el actual novio de Raquel? —Frunció el ceño.

—No. Me refería a Coque.

—¿Anterior a Leo?

—No hay nada anterior a Leo.

No me di cuenta del tono en el que había hablado hasta que volví a mirar a Candela, que me arrojaba una especie de lástima que no necesitaba.

—Es... complicado de explicar —le dije—. Lo del tío ese no es tan loco como suena.

—No. —Descruzó los brazos y se enderezó un poco, apoyada en la bancada de nuestra pequeña zona privada—. En realidad vas a hacer lo mismo que la mayor parte de los tíos en esas aplicaciones móviles: una relación superficial y meramente sexual con alguien a quien no te interesa conocer en realidad.

—Amén. —Sonreí y levanté el café a modo de brindis.

—Suena a que va a terminar fatal. —Se rio antes de dejar el vaso usado en el fregadero.

—Gracias por los ánimos.

—¿¡Hola!?

Una voz saludó desde la entrada y me asomé para encontrar a Raquel con un pantalón pitillo clarito, una blusa blanca de hombros descubiertos y unas sandalias joya preciosas. Llevaba el pelo ondulado y recogido en una coleta, y estaba tan guapa que entendí que el «ex amor de mi vida» estuviera saliendo con ella. Espera… ¿de dónde venía aquel pensamiento?

—¡Ey! ¿Qué haces por aquí? Y sobre todo… ¿cómo has entrado? —Me reí.

—Tu jefa volvió a dejar la puerta abierta, me temo.

—Sí, es que ya sabes, cierra mal y los portazos son una ordinariez.

—Hola. —Candela se asomó por detrás de mí y la saludó—. ¿Qué tal?

—Muy bien. ¿Qué tal tú? ¿Qué tal tus primeras semanas?

—Parece que llevo aquí toda la vida. —Sonrió.

Llegué hasta Raquel y le di un beso y una suerte de abrazo breve.

—¿De qué evento hiperglamuroso y lleno de adonis vienes? —le pregunté con sorna.

—Nada de adonis. Vengo de echar un vistazo por Serrano. En Yves Saint Laurent están de rebajas privadas y me llamó Victoria.

—Qué maja, Victoria. —Sonreí. De qué cantidad de aprietos me había sacado cuando a Pipa se le antojaba algo agotado—. ¿Y pasabas por aquí con alguna intención en concreto?

Sonrió malignamente antes de añadir lo que yo ya sabía que diría:

—¡Nachos y margaritas!

Riéndome fui hacia mi ordenador, revisé el calendario, los recordatorios para el día siguiente, la bandeja del mail y eché un vistazo a Instagram, para ver cómo marchaba la última publicación.

—¿Qué haces? ¡Venga! ¡Que tengo sed!

—¿Quieres una botella de agua? —le ofreció servicial Candela.

—De lo que tiene sed esta no es de agua —respondí con sorna—. Ya voy. Déjame que lo deje todo bien cerrado. No quiero desatar la furia de la bestia.

Apagué el ordenador y me cargué el bolso en el hombro. Candela, por su parte, había vuelto a sentarse frente al suyo y, por encima de la pantalla, observaba mis movimientos como quien no quiere la cosa. Miré a Raquel, que entendió lo que le estaba consultando sin palabras e hizo una mueca como respuesta; después eché un vistazo al reloj. Eran las cinco y media.

—Oye, Candela…, Pipa ya no va a volver y lo tenemos todo bastante adelantado. ¿Por qué no te vienes a tomar algo con nosotras?

—No quiero molestar. —Negó con la cabeza.

—No es molestia. ¿A que no, Raquel?

El labio superior de Raquel se arqueó involuntariamente mientras me miraba y su boca decía todo lo contrario que su expresión:

—No, mujer.

—Es que es pronto —terció Candela—. No me gustaría escaquearme del curro.

—No es escaquearse. Faltan treinta minutos para la hora oficial de salida y está todo controlado. Pipa me llamará al móvil si le surge algo y…, bueno, así compensamos algún que otro minuto extra que ya hemos echado, ¿no?

Hizo una mueca.

—Ve tú, en serio. Yo me quedo. Voy a seguir editando unas fotos para el blog; eso que tenemos adelantado.

—Vale, pues… —Miré a mi alrededor y después la mueca de Raquel, que estaba claro que tenía muchas ganas de un margarita—. Ven cuando termines si te apetece. Estaremos en La Lupita, en la esquina de Villanueva con Lagasca.

—Genial. Pues luego me uno.

Me volví y le indiqué a Raquel la puerta con un ademán. Fuimos las dos en silencio hasta que cerramos la puerta externa del ascensor (uno de esos con historia), momento en el que la miré y me contagié de su mueca.

—¿Por qué me voy sintiéndome juzgada?

—Porque la rapaza esta es una lista. Ten ojos en la nuca.

—¡Sí, hombre! ¡Qué mal pensada, Raquel!

—Hazme caso, Macarena. Eres muy buena y hay gente muy lista.

—Ese comentario no te pega nada. Las mujeres tenemos que dejar de pensar en las otras como competidoras para empezar a considerarlas como compañeras, ¿no crees?

—Yo sí lo creo, pero hay mucha gente que aún no sabe que para brillar uno no tiene por qué apagar la luz de los demás. Ándate con ojo.

Cuando llegamos al portal, ya tenía más ganas de ese margarita.

Nos sentamos en una de las mesas que hay junto a la ventana. En verano, como era el caso, abren ese espacio a la calle, como en una especie de terraza interior en la que, para fastidio de Raquel, no se podía fumar.

Pedimos dos frozen margarita de limón y un plato de nachos para merendar.

—Lo de merendar nachos ya no te parece tan raro, ¿eh? —la pinché, aunque su vientre seguía siendo más plano que mi pecho cuando me tumbaba.

—Es cosa tuya. Incorporas en mi vida nuevas y malsanas costumbres.

Las dos nos reímos y me apoyé algo agotada en la mesa.

—No sé si es el calor o qué, pero estoy muerta.

—¿Cómo no vas a estarlo? Tienes mucho trabajo —dijo Raquel, comprensiva.

—No tanto. Tú llevas todas tus redes y no tienes ayudante. Ahora somos más manos para organizar todo el contenido de Pipa.

—Publico con mucha menos asiduidad que Pipa, viajo menos y cubro menos temas en mis redes. Es más fácil así… por no hablar de la ingente cantidad de seguidores que tiene más que yo. ¿Ha llegado ya a los dos millones?

—No. —Negué humedeciéndome los labios—. Un millón setecientos veinte mil, dato actualizado; le he mandado el reporte de redes esta misma mañana.

Un soniquete repetitivo invadió la conversación y Raquel echó mano rápidamente del móvil que descansaba sobre la mesa; me dio tiempo a comprobar que el nombre que aparecía en la pantalla era el de Leo.

—Dime —contestó correcta tras echarme un vistazo que no me pasó desapercibido. Apoyó la cabeza en la mano con la que no sostenía el teléfono y la vi sonreír—. ¿Ya? Pensaba que te quedaban dos clases más. Tengo lío con tu horario; vas a tener que hacerme una copia.

Se echó a reír mientras escuchaba. Casi podía imaginarme la voz de Leo al otro lado de la línea, guasón, relajado, seductor.

—Pues… me acabo de sentar en una cafetería para tomar algo con Maca. Bueno…, es mentira: estamos en La Lupita a punto de bebernos un margarita y jodernos unos nachos. —Me guiñó un ojo—. Te veo si quieres cuando acabe…, ¿eh? Bueno, puede que tarde.

—Dile que venga si quiere —le dije, tocando su brazo.

—¿Estás loca? —se burló en voz baja, apartando el móvil—. Juntándoos aquella vez en Malasaña ya aprendí la lección.

—No seas idiota. El otro día fuimos muy amables en la fiesta.

—Es verdad. Eh…, Leo, dice Macarena que vengas si te apetece. —Pausa—. En el barrio de Salamanca. —Le siguió el rumor de su voz disparando preguntas a través del altavoz pegado a la oreja de Raquel—. Sí. Ehm…, no. Vale. Te mando ubicación. Ok. Adiós.

Dejó el móvil sobre la mesa de nuevo y me miró fijamente.

—¿Me odias? —soltó.

—Claro. Mides dos metros —le respondí—. Y tienes esa especie de abdominales que no lo son y que quedan tan sexis.

—Te lo estoy preguntando de verdad.

—Qué cansina —me quejé dejándome caer en la mesa—. De verdad, esa historia está cerrada.

—El otro día me contó que… —jugueteó con sus uñas—, que estuvisteis a punto de casaros.

Me incorporé y cogí aire.

—Sí. Pero no lo hicimos… gracias a Dios.

—¿Por qué «gracias a Dios»?

—Porque hubiera sido un desastre —repetí lo que tantas veces escuché sobre nosotros—. ¿Qué tal os va?

—Bien.

—¡Oye! —me quejé—. Puedes hablarme de él con naturalidad. De lo que te preocupe o de lo que no entiendas. Eres mi amiga y le conozco bien. Aprovéchate.

—Es raro. —Hizo un mohín—. Pero lo superaré. Y me aprovecharé de ti.

Una copa de cóctel preciosa y coronada con sal apareció en la mesa frente a mí, seguida de otra para Raquel. Ambas sonreímos entusiasmadas.

—¡Qué rico!

—¡Por nosotras! —propuse yo.

Por nosotras, independientemente de su novio…

Mientras esperábamos a que Leo llegase, le conté a Raquel que había «conocido a alguien», aunque esa expresión no se ajustara demasiado a la situación. Le fui desgranando los detalles poco a poco, conforme el tequila y el triple seco iban deshaciéndose de mi vergüenza. La historia la entusiasmó, claro. Era una especie de *sketch* mitad humor mitad ciencia ficción y casi hasta disfruté contándolo. Ambas hicimos bromas e imaginamos cómo sería cuando me animase a escribirle al mozal bete en cuestión, hasta que la vi consultar la hora un par de veces.

—¿Cómo venía? —le pregunté.

—¿Qué?

—Leo, ¿cómo venía hasta aquí? No me lo digas…, andando. Siempre va andando a todas partes; ni siquiera coge el ascensor. Es un tío raro —me burlé.

—No. —Se rio—. Se ha comprado una moto para moverse por Madrid. Por eso me extraña que no haya llegado aún. ¡Mira! Hablando del rey de Roma…

No me dio tiempo a digerir la imagen mental de Leo subido en una moto. Me volví hacia mi espalda justo a tiempo de ver cómo se bajaba de una (negra, elegante, sin estridencias, no demasiado grande) y se quitaba el casco. Jooooooooooooooodo petaca. Se ajustó los pantalones vaqueros, se peinó el pelo hacia un lado y vino hacia nosotras con una sonrisa estupenda…, la que siempre tuvo, el muy cabrón. Dediqué una décima de segundo a saborear la amargura en mi paladar… ¿Soy la única a la que le da la sensación de que nuestros ex siempre están más guapos en la fase posruptura? Ahí estaba él, tan guapo, tan «bajando de su moto», tan profesor de universidad sexi. Maldita sea.

—Hola —me saludó antes de inclinarse hacia Raquel—. Hola —repitió antes de darle un escueto beso en los labios—. ¿Qué tal?

—Bien. ¿Y tú? —Le mantuve la mirada con una sonrisa, muy preocupada de pronto por demostrarle que no me molestaba en absoluto (cof, cof, cof) que la besase delante de mí.

Era una experiencia nueva. Aún tenía que analizar lo que había sentido. Pero lo haría después de otro margarita.

—Bien. Con el fin de curso y esas mierdas, pero bien. ¿Queréis otro? Voy a pedir.

—Sí. Otra ronda. ¿Tú vas a querer uno de estos? —le preguntó Raquel.

—¿Qué? No. —Sonrió—. Yo quiero una cerveza.

—Eso. Pídete una cerveza. Esto es para chicas duras —contesté.

A Leo se le escapó una carcajada mientras le hacía señas al camarero para pedir. Miré el móvil.

—Esta chica…, ¿no habrá salido o se ha pirado sin pasar por aquí? —me pregunté en voz alta.

—¿Te refieres a tu ayudante?

—Sí. Esa de la que opinas que no es de fiar.

—¿Quién no es de fiar? —preguntó Leo.

—Su ayudante. Es una trepa, pero aún no ha dado la cara.

—¡Calla! Las tías somos lo peor. Siempre pensamos fatal de otras compañeras de trabajo.

—No es el caso. Pensaría lo mismo si fuese un tío —se justificó.

—Pero no lo es —me quejé.

—Oye, antes de que venga…, porque ten claro que va a venir —puntualizó Raquel—. ¿Podemos cotillear ya sobre la boda de tu jefa o vas a fingir que no sabes de lo que hablo?

—¡¡¿Cómo narices lo sabes?!! —Me reí—. ¡¡Estás en todas partes, joder!!

—El anillo para la pedida es de una joyería nueva del centro y conozco al dueño. Digamos que la negociación para ajustar el precio fue… dura.

—Qué poco profesional que te lo haya contado —mencionó Leo metiéndole mano al plato de nachos.

—Total. Por eso solo lo puedo comentar con Maca —le aclaró—. ¿Qué opinas?

—Pues que los trescientos mil seguidores que le quedan para los dos millones van a llegar volando con el circo que tiene montado. Le he contratado un fotógrafo y todo para la pedida.

—Qué natural.

—Me he inventado que es todo cosa de Pelayo: «Me quiso sorprender con una sesión de fotos especial en los Campos Elíseos. Lo que no esperaba es que fuera a pedirme matrimonio allí mismo».

—Lo tienes todo controlado. —Sonrió Raquel—. Esperemos que con todo el revuelo no salte ningún examante resentido de Pelayo y les joda el glamour.

Pestañeé despacio. Había dicho «ningún». En masculino. Llegaron los margaritas y me abalancé sobre el mío para tener la boca ocupada y que no se me notara la tensión.

—Perdona…, ¿has dicho «ningún examante de Pelayo»? —preguntó Leo—. ¿La que se casaba con el tal Pelayo no era una tía?

—Hasta donde yo sé, Pipa es una tía, sí. Maca seguro que tiene más información. Es posible que la haya visto bañarse en leche de burra.

—Burra eres tú. —Quise desbancarme—. ¿Pedimos algo más de comer?

—Ah. Es bisexual —respondió Leo.

—No —insistió Raquel—. Es gay. Pero Maca, por más que disimule, ya lo sabía.

Eso último lo dijo cuando el margarita granizado se me fue por el lado equivocado y puse los ojos en blanco antes de toser.

—Joder, Raquel. Mierda. No me pongas en este aprieto.

—¿Qué aprieto ni qué leches? ¡Si es un secreto a voces! En el mundillo lo sabemos todos.

—Pero ¿por qué lo sabes todo, joder? —volví a increparla.

—Porque Pipa y yo nos hemos movido durante muchos años por los mismos círculos y al final todo se sabe. Por eso. Pero no te angusties, Maca. Lo comento contigo porque suponía que, de alguna manera, lo habrías averiguado ya.

—Y conmigo porque pasaba por aquí —bromeó Leo con la cerveza cerca de los labios.

—Contigo porque eres mi novio y si cuentas algo por ahí, no sé lo que te hago. Pero te lo hago.

Leo y yo cruzamos una mirada fugaz.

—Pues ya que sale el tema…, vamos a comentarlo, a ver si me ayudas a entenderlo: se casa con un hombre gay —musité—. ¿Por qué?

—Porque está obsesionada con el qué dirán.

—¡Más a mi favor!

—No, cielo. Es una práctica más común de lo que crees. Él se cubre las espaldas y ya nadie dudará de su condición sexual, así los retrógrados de sus padres no le quitarán la herencia; ella consigue lo que quiere: consolidarse entre la clase alta y asegurar un apellido con pedigrí para sus hijos.

—Eso ya me lo contó ella, pero no logro entenderlo. Como si sus apellidos no fueran suficiente. —Suspiré—. ¡Por Dios, Raquel! Si lo tiene todo. Casi ha levantado un imperio ella sola. Debería estar orgullosa y empoderada, no deseando esconderse detrás del apellido de un tío.

—Calla —me dijo Raquel de golpe, cambiando la expresión a una sonrisa comercial—. Ya pensábamos que no venías.

—Hola —saludó Candela—. Es que… llamó Pipa y…

—¿Llamó Pipa? —Miré mi móvil, donde no había llamadas perdidas.

—Sí.

—¿Y qué quería?

—Ah, nada. No te preocupes; una reserva de última hora en un restaurante, pero ya se lo solucioné. Justo conozco al jefe de barra y me hicieron el favor de incluirla. Tú disfruta del margarita. Voy al baño un segundo, ¿vale? Ahora vengo.

La vimos marcharse los tres en silencio y cuando desapareció detrás de la puerta del servicio, nos miramos, sobre todo Raquel y yo.

—¿Habrá escuchado algo?

—Si ha escuchado algo no tiene información para ligarlo con Pipa. No te preocupes —me tranquilizó—. Y para cerrar el tema antes de que vuelva, yo… tampoco entiendo que alguien, hoy en día, haga esas cosas, Maca, pero tengo que respetar su decisión. Ella prefiere condicionar su felicidad al qué dirán y ya está.

—¿Desde cuándo lo que otros opinen de nosotros es más importante que quiénes somos y lo que queremos? —dije con un pellizco de indignación.

—Desde siempre, Maca. —Leo despegó los ojos de Raquel y se volvió lentamente hacia mí—. Desde siempre.

«¿Qué quieres decir, Leo? —quise preguntarle—. ¿Es eso lo que nos pasó a nosotros?».

Cuando Candela volvió y se sentó sonriente a la mesa, Raquel propuso pedir algo más de comer que empapara el tequila en el estómago. Fue simpática, aunque yo que la conocía más podía advertir que no estaba siéndolo tanto como la tarde de la fiesta, cuando las presenté. Algo vio o percibió en Candela que le hizo cambiar su actitud con ella. Y la situación… no es que fuera tensa, pero tampoco era precisamente cómoda, así que Raquel salió con otro tema de conversación en el que sabía que Candela ya estaba al día:

—Oye, entonces…, ¿cuándo vas a escribirle a ese chico?

—¿Hay un chico? —preguntó Leo tirando suavemente de la etiqueta de la cerveza que, de la humedad condensada, empezaba a despegarse—. ¿De Tinder?

—No. Tinder no es para mí. Me cerré la cuenta y eché mano de técnicas tradicionales.

—Lo abordó por la calle —apuntó Raquel mirando a su chico.

—No… —Se rio él mirándome.

—No. Fue peor: me tropecé por la calle y me caí en su regazo. La cabeza en el paquete, por cierto.

—Es una buena carta de presentación —le dio un trago a la cerveza y con la mano libre rodeó la espalda de Raquel—. ¿Y vas a llamarle?

—A escribirle; me manejo mejor con la palabra escrita. Me pondré cachondona. —Levanté las cejas un par de veces.

Leo se limpió los labios con la servilleta antes de apartar la mirada y disimular su expresión divertida.

—¿Te hace gracia? —le pregunté.

—Pide ayuda cuando lo hagas, mejor.

—Eres idiota —le respondí paladeando las palabras, pero con una sonrisa.

—Pues a lo mejor le vendría bien una opinión masculina, ¿no crees, Candela? —Raquel se dirigió a mi ayudante, que observaba en silencio.

—Sí. Estoy de acuerdo. Quizá podrías preguntarle a él. —Señaló a Leo.

—Pues ya sabes… —musitó él antes de mordisquearse el labio inferior—. Soy todo tuyo.

¿Qué? ¿Perdona? ¿Yo preguntándole a Leo cómo ponerme retozona con un tío por mensaje? ¿Cómo había llegado a esa maldita situación?

De pronto, tenía cierta presión en el estómago y la sensación de que me estaba perdiendo algo…, como si algo estuviera sucediendo frente a mis narices pero no pudiera ver más que sombras. ¿Debía preocuparme? Quizá Leo tenía la misma sensación, porque a los dos nos costó apartar la mirada.

14

¿Debilidad o fortaleza?

Adriana estaba pensando en Julia, pero eso no era una novedad. Pensaba en ella todos los días, aunque intentaba evitarlo. Había dos momentos en los que, quisiera o no, su cara aparecía en su cabeza: por la mañana, cuando se despertaba, y por la noche, cuando se metía de nuevo en la cama junto a Julián.

Además, desde que habíamos hablado en el sex shop no dejaba de preguntarse qué opinaría Julia de su decisión de ser madre. Decisión que había comunicado, pero que... no había ejecutado de ninguna de las maneras: no había dejado las pastillas y, aunque lo hubiera hecho, no había peligro porque su vida sexual volvía a ser como antes del trío o... peor. Hacía semanas que no se acostaba con Julián porque ni siquiera podía imaginarse haciéndolo.

Pensó que cuando los remordimientos le dieran tregua volvería a la normalidad, pero... ¿había realmente una normalidad en aquel matrimonio? ¿No era su normalidad una mentira?

La jornada en el trabajo se le hizo cuesta arriba por primera vez en mucho tiempo. Adoraba su trabajo; siempre nos decía que vendía sueños de seda blanca, a lo que solíamos contestarle fingiendo arcadas, aunque nos enterneciera. Pero aquel día..., buff. No dejaba de pensar en cómo sería encontrar un mensaje de Julia en el móvil al salir de allí e irse a pasear o a hacer cualquier otra cosa con ella. Con Julia daba igual. Le encantaba sentarse en el sofá de su piso y mirarla mientras hablaba: sus labios gruesos se movían de una manera tan narcótica… y pensaba en lo suave que era su piel.

Pero eso no iba a suceder y lo sabía.

Cuando salió, aprovechando que Julián tenía citas programadas por la tarde, tal y como le había comentado cuando se tomaron el café aquella mañana, se fue a dar una vuelta, sin saber adónde ir. No tenía ningún destino planeado, pero sin darse cuenta terminó sentada en la plaza del Dos de Mayo, sola en una terraza, bebiéndose una cerveza. Lo más raro es que era la primera vez que se tomaba algo sola en algún sitio… y que no le importaba ser la única persona sin compañía. Lo que realmente le dolía no era estar rodeada de gente en aquel momento… sino la persona que le faltaba sentada frente a ella.

—Perdona, ¿está ocupada? —preguntó una chica señalando la silla que Julia debería estar ocupando.

—No.

Cuando ni siquiera le quedó aquello, cuando se escuchó decirlo, desbloqueó el móvil con el que jugueteaba como escudo, abrió WhatsApp y entró en el contacto de Julia, como otras tantas veces, pero en esta ocasión la desbloqueó y le escribió:

Te echo tantísimo de menos que no sé qué hacer.

Esperó con la pantalla encendida, pacientemente, una respuesta, pero… la gente fue llegando, marchándose, su cerveza se calentó sin apenas probarla y hasta pagó la cuenta sin que esta llegara.

Nunca un viaje en metro se le hizo tan largo.

—¿Julián? —preguntó al entrar en casa.

Nadie contestó. Aún era de día y en la calle se disfrutaba de una brisilla agradable, así que dejó el bolso colgando de un perchero y se dedicó a abrir las ventanas. Olía a jazmín, a verano, y sonrió.

—Con lo bonita que es la vida —se dijo a media voz—. Y lo mucho que te empeñas en complicártela, zanahoria.

Glin, glin.

Se volvió hacia la entrada, donde el bolso aún se mecía vagamente con la inercia del movimiento con el que lo había depositado. Había sonado una notificación de WhatsApp, pero no podía hacerse ilusiones. Podíamos ser nosotras. Podía ser Julián, avisando de que llegaría más tarde. Podía ser su madre, quejándose porque no la había llamado.

Abrió el bolso, sacó el móvil, desbloqueó la pantalla… Y allí estaba:

No puedes hacerme esto, Adriana. No puedes desaparecer, bloquearme y ahora venirme con esta mierda. ¿Me echas de menos? Pues no haberte ido. Cobarde.

No. No podía hacerse ilusiones.

15
Todo tuyo

El sábado aún no había tenido inspiración suficiente (o falta de vergüenza) para escribir al chico contra el que había estampado mi cabeza en aquella plaza. Y no porque no tuviera ganas. Había imaginado unas diez mil variantes de nuestra primera conversación: en algunas yo era ocurrente, sexi y rápida al contestar con bromas que le harían caer rendido a mis pies; en otras me quedaba en blanco y le hablaba como si estuviera contactando con él el contestador automático de algún organismo oficial del Estado, y en unas cuantas, intentando ser ocurrente, sexi y rápida, quedaba como una gilipollas.

Lo más jodido es que no tenía ni idea de cómo era él, qué le haría gracia y cosas prosaicas necesarias, como si era más de tetas o de culo. El *sexting* (como las revistas llaman ahora a las conversaciones subidas de tono por mensaje) no era lo mío, desde luego. Esbocé un par de ejemplos, pero después de releerlos los borré. Resultado: sábado, sabadete y aquí la menda sin polvete.

Sí. Me planteé la posibilidad de echar mano de la oferta de Leo y pedirle consejo sobre cómo hacerlo, pero… seamos sinceras, era una marcianada. ¿Cómo iba a preguntarle a mi ex, al tío que estuvo a punto de llevarme al altar, cómo ligar con otro por mensaje para quedar y chingar? Demasiado surrealista incluso para mí.

Pero al parecer, para él no.

Estaba tirada en el sofá de casa en pijama. Me acababa de dar una ducha y estaba ojeando una de las revistas que Pipa ya había leído, sin más plan para aquella noche. Adriana nos dijo que iba a salir a cenar con Julián y Jimena tenía una prometedora cita a tres después de su primer día a jornada completa en la Feria del Libro: Samuel, el dildo más discreto sobre la faz de la tierra y ella. Creo que ni siquiera quería saber el resultado de aquello. Bueno, miento, soy una morbosa y me encantan estas historias; pasaría vergüenza ajena, pero escucharía la narración de cómo reaccionaba Samuel al amigo de látex, ávida de detalles que luego me quejaría de haber recibido.

Estaba pensando en prepararme algo para picar cuando mi móvil emitió un sonidito sobre el brazo del sofá. Al echar un vistazo a la pantalla esperaba encontrar un mensaje de Jimena pidiendo consejo o de Adriana diciendo que se lo había pensado mejor y proponiendo salir a tomar algo, pero no. No, NO.

Leo:
Raquel insiste (y mucho) en que te pregunte si le has escrito a ese chico y, la verdad, hasta a mí me ha entrado curiosidad. ¿Lo has hecho?

Abrí los ojos como dos platos hondos. ¿Le incumbía a él ese tema? ¿Quería hacerle partícipe? Supongo que no, que la idea era justo la contraria: salir del bucle, hacer mi vida, darme un gustazo, disfrutar de unos meses de hedonismo y después asentarme, pero… le respondí. Creo que fue un alarde de reafirmación. Quería demostrar, de alguna manera, que lo tenía completamente superado.

Macarena:

Pues no, y a estas horas del sábado ya sería
como muy lamentable.

Me sorprendió que los dos tics azules aparecieran al momento, indicando que estaba en línea, esperando mi respuesta. ¿De verdad íbamos a tener esa conversación? Cuando vi que estaba escribiendo, me quedó claro que sí; abandonarla sería como decirle que había algo que me impedía hablar con él de este tema, ¿no? Además, estaba Raquel de por medio...

Leo:

A esta hora será más efectivo. Es una declaración de
intenciones: «Te escribo solamente porque no tengo plan
y porque quiero montármelo con alguien esta noche».

Macarena:

Se te ve muy ducho en esta cuestión.

Leo:

Tres años de investigación de campo. ¿Por qué no le
escribes? ¿No será que esa postura de la Macarena
desinhibida que solo busca un rollo era un farol?

Macarena:

Claro que no. Quiero un rollo, a poder ser que me
caiga un poco mal. No quiero saber nada de su
vida: ni si tiene hermanos, a qué dedica el tiempo
libre o si le gusta Alejandro Sanz. Paso.

Leo:

Solo quieres...

Macarena:

Solo quiero alguien que me parezca atractivo
tendido encima de mí.

Leo:

Si la cosa va solamente de tenderse encima, igual
hasta puedo hacerte el favor; por los viejos tiempos. 😏

Macarena:

No te vengas arriba.

Leo:

Arriba te tienes que venir tú. Venga, escríbele. Yo te ayudo.

Macarena:

Os lo debéis de estar pasando teta, ¿no?
Dile a Raquel que es mala persona.

Leo:

Se lo diré. Estoy de camino a casa. Ella tenía una cena.

Entonces aquella era una «amistosa» charla íntima entre
mi ex y yo, sin que su nueva novia mediara, ¿no? Qué bien. Lo
que más me apetecía para un sábado noche. Mi padre siempre
decía que rectificar era de sabios, así que intenté echarme atrás.
¿Y si después de esa conversación me sentía mal, incómoda,
sola, tonta…? No sabía cuán fuerte era y no me veía preparada
para averiguarlo aquella noche.

Macarena:

Creo que esto va a ser demasiado incómodo.
¿Y si lo dejamos para cuando vaya borracha?

Leo:

Deja de ponerte excusas. ¿Quieres quedar con ese tío o no?
A lo mejor es que te lo has inventado todo.

Macarena:

¡Uy, sí! No sé con qué fin iba a inventármelo.
¿Para parecer más lamentable?

Leo:

Sírvete una copa de vino, bébetela y sigue mis consejos.
Si lo haces, de mañana no pasa.

Macarena:

Deja de tomar esas pastillas que te alimentan
el ego, Leo. No te hacen bien. ¿En qué
momento he pedido yo que me ayudes con esto?

Leo:

Solo me preocupo por tu (no) vida sexual. Nos conocemos…
cuando estás en sequía se te agria el humor.

Macarena:

Vete a cagar al campo.

Leo:

Hagamos una cosa. Escríbeme una propuesta de mensaje
para ese chico. Si me parece correcta…, te dejo en paz.
Aviso a Raquel de que no necesitas ayuda y todos tan
contentos. Ha mencionado la posibilidad de presentarte
a su primo.

Lo que me faltaba. Raquel haciendo de casamentera. No,
gracias. ¿Por qué narices las personas emparejadas sentían la

irrefrenable necesidad de ejercer de alcahuetas con los solteros de su alrededor? ¡Ni que la soltería fuera una epidemia que hay que erradicar!

Macarena:
¿Estás de coña? Dime que estás de coña.

Leo:
Soy un tío muy serio. No bromeo.

Macarena:
Vete a cagar a la vía, que igual la tienes
más cerca que el campo.

Leo:
¿Qué pasa? ¿De pronto te has vuelto tímida?

Macarena:
Esto es lo más raro que hemos hecho en nuestra vida.

Y detrás de ese texto había una súplica: «Por favor, Leo, déjalo correr, me estoy poniendo muy nerviosa».

Leo:
Lo más raro que hemos hecho en nuestra vida fue hacerlo
en la alacena de casa de tu abuela en el pueblo, rodeados
de jamones, botes de mermelada y hogazas de pan.

Macarena:
Te odio desde lo más profundo de mi ser.

Leo:
Hazlo.

Macarena:

¿A qué viene este repentino interés?

Leo:

¿Por qué no?

Ese «por qué no» podía parecer inocuo para muchos. Solo una respuesta. Tres palabras. Pero dentro de estas yo leí muchas más, como: «Ya no importa que estés con otro, ya no siento celos, haz tu vida ahora que yo ya tengo la mía...».

Me venció con tres putas palabras.

Macarena:

A ver... ¿Qué tal si le pongo...? «Hola, tú. No me acuerdo de tu nombre, pero tampoco es que me interese demasiado. ¿Tienes plan? Estoy sola en casa y con ganas».

Leo:

Oh, Dios mío. Macarena, ni de coña.

Macarena:

¿Demasiado hostil?

Leo:

Demasiado de todo lo malo de este mundo. Céntrate. Vale..., ehm..., ¿y si empiezas por tontear un poco para calentar el ambiente primero?

Macarena:

¿Y eso cómo se hace? ¿Le mando una foto sexi?

Leo:

Dejemos las fotos sexis para más adelante.

Aún no estás preparada para esta lección.

Macarena:

¿Entonces?

Leo:

¡¡Tontea!!

Macarena:

No sé hacerlo.

Leo:

Me vas a decir a mí que no sabes hacerlo...

Macarena:

Yo no he tonteado contigo jamás.

Leo:

No voy a discutir sobre esto. Éntrale suave. Pregúntale
qué tal, dile que eres la chica con la que se chocó el
otro día y que le escribes para ir a tomar algo.

Macarena:

¡Uy, Dios mío! ¡Qué tonteo! ¡Para, para, que me estoy
poniendo caliente!

Leo:

Bueno. Pues dile que estás tendida en el sofá de tu casa,
sin ropa interior, planteándote si escribirle o masturbarte
por quinta vez.

Levanté la mirada del móvil y la clavé en la ventana, a través de la que se colaba la tímida luz azul clásica de cuando el sol empieza a bajar de intensidad en verano. Pero la luz me daba igual, claro. No iba a hacer una fotografía artística... solo quería apartar los ojos de la pantalla en la que refulgía el mensaje de Leo.

Leo:
¿Qué? ¿Te has desmayado?

Macarena:
Hace falta mucho más para que yo me asuste, cielo.
Vas a tener que seguir intentándolo.

Cerré fuerte los ojos rezando para que no lo intentase en realidad, hasta que mi móvil vibró de nuevo.

Leo:
Mi consejo es que entres sin grandes alardes sexuales, pero firme. Algo como: «Hola, soy la chica que tropezó contigo el otro día. Mi invitación sigue en pie. ¿Cuándo nos vemos?». No le des la posibilidad de que sienta que es él quien maneja la situación.

Macarena:
Bueno..., a lo mejor te cojo prestada la frase, pero solo para demostrarte que tampoco es que vaya a granjearme muchos éxitos.

Leo:
No seas cría. Venga..., mándaselo.

Dejé el móvil sobre el sofá y me levanté a buscar el bolso, que colgaba del perchero de la entrada como con cara de pena.

Rebusqué en su interior hasta dar con la cartera y saqué la tarjeta que me había dado el chico en cuestión. Ni siquiera me había fijado en su nombre…, Luis.

—Pues mira por dónde, Luis, vas a recibir una oferta que no podrás rechazar —le dije tontamente a la tarjeta antes de volver corriendo al salón, donde la pantalla del móvil ni siquiera se había bloqueado.

Macarena:
Ya está. Voy a escribirle.

Leo:
Venga. Dale.

Salí de WhatsApp, guardé el teléfono en contactos como «Luis Plaza de la Luna» y después volví a entrar en la aplicación para buscarle. Allí estaba, en blanco, una conversación por iniciar.

Hola, Luis, soy Macarena, la chica que se tropezó contigo el otro día. Mi invitación sigue en pie. ¿Cuándo nos vemos?

Le di a enviar sin pensármelo y volví a la conversación con Leo.

Macarena:
Ya le he escrito. Voy a salir de WhatsApp, no vaya a creer que estoy ahí esperando su contestación.

Leo:
De eso nada. No seas ridícula. Quédate aquí hablando conmigo. Así si te contesta, que vea que estás conectada y hablando con otra persona: tienes otras opciones.

Macarena:

No las tengo.

Leo:

Pero él no lo sabe. Además, seamos sinceros..., las tienes;
no sé por qué te ha costado siempre tanto creer que gustas
a los hombres.

Macarena:

Debe de ser porque mis piernas miden lo mismo
que el brazo de una persona normal.

Leo:

¿A eso debo contestar con una obviedad o mejor lo ignoro?

Macarena:

¿Una obviédad?

Leo:

Como tú quieras: tienes unas piernas increíbles, de esas
que un hombre sueña con llevar como bufanda.

Macarena:

¿Como bufanda? ¿Qué...? ¡¡¡Espera!!!
¡¡Como bufanda!! Eres un cerdo.

Me tapé la cara con un cojín y me eché a reír. Una vibración
me avisó de que alguien había respondido. Era Leo otra vez.

Leo:

Así vas calentando motores para la conversación
provocativa con tu «rollo».

Macarena:

Deja de escribir «rollo» con esas comillas impertinentes.

¿Y si contesta que hoy no puede?

Leo:

Le dices que no le has preguntado si podía hoy,
sino que cuándo os veis. Pero luego añade un guiño
o algo, no te vayas a pasar.

Macarena:

Esto es un galimatías. No voy a saber hacerlo. ¿No le
puedo preguntar si quiere venir a mi casa y ya está?

Leo:

Esa es otra... No lo conoces de nada.
¿Lo vas a meter en tu casa?

Macarena:

¿Qué va a pasar?

Leo:

No voy a responder a eso. Gástate la pasta
y vete a un hotel.

Macarena:

¿Eso es lo que haces tú?

Leo escribiendo... escribiendo... escribiendo... Me puse
nerviosísima y además me enfadé conmigo misma por estarlo.

Leo:

Hacía. Eso es lo que hacía yo. Y lo hacía a veces. Mi consejo
es fruto de malas experiencias, pero no voy a entrar en

detalles. Conociéndote, ahora mismo quieres que te lo cuente todo para reírte de mí, pero eso no va a pasar, cielo. Céntrate; cuando te escriba vas a ser tan jodidamente deseable que se le va a poner como una piedra.

Macarena:

No sé hacer eso.

Pero… paradojas de la vida, empezaba a ponerme tontorrona con la expectativa.

Leo:

Si te dijera algo como… «¿Cuál es el plan?», ¿qué responderías?

Macarena:

Tomar algo y lo que surja.

Leo:

Venga, va. Y luego añade: «¿Estudias o trabajas?». No. Eso no se lo digas.

Macarena:

¿Entonces?

Leo:

Sabes hacerlo, Macarena. ¿Cuál es el plan, preciosa?

Macarena:

No voy a hacer esto contigo. No pienso «ensayar» contigo.

Leo:

¿Qué plan propones?

Macarena:

Leo…, de verdad. Esto es muy violento.

Leo:

¿Qué tenías pensado? ¿Algún plan en concreto?

Macarena:

No sé hacer esto. Te lo juro. Déjame en paz.

Leo:

Respuesta incorrecta.

Macarena:

Déjalo ya. Voy a apagar el móvil y a esconderme
debajo de la cama. No hagas leña del árbol caído.

Leo:

No vas a hacerlo. Estás juguetona. Lo sé. ¿Cuál es el plan?

Macarena:

¿De verdad voy a tener que explicártelo?

Leo:

No está mal, pero un poco sobrado. Sé más sutil.
«Nunca he sido de las que elaboran un plan.
Soy más de… como vaya surgiendo».

Macarena:

Nunca he sido de las que elaboran un plan.
Soy más de… como vaya surgiendo.

Leo:

Eso suena bien. ¿Puedes concretar un poco más?

Macarena:

No me gusta hacer spoilers.

Leo:

¡Bravo! Vas cogiéndolo. Otra vez. ¿Y voy a encontrarme
contigo sin saber lo que me espera?

Macarena:

Tienes toda la pinta de ser de los que dedican tiempo a
pensar sobre lo que les espera. Algo habrás imaginado.

Me mordí fuerte el labio cuando me di cuenta de que eso
solo se lo hubiera respondido a él.

Leo:

Esa es mi Macarena. Algo he imaginado, sí. ¿Te molesta?

Macarena:

No. Para nada. Eso lo hace interesante, ¿no?
Por curiosidad… ¿arriba o debajo?

Leo:

¿Cuándo hemos llegado a la posición horizontal?

Macarena:

No sé, dímelo tú. Yo voy sin expectativas; tú eres el que
ha estado imaginándolo. ¿Cuándo hemos llegado?

Leo:

Jo, jo, jo. ¡Brava! Pero vas rápido. ¿Es lo que quieres?

Macarena:

Por mensaje, sí. No me gusta perder el tiempo con el móvil.

Macarena, por el amor de la Virgen de la que llevas el nombre... frena. ¡FRENA!

Leo:
Te lo estás tomando en serio, ¿eh?

Macarena:
¿No era esa la intención? De todas formas, la vida no hay que tomarla nunca demasiado en serio. Dicen que nadie sale vivo de ella.

Leo:
¿Ya sabes qué te vas a poner para la cita?

Macarena:
Negro y con encaje.

Leo:
¿Pequeño?

Macarena:
Pequeñísimo... Tengo un vestidito lencero muy mono.

Leo:
No tengo ni idea de lo que es un vestidito lencero, pero suena bien. Y me la has jugado.

Macarena:
¿No te gusta jugar?

Leo:
Mucho. Muchas horas.

Macarena:
¿Malabares? ¿Juegos de palabras?

¿Sabéis esa sensación cuando estás subida en una bicicleta, pedaleas muy rápido en una pendiente hacia arriba y de pronto el terreno cambia y te ves deslizándote a toda velocidad cuesta abajo? Pues tuve exactamente la misma. ¿Saldría volando si echaba mano de los frenos?

Leo:
Tengo dedos firmes; los malabares no se me dan mal.
Eso sí..., las palabras son lo mío. Tengo la
lengua entrenada.

La madre del cordero. Maca, frena. Para. Es tu ex. No, no es tu ex. Es Leo. Con Leo no puedes jugar a esto. Ni entrenamiento ni leches. Se te está yendo de las manos.

Macarena:
A mí también me gustan los juegos de palabras.
Los trabalenguas son mi especialidad.

Bien, Maca. Ni puto caso a tu parte cuerda.

Leo:
Macarena, me estoy poniendo tonto.

Macarena:
No te salgas del papel.

Leo:
No lo hago.

Macarena:

Pero… ¿no íbamos a quedar?

Leo:

Hasta mañana no puedo.

Macarena:

¿Cómo que «hasta mañana»? ¡Eso no vale!
¿Y ahora qué mierdas tendría que hacer?

Leo:

No te salgas del papel.

Macarena:

Joder. Eres lo peor. A ver…, espera que me lo pienso…
Una lástima. Yo a lo mejor mañana me levanto muy cansada.

Leo:

Puedo dejarte agotada esta noche, es verdad.

Macarena:

¿Por móvil?

Leo:

No me menosprecies. Dime… ¿arriba, debajo, de lado,
a cuatro, de pie, bocabajo…?

Macarena:

No te voy a dar un manual de instrucciones, lo siento.

Leo:

Pues tendremos que probarlas todas. ¿Qué llevas puesto?

Macarena:

Una camiseta blanca.

Leo:

¿Y qué más?

Macarena:

Has preguntado qué llevo puesto y te lo he dicho: una camiseta blanca.

Leo:

¿Nada más? Y... ¿esa camiseta es muy gruesa o...?

Macarena:

Finita. La pobre tiene muchas lavadas. Está viejita. Casi se transparenta entera.

Leo:

Joder. La tengo dura.

Tendría que decir, por decencia, que solté el móvil asustada, pero no es verdad. Solo lo apreté con más fuerza entre mis dedos durante los segundos que tardé en responder.

Macarena:

Estoy húmeda.

Leo:

¿Lo notas en tus dedos? ¿Te estás tocando?

Macarena:

Necesito un poco más, cielo..., ¿perezoso?

Leo:

Para nada, pero desde aquí tengo poca oportunidad de ponerme de rodillas delante de ti en el sofá, abrirte las piernas y hundirte la lengua.

Macarena:

¿Y tú... sabes que estás duro porque te aprieta el pantalón o porque la tienes en la mano?

Leo:

Acabo de llegar a casa y me estoy quitando la ropa.

Macarena:

No te la quites. Solo... sácala. Tócala. Me gusta follar con ropa.

Leo:

Pero me dejarás verte desnuda, ¿no?

Macarena:

Luego, en la ducha.

Leo:

A ti la ducha te gusta antes.

Macarena:

No te salgas del papel. No uses información privilegiada para complicarme el examen.

Leo:

La vida es dura. Entonces, ¿la ducha primero?

Macarena:

Vale. Así me enseñas lo de los malabares.

Leo:

Quiero meterte los dedos dentro, hasta que no puedas ni gritar. ¿Eso te parece bien?

Macarena:

Me parecería mejor si lo hicieras en lugar de escribirlo.

Leo:

Tócate. Dime cómo lo haces. Yo lo haré contigo.

Miré al frente. Nunca he estudiado arte dramático, pero hasta donde sé hay actrices que usan el método Stanislavski: meterse en el papel a saco. Hacerlo me haría mejor en el coqueteo, ¿no?

A la mierda las excusas. No llevaba solo una camiseta blanca deslavada, pero la verdad es que no me había puesto pantalones y estaba como una moto, efecto de las cochinadas o del subidón de adrenalina, no lo sé, de modo que solo tuve que deslizar la mano bajo la ropa interior para encontrarme allí, expuesta y húmeda. Muy húmeda.

¿Iba a tocarme mandándome mensajes con Leo? ¿En serio? Tarde para planteárselo, ya lo estaba haciendo.

Macarena:

Lo estoy haciendo.

Y lo escribí con una sola mano, lo confieso.

Leo:

Y yo. Aunque seguro que no se parece en nada a estar contigo.

Macarena:

Dalo por seguro.

Leo:

Lo doy. Te quiero en el borde de la cama a cuatro
patas, con esa maldita camiseta puesta, para poder tirar
de ella mientras te monto. Porque ni te voy a hacer el
amor ni te voy a follar, te voy a montar.

Cerré los ojos. Leo y yo teníamos todo un catálogo de recuerdos entre los que escoger. Verano de 2008..., una de nuestras reconciliaciones. Me dijo que cada día le resultaba más duro
verme y no besarme, y yo le pedí que lo hiciera cada vez que
quisiera. Fue una rendición verbal antes de claudicar frente a él
en cuerpo y alma. El cuerpo se llevó la mejor parte. La situación
pedía un acto de amor lento y romántico, pero por aquel entonces llevábamos un año y un par de meses sin estar juntos... de
ninguna de las maneras. Así que follamos. Miento. Me lo follé.
Me lo follé yo con un hambre que no sabía ni que tenía. Y fueron aquellos recuerdos los que se apoderaron de mis dedos y,
mientras me acariciaba, siguieron escribiendo.

Macarena:

No, cielo. Te voy a montar yo. Y no hay discusión.
Me pondré encima y te clavaré las uñas en el pecho
mientras gimo. Espero que no te moleste, porque gimo.
Y gimo alto. Diré tu nombre un par de veces, para
engordar tu ego y notarla aún más dura dentro de mí.
Moveré las caderas arriba y abajo, adelante y atrás;
trazaré un círculo y después otro. Y si no es suficiente,
me tocaré delante de ti. Para que veas y aprendas
cómo me gusta.

Leo:

Si sigues me corro. Te lo juro.

Macarena:

Correrte te correrás, pero sobre mis pechos. No los
tengo muy grandes, pero seguro que mis pezones
duros te gustan. Y más cubiertos con tu semen.

Leo:

Me estás matando. ¿Puedo ir a tu casa?

Macarena:

No. Hoy no podías, ¿no? Ya mañana si eso.
Pero antes, haz que me corra. Dime qué me espera.

Leo:

No sé ni que decirte. Que te quiero ahora mismo
encima de mí. Quiero cogerte en volandas y follarte
contra una pared.

Dejó de escribir. Seguía en línea. Dos segundos. Ocho.
Quince. Medio minuto. Y por fin…

Leo:

Mándame una foto.

Macarena:

Lo siento, no hemos llegado a ese capítulo.

Leo:

Te lo digo en serio, Maca. Mándame una foto. Me va a dar
algo. O voy a tu casa y echo la puerta abajo de una patada.

Humedecí mis labios y seguí escribiendo como podía con una sola mano.

Macarena:
Estoy cerca.

Leo:
Grábalo. Quiero correrme viendo cómo lo haces tú.

Macarena:
Temario no encontrado en el servidor. Disculpe las molestias.

Leo:
Dale al puto botón de la cámara, selecciona vídeo y enséñame tu jodida boca al corrente. No puedo más.

Macarena:
Yo tampoco.

Leo:
Mándame ese vídeo, por favor.

Macarena:
¿Para qué quieres un vídeo? Mañana lo tendrás en vivo. Mi boca corriéndose sobre la tuya.

Leo:
O sobre mi polla. Quiero correrme en tu boca.

Cerré los ojos, eché la cabeza hacia atrás y aceleré mis dedos entre mis labios empapados. Lo recordaba…, recordaba a Leo tirándome suavemente del pelo mientras se veía desbordarse sobre mis labios. Y era esa mirada, y no el acto en sí, lo que me lanzaba a mí a la luna. Directa. O más allá. El móvil se me cayó de entre los dedos cuando un latigazo de placer me retorció entera, lanzando desde el fondo de mi garganta un gemido que tuvo que atravesar todas las paredes del edificio.

Caí. Caí de muchas maneras, pero también de la más física de todas. Caí sobre los cojines del sofá agotada, temblorosa, sensible y hasta un poco dolorida. Había sido el orgasmo más intenso desde…, desde que le tuve a él dentro. Desde que se agarró a las sábanas, hundió su cadera entre mis muslos y se vació por entero.

Jodido Leo. Jodida Macarena. Jodido juego.

Recuperé el móvil y lo desbloqueé. Había escrito. Una punzada de remordimientos me atravesó por entero antes de leerle: por Raquel y por nosotros, que habíamos prometido muchas cosas al despedirnos y así, a lo tonto, acabábamos de… ¿qué acabábamos de hacer en realidad? Masturbarnos pensando en el otro. O algo así.

Leo:

Enhorabuena, querida. Has aprobado con nota. Estás más
que preparada. Con tu permiso, te doy el certificado de haber
superado el curso y me desmarco. Estaré disponible para
cualquier tutoría puntual que necesites.

Él… ¿estaba… «practicando»? ¿No se había endurecido al leerme, al recordarnos, al pensar en hacer realidad todo lo que escribíamos? ¿Había sido solo un juego de palabras? ¿No se había desnudado al llegar a casa? ¿No se había tocado hasta el orgasmo junto a mí, a varios kilómetros de distancia?

Empecé a escribir:

Leo…, dime que tú también…

Pero la Macarena madura, la que sabía lo que me convenía en realidad me dio un bofetón, me arrebató el móvil y lo borró.

Gracias. Eres un gran profesor.

Cuando bloqueé el móvil y lo tiré a mi lado de cualquier manera, ni siquiera me di cuenta de que Luis había contestado. Cosas de la vida, cuando lo leí muchas horas más tarde, proponía que nos viéramos al día siguiente.

Sin embargo, no fue ese el mensaje que más me sorprendió encontrar. Tenía otro de Julián, el marido de Adriana. Nunca antes me había escrito, por lo que imaginé que a ella se le habría terminado la batería y se lo había pedido prestado, pero... ojo. No. Era él, pidiéndome que le preguntara a Adriana de su parte si llegaría muy tarde a casa.

Tenía muchas preguntas, muchas dudas, pero seguro que estáis conmigo cuando digo que hay un mecanismo que salta solo en lo que se refiere a las amigas: primero proteger, después saber.

Lo hice sin saber si no me estaría equivocando. Quizá le había pasado algo. Quizá estaba metiéndome en camisas de once varas. Quizá la estaba cagando mucho pero...

¡Hola, Julián! Igual nos liamos un poco. Lleva llaves, me dice. Besos.

Después de contestarle, llamé a Adriana en un acto reflejo. Si me hubiera podido ver en el espejo hubiera comprobado que tenía el ceño tan fruncido que mis dos cejas casi se juntaban. No contestó, así que me vi obligada a escribirle otro mensaje:

Me ha escrito Julián para preguntarme si llegarás tarde a casa. Te he cubierto, pero... me debes muchas explicaciones. Y lo siento, pero te las voy a pedir. Dime al menos que estás bien.

16

Un amigo muy discreto

Jimena estaba sentada a horcajadas encima de Samuel, dando pequeños mordiscos sobre su cuello mientras sus dedos se deslizaban por la tela de la camisa que iba desabrochando. La abrió y bajó los labios hacia la clavícula; que en su barbilla cosquilleara el vello de su pecho la excitó y sus manos fueron hacia el cinturón.

—¿Me ayudas? —le preguntó, sin dejar de besar su piel.

—Y yo que pensaba que vendrías cansada y con ganas de mimos.

—¿Lo preferirías?

—Si me preguntas si prefiero hacerte un masaje en las piernas o que me hagas una mamada, creo que no hace falta ni que conteste.

A Jimena la carcajada se le escapó por la nariz y apoyó la frente en su pecho, donde notó la vibración de la risa de Samuel.

—Bonita forma de pedirme que te la chupe.

Samuel le cogió la barbilla y le levantó suavemente la cara para mirarla a los ojos; a él le brillaban oscuros, como siempre que estaba excitado. Jimena ya le conocía aquella mirada que se clavaba en la suya y que solía venir acompañada de un gesto sutil en la boca, mordiéndose los labios.

—Chúpamela —le pidió despacio.

Jimena se movió hasta dejarse caer entre sus piernas mientras Samuel se desabrochaba el pantalón con un jadeo de impaciencia.

—¿Vamos a la cama? —le pidió ella.

—No. Aquí.

Un segundo después, tenía delante su erección y no pudo contenerse: sacó la lengua, rodeó la punta con ella y después se la introdujo hasta la garganta.

—Joder... —Samuel se recostó en el sofá con la mano entre los mechones de Jimena y los ojos cerrados.

Lo miró mientras se concentraba en hacerlo lo mejor que sabía... Quizá más que antes de enterarse de que un hombre había sido la última pareja con la que él compartió intimidad. Quizá había follado con otras personas después de su ruptura, pero... la intimidad quedaba reservada para ellos: para Samuel, su ex y ella. Se incluía en el círculo no en una especie de juego morboso, sino como competencia: llevaba ya días obsesionándose con la idea de ser mejor que él. Que el anterior.

Tenía que innovar, se repitió. Tenía que ser la tía más cachonda y más moderna de toda España. ¿España? ¡No! Del mundo. ¿Sabría hacerlo solo con una mamada? Echó un vistazo rápido hacia el bolso que había dejado tirado junto al sofá, donde llevaba su «regalito».

—¿Te gusta así? — le preguntó con voz caliente, volviendo la mirada hacia él.

—Así..., no pares.

La llevó hasta el final de su garganta, conteniendo la arcada, y la lamió en toda su extensión en su camino hacia fuera. No es que no se sintiera sexi haciéndolo o que dudase de su habilidad, pero volvió a mirar el bolso. ¿Cómo narices se introducía aquello en el juego? Rey moro..., túmbate con las piernas hacia arriba que quiero sodomizarte un poco por el bien de nuestra naciente relación.

—Sam..., ¿vamos a la cama? —le dijo nerviosa.

—Sigue aquí. —Se incorporó un poco y abrió los ojos, con la mirada empañada—. Estoy durísimo…

—¿No prefieres…?

—¿Pasa algo?

—No. —Besó la punta, lo miró y se humedeció los labios—. ¿Quieres algo en especial?

—Lo estabas haciendo muy bien.

Samuel le acarició el pelo.

—Sabes que me puedes pedir cosas nuevas, ¿verdad? —le recordó ella, sin parar de acariciarlo lentamente.

—Claro. Pero estaba muy bien…

—¿No quieres probar nada nuevo?

—¿Quieres probarlo tú?

—¿Y tú?

Arqueó una ceja como respuesta.

—Jime…, está siendo la conversación más absurda que he tenido nunca durante el sexo oral. ¿Quieres que…? ¿Quieres que lo haga yo primero?

—No. No es eso…

—¿Entonces?

Jimena soltó la polla de Samuel y saltó encima de él, encaramándose de manera que sus caras quedaran a la misma altura.

—Quiero hacer…

—¿Quieres follar? —le preguntó él—. ¿Así, aquí?

Samuel apartó sus bragas y frotó dos dedos entre sus labios. Por poco no se le olvidó su plan, enredada entre las primeras vibraciones del placer. Los párpados empezaron a pesarle y cerró los ojos un segundo.

—No…, no… ¡para! —Parpadeó y se apartó bruscamente.

—¿Qué…? —gruñó el—. Jimena, estás muy rara. Y muy rara en ti, es muy muy muy rara.

—Calla. Espera, es que… —Se apartó el pelo y lo sujetó detrás de sus orejas—. ¿Quieres jugar?

—¿A qué?

—A algo divertido…

—¿Divertido? Esto lo estaba siendo. ¿Es algo que quieres que haga?

—Es algo que quiero que… hagamos juntos.

Samuel intentó disimular la sorpresa detrás de una sonrisa.

—Suena bien… ¿y me vas a decir qué es o…?

—Vamos a la cama.

Se puso de pie de un brinco y tiró de Samuel, que estaba muy concentrado guardando su tesorito dentro del pantalón.

Se besaron apasionadamente por el pasillo… Jimena quería distraerlo y que no notara que de camino había cogido el bolso y lo llevaba colgando del hombro, pero en la puerta de la habitación se le enganchó con el marco y ambos frenaron bruscamente.

—¿Eso es tu bolso? —señaló Samuel.

—Sí. Siéntate.

Lo empujó encima de la cama. Después se lo pensó mejor, lo levantó y le quitó la camisa, le desabrochó el pantalón y se lo bajó junto a la ropa interior hasta los tobillos, para arrojarlo sobre el colchón de nuevo. Samuel estaba flipando.

—Aguanta, reina —bromeó.

—El otro día acompañé a Maca a un sex shop —mintió mientras cogía sus braguitas por la gomilla y las bajaba lentamente—. Y vi cosas interesantes.

—¿Has traído un amiguito? —Levantó las cejas.

—Quizá.

—¿Qué llevas en ese bolsito, Caperucita? ¿Lubricante con sabor a fresa?

Sacó la bolsa del sex shop y la dejó en la cama antes de sentarse a horcajadas encima de él. Notó la dureza de su polla contra su sexo y se recordó que no podía hacerlo sin condón…, ni una metidita.

—Déjame que lo haga una vez… —ronroneó él en su oído, intentando entrar, como si pudiera leerle el pensamiento.

—No…

Pero no pudo evitar mecer sus caderas sobre él.

—¿Qué es? —susurró él en su oído—. ¿Qué quieres hacer? Porque yo quiero metértela ahora mismo. Sin nada. Resbalar hasta el fondo y escuchar en mi oído ese gemido…

Fue ella la que se movió hasta encajar con él y notar cómo la punta se adentraba poco a poco dentro de ella. Ambos gimieron.

—Dios…, me encantaría seguir hasta el final. Estoy sano, Jime…

Jimena se mordió el labio con fuerza, no solo por el placer, sino por la punzada de duda que la atravesó al preguntarse si con su ex lo haría sin preservativo, si le gustaría la sensación de acabar dentro de él… ¿o sería al revés?

—No quiero presionarte —susurró junto a su oído—. Es solo una fantasía. No pasa nada si no quieres tomarte la píldora.

—No aún. —Y acompañó la frase con un movimiento de cadera.

Subió y bajó un par de veces hasta que creyó que si seguía no podría parar. Se separó y apoyó la frente en su clavícula.

—Por Dios. Cómo me pones…, me nublas el juicio.

—¿Es eso lo que te pasó en el sex shop? ¿Pensaste en mí y se te nubló el juicio?

—Algo así…

—Déjame ver qué compraste…

Samuel tiró de la bolsa y la vació sobre la cama. Cayó un bote de lubricante, el dildo y una caja de condones estriados que me copió.

Hubo un momento de silencio. Jimena creyó que su plan había resultado menos sutil que una caricia con un guante de esparto y temió que Samuel se ofendiera, pero este agarró la caja con curiosidad.

—¿Un… vibrador?

—No. Es un dildo. No vibra.

—¿Es…? —Lo vio concentrarse en leer la caja y percibió el suave levantamiento de cejas que acompañó al descubrimiento de lo que era en realidad—. ¿Un juguete… anal?

—Eh…, sí. —Lo miró con sus ojos grandes algo asustados—. ¿Te… molesta? Bueno…, yo quizá debí hablarlo contigo antes. Tomé la iniciativa y…

—¿Estás loca? —Samuel se acercó para besarla—. Me gusta que quieras probar esto conmigo.

—¿Sí?

Lo vio asentir y se relajó y se tensó al mismo tiempo. Por un lado la tranquilizaba que aquello no supusiera un problema entre los dos, que no fueran a pelear, pero… ¿quería decir aquella buena aceptación que echaba de menos estar con un hombre en la cama? Desde el punto de vista más práctico…

—Entonces, ¿te apetece? —volvió a preguntarle, quizá con la vaga esperanza de que le dijese que no, que no les hacía falta innovar, que tenerla en la cama le bastaba, pero no recibió aquella respuesta.

—Sí. —La besó en la comisura de la boca, en la mandíbula, bajó por el cuello y fue hacia la oreja—. Te va a gustar. Te lo haré despacio.

No lo entendió bien hasta que él no avanzó. La confundió el hecho de que él alcanzase un condón, rasgase el envoltorio con los dientes y se lo colocase. Pero ¿no iba ella a jugar primero? Se dejó hacer porque se dijo que él tenía más experiencia, pero pronto fue evidente que… no se referían a lo mismo. Cuando los dedos de Samuel la acariciaron empapados en lubricante por detrás, abrió los ojos como platos.

—Eh, eh… —le dijo.

—¿Voy muy deprisa?

—Hombre, deprisa no, vas embalado…

—Pero… ¿no es lo que querías?

Lo miró. Lo miró con cara de terror. Es posible que Samuel pensase que llegada la hora de la verdad se había arrepentido; le alejó los dedos y él la miró fijamente, esperando que le dijera que no, pero ella no lo hizo porque en realidad lo que le pasaba es que la había pillado con el carrito del helado y no sabía cómo disimular.

—Jime, si te lo has pensado mejor, no pasa nada. No creas que me voy a cabrear o algo… Nadie tiene derecho a imponer nada en la cama.

«No pasa nada», se dijo. «No va a enfadarse si le dices que en realidad lo compraste para él…, ¿o sí?».

Se vio a sí misma sonriendo como cuando su madre la pillaba en un renuncio, diciendo con fingida seguridad: «No me has entendido, cielo» y guiñándole un ojo. Así, como pasaba en las películas porno, donde ningún tío se enfadaba, se levantaba dejándola caer, se vestía y le decía: «¿Tan difícil es preguntarme lo que no entiendes, joder?».

Sí, era difícil, pero decírselo no mejoraría su situación: un hombre que no entiende los prejuicios de la chica con la que empieza; una chica que no entiende la sexualidad del hombre con el que sale.

Se mordió el labio, se recolocó encima de su erección de nuevo y moviéndose le dijo, mirándolo a los ojos:

—Vale. Pero ve despacio.

Lo pasó bien. Esa es la verdad. Pasó un buen rato siempre y cuando su cabeza desconectara del apuro y la vergüenza…, no de lo que estaba haciendo, ojo…, sino de cómo nos explicaría el final real de su plan de innovación sexual.

17

¿Qué estoy haciendo?

Adriana se preguntó unas doscientas veces qué estaba haciendo, pero no supo pararlo. El mecanismo mental empezó cuando recibió el mensaje de Julia; no es que se mereciera una respuesta más amable, pero muy a su pesar siempre tuvo la esperanza de que ella también la añorara más de lo que pesaba su orgullo herido. Pero no se trataba solo de orgullo y ella lo sabía; había lastimado sus sentimientos. Ninguna de las dos estaba preparada para aquello, pero Julia fue valiente y ella no. Y sabía que eso podía causar daño.

¿En qué estaba pensando cuando decidió salir sola aquella noche? No lo sabía. Estaba inundada por unas emociones que no entendía, pero que solo podía justificar con confusión y ego. Un ego maltrecho por haberse sentido rechazada y la confusión de no saber si no estaría sacándolo todo de contexto. Porque… ¿y si solo había sido un desliz? ¿Y si no estaba enamorándose de Julia, solo pasando una mala racha con Julián que se solucionaría con el tiempo? Y quizá con un bebé.

¿Bebé? Un bebé al que adoraría, lo sabía, pero al que siempre estaría engañando porque mamá besaba a papá en los labios solo porque se había acostumbrado a hacerlo.

Ese fue el pistón, lo que le hizo ponerse un vestido bonito, calzarse unas sandalias de tacón y pintarse los labios. Esa fue la gasolina que prendió en llamas la idea de decirnos que salía con Julián y a Julián que salía con nosotras para irse sola. A buscar respuestas. Otras respuestas; unas que no le dieran taquicardia.

Adriana nunca fue demasiado fiestera. En la universidad se corrió sus juergas, pero aun así no era una de esas personas que disfrutan saliendo hasta las tantas. Para ella el plan perfecto era una cena y alguna copa con nosotras, pero sin discotecas de por medio, aunque alguna vez también nos habíamos animado. No era su plato preferido del menú, pero si se lo servían de vez en cuando, se animaba. Por eso mismo no conocía demasiados garitos; siempre que terminaba en alguno era porque otra lo conocía o se lo habían recomendado. Pero… ¿qué problema hay en la era de San Google? Solo tuvo que curiosear en Internet para encontrar un pub como el que buscaba.

Era pronto; muy pronto, a decir verdad, pero en aquellos días en los que el verano empezaba a asomarse a la vuelta de la esquina, el buen tiempo lanzaba a la gente a las terrazas y los bares que llenaban las intrincadas callejuelas de aquel barrio. Estaba sentada en la barra, con un tinto de verano delante, controlando el latido desbocado de su corazón cada vez que se preguntaba qué estaba haciendo o si podría encontrarse con alguien conocido. O con Julia, que no vivía tan lejos…

La pajita negra con la que sorbía la bebida le servía de entretenimiento, mordisqueándola y mareando con ella el contenido de su vaso. Se dijo que no podía emborracharse o todo sería mucho más lamentable. Pero necesitaba asegurarse. Necesitaba saber qué ocurriría si se ponía en la situación de que pasara con otra chica.

Ella entró con un grupo de amigas. La vio enseguida, no porque se le fueran los ojos, sino porque armaron mucho revuelo en cuanto estuvieron dentro. Era la despedida de soltera de una de ellas y todas lucían una de esas bandas de «damas de honor» de coña. Se fijó en que la miraba. Rubia, pelo a la altura del hombro, con uno de esos flequillos abiertos que se llevaban tanto, vestida con una blusa bonita con cuello Peter Pan y unos vaqueros. Le sonrió cuando sus miradas se cruzaron y se obligó a devolverle el gesto.

«Es guapa y tiene estilo, pero si mi cuerpo no reacciona es que, a lo mejor, no me gustan las mujeres. Julia fue solo un...».

Pero no se atrevió a decir «error» ni siquiera para sí misma.

—Hola. —La rubia se sentó a su lado, en otro taburete, con una sonrisa—. ¿Puedo sentarme? ¿O estás esperando a alguien?

—Está libre. —Tragó saliva—. No va a venir nadie.

—No me digas que te han dejado plantada.

Adri asintió; mentir se le daba francamente mal no porque no supiera, sino porque no quería, pero aquella noche todo era diferente.

—Pues es gilipollas —le dijo la rubia apoyándose en el puño y dibujando una mueca—. Porque eso no se hace. Es de muy mala educación. Si te apetece, podemos criticarle juntas.

—¿No te echarán en falta tus amigas?

—Mis amigas van pedo y son muchas; se apañarán.

Cuarenta minutos de charla intrascendente sirvieron para tantear la «conexión». Después de dos tintos de verano, la rubia empezó a ser amargamente más de su gusto. ¿Por qué amargamente? Bueno, era mujer, lo que confirmaba la sospecha de que, efectivamente, las chicas le gustaban, pero no era Julia. Tenía unos ojos bonitos, unas pestañas largas, una preciosa boca jugosa y pequeñita y la risa sonora, pero no era ella. Quizá el problema, se dijo, no era mujer, hombre, babosa o muñeco hinchable... El problema era no tenerla a ella, sin darle ni media vuelta más a la hoja.

Salieron a tomar el aire. El garito empezó a llenarse y el aire acondicionado pronto fue insuficiente para mantener fresco el local; en la calle corría una brisa muy agradable. El ego maltrecho, el poco alcohol que había bebido, el calor del local y su propia confusión la empezaron a poner cachonda. Las banderolas que colgaban de muchas de las calles se mecían con ella, con un ruido suave. Ni siquiera sabía el nombre de aquella chica cuando la besó, cuando cogió su cara entre sus manos y mordió sus labios suavemente. Cuando sintió que su cuerpo reaccionaba.

Ni siquiera estaba segura de haberle dicho el suyo cuando sintió los dedos de esa desconocida apretar sus pechos al refugio de un portal oscuro. Cuando la acercó, gimió en sus labios y la acarició también.

Y quizá por eso fue más fácil dejarse llevar sin pensar y sustituir cualquier idea por la imagen de Julia, a la que añoraba tanto que le dolía, a pesar de no entender por qué.

El sabor de los besos depende de quién nos los dé. A veces saben a una noche divertida que se nos va de las manos; otras a amor, pero la mayor parte de los besos hablan de hambre y la suya crecía en lugar de menguar...

No había bebido tanto como para amortiguar la pena, de modo que esta empezó a saberle amarga sobre la lengua y... Adriana, sin más, se apartó con cuidado.

—¿Qué pasa? —le preguntó suavemente ella, apartando un mechón de su pelo naranja—. ¿Quieres que nos vayamos a mi casa?

—No. Yo... lo siento; no sé qué estoy haciendo. Tengo que irme.

18

Cuéntamelo; yo haré lo mismo

No quisimos vernos en ninguno de nuestros sitios, quizá porque no le dijimos nada a Jimena y de haber ido a la cafetería Santander, por ejemplo, hubiéramos sentido que la estábamos traicionando. Pero es que Adriana lo pidió expresamente cuando me contestó al mensaje:

> Voy camino a casa, Maca. El lunes por la tarde te lo cuento,
> te lo prometo, pero no hagas más preguntas hasta entonces.
> Y por favor, que quede entre nosotras. No le cuentes nada
> de esto a Jimena.

Cuando apareció, tenía mala cara… tanto que se me olvidó que yo misma llevaba un par de días reguleros. Hay que recordar que me había masturbado mensajeándome con mi ex (creyendo que era recíproco) para terminar dándome cuenta de que solo me estaba «dando clases». Dando clases para que me fuera con otro e hiciera con un desconocido lo que tantas veces hicimos nosotros juntos. Fenómeno. ¿Era yo o nuestra vida parecía estar yéndose al garete?

Nos sentamos una frente a la otra, pero no dijimos nada hasta que no llegaron los dos cafés con hielo que le pedimos al camarero. Para variar, yo tiré buena parte del mío intentando pasarlo de la taza al vaso.

—Tú dirás —la animé, un poco seca.

—¿Estás enfadada?

—Te mentiría si dijese que no estoy molesta. El mensaje de Julián me sentó como un petardo en el culo. Bueno, el mensaje en sí como imaginarás no…, pero no entender qué me estaba contando, eso es otro cantar.

—¿Por haberte mentido o por no saber qué estaba haciendo?

—Por haberme mentido y por sentir que no confías una mierda en tus amigas, a pesar de que ellas te lo cuenten todo.

—No me digas eso, por favor. —Bajó la mirada hacia su café.

—¿Y qué quieres que te diga? Yo también me siento débil y una mierda cuando digo en voz alta muchas cosas, pero lo hago porque confío en vosotras.

—Estás dando por hecho muchas cosas —se defendió.

Y una mierda. A ti te pasa algo.

—¿Y qué voy a deciros si ni siquiera sé qué me pasa?

—Sabrías dónde ibas el otro día, ¿no? Era tan fácil como escribirme y pedirme que te cubriera. Ni siquiera hablo de Jimena.

—Respeta que hay cosas que no se comparten —reaccionó, irguiéndose de pronto.

Me quedé mirándola sorprendida y asentí despacio.

—Eso es lo que no entiendes, Adriana, que yo respetaré cualquier cosa tuya, menos que me engañes.

Su postura pareció vencer frente al peso imaginario que cargaba a su espalda y apoyó los codos en la mesa a la vez que desviaba la mirada hacia el ventanal y se revolvía el pelo.

—Puede que sea la crisis de los treinta —musitó.

Me eché hacia atrás en la silla y respiré todo lo profundo que me permitió el nudo que se mantenía en mi pecho desde el sábado. Después, moví con pereza la cucharilla dentro del café, esperando a que hablase.

—Ni siquiera sé lo que me pasa. Quizá es solo una mala racha o que me da miedo la responsabilidad de…, de decidir ser madre. Vosotras estáis en otra fase y es posible que inconscientemente me asuste quedarme sola.

—¿Estás de coña? —le respondí—. ¿Dónde estuviste el sábado por la noche?

—Por ahí.

—¿Con quién?

—Sola.

—Adri... —Pasé mis dedos por mi frente, alisando las arrugas de mi expresión de sorpresa—. Estoy a punto de mandarte a la mierda.

—No es cosa tuya. —Adriana se dio cuenta de la rotundidad de sus palabras y aflojó la postura de nuevo y su discurso—. No quiero implicarte. No quiero que me acribilles a preguntas que no sé contestar.

—¿Con quién estuviste el sábado por la noche? Esa seguro que sabes responderla.

—Sola. —Colocó la mano en el pecho y me miró a los ojos—. Te lo prometo. Salí sola.

—¿Saliste sola? —Arqueé las cejas—. ¿Sola?

—Salí sola.

—¿Por qué?

—Porque estaba agobiada —respondió recogiendo granitos de azúcar de encima de la mesa con la yema de uno de sus dedos.

—¿Agobiada de qué?

—De la vida, Maca, de la vida.

¿De la vida? ¿Qué clase de respuesta era esa?

—Ok. Pensaba que venía a charlar con mi amiga Adriana, pero al parecer vengo a arrancarte las palabras como si fuesen muelas.

—Tú preguntas, yo respondo. No puedo hacer más si no te satisface.

—Rebaja —le advertí—. Rebaja un par de tonos.

—No controlo el instinto de defenderme si me atacan.

Bufé. Ella también.

—Si esta conversación va a ser así, no sé si decirte que es mejor que lo dejemos estar. Yo también tengo mierdas en las que regodearme en la más absoluta intimidad, ¿sabes?

—¿Como qué?

—No es cosa tuya —la imité—. No quiero implicarte. No quiero que me acribilles a preguntas que no sabré contestar.

—¡Por Dios, Maca, no seas cría!

—¿Yo soy cría? —Me señalé el pecho—. Le dijiste a tu marido que estabas con nosotras y a nosotras que estabas con tu marido para irte… ¿sola? ¿Te crees que soy idiota? Mira, ¿sabes qué? Lo siento. Si no quieres contármelo, siento presionarte; no volveré a hacerlo, pero no me mientas, ¿vale? Dime que no quieres decírmelo. Dime que no quieres contarme qué te ha pasado con Julia y ya está. Pero no vuelvas a hacer eso. Tuve que mentir sin saber dónde estabas o si te había pasado algo.

Adriana se apartó el pelo detrás de las orejas y respiró profundo; cuando abrió la boca para hablar, no pudo evitar cerrar los ojos.

—No tiene que ver con Julia.

—Lo que te pasa es que estás agobiada con la vida, ¿no?

—Sí.

—Estupendo. Pues aquí se acaba esta conversación. —Le di un trago a mi café, saqué la cartera y dejé unas cuantas monedas sobre la mesa—. Me voy. Tengo que ir a limpiarle las brochas de maquillaje a mi jefa. Las necesita «sin ácaros» antes del viaje a París.

—¿Eso no debería hacerlo tu ayudante?

—Mi ayudante está ahora mismo escribiendo unos posts en el despacho y las llaves del piso de Pipa las tengo yo.

Me levanté decidida a marcharme, pero los dedos de Adriana se aferraron a mi muñeca. La miré, me miró… No dijo nada.

—Te lo contaría si supiera qué decirte —susurró con una expresión mucho menos hostil.

—Dime que te angustia no saber qué quieres y ya está. Todas estamos igual, Adri; es lo que nos toca con la edad que tenemos. Es lo natural.

—¿Y si lo que me pasa a mí no es natural?

Me senté de golpe con las cejas arqueadas. ¿Que no era natural? Tardé unos segundos eternos en ordenar mis ideas.

—Adri…, nos conocemos desde hace años. Años. Me ganaste con tu optimismo, con esa manera que tienes de percibir que la vida brilla, ¿sabes? Contigo me sentí yo desde el primer momento, sin necesidad de ser otra persona más fuerte, más exitosa, con menos lastres. Dime una cosa…, ¿crees que a mí me importa lo que otros piensen de ti? A mí me importa lo que piensas tú. Eso es justamente lo que me preocupa. Y esa pregunta que has hecho no es cosa tuya porque tú sabes que no hay nada malo en lo que sientes. Esa pregunta está puesta en tu boca por el qué dirán. Y no…, por ahí no paso.

Adriana me mantuvo la mirada sin decir nada, entre sorprendida y aliviada, pero esperando que dijera algo más para cerciorarse de que hablábamos de lo mismo.

—Lo que sientas por Julia no me preocupa —me atreví a decirle—. Lo que me importa es que eso te haga daño.

Observé sin moverme cómo desviaba la mirada hacia el sobre de azúcar vacío y jugueteaba con él mientras mordía su labio, seguramente comidiendo las ganas de llorar. Alargué la mano sobre la mesa y cogí la suya.

—Adri…

—¿Por qué me está pasando esto a mí?

—No te está pasando nada. Esta eres tú y no tienes por qué pedir perdón.

Levantó la mirada húmeda hacia mí.

—¿Soy lesbiana, Maca?

Hostia puta, qué pregunta.

—Eres Adriana. —Apreté mis dedos sobre su mano—. Lo que te haga feliz me da igual, pero quiero que lo seas. Ponle el nombre que quieras. No me importa.

Me soltó para taparse la cara con las dos manos; tardó milésimas de segundo en estallar en llanto. Y la entendía. No era aceptar su condición sexual lo que la agobiaba…, le asfixiaba pensar en su matrimonio, en haberle dicho a su marido que quería ser madre, y en Julia, por haberle dado a entender que no quería verla nunca más.

—Le hice daño. —Sollozó—. Me marché sin decirle nada después de… de… —Se destapó la cara y se limpió las lágrimas mientras jadeaba—. De hacer el amor, Maca. Después de hacer el amor, de escucharla decir lo que sentía por mí, me entró miedo y me marché.

—Lo comprenderá. Quizá se molestó, pero no es nada que no podáis arreglar.

—No lo entiendes. —Esperó a que me levantase y me colocase a su lado para seguir hablando—. La bloqueé en WhatsApp, la ignoré… y cuando quise decirle que la añoraba me llamó cobarde. Me lo merezco.

—Tener miedo es humano.

—Estoy casada. ¿Cómo no voy a tener miedo? Estoy casada y me he enamorado de una mujer.

La miré a los ojos claros sin saber qué decir. Una cosa es imaginarlo y otra muy diferente es escuchar cómo lo confirman los labios de la persona que está sufriendo por ello. Tenía un millón de preguntas, ¿cómo no tenerlas? Apoyarla al mil por mil no significaba no querer que me lo contara todo, que me hiciera partícipe de esa historia que tenía silenciada, pero hasta yo sabía que no era el momento de pedírselo. Así que hice lo único que se me ocurrió: ser idiota perdida, pero con una sonrisa. Esa clase de idiota que necesitamos en una crisis para, al menos, reírnos.

—Coño, Adriana, no llores. Eso se merece un copazo bien cargado, no unas lágrimas.

Sabes que alguien te quiere cuando, después de demostrar toda tu absurdez humana en un comentario, solo sonríe y añade:

—Eres una *gelipoller*.

El trago de combinado después del café sabía a gloria, fresco, cítrico, burbujeante, y ambas bebimos en silencio sin apartarnos la una de la otra. Un sorbo tras otro sin mirarnos, con su mejilla en mi hombro y las dos ordenando palabras en la cabeza. Ya nos habíamos ventilado media copa cuando habló:

—Ahora no pensarás que me gustas también, ¿no? Quiero decir… no voy a tener que sentirme horriblemente incómoda cuando vayamos a la playa o a comprar ropa, por si piensas que te miro, ¿verdad?

—Eres una tía retorcida. A mi hermano también le gustan las tías y me da hasta asco plantearme que me mire las almendras estas que tengo por tetas cuando vamos a la playa. Por supuesto que no lo hace. Y tú tampoco; seguro que tienes mejor gusto con las mujeres.

—La adolescencia es muy jodida; yo no descartaría que tu hermano te hubiera echado algún vistazo por aquel entonces.

—Adri, estás jodida y lo entiendo, pero si vuelves a decir eso te clavo la copa en un ojo. —La escuché reírse—. ¿Por qué no la llamas? —la animé.

—No quiere saber nada de mí.

—¿Fuiste a verla el sábado? ¿Era eso?

—No. Qué va. No me preguntes…, es mucho peor.

—¿Te enrollaste con otra por despecho?

Levantó la sien de mi hombro y me miró sospechando.

—A veces siento que mi vida es como el Show de Truman y en realidad lo sabéis todo de mí.

—No, boba. —Sonreí—. En despecho tengo un máster. Sé olerlo.

—Lo que haces por despecho aún sabe más amargo que el sentimiento en sí. Eso deberían enseñarlo en la escuela.

—O deberíamos tatuárnoslo.

—Lástima que no vayamos a contarle nada de esto a Jimena, que es a la que le toca escoger el siguiente tattoo.

—Oh, genial. Terminaremos con un «Girl Power» tatuado en un brazo. —Fingí poner los ojos en blanco.

—Eso aún me parecería discreto y de buen gusto, conociendo a Jimena.

—¿No vas a decírselo?

—«Hola, Jimena. Tienes un lío tremendo con eso de que tu chico haya estado con un tío y estás siendo horriblemente intransigente con el tema, pero... ¡sorpresa! Me gustan las tías». No, gracias

—Es Jimena, Adri. No va a juzgarte.

—¿Ah, no? —Levantó las cejas—. ¿Y por qué a su novio sí?

—Es complicado. No la culpes. Yo..., yo no voy a esconder que estoy flipando un poco, ¿eh? Que me visto así como de amiga comprensiva y moderna, pero tengo mil preguntas incómodas que hacerte. La única diferencia entre ella y yo es que Jime las estaría disparando sin parar en lugar de darte tiempo.

—Pregunta lo que quieras. —Apoyó los codos en la mesa—. Pero a Jimena, por el momento, prefiero no decirle nada.

¿Vas a dejar a Julián? ¿Qué vas a hacer ahora? ¿Siempre te gustaron las mujeres? ¿Has disfrutado alguna vez del sexo con Julián? ¿Pensabas en otra persona cuando os acostabais? ¿Cómo te gustan las chicas?

Tenía un millón de preguntas. De verdad, un millón. Qué curioso que la única que me saliera fuera:

—¿La quieres?

Adri sonrió de medio lado y se encogió de hombros.

—¿Qué más da? Se terminó.

—No. —Negué con la cabeza mientras le cogía la mano—. Está a punto de empezar.

No sé si su esperanza me infundió valor o fue porque mal de muchos, consuelo de tontos, pero al salir de aquella cafetería y despedirme de ella con un abrazo y la promesa de mantener aquello en secreto casi no me acordaba de Leo.

Uhm…

No. Ni siquiera escribiéndolo termino de creérmelo. Pensaba en él, como siempre, pero el peso de mi pecho, el que cayó a plomo con su último mensaje, se diluyó hasta casi desaparecer.

Casi.

19
Qué mal...

Me acuerdo perfectamente de la sensación que me azotó cuando, todavía con la respiración agitada por el orgasmo y mi polla en la mano, me di cuenta de que había vuelto a cagarla con Macarena. Había caído otra vez por culpa de pensar demasiado con el cerebro sur y apagar el norte. Recuerdo el móvil apretado en mi mano izquierda, con la pantalla encendida y su último mensaje brillando allí; recuerdo la imagen que se había dibujado en mi cabeza, con ella tumbada con una camiseta blanca maltrecha, agotada por su placer. Y la claridad de mi pensamiento: «Joder, otra vez»... ¿O es que nunca se marchó? El peso en el pecho. La sensación de amor inmenso, como siempre. No tenía más cojones que aceptar que, a la mierda, la quería, la quería demasiado a pesar de ser un idiota.

Aquella sensación tuvo dos lecturas para mí. Una era la de la desesperación. Como el ratón que después de recorrer todo el laberinto se da cuenta de que vuelve a estar en el punto de partida, justo cuando creía que estaba a punto de escapar. La otra, el alivio. Qué putada, fue la que más pesaba. Me alivió saber que no la había olvidado, que mi cuerpo seguía palpitando por ella como por ninguna otra. En un rincón muy oscuro de mí había una emoción parapetada detrás de capas de cemento que estaba muy cabreada por haber creído en algún momento que olvidarla era posible.

Al
destino
no
se
le
puede
dar
la
espalda.

Y ya está. Es así. No creo en el destino, es lo peor. Pero creo en Macarena. Y creo en ella desde una edad en la que uno no pone en duda sus creencias. Creía en ella más que en ese Dios que no sé si quiero que exista. Creía en ella más que en la materia, en mi piel, en el vello erizado de mis brazos cuando ella hablaba cerca de mí.

—Me cago en mi vida —me dije a media voz, con los ojos cerrados aún.

El alivio se rompió por la mitad de pronto, dejando entrar un torrente de ideas en las que mi polla dura no me había dejado pensar. Como una presa que revienta arrastrando un montón de casas que desaparecen en la riada que era Macarena en mi vida. Raquel. Mis promesas. La vida que le prometí que tendría sin mí, en silencio, cuando la vi marchar a Valencia. Los recuerdos. Lo perro que podía ser por ella. Mi madre pidiéndome, con lágrimas en los ojos, que la dejase ser feliz.

El Leo de siempre, el que la quería con la virulencia de una enfermedad tropical de las que te mata, escribió mentalmente en el móvil: «A la mierda el mundo, Macarena. Dicen que fuimos malos el uno para el otro, pero podemos ser buenos en el futuro. Tenemos futuro». No obstante, el Leo paciente, el que había crecido, tragando orgullo, testosterona y ego, le arrebató el teléfono, le dio un puñetazo que lo tumbó y se hizo con el timón. Necesitaba hacerle creer que ya estaba preparada para partir en busca de otro hombre que cayera a sus pies, como sabía que caería cualquiera que fuera lo suficientemente espabilado para ver la realidad de su existencia: que-era-una-diosa.

Contesté lo que debía. Por fin.

Y me esforcé por ser invisible, deseando que me viera solo a mí. Me esforcé en hacer mi vida y hacerla bonita para intentar que el no tenerla se notase menos, aunque se notase: sonreí a mis alumnos, incluso a los que intuía que habían abierto ese maldito perfil de Instagram con mis fotos; fui a recoger por sorpresa a Raquel con un ramo de flores al *coworking* en el que trabajaba. Le hice el amor y no me puse condón porque ella tomaba la píldora, era mi novia y eso es lo que hacen las parejas, ¿no?

Le hice el desayuno.

La besé antes de marcharme.

Le escribí un mensaje antes de la hora de la comida.

Preparé la cena en mi casa.

La dejé ver su programa preferido en la televisión, aunque lo detestara.

Volví a hacerle el amor.

Dejé una nota en la almohada cuando me marché.

Y repetí la maniobra, cambiando los detalles, convirtiéndolos en pequeñas velas encendidas sobre la mesa de centro durante la cena, en un beso de película en plena calle o en un comentario falsamente dejado caer de manera informal sobre un supuesto futuro entre los dos. No lo hice porque fuera mal tío; para mí tenía lógica: si no podía ser con Macarena (y con Macarena no podía ser, ya nos habíamos esforzado durante décadas en demostrárselo a todo el mundo), que fuese con Raquel. Sin repetir errores, siendo quien ella siempre se mereció. El nombre que sustituye este último «ella»..., adivina, no es Raquel.

Lo estaba haciendo bien, os lo prometo; tan bien que me jodía que Macarena no se diera cuenta de que podía hacer las cosas como debía, que podía ser el hombre que siempre esperó que fuera. Tenía todos los sentidos puestos en ser buen chico, en ser buen novio, en no ser una decepción. El Leo que quería estar solo (una maldita noche a la semana, joder, no pedía tanto), el que no soportaba encontrar el baño cubierto de millones de pelos (hasta que me aclaró que eran de las brochas de maquillaje, llegué a sospechar que en realidad Raquel tenía MUCHA BARBA y se la quitaba cada mañana), el que estaba harto de ser educado, caballeroso..., el canalla, el «cantor y embustero», el que sentía la llamada de la jungla, el gamberro e imperfecto estaba hasta la polla, pero lo retuve. Lo amordacé. Amenacé con matarlo. Y sonreí.

Y en la madrugada del día equis de ser el jodido novio perfecto se reveló. Se reveló para liármela muy, pero que muy parda.

Raquel me despertó colocándose a horcajadas encima de mí, con el pelo sobre uno de sus hombros, una sonrisa perversa en los labios desnudos y sin una prenda que la cubriera.

—No tengo suficiente de ti —musitó mientras se mecía sobre mi entrepierna—. Has creado un monstruo.

¿Sabéis esa sensación, cuando consigues ir al gimnasio un mes seguido y te dices a ti mismo que te mereces un premio? Sí, y descansas dos días... que se convierten en dos semanas y, en menos de lo que canta un gallo, el repartidor de comida basura sabe tu nombre de pila y en realidad... nunca más vuelves a pisar el gimnasio. Pues eso me pasó. Que me dije que, después de lo bien que lo estaba haciendo de pronto en mi vida, dejando a Macarena ser libre y feliz (follando con otros tíos a los que tenía ganas de matar muy lentamente), siendo un novio de catálogo y un profesor diez, merecía un descanso. Y mi descanso consistía en pensar que era Macarena la que me iba a cabalgar.

Diré en mi defensa, señor juez, que eran las cinco de la mañana, había dormido apenas tres horas y media, estaba cansado, confuso y... que soy imbécil.

La polla se deslizó suave dentro de ella y gimió como en un ronroneo.

—Qué húmeda estás... —gemí también.

—He soñado contigo..., contigo dentro.

Macarena no solía ser tan dócil en la cama, ni tan sutil. A ella le gustaba llamar a las cosas por su nombre, de modo que pensé que provocando el lado salvaje de Raquel encontraría a alguien más...

parecido a Macarena. Y yo tendría que esforzarme menos por imaginarla.

—¿Eres mala? —le pregunté—. ¿Sabes serlo, princesa?

—¿Quieres que lo sea?

—Siempre quiero que lo seas. —Me mordí la lengua para no añadir «canija» al final de la frase.

Raquel se movió con su cuerpo perfecto encima de mí y acaricié su vientre hacia arriba, hasta llegar a sus pechos. Eran redondos, equilibradamente grandes (el cirujano era bueno, me confesó cuando le dije que las tenía preciosas) y sus pezones sonrosados estaban duros. Las amasé, pero cerré los ojos convenciéndome a mí mismo de que a Macarena le habían crecido las tetitas últimamente.

Meció las caderas con la cadencia perfecta para ir llevándome un puntito más allá a cada movimiento. Más allá del placer y de la cordura, claro, porque lo que no solemos admitir del sexo es que nos vuelve completamente locos y que por él somos capaces de hacer unas gilipolleces majestuosas. Como imaginar con todo lujo de detalles que mi ex, ELLA, me follaba en mitad de la noche. La agarré fuerte de las nalgas.

—Quiero follarte... más... fuerte —conseguí decir.

—Deja que te folle yo. Déjate.

—No quiero hacer el amor. Quiero follarte y hacerte cosas sucias.

—Suena bien.

—¿Puedo convencerte? —Apreté las yemas de los dedos en su carne—. ¿Eh? Dime..., ¿puedo convencerte para que te bajes, te pongas a cuatro patas y dejes que me haga cargo yo? —La obligué a agacharse hasta que su oído quedó junto a mi boca—. Ahora necesito hacértelo yo. Hasta que no puedas más, hasta que te corras tan húmeda que chorree por tus muslos...

—Me estás poniendo muy tonta —musitó en un quejido de placer.

Me di la vuelta hasta caer encima de ella, me incorporé, la giré y le di una nalgada que resonó en el dormitorio.

—Qué guarra te pones…, me gusta —le susurré, porque a Macarena le encantaba que le dijera esas cosas. Y que fuera rudo.

—Me pones tú. Métemela.

Tanteé y la hundí de una sola estocada mientras la agarraba del pelo. Nunca me había puesto así con Raquel, pero bueno… es que en mi cabeza era Macarena y, después de años de sexo, ya había confianza.

—¿Te gusta así? —Volví a empujar—. Dímelo…, ¿te gusta así?

—Más fuerte.

—Así. —Endurecí el movimiento y tiré un poco más de su pelo—. ¿Y quieres que te diga que me encanta lo guarra que te pones?

—Sí, por favor.

—Eres una cerda. —Me agaché un poco, hasta que mis labios chocaron con sus hombros—. Disfruto cuando te empapas y me dejas hacerte de todo.

«Dios, Macarena, qué guarra y qué pequeña eres, me corro hasta en tu voz», pensé.

Seguí empujando. Ella gemía, yo resollaba. Le lamí el cuello…, le susurré que era muy puta con media sonrisa y ella lanzó un alarido de placer que vino a decir que le encantaba escucharme. Agarré sus tetas desde atrás y las apreté. Seguí.

—Estoy a punto. Casi… —susurró ella.

—Te la voy a meter hasta que no te quepa ni el aire —respondí.

—Casi…, Leo…, no pares. Dios…, sigue follándome fuerte. Sigue, sigue…

Su sexo empezó a apretarse alrededor de mi polla y cerré los ojos con más fuerza. Macarena. Macarena. Macarena. Después de hacer el amor en su cama, de pedir perdón, nos merecíamos aquel polvo, por los viejos tiempos. Después de follar con palabras por el móvil a kilómetros de distancia. Después de darme cuenta de que merecía ser feliz con otro al que no tuviera que perdonarle nada. Con sus pequeñas tetas con pezones duros; con sus piernas torneadas y la piel color canela. Con su coño apretado y húmedo, en el que me hundía y me hacía volar. Por fin. Nos lo merecíamos.

Noté el latigazo de gusto nacer en mi nuca y bajar a toda velocidad.

—Dios, Leo…, ¡¡Dios!! —gritó—. ¡¡Ah!!

—¡¡Me cago en la puta!! ¡¡Qué gusto, Macarena!!

Y cuando salió de mi boca ya era tarde para tragarlo de nuevo.

Me cago en mi puta vida…, Macarena.

20

Mirada por un tuerto

Luis, el chico contra el que estampé la cabeza en la plaza de la Luna, me respondió mientras yo andaba haciendo un solo de arpa conmigo misma gracias a Leo, por decirlo de manera elegante. En fin…, la elegancia no es lo mío. Pero el caso es que me respondió que por su parte también seguía en pie lo de vernos, pero que por cuestiones de trabajo andaba aquellas semanas de arriba abajo: «Ahora mismo estoy en Barcelona; el jueves viajo a Bilbao. ¿Podría ser lunes, martes o miércoles?». Le dije que sí, claro, que hablaríamos un poco más adelante para concretar, pero el lunes quedé con Adriana y el martes tuve que lavar un millón y medio de brochas de maquillaje confeccionadas con pelo natural de marta, que no es una señora que se cortó la coleta y la donó para que gente como Pipa se pusiera potingues, sino un animalillo indefenso parecido a la mustela que se dejaba la vida en ello.

Al principio pensé que quizá solo los esquilaban, pero mi hermano Antonio se encargó de aclarármelo cuando le llamé para entretenerme mientras frotaba.

—Pobres animalillos, por ahí en pelotas, sin pelo. Pasarán frío, ¿no?

—Mujer, no creo que lo noten una vez muertos.

Enjuagar las malditas brochas con aquel jabón especial fue, a partir de ese momento, una tarea horriblemente desagradable.

El miércoles por la mañana Luis me escribió de nuevo para saber si finalmente podríamos vernos, pero Jimena se le había adelantado con una nota de voz en la que se percibía que, a causa de la carga de trabajo de aquella época del año, llevaba tanto café encima que podría haber destrozado la barrera del sonido con un silbido.

«Reinas, se me ha pasado ya la vergüenza que hizo que me planteara la posibilidad de comprar un billete de avión sin retorno hacia la China popular y ya estoy preparada para contaros el desenlace del primer (HE DICHO PRIMER) capítulo en esta nuestra telenovela preferida: *Jimena contra el Imperio pansexual*. ¿Nos vemos en la Santander esta tarde?».

Eso no podía perdérmelo. De modo que tuve que organizarme.

El plan era sencillo: estaría con las chicas de siete a nueve y media y después me iría a cenar con el tal Luis a una «tasca» que quedaba cerca de su casa. Pintaba bien… Conmigo bien follada, quiero decir. O al menos magreada, que no es que estuviera yo en condición de exigir. Solo necesitaba alguien que me resultara atractivo tendido encima de mí. A poder ser, con otro perfume, con otra piel, sin el pelo suave de Leo y su sonrisa gamberra…, esa que me volvía loca. En el pasado, eh, que yo lo tenía muy superado. Ejem.

El primer infortunio fue Pipa. Pipa siempre era un infortunio en sí misma, pero aquel día, la víspera de su viaje a París, se acordó de que había dejado encargadas algunas cosas en Serrano y que tenía la maleta por hacer. ¿Y quién le hacía las maletas? Espera…, lo tengo en la punta de la lengua: yo. Le sugerí la posibilidad de que se encargara Candela, pero la tenía muy ocupada corrigiendo los primeros capítulos de algo que ella consideraba que podría ser un buen libro sobre su vida. En fin…

Si no hubiera sabido que iba a beber algo después me habría tomado un valium.

Como siempre, el proceso fue parecido a una condena: «¿Ese vestido con esos zapatos, Macarena? ¿En serio?». «¿Cómo que no puedo llevar siete pares de zapatos?». «Esas bragas no combinan con el sujetador..., ¿no ves que una prenda es blanco roto y la otra clara de huevo?».

Terminé a las ocho con ganas de tomarme un chupito de cicuta y acabar con todo, pero me tragué la mala gana y me repuse respirando hondo. Iba a ver a las chicas y luego a quedar con un gilipollas que me parecía atractivo con el que no corría el riesgo de quedarme colgada de él. Llegué a la cafetería Santander a las ocho y media. Jimena y Adriana llevaban ya al menos tres dobles de cerveza y comentaban muy animadas quiénes eran sus preferidos de un *reality show* que emitían en MTV, visiblemente achispadas.

—¡Hombre! ¡¡La puntual!! —vociferó Jimena cuando me vio entrar.

—¿Habéis tenido alguna vez la sensación de que vuestra vida es la pesadilla de alguien? Creo que estoy atrapada en alguno de los círculos del infierno, pagando los pecados de una vida anterior llena de vicio y desorden.

—¿La maleta de Pipa? —me preguntó Adri, comprensiva.

—Sí. Esa misma tortura.

—¿Y tú cómo lo sabes? —le interrogó Jimena.

—La sigo en redes. Sé que se va de viaje.

Que la seguía era verdad; que sabía que se iba de viaje también, pero porque yo se lo dije cuando quedamos para que me contara su secreto.

—Tengo media hora —dije mirando el reloj—. Cuarenta y cinco minutos como mucho, contando con los quince minutos de cortesía que uno le cede a su cita para que se retrase dentro de lo educadamente aceptable.

—¡No me jodas! —se quejó Jimena—. ¡Voy a contarte mis miserias! ¿Vas a poner el cronómetro?

—Como no vayas al grano, no tendré más remedio. He quedado con Luis.

—¿Qué Luis? —preguntaron las dos con el ceño fruncido.

—Luis «le-estampé-la-frente-en-la-huevada-pero-no-sé-su-apellido».

—¡Ah! Qué guay. ¡Tienes una cita! —Aplaudió Jimena—. ¡¡Fuera telarañas!! ¿Te has depilado?

—Depilada. Perfumada. Bragas decentes. —Asentí mientras levantaba mi dedo pulgar—. Todo a punto. ¡Jefe! —llamé al camarero—. ¿Me trae un café con leche?

—¿Un café con lecheeee? —se quejó Jimena.

—No quiero llegar oliendo a cerveza a mi cita.

—¿A qué se dedica? —quiso saber Adriana.

—Ni idea, ni me interesa.

—Ella solo quiere que le meta el prepucio —se burló Jimena.

Es posible que se hubiera metido por el gaznate más de tres dobles de cerveza.

—Qué bruta eres... ¡Venga! Cuenta la primera batalla de la odisea estúpida que has emprendido por no preguntarle abiertamente a ese chico las dudas que tienes y que el porno gay no consiguió aclararte.

—Qué chispa tienes —se quejó—. ¿Os acordáis del dildo que compré?

—¿Cómo olvidarlo? —Adriana puso los ojos en blanco.

—Tendría que haber comprado el kit de iniciación anal.

—¿Por? Es que... ¿no estaba...? Bueno..., ya sabes..., ¿acostumbrado? —terció la pelirroja.

—No, no es eso.

—Te mandó a la mierda, ¿no? —le pregunté.

—Podéis hacerlo mejor. ¿Ninguna de las dos se imagina de verdad cómo terminó la historia?

Nos miramos las dos, como si pudiéramos poner nuestro intelecto en común y dar una respuesta al unísono, pero ambas negamos con la cabeza.

—Terminó dentro de mí. —Jimena se señaló—. Mucho más dentro de mí de lo que hubiera querido…, al menos por ese lado.

Adri pestañeó. Yo torcí un poco la cabeza, intentando entenderla. Ella nos miró como si estuviéramos a punto de hacerle perder la paciencia.

—Se creyó que lo había comprado para experimentar yo. Para mí. Para el interior de mi recto.

Me tapé la boca y comedí una carcajada. Adri seguía mirándola como si no entendiera.

—Que terminó con el bicho dentro. —Le di un codazo.

—Ya lo he entendido, ya lo he entendido.

—¿Y esa cara?

—¿Preferiste hacer una cosa que no te apetecía probar antes que exponerle tus dudas con honestidad?

—¡No me vengas con juicios morales ahora, zanahoria, por Dios! Hace apenas cuatro días que fui sodomizada. Un poquito de por favor…

A Adri no le hizo gracia, pero yo me reí mucho.

No pudimos hacerla cambiar de parecer, claro. Jimena es, ante todo, muy cabezona. Se pasó quince años pensando que su amante adolescente, muerto en trágicas circunstancias, le mandaba señales desde el Más Allá para que escogiera bien a su compañero de vida…, ahí lo dejo.

Cuando me marché corriendo, a sabiendas de que llegaría tarde también a mi cita con Luis, el de la plaza de la Luna, Jimena seguía pensando que tendría que ser, como David el Gnomo, siete veces más fuerte que él y veloz, para endiñarle el dildo a su novio… por si acaso. La suma Jimena más cerveza da como resultado una maravilla maravillosa.

Llegué diecisiete minutos tarde, completamente convencida de que el tío se habría ido a su casa, pero, sorpresa, seguía allí. Aunque para sorpresa, notar que no había alivio recorriéndome entera al verlo sentado junto a la barra; solo una suerte de escalofrío concentrado en la parte baja de mi vientre. ¿Nervios? ¿Excitación? ¿El café, que no me había sentado bien? Al notar que la puerta del local se abría, echó un vistazo con la copa de cerveza pegada a los labios y al reconocerme arqueó las cejas.

—Hombre, pero si has aparecido. Qué detalle —me dijo cuando me acerqué.

—Perdona la tardanza. He tenido movida en el trabajo, pero no voy a aburrirte con los detalles.

—Casi te lo agradezco.

Qué gilipollas era. Justo lo que necesitaba. Un gilipollas guapetón con pinta de follar por deporte del que iba a ser imposible que me colgara y con el que no querría que me uniese ningún vínculo. No obstante, iba a increparle por el comentario cuando me cogió por la cintura y me plantó dos besos en la comisura de los labios. Olía a colonia... a saco, pero bueno, se lo podría perdonar. Si me daba un buen meneo, claro.

Tenía el café con leche aún en la garganta y algo me decía que la presión en mi vientre era más bien a causa de eso y no de mi cita, pero aun así me pedí un vino tinto, por quedar elegante. Decidimos bebernos la copa antes de pedir algo de cenar, pero estaba tan nerviosa (y desentrenada en las citas) que casi me la bebí de dos sorbos, por tener algo que hacer. Me acordé mucho de todos los hombres que pasaron por mi vida (Leo, Leo, Leo, Leo, otra vez Leo, aquel chico que me besó en una discoteca sin pedirme permiso y al que le di un codazo en la boca como respuesta, Leo, Leo y Coque) e intenté apelar al ángel de la guardia de las chicas solteras para que me diera conversación. Y me quejaba de Coque… Con él, al menos, me reía. Este tío, además de borde y gilipollas, parecía bastante sieso. Contarle el chiste del perro Mistetas no serviría para romper el hielo con él.

Nos acomodamos en una mesa y quiso que habláramos de nuestros trabajos, pero preferí que nos centráramos en otras cosas, como cualquier tontería que no dijese demasiado de él. Le gustaba jugar al pádel, me dijo, y se había lesionado el año anterior las dos rodillas con unos meses de diferencia, pero seguía dándoles una paliza a sus amigos cuando jugaban. (Insértese aquí cara de mártir a punto de encontrar la muerte por aburrimiento). Le gustaba la música house y demás, pero no era de los que disfrutaban de un disco en casa. Tampoco le gustaba leer. Decía que no tenía tiempo y que el que tenía no quería perderlo entre las páginas de un libro, que mejor esperaba a que sacaran la película.

Me dio un retortijón.

—Total, de todos los libros buenos terminan haciéndola —se justificó.

—Claro, como *Too fast too furious* —contesté cínica, a punto del colapso.

—Ah, di con una intelectual, ¿no?

—No —respondí—. Pero eso que has dicho haría llorar a una cabra.

—¿Y tú qué haces con tu tiempo libre? ¿Vas a museos? —Lanzó una carcajada y a mí se me apretujaron las tripas otra vez.

El retortijón anterior no había sido figurado.

—No. Restauro retablos góticos. Soy especialista en aplicaciones de pan de oro —respondí con una mueca.

—Es broma, ¿no?

—Sí —asentí, cansada—. Es una broma.

Apoyé el puño en la barbilla y el codo en la mesa en un gesto de aburrimiento supino. Él apuró su copa y pidió otra cerveza y otro vino para mí. Mi tripa se quejó de nuevo con un gruñido que, francamente, no sonaba bonito. El café tragado a toda prisa estaba pasando por todos los recodos de mis metros de intestino como un niño en el tobogán de un parque acuático.

—¿Te aburres? —preguntó pasándose la mano por el pelo, sin mirarme.

—No es eso. Es que tenemos poco en común.

—Según entendí, no era un alma gemela lo que andabas buscando.

Lo miré con cierta pereza…, todo postura, claro. Un sonido parecido al de una burbuja a punto de estallar deslizándose por un espacio engrasado salía de mi tripa y no quería que se notase. Ojo, el sonido lo emitía mi tripa, pero no se estaba escapando por ningún orificio. Que luego hay malentendidos y ya le ponen a una el sambenito de pedorra para toda la vida.

—Toda la razón —afirmé.

—Entonces la cena es un mero trámite, ¿no? —respondió acomodándose en el respaldo de su silla.

Buen pecho, ancho y con pinta de firme. Boca jugosa. Si se callaba el suficiente rato para que se me olvidara lo chulito que era, me parecía muy guapo. Tragué saliva cuando el ruido de mi tripa se intensificó.

—Bueno, es el tiempo que tienes para seducirme. —«Si no tengo que largarme de aquí corriendo y apretando el culo», añadí para mis adentros.

—¿Y si eres tú la que tiene que seducirme?

—Yo ya lo he hecho. —Me erguí chulita, imitándole, y me mordí el labio, pero para soportar el pinchazo en mi vientre—. Si no, ¿qué haces aquí?

—Es una buena pregunta. ¿Qué haces aquí tú si no te he seducido ya?

—Estoy pasando por una época nihilista y hedonista: no creo en nada trascendental y quiero pasármelo bien. Parecías un buen sujeto de estudio. Eres alto, guapo, borde, y tienes las manos grandes.

Vaya por Dios…, el dolor de tripa me soltaba la lengua y me hacía pasar por una tía guay y todo. A ver si lo que necesitaba para enderezar mi vida era una dosis diaria de laxante…

—No sé si estás loca, eres una cachonda o me estás vacilando —respondió con una sonrisa.

—¿Y qué más da?

Cerré los ojos un segundo. Puto retortijón, iba a partirme por la mitad.

—A lo mejor no tenemos nada en común, tienes razón. —Se acercó un poco a mí, sobre la mesa que nos separaba—. Pero puedo hacer que te corras. Mucho.

Respiré hondo cuando el dolor se disipó dejando muchos centímetros de mi piel de gallina. Él miró mis brazos, con los pelillos de punta, y sonrió de lado creyendo que era la consecuencia de su insinuación.

—¿Tú crees? —añadí.

—No lo creo. Lo sé.

—¿Y cómo piensas hacerlo?

—Tengo las manos grandes y tú eres pequeña; se me ocurren muchas cosas. Podemos pasar de la cena, ir a mi casa y… te las demuestro.

—Mucha boquilla.

—Sí, la boca también la sé usar.

Joder. Joder. Joder. Se mordió el labio y quise respirar profundo. No es verdad eso que dicen de que si alguien no te cae bien es imposible que te parezca atractivo. El tío estaba buenísimo, independientemente de que me cayera como el orto. Tenía que reponerme. Tenía que solucionar lo de los retortijones, joder; NE-CE-SI-TA-BA una noche loca. Cogí el bolso y rebusqué en su interior en busca de alguna pastilla. Siempre llevo mucha mierda dentro del bolso…, algo tendría que haber.

—La idea de irme a casa de un desconocido no sé cuánta gracia me hace —añadí para ganar tiempo.

—¿Eres de esas a las que les gusta hacerlo en el baño?

La palabra «baño» pareció desencadenar el infierno total en mi interior y cerré de nuevo los ojos cuando un retortijón de los serios no me dejó ni pensar. Bueno, pensar sí pensé: «Por el amor de todos los santos…, que me voy de vareta».

En el fondo de mi bolso encontré un paracetamol, mi blíster de píldoras anticonceptivas, un frenadol en sobre y una grajea de valeriana llena de pelusa. Bien preparada, Macarena.

Podía aguantar. Tragué saliva y quise sonreír, pero se me apretaron las tripas de nuevo y se me escapó un quejido.

—Oye…, ¿estás bien?

Levanté la vista y, por primera vez, vi a aquel chico con una expresión que no era la de pagado de sí mismo. Hice una mueca y comedí un lloriqueo en mi garganta. ¡¡JODER!! A mí me había mirado un tuerto, estaba segura.

—Ostras, Luis. Me encuentro fatal.

—¿Qué te pasa?

«Me cago como las abubillas» no era una respuesta posible en aquel momento, así que salí por peteneras.

—Me he tomado un café antes de venir, se me ha juntado con el vino en el estómago y tengo unas ganas de devolver…

—¿Es una excusa? —Bajó la barbilla y me estudió con ojo clínico.

Un escalofrío me recorrió entera.

—No. No lo es. Si lo fuera, al menos no me sentiría tan ridícula.

—Estás blanca como la cal —anunció—. ¿No irás a ponerte a vomitar aquí en medio?

—No. —Saqué la cartera y de esta un billete—. Pero no quiero averiguarlo; me voy a casa.

—¿Estás sudando?

Me pasé el dorso de la mano por la frente perlada de sudor, a pesar del aire acondicionado del local, y rebufé.

—Me encuentro tan mal que no sé si llegaré a mi casa viva —musité.

—Deja, deja. Yo pago.

Se levantó. Quise echarle un vistazo a su trasero en plan lastimero, como despidiéndome del meneo que me iba a perder, pero la pantalla de mi móvil se iluminó dentro de mi bolso anunciando un mensaje del grupo de WhatsApp «Antes muerta que sin birra»:

A por él, leona. Pero no te olvides de usar gomita.

—Por Dios. —Apoyé la frente en la mesa, con miedo de levantarme muy rápido y convertir aquel momento en el peor recuerdo *ever*.

Solo yo era capaz de convertir una cita en un retortijón de veinticinco minutos.

—A ver…, levántate.

Luis se acercó, puso una mano al final de mi espalda y me cogió de un brazo. Lo miré como si fuera un marciano.

—¿Qué? —Frunció el ceño—. Seré un borde, pero tienes muy mala pinta.

—¿Ya no quieres hacer que me corra en el baño? —me burlé.

—¿Dónde y cómo es el dolor?

—¿Ahora vas de médico?

—Soy médico. —Parpadeó lento—. Me dedico a la investigación clínica, pero bueno, digo yo que para diagnosticar una indigestión me llega.

El sueño de toda madre: que su hija se case con un médico. Uno que le pueda diagnosticar una indigestión, pero luego folle como un animal…, aunque de eso no se entere la madre en cuestión. Aparté el pensamiento del matrimonio, mi madre y su trabajo y me cerré en banda; no quería saber nada más de él. Solo me faltaba engancharme a aquel tipo, que era un borde redomado y un creído. Mi gusto por los hombres iba de mal en peor. Pero no…, no quería un marido…, solo un revolcón después de jugar a los médicos, a poder ser después de verlo con la bata puesta.

—Tengo el coche en un parking que está a diez minutos. ¿Te llevo a casa?

—Prefiero ir sola.

—Déjame que te palpe un poco.

—Estoy yo para que me palpes…

—Médicamente. Palparte médicamente.

—Luis, déjame, por favor.

Metió la mano bajo mi camiseta y me miró a los ojos, pero con un gesto muy… profesional. Un par de parroquianos de la tasquita en cuestión nos miraron. Decidí que si él alzaba la voz y decía algo como: «Tranquilos, soy médico», me moriría y acabaría con el problema.

—¿Por qué no dejas que te lleve a casa y…?

Me aparté con cara de pánico cuando un retortijón aún peor amenazó con el más chungo de los finales. Le agarré la mano, dibujé lo que probablemente fue la expresión demente más conseguida de mi vida y negué despacio con la cabeza.

—Me voy a ir.

—Vale —respondió.

—Y vamos a olvidar que esto ha pasado —insistí.

—Ok. —Alargó las vocales, mirándome alucinado.

Cargué el bolso en mi hombro, miré a mi alrededor, como si tuviera miedo de que alguien me siguiera o algo así, y salí corriendo. Literalmente corriendo. Estar descompuesta me vuelve muy psicótica.

Cuarenta minutos más tarde estaba tendida en el sofá, después de sentir que mi cuerpo se convertía en el muro ese que daba acceso a Mordor. Se había vivido una batalla sin parangón en mi tripa y no había bando ganador. Yo era la perdedora, estaba claro. Una perdedora.

Cogí el móvil, que asomaba de entre todas las cosas que al tirar de cualquier manera el bolso al entrar se habían desperdigado por los cojines. No tenía ganas de desahogarme, de contarlo y sentirme más ridícula. Ni siquiera sabía por qué me sentía tan absurda. Bueno, sí lo sé. Pasarte el día fantaseando con lo mucho que vas a chingar en tu cita y terminar sentada en el trono sudando como un pollo... no es lo que se conoce como un fin de fiesta brutal. Todo lo que hacía se veía, tarde o temprano, contagiado por una especie de fatalismo hilarante. Era como el personaje de una película de Woody Allen... Era el personaje que siempre protagoniza Woody Allen en sus propias películas.

Pero había más razones además de la cita desastrosa: llevaba todo el día con ganas de escribirle, a él. No, no, perdona: A ÉL. En la vida de toda mujer siempre hay un ÉL, un único hombre al que no hace falta mencionar por su nombre de pila y que merece las mayúsculas gritonas. ÉL. Leo. Me pregunté durante todo el día si mi cita sería excusa suficiente como para abrir de nuevo una conversación con él después de la última vez que «hablamos». Y eso no era lo que esperaba cuando cerramos nuestra historia. Nunca fue así, de aquel modo. Con Leo era todo reencuentros apasionados, portazos, gritos, besos, peleas, grandes demostraciones de amor después de una cagada, lágrimas, sexo fiero, promesas y otra vez vuelta a los portazos. ¿Desde cuándo tenía yo ganas de escribirle un mensaje o de charlar con él? Joder..., sé a qué sonaba. Por eso mismo no se lo dije a las chicas.

A la mierda. Cerré los ojos y respiré profundo antes de abrir WhatsApp. Escribí.

> Nunca conseguiré echar un polvo. Debí tomar apuntes de tus consejos.

Si el final catastrófico de mi intentona de ser una comehombres no era suficiente pretexto como para iniciar una conversación, no se me ocurría qué podría serlo. No había nada malo en querer simplemente hablar, ¿no?

Miré fijamente el móvil sin dejar que la pantalla se bloqueara, hasta que se conectó y aparecieron los tics en azul, indicando que me había leído, pero acto seguido volvió a desconectarse. Dejé el teléfono con un suspiro sobre mi estómago y me tapé los ojos con el antebrazo antes de echar mano al fijo de casa y marcar el primer número que tenía registrado en marcación rápida.

—¿Ya estás en casa? Eso es llegar, ver y vencer —respondió.

—Jime... —me quejé con un hilillo de voz—. No sabes lo que me ha pasado.

—¿Qué te ha pasado? —preguntó nerviosa—. ¿Te ha hecho algo? ¿Estás bien?

—Sí, sí. No es eso. Es que... el café. —Me humedecí los labios—. El puto café de los cojones me sentó mal y me tuve que ir corriendo para no hacérmelo encima.

—¿Me estás diciendo que tuviste que irte porque te hacías caca?

No tuve más remedio que reírme de mi propia desgracia.

—Voy a tener que volver a instalar Tinder. Este tío no va a volver a llamarme jamás.

—¿Le dijiste «me voy porque tengo diarrea»?

—No, gilipollas. —Solté con una carcajada—. Le dije que tenía ganas de vomitar, que quieras que no siempre suena mejor. Pero es médico. Creo que si para cualquier hijo de vecino mis síntomas ya dejaban muy claro lo que me pasaba, para él…

—El Doctor Amor te llamará otra vez. Ya verás. Ni que él no hubiera tenido nunca un arrechucho. Como todos. El ano no es una singularidad física tuya, Maca. Es común en todos los seres vivos. Y si no es este, ya aparecerá otro tío que te caiga mal con el que puedas fornicar sin sentimientos.

Con la mirada fija en el techo suspiré. ¿Debía contarle lo de Leo? Era mi mejor amiga. Lo había sido desde que me alcanzaba la memoria y ese tipo de cosas son las que le cuentas a tu mejor amiga, a riesgo de que te caiga la bronca más monumental del planeta.

—Jime…, yo…

—No me asustes. Si pones la vocecita esa me asusto. ¿Te has acostado otra vez con Leo? ¿Es eso? Oh, Dios mío. Es eso. Te has vuelto a acostar con Leo OTRA VEZ. Y con novia. Y su novia es tu amiga. Si es que no se puede ir tan de valiente, Maca. De tu talón de Aquiles no te haces *best friend*, ¿sabes? Eso es una milonga. Eso es… ¡¡una falacia hollywoodiense!! ¡No te fíes de las películas de Sandra Bullock! ¡Ni de las de Jennifer Aniston!

Iba a pararla, a pedirle que me dejara explicarme y recalcar que, «técnicamente», Leo y yo no habíamos intercambiado fluidos, pero sentí la vibración del móvil y lo rescaté. Era él.

> Lo siento. No podía responderte. ¿Qué ha pasado? ¿Quieres hablar?

—… porque entonces es cuando el universo confabula en tu contra y de pronto te encuentras siendo dama de honor en la boda de tu ex, ¿entiendes? —seguía exclamando Jimena.

—No, para variar no entiendo nada, Jime. No me he acostado con él. No me he acostado con él.

—¿Entonces?

¿Entonces?

—Nada. Solo iba a iniciar una reflexión deprimente sobre lo sola que estoy, pero puedo dejarla para otro día en el que no tenga retortijones. Te dejo. Necesito ir corriendo al baño.

—Qué tía asquerosa. —Se rio—. Pero acuérdate de lo que te he dicho.

—Ni siquiera sé lo que me has dicho. Te pones a farfullar como una loca y no hay Dios que te entienda.

—No puedes ser amiga de tu ex, y menos cuando le has querido tanto. Tatúatelo en la frente.

Me despedí con un suspiro, un beso y la promesa de vernos otro ratito de la semana. En realidad, no tenía ninguna prisa ni ganas de ir al baño; solo de coger el móvil y responder.

Macarena:
Hablar con un hombre me vendría bien, la verdad.

Leo:
¿Para qué están los amigos? Dispara. Soy todo oídos (ojos, en este caso).

Macarena:
¿No te estaré interrumpiendo?

Leo:
Para nada.

Macarena:
Pero es tarde.

Leo:

Tengo toda la noche…

Y yo toda la vida por delante para aprender que, a veces, los consejos de tu mejor amiga deberían ser ley.

21

Remordimientos

Candela se había puesto unas gafas con montura metálica muy modernas. Aunque la lógica me dijo cuando las sacó de la funda que eso no podía sentar bien a nadie, la lógica y yo nos equivocábamos. Estaba guapísima: tenía un aspecto intelectual, pero joven y fresco. Todo lo contrario que yo, Miss Ojeras del año, reina de la tez apagada y emperatriz de la cara de cansancio desde que el mundo era mundo. La noche anterior me había quedado hasta las tres hablando con Leo. Ojo…, hablando. Las manos sujetas al móvil mientras chateábamos. No se había vuelto a dar ninguna subida de tono. Claro, éramos amigos. Le había contado la verdad (y solamente la verdad) sobre mi cita con el Doctor Amor, anteriormente conocido como el tío frente al que hice una genuflexión involuntaria, y él me dijo que estaba seguro de que me llamaría.

Leo:
Nos gusta que nos lo pongan difícil. Somos así de idiotas.
Si no sentimos que tenemos que pelear por ello y demostrar
que somos los mejores, no nos interesa.

Macarena:
Ahora me explico por qué nunca me funcionó
ninguna relación.

Leo:

Eso, canija, me temo que fue culpa mía.

No ahondamos más. Retrocedimos verbalmente hasta el punto de encuentro: la nueva vida, lo que nos esperaba, lo desconocido. Si este chico no me llamaba, habría más. Me dijo que solo necesitaba darme cuenta de la cantidad de posibilidades que me brindaba la vida. Tenía que hacer eso…, esa caída de pestañas, ese cruzar de piernas, ese andar por la vida como una loca con mil ideas y preguntas por responder, maldiciendo, cantando letras de Marea y soñando muy alto con cosas imposibles.

Macarena:

Suena imposible hacer todas esas cosas a la vez.

Leo:

Eso es solo porque las haces sin querer.

Le pedí que me hablase de su relación con Raquel, le pregunté cómo les iba, pero lo dejó en un «bien, muy bien» en el que entendí de que no quería ahondar. Y cuando nos dimos cuenta, entre poesía, música, un rincón de Madrid que acababa de descubrir y mi última película preferida, nos habían dado las tantas de la madrugada.

No había nada malo allí, ¿verdad?

—Candela —la llamé.

Apartó la mirada a duras penas de la pantalla donde editaba un vídeo de Pipa a la vez que emitía un sonido interrogante que ni siquiera se podía considerar palabra.

—¿Tú crees que un chico y una chica pueden ser amigos sin más?

—Claro. —Sus ojos volvieron a la pantalla y en el cristal de sus gafas vi reflejarse la imagen de Pipa girando sobre sí misma para hacer volar su falda.

—¿Claro a secas? ¿Sin condicionantes?

—No sabría decirte.

—Candela…

—¿Uhm…?

—¿Puedes mirarme un segundo? No pasa nada si descansas. Llevas toda la mañana enfrascada en eso.

—Es que… —Se quitó las gafas, las arrojó en la mesa y se frotó los ojos. Era una de esas chicas con una belleza natural y fresca que no necesitaba maquillaje—. Es entre horrible e hipnótico. Creo que está induciéndome un estado alterado de conciencia.

—No me extraña. ¿Cuántos modelitos son?

—Diez looks. Los diez looks diez para este verano.

—Me apiado aquí y ahora de tu alma.

Bufó y se levantó para echar a andar hacia nuestra cocina.

—Voy a por agua. ¿Quieres algo?

—¿Cicuta?

—Creo que me la bebí toda ayer. ¿Puedo ofrecerte un poco de cianuro o de ántrax?

—Mejor un poco de toxina botulínica, por favor.

—Hecho.

Salió con dos botellitas de agua y se apoyó en mi mesa sin poder evitar echar un vistazo al desorden de papeles que tenía extendidos sobre ella.

—¿Con qué estás?

«Repasando la conversación con Leo punto por punto, examinando cada frase y cada palabra en busca de algo que huela a peligro mientras me autoconvenzo de que no pasa nada».

—Con las propuestas de colaboración para otoño.

—Ya estamos en otoño, ¿eh?

—Pipa trabaja con mucha antelación. —Apoyé la barbilla en el puño con aire aburrido.

—¿Qué me preguntabas?

—Si crees que un chico y una chica pueden ser amigos sin más.

—Sí. ¿Por qué no?

—El sexo siempre lo enturbia todo, ¿no?

—No tiene por qué. —Se apartó el pelo de la cara—. Tengo amigos que prefiero que me hiervan viva a imaginarme en la cama con ellos. Y…, ojo, tengo un amigo al que quiero un montón con el que me he acostado mil y una veces.

—¿En serio? —Arqueé las cejas.

—Sí —asintió—. Los dos tuvimos claro desde el principio que no íbamos a estropearlo por unos cuantos buenos polvos. Era solo sexo. Lo hacíamos como animales en celo y después nos descojonábamos, nos invitábamos a una birra y hasta la siguiente.

—¿Y terminasteis bien?

—Tan bien que nadie de la pandilla imagina que pasó nada entre nosotros. Jamás.

—Por favor, déjame ser tú. —Supliqué en una mueca—. Creo que debería volver a nacer para no ser tan panoli.

—No seas tonta. Además, piénsalo: si pudieras volver…, ¿no repetirías cada paso que diste?

Me mordí el labio. Yo era demasiado ingenua, quizá había vivido poco, pero ella era aún muy joven para escucharme decir que no. No repetiría cada paso porque nos llevó a un camino en el que no supimos hacer nada bueno con lo que sentíamos por el otro.

—¿Lo dices por… Leo?

—¿Eh? —Aterricé de golpe desde los recuerdos y la miré—. ¿Leo? No. No es por Leo.

—Ya. Menos mal, porque… en ese caso sí habría agravantes.

—No es por Leo —repetí.

—Insisto: menos mal. Con una relación fracasada a cuestas y siendo el actual novio de una amiga tuya, la cosa se complica.

Di gracias de que estuviera volviendo a su mesa y que no se percatara de la mirada que le eché. Creo que pudo sentirla en la espalda, clavándose entre sus omoplatos.

—¿Todo bien entre Raquel y tú? —preguntó dejándose caer en su silla.

—Genial. Como siempre. No sé. —Me quedé mirando cómo volvía al trabajo con aire distraído—. ¿Por?

—Por nada. Revisando el correo de Pipa he visto uno suyo. Le decía que mejor esperaba a que volviera de París para pasarse por aquí a devolverle no sé qué que le prestó para un *shooting* y… me ha extrañado. Como soléis ir a tomar algo juntas cuando se acerca a la oficina, estando Pipa fuera con más razón, ¿no?

El hacha de mi mirada pasó silbando junto a su cabeza para clavarse con violencia sobre el vidrio del gran ventanal que quedaba detrás de ella.

No me lo cogió a la primera. Tampoco a la segunda. Para la tercera intentona, ya tenía a las chicas al día y completamente fuera de sí, lanzando sin parar en nuestro grupo de WhatsApp hipótesis por las que Raquel podía haberme ninguneado de aquella manera. Cobraban fuerza que Leo y ella se hubieran prometido y no se sintieran preparados para contármelo o que yo hubiera hecho algo sin darme cuenta que la hubiera molestado, una tontería, y estuviera esperando a enfriarse para no darle importancia.

Cuando me cogió el teléfono por fin, yo ya creía que se había enterado de mi conversación subida de tono con Leo y que iba a arrancarme verbalmente la cabeza. Me lo merecía. Aceptaría cualquier insulto que se le ocurriera, incluyendo el que peor me sentaba del mundo: pitufa.

—Hola —saludó tímida.

Nada de su habitual «morenaza» ni su brío al hablar.

—Raquel, ¿qué pasa? —quise atajar.

La escuché chasquear la lengua contra el paladar.

—¿Está por ahí?

—¿Quién? —pregunté confusa.

—Esa ayudante tuya tan poco profesional que te ha contado lo del mail a Pipa.

—¿Y cómo sabes que no he sido yo?

—Porque tú nunca lees mis mails a Pipa. Nunca. Y esa chica tiene ganas de enemistarnos. ¿Está?

—No, no está. Se ha ido ya a casa, pero esa chica, como tú dices, no es el problema. El problema es que, no sé por qué, me estás evitando. Porque me estás evitando, ¿verdad?

—Sí. —Casi podía verla asentir, nerviosa—. Pero no te lo mereces y me muero de la vergüenza.

—¿Qué ha pasado, Raquel? ¿He hecho algo que…?

Cerré los ojos, recé un par de avemarías y me sujeté la frente con la punta de los dedos.

—Tú no. Es una tontería. Es… cosa mía.

—Es por Leo —asumí.

—Es por Leo, sí.

Me quedé callada. Nadie sabía mejor que yo lo doliente, cabrón, frío, insensible e insoportable que podía ser.

—Vale…, ¿por qué no nos vemos? Podemos charlar. Quizá hablar conmigo te siente bien.

—No te ofendas, Maca, pero hablar contigo ahora mismo no es lo que más me apetece.

—Pero ¿qué ha pasado?

—Nada. Que soy idiota.

—¿Por qué? ¿No será que él es el idiota?

—Él es un tío haciendo lo que cree que debe hacer. Yo soy la idiota…, la idiota que se cree que lo de las películas de Disney pasa en la vida real.

—Raquel, sé lo gilipollas que puede llegar a ser.

—No es gilipollas.

—Es un dejado, nunca tiene un detalle si no es para pedir perdón cuando le has pillado cagándola, le gustan más los libros que las personas, a veces se duerme inmediatamente después del sexo, como si fuese un conejo de esos que se desmaya tras eyacular…, puede ser muy egoísta, muy cobarde y muy ceporro, pero no es mal tío, Raquel. Estoy segura de que lo está intentando con todas sus fuerzas.

Una Macarena chiquinina (más chiquinina, quiero decir) apareció delante de mí en la mesa vestida de demonio, apoyada en un tridente y con cara de horror. «¿Te puedes callar ya, pedazo de estúpida? ¿Qué haces terciando en esto? ¡¡Huye!!». La Macarena diabólica parecía muy cabreada con mi intento de arreglar algo en lo que yo, al parecer, no tenía que ver directamente.

—No es eso. —Escuché decir a Raquel—. Ya no…, ya no es así, Maca. Es detallista, me sorprende recogiéndome en la ofi cada dos por tres, me trae flores, cocina, es un amante dedicado y hasta me ha ayudado a ordenar los armarios. El Leo que recuerdas es el adolescente, creo. Ahora es un tío de treinta y dos años.

Uau…, cómo dolió. Cerré los ojos.

—¿Entonces? ¿Cuál es el problema?

—El problema es, Macarena, que él es muy consciente de que tú no conoces al Leo de ahora y no sé si está muy conforme con la idea de que te quedes con la imagen que tenías de él.

—Eso no tiene sentido —me defendí.

—A lo mejor no lo tiene, pero a nadie le gusta saber que es la mujer con la que alguien intenta olvidar. Dame unos días, morenaza…, te prometo que dejaré de ser una bruja en cuanto me dé un poco el sol. Me escapo a la playa con mis padres unos días. A la vuelta te llamo.

Cuando colgué, ni siquiera sabía cómo debía sentirme. La Macarena en miniatura disfrazada de demonio se limpiaba las uñas con las puntas del tridente con expresión hastiada.

«La que has liado, pollito», me dijo.

—¡Yo no he hecho nada!

«Justo por eso… No has hecho nada por empezar de nuevo».

Lo que me faltaba. Ahora mi subconsciente tróspido también se mosqueaba conmigo.

El grupo de WhatsApp estaba que ardía cuando volví a entrar.

Jimena:
Me va a dar un infarto. ¡¡Por Dios!! ¡¡Qué tensión!!

Adriana:
Fijo que al final no es nada.

Jimena:
Anda, no me jodas. ¿Después de toda la expectación que han creado? Soy capaz de llamar a Raquel y decirle que me he tirado yo a Leo para que haya movida.

Adriana:
Lo que te gusta que haya sarao…

Macarena:

Nada. Ya está claro. Leo. En todo su esplendor.

Jimena:

¿Y eso qué tiene que ver contigo? ¿Ahora te evita porque...? ¿Por qué? Si ni siquiera se lo presentaste tú. No puede responsabilizarte de nada.

Macarena:

No sé los detalles. Supongo que el amigo de los libros abrió la bocaza y la cagó y mi nombre pasaba por ahí. Dice que se le pasa en unos días.

Adriana:

¿Lo han dejado?

Macarena:

No lo creo. Al parecer, Leo se ha convertido en aspirante al título de mejor novio del mundo y ha estado acumulando méritos para que se le pase pronto.

Jimena:

Ya sé lo que ha pasado. Ha dicho tu nombre mientras follaban.

Macarena:

¿Qué dices, loca?

Adriana:

Mujer..., no suena tan descabellado. Encaja.

Jimena:

¡¡Madre mía!! ¡¡Qué historiaza!! Mejor que la de
Amityville que estoy leyendo ahora mismo.

Macarena:

¿Sí? ¿Mejor o peor que la de comprar un tapón anal
para tu novio y terminar con él puesto?

Jimena:

Qué poco sentido del humor tienes, japuta.
No estarás ocultando información, ¿verdad? Tú la
has liado y estás disimulando.

Macarena:

Disimulando las ganas de entrar en el móvil y poder
darte una bofetada con una pechuga de pavo cruda.
Voy a escribir al Doctor Amor.

Adriana:

Eso, déjale claro que ya no tienes problemas intestinales
y enséñale lo que es una hembra haciendo dieta blanda.

Macarena:

Primer aviso para todas las zorras graciosas que pasean por
aquí: que cada perro se lama su cipote. Dicho esto, adiós.

Cerré el grupo, me crucé de brazos y miré unos segundos
el teléfono con el ceño fruncido, sin hacer nada. Después, volví
a entrar en la aplicación y escribí, pero a ÉL.

¿Crees que invitarle al cine después del fiasco de cita que
tuvimos es viable? Están poniendo *Coco* en el cine de verano
de Conde Duque y quiero verla. De paso…

No tardó en contestar:

> Al cine ni de coña. Invítale a tomar una copa en una terraza
> de moda. Al cine, si te apetece, puedo acompañarte yo.
> Raquel se ha marchado unos días a la playa con su familia
> y estoy cansado de planear torturas en forma de preguntas
> de examen.

Y así fue como, sin darme apenas cuenta, superé la vergüenza de mi cita marcada por los retortijones, escribí al Doctor
Amor y... concerté una cita con mi ex para ir al cine.

22
Solucionarse la vida

Jimena no tenía ni idea de la batalla que estaba librando Adriana en su interior y de la que solamente yo estaba al día, pero sin saberlo, se encontraba en una situación similar: ambas se columpiaban en dudas sin hacer nada, en realidad, por resolverlas. La duda es la ausencia de respuesta y… a veces preferimos que todo sea posible y nada real del todo.

Samuel dejó caer las llaves de casa sobre la mesa de la cocina y entró del tirón hasta la habitación. Quería quitarse los vaqueros porque, después de pasear desde la editorial de Jimena hasta su casa, sospechaba que se los tendrían que extraer quirúrgicamente debido al calor.

—Ve al salón y pon el aire acondicionado, por favor. Ahora llevo un par de cervezas frías.

—A mí, con este clima, lo que me apetece es un caldito —bromeó Jimena.

Entró en el salón, encendió el aparato de aire acondicionado y se echó en el sofá agotada. A la Feria del Libro, que estaba a punto de acabar, se le unían las prisas por cerrar todos los proyectos que tenían a medias antes de las vacaciones.

—¿Cenamos aquí o salimos a tomar algo cuando baje un poco el calor? —le preguntó desde el sofá.

—Te contesto con otra pregunta: ¿puedo no ponerme pantalones?

—Aquí entonces. ¿Dónde tienes la publicidad de la comida a domicilio?

—Pues…, uhm…, en uno de los cajones del mueble del salón, creo. Estoy sudando como un pollo, Jimena. En cuanto consiga sacarme el vaquero me meto en la ducha. Salgo enseguida.

—No te preocupes.

Jime se levantó de un salto con el estómago rugiendo y se concentró en rebuscar en los cajones. Encontró muchas cosas allí dentro… Encontró facturas bien organizadas, propaganda de comida china, tailandesa, japonesa, mexicana, pizzas… y un sobre lleno de fotos. Muchas fotos.

En un primer momento curioseó sin maldad, como lo haría con cualquier revista, haciendo tiempo hasta que Samuel saliera de la ducha. Eran instantáneas, casi en su mayoría, en grupo: en una boda, en una terraza, en una noche de fiesta. Samuel aparecía en todas; en unas con el pelo mucho más corto y casi sin barba, en otras con la melena más larga y una barba tupida. Se hubiera aburrido pronto de ojearlas si no hubiera dado con aquella otra foto…, una en la que solo había dos personas. Samuel era uno…, y el otro un hombre muy guapo, maduro, moreno, elegante, también alto, que lo miraba como ella lo hacía. Cogió el fajo de fotografías y se las llevó al sofá.

Los dos sentados en una terraza, mirándose con una sonrisa. Los dos agarrados por encima del hombro, con el mar de fondo. Los dos riéndose a carcajadas mientras brindaban con un vaso chato lleno de algo que juraría que era un Aperol Spritz. Los dos tumbados sobre unas sábanas blancas y sin camiseta. Cuando llegó la foto del beso, Jimena creía estar mentalmente preparada, pero no lo estaba y la imagen le produjo un tremendo impacto.

—Es Luis.

La voz de Samuel la asustó y las fotos se le escurrieron de las manos hasta caer al suelo y deslizarse las unas sobre las otras, creando una suerte de alfombra de recuerdos.

—Yo…, perdona…, no quería… me las encontré y…

—No pasa nada.

Samuel apoyó una rodilla en el suelo para recogerlas. Parecía taciturno de pronto, pero no molesto por su atrevimiento, hecho que constató cuando, una vez rescatadas, se las volvió a pasar.

—Toma, no me importa que las veas.

—¿Es este…?

—Luis. Mi ex.

Se sentó junto a ella, mirando las fotos que Jimena sostenía en las manos sin saber qué hacer de pronto con ellas.

—Venga, puedes seguir mirándolas. Quizá así te animes a preguntar.

—No quiero preguntar, Sam. —Se las devolvió, como si quemasen—. ¿Tú preguntarías si encontraras fotos mías con mi ex?

—Si fuera una mujer y yo no terminase de entender esa relación, sí. Claro que sí.

—Ya te dije que…

—Me dijiste que no querías hablar del asunto, no que lo entendieras. Ni siquiera que lo asumieras. —Empezó a ojearlas, algo cabizbajo—. Me ha parecido que… esta te dejaba mal cuerpo.

Sacó la del beso y se la tendió, estudiando su gesto.

—No supone ningún problema para mí. Pero no me gusta ver que otra persona te besa. —Jimena se encogió de hombros, resistiéndose a coger la instantánea.

—¿Es solo porque otra persona me besa o… quizá es porque esa otra persona es un hombre?

—No quiero que importe nada que no seamos tú y yo.

—¿Y por qué no te creo?

—No hagas dramas de esto. Tengo hambre y sueño. —Jimena se frotó las sienes y suspiró.

—Vale.

Amontonó las fotografías y se levantó del sofá para colocarlas en el cajón donde Jimena las había encontrado. Sin mediar palabra empezó a echar un ojo a los panfletos de comida a domicilio que Jimena había seleccionado.

—¿Te apetece algo de esto en especial?

Jime no contestó. Ni siquiera lo escuchó. Estaba pensando en aquel beso. En aquel hombre. No le había gustado verlo, no por el beso en sí, sino por la expresión de Samuel. Era una expresión que uno no tiene si no está muy enamorado. Y también estaba el hecho de que su ex fuera tan... guapo. Tan elegante. Tan hombre.

—Jimena... —volvió a llamar su atención.

—¿Qué?

—¿Que qué quieres? —Agitó la publicidad.

—Me da igual. Algo que sepas que es rápido.

—Te quedas a dormir, ¿no?

—Sí. Traje... —Suspiró—. Traje una muda en el bolso.

—Jimena..., hostias. —Samuel se apoyó en el mueble con aire cansado—. Pregúntalo ya. Todo. El silencio en el que escondes tus putas dudas empieza a ser molesto.

—Ya te he dicho que no tengo dudas.

—Vale. De puta madre.

Pero... no sonó muy de puta madre. Sonó desesperado.

—Estoy cansada —se justificó Jimena.

—Puedes irte a tu casa cuando te plazca; no voy a retenerte.

—No te pongas así.

—¿Yo te gusto, Jimena? —preguntó él, muy serio—. ¿Yo te gusto de verdad o estás pasando el rato hasta que llegue otro que se parezca más a Santi, que no haya tenido una relación homosexual o que tenga mejor trabajo?

—Sam..., entiendo que te cabrees, de verdad, pero no me ataques de esa manera.

—¿Qué soy para ti? —la interrogó, cruzando los brazos en el pecho.

—Mi novio —soltó ella sin ni siquiera permitirse pensarlo demasiado—. O mi proyecto de novio, no sé si esa palabra te asusta, sinceramente.

—No me asusta, pero tu novio tuvo un novio —insistió—, y si algún día tiene hijos, piensa explicarles lo que significó para él tenerlo. Si supone un problema para ti, es mejor que lo asumas ya. Ni voy a esconderme ni voy a pedir perdón por haberme enamorado de alguien magnífico.

Jimena dejó que la cabeza le venciera hacia delante y, apoyando los codos en las rodillas, se mesó el pelo.

—¿No dices nada?

—Sí —asintió ella antes de levantar la mirada y buscar la suya—. Que criarás buenos hijos. ¿Algo más?

La cena no fue abiertamente tensa, pero ambos dejaron que el silencio se fundiera con ellos en el sofá, entre bocado y bocado, entre trago y trago. En La 2 estaban echando *Eva al desnudo* y fingieron verla un rato, intercalando comentarios sobre lo que les esperaba en el trabajo al día siguiente con minutos de pensamientos mudos. No sé qué pensaba Samuel, pero Jimena no podía dejar de decirse a sí misma que, en el fondo, no tenía muy claro si era la persona que él necesitaba. No le molestaba tanto el hecho de no entender muy bien la condición sexual de su novio, sino que esto le importase tanto. Se culpaba por no ser más abierta, por no ser más moderna, por no asumir que el ser humano ama y ya está. Sentía la imperiosa necesidad de clasificar a Samuel, de meterlo en un saco: heterosexual, homosexual, bisexual…, le hubiera dado igual la etiqueta, pero necesitaba colgarle una. La de pansexual, el discurso de «me enamoré de él como persona, no en relación a su sexo», no le valía porque… no la entendía. El amor era para ella una mezcla perfectamente imperfecta entre muchas cosas y una de ellas era el sexo. Era importante para Jimena. El sexo mandaba en una parte del amor a la que nada más podía llegar. ¿Cómo podía aspirar a que Samuel la quisiera tanto a ella si el sexo entre los dos jamás sería como con su expareja? No entendía muchas cosas, pero ni siquiera podía condensarlas en preguntas. Eran como humo escapándose de entre sus dedos.

Para cuando se metieron en la cama, programaron los despertadores y apagaron la luz. Jimena estaba aterrorizada y ni siquiera sabría decir por qué. Quizá porque notaba la decepción de Samuel; quizá porque no sabía cómo parar aquello.

—Sabes cómo funciona la cafetera, ¿verdad? Por si mañana quieres un café antes de irte —dijo él, girándose hacia el lado contrario de la cama.

—Sí.

—Genial. Tienes toallas limpias en el armario del baño. Buenas noches.

La habitación se sumió en un pitido silencioso y ambos se acomodaron bajo una fina sábana. El aire acondicionado estaba programado para funcionar un rato más y apagarse; solo se oía su leve zumbido y las respiraciones casi acompasadas de los dos. A Jimena aquello le pareció insoportablemente ensordecedor.

—Samuel…

—¿Qué?

—¿Por qué rompisteis?

Sam se giró de nuevo hacia ella; la tensión entre los dos bajó un par de grados.

—Porque se nos acabó el amor. Dejó de importarnos lo mismo.

—Es un motivo muy poco concreto.

—Es que no hubo un motivo demasiado especial ni concreto. Empezamos a discutir, la casa dejó de ser nuestro refugio y se nos terminaron la conversación y las ganas de buscarla.

—¿Lo echas de menos?

La luz de la mesita de noche del lado donde Samuel dormía se encendió y Jimena lo miró con ojos perezosos.

—No quiero que malinterpretes esto —musitó él—. Pero quiero ser sincero.

—Lo echas de menos.

—Todos los días. ¿No echas de menos tú a Santiago?

—Santiago murió, no es lo mismo.

—Bueno. No lo es. Pero yo también perdí a alguien con nuestra ruptura.

—A tu...

—A mi mejor amigo. Es así como lo añoro.

—Yo no quiero que lo añores de ninguna manera.

—¿Sabes lo que pasa, Jime? Que si me acuerdo de él todos los días es porque me encantaría haber terminado de forma que yo ahora pudiera descolgar el teléfono y contarle lo que me está pasando.

—¿Y qué te está pasando? Me lo puedes contar a mí.

Samuel sonrió, acercó los dedos a la frente de Jimena y la acarició.

—Eso no tendría gracia. Necesito compartir con otra persona el hecho de estar enamorándome de la jodida loca más guapa y delirante del mundo. Él me entendería. Sé que me entendería como ni siquiera yo me entiendo.

Se acercó y la besó en los labios. Fue un beso tierno, de buenas noches, dulce, que la hizo suspirar y sonreír.

—Me encantaría presentarte a mis amigas —le dijo en un susurro—. Ellas pueden entenderte en lo de «la jodida loca», aunque nunca admitirán que soy la más guapa del mundo.

—Estaré encantado de conocerlas. —Samuel apagó la luz y Jimena se acurrucó junto a él—. ¿Más tranquila?

—Sí. Si te soy sincera, creía que toda esta historia estaría repleta de detalles sórdidos.

—Bueno, como toda historia los tuvo, pero el sexo nunca fue un problema entre nosotros. Se nos daba bien liberar tensión en la cama. Creo que fue lo que hizo que duráramos siete años y no dos.

Qué bien. Justo lo que Jimena necesitaba escuchar para matar sus fantasmas... No sé si captáis la ironía.

Adriana miraba constantemente el móvil sin ni siquiera saber por qué lo hacía. Se había convertido en una especie de tic en el que se refugiaba en busca de noticias de Julia (que no llegaban) y huyendo de la mirada de Julián, que cada vez era más intensa. Cuando percibía que él intentaría mantener una conversación con ella, una que no fuera sobre la rutina, la casa o el trabajo, fingía estar muy entretenida con WhatsApp, las redes sociales o Pinterest. Sabía que estaba más esquiva que nunca, además de irascible, y por más que hubiera lanzado la bomba de querer ser padres, ambos sabían que eso no era viable: llevaban semanas sin acostarse. Era cuestión de tiempo que él le diese un toque de atención. Algo del tipo: «Cielo, me tienes subiéndome por las paredes».

Pero, sinceramente, ella no estaba muy centrada. No creo que supiera a ciencia cierta cuánto tiempo llevaba sin intimar con su marido o si él estaría empezando a sentir la llamada de la jungla con todo su esplendor. Adriana estaba con la cabeza puesta en su propio proceso; tenía muchas cosas en las que pensar. Acababa de asumir que era homosexual, se había enamorado de la chica con la que hizo un trío con su marido, se lo había confesado una de sus mejores amigas y sabía que ella (es decir, yo) esperaba algún movimiento. Asumirlo, pero quedarse como estaba, quietecita, sin hacer ruido, no entraba dentro de lo aceptable para quien lo viese desde fuera, por más que le sedujera a ella.

¿Le gustaban las mujeres? Sí. Bueno, le gustaban las mujeres y Julia en concreto, pero estaba casada. «Habértelo pensado antes», se decía. «Ahora ya es tarde».

Recibió un par de mensajes de mi parte pidiéndole que, por favor, intentase ponerse en contacto con Julia, que intentase arreglarlo:

> Quizá te ayude a ver las cosas más claras aunque,
> independientemente de lo que pase con esa chica,
> las decisiones que tomes, deberás tomarlas por ti.

—Adri…

Despegó los ojos de la pantalla de su móvil, donde en realidad estaba echando una partida al solitario, y se encontró a Julián en pantalón corto y sin camiseta, con los brazos en jarras.

—Dime.

—¿No vienes a la cama?

—Sí. Ahora voy. Es que… estoy muy despejada y no quiero molestarte dando vueltas hasta que consiga dormirme. Pero tú ve…

—Estoy leyendo. No voy a dormir ya.

Adri no contestó. Desde hacía días le costaba un poco meterse en la cama con él, aunque solo fuera para dormir, pero no sabía darle forma a la idea.

—¿Adri?

—Sí, sí… voy.

Julián farfulló algo y se marchó hacia el interior del dormitorio, que estaba ostensiblemente más fresco que el salón por su orientación. La ventana abierta dejaba entrar una brisita que les permitiría dormir a gusto.

Móvil en mano, se acostó en su lado de la cama, junto a su marido que, con las gafas puestas, leía un manual sobre psicología infantil.

—Creía que estarías leyendo una novela —comentó ella.

—Ojalá. Tengo que revisar un montón de material para el curso, pero ni un minuto libre. O aprovecho por las noches y en el trayecto en metro o… no hay manera.

—¿Qué curso? —preguntó ella.

Julián se quitó las gafas antes de contestarle.

—¿Qué curso? El máster que estoy estudiando desde hace casi un año y que nos costó una pasta.

—¡Ah! Ya, ya…, ya sé. Perdona. Se me fue el santo al cielo. Pensaba que te habían vuelto a obligar a ir a uno de esos cursos que organizan en la clínica.

— También. —Julián dibujó un gesto de fastidio—. Es un gusto saber que mis cosas te interesan tanto y que me atiendes cuando te hablo.

—Ay, Julián. —Suspiró—. Lo siento. No sé qué me pasa últimamente.

—¿No lo sabes? Porque yo sí. —Apartó el libro que tenía en el regazo y se volvió decidido hacia ella—. A lo mejor ha llegado el momento de hablarlo de una puñetera vez.

Si alguien hubiera necesitado sacarle algo a Adriana en aquel momento, no hubiera conseguido ni gota porque toda ella se había congelado al escuchar a su marido.

—Cariño…

—No. Cariño, no. Es muy evidente, ¿sabes? He estado esperando a que fueras tú quien diera el paso de iniciar esta conversación, pero está visto que ni eso…

—No te precipites, Julián…, dame tiempo.

—Te he dado demasiado tiempo ya. Es demasiado evidente como para que sigamos mirando hacia otro sitio. Dime…, si sabías lo que podía pasar, ¿por qué me lo propusiste?

—Julián… —Adriana encogió las piernas y apoyó los codos en sus rodillas para taparse la cara con las manos y contener el llanto—. Creí que lo estaba haciendo por los dos.

—¿Por los dos?

—Yo no sabía que iba a pasar esto.

—Claro que lo sabías. —Julián respiró profundamente—. Mírame.

—No.

—Mírame…

—Quiero morirme…, Julián…, quiero morirme…

Las manos de Julián apartaron las suyas y lo encontró frente a ella, mirándola intensamente.

—Olvídalo —le dijo—. Olvidémoslo. Asumamos lo que pasa y sigamos adelante.

—Es que…

—Adri, deja de hacerme sentir como si fuese culpa mía.

La pelirroja arqueó una ceja. ¿Cómo que…?

—Eso no es cierto.

—Claro que lo es. Te sentiste presionada para hacerlo. Creíste que yo lo necesitaba y ahora… ahora te avergüenza, te incomoda. Estupendo, pero no fue idea mía. Siento no haberme dado cuenta de que te estabas forzando a hacerlo pero… ¡yo no lo busqué! Nunca he necesitado a otras mujeres estando contigo, ni las necesitaré; lo que siento por ti va mucho más allá que eso. Lo hicimos, ya está. Adri…, si eres…, si… no… si no te gusta el sexo, nos apañaremos. Encontraremos un punto intermedio que nos satisfaga a los dos, pero deja de darle vueltas, de estar mohína y de no querer ni mirarme a la cara porque me haces sentir tremendamente culpable. Esto es un matrimonio para toda la vida; lo hecho, hecho está. No volveré a tocarte hasta que… sientas que realmente te apetece. —Adri no podía ni siquiera pestañear, así que a duras penas consiguió asentir—. Y ahora, por favor, céntrate en ser feliz y deja de preocuparte tanto por mí. Ya soy mayorcito.

Y Adriana, la que segundos antes pensaba que estaba a punto de morirse, se dijo a sí misma que su marido, a pesar de estar tan tan tan equivocado, estaba en lo cierto. Hay batallas que uno debe pelear por sí mismo, aunque lo quemen todo.

23
Sabíamos que no deberíamos estar allí

Siempre había querido ir al cine de verano que organizaban en el Centro Conde Duque, pero la verdad es que las chicas terminaban riéndose de mí cuando se lo proponía. Me llamaban gafapasta, moderna, hipster de pacotilla, y a esto le seguían bromas del tipo: «Macarenita, ¿a quién quieres engañar? Tengo fotos tuyas llevando calentadores como en *Un paso adelante*». Cuando no salíamos juntos, lo intenté con Coque, pero Coque no solía salir conmigo a ningún sitio que no implicase que le invitase a beber o a comer de camino a la guarida de su casa, donde se follaba bien, pero comunicación humana compleja… poca. Así que un día perdí la fe de ir acompañada. E ir sola me daba corte.

Por eso se me ocurrió plantearlo como una posible cita con el Doctor Amor, pero claro, Leo tenía razón cuando argumentó que el cine permite poca posibilidad de coqueteo y, después de mi salida triunfal patrocinada por unos retortijones de órdago, yo necesitaba ese coqueteo. A saco lo necesitaba.

—Yo voy contigo.

—No hace falta —rezongué—. No quiero que me acompañes por lástima.

—No te acompaño por lástima. Yo también he escuchado hablar sobre el cine de verano del Conde Duque y tengo ganas de ir.

—Pero ¿para ver *Coco*?

—No es la película que más me seduce, pero bueno. Seguro que aprendo algo.

Sí. Que irte con tu ex al cine cuando tu novia, su colega, está fuera de la ciudad, no es buena idea.

La película se proyectaba cuando la noche ya había caído en la capital, para que se apreciaran mejor los detalles en la pantalla, pero nosotros quedamos un poco antes para tomar algo por la zona, a una hora en la que el calor ya no apretaba.

Me llevó a una plaza que no conocía que no podía estar más céntrica, cerca de Plaza de España, subiendo unas escaleras. La plaza de Cristino Martos es una mezcla entre la vida de la ciudad en verano y la tranquilidad del barrio. Nos sentamos en las sillas de plástico de uno de los bares que la rodeaban y pedimos unas cervezas. De allí al Centro Conde Duque no tardaríamos más de siete minutos paseando, de modo que nos acomodamos. No recuerdo muy bien de qué hablamos; creo que de trabajo. Dos recientes amigos con tanto pasado en común no podían arriesgarse a hablar de nada demasiado íntimo, claro. De pronto era como ser desconocidos con muchos recuerdos a nuestras espaldas y me dio la sensación de que nuestra tarea, nuestra obligación para con nosotros mismos por aquel entonces, no era la de conocernos, sino la de desconocernos juntos.

El tema de la conversación se me escapa, pero sí que me acuerdo de lo que esta despertó en mí: la sensación de que, de verdad, Leo había cambiado. Eso no quiere decir que de pronto me pareciera el tío más fiable de la tierra; ni siquiera fue una sensación positiva de primeras. Fue la nostalgia lo que me golpeó. Era Leo, pero no era el Leo que recordaba; fue como si después de pedirme perdón, la persona que fue, la que pesaba como un lastre, desapareciera, como el fantasma al que liberan de una maldición y por fin puede descansar en paz, pero sin tanto melodrama. Era un tipo afable, responsable en su trabajo, apasionado con las letras…, esas cosas las sabía, pero las había olvidado debajo del rencor por haber sido más amable con los demás que conmigo, que el trabajo le importaba más que nuestro futuro y su pasión por las letras le hacía parecer a veces inalcanzable. Ahora ya no era así.

Descubrí que era simpático, divertido, que le gustaba hacer bromas, que era rápido, que bebía cerveza como un campeón y que se reía a carcajadas, haciendo que me vibrara el pecho con la resonancia de esa risa. Me dije que podría ser amiga de ese hombre y después me descubrí mirándolo como una amiga nunca debería mirar. Sin embargo, me convencí de lo contrario.

Cuarenta minutos antes de que empezase la proyección fuimos paseando hasta allí. Compramos unos refrescos y unas palomitas de bolsa, que luego resultaron estar rancias, en un ultramarinos regentado por un chino cuya manicura haría que el Ministerio de Sanidad le clausurara el garito sin necesidad de inspección.

Me invitó a las entradas para agradecer que yo hubiera pagado las cervezas, no como un gesto de «caballerosidad», sino para corresponder a mi detalle y después…, después nos sentamos en las sillas plegables que habían colocado en el patio del centro, iluminado con bombillas. Maldije mi idea cuando me di cuenta de que era lo más romántico que había hecho en mi vida, incluso con él.

—Oye, y… —empezó a decir mientras se acomodaba y desactivaba el sonido de su móvil—. Tu hermano, al final, ¿cuándo se casa?

—Pues en septiembre. El dieciséis, si no me equivoco. Debería estar buscando ya vestido, pero mi jefa no me deja mucho tiempo libre.

—Creí que, con esto de tener ayudante, la cosa estaría más tranquila.

—En realidad lo está, pero… siendo sincera, estoy dedicando esas horas libres a mi vida social. Me paso la vida buscando vestidos para Pipa y lo que menos me apetece al salir de la oficina es meterme en un probador con un montón de prendas brillantes.

—¿Brillantes, eh? —Sonrió cómplice.

—Mi madre quiere mucho brillo; me ha dicho que, al menos, espera que sea largo y que lo combine con unos pendientes muy grandes y el pelo rizado.

—¿No querrá que te vistas de flamenca?

—Bautizó a mi hermano como Antonio, a mí como Macarena; le pirra la copla, dice que tiene alma de gitana, ha convencido a mi cuñada para que se casen en la basílica de la Macarena, en Sevilla, y es posible que les canten una salve rociera en la ceremonia… Esa pregunta sobra. Mi madre DESEA CON TODA SU ALMA que me vista de flamenca.

—Tendrás que darle el gusto.

—No es que los vestidos de faralaes no me parezcan una maravilla, que conste, pero no soy de allí… Seamos sinceros, quedaría raro. Le daré el gusto de ir de largo, de ponerme los pendientes más grandes que encuentre y de ir acompañada… Para lo demás, que le eche imaginación.

—Ah… —Se movió algo incómodo—. ¿Irás acompañada entonces? Espero que no te refieras al Doctor Amor. No creo que sea buena idea invitarle a la boda de tu hermano sin ni siquiera haber…, ya sabes…, intimado.

Me reí con sordina y negué con la cabeza.

—Iré con Jimena. También está invitada y la he convencido para que deje a su chico en Madrid. Es un día que tenemos que vivir juntas.

—Como antes.

—Como antes —asentí con cierta tristeza.

—Bueno…, yo andaré también por allí. Podemos hacer un *remember* por los viejos tiempos. Prometo no ser demasiado gilipollas.

Cruzamos una mirada que no me gustó demasiado… Una intensa, cargada de cosas que se suponía que habíamos dejado atrás. Después de coger aire, decidí que debía romper el momento de manera radical, así que le pregunté sin paños calientes:

—¿Qué le hiciste a Raquel? ¿Por qué estaba tan enfadada?

—Ah, ya. —Sonrió y miró al frente—. Se me olvidaba que las chicas os lo contáis todo.

—Todo no. Si no… no estaría preguntándote esto.

—Ni aquí sentada. —Suspiró—. Digamos que metí la pata. Tuve un… *lapsus linguae.*

—Vale, vale —le paré—. No quiero saber más.

—Mejor. —Agachó el mentón y después volvió a mirarme. Qué ojos. Qué mirada. Qué hombre.

—Hazlo bien. Sé que sabes hacerlo —le dije.

—No, no lo sabes. Nunca te he dado razones para confiar en mí en ese sentido.

No volvimos a hablar hasta un rato más tarde. Facilitó que la situación no fuera tan tensa que una pareja muy moderna y joven se acomodara delante de nosotros con un niño pequeño. Él llevaba una camisa estampada que casi hizo llorar sangre al bueno y clásico de Leo, para el que su polo con bicicletas pequeñitas dibujadas ya debía de parecerle una auténtica revolución. Además, nuestro vecino de asiento llevaba el pelo recogido en un moño. Pero no fue eso lo que captó nuestra atención, sino el modo en el que se dirigían ambos, ella y él, a su hijo. Tanto cariño, respeto, educación y amor, que era inspirador.

—Yo quiero ser así —le dije a Leo sin despegar la mirada de la pareja.

—¿Cómo? ¿Hipster?

—No. Quiero hablarle a mis hijos como a personas, no con tonito ñoño y muchos diminutivos.

—¿Ya quieres ser madre?

—Llevo queriendo ser madre desde hace tres años. —Le lancé una mirada—. Pero eso ya lo sabes.

Nos callamos y casi le escuché tragar saliva. Supongo que los dos pensamos en cómo sería nuestra vida si nos hubiéramos casado y me hubiera quedado embarazada pronto, como planeábamos: nunca me hubiera mudado, él no sería profesor de universidad, tendríamos un hijo, pero…, siendo completamente sincera, hasta yo sabía que lo nuestro no habría durado.

—Lo siento —musité—. No debí sacar el tema.

—No pasa nada. No hay que olvidar lo que nos trajo a donde estamos. Así no perderemos de vista adónde vamos.

Me pareció una frase muy sabia que ambos debíamos recordar.

La película empezó con todo lujo de colores. No me gustan demasiado los musicales, pero si se trata de películas de animación, se lo perdono. Pero, además, es que me sentí presa del folclore que rodeaba el argumento y en él la música era imprescindible. Era parte de la historia, también.

Visualmente me pareció espectacular. Hacía mucho tiempo que no veía algo que brillase tanto (mi madre hubiera estado encantada si consiguiera un vestido con ese espíritu para ver casarse a mi hermano), pero es que además la historia lo acompañaba. Me robó el corazón la forma en la que, desde el principio, se habló de la muerte. Para una tanatofóbica como yo, aquella visión del Más Allá reconfortaba y curaba alguna herida. No solo Jimena quedó tocada por la muerte de Santi; ella fue, evidentemente, la más afectada, pero en un grupo de amigos en plena adolescencia, un golpe así supone un antes y un después.

Empecé a llorar con sigilo cuando llevábamos unos cuarenta y cinco minutos de película, ni siquiera recuerdo por qué. Al principio pude disimular secando las lagrimitas en cuanto nacían en mis ojos, pero la cosa se complicó cuando empezó a acercarse el final. Casi me ahogué en pucheros sordos y avergonzados hasta que la mano de Leo cogió la mía, dejó sobre ella un pañuelo de hilo y después apretó durante unos segundos mis dedos entre los suyos, en una caricia que venía a decir: «Llora tranquila». Y lo hice. Lloré tranquila por tantas cosas que, cuando las bombillas del recinto volvieron a encenderse, yo estaba agotada y vacía. Me notaba los labios hinchados y los ojos me escocían, pero me encontraba bien, aunque cansada. Sabía que en menos de nada sentiría el inicio de ese típico dolor de cabeza de cuando coges un buen soponcio. Pero mejor…, así tendría que volver a casa sin demorarme demasiado para tomar un analgésico.

Leo no hizo burla de mis lágrimas, aunque esperaba todo lo contrario. El Leo con el que salí me hubiera hecho sentir incluso un poco mal y avergonzada. Habría dicho algo como «Qué facilona eres» o «No sé por qué vienes a ver estas películas si te las lloras enteras… y encima me arrastras a mí». Pero no. Solo sonrió con timidez y caminó a mi lado hacia la calle en silencio.

Tardamos un par de manzanas en hablar. Justo lo que me costó aclarar la voz y dejar de sentir lástima cuando me acordaba del film.

—¿Me odias mucho por arrastrarte a ver esta película?

—¿Qué? —Frunció el ceño sin dejar de caminar—. ¡No! Me ha gustado.

—¿Qué dices? —Solté una risotada—. No tienes por qué mentir para hacerme sentir mejor, ¿vale? Prometo no llorar más hasta que llegue a casa.

—No miento. Me ha gustado.

—¿Sí? Ya…, a ver, ¿qué es lo que te ha gustado?

—El mensaje…, el respeto a la tradición, la muerte como un cambio de estado y… el peso de los recuerdos. La importancia de recordar. Hay cosas que, si se olvidan, dejan de existir.

—Todo deja de existir si se olvida.

—No me he explicado.

—Soy toda oídos —me burlé.

—Hay olvidos que no pesan, ¿sabes? Las vidas van y vienen y todos los días pasan cientos de detalles inadvertidos. Se nos olvida más de lo que recordamos. Pero hay cosas que, si se olvidan, se llevan parte de nosotros.

—¿Te estás volviendo un blando con esto de las clases de literatura, Leo?

—No tiene nada que ver con ser blando. Es la edad, que todo lo pone en su sitio. Es como…, como nuestra historia, y perdona que lo tome como ejemplo, pero si no lo hago casi me parece un insulto. Porque si nosotros olvidamos lo que fuimos, dejará de existir y los años que invertimos no habrán servido de nada.

—Claro que habrán servido. Sin el pasado no seríamos las personas que somos.

—Lo sé. Pero ¿qué pasa con quienes fuimos? Si tú y yo, sencillamente, olvidáramos lo que vivimos…, dime, ¿quiénes serían ellos? No aprenderían. ¿Me explico?

—No estoy segura. —Le lancé una mirada y me sonrió.

—Es como… Recordémoslo, aunque solo sea por la necesidad de hacernos saber que debemos dejar una buena huella de aquí en adelante.

No supe qué decir. Él tampoco. Anduvimos en silencio unas cuantas manzanas más.

—Vamos en dirección a mi casa —le dije—. La tuya queda justo en el otro sentido.

—Ya lo sé. Hace buena noche, mañana no trabajo… Me apetece pasear. Por cierto… ¿cuándo has quedado con el Doctor Amor?

—Mañana por la noche. —Sonreí—. Es el día, es el día.

—Pronto será tu cumpleaños. —Cambió de tema—. ¿Harás algo?

—Una cena, quizá. Si a tu novia ya se le ha pasado, me encantaría que vinierais.

—¿Estás segura? ¿No será raro?

—Si no es raro no es divertido.

—¿Vendrá tu ligue?

—A cenar no. Quizá si luego nos vamos a tomar unas copas.

Asintió.

—Oye, Leo… —Me mordisqueé los labios—. Sobre lo que has dicho de la película y lo nuestro…, ya lo hablamos cuando lo solucionamos: recordaré también lo bueno. Salió muy mal, pero eso no significa que no fuera una historia maravillosa… a ratos.

—A ratos lo fue, sí. Además, no todo el mundo tiene la oportunidad de seguir creando buenos recuerdos después de haberla cagado tanto como nosotros. Míranos…, hemos ido al cine, hemos tomado unas cañas y estamos paseando y… no ha pasado nada.

—Nuestras madres, ahora mismo, seguro que están escuchando un pitido en ultrasonido o algo así. Su alarma antimovidas.

—La tienen ya fundida. —Se rio—. A ver… ¿y cómo quieres que sea el vestido de la boda de tu hermano? Cuéntamelo. Quizá así lo tengas más claro.

Fue raro, pero estuvo bien. Explicarle a Leo por qué necesitaba un vestido largo que no me tapase el tobillo (porque soy minúscula, básicamente) o el tamaño de tacón que me parecía humanamente soportable fue divertido. Y verle poner caras y responder con cosas que nada tenían que ver. Hizo el camino ameno y la noche más brillante... y como por arte de magia, sustituyó en mi cabeza el recuerdo de un par de nuestras cosas amargas, como si todas no cupieran dentro de mí y tuviese que escoger.

Cuando llegamos a mi portal, estaba herida y sangraba, pero aún no me había dado cuenta: me había acertado donde más duele comprobar que ese chico, ese chico malo, ese del que nadie debía enamorarse, ya no lo era y merecía empezar de nuevo con alguien que no tuviera nada que perdonarle. Al menos nada grave. De la herida, por cierto, me chorreaba nostalgia a más no poder.

—Gracias por acompañarme, amigo —le dije mientras sacaba las llaves del bolso.

—¿Para qué están los amigos si no es para pasear por Madrid y hablar sobre carteras de fiesta y tocados de plumas?

Quise seguir con aquel ambiente despreocupado y despedirme como lo haría de un amigo más, de modo que me acerqué, me puse de puntillas y le di un beso en la mejilla. Solo uno. Olía bien, pero no a perfume... Quedaba una pequeña reminiscencia de su nueva colonia, pero sobre todo olía a piel y la piel... La piel, queridas, no se olvida.

Me quedé allí, quieta, sin querer alejarme de aquel olor, confusa, dolida, más niña... y a pesar de que creí que daría un paso atrás, su mano se posó en la parte baja de mi espalda. Mierda. La cercanía. El calor. El olor. La piel. El vínculo. El chispazo. Hay cosas primigenias, que nacen con nosotros y en mí, desde que vine al mundo, había algo que solo le pertenecería a él. Estaba a punto de apartarme cuando sentí su mejilla pegarse a la mía y cómo contenía el aliento.

—¿Es lo que somos? —me atreví a preguntar—. ¿Somos amigos?

—Es lo que deberíamos ser —respondió.

Dio un paso atrás, desviando la mirada hacia el suelo, y me sentí ridícula durante unos segundos, sin saber qué hacer. Después, cogí la llave del portal y abrí.

—Buenas noches, Leo.

No le escuché acercarse, pero noté su calor en mi espalda. Conozco a Leo y sé cuándo no quiere que lo miren, cuando necesita un segundo de intimidad para deshacerse de unas palabras que lo ahogan, pero no quiere ojos que sean testigo de la expresión que le dejan al saborearlas, así que no me volví a mirarlo.

Respiró hondo y me sujetó un hombro, como sosteniéndose.

—Los recuerdos huelen y saben y se pueden tocar. A veces nos complican la vida, pero no nacimos para que todo fuera fácil, ¿sabes? No lo olvides. No me olvides.

Sé que debería odiarlo por pedirme aquello justo en un momento en el que él rehacía su vida y yo me conformaba con intentar arreglarme una noche de sexo sin amor, pero no pude. Porque para mí aquella noche olía al verano de 2003, verano que pasamos prácticamente uno en brazos del otro; sabía a la tortilla de patata de su madre, que comíamos a veces para cenar en la casa que tenían en el pueblo, a una media hora de Valencia, y casi podía alcanzar con la yema de los dedos la calidez de aquellos sueños que dejamos a medias.

No iba a olvidarme. Yo ya no podría, jamás, olvidarme de él. ¿En qué situación nos dejaba aquello?

24
El discurso que no me di no me ahorró nada

¿Os habéis visto alguna vez delante de la pantalla del móvil, con un mensaje abierto y sin saber cómo narices empezar? Piensas versiones, encabezamientos, lo que el otro leerá en tus palabras más allá de ellas y te bloqueas. Así estaba yo. Y no con quien debería haberlo estado.

El sábado por la noche había quedado con el Doctor Amor y mi maldita suerte lo sabía, de modo que por la mañana me levanté con un dolor punzante en los riñones y la certeza de que no estaba embarazada, aunque hubiera sido como para escribir un Nuevo Testamento versión 2 de haberlo estado. Se me olvidó por completo que era mi semana de descanso de la píldora y que, por tanto, me tocaba la visita de la señora de rojo. Fenomenal para una cita en la que quieres chingar, ¿verdad? Claro que sí.

Me debatí durante un buen rato entre si debía o no mandarle un mensaje al Doctor Amor y proponerle una nueva fecha para la cita, pero después del desastroso final de la anterior, no me veía capaz. Total, ¿qué podría pasar si quedábamos, nos comíamos los morros, nos toqueteábamos un poco y en el momento crucial yo decía eso de «ahora mismo no puedo»? Podíamos ir poco a poco; tampoco pasa nada si de una sentada una no se come todo el bufé.

Me salvó de comerme el coco un mensaje suyo después de comer. Se disculpaba por tener que cancelar la cita con tan poco tiempo de antelación, pero al parecer le había surgido una complicación importante.

> He esperado hasta ahora para ver si se solucionaba, pero no. Estoy en el hospital con alguien muy allegado; nada grave, pero tengo que estar aquí. Es lo que tiene ser médico y tener familiares insoportablemente hipocondriacos.

Añadía una foto con el cartel de «Urgencias» detrás de él, aunque, bueno, tampoco hacía falta. No éramos nada, ni siquiera habíamos tenido una buena cita y no nos debíamos demasiadas explicaciones. Pero, coño…, hasta me pareció menos borde, idiota y chulesco de lo habitual.

Le contesté que no se preocupara y que me avisase cuando le apeteciera. No tardó ni un minuto en responder:

> Apetecerme me apetece ya, pero como que no puedo…
> ¿Entre semana puedes? Te invito a un poleo menta.
> Con el vino ya no me atrevo, no vaya a ser.

Hasta bromitas nos gastábamos ya. Nada como que te entre una cagalera de la muerte para hacer que un tío se muera de ganas de quedar contigo… ¿Soy yo o el mundo es MUY raro?

El sábado hice lo que deberíamos poder hacer todas las mujeres el día que nos baja la regla y estamos mohínas: ducharme, volver a ponerme un pijama limpio, anunciar en el grupo de WhatsApp que anulaba mi cita y seleccionar un par de pelis del videoclub digital para ver mientras me ponía gocha.

No dije nada de mi salida al cine con Leo cuando las chicas y yo quedamos para ir al Rastro el domingo, pero a esas alturas no tenía remordimientos: era consciente de que todas guardábamos un come-come dentro que aún no nos sentíamos preparadas para compartir. Y es que, si les comentaba aquello, tenía que decirles también eso de que estábamos empeñados en ser amigos, que me daba consejos sobre cómo ligar con el Doctor Amor e incluso que una noche se nos fue de las manos. O se me fue de las manos. O creí que se nos iba. Vamos, que me masturbé mientras decíamos guarradas por mensaje.

A pesar de que Jimena parecía barruntar algo, que sabía perfectamente lo que enturbiaba la mirada de Adriana y que yo tenía la cabeza más allá que acá, la quedada fue relajante. Tu gente siempre lo es.

Pero estábamos a lunes, tenía muchas cosas que hacer (como gestionar en redes la maldita pedida de mano de Pipa) y la cabeza en la luna… con el móvil entre mis manos y sin saber qué escribir. El destinatario debía haber sido el Doctor Amor, por eso de concertar nuestra cita definitiva, pero no era él, como imaginaréis. Era Leo.

—Candela… —llamé a mi ayudante, que levantó la cabeza de un fajo de folios con tablas Excel impresas que le había pedido revisar para saber si Pipa había cobrado todas las colaboraciones que debía.

—Dime.

—¿Quieres que te dé el relevo con eso? —le pregunté.

—No te preocupes. Prefiero esto que preparar el post sobre su pedida de mano. —Hizo una mueca—. Soy muy práctica con el amor; no creo que fuera capaz de escribir nada bonito.

—No te preocupes…, eso ya lo he escrito yo. Por si algún día no estoy y te toca a ti, el secreto es hacerlo como si fuese ficción.

Me callé que, de alguna manera, lo era.

—Llevas un rato con el móvil en la mano —me dijo mientras me señalaba con el subrayador que estaba usando—. ¿Necesitas ayuda con ese ligue tuyo con el que no te pones de acuerdo?

—¿Qué? —Miré el móvil con extrañeza; llevaba allí tanto rato que ya no me percataba—. No. No es eso. Iba a... escribirle a Pipa. Para asegurarme de que la vuelta fue bien y por si necesita que me pase por su casa.

—¿Y eso?

—Al volver de viaje suele necesitar ayuda para deshacer las maletas.

—No doy crédito —musitó mientras volvía a lo suyo—. Bueno, si necesitas ayuda con algún mensaje de ligoteo, soy toda oídos.

Miré de nuevo la pantalla con un suspiro, leí su último mensaje deseándome suerte con mi cita y escribí:

El Doctor Amor canceló en el último momento. ¿Te lo puedes creer? No hay manera de ponerme de acuerdo con este hombre.

Después salí, busqué el contacto de Pipa y cambié el tono a uno mucho más profesional:

Buenos días, Pipa. Bienvenida y enhorabuena por tu compromiso. Ya tengo las fotos y son preciosas. Mañana las revisamos juntas antes de colgarlo todo en tus perfiles. Si necesitas que nos pasemos por tu casa, danos un toque. Un abrazo, Maca.

El móvil me vibró en las manos de nuevo con un mensaje:

Leo:

¿Excusa o realidad?

Macarena:

Realidad. Mandó foto. Le surgió una complicación
familiar. Y me vino genial, que conste…, no era día
de ponerme a intimar con nadie que no fuera mi pijama.

Leo:

Te bajó la regla.

Macarena:

¿Cómo lo sabes? ¿Se nos han sincronizado ya los periodos?

Leo:

El día de *Coco* estabas premenstrual. Hasta ese punto te
conozco.

Macarena:

No sé si es un comentario machista y deleznable o solo un
comentario. Dame tiempo para pensármelo.

Leo:

Es solo un comentario de un tipo que machista no es, pero
puede resultar deleznable.

El móvil volvió a vibrar, pero esta vez con un mensaje, de
Pipa:

Agradecería ayuda, la verdad. Pero ven sola.

—¿Te ha contestado Pipa? —preguntó Candela.
Joder. Parecía que la olía.

—Sí, pero no te preocupes. Yo me ocupo.

—¿Por?

—No, por nada. —Levanté la vista y le sonreí; no quería hacerla sentir mal—. Es una tarea tediosa y yo ya estoy habituada.

El móvil de nuevo:

> **Leo:**
> Raquel sigue de viaje. Avísame si te apetece salir un rato. Hay un bar al que tengo ganas de ir.

No respondí por dos razones. Una porque Candela no me quitaba el ojo de encima y no quería que pensase que me pasaba mi jornada laboral colgada del teléfono con temas personales. La otra, porque aquel mensaje parecía pertenecer, sospechosamente, a dos personas con una relación insana que debían esconder. Y eso me asustó.

Y me recordó a Adriana.

> **Macarena:**
> Adri, ¿haces algo esta noche?

> **Adri:**
> ¿Por qué no lo escribes en el grupo?

> **Macarena:**
> Porque quiero que quedemos las dos solas.

> **Adriana:**
> ¿Y Jimena?

> **Macarena:**
> Ni tú quieres que Jimena escuche lo que te voy a preguntar ni yo quiero que esté al tanto de lo que te voy a contar.

Adriana:

Reservo en Krachai. Tengo antojo de comida tailandesa.

No, seguía sin estar preparada para compartir lo que me pasaba con Leo, pero era la única manera de que Adriana se desnudase de excusas y armaduras frente a mí. En ocasiones, hacer sentir fuerte a alguien pasa por mostrarle que también tú eres débil a veces.

Intenté zafarme de Candela para acudir a casa de Pipa; inventé mil excusas y hasta le dije, abiertamente, que la jefa era bastante especial con meter gente nueva en su piso, pero no me sirvió.

—¿Y si algún día estás enferma y ella necesita algo? ¿Te hará levantarte de la cama y venir hasta aquí estando yo disponible? No, mujer. Hay que ir acostumbrándola a la nueva situación: ahora no lo llevas todo tú.

El fantasma de Raquel me visitó en ese instante para hacerme una mueca, una de esas que parecía significar: «Te lo dije, es una trepa». Traté de espantarlo; de verdad creo que las mujeres somos compañeras, no competencia, y que el mercado laboral tendría otro mapa si dejáramos de atacarnos entre nosotras pensando de manera suspicaz que otra quiere robarnos el trabajo. Pero… ¿y si Raquel tenía razón?

Escribí a Pipa, no obstante. La conozco y las sorpresas no le gustan…, siempre y cuando la sorpresa no sea que le regalen un diamante del tamaño de una cabeza de ajo. Le dije que íbamos las dos porque a Candela le había parecido importante familiarizarse también con las tareas más personales. No contestó.

Cuando llegamos, llamé al timbre de Pipa con dos toques cortos, como siempre que sabía que ella estaría en casa, pero iba a usar mis llaves. Era un aviso, un «si te pillo en paños mayores corre, ponte algo». Lástima no haberlo hecho cuando pillé a su ya prometido con la boca de otro muchacho en sus partes.

La encontramos echada en el sofá, lo que no era costumbre en ella. Recordad que Pipa quería parecer siempre perfecta y fabulosa; no necesitaba tumbarse, y menos aún sin estar en una sesión de fotos y estando en bata. En bata. A ver…, la bata era fantástica; un kimono precioso de seda natural estampado con flores y hojas. Debajo lucía un pijama lencero que combinaba a la perfección, pero llevaba el pelo recogido de cualquier manera, ni gota de maquillaje y ni siquiera se movió cuando entré en el salón.

—Hola, Pipa.

—Hola, Maca. —Y sonó francamente triste.

—Hola, Pipa —repitió Candela.

Mi jefa reaccionó…, despacio y con elegancia, pero lo hizo. Miró a mi ayudante, que se asomaba tímidamente por detrás de mí, y luego me lanzó una mirada a mí…, una que me hacía sentir poco más que una traidora.

—Te escribí un mensaje —le dije a modo de disculpa.

—Ya. Tengo el móvil cargando, no lo leí.

—¿Te encuentras bien? —pregunté.

—Bajaré a por un zumo detox frío —se ofreció solícita Candela.

—No hace falta. Ve entrando en mi vestidor. La maleta está allí. Ahora irá Macarena a decirte dónde va todo, pero antes… necesito hablar con ella. En privado.

Señalé la dirección hacia donde tenía que dirigirse y mi ayudante caminó hacia allí con la cabeza gacha, supongo que dándose cuenta de que no hacerme caso me había ocasionado a mí un problema.

Antes de acercarme al sofá donde Pipa descansaba, fui a la cocina, abrí la nevera y cogí una botella de agua, y puse una rodaja de lima en un vaso con hielo. Se lo pasé en cuanto volví, mientras se incorporaba y yo me sentaba en el sillón contiguo. Esperé en silencio la bronca, que imaginaba brutal y desmedida, pero solo se me quedó mirando.

—Lo siento. Te escribí un mensaje —repetí.

—Era importante —respondió—. Si hubiera necesitado que viniera, no habría insistido en que vinieras sola.

—Lo sé. ¿Estás bien?

Bajó la mirada hacia su anillo de pedida. Jodo, con el anillo de pedida. Olvidad lo del diamante del tamaño de una cabeza de ajo. Este tenía el de una cebolla.

Los ojos no le brillaron. No relampagueó la ilusión sobre su iris turquesa. Ni siquiera se apartó con elegancia los mechones que caían sobre su cara. Solo bufó. Como bufaría una princesa, es verdad, pero lo hizo.

La mirada que me lanzó después dijo lo demás. Até cabos y no necesité ni una palabra. No me había pedido ayuda para deshacer la maleta aquella vez. O quizá sí, pero necesitaba algo más. Necesitaba alguien a quien preguntarle de alguna manera si no se estaría equivocando mucho. Yo era la única que tenía toda la información. Gente como Raquel o el propio círculo íntimo de Pipa podía estar al día de que aquel compromiso era un paripé, pero yo era la única que sabía que, en realidad, ella estaba enamorada de otro hombre con el que no compartía su vida porque no «era suficiente».

—Pipa…, estás a tiempo —le dije—. Llama a Eduardo. Dile que te equivocaste y que quieres verlo.

Se humedeció los labios y dibujó una sonrisa triste.

—Ve a ayudar a Candela, Maca. Aquí no hay nada que hacer.

Me sentí tan mal que me cabreé. Si no me hubiera dado un miedo atroz, le habría dicho que aquello era consecuencia de la extraña relación que teníamos y que ella fomentaba. No éramos amigas, ¿cómo iba yo a imaginar que me necesitaba como algo más que su asistente personal? ¡Si pensaba que no me soportaba! Esa dualidad, ese bailar de roles, me volvía loca. Y me descolocaba. Todo era mejor cuando ella era simplemente una bruja y yo solo la ayudante maltratada.

Qué fácil es la vida cuando todo es blanco o negro. La de quebraderos de cabeza que eliminaría el maniqueísmo en nuestra vida.

Terminamos pronto, justo a tiempo para llegar puntual a mi cena con Adriana. Cuatro manos para una maleta era de risa, pero bueno; aproveché para enseñarle a Candela dónde estaba todo y cómo le gustaba a Pipa porque, como ella había dicho, si algún día yo enfermaba o necesitaba unas vacaciones, ella podría sustituirme. Explicarle a otra persona cómo le gustaba a mi jefa que se doblara la ropa interior en los cajones me hizo sentir incómoda, pero ese era mi trabajo y hacía tiempo que yo había asumido que eso no tenía vuelta de hoja.

Había quedado con Adriana en la puerta de Krachai, un pequeño restaurante tailandés cercano a Alonso Martínez y a la plaza de Santa Bárbara. Cuando crucé esta última, me dio la sensación de que el día que Leo y yo nos reencontramos sobre sus adoquines dejé algo allí que no volvería a ser mío. Hay recuerdos que se transforman en huellas y es imposible borrarlos del camino.

Cuando llegué al restaurante, Adriana ya me esperaba allí, de pie junto a la puerta. Estaba bonita, pero se la veía cansada. Otra que dormía poco y pensaba mucho.

La saludé con un beso en la mejilla, como siempre, pero ella me abrazó.

—Necesito contacto humano.

—Necesitas más que contacto humano. Necesitas llamarla —sentencié.

Hay que ver… lo atrevida que es la amistad. Mi vida era un caos, pero me atrevía con los consejos y todo.

Pedimos dos Lemongrass Martini, una botella de agua y nuestro entrante preferido: las brochetas de pollo con salsa de cacahuete. Después, mientras esperábamos fingiendo que mirábamos la carta para escoger los platos principales, nos preguntamos para nosotras mismas quién sería la primera en romper el hielo. Fue ella.

—El otro día pensé que Julián me había descubierto —soltó dejando caer la carta abierta sobre la mesa.

—Lo dices como si ocultases un Batmóvil en el garaje.

—Me siento como si tuviera una doble vida.

—Tienes una doble vida —insistí—. En realidad, ¿quién no la tiene?

—¿Crees que él también?

—No estamos hablando de él. ¿Por qué pensaste que te había descubierto?

—No estoy muy centrada últimamente. —Adri se mesó el pelo—. Estoy despistada, atolondrada… No estoy en lo que estoy. Y lo notó. Me dijo que sabía perfectamente lo que me pasaba y yo creí que me iba a morir, Maca. Pensé, literalmente, que me iba a morir de un infarto.

—¿Y qué piensa que te pasa?

—Que me arrepiento de haber hecho el trío y que me siento sucia. Algo así. Estaba tan nerviosa que no me quedé con todo lo que me dijo, pero el mensaje vino a ser que está harto de que me preocupe más por su felicidad que por la mía. O algo así.

—Pues… tiene toda la razón. No tiene ni idea, pero tiene más razón que un santo.

—Quiero llamarla. —Apretó la servilleta entre sus manos—. Pero no sé qué decirle. No sé cómo hacerlo.

Chasqueé la lengua contra el paladar.

—Recuperar a alguien es complicado, pero puedes empezar por hacer lo que te gustaría que hicieran contigo si fuese al contrario.

—Yo querría que me dejase en paz.

—Tú estás casada y tienes un lío de pelotas.

—Gracias por recordármelo. —Dibujó un mohín.

—Adri, llámala, reviéntale el móvil a llamadas, joder. Mándale wasaps hasta que tenga que bloquearte y, cuando lo haga, recurre a los SMS. Preséntate en su casa, ve a recogerla al trabajo. ¡No sé! Haz todo lo que puedas hacer, todo lo que esté en tu mano.

—Suena a acosadora. No quiero que se sienta acosada, ni terminar esposada por la policía.

—Niña... —Le sonreí—. Me estás entendiendo. No te digo que la acoses, te pido que lo intentes.

—¿Y si aun así no quiere verme?

—Eso es una posibilidad que tendrás que asumir...

Se mordió el labio y dejó escapar un poco de aire en una especie de suspiro.

—Adri..., me preocupa una cosa. Y es que... independientemente de lo que pase con Julia..., tienes que hablar con Julián. Esto no va de: si recupero a la mujer a la que quiero, me planteo ser feliz; si no quiere nada conmigo, sigo con una vida que no me pertenece.

—Maca... —dijo muy firme—. Acabo de asumir que soy lesbiana. ¿Puedes darme una tregua?

—Yo solo aviso. —Levanté las palmas de las manos.

—Avisada quedo. Ahora tú..., escupe.

—Se me ha metido entre ceja y ceja que Leo y yo tenemos que ser amigos; hablo con él todos los días, le pido consejo con mis citas e intento sonsacarle información sobre lo suyo con Raquel.

—No suena tan grave.

Le lancé una mirada de soslayo que venía a decir: «Venga ya, Adri, sabes perfectamente lo que eso significa en realidad».

—Creo que me he enganchado a esto.

—¿A escribirle?

—A Leo.

Adri fingió desmayarse sobre la mesa mientras de su boca salía un sonido similar al de un pedorreo.

—No me lo puedo creer —dijo con la frente aún pegada al plato.

—No digo que quiera volver con él, Adri, entiéndeme.

—No me pidas que te entienda, porque no hay manera de hacerlo, cielo. —Su bonito pelo naranja voló con ella cuando se incorporó—. ¡¡Te dejó cuatro veces!! La última, casi en el altar.

—¡Lo sé! Pero… ahora me siento con él en una terraza, hablamos sobre la vida y, mientras me recuerda que no debo olvidar ni lo bueno ni lo malo de lo nuestro, veo a otra persona y me digo…: «Quiero que esté en mi vida, quiero que sea mi amigo».

—No vas a poder hacer eso.

—Ya lo sé —confesé—. Lo peor es que lo sé y creo que él también.

—¿Entonces?

—Me he enganchado. Nadie me escondió que el tabaco era malo cuando fumaba, pero yo seguía haciéndolo.

—Dios…, esto va a terminar muy mal. —Suspiró.

—No te lo he contado todo.

—Joder… —Apoyó de nuevo la frente en la mano, sobre el plato.

—Mientras me daba consejos sobre cómo tontear con el Doctor Amor por mensaje…, la cosa subió de tono, nos pusimos a sextear y… me… toqué.

Adri se irguió justo a tiempo de hacer sitio en la mesa para nuestros combinados. Ni siquiera esperamos a que llegasen los entrantes.

—Yo tomaré el padthai y ella los langostinos al curry verde —pidió Adri con prisas al camarero antes de que se marchara—. Y ve preparando, por favor, dos más de estos.

—Son caros… —musité.

—Da igual. Trabajo para permitirme beber esta mierda cuando la necesito y ahora, créeme, la necesito.

Lancé una especie de lloriqueo bajo que fue acompañado por el ruidito de mi móvil.

—¿Es él? —preguntó Adri.

—Probablemente.

—Léeme el mensaje.

Cogí aire, saqué el teléfono y leí. Efectivamente:

Leo:
Ya sé dónde puedes quedar con ese tío. He descubierto
un sitio genial cerca de mi casa, sin pretensiones,
bonito de verdad. Si no te encaja para tu cita, te llevo
un día de estos.

Adriana puso cara de cordero degollado y me subieron los colores.

—Eres consciente de que ese mensaje es purita excusa para hablar contigo, ¿verdad?

—Tiene novia —me defendí tontamente.

—Ah, bueno, si está saliendo con una chica preciosa a la que, por cierto, aprecias, ya no hay ningún peligro. ¡¡¡Macarena!!! —se quejó.

—Ay, Dios. —Me tapé la cara.

—Leo está jugando a algo que me da mucho miedo, Maca.

—Yo hago lo mismo. Es el inicio de nuestra relación de amistad. Los dos debemos forzarnos a…

—¡No me cuentes milongas! Estás cayendo.

—¡No! —grité—. De verdad que no. Y… tienes que entenderme, Adri. Si te lo cuento a ti y no a Jimena es porque sé que tú puedes entender qué es lo que me pasa en realidad.

—¿Y qué te pasa en realidad?

—Que estoy conociendo a una persona —dije con sinceridad—. A alguien que no sabía que existía. Es increíble, es bueno…, pero sé que no puede ser.

—¿Entonces?

—Tengo dudas… ¿Quién es ese Leo? Y… ¿por qué sé que no puede ser? ¿Cuándo decidí que esa era la respuesta a todas las preguntas que me hiciera con él?

Adriana suspiró, como si no supiera qué responder, y aproveché su silencio para añadir algo.

—Tienes que llamar a Julia, Adri. Tengo la corazonada de que tienes que hacerlo. Pero acepta que yo…, yo siento lo mismo sobre ser amiga de Leo. Tengo la corazonada de que lo necesito en mi vida. Y no voy a apartarme ahora que todo lo que compartimos es, por fin, bueno.

25
Por fin… ¿bueno?

Aún tenía en la boca el sabor del vino malo que bebimos en aquel bar a escondidas. Ninguno de los dos pidió discreción al otro, pero ambos sabíamos que no íbamos a contarle a nadie aquella salida.

La invité a un recital en Aleatorio, el bar de un poeta en Malasaña. Lo hice fingiendo que tenía muchas ganas de escuchar cada verso, aunque la realidad fuera que estaba seguro de que le encantaría. A ELLA. La única ELLA que podía seguir escribiendo en mayúsculas. Ahora y siempre.

Habían pasado ya varios días y no podía quitarme de encima la sensación de aquella noche; la euforia adolescente que me provocaba estar con Macarena, sencillamente a su lado, y la decepción profunda cuando nos despedíamos como dos personas que fueron mucho pero intentaban olvidarlo.

Su cara escuchando los versos. Sus labios deslizándose por sus dientes con la mirada fija en el escenario. Su mano acariciando el chato de vino tinto como años antes lo había hecho con mi cuello. Dicen que nunca se quiere demasiado, ¿verdad? Pues mienten. Hay ocasiones en las que sí es demasiado; por ejemplo, cuando no puedes.

Pero habían pasado ya varios días, insisto, y yo tenía que volver a coger las riendas de la nueva vida que estaba construyendo sin ella.

La estación de Atocha era un hervidero de gente. Allá donde posaras la vista encontrabas a alguien arrastrando una maleta; lo habitual. Cuando llegué para instalarme en Madrid, me llamó la atención la vida que desbordaba este punto de la ciudad, sin embargo había una diferencia entre lo que se respiró aquel día y lo que estaba sucediendo delante de mis ojos: el verano.

Turistas, pandillas de chicos y chicas jóvenes, sandalias, carcajadas, la promesa del sol en la piel y de la brisa en el pelo. En la estación de Atocha, aquel día, el verano iba y volvía en cada tren.

Hacía un calor pegajoso. Era el último fin de semana de la Feria del Libro de Madrid, por donde me había paseado antes de ir a la estación, y los libreros se quejaban entre risas de que las casetas parecían pequeñas saunas. Los escritores que tenían la oportunidad de encontrarse con sus lectores a aquellas horas sudaban y bebían botellas de agua, una detrás de otra. No corría viento; corrían niños en busca de fuentes en las que llenar globos de agua con los que jugar y refrescarse. En el parque del Retiro no hubo ni una sombra en la que guarecerse del verano, que de camino a la estación iba saludando a todos cuantos nos cruzábamos con él a pesar de que aún no había hecho su entrada oficial en el calendario.

Notaba, al final de la espalda, un pedacito de la tela del polo humedecido y estaba incómodo. Odio el calor; soy un mal mediterráneo. O muy buen mediterráneo... Solo lo tolero a la orilla del mar, con la vista fija donde el cielo se une con el agua, mientras sostengo el cristal helado de una botella de cerveza. Cantor y embustero, supongo; no me gusta el juego, pero sí el vino y tengo alma de marinero..., pero de los que viajan en yate, aunque la cartera no acompañe.

Pero del mar no había noticias allí, en el centro de la capital, donde nos conformábamos con el alivio del aire acondicionado de los locales.

En mi mano sostenía un libro que había comprado para ella en una de las casetas de la Feria. Era una antología de poemas de

Bukowski que siempre me gustó mucho: *El amor es un perro del infierno*. No era bonito, a veces rozaba lo desagradable y distaba mucho de resultar lo que mucha gente considera poético, pero era real, era verdad, era sucio como una pareja cuando folla, recordaba el contoneo de una mujer borracha subida a unos tacones y al gemido de un hombre cuando, al despertar, se da cuenta de que la ha perdido. Si se lo compré a Raquel fue porque yo quería que lo nuestro terminara siendo, de igual modo, real. No quería poesía dulce, quería vida. Ella podía dármela; solo necesitaba creerlo, olvidar las referencias con las que buscaba averiguar si lo nuestro estaba bien o mal. Solo necesitaba desaprender y encontrarme de nuevo.

La vi entre la gente que salía en tropel; no fue difícil distinguirla del resto: llevaba un vestido color mostaza bastante llamativo que además se pegaba a su cuerpo como una segunda piel. En su brazo sujetaba el bolso y una chaqueta vaquera, y su maleta de firma (que valía lo mismo que mi sueldo de un mes) casi no conseguía seguirle el paso a sus zapatillas blancas de Yves Saint Laurent. Detrás de ella, un par de adolescentes casi tropezaron con sus propios pies, de tan preocupados que andaban con clavar los ojos en las nalgas de mi novia. No pude más que agachar la mirada para comedir la risa.

Se plantó delante de mí sin decir ni una palabra. Se había marchado a la playa muy enfadada conmigo, y no la culpo. Había gemido el nombre de mi ex, su amiga, mientras me corría dentro de ella. Si hubiera estado en su lugar, probablemente me hubiera hecho tragar una almohada a mí mismo. En aquel instante me pareció que lo había llevado con deportividad, pero... solamente estaba dándose tiempo para medir su nivel de cabreo. El resultado fue que a la mañana siguiente me demostró que me había ganado el *cum laude* en broncas con la novia.

—Es increíble que te haya creído en algún momento. Increíble.

Recuerdo haberme humedecido los labios antes de contestarle solo para darme un par de milésimas más de tiempo para pensar bien la respuesta.

—Morena…, nunca te he mentido. Si sabes leer, me lo habrás leído en la cara desde el primer día. Pero eso no significa que no quiera olvidarla contigo.

—Si en tu mundo «querer olvidar» significa «te quiero», creo que prefiero dejarlo aquí.

—Es pronto para decirte te quiero —contesté muy firme—. Lo diré cuando sienta que no hay rincón que no sea tuyo. Antes, «querer olvidar» es solo parte de lo que te puedo dar.

Mi honestidad nos costó otra bronca, claro, pero me sorprendió lo templado que era discutir con Raquel. Macarena me habría tirado muebles encima, me hubiera dado un bofetón o habría roto algún cristal, mientras que Raquel solo respiraba profundo y evitaba mirarme. ¿Cómo pelearía ahora Macarena, con el paso de los años y la serenidad?

Se marchó a la playa, desde donde se negó a prestarme la atención que le apetecía darme. Eso un hombre lo nota… y un hombre al que le gusta leer, más; no me preguntéis por qué. Quizá porque mamé mucha poesía antes de saber decir te quiero; quizá porque quise mucho antes de saber leer. ¿Quién sabe?

Y allí estaba, después de una semana de conversaciones tibias, de llamadas algo distantes y de mi evidente esfuerzo por acercarla de nuevo. No mentía…, tenía muchas ganas de olvidar a Macarena con ella. Era preciosa (no os hacéis a la idea de lo preciosa que era), divertida, inteligente, cuando se emborrachaba siempre me decía lo que le gustaba que le hicieran en la cama, le encantaba acariciarme el pelo y el lóbulo de la oreja mientras leía, se reía como una niña y hacía unas mamadas de vértigo. Era la mujer de la vida soñada por todo hombre, pero ¿y si yo estaba despierto cuando me tocaba soñar con ella?

—Has venido —dijo por fin, apretando los labios gruesos uno contra el otro.

Podría haber dicho muchas cosas pero escogí la que menos peligro tenía de tergiversarse:

—Te he echado de menos.

—¿De verdad? —Sus cejas se arquearon.

—De verdad.

Me acerqué y me incliné hacia ella despacio, dándole tiempo para apartarse si aún estaba enfadada y no quería aquel beso, pero lo recibió con los ojos cerrados. Después se lamió los labios, como si quisiera recogerlo y tragárselo.

—¿Vamos? —pregunté haciéndome cargo de su maleta.

—¿Cuál es el plan?

—He pensado que podíamos ir a tu casa; puedes acomodarte, deshacer la maleta y ponerte un bañador. —Sonreí.

—¿Por fin vas a ceder? ¿Vamos a ir a mi piscina?

—Vamos a ir a tu piscina —aseguré—. Siempre que tú quieras, claro.

—¿Y tu bañador? —Me lanzó una mirada de desconfianza.

—Pasé por allí antes de venir y dejé una bolsa con un par de cosas en la portería. Venga... —Miré el reloj—. He pedido sushi y llegará a tu casa en media hora. Cojamos un taxi.

Sonrió como solo sonríe una mujer que te ha perdonado tus faltas y me maldije internamente por volver a hacer que alguien me mirase de ese modo después de hacerla sufrir, pero le rodeé la cintura con mi brazo.

—Soy el tío más envidiado de la estación —musité mientras echábamos a andar hacia la rampa que salía hacia la calle.

—¿Y eso?

Me acerqué:

—Tu culazo y ese vestido... Joder, morena, lo has hecho a propósito. Ese vestido es una venganza.

—Jódete —respondió.

—No. A ti..., voy a joderte a ti. Dame veinte minutos.

No me acordé del libro que llevaba en las manos hasta después de sonrojar al pobre taxista con nuestros morreos. Morreos de los guarros, de esos en los que gimes y gruñes sin poder evitarlo. Pero el libro podía esperar, me dije.

Empezamos a hacer las paces en el ascensor, seguimos en el rellano y lo rematamos en su cocina, sobre la encimera. Bueno, ella se subió a la encimera y yo, de pie frente a ella, luché para que se reconciliara con mi piel mientras le mordía el cuello y resollaba en el arco que unía sus hombros. Me corrí a borbotones dentro de ella, clavando los dedos en sus nalgas, que estaban tan morenitas que apetecía comérselas. Cuando bajó, vi mi semen recorrerle los muslos.

Nos dimos una ducha. Comimos sushi. Estuve a punto de dormirme mientras dibujaba espirales en mi espalda, pero ella tiró de mí hasta arrastrarme a darnos un baño. Se puso un biquini blanco con una especie de manguita. Yo un bañador azul marino, con la cinturilla roja. Nos besamos en la piscina, en el césped y bajo la ducha, hasta granjearnos la antipatía total de los vecinos que pasaban aquella tarde de sábado solos en la zona comunitaria de su complejo de viviendas. La vida seguía. Sin ella. Olvidándola. Dejándola ser feliz buscando serlo con uno o con otro, daba igual. Aquel tío no era para ella, pero terminaría encontrando a alguien que sí lo fuese. Y no sería yo. Pero yo tenía a Raquel.

Cuando volvimos de la piscina, recordé de nuevo el libro que había comprado para ella y se lo di sin demasiada ceremonia, tumbados en su cama.

—¿*El amor es un perro del infierno*?

—Sí. Y una vez nos muerde, nos volvemos adictos.

Sonrió y me acarició el pelo.

—¿Lo has firmado?

—Aún no. Déjame que lo piense; las dedicatorias duran toda la vida. Hay que ser responsable.

Había pensado mucho sobre qué ponerle, pero no encontraba ni una palabra que le perteneciera a ella.

Al día siguiente me fui pronto porque tenía cosas que hacer. Desayunamos en su pequeña terraza y después me despedí. Antes de ir a casa, no obstante, volví al Retiro. Tenía la sensación de estar haciendo algo mal y no localizaba dónde estaba el problema ahora que estaba siendo un buen chico para ellas, para las dos. Pude haber escogido muchos sitios de Madrid en los que perderme un día como aquel, pero nada más anónimo y solitario como un lugar tan lleno de gente y vida como la Feria del Libro de Madrid.

Creo que me llevó hasta allí un impulso muy claro: necesitaba comprar otro libro. Llevaba rumiándolo desde el día anterior, pero fingí ser lo suficientemente fuerte como para resistir la tentación. Pronto sería su cumpleaños y no podía dejar de pensar en ello: ¿qué regalarle a la única persona que era capaz de secarte de esa manera la garganta? Porque Raquel querría regalarle alguna chufla en la que yo no me iba a ver representado, y una cosa es ir al cumpleaños de tu ex con tu nueva novia, que es su amiga, y otra muy diferente que tu personalidad (y todo lo que ella recuerda de ti) se vaya por el desagüe en el proceso. Así que... ¿qué mejor regalo de mí para ella que palabras?

Creo que el libro me encontró a mí en esta ocasión. A veces pasa. Tú buscas algo aséptico, algo bonito y que no duela, pero la historia te engaña a través de una portada llamativa o una sinopsis confusa, para que la lleves a casa, sufras, sangres y aprendas. Quizá fue la magia de los libros. Quizá fue pura coincidencia.

Nunca fui de esas personas que se vanaglorian de no leer nada que no pertenezca a autores ya muertos, pero lo cierto es que el autor del libro que me llamó la atención era demasiado joven para que un tipo como yo lo tuviera localizado. El librero me dijo, bastante orgulloso, que se estaba vendiendo bastante bien.

—La poesía vuelve a estar de moda.

—Y yo me alegro —alegué sin despegar los ojos de la portada.

¿Por qué? Pues porque la ilustración me recordaba tanto a Macarena que era casi como una alucinación.

Me lo llevé, claro, porque en ese momento no me pareció un problema decirle que mi regalo para ella eran los recuerdos del amor desbocado de nuestra adolescencia que me trajo hojear aquel libro.

«Toma, Macarena. Te compré este poemario porque la de la portada se parece a ti y porque, mira, lee, en algunos versos casi parecemos nosotros, odiándonos mientras nos queríamos y queriéndonos mientras nos odiábamos».

Claro, muy protocolario.

No es que me arrepintiera de comprarlo, es que me volvió la cordura, de modo que antes de regresar a casa compré otro libro: una biografía de Coco Chanel antigua que encontré en otra caseta. Al llegar a casa comprendí que uno era el regalo del perfecto ex y el otro, del hombre que seguía en duelo. Firmé los dos en cuanto tuve un bolígrafo a mano, claro, aunque nunca fuera a darle el poemario.

Fui educado y un poco cariñoso en el de Coco Chanel:

«A menudo, quienes alcanzan el éxito son los
que ignoran que es posible fracasar».
Lo único que te queda por descubrir en la vida, canija,
es que el mundo es tuyo si lo deseas.
Creo en ti. Siempre.
Leo

Qué majo, ¿no?

Claro, me dejé los higadillos firmando el de poemas:

Firmo este libro a sabiendas de que jamás tendré el
valor de dártelo. Valor de ser cobarde,
entiéndeme. No te mereces revivir aquello, pero...
míranos aquí dentro: a mí tan chulo y tan
dolido, tan sobrepasado. A ti tan...

mujer de mi puta vida.

Pero da igual cuánto fuimos porque seremos recuer-

dos... En nuestra mano está que sean hermosos.

Felices treinta.

Si volvieras a nacer, ¿querrías volver a vivirlos?

No pude borrar la última frase una vez escrita y, siendo sincero, tampoco quise. Aquella dedicatoria era como los poemas de Bukowski: sucia, inapropiada, canalla, pero de verdad. Y nosotros, fuéramos lo que fuésemos, éramos verdad.

26
Cumplir

Cuando quise darme cuenta quedaban apenas cuatro días para mi cumpleaños y no había organizado nada. Pregunté a las chicas si no estarían preparando una fiesta sorpresa, con la esperanza de no tener que organizar yo nada, pero ambas me dijeron que creían que me encargaría yo.

Adriana:
¿La hemos cagado? Igual esperabas
una fiesta sorpresa y...

Jimena:
Que se joda. Por rancia. Yo me ofrecí a pillar un
reservado en alguna discoteca molona que nos hiciera
sentir infinitamente más jóvenes, pero no quiso.

Macarena:
Que no «panda el cúnico». Me las arreglaré.
Tengo buenos contactos, aunque nulas ideas.

Candela me ayudó. Supongo que se sentía un poco mal por haberme forzado a que la llevase a casa de Pipa; no se enteró de los pormenores de esas palabritas que la jefa quiso tener conmigo en privado, pero entendió que había tensión… Tensión que se alargó en el tiempo porque una Pipa que no es feliz es una Pipa insoportable. Más insoportable. Y estar planeando una boda con un chico gay al que no amas mientras tu flechazo (superromántico todo) vive en Milán, penando en vida porque le rechazaste…, no la hace a una feliz.

El caso es que mi ayudante me dio un listado de sitios de moda que podían gustarme y, de entre todos, escogí la terraza de Marta Cariño, donde conocía al encargado de sala y donde casi tuve que prometer a mi primogénito a cambio del favor de que me reservaran una mesa.

—¿Para cuántos? —preguntó con cierto fastidio el encargado.

—Aún no sé si para seis o para ocho.

—Pues la diferencia te parecerá mínima, chata, pero a nosotros nos jode una mesa.

Puse los ojos en blanco porque sabía que tenía razón.

—Apunta ocho, vale.

—Si venís seis, te mato, Macarenita.

—Pero te voy a conseguir dos pases para bambalinas en la Mercedes Fashion Week —le prometí.

—Que sean para un buen desfile, por la gloria de tu madre.

¿Por qué no sabía si seríamos ocho o seis? Porque después de la conversación con Adriana en el Krachai (y sus fabulosas gambas al curry verde), no sabía si debía invitar a Raquel y Leo. Quizá debía hacer lo correcto: dejar que se asentaran, que solucionaran lo que fuera que les había pasado (que a esas alturas ya me parecía evidente hasta a mí que tenía que ver con pronunciar mi nombre en el sitio y el momento equivocados) y esperar para acercarme cuando ya no hubiera nada que hacer, como por ejemplo, el día del bautizo de su séptimo hijo.

No me convencía demasiado, pero entre todas me persuadieron para escoger un buen sitio al que ir a bailar después. O al menos a tomarnos una copa. Cumplía treinta y, a pesar de que para mí no fuera una fecha límite para nada ni demasiado especial, es verdad que celebrarla con un buen fiestón no haría daño a nadie.

Conseguí que nos apuntaran en la lista VIP de Medias Puri, un garito semiclandestino, o falsamente clandestino, con tres pistas de baile, espectáculo y muy en boga en Madrid. Entraríamos gratis siempre y cuando llegásemos antes de las dos de la mañana… y lo raro sería que yo a las dos de la mañana no quisiera tener puesto ya el pijama.

Me vine arriba. Me dije que era el momento de hacer cosas por mí misma, ahora que estaba tan convencida de que tener a Leo en mi vida no significaba querer estar con él (al menos tenía claro que no DEBÍA significarlo), y volví a escribir al Doctor Amor. Era un rollete, pero…, oye, quizá después nos caíamos mejor, dejaba de parecerme un engreído y descubríamos que éramos almas gemelas. Las ganas de que me pasase algo emocionalmente estupendo me hicieron imaginarnos a los dos viviendo en nuestro chalet de Majadahonda, con nuestro X4 aparcado en el garaje y nuestras mellizas durmiendo en la cuna.

Macarena:

El destino ha querido que este año mi cumpleaños caiga convenientemente en sábado y he pensado celebrarlo por todo lo alto. A la cena me parece raro que vengas porque en mi pandilla somos todos gente extraña y no quiero asustarte más que el día que me sentó mal el vino, pero… ¿qué te parecería unirte después, cuando estemos pedo, bailando y tomando chupitos?

Tardó en contestarme un par de horas, pero el resultado fue bueno, sin duda.

Doctor Amor:

Tengo la cena de cumpleaños de un colega esa misma noche de modo que... no veo problema en escaquearme después y cambiar un grupo de borrachos de pelo en pecho por una borracha de pechitos..., perdona, no sé terminar la frase. Aún no sé cómo tienes los pechitos.

Me gustó que fuera así, un poco cerdo, para que no se nos olvidara de qué iba el asunto. El chalet en Majadahonda, el coche y las mellizas se desdibujaron un poco en el horizonte, pero tampoco era necesario ir tan deprisa. Aquel era un tío puente, el tío que sirve para que te quites de encima los recuerdos, te sientas bien y sigas adelante. Una no se cuelga del tío puente..., es un error de principiante que ni siquiera yo iba a cometer. Sobre todo cuando aún resonaba en mi cabeza el recuerdo de un recital de poesía en pleno Malasaña.

Total, que de pronto, aunque tuviera a Pipa de morros, mi piso siguiera siendo pequeño y caro, le escondiera algún secreto a mi mejor amiga, no tuviera demasiado dinero ahorrado, mi trabajo fuera bastante mierda y mi ex saliera con una de mis colegas... la vida no me iba del todo mal. Y, tal y como indica la ley de la atracción, como me encontraba bien, estaba contenta y veía la vida desde un prisma positivo... un día que iba paseando, sin más, sin buscarlo, encontré el vestido perfecto para la boda de mi hermano.

Me llamó la atención desde el escaparate. Nunca había entrado en aquella tienda, a pesar de estar muy cerca de la oficina. Era un local muy pequeño donde se amontonaban prendas de grandes marcas provenientes de outlets o armarios de señoras pudientes que o ya no lo eran tanto o se aburrían pronto de sus modelitos. Creo que nunca me llamó la atención porque no soy una persona demasiado fetichista con las marcas; quizá era consecuencia directa de tener que estar lidiando con estas cosas en mi trabajo todo el día. Pero la boda de un hermano... es la boda de un hermano. Y aquel vestido de firma rojo, palabra de honor, con caída, de seda y talla «pequeña personita» era sencillamente para mí. Sobre todo porque costaba un setenta por ciento menos que su precio original.

Nos enamoramos en el probador. Fue un flechazo. Abrochó perfectamente, no había que arreglarlo de ninguna parte, era elegante, precioso, llamativo sin pasarse y con un color que era una fiesta para los sentidos y... me favorecía a la cara, haciendo que mis sempiternas ojeras pasaran casi desapercibidas. Casi. El resto lo haría el maravilloso corrector de Tarte que había descubierto en un envío del producto para influencers que Pipa no quiso.

Me lo llevé a casa feliz..., tan feliz que casi besé a la dependienta, una típica señora aburrida del barrio de Salamanca que me trató en todo momento como si no pudiera pagarlo. Pero es que ese vestido me ponía de buen humor (y haberme quitado el marrón de tener que buscarlo también), por su rojo llamativo que parecía traer a mis oídos, en una especie de sinestesia, el sonido de las canciones que sonarían en el baile, de las risas y los brindis y los «vivan los novios».

Me paré en plena calle, de camino a casa, con aquello en la cabeza. Sinestesia, qué curioso. Era la palabra que había rebuscado sin encontrar el día que vi *Coco*, para explicarme por qué los colores de la pantalla parecían una canción en sí mismos. Y un pensamiento me llevó a otro y el otro a otro, sin poder evitarlo.

Me di tiempo en el autobús para pensarlo, para no dejarme llevar por el entusiasmo de una buena compra, pero al llegar a casa simplemente lo hice.

Hola, Raquel. Espero que los días en la playa te hayan sentado fenomenal. Seguro que ahora, morenita, estás aún más guapa, mala mujer. A riesgo de parecer un hobbit con problemas de hígado a tu lado, me gustaría muchísimo que vinieras a mi fiesta de cumpleaños este sábado. Cenaremos en Marta Cariño y después nos iremos a bailar a Medias Puri. Por favor, di que sí. Me hará ilusión que vengáis… los dos juntos.

Después, hice lo correspondiente con él, el que debía ser sencillamente mi amigo.

Encontré el vestido para la boda de Antonio. No es de flamenca, pero seguro que a mi madre le encanta porque es largo, combina con unos pendientes muy grandes y, ¡adivina!, me recuerda un montón a Coco. Creo que es por el color. O porque estoy loca. Así que, ¿por qué no celebramos esa locura con algo raro? Ven a mi cumpleaños el sábado. Raquel ya está invitada.

Lo envié de esta manera porque en el último momento borré la última frase:

Me hace falta veros juntos para recordar que los dos podemos y merecemos volver a ser felices.

Me hicieron falta solo dos mensajes para convencerme de que no era nada malo ni estaba prohibido. Solo eran los primeros pasos de una nueva vida que quizá sería complicada, pero, tal y como había dicho él, no nacimos para que todo fuera fácil.

Quizá la felicidad post-vestido-para-la-boda-de-mi-hermano trajo algo de sabiduría a mi alma pero… os adelanto que, en algo, estaba equivocada. Muy equivocada.

27

Asumir que así será

Llevaba puesta una camisa blanca. Durante al menos veinte minutos no pude pensar en otra cosa que no fuera en su camisa blanca; en el tejido liviano, sin mácula; en cómo caía en su cuerpo, insinuando la redondez exquisita de sus hombros y dejando a la vista su garganta y el comienzo del territorio de piel que colonizaba el vello de su pecho. Que a su lado estuviera sentada su novia, mi colega; que mis mejores amigas y sus parejas compartieran mesa también con nosotros y con mi ayudante... eran cosas en las que, por más que me esforzaba, no podía pensar. Solo en la camisa. En la piel. En su cabello castaño algo despeinado que demostraba que Raquel no había podido apartar las manos de él en el taxi de camino. Sus bocas hinchadas y algo enrojecidas demostraban los besos. Pero a mí me daba igual. La camisa blanca...

—¿Pedimos vino?

Jimena me dio un codazo entre las costillas que me dejó sin aire durante al menos cuatro segundos, pero disimulamos porque ninguna de las dos quería que se notase que cuando está nerviosa es un animal de granja. Y, claro, presentar a su novio en sociedad la tenía nerviosa.

—Claro. Pedid vino —contesté con un hilo de voz.

—¿Invitas tú? —preguntó Julián con media sonrisa.

—Tú tienes la cara muy dura.

—Hija, eres de la Virgen del Puño Cerrado.

Puse los ojos en blanco y Adriana hizo lo mismo. Estaba extrañamente pendiente de su móvil, pero había despertado con las guasas de su marido.

—Y… ¿cómo os conocisteis? —Escuché que le preguntaba Leo a Samuel.

—Me acosó en mi trabajo.

A esas alturas de la noche, tras los saludos entre desconocidos, poco conocidos e íntimos, tras el juego de sillas en el que se convirtió la organización de quién se sentaba al lado de quién, yo ya sabía que la mezcla de invitados me iba a traer problemas.

Miré a Raquel con cara de cordero degollado, pero ella dibujó una sonrisa.

—La culpa es tuya, por no tener amigos normales.

—La normalidad es aburrida.

—Aburrida y mediocre —añadió Leo—. Entonces, ¿lo acosaste?

—Hasta que no pudo hacer otra cosa que enamorarse de mí. —Jime miró a Samuel con una sonrisa radiante—. ¿Verdad?

—¿Quién puede resistirse a una loca que se desnuda sin permiso y habla sobre si su amante muerto verá con buenos ojos que se vuelva a enamorar?

—Te entendemos; lo tenías complicado —le apoyó Adri con una sonrisa.

—¿Y vosotros? —respondió Samuel señalando a Leo y Raquel.

—Nosotros nos conocimos en una charla en la facultad en la que trabajo.

—¿Y tú eres…? —Samuel frunció el ceño, como si no terminara de ubicar la relación que tenían con el resto del grupo.

—Soy su ex. —Leo me señaló—. Y ella su colega.

—¿Los presentaste tú?

Miré a Jimena; se suponía que tenía que preocuparse por hacerle entender a su novio lo intrincado de los hilos que nos unían a unos y a otros. Seguro que, en lugar de ello, había invertido el tiempo en comerle la boca... o algo más abajo.

—No. Esto es cosa de la casualidad —contesté por ellos.

—Pues qué casualidad más puta. —Le escuché musitar, de manera que solo yo me enteré de sus palabras.

Cruzamos una mirada y dibujó una mueca. Después de aquello, Samuel pasó a formar parte de la lista de mis personas preferidas del mundo.

El camarero se acercó a la mesa y, sin mediar palabra, se inclinó para besarme la mejilla y felicitarme.

—¿Qué tal sientan esos treinta, Macarenita?

—Igual que los veintinueve y sospecho que exactamente idénticos que los treinta y uno. El año que viene te confirmo.

—Para beber..., ¿os pongo unas botellitas de vino blanco? Dos por lo menos, ¿no?

—Venga —dijo Jimena, con la carta abierta—. El que tú quieras... por debajo de los quince euros, por supuesto. Somos *millennials*..., lo que viene a significar pobres como ratas.

—Veré qué puedo hacer con ese presupuesto —rumió—. ¿Tenéis claro qué pedir?

Lo miré desvalida.

—¿Y si lo eliges tú? Con Jimena sentada en esta mesa no creo que nos pongamos de acuerdo nunca.

—Dos de croquetitas, dos de huevos de corral con jamón, dos de lágrimas de pollo y dos de...

—Déjalo ahí —le pidió Jimena—. Si nos quedamos con hambre te avisamos... o nos montamos una orgía y nos comemos entre nosotros. —Se quedó mirando a su chico y sonrió—. Pero ¡¡qué cosita más rancia y más guapa, madre!!

Samuel miró alrededor bastante consternado; en sus ojos brillaba un «trágame tierra» que dejaba bastante claro que no estaba habituado a compartir las salidas de tiesto de Jimena con el resto del público.

—Estamos acostumbrados, tranquilo —le aclaramos.

—Yo no.

Todos nos echamos a reír, incluida Candela, que no soltaba prenda. Y Adriana, que tenía, como los camaleones, un ojo puesto en la situación y otro en la pantalla de su móvil.

Cuando el camarero se marchó con todas las cartas nos quedamos sin excusa para el silencio, de modo que todos se vieron obligados a charlar. Todos excepto yo. Pronto me envolvió un humo de conversaciones viajando en todas direcciones, que chocaban contra mis oídos, mi boca o mis ojos, sin conseguir que me centrara en algo lo suficiente como para salir de mi mutismo y dejar de pensar en la camisa blanca. Maldita camisa blanca.

Hay prendas y prendas, me dije; no era culpa mía. Aquel Leo, ese que estaba sentado a la mesa, no tenía nada que ver con el Leo de antaño, con el que me volvía tan loca como para vivir constantemente dando saltos entre la pasión más desmedida y el odio más visceral. Era otro chico, uno al que estaba conociendo de nuevo, que tenía mucho que contar y del que tenía mucho que aprender, pero que compartía cuerpo con el anterior. Imagen. Fotografía del pasado. Y a ese cuerpo las camisas blancas siempre le quedaron demasiado bien. «Ay, la camisa blanca... es una prenda poderosa, que te hace hipersexual, superpoderoso, inmune a los defectos humanos más cotidianos para los ojos de quien se entretuvo en desabrocharla despacio en el pasado y que ahora no tiene acceso ni a acariciar tu antebrazo».

Escalé con la mirada su cuello, su piel canela y barrí con pestañeos la barba de tres días que cubría su mentón. Su boca se movía jugosa; nunca tuvo los labios gruesos, pero daba unos besos de muerte...

—¿Verdad?

De los siete invitados cuatro de ellos me estaban mirando, pero no tenía ni idea de lo que me habían preguntado.

—¿Eh? —Levanté las cejas.

—Tu cita —me recordó Leo—. Le decía a Samuel que has estado preparándote duro para esta noche.

—¿Te ha contado ya lo de la cagalera? —pregunté.

La mesa al completo estalló en carcajadas.

—Soy discreto —se excusó Leo mirándome—. Hay cierta información que entiendo que quedará entre los dos.

Y supuse que, además del apretón que me obligó a salir corriendo en mi primera cita con el Doctor Amor, se refería a la charla que me llevó al orgasmo en mi sofá, con medio Madrid entre nosotros.

—Estoy oxidada con esto de las citas —dije tras un carraspeo—. ¿Quién mejor que tu ex para aconsejarte qué cosas NO hacer?

—Qué buen rollo. —Samuel jugó con el pie de su copa y me lanzó una mirada—. Es una suerte tener esa relación con tu expareja, ¿no?

—Lo nuestro nos ha costado.

Me pareció que los inteligentes ojos de Samuel entendían que aquel no era el mejor tema para aquella cena porque frotó su barba, se reclinó en su silla y, después de lanzar el brazo alrededor de Jimena, añadió:

—Será mejor que no intentes evitar el tema de la cagalera. Ya ha sido puesto encima de la mesa y no hay manera de quitárnoslo de la cabeza.

—¿Cómo he podido dudar durante un segundo que el tema de la caca no iba a monopolizar la conversación?

Todos estallamos en risas y dejé que Jimena contase la historia como si ella hubiera estado presente. En lugar de desaparecer de la mesa con cualquier excusa que me evitase la vergüenza de escuchar la historieta otra vez, miré a Leo. Él también me miraba.

—¿Nerviosa? —me preguntó.

Miré a Raquel, que atendía a la historia con una sonrisa de oreja a oreja y la mano encima de la rodilla de Leo, que sobresalía sobre la mesa por la postura en la que estaba sentado.

—Un poco.

—Irá bien. Por lo que cuentas, ese chico tiene muchas ganas de verte también.

—Es solo sexo —dije sin saber muy bien por qué.

El lenguaje corporal no miente, Leo se sintió de pronto incómodo por mi contestación.

—Bueno…, déjate fluir.

—¿Qué hago si quiere que vayamos a su casa?

Leo se frotó la barba, desviando la mirada y cogiendo aire.

—Hay un hotelito en la calle Fuencarral que sale bien de precio —sentenció evitando mi mirada.

—Vivo sola. Él también. ¿Qué sentido tiene que nos vayamos a un hotel?

—No sabes quién es… ¿y si…?

—¿… es Jack el Destripador?

—Tú ríete, pero hay mucho depravado por ahí —aseguró.

—¿Lo sabes por experiencia?

—Jajaja. —Forzó la risa muy serio—. Ándate con cuidado.

—Vale, papá. Pero parece un tío normal; es un borde y un gilipollas, pero me da que no es un psicópata.

—¿Habéis hablado mucho? —preguntó mientras ordenaba sus cubiertos sobre el mantel.

—Bastante —mentí. Nuestras conversaciones casi se habían limitado a intentar quedar y no conseguirlo nunca.

—¿Ya sabes lo que le va?

—Pues lo normal. —Me encogí de hombros—. A ver si te crees que la primera noche vamos a hacer el repertorio del *Kamasutra* versión trapecio sin red.

—Guay. —Se encogió de hombros.

—¿Guay, qué? —le preguntó Raquel mirándolo embelesada.

—Nada. Que la cita de Maca no va a asfixiarla mientras follan, que sepamos. Quieras que no, tranquiliza.

Ella se echó a reír y él, mirándola, se contagió con una sonrisa.

—Si la matan —le aclaró acercándose a la punta de la nariz de su chica— no quiero que nadie pueda acusarme de haber urdido un plan para deshacerme de ella.

—Eres idiota.

Leo besó la nariz de Raquel y después sus labios. Cuando volvió a mirarme, yo ya fingía estar inmersa en otra conversación de la mesa.

Que Candela nos acompañara a Jimena, Adriana y a mí al cuarto de baño nos cortó un poco el rollo para mantener una de esas conversaciones íntimas que suelen tener lugar en los servicios de los restaurantes, sobre todo en cenas con mucho vino. Aun así, Jimena, que se había servido bastantes copitas de blanco fresquito, se animó a aplicarnos un tercer grado sobre su chico.

—¿Qué os ha parecido?

—Es genial —dije con sinceridad y empujada por el buen rollo de las copitas—. De verdad, me ha caído genial.

—Sí —aseguró Adriana—. Este es un tío hecho y derecho. Me alegra confirmar que no es uno de esos niñatos de los que te has ido colgando en los últimos años.

—El espíritu de Santi ha tardado en asentarse en alguien que valiese la pena.

—Joder, el ataque del amante muerto —farfullé mientras me acercaba al espejo a estudiar el estado de mi pintalabios.

—¿Qué? —Candela me miró horrorizada.

—Mi novio, Santi, murió en el momento álgido de nuestro amor adolescente, pero nunca se marchó del todo, ¿sabes, Candela? Ha estado conmigo desde entonces, guiándome. Él fue quien me indicó que Samuel era el elegido. El único. El de para toda la vida.

Al girarme a buscar la mirada de mi mejor amiga, el pintalabios con el que me retocaba me dejó una raya horizontal que surcaba mi mejilla. Casi ni me importó.

—Perdona, ¿has dicho «el de para toda la vida»?

—Exacto. En cuanto descubra el secreto para contentar en la cama a un tío pansexual para siempre, Samuel y yo seremos como los finales de los cuentos. No me mires así. Estoy casi casi casi convencida de meterle este —levantó el dedo índice de su mano derecha— por ahí mientras se la chupo.

Temí que Adriana se desmayara contra la taza del váter en el que en aquel mismo momento hacía pis con la puerta abierta.

—No le hagas caso. —Me volví para buscar la mirada de Candela—. Está pirada y el vino lo empeora.

—Tomadme por loca, pero tienen el punto G ahí detrás. —Se señaló la espalda, como si quisiera enseñarnos una mochila nueva.

—Eso es verdad —añadió mi ayudante—. Pero yo nunca me he animado. Y… ¿dices que es pansexual?

—¿Podemos dejar el monotema? —pidió Adri saliendo del cubículo y acercándose al lavamanos.

—Por Dios, qué hostilidad. Adri, deberías modernizarte un poco, ¿sabes? No todo el mundo tiene una heterosexualidad tan aplastante como la tuya.

La pelirroja y yo cruzamos una mirada significativa que duró apenas unas milésimas.

—¿Venís? —nos preguntó Candela, que seguía a Jimena hacia el exterior del baño.

—Ahora vamos.

Cuando la puerta se cerró, me apoyé en ella, bloqueándola.

—Tienes que contárselo, Adri.

—Claro, porque como está haciendo gala de esa empatía y comprensión con su novio, seguro que a mí no me monta ningún espectáculo.

—Es una de tus mejores amigas. ¿No vas a hacerla partícipe de esto?

—¿Y qué es esto?

—Tu vida —afirmé—. ¿Sabes algo de Julia?

—Nada. —Miró al suelo y se apoyó en el cambiabebés—. Llevo intentando hablar con ella toda la semana, pero no contesta a mis mails, wasaps, mensajes de texto ni privados de Instagram.

—Contrata a la tuna.

Nos miramos y esbozamos una sonrisa.

—Venga, vamos. Mañana hablaremos de esto, sin tanta gente alrededor —la animé.

—Maca…

Sus deditos me retuvieron por la muñeca.

—¿Qué?

Pregunté con una expresión jovial porque creí que iba a darme las gracias por el apoyo que le estaba prestando, a lo que sabía que contestaría mandándola a la mierda con una carcajada porque es lo que hacen las amigas. Pero no…

—La estás liando, ¿lo sabes?

—¿Yo? —Me señalé el pecho extrañada—. ¿Ahora qué he hecho?

—La cita esa que tienes es una pantomima. Tú no quieres acostarte con ese tío.

—¡Claro que quiero! —exclamé.

—No.

—Pero ¡¡si estoy cachonda perdida!!

—No he dicho que no lo estés.

—¿Esto qué es, una adivinanza?

—Con quien quieres acostarte es con el tío al que estás poniendo celoso con toda esta historia, que es tu ex.

—¡¡No me vengas con esas!! ¡¡Somos amigos!! ¿No nos has visto hablando? Después del esfuerzo que ha supuesto poder estar sentados a la misma mesa de manera civilizada, me parece increíble que hagas esos comentarios.

—Maca. —Adriana cruzó los brazos sobre el pecho y sonrió con cierta superioridad—. ¿Amigos? ¿En serio?

—Entonces ¿qué somos?

—Dos personas completamente enamoradas, resignadas ante la idea de que eso está mal.

Iba a contestarle…, juro que iba a contestarle. Hasta me dio tiempo para pensar que lo que saliera de mi boca en aquel momento debía ser un argumento aplastante que la dejase sin razones y aturdida, pero no encontré nada más que un balbuceo que me dejó peor aún. Así que hice lo único que creí que salvaría la situación: salir del baño sin mirar atrás. Ella me siguió y cuando cada una ocupó su silla no había hostilidad, pero sí cierta incomodidad.

—¡¡Menos mal!! Ya creíamos que la cumpleañera se había caído por el váter —gritó Jimena.

Resoplé.

—No la pongáis más nerviosa. Tiene una cita importante. Llevarás lencería bonita, ¿verdad? —preguntó Raquel con un guiño.

—Las bragas talla «niña de comunión» más sexis del mercado. Tienen un unicornio dibujado delante. —Fingí un gesto sensual y después me eché a reír.

No hubo tregua para que todos se rieran de mi burda burla hacia mí misma (hay que ver, qué estratagemas busca el ego para construirse una coraza) porque un alarido surcó la sala. Bueno, más que un alarido fue un soniquete infernal; algo que no quieres escuchar a gritos en medio de un restaurante…

—¡¡Feliz, feliz en tu díaaaaaa!!

El maldito «Cumpleaños feliz».

Casi me tiré al suelo cuando vi acercarse al camarero con una tarta llena de velas y a todos en la mesa entonando el maldito cántico. Todos excepto Samuel, que se rio mirando al suelo, y Leo, que mantuvo mi mirada todo el tiempo que pude soportarla.

Barajé la posibilidad de tirarme al suelo y fingir mi propia muerte, pero iba a quedar un poco dramático y la llegada de la ambulancia y eso alargaría la historia. Así que soplé las velas lo más rápido que pude, rezando para que terminara el numerito gracias al cual nos miraba medio restaurante.

—¡¡¡Bien!!!! —Mis amigos aplaudieron cuando la llama de las velitas se apagó.

—Habrás pedido un deseo, ¿no?

Sí, sí lo hice, pero no creo que fuera ni siquiera consciente de ello. «Sé feliz, Macarena, tanto que él no te haga falta nunca más». No era un mal deseo; era solo uno para el que no estaba preparada mi parte consciente.

Los regalos se amontonaron frente a mí en la mesa. Abrir regalos siempre me ha dado mucha vergüenza porque me da la impresión de que nunca soy lo suficientemente expresiva ni entusiasta y que la gente se queda algo desilusionada por mi reacción, pero no creo que tuviera la posibilidad de declinar la oferta de abrirlos allí mismo.

Las chicas (y sus parejas, claro) me compraron un pintalabios precioso que jamás usaría porque… soy una mujer muy fiel y no podía fallarle a Ruby Woo, siempre que él no me fallara a mí, cosa que aún no había sucedido. También un vestido precioso, pero tan sexi que no me atrevería a llevarlo jamás. Era azul eléctrico, elástico, tipo *bodycon* y corto. Las dos se echaron a reír como locas cuando, al ponérmelo sobre el cuerpo para enseñarlo, me di cuenta de lo descocado que era.

—Por Dios… —musité.

—¡¡Enseña, mujer, que estás para lucirte!!

—¡¡Ponte ahora mismo ese vestido y quítate el que llevas, que es de monja!!

Los gritos de las chicas del grupo provocaron que lo hiciera un ovillo y lo metiese de nuevo en la bolsa de regalo con la cara roja como el carmín de mis labios.

—Dejadme en paz —pedí.

Candela me regaló una taza muy bonita y un cactus de ganchillo en una macetita pintada a mano, todo para mi mesa del despacho.

Raquel y Leo, por su parte, me entregaron dos paquetes, como si no se hubieran puesto de acuerdo sobre qué regalarme y hubieran optado por comprar cada uno el suyo. El de Raquel era más grande y más pesado. El de Leo no hacía falta ni desenvolverlo para saber lo que era. El de ella, unas preciosas sandalias de firma en mi minúsculo número, que me dejaron con la boca abierta y que provocaron que las chicas se quejaran con sorna de que jamás podrían igualar el regalo.

—¡¡Joder!! ¡Siempre ha habido clases, Raquel! ¡Nos has dejado a la altura del betún!

—¡¡Que no!! —se quejó ella con una sonrisa—. Macarena ya sabe que un amigo mío tiene un outlet de diseñadores y que de vez en cuando encuentro estas gangas. ¡¡Los tengo desde hace cuatro meses!!

—Son increíbles. —Los miré como con lástima, no sé por qué—. De verdad, preciosos. Pero las chicas tienen razón, te has pasado.

—Qué va. De alguna manera tendré que agradecerte que siempre hayas sido tan dulce y buena conmigo.

—Es al revés. —Tragué saliva y busqué su mirada—.
Eres tú quien siempre ha sido dulce, buena y..., mírate, joder.
Podrías ser una creída de mierda, pero... no, claro, porque eres
jodidamente perfecta, so asquerosa, y aquí estás, regalándome
unas sandalias preciosas y...

—Voy a llorar —se burló Jimena, algo celosa por el momento de complicidad entre Raquel y yo.

—No seas boba. Te mereces eso y más. De todas formas..., de alguna manera tendré que agradecerte que... —miró
a Leo—, ya sabes...

«¿Que me permitas salir con el hombre de tu exvida?».
«¿Que no te hayas vuelto loca imaginando lo bien que quedan
mis piernas enganchadas a sus caderas cuando hace ese movimiento, ESE, antes de correrse?».

—Eso no se agradece. —Aparté la mirada y cerré la
caja—. Son maravillosas. Muchísimas gracias, Raquel.

—Ahora mi regalo te va a parecer una ridiculez. —Leo
suspiró reclinándose en el asiento con el brazo sobre el respaldo.

—Díselo a tu novia, no a mí.

«Novia» sonó tan amargo que Samuel carraspeó. Lo miré.
Me pareció que, de la mesa, era el que más me entendía y le
sonreí.

El papel de regalo estaba lleno de letras, cómo no. De un
amante de la literatura solo podía llegar un regalo como aquel:
un libro cubierto con un papel plagado de pequeños caracte-
res de colores. Al rasgarlo, descubrí la contracubierta y le di
la vuelta rápidamente. Era una biografía de Coco Chanel en
una edición preciosa, vieja, algo manoseada, de las que se consiguen por un golpe de suerte en una librería de segunda mano
que ha sido alimentada con la biblioteca de alguna mitóma-
na que ha pasado a mejor vida o en un puesto especial y mágico de una feria del libro. Sonreí y pasé la yema de los dedos por
la cubierta.

—Siempre decías que la admirabas…, que te parecía un modelo a seguir…

—Me encanta —musité sin despegar los ojos del libro y buscando la dedicatoria entre sus páginas—. Pero por tu bien espero que lo hayas firmado.

—Por supuesto. ¿Por qué clase de profesor de literatura me has tomado?

«A menudo, quienes alcanzan el éxito son
los que ignoran que es posible fracasar».
Lo único que te queda por descubrir en la vida, canija,
es que el mundo es tuyo si lo deseas.
Creo en ti. Siempre.
Leo

Sonreí. La última nota que me había mandado de su puño y letra iba en una corona funeraria, así que podíamos cantar victoria en lo de ser civilizados de nuevo. Lo miré, él me miró.

—Gracias. Es una dedicatoria preciosa.

—¿Qué pone? —preguntó Jimena con voz gritona.

—Nada. —Cerré el libro—. Esto queda entre dos amigos de la infancia.

—Dos vecinos —añadió él.

—Recuerdos.

No me dejaron pagar. Después de tantas bromas sobre si era o no una tacaña, fueron ellos los que insistieron en dividir la cuenta entre siete en lugar de entre ocho. Los del restaurante también tuvieron su detalle invitándonos a los postres, de modo que tampoco les salió demasiado caro.

Salimos a la calle contentos y algo beodos pero Adriana no tardó en acercarse para despedirse con cara de disculpa.

—Nosotros nos vamos, Maca. —Hizo un mohín—. No te enfadas, ¿verdad?

—Claro que no. Hablamos mañana.

—Suerte.

—¿Suerte? —Fruncí el ceño.

—En tu cita. —Me recordó con una sonrisa—. Y en tu carrera por esconder esos ojos con los que lo miras.

—Es nostalgia —susurré.

—Sí, claro. Los recuerdos, que se os escapan de entre los dedos. Ay, por Dios..., qué idiota es el ser humano. Ven, dame los regalos, no cargues con ellos toda la noche. Te los doy esta semana cuando nos veamos.

Le tendí la bolsa que sostenía en la mano derecha y después besé su mejilla.

—Ve a recogerla al trabajo —susurré.

Hizo un mohín.

—¿Ves? Qué fea es la vida cuando queremos hacerla complicada.

—Lo fácil no está hecho para quienes quieren ser felices.

—Bonita frase. Quizá deberíamos tatuárnosla.

—Díselo a Jimena; es la siguiente en elegir.

Nos abrazamos y después de darle un beso a Julián, los vimos alejarse en busca de un taxi. Una brisa muy cálida, típica del mes de junio en la ciudad, barrió las calles. El alcohol, la nostalgia, el día de mi cumpleaños... Todo me susurró al oído que teníamos suerte.

Cogí el móvil y consulté WhatsApp, donde efectivamente me esperaba un mensaje del Doctor Amor.

Acabando por aquí. Nos vemos en la puerta. Avísame cuando salgáis hacia allá.

Conciso, claro, práctico. Así era el gilipollas del Doctor Amor, que cada día era menos imbécil; qué curioso que aquello me perturbara en lugar de reconfortarme.

—Chicas, he quedado con Luis en la puerta de Medias Puri. ¿Nos vamos organizando para meternos en taxis e ir hacia allá?

—¿Luis? ¿Quién es Luis? —exclamó Jimena con la mano en el pecho.

—El Doctor Amor —aclaré.

—Hostias, Sam, qué susto. Pensaba que habíamos invitado a tu ex.

Supongo que fue cosa del vino, que desinhibe, mezclado con el hecho de que a Jimena le pareció buena idea decirlo de aquella manera tan despreocupada para hacerse la moderna y fingir que aquello no le afectaba, pero a Samuel... no le pareció tan bien.

No voy a entrar en detalles sobre el silencio que recorrió el grupo por entero porque, en realidad, ni siquiera nos dimos cuenta. Estábamos todos muy preocupados y concentrados en el frío glacial que salía de los ojos de Samuel, que se quedó mirándola estupefacto antes de dibujar un gesto de incredulidad.

—¿Ahora qué he hecho? —preguntó ella alarmada.

—Nada. Macarena, un placer haberte conocido. Pasadlo muy bien.

—¿No vienes? —le pregunté.

—No, qué va. —Fingió una sonrisa—. Estoy cansado y no soy muy amigo de las discotecas.

—¿Cómo que no vienes? —le preguntó Jimena tirando de su brazo.

—Me voy a casa.

La respuesta fue lo suficientemente concisa y seca como para que quedase claro que Samuel se había molestado (con razón), pero a ella no le pareció tan evidente.

—Pero ¡¡¿qué narices te pasa?!! —gritó.

—Ya hablaremos mañana. No quiero montar una escena. —respondió mientras se alejaba.

Pero Jimena la iba a montar de todos modos. Me volví hacia Candela, Raquel y Leo e hice una mueca.

—Andad hacia allá disimuladamente —les pedí.

—¡¡¿No eras tan moderno?!! —Alcanzamos a escuchar gritar a Jimena—. ¡A ver si va a ser que ahora no mola ser bimbosexual!

—¡¡¡Taxi!!! —grité al ver una luz verde.

28
Lo clandestino

Llevaba un vestido negro y el pelo recogido en una coleta. Maldita coleta. El cuello. El problema no era ni el vestido ni el peinado, era su cuello, allí accesible, emanando un perfume dulce pero fresco. Dicen que las mujeres deben perfumarse aquel rincón de piel que desean que sea besado y mis labios, que tenían vida propia, solo podían pensar en buscar el rincón de detrás de su oreja y dejar allí tantos besos como palabras me robaba.

Me convencí en silencio de que el problema no era yo, sino el pasado. Yo estaba haciendo las cosas bien, joder. Estaba siendo buen chico, pasando página, dejando que ella lo hiciera, dedicándome en cuerpo y alma a ser el mejor novio del mundo para Raquel y que jamás tuviera queja ni derramara una lágrima por el gilipollas que estoy hecho. Estaba representando mi papel a la perfección y no entendía aún que ese era el problema: representar. ¿Me había contentado con una vida prestada demasiado rápido? Aunque no creo que «contentar» sea el verbo adecuado. Más bien «resignar».

Así que si mis ojos no dejaban de repasar el territorio de su piel que el pelo recogido dejaba al descubierto no era por mí, ni por ella, ni por las ganas o por lo mucho que me gustaba ver que era la mujer que siempre quiso y ni siquiera se daba cuenta. La culpa era del pasado, joder, que iba disfrazado con su cuerpo y con su cara y me traía recuerdos con poca ropa y mucho húmedo.

Voy a ser breve porque no hay mucho que contar aquí. Al menos no mucho que no me mate de vergüenza por dentro.

Raquel debía de estar feliz al ver un regalo tan poco personal pasar de mi mano a la de Macarena; la única manera de haber sido más aséptico era haberle comprado una tostadora. Hasta la dedicatoria era correcta. Claro. Nadie sabía que lo intenso lo había dejado en el libro de un poeta que no tendría ni veinticinco años. Era todo demasiado complicado de explicar y no dejaba en buena situación esa amistad de la que hacíamos gala. Voy a aclarar que yo creía en ella…, en Macarena, y en esa nueva relación que estábamos asentando con esfuerzo; sobre lo que me pasaba, solamente me permitía pensar que era duelo, nostalgia, el «por fin lo estás haciendo bien». Estaba aterrorizado con la idea de olvidarla, pero lo intentaba.

La cena estuvo bien, aunque no pude quitarle los ojos de encima. A ella. Al vestido negro. A su cuello despejado. Pero sabiendo…, ojo, que tenía una cita. Que iba a acostarse con otro. Que habría elegido la ropa interior para él. Aceptando que si eso me hacía daño, era porque yo era un imbécil integral. Un imbécil de duelo por lo que pudo haber sido y ya no sería jamás.

Raquel concentró muchas miradas en la puerta del garito en el que Macarena había «reservado». No sé si porque eso de ser influencer era mucho más conocido para la humanidad de lo que yo pensaba o si simplemente la miraban porque era guapísima, tenía las piernas más largas del mundo y llevaba una falda muy corta, la muy jodida. Supongo que según alguna norma no escrita sobre los machitos, yo tendría que haberme sentido muy orgulloso de que fuera mi chica y demás, pero en realidad me dio un poco de vergüenza. ¿Por qué? No sé; quizá me culpaba porque mi novia fuera tan guapa. O porque fuera mi novia. O por tenerla pegada a mi oído, diciéndome que tenía ganas de chupármela. Vete tú a saber.

Una mujer increíblemente preciosa susurrando guarradas y yo... ¿poniéndome tonto? No. Yo, Leo, profesor de literatura a tiempo parcial y gilipollas a tiempo completo, oteaba el horizonte. Quería saber cómo era el tal Doctor Amor.

Imaginaba al típico tío que te levanta a una chica: alto (mucho más alto que yo), fuerte (yo, a su lado, un tirillas), guapísimo (de los que no es que se lo diga su madre, es que las chicas se desmayan a su paso presas de un ataque del síndrome de Stendhal), con uno de esos mentones americanos con hoyuelo en la barbilla (ríete tú de los que me aparecen a mí junto a la boca si me río), con una personalidad desbordante (que pasea los fines de semana por ahí en lugar de esconderse detrás de un libro) y con una polla como un antebrazo. No voy a hacerme mala publicidad, pero como un antebrazo no la tengo.

Y... vaya sorpresa cuando llegó, porque ni rastro del superhombre. Qué buenas migas hacen las altas expectativas con la decepción: el tío no podía ser más normal. Alto, pero tampoco mucho; bien parecido, pero no guapo. Si tenía la chorra como un martillo hidráulico, lo disimulaba bastante bien en el pantalón. Y no... en ese momento no me pregunté qué narices estaba haciendo yo echándole un vistazo al paquete de otro tío. Se le llama locura transitoria.

Macarena se puso visiblemente nerviosa cuando lo vio aparecer. Siempre se rasca la cabeza cuando lo está y me hizo sonreír.

—¿Te hace gracia? —me preguntó Raquel con la nariz hundida en mi cuello.

—Mucha.

Pero claro, ella se refería a lo que acababa de decirme (no sé qué de su no sé menos en mi vete tú a saber qué) y yo a Macarena. Y al chico que se acercaba a ella en aquel preciso instante.

Llegó muy decidido; era de esos. Probablemente muchas tías le habían dicho que era guapo y se lo había creído, de modo que llevaba esa ventaja. Candela, la ayudante de Macarena, estaba inmersa en una conversación telefónica con sus amigas, con las que estaba quedando en verse en unos minutos allí mismo, y Raquel y yo fingíamos no prestarles atención, pero Maca se cortó. Él quiso darle un beso en los labios y ella le puso la mejilla.

—Esa es mi chica.

—Ya te digo que soy tu chica —ronroneó Raquel.

Los oí hablar mientras nos poníamos en la cola para entrar en el local.

—Has venido pronto —le dijo ella.

—Sí. Allí me estaba aburriendo.

—Aburrida estoy yo, pero de intentar coincidir contigo. Vaya tela…, tienes la agenda de un ministro.

—Algunos tenemos trabajos serios.

—Y un ego enorme.

Sonreí y besé el pelo a Raquel, que se agarraba a mí más fuerte por momentos. En unos minutos parecería una garrapata o una extensión de mi propio cuerpo. El alcohol la ponía cariñosa…

—¿Y en serio quieres entrar aquí? —preguntó el recién llegado con tono de voz altivo.

—Me consiguieron pases VIP.

—Tengo pases VIP para mi casa.

Sé que quiso susurrar, pero no lo consiguió. Torcí el morro. Qué asco de frase.

—Me parece fenomenal. Si quieres podemos intentar revenderlas por aquí. Seguro que hay gente que aún no tiene plan para dentro de un rato…, como tú si sigues así de imbécil.

Macarena consiguió que la amenaza sonara despreocupada y simpática y le arrancó un par de carcajadas.

—Dura de roer.

—Amor… —Raquel levantó la cabeza hacia mí con pereza. Le empezaban a pesar los párpados.

Madre mía… ¿desde cuándo estaba tan pedo? Y… ¿me acababa de llamar «amor»?

—¿Te encuentras bien?

—Tengo sueño y hambre. ¿Me llevas al McDonalds?

—Claro —respondí sin saber muy bien a qué estaba accediendo, porque no estaba mucho en la conversación—. Pero espera un poquito, que dejemos a Macarena ahí dentro, rodeada de gente que se asegure de que este tío no la mate y la descuartice.

—Ahí hay un millón de *desconoicidos*. Uy. ¿Lo he dicho bien? Ha sonado raro. Me duelen los pies.

—Llevas unos tacones que parecen muletas. Lo raro sería que no te dolieran —respondí haciéndole una caricia y volviendo la cabeza hacia donde Macarena y su ligue estaban, en aquel mismo instante, riéndose a carcajadas—. ¿Quieres que llame ya a un taxi?

—Chicos. —Candela se acercó a nosotros con una sonrisa radiante—. ¿Os vais?

—Pues es que le duelen los pies —me justifiqué.

—Ostras, pues... ¿os importa si entran unas amigas mías en vuestro lugar? En la lista está apuntada Macarena + ocho y...

—Qué bien te ha venido, chata —respondió con sorna Raquel—. Claro que sí, mi vida. Que no te falte de *na*.

—No nos importa —me apresuré a decir—. Vamos a despedirnos de Maca.

Habían transcurrido... ¿cuántos? ¿Noventa segundos? Minuto y medio. No más. Para mí un suspiro, pero fue tiempo más que suficiente para que Macarena y su cita hubieran pasado de las risitas a los besos. Besos de verdad..., de los húmedos, de esos en los que empiezas a retorcerte porque no puedes soportar las ganas que tienes de darlos en posición horizontal. Me tragué la visión con saliva y fingí no verlo.

La certeza fue como una flecha y me atravesó entero, dejando un boquete del tamaño de un camión. Rompió el duelo, los recuerdos, la amistad, las buenas intenciones. Ya no había espacio para excusas; ya no podría autoconvencerme de nada. Lo hizo todo polvo, como una de esas bolas de derribo que usan para echar abajo edificios. Algo me barrió por dentro con la misma brutalidad: la seguridad de que daba igual lo alto que fuera, lo guapo que me pareciera a mí... que ya ves, no me van los tíos. Era completamente indiferente si tenía o no hoyuelo o si podía levantar pesas de veinte kilos sin pestañear. ¿Por qué? Porque ese tío estaba abrazando y besando a la mujer de mi vida y yo no.

—Venga, vamos. —Cogí a Raquel de la cintura—. ¿Dónde querías que fuéramos?

—A por algo de comer.

—¿No te duelen mucho los pies?

—Horrores. Voy a descalzarme.

Pareció pensárselo mejor después de echar un vistazo al suelo y hacer una mueca.

—Vamos a coger ese taxi que viene por ahí. Te preparo algo en cuanto lleguemos a casa.

—Gracias, mi amor. —Besó mi garganta en un ronroneo.

«¿Mi amor?».

—Eres el mejor novio del mundo.

Me dio vergüenza que Candela escuchase aquello porque yo sabía que estaba a años luz de ser verdad y, por primera vez en bastante tiempo, me pregunté por qué cojones tenía yo que forzarme a serlo.

Pero seguí haciéndolo.

La subí a caballito las escaleras del patio.

Le preparé un sándwich.

Y una ducha caliente.

Le comí el coño hasta que se corrió.

Y después me corrí yo como otro lo estaría haciendo pronto con mi Macarena.

29
El sexo

Luis besaba de muerte. Y olía muy rico, a alguna colonia cara que, esta vez, había repartido con medida sobre su piel. Tenía la picardía justa para tocar por encima de la ropa sin pasarse. Y tan bien lo hizo todo que cuando llegamos a la puerta de Medias Puri, en el momento en el que yo tenía que decirle «Macarena más ocho» al tipo que sostenía la lista de invitados, decidimos irnos. Me preocupé poco de que Candela y sus amigas disfrutaran por nosotros de la noche, pero ellas ya estaban allí muy espabiladas.

—Macarena más ocho —la escuché decir con soltura.

Me despedí con la mano, sin ganas de dar más explicaciones ni soltar la boca del Doctor Amor.

Vivía en el centro, más cerca de allí que yo, así que fuimos a su casa. Nunca había tenido uno de esos rollitos de «te contacto para sexo y no te volveré a hablar para nada que no sea esto jamás», de modo que estaba bastante avergonzada por lo salvajemente que respondí a su primer beso, después de unos pocos minutos de coqueteo.

—Vas a tener que llevar tú las riendas —le dije en el taxi mientras él se hacía el interesante mirando por la ventanilla—. Y por cierto, me estoy enfriando.

Solo alargó la mano y la colocó en mi rodilla. Mi imaginación hizo el resto.

Vivía en un piso compartido con dos compañeros de trabajo, pero no había nadie en casa cuando entramos. Su habitación era espartana, pero estaba muy limpia. Las sábanas estaban recién cambiadas; lo sé porque al aterrizar sobre ellas me llegó el aroma a suavizante.

Se tendió encima de mí, entre mis piernas, mientras besaba mi cuello y me metía mano. Mientras me metía mano MUY BIEN, quiero decir. Tenía unos dedos hábiles y estaba dispuesto a usarlos, además, para mi completo placer. Y yo encantada, claro.

No tardamos mucho en perder ropa y, aunque ya había palpado bastante en nuestro escarceo «morreador», me sorprendió cuando la sacó. No estaba nada mal.

«Joder, Macarena, qué buen ojo tienes», me dije a mí misma.

Se la chupé. Lo hice porque me apetecía, y no diré que me acordé de Leo en algún momento porque estaría mintiendo. Él y su camisa blanca habían desaparecido de mi mente cuando escuché a Raquel llamarle «amor». Ya estaban en esa fase. ¿Qué coño hacía yo suspirando nostalgia por alguien que ya había rehecho su vida hasta decirse «te quiero»? Ella era magnífica; la mejor. Él… también. Y tenía que alegrarme. Y la tristeza… me puso cachonda. Como la gente que folla como una descosida después de un entierro, con ese subidón que da darse cuenta de que, joder, uno sigue vivo. La tristeza me hipersexualizó y de pronto me vi disfrutando de comerle la polla a un tío que prácticamente no conocía de nada y que flipó cuando le dije que lo iba a hacer con condón.

—¿Me la vas a chupar con condón? —se burló.

—O con condón o no te la chupo.

Gané yo, claro.

Mientras se tocaba, me correspondió con un buen cunnilingus que me terminó de dislocar la poca timidez que me quedaba; así que con el condón ya puesto, se tumbó encima de mí y me la metió. Y me la siguió metiendo una, dos, quince, treinta, ochenta veces hasta que me dolió porque cada vez lo hacía más fuerte. Me gustó aquel dolor, pero me alivió pedirle que me dejara ponerme encima.

Me moví como una loca, sintiéndome la mujer más sexi sobre la faz de la tierra, hasta que noté que empezaba a estar a punto; no me dio vergüenza tocarme para ayudarme a alcanzar el orgasmo. Vergüenza me hubiera dado quedarme con las ganas de correrme.

Sus dedos me agarraron un pecho justo en el momento en el que empezaron los fuegos artificiales.

Lo hicimos una vez más. Después de descansar un poco, previa aclaración de que no buscaba mimos poscoitales, sino un poco de aire para recuperarme. Estábamos sudados, en la habitación hacía mucho calor y me entró una risita de vergüenza poco sexi. Necesitaba un minuto.

Fueron veinte. Agradables. El silencio no fue violento y además nos animamos a llenarlo, después de un rato, hablando sobre lo bien que nos había ido. Jugueteó con mis dedos, pero no creí que fuese amor. Esa gente que dice que nos enamoramos después de hacerlo no ha tenido nunca una noche como aquella.

Pero lo dicho, volvimos a hacerlo. ¿Por qué no? Se nos daba bien. Esta vez fuimos más salvajes, qué curioso. Como si, en lugar de haber aplacado las ganas, aquel primer asalto las hubiera avivado. Me lo hizo a cuatro patas, tirándome un poco del pelo e incluso dándome algún que otro azote que…, siendo sincera, me cortó un poco el rollo. Con lo mucho que me gustaba que Leo fuera rudo, que jugara a tratarme mal mientras yo fingía que me dejaba a su merced con total sometimiento…

Me corrí otra vez. Él también. Y después de este segundo orgasmo, llegó el declive.

Como el atracón de comida basura que te das cuando estás triste. Como los cigarrillos compulsivos que fumas cuando estás nerviosa. Como las copas que tragas sin consideración cuando quieres ponerte borracha. Como las horas de sueño de más cuando no quieres enfrentarte a algo. Eso fue aquella noche. Sexo. Sexo bueno, desenfrenado, grasiento y hasta mórbido, joder. Sexo con cuatro letras que cuando se despliegan ocupan una cama de cuerpo y medio. Un atracón. A manos llenas. Compulsivo. Nervioso. Animal. Solo físico.

Me ofreció dormir allí. «Podíamos repetir por la mañana», me dijo. Pero quise irme. Con una sonrisa, sin dramas y con una frase en la boca que siempre había querido decir: «Ya te llamaré». No pensaba hacerlo. No. Y menos ahora que me había dado cuenta de que forzarlo no tenía sentido.

Leo se iría, pero a su ritmo. No podría sacármelo de dentro follando a otros tíos.

Fue salir de su piso y que la camisa blanca volviera a mi cabeza, pero esta vez con otros matices, claro. En lo que tardé en llegar a casa, la camisa se convirtió en un símbolo. Territorio explorado y negado. Joder, me sentía como Eva después de darle el bocado a la manzana: me habían expulsado de un lugar que nunca supe lo maravilloso que era; hasta que me fue arrebatado, claro. Ya ni siquiera eran los recuerdos el lugar al que me desplazaba. De pronto, el Leo que fue había dejado de importar. Solo era mi exnovio, al que incluso tenía cierto cariño. A ese lo había perdonado y olvidado en mi cama semanas atrás.

Leo, el nuevo, era ese lugar del que me habían expulsado. Leo, el buen chico, el que se reía con los labios puestos sobre el pelo de su novia, el que firmaba un libro elegido con buen criterio para que no pudiera ser un problema aun siendo íntimo, el que daba clase con pasión, el que aconsejaba sobre cómo asumir el pasado y no dejarlo marchar, para aprender de él. Un clavo siempre saca otro clavo, ¿verdad? Pues mira por dónde... el Leo adulto había desbancado a su predecesor hasta quitarle importancia y desnudarlo por completo.

La camisa blanca, por tanto, era el uniforme de un símbolo. La ropa que vestía al nuevo Leo, ese que solo podría ser mi amigo a pesar de estar segura de que se había convertido, por fin, en el hombre que siempre esperé que fuese. El que necesitaba a mi lado. El que me completaría. El que cumpliría las promesas. El que... ya era de otra.

30

Arreglemos este desaguisado

—Entonces estuvo bien, ¿no?

—Genial. —Sorbí un poco de granizado con mi pajita mientras asentía—. El tío sabía tocar a una mujer.

—Es complicado encontrar uno de esos…, de los que no son egoístas.

—Tampoco es que se preocupara mucho por mi felicidad —me burlé—. Solo me dio un orgasmo. Bueno, dos.

—¡Dos! Madre mía, Maca. —Jimena movió el brazo como si estuviera arengando a un equipo de fútbol americano—. ¿Y cuándo vas a volver a llamarlo?

—Nunca.

Sus ojos, ya de por sí un pelín saltones (te quiero, Jimena, pero los tienes un pelín saltones), parecieron salírsele de las órbitas durante un segundo.

—¿Qué dices, loca?

—Que no le voy a llamar. Ya está. Hecho.

—Hecho, claro. Pero… ¿por qué no vas a llamar otra vez a un tío que no te da problemas pero te surte de gustirrinín?

—Porque… quería un rollo, una noche loca, y ya la he tenido. No confundamos las cosas. No quiero más.

—Un follamigo. Maca, piénsatelo bien que a todo el mundo le viene bien tener uno de esos en nómina.

—¿Qué nómina ni qué ocho cuartos? Ay, Jime. —Puse los ojos en blanco—. Que no. Que me lo pasé teta, pero no quiero repetir. Ya está. Aquí se queda.

—Tú eres tonta.

Seguimos andando en silencio durante unos metros, concentradas en sorber el granizado que alguien había hecho con cero cariño y mucho azúcar industrial y sorteando una cantidad demencial de gente que llenaba la calle a pesar del calor.

—Arg. —Me quejé frotándome la frente—. Se me ha subido al cerebro.

—Hablando de daños cerebrales... ¿Qué le pasa a la pelirroja? Nunca ha sido demasiado normal, pero últimamente se lleva la palma.

Me mordí el labio antes de sorber un poco más, preparando una respuesta aséptica.

—Pues no sé. Será el calor.

—El calor que generan tus mentiras. ¿Qué le pasa...? Escupe.

—A mí déjame en paz.

—¡Venga...!

Paré y me quedé mirándola muy seria.

—No me hagas esto. Si a Adriana le pasa algo, deja que sea ella la que te lo cuente.

—Te mueres de ganas de decírmelo —contestó mientras me señalaba amenazante.

—Claro que me muero de ganas de decírtelo, pero no voy a hacerlo. Y no me obligues, en serio. Te odiaré y me odiaré mucho si me arrancas una palabra más sobre esto.

Jimena puso los ojos en blanco y siguió andando, arrastrando los pies.

—¿Y Samuel? —Cambié de tema.

—¿Samuel? Cabreado.

—¿Aún está cabreado?

—Pues sí. —Asintió y me lanzó una mirada anonadada, como si en el fondo no se explicara por qué estaba molesto—. ¡Es más sensible…! En serio, no hay quien le entienda.

—Hablar de la vida sexual de alguien delante de desconocidos es un poco feo, ¿no crees?

—Pues no lo sé. Los modernos sois vosotros; tendréis que dictar sentencia desde vuestro tribunal de la modernez.

—No te pongas así conmigo, que no te he dicho nada. ¿Soltaste o no soltaste delante de todos y a voz en grito que el ex de Samuel era un tío?

—No fue exactamente así —se quejó—. Solo dije que se llamaba Luis. Podía ser Louise, como la de *Thelma y Louise*.

—A ti te dieron un golpe de pequeña y no te has recuperado —me quejé.

—Pero ¡¡vamos a ver!! —Se paró de nuevo, como las abuelas cuando quieren dar énfasis a su discurso, y me miró iracunda—. Es que no entiendo una mierda. ¿No se supone que tengo que actuar con normalidad? ¡¡Hubiera dicho lo mismo si su ex se llamase Manuela!!

—No es lo mismo.

—¿En qué quedamos? ¿Tengo que tratarlo con normalidad o tengo que callármelo para que nadie se entere?

—Jimena, en la vida hay un término medio para todo.

—Dijo la que no quiere volver a chingar con un tío porque tiene miedo a encoñarse.

—No es por eso —aclaré.

—¿Entonces?

—Es porque… —decirle a Jimena que me había dado cuenta de que me gustaba el nuevo Leo era lo mismo que darle a un pirómano una caja de cerillas—, porque quiero estar sola.

—¿Y las pollas te restan soledad? ¡¡Venga!!

—Samuel —le recordé—. Estábamos hablando de Samuel.

—Creo que es Samuel el que tiene que asumir muchas cosas —sentenció reanudando el paso—. No lo tendrá tan normalizado cuando…

—¡¡¡Jimena!!! ¡¡¡El problema eres tú!!! ¡¡¡Estás urdiendo estrategias para meterle el dedo en el culo!!!

—¡¡Porque le va a gustar!!

—Ay, mira —me desesperé—. Haz lo que quieras, Jimena, pero lo que tendrías que hacer es hablar con él, sinceramente y sin mierdas. Punto.

—Quién te ha visto y quién te ve… «Lo que deberías hacer es». Bonita construcción gramatical.

—Cállate ya.

Adivinamos la silueta de Adriana a lo lejos, entre la gente que se movía arriba y abajo por la calle Montera. Sorteamos a unas señoritas de compañía que charlaban entre ellas, tiramos los vasos de granizado ya vacíos en una papelera y ambas miramos el reloj de golpe, acelerando el paso.

—¿Llegamos?

—Vamos de sobra —sentenció Jimena—. ¡Zanahoria!

—Y dale con el apodito —se quejó cuando llegamos a su lado—. He pillado ya las entradas.

Me acerqué a darle un beso en la mejilla y después aplaudí.

—¡¡Cómo me mola el plan!! ¿Cuánto hacía que no quedábamos para ir al cine? —exclamé emocionada.

Después del clásico intercambio de mensajes posfiesta hablando sobre el nivel de resaca y tras mucho insistir, las había convencido para ir a ver la secuela de una serie de películas de terror que me encantaban. Nos pondríamos al día mientras comprábamos las palomitas y así nos obligábamos a no darle demasiadas vueltas a nada de lo que hubiera pasado. Ir al cine con tus amigas a dar gritos y pasar un poco de miedo siempre me ha parecido un planazo, sobre todo después de un cumpleaños tan extrañamente intenso como el que había celebrado la noche anterior.

—¿Qué te debemos? —pregunté.

—Palomitas, chuches y refresco gigante.

—Nos va a salir cara la entradita —refunfuñó Jimena.

—Bueno, a ver, entonces ¿cómo terminasteis la fiesta?

—Maca chingando. Yo discutiendo.

—¿Y eso? —Adriana se giró hacia nosotras con cara de susto mientras caminaba, haciendo de avanzadilla hacia la entrada del cine.

—Soltó a voz en grito que el ex de Samuel se llamaba Luis —apunté yo con cara de circunstancias.

—Como en *Thelma y Louise* —se excusó ella.

—Ay, Jime.

Por el suspiro de Adri, supe que no había que seguir por ahí, que el tema le recordaba demasiado a su propia situación, de modo que cambié de tercio.

—Y yo me chingué al Doctor Amor con muy buenos resultados.

—¡¡Mira tú qué bien!! —Sonrió.

—Tan buenos resultados que no va a volver a llamarlo.

—Me parece bien —sentenció la pelirroja.

—¿Ves? —Miré a Jimena con las cejas arqueadas.

—No te vengas arriba, que no voy a darte precisamente la razón. Si me parece bien es porque…

—Déjalo. Ya lo he cogido —gruñí.

—Yo no. ¿Qué pasa? —preguntó Jimena.

Adri y yo seguimos andando, haciéndonos las sordas, pero ella nos cogió de los codos para frenarnos y darnos la vuelta.

—Os he preguntado que qué pasa. ¿Por qué me da la sensación de que me estoy perdiendo la mitad de la película?

—Adri opina que aún miro a Leo con ojitos.

Jimena hizo una mueca.

—Ay, Maca… —Se llevó la mano al pecho—. A mí esto me da mal *feeling*.

—¿Qué mal *feeling* ni qué nada?

—Que sí, Maca, que esto va a terminar mal, te lo digo yo.

—¿Y este dramatismo de pronto?

—No sé —dijo compungida—. Me ha dado el pálpito.

—Vamos a dejarnos de pálpitos y de historias raras, ¿vale? —pedí—. No tenemos una bola de cristal, no podemos ver el futuro. Esto no te tiene que dar ni mal ni buen *feeling*. Solo somos dos personas haciendo que funcione una amistad que anda sobre la cuerda floja. En muchos sentidos aún estoy conociendo a ese tío que dice ser Leo, pero…, pero se comporta como alguien completamente diferente.

Vi el cambio de expresión en su cara y me temí lo peor. Cuando Jimena tiene una de sus ideas de bombero, los ojos se le iluminan de una manera especial. Es como si dentro de ella brillara un fuego, lo juro. Cuando la curva de su sonrisa se ensanchó y las comisuras de sus labios se arquearon, ya me dolía hasta el estómago.

—Esa expresión no me gusta nada —se aventuró Adriana.

—¿Sabéis lo que podríamos hacer al salir de la peli?

—No. No quiero saberlo. Olvídalo —le pedí.

—¡¡Calla, déjame hablar!! Es superbuena idea. ¡¡Vamos a que nos lean las cartas!!

—Tú estás pirada. —Adri suspiró, sacó del bolso las entradas y se las dio al personal del cine que controlaba la puerta.

—¡Qué va! Es lo más lúcido que he dicho en mucho tiempo. ¡¡Nunca habéis querido ir, pero ahora… ahora es el momento!! ¡¡Venga!!

—Estas cosas hay que programarlas con más tiempo.

—¡Qué va! Mira…, voy a mandar un wasap para que nos reserven un ratito antes de cenar.

—Sí, hoy domingo —se burló Adri.

—Lo de echar las cartas no tiene horario comercial, cielo.

—Espera, espera, espera… ¿Un wasap? Cielo, ¿tienes el teléfono de una bruja?

—Tengo el teléfono de muchas personas útiles, pimpollas. —Levantó y bajó las cejas con expresión interesante.

—Busca el de un exorcista. Viene haciéndote falta desde hace tiempo.

Confiamos en que con tan poco tiempo de antelación, la tarotista en cuestión no tuviera hueco en su agenda y que, después, a Jimena se le fuera olvidando el tema, como cuando quiso hacer una güija para comunicarse con Santi. Le dijimos que mejor, antes de hacerlo por nuestra cuenta, mirábamos por Internet un buen tablero: conseguimos ganar tiempo y a los días una nueva idea de bombero desbancó a esta.

Pero… mala suerte la nuestra; por lo visto la lectura de las cartas del tarot no tenía tanta demanda como creíamos en una tarde de domingo de mediados de junio, porque antes de que pudiéramos llegar a nuestra butaca cargadas con palomitas, refrescos y chucherías, ya había contestado que nos esperaba a las ocho de la tarde en su casa. La muy maldita…, nos daba tiempo de sobra a llegar después de ver la peli.

No estuvo mal. Casi se nos olvidó el asunto de la bruja de tantos sustos que nos llevamos. A Jimena, en lugar de gritar y lloriquear como Adriana, le daba por reírse a carcajadas de los propios nervios y agradecí que la sala estuviera apenas ocupada. Creo que le dimos la película al resto de espectadores.

Cogimos el metro en Gran Vía después, camino a Oporto, donde la tarotista de confianza de Jimena (se la había recomendado una de las escritoras de su sello en la editorial) tenía la casa y el estudio. Yo no las tenía todas conmigo, pero cuando vi a Adriana resignada supe que quejarme no obtendría ningún resultado. Íbamos a ir sí o sí.

Nos esperábamos una casa oscura llena de velas y de figurillas de santos, pero nos recibió en un pisito pequeño muy cuco, en un edificio sin ascensor. Cuando la vimos, Adriana y yo ahogamos un gritito de sorpresa. Cuando vas a que te lean las cartas tienes la imagen preconcebida de a quién te encontrarás: una especie de zíngara octogenaria con el pelo largo y teñido de negro azabache, con un pañuelo con cristales en la cabeza y vestida como lo haría Rappel. Pues nada más lejos de lo que nos encontramos nosotras.

Mei, como se presentó la tarotista, era una chica de unos treinta y largos, morena, guapa y risueña que vestía una camiseta blanca y unos vaqueros recortados. Tenía las muñecas adornadas con pulseras metálicas y los dedos llenos de anillos antiguos preciosos, con pinta de no dejar los dedos verdes, como los míos. Me quedé tan helada al verla (culpa de mis propios prejuicios, por supuesto) que fue Jimena quien tuvo que hacerse cargo de la situación. Bueno, qué narices, lo hubiera hecho de cualquier modo.

—Perdona que te hayamos abordado así a las bravas, Mei. Teníamos muchas ganas de conocerte. Marisa habla maravillas de ti.

—Ya le he dicho que va a parecer que le pago para que me haga publicidad. —Se rio—. Venga, pasad, poneos cómodas.

Se hizo a un lado y nosotras tres nos sentamos en el salón, en un sofá cubierto por una tela muy bonita estampada en tonos rojizos. Apareció un segundo después cargada con una bandeja en la que llevaba una jarra de agua con hielo y limón y cuatro vasos, que depositó junto a la mesa baja, en el suelo. Frente a nosotras, en la otra parte de la mesa, dejó caer un cojín al suelo y se sentó.

—Igual os parece un poco raro, pero... ¿puedo pediros algo? —Nos miró esperando confirmación, y cuando asentimos, siguió diciendo—: ¿Os podéis quitar el reloj? Y no crucéis las piernas, por fi. Me crea como interferencias.

Adriana y yo cruzamos una mirada mientras nos quitábamos el nuestro. Nos lo dijimos todo sin palabras: «Maaaaadre mía, qué tomadura de pelo». Ya daba por (absolutamente) perdidos los euretes a precio amigo que nos iba a cobrar por aquello.

En cuanto guardamos los relojes en los bolsos, nos sonrió para darnos las gracias.

—Chicas, ¿os han leído alguna vez las cartas del tarot?

—No —dijimos al unísono.

—Yo una vez intenté aprender a hacerlo, pero me liaba con los Arcanos —puntualizó, por supuesto, Jimena.

—Ya. —Volvió a esbozar una sonrisa y se apartó el pelo detrás de las orejas antes de coger la baraja—. Pues... veréis, en esto, como en todo, cada maestrillo tiene su librillo. Hay personas que prefieren que baraje el buscador, que en este caso sois vosotras; hay también diferentes tipos de tiradas, y después la lectura que cada uno hace de las cartas... depende. ¿Me seguís?

—Sí —asentimos, un poco acojonadas.

—Antes de preguntar por quién empiezo, os comento que necesitaré cinco minutos entre una tirada y otra para limpiar la baraja y demás y... quiero que sepáis que lo que van a contarnos las cartas no es un futuro escrito: no tiene por qué pasar tal y como vamos a verlo porque el destino no es fijo, depende de las elecciones que hagamos. ¿Vale?

—Vale.

—Ah..., si veo algo malo... , ¿queréis saberlo?

—Sí —dijo Jimena.

—Muertes no —añadí yo.

—A mí sí —aseguró ella—. La muerte y yo ya no nos tenemos miedo.

Ella asintió y nos preguntó quién quería empezar. Por supuesto, pensábamos proponer a Jimena, pero ella se adelantó:

—Son bastante descreídas. Creo que deberías empezar por la pelirroja, que es la más dura.

—Vale. ¿Quieres preguntar sobre algo en concreto?

—Uhm…, lo típico, supongo.

—Amor, trabajo…

—Sí. Eso.

Mei barajó muy seria y juro que sentí que el estómago se me subía a la garganta. Creo que fue una especie de premonición que contradecía la mirada incrédula que Adri y yo habíamos cruzado un par de minutos antes. Supe, sencillamente supe, que íbamos a escuchar cosas para las que a lo mejor no estábamos preparadas.

La mesa se llenó de cartas dispuestas de una forma muy concreta; nada parecía quedar al azar y ella se concentró en mirarlas durante un tiempo que pareció eterno. Adri, que se había acomodado en el borde del sofá para estar más cerca, nos echó un vistazo, nerviosa.

—¿Quieres saberlo todo…?

—Bueno, ya que estamos aquí…

—A ver…, la lectura que yo hago de esto es que… has tenido una vida tranquila…, valoras la tranquilidad. No te gustan los dramas ni las emociones. Hasta hace poco el amor no formaba parte de tus prioridades, pero tu vida se está viendo sacudida por muchos cambios; cambios que van de dentro hacia fuera y a los que tienes miedo. Estás asustada, pero va a salir bien. —La miró con ojos brillantes—. No te asustes. La soledad no tiene que darte miedo. Mira…, ¿ves esta carta? Es el Loco.

—Ay, madre… —Escuché que suspiraba.

—Es buena. Simboliza la juventud, el ímpetu…, pero está al revés, ¿lo ves? Eso significa que no estás prestando atención a los consejos de alguien que te quiere y que… son acertados.

—Hostia puta —mascullé.

—Vas a perder a alguien por el camino —siguió—. La carta de la Muerte...

—¿¿¡Quién se va a morir!?? ¿Voy a ser yo? ¡¡Dios mío, lo sabía!! ¡¡Me voy a morir!! —graznó Jimena.

—No. —Mei no despegó los ojos de Adriana—. No hay muertes. Es..., aquí significa una ruptura sentimental. Es un... ¿divorcio?

Jimena cogió aire sonoramente y se tapó la boca. Escuché tragar a Adriana desde donde estaba sentada y quise salir corriendo antes de que me tocase el turno. ¿Cómo narices habíamos terminado sentadas delante de una señorita con poderes extrasensoriales capaz de leernos el futuro?

—¿Un divorcio? —preguntó Jime con un hilo de voz.

—Al menos es una cuestión que está sobre la mesa. Hay una decisión, algo importante, que está ahí pendiente. Lo que está claro es que te cambiará la vida. Ehm..., ¿estás esperando un cambio laboral?

—No —dijo con un hilo de voz—. Esto..., ¿puedes ver si esa decisión... me llevará a algo mejor?

—Todas las decisiones pueden llevarnos a dos sitios: a uno mejor y a uno peor. Eso no puedo verlo, cielo. Pero... yo diría que la imagen que tienes de ti misma depende de ello. Mira..., ¿ves el Diablo?

—Joder, Adrianita, te ha salido toda la plana mayor... —se quejó Jimena.

—Ha salido invertido —apuntó Mei—. Eso quiere decir que la pasión se está desatando y me aventuraría a decir que estás a punto de... comprenderte en un plano espiritual mucho más profundo.

—¿Puedes cerrar la sesión ya? —preguntó trémula.

No nos hizo falta verle la cara para saber que estaba muy asustada. Suele pasar cuando no crees y de pronto algo te rompe los esquemas: te asustas, y mucho.

—¿Quieres que pare…?

—Sí. Cierra el círculo o el portal o lo que sea…

Mei se rio con suavidad.

—Esto no es la güija, cielo. No te preocupes.

Recogió la tirada y barajó de nuevo. Después, colocó unas piedras de cuarzo encima de las cartas, se sacudió las manos con elegancia y sirvió unos vasos de agua.

—¿Estás bien?

Adriana se echó hacia atrás en el sofá y asintió.

—Yo no quiero —dije—. No quiero. Yo soy muy sugestionable y…

—No te preocupes. Se las leeré a ella primero, ¿vale? Y si luego sigues sin querer que echemos un vistazo, no pasa nada.

—¿Ves muertos?

La pregunta de Jimena nos hizo aterrizar de golpe en la vida real…, vida real en la que nuestra amiga tenía el mismo tacto que un masaje con un estropajo.

—No tiene nada que ver una cosa con la otra.

—Lo sé, lo sé. Pero Marisa me dijo que tienes una sensibilidad especial y…

—No los veo. —Se encogió de hombros—. Es complicado de explicar. La gente suele tomarme por loca.

—¿Ves… algo? Quiero decir… ahora, ¿notas algo? ¿Percibes con nosotras alguna energía?

Se quedó mirándola muy fijamente, tanto que se me puso la piel de gallina. Me dije a mí misma que si decía que sí, me levantaría y me iría. Estaba espantada. Siempre creí que parte del secreto de echar las cartas y acertar era la psicología. Como que te iban haciendo preguntas e iban sonsacándote información que ayudaría a que después todo encajara. Pero… ¿alguien podía explicarme lo de aquella chica?

—Nada —sentenció de pronto, aunque, sinceramente, su expresión parecía decir todo lo contrario—. ¿Preparada?

—Preparada. Quiero saberlo todo sobre mi vida amorosa. Amor a tope.

—¿Alguna pregunta en concreto?

—Nada en concreto, pero todo sobre lo que estoy viviendo ahora.

Repitió los mismos pasos y de nuevo la mesa se llenó de naipes que estudió en silencio. Jimena, mientras tanto, se tapaba los ojos.

—Ese silencio no me gusta nada…, ¿me voy a morir?

—No te vas a morir —dijo con voz divertida—. Esto tiene buena pinta. Ehm…, tienes una personalidad muy creativa y muy cautivadora. Nunca has temido quedarte sola porque, sé sincera…, siempre has tenido público entre el que escoger.

—La variedad está sobrevalorada —respondió la aludida.

—Vale, pero… ¿qué pasa ahora?

—Eso, ¿qué pasa ahora?

—El Papa y la Sacerdotisa. —Mei levantó las cejas—. Aquí hay una relación que podría ser duradera.

—¿Podría ser duradera? ¿Me caso? Ay, de negro y con un vestido de plumeti, por favor. — Pestañeó soñadora.

—Uhm…, no está claro. Aquí hay alguien luchando contra su conservadurismo. ¿Tú o él?

Adriana me cogió la mano y la apretó. Estaba helada.

—No pasa nada, Adri.

—La madre que nos parió —musitó—. ¿Qué hacemos aquí?

—¿Qué? —preguntó confusa Jimena.

—Sí. Uno de los dos se debate entre lo que siente y una especie de límite…, algo que no termina de comprender.

—Yo. —Escuchamos que le respondía en voz baja.

—Pues… tienes que amoldarte a él, cielo. Si quieres que dure, vas a tener que romper esas barreras que tienes. No sé si son morales o tienen que ver más bien con la tradición, pero si no lo haces, esta pareja no durará.

Jimena se echó hacia atrás en el sofá y se cruzó de brazos; acto seguido se llevó una mano a la boca.

—Qué fuerte…

—Me has dicho que te diga si veo cosas malas también.

—Sí, sí…

—Ehm…, el Diablo.

—¿Pasión desmedida como a la pelirroja? —se interesó Jimena.

—No. No ha salido invertido.

—¿Me estoy muriendo? Vale, me estoy muriendo. Dios mío. Maca…, Maca. —Me cogió la mano por encima del regazo de Adriana—. Oblígame a hacer el testamento digital. No quiero mi página de Facebook abierta después de mi muerte.

—¡No te vas a morir! —aclaró Mei—. Es solo… que aquí hay algo raro. Por la posición en la que ha salido es como que aquí están mediando más cosas. Poderes extraños.

—Ah, por Dios, qué susto. ¿Eso será por Santi?

—Santi es el que te acompaña, me imagino.

Adriana hizo amago de levantarse, pero la contuve. No podíamos dejar a Jimena sola después de eso, y no iba a ser yo quien se quedara a sostener la vela entre dos personas que estaban hablando de un muerto como si estuviera allí.

—Sí —dijo Jimena.

Y… cómo es la vida. A mí me hubiera horrorizado que alguien me dijera aquello, pero ella sonrió con alivio. Será que soy más amiga de lo que puedo ver que de lo que no.

—Quizá es eso. —Suspiró Mei—. Quizá no es malo. No sé. Podríamos hacer una lectura fácil y significar que, a juzgar por tú pregunta, viene a indicar amores superficiales o un engaño, pero me da que esta vez es algo más complicado. No tiene que ver con las cartas, pero te diría que te dejases aconsejar por ese Santi.

—Lo que nos faltaba.

Dicho esto, Adriana hundió su cara entre las rodillas.

Un silencio nos sobrevoló y Jimena se quedó pensativa. Supongo que oscilando entre la alegría de saberse acompañada por ese amor de su niñez y la responsabilidad de que las cartas la señalaran como responsable de que su relación con Samuel funcionara.

—¿Qué me dices, niña? ¿Quieres que te las eche?

Mei estaba recogiendo la tirada ya cuando se dirigió a mí; volvió a depositar unos cuarzos sobre los naipes y a agitar las manos, como si quisiera descargarlas de algo invisible. Me mordí el labio. ¿Quería saber? Estaba acertando tanto con las chicas que, quizá, si no lo hacía, me arrepentiría después. Además, me gustó que fuera escueta y que no le diera a Jimena más bola por el hecho de que creyera en todo aquello. Le dio… validez.

—Sí. Venga. —Me puse derecha y me senté en el borde del sofá.

—Dame unos minutos, ¿vale? —Sonrió—. Para que no haya interferencias con lo anterior. ¿Queréis más agua?

Jimena y Adriana ni siquiera contestaron.

—No, muchas gracias —dije por ellas.

—Recordad que nada es inamovible —les dijo arqueando las cejas.

Ambas asintieron.

Se tomó su tiempo. Se levantó, abrió la ventana, se bebió un vaso de agua y se volvió a sentar. Solo entonces, después de esos minutos que le prometí, me miró de nuevo y preguntó:

—¿Qué quieres saber? ¿Alguna pregunta en concreto?

—Trabajo y amor. ¿Qué me espera en el futuro más próximo?

Hizo la tirada y, durante unos segundos muy largos, tal y como había hecho con las chicas, estudió el resultado. Después me miró.

—Los Enamorados. —Se me aceleró el corazón—. Los Enamorados, el Sol invertido, el Carro…, niña, qué historia. De esas que llenan libros, ¿eh?

Me sonrojé y me hice más pequeña de lo que soy. No supe contestar nada que no fuera un balbuceo.

—Has peleado mucho por algo. Por las otras cartas que aparecen, creo que has luchado por ser independiente, por buscarte tu camino. Hay una fuerza femenina muy potente en ti, aunque probablemente no eres consciente de ella. Y te voy a decir una cosa…, aquí veo un matrimonio.

—Será el de mi hermano, que se casa en nada.

—No, no. Es el tuyo.

Jimena y Adriana parecieron despertar de su mutismo y emitieron una especie de alarido de sorpresa. Yo, sin embargo, me quedé petrificada.

—El hombre postrado a tus pies, alguien que ha cambiado. Con él te vas a casar.

—¡¡Sí, hombre!! —gritó Adriana.

—¿Ya? —preguntó Jimena—. ¿Se casa ya?

—Mujer, mañana no. —Se rio ella—. Pero es él. Siempre lo ha sido, vaya. No hay otro. Pasado, presente y futuro. Este hombre es impertérrito en tu vida. Pero, ojo…, hay dificultades ahí. Alguien se entromete en esa relación.

Noté los ojos de mis amigas clavados en mi espalda, pero no me volví por miedo a que al cruzar la mirada con ellas pudiera leerse el pánico que estaba sintiendo en aquel preciso instante.

—Aquí hay muchos cambios —asintió, como sumida en sus propios pensamientos—. En el amor y en el trabajo. En tu vida. El esfuerzo se te va a recompensar, pero, ojo…, es muy posible que tengas que decidir entre la soledad y el éxito o la vida en pareja y la no autorrealización.

—Joder…, me ha mirado un tuerto. —Suspiré.

—Maternidad —dijo—. Protección. No tiene por qué significar que vayas a ser madre en breve, ojo. Puede que signifique que mucha gente te brinda una protección muy maternal. Quizá esa sea la que se interponga entre tú y él. Y digo «él» porque tengo claro que solo hay uno y sabes muy bien quién es.

Creo que nunca, jamás, hemos soltado billetes con tanta facilidad. El trabajo debe pagarse siempre y esa chica había diseccionado en un ratito más de nuestra vida que charlas de horas en nuestro grupo de WhatsApp. ¿No parecía cosa del destino haber ido en aquel preciso momento de nuestras vidas a que alguien nos leyera la buena fortuna?

Salimos de aquel salón atolondradas y superadas, con la cabeza más allá que acá, pensando en todo lo que habíamos escuchado sobre el futuro, que no era inamovible, es cierto, pero pintaba ir por unos derroteros que no esperábamos.

¿Casarme? ¿Yo? ¿Con Leo? ¿Cómo iba a ser? Por más que sintiera cosquillas en el estómago por ese nuevo hombre que empezaba a descubrir en él, tenía novia, estaba construyendo su vida sin mí y era feliz. Y no deseaba otra cosa para él que la felicidad. Quizá ahí estaba el truco…, renunciar a Leo y recibir a cambio, de manos del destino, la autorrealización laboral.

Adriana también había recibido mucha información sobre sí misma de golpe: un divorcio, la pasión que se desataba, el espejo en el que se miraba…, parecía algo conmocionada, pero en el fondo me daba la sensación de que aquello le daría alas para intentar volver a ver a Julia. Dejar la cómoda distancia que le permitía el teléfono y arriesgarse a una respuesta sin vuelta de hoja.

Y Jimena…, Jimena ya sabía lo que había. Creo que lo sabía mucho antes de que nadie leyera sus cartas. Siempre fue muy rápida y muy lista. Pero hay cosas que tienes que escuchar de boca de un desconocido para creértelas.

Casi podían respirarse las ganas que teníamos de darnos un beso, fingir una sonrisa y huir cada una a su casa a lamerse las heridas que aquellas palabras habían levantado sobre la piel. Ninguna diría: «Hala, tía, me voy hecha polvo», pero era la única realidad para las tres.

Ya cruzábamos la puerta cuando Mei llamó a Jimena.

—Le gusta.

—¿Cómo? —preguntó.

—No tiene que ver con las cartas, pero sé que le gusta.

—¿Quién le gusta a quién? —volvió a consultar, confusa.

—Este nuevo chico le gusta a quien te acompaña. No es él. No tiene nada que ver con él, pero es bueno para ti.

La guinda del pastel. Para mear y no echar gota.

Creo que a día de hoy seguimos sin terminar de creernos que todo aquello pasara en realidad. De lo único que estoy segura es de que Jimena se fue tan rápido que los talones le daban en el culo, rumbo a casa de Samuel.

31
Vuelta a la realidad menos esotérica del mundo

No tenía claro qué le había hecho, pero algo le había hecho a Pipa. Sé que era una persona que no solía ser agradable conmigo, pero si no tenía una queja en concreto solo te azotaba con su indiferencia, dejándote claro que ni siquiera le importabas lo suficiente como para elaborar una respuesta que no fuera un bufido que, sin lugar a dudas, significase que eras idiota. Pero no fue así como me trató el lunes. Ni el martes. Pipa estaba dolida y yo no tenía ni idea de por qué.

Lo que me faltaba.

Le pregunté a Candela y se lo pregunté con tiento. Repito que no pienso que las mujeres seamos nuestra propia competencia en el trabajo; creo más bien en el compañerismo, la sinergia y el apoyo que nos hará crecer en un mercado que no destaca por ponernos las cosas fáciles. Pero empezaba a ser evidente hasta para mí que, por más que yo tuviera unas ideas mucho más abiertas, para Candela yo quizá sí era competencia.

—Oye, Candela…, ¿tú tienes idea de lo que le pasa a Pipa conmigo? —Quise saber el miércoles.

—¿Contigo? ¿Por qué lo dices?

—Pues… lleva dos días ignorándome. Creo que ni siquiera me ha saludado. Solo se dirige a ti.

—¿No te estará dando esa sensación a ti? —preguntó con una expresión de fingida condescendencia.

—No, Candela —respondí muy seria—. Llevo dos días sin tener prácticamente ni trabajo. No me ha llamado ni una sola vez y tu teléfono no deja de sonar. ¿Qué pasa?

Le cambió la cara y me arrepentí de la dureza con la que le había hablado.

—No digo que tú… —intenté aclarar.

—Ya, ya. Pues es que… no tengo ni idea, Macarena; igual esto es mejor que lo hables directamente con ella.

Genial, porque mi habilidad para abordar problemas era mundialmente conocida, sobre todo con Pipa.

Lo hablé con las chicas. Desde el día que fuimos a leernos las cartas, el grupo de WhatsApp «Antes muerta que sin birra» estaba muy activo. Veía muy cerca el momento en el que Adriana se sinceraría con Jimena y tenía todas las esperanzas puestas en que eso, además, diera un empujoncito a ambas para solucionar sus flecos. Lo decía la que, según los arcanos menores y mayores, se iba a casar con su ex, el que salía con una amiga. Genial. Mi vida era genial.

El caso es que las chicas dijeron lo mismo que Candela: que tenía que hablar con Pipa sobre el asunto. Tan de golpe y porrazo… tenía que haber pasado algo. Eso estaba claro. El viernes anterior, cuando pasó por la oficina, me trató con su habitual tono de ama del calabozo, y el miércoles llevaba días sin escuchar su voz. Ni para pedir té, agua, un batido, un smoothie o la sangre de tres vírgenes pelirrojas.

Así que cuando mandó un mail diciendo que el jueves por la mañana debíamos reunirnos para terminar de concretar el tema de las vacaciones (a buenas horas mangas verdes), supe que era mi oportunidad. En realidad…, en realidad me sentí obligada y presionada a hacerlo. Yo ya me había inventado diez mil excusas que justificaran que yo «lo dejase pasar, por si era una volada de las suyas». Bah, seamos sinceros: me daba pavor.

Estuve tentada de tomarme una pastillita para los nervios… Bueeeeeno, lo admito, me tomé una pastillita para los nervios. Y tomé también alguna que otra precaución: le dije a Candela que trajese por favor unas flores frescas para la mesa del despacho de Pipa de Margarita se Llama Mi Amor (que abre a las diez) antes de venir a la oficina, y mandé un mail desde la dirección genérica que solía usar Candela, convocando a Pipa a las nueve y media para tratar «unos asuntos importantes». En realidad no mentí: para mí era importante hablar con ella sobre qué le pasaba (porque le tenía tanto miedo que hacía días que ni siquiera dormía la noche entera) y no firmé el mail, con lo que tampoco me hice pasar por mi ayudante. Si es que aún era mi ayudante y no al revés.

Todo salió a pedir de boca. A las nueve cuarenta (siempre educadamente tarde), Pipa hizo su entrada triunfal en la oficina con un vestidito blanco que le quedaba increíble y una expresión de sorpresa que no pudo disimular cuando vio que allí solamente estaba yo.

Casi se me salió el corazón por la boca cuando pasó de largo hacia su mesa sin ni siquiera darme los buenos días.

—Buenos días, Pipa.

—Ya, sí. Buenos días —respondió tirante—. ¿Y Candela?

—Ha ido a Margarita se Llama Mi Amor a comprarte unas flores.

—Un detalle por su parte.

—En realidad… se lo pedí yo. Necesitaba hablar contigo a solas.

Me levanté, pasé por la cocina y saqué de la nevera el zumo detox que había comprado para llevar en Bump Green, de camino a la oficina. Al verlo se quedó un poco congelada, pero ni siquiera hizo amago de cogerlo.

—Es de manzana, kale y naranja.

—Estupendo.

—Pipa… —Me apoyé en su escritorio—. ¿Qué pasa?

—¿Cómo que qué pasa?

—Sí, ¿qué pasa? ¿Qué pasa conmigo? ¿Qué…, qué he hecho para que estés molesta? Algo hay. Nos conocemos desde hace tiempo ya.

Suena bien, ¿no? Un discurso coherente y maduro por mi parte. Pues bueno, hay que añadirle que me temblaban las piernas, las manos y la voz. Y tartamudeé un par de veces porque temía estar a punto de toser el corazón.

Pipa no contestó, solo se me quedó mirando. Pensé que me iba a mandar a paseo, pero cambió de postura con elegancia y sonrió con tristeza.

—Vaya…, la verdad es que me sorprende bastante que te dignes a preguntármelo a la cara y no vayas por detrás, chismorreando.

—¿Cómo? —Riesgo de desmayo inminente.

—¿Crees que soy tonta? No sé qué le habrás dicho a Candela, pero esa niña me tenía hasta miedo.

—Yo también te tengo miedo.

Salió como en una vomitona, pero no me arrepentí de decirlo.

—Eso explica que no me invitaras a tu cumpleaños.

Si hubiera sido físicamente posible, la parte inferior de mi mandíbula hubiera tocado el suelo. ¿Perdón? Lo que le pasaba era que… ¿estaba mosqueada porque no la había invitado a mi cumpleaños?

—Sinceramente, Pipa, no creí que quisieras venir.

—Invitaste a Raquel.

—Raquel y yo siempre hemos hecho muy buenas migas y, además, sale con un amigo mío. —Tragué bilis—. Tú y yo…

—Siempre te he invitado a mis cumpleaños.

Era verdad. Siempre lo hizo, pero porque necesitaba a su asistente personal con ella…, ¿no?

—Siento muchísimo si te sentó mal. Fue un gesto feo por mi parte. Te prometo que no hubo ninguna mala intención detrás de esto. Es solo que, de verdad, no creí que quisieras venir.

—Ya, eso ya lo has dicho.

—Pero yo no chismorreo sobre ti, Pipa. —Me moví, incómoda—. Creo que te he demostrado muchas veces la discreción con la que trato toda la información sensible y privada que pasa por mis manos.

Pipa se recostó un poco en el asiento y apoyó la mano en su frente. Hostia puta… (perdón), aquello le afectaba.

—Pipa, de verdad…

—¿Sabes lo que pasa, Maca? Que desde hace cosa de un mes no te reconozco. No hablo de nuestra discusión; empezó antes. Sinceramente, te veo menos comprometida con esto, dispersa y…

—También tengo asuntos personales que resolver, pero nunca he desatendido mi trabajo.

—Tampoco lo has atendido con…

—Pipa. —Me atreví a cortarla—. ¿Es por lo de tu casa?

—¿Qué de mi casa? ¿Que pillaras a mi novio haciendo una mamada?

En realidad se la estaban haciendo, pero no me pareció momento de hacer aquella aclaración.

—No. El otro día me pediste que fuera a verte sola y aparecí con Candela.

—Tampoco fue un gran detalle por tu parte.

—Intenté ir sola, pero Candela…

—¡¡¡Hola!!!

Mi ayudante entró cargada con una maceta que no era, ni de lejos, el centro que yo había pedido para la mesa de Pipa. Era un cactus. Un jodido cactus enorme con pinta de haber costado mucho dinero.

—Hola —dije de mala gana porque empezaba a estar un poco harta.

No es que yo me creyera la leche y pensase que siempre tenía razón; es que llevaba años trabajando con Pipa y, a fuerza de cagarla muchas veces, había aprendido lo que sí, lo que no y lo que bueno, pero a duras penas. Y allí estaba Candela, pasándose por el forro de unos cojones que no tenía todas mis indicaciones y consejos; nunca hacía caso de nada de lo que yo le pedía, siempre andaba con sus «es que he pensado que mejor...» y tenía el maldito don de la oportunidad.

—¿Qué es eso? —preguntó Pipa con una expresión mucho menos taciturna que la que le ensombrecía el gesto cuando hablaba conmigo.

—Un cactus. Macarena había pedido unas flores muy bonitas pero, viendo el precio..., ¡las flores duran tan poco! Y he visto esta maceta y he pensado... ¡qué bonito quedaría como atrezo para las fotos de complementos que hacemos en la oficina! Podemos clavarle los pendientes que te mandan para enseñarlos, colgarle los collares o ponerlo de fondo para...

—¿Y los pinchos? —pregunté seca.

—Eso es lo mejor..., ¡¡no tiene!!

Genial. Un cactus gigantesco y alterado genéticamente en laboratorio. ¿No me había regalado un cactus de ganchillo a mí por mi cumpleaños? ¿Qué narices le pasaba a esa niña con esa planta?

—Es genial, Cande. Una gran idea. —Le sonrió Pipa.

«¿Cande?». Bien. Ya eran amiguitas de pulgar.

—¿Nos puedes dejar un segundo solas? —le pregunté.

—Ah…, claro. Voy a ir preparando la reunión.

—No. Tómate un café; ya dejé sobre la mesa los cuadrantes de vacaciones impresos y demás.

—Pero…

—Déjanos un segundo, por favor —le pedí de nuevo.

—No hace falta —terció Pipa—. Ya está aclarado. No sufras, Macarena. No soy una persona rencorosa.

Maldita Raquel. Qué ojo había tenido con Candela. ¿Por qué las mujeres seguíamos haciéndonos esas cosas a nosotras mismas?

La reunión de las vacaciones no fue mal, pero tampoco fue bien. Pipa había rebajado su acero verbal conmigo, pero había dulcificado mucho más el tono con el que hablaba a mi ayudante, de modo que la diferencia seguía siendo brutal. Y muy evidente, pero claro, era su intención. Estuve distraída porque no podía dejar de pensar en si Candela no estaría haciéndome la cama mucho más de lo que parecía. Yo no había desvelado ningún secreto, yo no había cuchicheado malignamente (seamos sinceras, Pipa era complicada y lo único que había hecho era advertir a mi compañera sobre ello), y seguía sin tener claras muchas de las piezas que se habían puesto sobre el tablero en mi conversación con mi jefa. Pero…, bueno, tampoco tenía tanta importancia, ¿no? Quiero decir, ¿realmente podía hacer algo por solucionarlo?

Pipa me adelantó las vacaciones. Solíamos hacer coincidir más o menos las suyas con las mías (aunque yo pasara las mías pendiente del teléfono), pero este año no hacía falta porque teníamos a alguien que «me daría soporte», por llamarlo de alguna manera.

De modo que, sin comerlo ni beberlo, tenía casi un pie puesto en mis vacaciones que, además, serían de mes y medio para poner el contador a cero en relación a los días que me debía de años anteriores. Me iba en dos semanas y volvería los últimos días de agosto, justa, justísima para ultimar los detalles de un viaje a México, a propósito de una convención que congregaría a muchos de los youtubers más famosos del mundo y que aprovecharíamos para hacer publicidad de muchas marcas. Un viaje al que imaginaba que iríamos Pipa y yo, como solía pasar, pero en el que de pronto Candela fue incluida.

—¿Y si vuelvo un poco antes de mis vacaciones? Es un viaje importante y hay muchas cosas que organizar —propuse.

—Bueno, si volvieras un poco antes seguiría debiéndote días y te aseguro que no quiero que la balanza siga estando en esa posición. En agosto estaremos TODAS de vacaciones y, para asegurarnos de que descansas, dejarás el ordenador en la oficina, el móvil de empresa y las llaves —contestó Pipa jugueteando con un bolígrafo de Cartier—. Tienes dos semanas largas antes de cogerte tus vacaciones. Ciérralo todo ahora. Candela se encargará de los flecos.

Estupendo, porque como todo el mundo sabe, nunca surgen problemas de última hora. Eso sonaba mal…, tremendamente mal.

No quise hablar con Candela después de aquello. Estaba bastante rabiosa y no quería hacer o decir nada de lo que pudiera arrepentirme cinco minutos después. Lo que sí que hice, por supuesto, fue vomitar furia y fuego en un mensaje kilométrico en WhatsApp que creo que sirvió como dardo tranquilizante para las chicas, que tardaron una hora en responder. Pobres, entiendo que también tenían sus propias mierdas diarias que atender.

Lo que sí hice antes de irme a casa fue intentar, de nuevo, lanzar un puente entre Pipa y yo. De pronto, sentir que nos distanciábamos más en lugar de acercarnos, como debía haber sucedido con los años, me entristecía.

—Pipa… —le dije saliendo detrás de ella cuando anunció que se marchaba a casa ya.

—Dime.

—Espera, te acompaño al rellano. —Salí con ella y junté la puerta detrás de mí—. Pipa, no me importa perder unos días de vacaciones. Candela acaba de llegar; no quiero amargarle las suyas o los días que esté aquí sola. Es mucho trabajo para ella. La previa de vacaciones…, lo sabes, es dura.

—Es una chica muy capaz, podrá.

—No estoy diciendo que no lo sea. Sé que es muy capaz, pero es mucho trabajo para alguien que acaba de llegar. De verdad, Pipa, una semana menos de vacaciones no…

—¡¡Joder, Macarena!! ¡¡No hay quien te entienda!! —se exasperó—. La cuestión es quejarse, ¿no? ¿No querías una ayudante? Ahí la tienes. ¿No querías recuperar tus vacaciones? Aquí las tienes. ¿Qué narices quieres ahora?

Parpadeé. Pipa no solía ser tan vehemente ni tan apasionada en sus contestaciones.

—Siento lo de mi cumpleaños —musité—. No sabía que te iba a hacer sentir así.

—No me siento de ninguna manera. —Se repuso—. Vamos a dejarlo estar.

Se alejó hacia el ascensor con sus andares de nobleza europea, pero antes de que desapareciera dentro pregunté:

—¿Cómo te enteraste? Por curiosidad… fue una cena íntima con un puñado de amigos. ¿Cómo te enteraste de que iba a celebrarlo?

—Me lo contó Candela.

«Hija de la grandísima puta. Macarena, eres la tía más apardalada sobre la faz de la tierra».

32
Fingida tranquilidad…

Mi madre se entusiasmó con la idea de mis vacaciones. Y ya es lamentable que una madre se entusiasme con las vacaciones de su hija. El orden natural de las cosas es justo el contrario: tendría que horrorizarse, preocuparse y santiguarse porque tus planes son tan locos, divertidos y molones que ella solo ve peligro de muerte. Nada más lejos de la realidad. En dos semanas… poco podía organizar. Y sola.

Pues nada… pasaría unos tranquilos CUARENTA DÍAS levantándome al alba porque mi madre considera que dormir es una pérdida de tiempo.

—Eso no puede ser, tía —me dijo Jimena por teléfono cuando se lo conté—. Me estás dando una lástima… Te juro que lloraría. Además, estoy cómoda con el hecho de ser la más guay del grupo, pero entiende que si bajas tu nivel de molabilidad tanto…, me afecta.

—Eres idiota —respondí de mala gana—. Voy a mirar el asunto por el lado positivo.

—¿Lo tiene? Volver a casa de mami y papi durante mes y medio me parece poco positivo. Por debajo de eso solo está la granja escuela y la clínica de desintoxicación.

—Pasaré unos días de vacaciones por aquí, en Madrid —ignoré sus pullas—. Haré todos esos planes para los que nunca tengo tiempo y después me marcharé a casa de mis padres con un billete de tren con vuelta abierta. Y allí me dedicaré a ir a la playa, a leer y a vivir la vida de la hija pródiga malcriada.

—Dicho así no suena tan mal pero...

—Lo que no tiene sentido es flagelarme ahora. No es que me haya preocupado mucho por currarme unas vacaciones de ensueño.

—Preocúpate de no morir de aburrimiento durante las dos primeras semanas; del resto me ocupo yo. El sábado 15 de julio la menda estará libre.

—¿Y Samuel?

—¿Qué pasa con Samuel?

Aunque no pudiera verme, puse los ojos en blanco. Evité recordarle que, hasta donde yo sabía, Samuel era el otro cincuenta por ciento de una naciente relación de la que ella también formaba parte. En su lugar, le pregunté:

—Ya lo has solucionado, ¿no?

—He limado asperezas —respondió con la boquita pequeña.

—Te acojonó lo de la bruja, ¿eh?

Mucho, aunque nunca me lo confesaría tal cual.

—Supongo que estoy empezando a familiarizarme con la idea de que mi chico tuviera un novio. ¿Qué más da? Ahora está conmigo, ¿no?

—Si realmente piensas así..., no suena mal, pero cuando te preguntaba por él me refería a qué harás con él estas vacaciones. No creo que quieras pasarlas enteras junto a la triste de tu amiga Macarena, la que no mola.

—Ay, por Dios, al final voy a ser la más moderna —comentó como si se lo estuviera diciendo a ella misma—. Cielo..., últimas noticias: estar saliendo con alguien no te impide hacer planes con tus amigas.

—No he dicho eso. —Me reí.

—Pues ya está. Además… él se coge agosto libre.

—Ya sabía yo.

No es que dudase de la independencia de Jimena, es que estaban al comienzo de una relación y todo el mundo sabe que, al principio, a toda pareja le cuesta un poco despegarse.

—¿Y si nos vamos al apartamento de mis padres unos días? —propuso de pronto.

Una cascada de recuerdos se precipitó en mi cabeza, convirtiendo mis ojos en un cine en el que se proyectaba la película de nuestra vida. Cuántas cosas vivimos allí, en aquel pequeño y antiguo apartamento en Canet de Berenguer, donde creo que descubrí cosas tan maravillosas como que en un hermano una también puede encontrar un amigo.

—Sería guay —respondí soñadora—. Pero ¿tus padres no estarán allí?

— Mira tú por dónde… se van de crucero.

De pronto, mis tristes vacaciones tomaron un cariz mucho más emocionante. O nostálgico. O… no sé qué.

En menos de tres días, aquella conversación se había convertido ya en un plan firme y el grupo «Antes muerta que sin birra» en su centro de operaciones. Era un espacio libre de dudas, miedos y ansiedades. Era un campo lleno de tiempos verbales en futuro donde el presente ni siquiera importaba demasiado.

Un respiro. Un oasis. Los planes.

La realidad era muy distinta, claro. Pipa había pasado de ignorarme y pedirle solo lo que necesitaba a Candela a cargarme con trabajo, como en el pasado, pero con más frialdad. Mientras yo intentaba cuadrarlo todo para dejar el viaje a México lo más atado posible antes de las vacaciones, ella y Candela se dedicaban a estrechar lazos. Lo peor es que Candela trataba de disimularlo, pero vamos a ver… eso ya lo había vivido en segundo de primaria. Se mandaban mails la una a la otra que les hacían soltar risitas de vez en cuando y cacé un par de miradas cómplices después de algún comentario mío. Me fastidiaba más eso que pensar que Candela era, de pronto, la única beneficiaria de los productos que le enviaban a Pipa y ella no quería; y ya es decir. ¡Acababa de llegar, por Dios! Yo llevaba soportándola años.

¿Me planteé hablar con Candela? Por supuesto. ¿Lo hice? Ni de coña. La única persona con la que mi cuerpo no se resistía a discutir era con Leo, y ahora que las cosas andaban tan calmadas entre nosotros, yo había vuelto a ser la Macarena de antes del reencuentro: la que callaba y alimentaba, de este modo, sus profundas ojeras.

Por otro lado estaba eso… lo de Leo. «Lo de Leo» no es un eufemismo, es que ni siquiera sabía explicar lo que me pasaba. Ordenando los hechos de manera breve, tipo esquema antes del examen, podía decir que lo había perdonado, le había dado la oportunidad de formar parte de mi vida y resarcirnos así del pasado y… ahora que empezaba a conocer un poco mejor al Leo maduro, me gustaba más que el de antes. Si le sumáis el hecho de que una tarotista me había dicho que iba a casarme con él, a pesar de que saliese con una colega, entenderéis que hubiera decidido distanciarme un poco de él, de ella y del problema que suponía para mi pequeña cabeza todo aquello.

Por otro lado, estaba Jimena, a la que le había venido que ni pintado todo aquello de mis pobres vacaciones sola. ¿Por qué? Pues porque aunque había perdido el culo por ir a solucionar las cosas con Samuel después de la lectura de las cartas del tarot, al mirarlo seguía teniendo muchas dudas. Algunas eran de índole práctica («Oye, Sam, ¿tú dabas o te daban?»), pero otras mucho más profundas («¿Podré algún día no sentir que tu relación anterior me eclipsa?»). No tenía ni idea de por qué le obsesionaba tanto el tema, pero lo hacía. A veces el ser humano es así. Samuel

había estado con un hombre, no una noche loca sino siete años. Y
locamente enamorado además, palabras textuales. Jimena no entendía cómo era eso compatible con lo que ella creía que empezaban a sentir. Ni con lo que hacían en la cama…, ¿no?

Para rematar… la pequeña Adriana, que acababa de asumir su sexualidad, no terminaba de animarse a dar el paso, plan-
tarse en el trabajo de Julia y, por lo menos, eliminar la duda de si
sería posible una reconciliación. De hablar con su marido y sin-
cerarse…, ni hablamos.

Qué maldito marrón. ¿Cómo no íbamos a dejar tanta ilusión y energía en los planes de aquella semana en el apartamento de los padres de Jimena? Era una tabla de salvación.

Mi mesa del trabajo se convirtió, a lo largo de la semana,
en una superficie invisible cubierta de montones de papeles, carpetas y post-its de colores. Mientras Candela se encargaba de
cosas tan «importantes» como ordenar por colores los libros
de la biblioteca de Pipa, yo me desvivía por cuadrarlo todo con
la organización del evento de México y las marcas antes de irme
de vacaciones.

Y conforme los montones de hojas iban organizándose,
los dosieres cogían forma y los mails impresos cobraban un sentido casi narrativo ligados unos con otros con una grapa que
hacía de hilo conductor, los días pasaron.

—¿Te vas de vacaciones y me tengo que enterar por tu jefa?
—Raquel no sonaba enfadada a pesar del reproche, pero yo sí
me sentí un poco mal porque había estado evitándola a propósito desde la noche de mi cumpleaños.

Casi pude olerla antes de que se plantara delante de mi
escritorio aquella tarde, apenas cuatro días antes de empezar a
disfrutar de la primera parte de mi (merecido) descanso. Llevaba un pantalón blanco, una blusa azul cielo y el pelo recogido

en una coleta engominada, con la raya en medio. Estaba increíble y seguro que Leo se lo habría dicho.

—No sabes lo liada que he estado con el viaje a México.

—¿Pipa va? —me preguntó muy extrañada.

—¿Tú no?

—No. No molo tanto. No me han invitado. —Me sacó la lengua—. ¿Vamos a tomar algo?

—Qué va…, no puedo. —Fingí un mohín—. Tengo que dejarlo todo listo antes de irme y me quedan trillones de cosas por hacer. ¿Y si lo dejamos para cuando vuelva de Valencia? Aún me quedarán mogollón de días libres.

—¿Cuándo es eso? —Frunció el ceño.

—A finales de la última semana de julio, creo.

—Pero ¿cuánto tiempo te vas de vacaciones?

—Mes y medio. —Me encogí de hombros—. Pipa quiere devolverme de golpe todos los días que me debe.

—Qué bien, ¿no?

—No sé.

Miré a mi alrededor. Candela había ido un momento a hacer un recado que Pipa le había pedido con bastante secretismo, aunque seguramente sería una chorrada como un piano, pero una nunca estaba segura de por dónde aparecería la muy hija del mal.

—Te la ha jugado ya, ¿no?

—Sí —asentí—. No sabes cuánto me fastidia decir esto, pero… tenías razón.

—Me hubiera encantado no tenerla.

Nos quedamos mirándonos con una sonrisa, pero rompí el silencio pronto.

—Oye, ¡qué guapa estás! Estás radiante.

—¿Sí? Pues mira que no me encuentro yo muy bien… —Arrugó el labio—. Llevo unos días… Será el estrés.

—Todo bien, ¿no? Con el curro, con la familia, con L… —La lengua se resistía a decir su nombre.

—Con Leo muy bien, sí. —La cara se le iluminó—. ¿Sabes esa sensación de haber perdido la fe en encontrar uno de los buenos? Ya no la tengo. Es… sencillamente perfecto.

Supongo que mi cara fue un poema, porque pareció de pronto muy avergonzada.

—Perdona, Maca. A veces se me olvida que es tu… ex.

—No, no. No te preocupes. Es solo que…, bueno…

—Sé que dista mucho de los recuerdos que tienes de él.

—Será porque no era para mí. —Y lo dije queriendo tatuármelo a fuego dentro.

—¿Qué tal con el Doctor Amor, por cierto? Como me puse pedo con el vino de la cena, me perdí el segundo acto.

—Fue bien. —Levanté las cejas—. Muy bien, de hecho. Terminamos en su casa.

—¿Sí? ¿Y habéis vuelto a veros?

—No. —Sonreí.

—¿Cómo que no? ¿No te volvió a escribir?

Ay, señor. Qué ceporras somos las mujeres a veces.

—Ni yo a él —aclaré—. Fue lo que fue. Salió bien. ¿Para qué tentar más a la suerte y volver a llevarse un chasco?

Frunció la boquita, pero ignoré el gesto desviando a propósito la mirada hacia todos los papeles que tenía desperdigados por la mesa.

—Bueno… —musitó mientras se recolocaba la cadena del bolso en el hombro—, no te molesto más. Me debes un margarita, pero tendré paciencia y me lo cobraré a la vuelta de vacaciones. ¿Qué planes tienes, por cierto?

—Pues me iré a casa de mis padres —obvié que primero estaría por Madrid unos días, para no tener que buscar otra excusa con la que evitarla—, y después a un apartamento en la playa con las chicas. Adriana consiguió que le adelantaran una semanita sus vacaciones.

—Pinta guay.

—Sí.

Supongo que hubiera sido de buena educación lanzar una invitación para que se uniera a nosotras, que casi con seguridad ella habría rechazado, pero tenía tanto miedo de que aceptase que no lo hice. Tras unos segundos de silencio, se inclinó para darme un beso y se marchó de nuevo hacia la salida.

—Arreglad esa puerta, por cierto. Sigo encontrándomela abierta cada vez que vengo.

—Es para ver si me come el lobo feroz de una vez —respondí.

Esa era justo la sensación que tenía…, la de haber sido tragada, masticada y vomitada por el maldito lobo feroz de los amores no correspondidos.

33

No más excusas

Cada vez que abría el cajón de las bragas, Jimena sentía una punzada en el estómago que nada tenía que ver con la necesidad de hacer la colada pronto si no quería tener que ir en plan comando. No era por eso. Era porque allí, escondido entre satén, blondas y encajes negros, guardaba el dildo que compró para experimentar con Samuel; un recordatorio visual de su fracaso absoluto.

Seamos sinceras, Jimena no es una persona que se coma la cabeza muy a menudo. Incluso el tema del «amante muerto» se volvió con el tiempo una muletilla, la excusa perfecta tras la que parapetarse cuando algo no le convencía demasiado. Jimena estaba anclada en su propio drama personal que con los años frivolizó hasta hacerlo manejable, pero en cuanto a sentimientos del aquí y ahora estaba un poco perdida. Como resultado, disfrazó de ansiedad sexual el hecho de que le angustiaba el recuerdo de cómo hablaba su novio sobre su ex. Ella creía a pies juntillas que lo que le preocupaba era no satisfacerlo en la cama.

Recordaba muy bien la noche en la que Samuel le habló un poco sobre su anterior relación y se acordaba, palabra por palabra, de cómo había dejado clarísimo que el sexo nunca fue un problema, sino más bien la solución. Genial.

No es que a ellos les fuera mal. Si tuvieran una relación física mediocre, pues hombre, vería más coherente que Jimena se comiera el coco con aquello, pero lo cierto es que todo fluía como la seda. Jimena no recordaba haber tenido tan buen sexo con ninguna de sus parejas. Ni con Santi, Dios lo tenga en su gloria.

No, no voy a entrar en si hacía comparaciones entre su jamelgo de treinta y pico y el chavalito de dieciséis con el que perdió la virginidad.

El caso es que allí estaba. El maldito dildo anal más discreto de la historia que, de tan discreto, había terminado sin pena ni gloria ocupando una de sus cavidades. Y no le desagradó, pero tampoco le apasionó el tema.

Si su investigación con el porno gay hubiera dado algún fruto, al menos tendría a qué acogerse, pero no. El porno gay le pareció exactamente igual que el hetero, pero por otro agujero. Bueno, según la categoría que te vaya, puede ser incluso el mismo.

Preguntarle hubiera sido lo lógico. Afrontar su frustración con honestidad y madurez, sentarse frente a Samuel y decirle: «Explícame cómo te enamoraste de él, cómo fue vuestra primera vez, cómo te sentías con él…, necesito entenderlo», hubiera bastado. Pero era Jimena.

Y si aquella echadora de cartas no le hubiese dicho que a Santi le gustaba que estuviera con Samuel, en dos o máximo tres meses, Jimena hubiera encontrado un defecto que lo hubiera sacado de su vida. Que fuera gruñón podría pasar de parecerle encantador a un verdadero problema. Es muy posible que si no tuviera argumentos suficientes se los hubiera inventado. Pero esta vez no podía evitar estrechar lazos reales con la excusa de Santi.

Y no había excusas. Solo la vida.

—¿Estás lista?

La voz de Samuel la asustó y cerró el cajón de golpe.

—Dios, qué susto.

—Para creer en fantasmas, ninfas y brujas, eres bastante impresionable. —Sonrió Samuel.

—No creo en ninfas, idiota. Bueno…, en los ríos hay algo raro, pero no sé si se les puede llamar ninfas.

—Qué rara eres. —Pero lo dijo con una sonrisa después de acercarse a ella y dejar un beso en su sien—. Venga, tu piso me agobia a muerte —añadió—. Me has prometido una cerveza y me la voy a cobrar.

—También podíamos quedarnos aquí y retozar como cochinos.

Él, que ya estaba a punto de traspasar el umbral hacia el pasillo, se volvió y miró la cama, como sopesando la posibilidad. Después se asomó.

—¿Has pensado en poner aire acondicionado en esta casa?

—No es mía, pazguato. Y el casero no se quiere gastar un duro.

—Pues con este calor, lo del sexo va a ser que no. Dame un par de horas. Cuando se ponga el sol y corra una pizca de viento…, soy todo tuyo.

Lo peor no fue la negativa. Estaba acostumbrada a que sus proposiciones, así, dejadas caer como quien pregunta la hora, nunca fueran tomadas en serio. Lo realmente malo fue la sensación que se expandió dentro de ella ante el «no»: alivio.

Antes de salir de la habitación echó una mirada al cajón en el que guardaba el maldito dildo. Otro símbolo, como la camisa blanca de Leo, pero esta vez de su nula capacidad para enfrentarse a un problema que ni entendía ni, en el fondo, quería entender.

Madrid en junio suele ser caluroso, pero nada que ver con aquel día. Una ola de calor subsahariano se había abierto paso por toda la península instalándose sobre la meseta central con una especie de calima que ahogaba. Y allí, en una acera donde no había dónde cobijarse del sol, la piel traslúcida de Adriana estaba churrascándose. La solución era tan sencilla como marcharse, pero en su interior algo relacionaba la idea de irse con una derrota, y después de lo que dijo la chica que leyó las cartas..., no quería perder sin pelear. Se pondría aftersun al llegar a casa. A lo mejor así cogía color... (a gamba, añado yo).

La puerta de la clínica veterinaria se abrió y se volvió ilusionada, pero solo era una señora cargando con un perrito en brazos. Puso cara de acelga y se apoyó en la pared preguntándose si no se habría confundido con el horario que recordaba que Julia le comentó que tenía. A lo mejor, con el verano, lo habían cambiado.

El uniforme negro de la tienda parecía absorber todo el calor de la calle y Adriana se preguntó si valdría la pena la intentona cuando se desmayara y se rompiera la boca contra la acera. Después de media hora allí de pie, empezaba a flaquear.

La puerta volvió a abrirse y un poco del aire acondicionado se escapó por el vano, refrescándole la piel. Se volvió sin esperanzas y miró cara a cara a la chica que, sujetando la puerta, la miraba.

—Perdona..., llevas un rato ahí y me preguntaba si... ¿podemos ayudarte en algo?

—No. No te preocupes. Estoy esperando a alguien.

—Te está dando todo el sol —le informó la chica que se encargaba de la recepción en la clínica.

—Lo sé. —Se rio.

—Ehm..., hay un bar en la esquina. Es que aquí parada te va a dar una lipotimia con la que está cayendo.

—No te preocupes, de verdad.

—Puedes esperar dentro si quieres.

—Tranquila, Cris, ya se va.

Después de la experiencia extrasensorial con las cartas del tarot, algo dentro de Adriana le decía que su encuentro con

Julia sería mágico. Lo había imaginado muchas veces: la piel se le pondría de gallina, le recorrería un escalofrío a pesar del calor, se sonrojaría, cerraría los ojos, percibiría de manera tangible su aroma en el aire… y acto seguido notaría los pezones endureciéndose bajo el sujetador. Pero no. La había pillado completamente por sorpresa.

Una vez que la compañera de Julia hubo vuelto a su silla, tras el mostrador, esta se atrevió a hablar:

—¿Qué haces aquí? —le preguntó.

Aún llevaba el uniforme puesto: un pijama de color azul con un gato bordado en el bolsillo de la camisa, pero daba igual; incluso con aquello puesto le parecía la chica más bonita que había visto nunca.

—Esperarte.

—Hubieras podido esperar dentro. Estás roja como un tomate.

—No quería molestar.

—Para eso llegas tarde. Meses tarde. —Julia suspiró y bajó el tono de voz—. No quiero montar ningún numerito aquí. Espérame un segundo. Iré a por el bolso.

Tardó cosa de cinco minutos en volver, pero a Adriana se le hicieron eternos. Cada veinte segundos su cabeza se ponía a elaborar escenas de fuga a lo película de acción en las que Julia conseguía salir de allí sin ser vista y ella esperaba eternamente. Pero no.

Llevaba un vestidito cruzado de color blanco con lunares negros, corto, con un volantito en el pecho que llegaba hasta el borde, y unas sandalias de cuña no muy altas, que alargaban sus piernas. Estaba tan guapa que Adriana se mareó.

Me encanta esa sensación… cuando estás tan enamorada que el cuerpo ni siquiera sabe gestionar lo mucho que te gusta ver a la persona que quieres.

—¿Podemos hablar? —le preguntó con voz trémula.

—Qué remedio...

Julia echó a andar y ella, tras unos segundos de duda, la siguió.

—Tú dirás.

—Ehm…

Vale. La tenía delante. Había imaginado doscientas mil veces la escena, pero… no recordaba ni una palabra de los cientos de discursos que había elaborado en su mente. Solo podía pensar en una frase muy corta que se sentiría ridícula de pronunciar: «Te echo tantísimo de menos…».

—Esperar media hora en la puerta bajo un sol de justicia para balbucear, no me parece nada inteligente por tu parte, Adriana.

—¿Cómo sabes que llevo media hora en la puerta?

—Te vi nada más llegar.

Tragó saliva. Mierda. No pintaba bien.

—¿Y por qué no saliste?

—No era yo la que tenía algo que decir, ¿no?

Adri asintió.

—Lo siento —consiguió musitar mientras intentaba mantener el ritmo de las zancadas de Julia.

—¿Qué sientes?

—Haberme largado sin decir nada. El mensaje. Ser una cobarde…

—Ya…

Tragó saliva. Venga, venga, venga…

—¿Cómo va todo?

—Va bien —respondió Julia, concisa—. ¿Y tú?

—Bien. ¿Te… te has aclarado el pelo? Parece más claro…

—Será de los lavados.

—Te queda bien…

Julia se paró de golpe en la calle y, con los ojos cerrados y una expresión bastante iracunda, se volvió hacia ella.

—¿Has venido para hablar de mi pelo, Adriana? Porque si vas a seguir diciendo…

—Te echo tantísimo de menos…

Las palabras le salieron solas de la boca. No tuvo tiempo ni de sujetarlas. Así, cayeron de entre sus labios sin más para callar a una Julia que, de pronto, ya no estaba cabreada sino triste.

—Joder, Adri…

—¿Qué quieres que te diga? Te echo de menos. Muchísimo.

—No nos conocemos tanto.

—Pues imagínate lo que sentiría si no me hubiese ido, si hubiese seguido escribiéndote cada día y viniendo a recogerte y…

—Estás casada —la cortó—. Estás casada y vas de hetero por la vida.

—No es fácil.

—Para mí tampoco. No tenía ni idea de que me gustaban las tías hasta que estuve contigo. Pero… ¿sabes qué? Que creo que ni siquiera me gustan las tías, Adri. Me gustas tú, y ahora no puedo estar ni con tías ni con tíos porque me has jodido y te has marchado y lo único que hago es estar cabreada.

Adri se mordió el labio y bajó la mirada al suelo.

—Julia, yo…

—Tú, tú, tú. ¿Y yo qué?

—Ya lo sé.

Intentó cogerle una mano, pero Julia la agitó, soltándose.

—Acabábamos de hacer el amor —susurró—. Jamás había sentido lo que sentí aquella tarde contigo. Y te fuiste. Me tocaste, me besaste, me susurraste que te hacía volar y te hacía sentir una chiquilla otra vez… y cuando pensé que, joder, eso era de lo que todo el mundo hablaba cuando se refería al amor y por eso le daban tanto bombo…, me dejaste tirada. Como una colilla. ¿Qué es esto? ¿Qué soy? ¿El conejillo de Indias con el que vas a ir probando a ver si en realidad no será todo la puta crisis de los treinta?

—Tienes derecho a estar enfadada, Julia, pero para mí todo esto también es nuevo.

—Pues vete a casa, pregúntale a tu psicólogo qué hacer y luego vuelve con respuestas. Ah, no…, espera, que no es tu psicólogo, es tu marido.

Julia echó a andar. El pelo, un poco más largo que la última vez que la vio tendida sobre las sábanas revueltas de su cama, se movió con brío con cada uno de sus pasos. El vestido se agitaba bajo sus nalgas, creando una especie de baile junto a los muslos. La deseaba. Joder, que si la deseaba. Ahora entendía los comentarios y ronroneos que se nos escapaban a las demás al ver a un tío de buen ver. Ahora entendía ese calor en el vientre que tantas veces quiso sentir con Julián. Pero no era eso. La cuestión era que solo con Julia se sentía ella misma.

Dio dos pasos rápidos, la sostuvo por la cintura y la giró. Sin dejarle tiempo para reaccionar, la besó. Fue un beso rápido, tonto, adolescente. Un beso sincero que Julia devolvió al instante, justo antes de apoyar la frente en la suya.

—Joder, Adri…

—Lo siento mucho —dijo, cogiéndole las dos manos—. Lo siento muchísimo, pero aún estoy aceptando todo esto.

—Si me hubieras dado dos semanas más, te habría olvidado.

—¿De verdad? —le preguntó con las cejas arqueadas.

—No, imbécil. Bésame otra vez.

Una hora más tarde, las yemas de los dedos de Adriana se deslizaban sobre la espalda desnuda de Julia, que yacía bocabajo en la cama. Le dolían las mejillas de sonreír y aún notaba el interior de sus muslos húmedo después de un orgasmo de los que hacen estallar capilares. Casi había olvidado el olor del sexo…, del de verdad. Y el de ella.

Dibujó un camino entre los lunares que salpicaban su piel y después se entretuvo en contarlos.

—Uhm…, no dejes de hacer eso…, me estaba gustando —se quejó con sorna Julia.

—No te acostumbres. Soy más de recibir caricias que de darlas.

—¿Y tú qué sabes, si nunca habías estado enamorada?

Se volvió a mirarla con el pelo rosa pálido desordenado y una sonrisa somnolienta en la cara, y Adriana se rio. Los pequeños pechos quedaron a la vista cuando se dio la vuelta completa y le acarició el pelo; no podía dejar de mirarlos cuando agarró su mano y besó la palma.

—Tienes razón. No sé cómo, pero siempre la tienes.

—Quiero estar contigo —le soltó Julia a bocajarro—. No voy a soportar cosas a medias.

—Yo tampoco las quiero.

—Seré comprensiva en los plazos, pero tienes que replantearte tu vida.

—Mis amigas ya lo saben —le contó—. Bueno, lo sabe una. Es un paso.

—Es un paso. Creí que nunca ibas a darlo. El armario en el que estás metida tiene muchas cerraduras.

Adri se tumbó y se echó a reír.

—¿Qué? ¿Qué te hace tanta gracia?

—Pues… estaba pensando en cómo decirte que fui a que me leyeran las cartas del tarot con mis amigas, y salí de allí acojonada perdida y con la certeza de que si no lo arreglaba contigo, iba a estropear mi vida.

—¿Cómo?

Miró el reloj de reojo.

—Otro día te lo cuento bien, ¿vale? Eso y lo del bebé.

—¿Qué bebé?

—El que pensaba tener.

—¿Te vas ya? —Julia frunció el ceño, taciturna.

—Tengo que irme, pero… ¿te recojo mañana?

Una sonrisa pequeña fue creciendo en los labios de las dos para terminar hecha un nudo cuando se besaron.

34
La playa

Hacía años que no tenía vacaciones de verdad, pero no me di cuenta hasta que las tuve. Los primeros días en Madrid no contaron porque, con el cuerpo acostumbrado a la actividad frenética a la que me sometía Pipa, emprendí tareas titánicas como limpiar todos los armarios, dejar la casa al completo como una patena y ver sistemáticamente todas las exposiciones de la ciudad, como si alguien fuera a examinarme después sobre su contenido.

Y aunque me di mis caprichos, comí sola en algún sitio de moda con un libro en la mano, me di un masaje e incluso me fui de compras, hasta que llegué a Valencia no me di cuenta de que iba acelerada y tenía que ir frenando.

Dormir, comer, leer, visitar a la familia, una mañana madre e hija en el centro comercial donde me compré mi primer par de tacones, unas cervecitas y un plato de calamares junto a la playa, en ese sitio que tanto le gusta a Antonio, una copa bien servida en el puerto, la luna de Valencia recordándome lo preciosa que es la ciudad en la que nací. Una semana después de haber llegado, y en contra de lo que pensaba, no dejaba de preguntarme por qué me marché de allí. La respuesta era la ausencia que notaba en el piso de arriba de mis padres. Leo. Un Leo que ya no existía.

—¿Cómo lo ves? —me preguntó Rosi cuando, haciendo de tripas corazón, subí a tomar café con ella por petición de mi madre—. ¿Cómo está Leo?

—Está muy bien. —Le sonreí—. Lo veo integrado y contento. Sobre todo tranquilo.

—¿Está tranquilo?

—Sí. Creo que es feliz. —Miré con detenimiento los hilos que formaban el mantel con el que Rosi había protegido la mesa de su cocina.

—¿Os veis a menudo?

—Más de lo que imaginé, la verdad. —Volví a mirarla—. Pero ya no nos cuesta, ¿sabes, Rosi? Una vez perdonados, ya no importa.

—Hubiera sido demasiado bonito. —Los ojos le brillaron con pena—. ¿No crees? Tenerte como nuera hubiera sido demasiado bonito. Con lo tonto del culo que puede ser mi hijo cuando quiere…

—Ha cambiado mucho. —Carraspeé y me enderecé—. Supongo que como hijo no, y que sigue poniéndose nervioso cuando le quitas pelusas de la ropa. —Las dos nos echamos a reír, pero yo seguí hablando—: Está muy cambiado. De pronto es más paciente, más… dialogante. Escucha cuando hablas. Es detallista, ha dejado de alimentar su ego y creo que quiere sentar la cabeza.

Rosi me miró con una alarma mal disimulada en el gesto.

—No me digas que vosotros…

—No. —Negué también con la cabeza—. No le digas que te lo he dicho yo, pero está viéndose con una amiga mía.

—Ay, señor.

La madre de Leo dio una palmada y se llevó una de las manos al pecho. Me pareció que rezaba algo.

—¿Estás dando gracias de que no hayamos vuelto a intentarlo? —me burlé.

—¿Qué? ¡No! Estoy rezándole a san Judas Tadeo, a ver si le manda a mi hijo la hostia que debí darle yo de pequeño. ¿Con una amiga tuya? ¿No había más mujeres en el mundo?

Me costó hacerle ver que aquello no era malo. Incluso me eché unas buenas risas intentándolo. No sé si la convencí, solo sé que cuando me besó al despedirme, tenía los ojos aguados y yo también. Tenía razón, hubiera sido demasiado bonito.

Tuve la tentación de escribirle un mensaje y contarle aquella conversación con su madre, pero estaba decidida a pasar un periodo de desintoxicación que demostrase que lo de las cartas del tarot se debió solamente a una especie de interferencias. A lo mejor debimos apagar los teléfonos móviles, o el 4G activado había creado imágenes en la cabeza de Mei que no existían. Leo y yo no nos íbamos a casar. Quizá él sí, pero no conmigo. Yo sabía que Raquel quería una boda bonita y de ensueño, y que hasta tenía un tablón secreto en su perfil de Pinterest con un montón de ideas para el día que encontrara con quién celebrar tal compromiso.

Pero por ahora no habría boda. Solo la de Antonio.

Lo lógico hubiera sido contarle todas estas cosas a Jimena cuando llegó el primer día de sus vacaciones, pero nos pudo la emoción de estar preparando la escapada al apartamento de sus padres. No nos lo podíamos creer. Íbamos a volver después de tantos años… ¡y con Adriana!

La pequeña Adriana encandiló a mis padres, aunque ya la conocían de un par de veces de pasada. Fue tan amable y dulce como siempre, pero con la diferencia de que, en aquella ocasión, brillaba. Algo había cambiado desde la última vez que la vi. Cuando le dio a mi madre una cajita de lata llena de caramelos de violeta y a mi padre una botella de orujo, sonreía como creo que nunca la había visto hacerlo. Pude achacarlo a esa semana de vacaciones a la orillita de la playa…, pero supe enseguida que se debía a Julia.

Nos lo hubiera contado todo en el coche… Se la veía con ganas de hacerlo, pero claro, Jimena seguía sin estar al corriente. Quería que se lo dijera, que se sincerase con ella, pero ¿quién era yo para obligarla? Ya encontraría el momento…, tal y como yo también lo haría para sonsacarle toda la información cuando Jimena se quedase dormida o algo así.

Hicimos la compra en un supermercado de Canet de Berenguer al que siempre íbamos a abastecernos para los botellones cuando aún estrenábamos la veintena. Le contamos a Adriana mil historias que seguramente ya había escuchado varias veces, pero estábamos tan emocionadas que no se atrevió a cortarnos.

El apartamento era bastante antiguo y tenía uno de esos suelos que Jimena se empeñaba en decir que parecían de mortadela, por el color y por el jaspeado. Años setenta a tope. Sus padres habían heredado aquel pisito junto a la playa de una tía soltera que era muy moderna y que Jimena insistía en que le había dejado parte del alma en su carácter. Habían reformado los baños y la cocina, pero el resto de la casa seguía con aquel encanto de paredes de gotelé en las que se ha parado el tiempo. Allí dentro, donde no había televisión, ni ordenadores, solo un teléfono móvil olvidado sobre la mesa del salón, podía dar la pista de que habíamos viajado a 1974.

Recorrer sus habitaciones fue, desde luego, un viaje en el tiempo. Casi me tropecé con la Macarena postadolescente, que salía a toda prisa del dormitorio con dos camas para entrar en el cuarto de baño primero y poder darse una ducha antes que Jimena. La Jimena de diecinueve esperaba sentada en la cama, ojeando una *Cosmopolitan*.

El fantasma de quiénes fuimos y de las emociones que vivimos allí dentro fue dejando una tela de araña que atravesamos y que se quedó prendida en nuestra ropa.

Los recuerdos, Dios…, tantos y tan nítidos, casi nos colapsaron los ojos y la boca. Cuando salimos a la terraza con una lata de cerveza en la mano, podíamos vernos a nosotras mismas allí, apoyadas en la barandilla, fumando un pitillo, creyéndonos ya mujeres cuando apenas dejábamos de ser niñas.

—En esta terraza he vivido los mejores putos momentos de mi vida —dijo Jimena con los ojos puestos en los edificios que se levantaban enfrente. Si mirabas hacia la derecha, podías ver el mar.

—No exageres. —Quise quitarle fuego.

—Aquí nos fumamos nuestro primer pitillo, nos bebimos nuestra primera cerveza. Sentada ahí, te conté que había perdido la virginidad, y apoyada aquí —tocó la barandilla—, me dijiste que te casabas.

Me faltó el aire un segundo, pero me recompuse lo suficiente como para mirar a Adriana y sonreír.

—Si respiras muy hondo, notarás que huele a añejo. Es Jimena, que de tanto recordar va a pudrirse por dentro.

—Vete a cagar. —Se rio Jime—. Oye, el sábado podíamos despedirnos por todo lo alto. Seguro que la terraza esa donde ponían Cascade y canciones de Madonna en versión discotequera sigue en funcionamiento.

—Pero ahora pondrán reguetón —advirtió Adriana.

—¿Y qué más da? ¿Somos demasiado viejas ya para divertirnos?

El teléfono de Adriana empezó a sonar desde el salón.

—Será Julián…, me he olvidado de avisarle de que ya hemos llegado —dijo dejando su lata sobre la mesa de la terraza.

Era mentira. La había visto mandarle un mensaje en cuanto bajamos del coche de los padres de Jimena. Esa llamada era con total seguridad de Julia…

—¿Has avisado tú a tu novio? —le pregunté con sorna a Jimena.

—Hostis…

Su cerveza acompañó a la de Adri sobre la mesa y después salió escopeteada hacia el interior a llamar a Samuel.

Me apoyé en la barandilla y, volviéndome hacia la derecha, le eché un vistazo al mar, que brillaba con los primeros plateados del atardecer. Suspiré. En ninguna de las ocasiones en las que estuve en aquel lugar, años atrás, me imaginé allí a los treinta, sin nadie a quien llamar para avisar de que había llegado y lanzar un te quiero al aire.

El aroma del mar me envolvió y cerré los ojos. Para alguien que ha crecido junto al mar, los primeros años lejos de él son duros; nunca dejas de sentir que te falta algo. Y allí, justo allí, me estaba reencontrando con ese pedacito de Macarena que lo tuvo todo. O casi todo. Era un escenario complicado el de ese reencuentro.

Le di un trago a la cerveza. A lo lejos escuché la risa de Jimena y el susurro de Adriana. Fue inevitable que un recuerdo me azotara fuerte; en él Leo llegaba y dejaba de cualquier manera las llaves del coche sobre aquella misma mesa y me miraba, serio, duro.

—¿Cada vez que te diga algo que no te apetece oír vas a escaparte aquí, como una niñata? Porque estoy empezando a cansarme del numerito.

—Voy a venir aquí a ver a mi amiga cada vez que me salga del co…

—No termines la frase, Macarena. Estoy harto de escucharte hablar así. Hablarme así. Siempre.

El sabor de la cerveza aún persistía en mi boca cuando chasqueé la lengua. Sin duda no…, no añoraba a aquel Leo. Ni a aquella Macarena.

Cogí el teléfono móvil del bolsillo trasero de mis pantalones vaqueros cortos y abrí WhatsApp…

Estoy en la terraza del apartamento de Jimena,
acordándome de un montón de cosas que me hacen
sentir más vieja de lo que soy. Aún somos jóvenes,
¿verdad? Pero no tan jóvenes como para volver a
comportarnos como dos idiotas. Me cuesta acordarme
de algo bonito aquí... contigo. ¿Por qué perdimos tanto
el tiempo? ¿Es que nadie nos avisó de que pasa
demasiado deprisa como para estar siempre
discutiendo?

—¿Qué haces?

Me sobresalté y por poco el teléfono no terminó estampado junto a la piscina, ocho pisos por debajo de nuestros pies.

—Por Dios, Adri, qué sigilosa. Un día me matáis de un susto.

—¿A quién escribías?

—A nadie.

—¿A nadie? —Sonrió con una pizca de amistosa condescendencia—. ¡Venga!

—A... —Me dejé caer en una de las sillas de plástico blancas, a juego con la mesa—. A nadie, porque es el típico mensaje que nunca me atrevería a mandar. ¿No te pasa? A veces con escribirlo... basta.

—¿Me dejas verlo?

Le tendí el móvil.

—Ten cuidado con no mandarlo.

—Descuida.

Una mueca se le dibujó cuando lo leyó y me devolvió el teléfono.

—¿Qué? —pregunté un poco a la defensiva.

—Nada, que es una pena que no se lo vayas a mandar porque es muy bonito.

—¿Desde cuándo tú...?

—Desde nunca. No voy a darte alas con eso —aclaró—. Solo piensa en algo, ¿vale? ¿No crees que el hecho de que no pueda ser lo hace más... romántico?

—Supongo —asentí.

—Pues ya está.

Salí de la aplicación y me guardé el teléfono en el bolsillo delantero, sin borrar el mensaje. Quería releerlo más tarde; quizá guardarlo en la aplicación «notas».

—¿Crees que lo que dijo la chica del tarot...?

—No —la corté—. El futuro no está escrito.

—Pero...

—¿Qué tal Julia? —susurré.

—Bien. —Sonrió—. Allí está, en Madrid.

—¿Y?

—Nada. —Se encogió de hombros—. Ya la echo de menos.

Sonreí también.

—Estás enamorada. Lo sabes, ¿verdad?

—Sí —asintió—. Ahora ya lo entiendo todo. Es como haber descifrado la piedra de Rosetta y comprender por fin el mundo. O como si hubiese estado cegata toda la vida y me hubieran puesto gafas.

—No sirves para poeta, pero eso es bonito.

—Ya... —Se miró las manos.

—¿Y qué vas a hacer?

—No lo sé. No me agobies...

—No quiero agobiarte. Lo contrario.

—Ya, ya...

—Para agobios el mío —soltó Jimena, apareciendo de la nada—. Llevo estreñida cinco días. Me va a salir la caca por la garganta.

Adiós a las confidencias. Hola, convivencia con Jimena. En estado puro.

¿Lo habéis intentado alguna vez? ¿Lo habéis probado? ¿Habéis vuelto de nuevo, años después, a ese lugar que fue tan especial para vuestra historia particular? ¿Habéis paseado por las mismas calles ya sin tanta inocencia y con más experiencia? Es raro. Es bonito. Es triste.

Junto a la memoria de las anécdotas, de los mejores momentos y los dramas ya pasados que nos dan risa, va adherida la idea del paso de los años. De la volatilidad del tiempo. Podía recordar la eternidad que suponía esperar a que llegase el verano a los dieciséis, ahora que habían pasado catorce años..., en un bufido.

Es inevitable hacerse preguntas. Es inevitable establecer un diálogo interior con la niña que fuiste y consultarle si está decepcionada, si cree que hiciste todo lo posible por cumplir sus sueños. La respuesta no suele ser positiva, ¿sabéis? Esa niña, que sigue siendo una niña, no atiende a condicionantes. Sabe que era imposible casarse con un Backstreet Boy, pero se siente desencantada porque no peleaste por una vida más grande.

Y de pronto te das cuenta de que, catorce o quince años más tarde, sigues sin quererte lo suficiente a ti misma como para no tener miedo y dejar de pedir perdón por todo. Los demás siguen importando demasiado y el futuro todavía está borroso. No tienes respuesta para muchas cosas que ya te preguntabas entonces y te das cuenta de que hace tiempo que dejaste de interrogarte sobre otras. Aún no eres una jodida *fucking master of universe* y solo te falta la «l» de *looser* tatuada en la frente. Te siguen engañando; te siguen faltando cosas; sigues confiando demasiado.

Pero... en ese diálogo interior hay un momento mágico. De verdad, magia de la buena. Cuando estás a punto de tirar la toalla y dejarte arrastrar por la nostalgia, cuando estás a punto de renunciar a hacerle entender a la niña interior que no tiene por qué estar enfadada… te abres en canal. Te abres y a pecho descubierto le dices la verdad: que lo hiciste lo mejor que pudiste y que harías lo mismo si volvieras atrás. La retas, la miras a los ojos y con una sonrisa le propones que lo haga mejor, si puede.

Y te das cuenta de que te siguen engañando porque aún te queda esperanza, porque confías y eso es precioso. Aceptas que sigues aprendiendo y, aunque duele, es maravilloso. Qué triste debe de ser creer que uno lo tiene todo sabido. Así que te prometes no seguir pidiendo perdón por ser quien eres… o pedirlo menos. La niña llora, patalea, pero tú te reafirmas y le explicas cuál es el valor de lo que has hecho: eres independiente, eres buena gente, tienes amigos, quieres a manos llenas, te ríes cada día al menos dos o tres veces con muchas ganas, tienes sueños y… eres de verdad. ¿Qué más da lo demás?

Ese fue el punto. Ese. Ese preciso instante vital en el que mi conversación con la Macarena que soñaba con el pareado con parcela, el bebé, el trabajo cómodo, el perro y el Leo con anillo en el dedo anular terminaba en un acuerdo entre ambas, fue el que Leo escogió para llegar y arrasar con todo lo que quedaba de la Macarena que creía estar segura de algo.

35
Las últimas certezas

Mi hermano se reía a carcajadas con la boca llena de patatas sabor Jamón Jamón. A Adriana parecía que iba a darle algo; estaba roja como el pimentón y sus carcajadas ni siquiera hacían ruido porque estaba a punto de encanarse. Jimena no se quedaba atrás. Yo no, claro. Es lo que pasa cuando tu hermano saca todos tus trapos sucios delante de tus dos mejores amigas. Esos que pensabas que estaban olvidados. Como cuando te creíste muy guay e hiciste un ridículo brutal. Ni siquiera recuerdo cuál era el momentazo concreto que estaban diseccionando cuando a Antonio le sonó el teléfono.

—Joder, Macarena, no pongas esa cara. Es que siempre has sido muy cómica.

—Y tú un gilipollas —respondí.

Se secó un par de lágrimas antes de coger el teléfono y estudiar la pantalla como si fuese un anciano que no acertara a leer nítidamente quién llamaba sin ponerse las gafas.

—Coño, Leo…

Dos palabras. Un taco y un nombre. Y mi estómago dándose la vuelta. Solté la bolsa de patatas que tenía agarrada y bebí un sorbo de mi refresco.

—Dime… —respondió—. ¿Qué tal? ¿Qué te cuentas?

—Silencio. Otro puñado de patatas en la boca—. ¡¡No jodas!!

—Más carcajadas. Una patata masticada y completamente ba-
beada amenazando con salir de su boca y aterrizando finalmente sobre la mesa.

—¿Estos dos nunca se han liado? Hubieran hecho una
pareja de órdago. —Adri señaló a Jimena y a mi hermano mientras recobraba el aliento.

—¿Este y yo? —respondió la aludida—. Ni de coña. Qué
asco.

—Le dio su primer beso —añadí yo—. Que no mienta.
¿Qué quiere? —le dije en voz baja esta vez a mi hermano.

Me enseñó la palma de su mano, pidiéndome que esperara.
Me dieron ganas de hacerle tragar la bolsa de patatas entera.

—Claro, claro. Pues… no llevo la invitación encima ahora mismo, pero estoy seguro de que eso te la suda. Molaría
verte, tío. Esto… ¿te acuerdas del apartamento de los padres
de Jimena?

—Por el amor de Dios… —Me cogí a la silla. Allí no, joder. No en aquel momento.

—Guay. —Antonio se quitó un «paluego» de patata de la
muela y se lo volvió a comer. En serio… creo que soy adop-
tada—. Pues te mando la ubicación al móvil ahora mismo. Venga…, te esperamos para comer.

Cuando colgó el teléfono me levanté de la silla y, sin mediar palabra, le calcé cinco puñetazos en el brazo sin previo
aviso.

—¿Tú por qué no preguntas antes?

—Pero ¿esto qué significa, puta tarada? Pero ¡¡si me dijiste que…!!

—Que sí, joder, pero estoy de vacaciones. ¡¡No quiero verlo!!

—Estás de vacaciones, genial… ¿Es que Leo te va a traer
un cuadernillo Santillana de matemáticas o qué? ¡Qué carácter de
mierda, tía! —Se frotó el brazo en el que le había golpeado—.
¿A que a vosotras no os importa que venga?

—*Pos* no —sentenció Jimena quitándose un grano inexistente de entre las tetas.

—En serio… vosotros dos… hubierais sido la pareja perfecta.

—Qué va. A mí me va follar con personas vivas —aclaró Antonio.

—Y a mí los tíos que no tienen micropene.

—¡¡Por última vez, Jimena, estaba metido en el mar y hacía un frío de la leche!! Lo raro es que se me viera el prepucio.

Arte. Pero arte conceptual.

Leo llegó un rato más tarde. Me dio tiempo a recogerme el pelo de leona que me provoca la cercanía del mar y ponerme unos shorts. A él, a recorrer la distancia desde Valencia capital con el coche de sus padres y parar a comprar dos botellas de vino blanco frío.

La camisa blanca. Mierda puta. Casi era agosto…, junto al mar. ¿No hubiera sido mejor una camiseta de las que regalan cuando corres una maratón y un pantalón de chándal corto? Y sandalias. Odio a los hombres con sandalias. Pues no. Claro que no. Camisa blanca arremangada, pantalones chinos tobilleros y zapatillas impolutas. Como recién sacado de su barco de chopomil metros de eslora atracado en una isla hiperexclusiva de las Cícladas griegas.

La fantasía se fue evaporando, hecha jirones, cuando se acercó a saludarme.

—¿Qué tal? —Se inclinó para darme un beso en la mejilla, tras lo que me dio una suerte de abrazo—. Qué morena…

—Ya ves. Desde el lunes no hacemos más que tomar el sol y beber.

—Eso sí que son unas buenas vacaciones.

—¿Qué tal tú?

—Bien. —Se frotó la nuca—. Empezando las mías.

—Qué bien.

—Sí.

Mi hermano apareció en el salón con una sonrisa canalla.

—La última vez que te vi tenías más pelo —le picó.

—¿Te dio tiempo de fijarte antes de tumbarme de un puñetazo?

—Dejaste a mi hermanita plantada en el altar... Da gracias que no te apuñalara, como a ese tío...

—Ese tío que conocimos en el Horno de los Borrachos. —Se rio Leo—. ¿Cuántas veces decía que lo habían apuñalado?

—Cinco. En el pecho.

Dicho esto, se precipitaron el uno hacia el otro y se fundieron en un abrazo breve, apretado y casi violento. Años condensados en un abrazo. Estuve a punto de llorar.

—¡¡Oye!! ¡¡Cuánto amor!! Repartid un poco —exigió Jimena, vestida con una camiseta como la que debería llevar Leo para no estar tan mono y un bañador con volantes.

Mi hermano y Leo se separaron e intercambiaron una mirada y un apretón de antebrazo que significó el perdón de todas las faltas del pasado. Envidiable. Después, Leo repartió amor en forma de besos y sonrisas ante mi atenta mirada. ¿Quién era ese tío y... por qué era tan guapo?

Antonio lo puso al día brevemente mientras se tomaban una cerveza en la terraza y nosotras los mirábamos alucinadas con la fluidez de su conversación.

—Entonces me dije..., tío, ¿qué más quieres? ¿A qué esperas? Te va a dejar por gilipollas si no le demuestras que sabes que es para siempre. Así que le compré un anillo y le pedí que se casara conmigo.

—Y te dijo que sí.

338

—¡Me dijo que no! Para conseguir que me dijera que sí, tuve que ceder a casarnos en la basílica de la Macarena. Mi propia madre se lo había sugerido para que me pusiera a prueba... ¿Te lo puedes creer? No se fiaba de mí.

—La basílica va a arder en cuanto entres —se burló Leo, sentado cómodamente en su silla, con los brazos extendidos en el respaldo y la cerveza colgando de una de sus manos.

—No, tío, yo por esta hasta comulgo.

Era lo más bonito que había escuchado decir a mi hermano en años. Estaba enamorado. El mundo estaba a punto de acabarse entre llamaradas de fuego y gritos de dolor, estaba claro.

Sentí la mirada de Leo sobre mí y una de esas llamaradas imaginarias me lamió la cara. Nunca me había mirado así. No era rabia, celos, pasión, deseo o lástima. No era un examen visual al uso. No era una mirada perdida mientras se pensaba en otras cosas. Leo me miraba a mí. A MÍ. Y me sentí desnuda, no de ropa, sino de años. Me subieron los colores y se me ensanchó la sonrisa.

—¿Qué? —le pregunté.

—Nada.

—¿Bajamos a comer al bar de abajo? —preguntó Jimena.

«Una de calamares a la romana, que le encantan a Macarena. Pasando de bravas, que luego repiten, que aquí les ponen mucho ajo. ¡Ensaladilla, que aquí la hacían de vicio! De la que das la vuelta al plato y no cae. Una ensaladita de la casa, sí, ponle atún, pero sin aceitunas. Macarena odia las aceitunas negras. ¿Algo más? ¿Un platito de tellinas? Aquí las tienen frescas. Venga. Dos cervezas y una botellita de vino blanco».

Adriana y Jimena me miraban como miraría yo a alguien al que están a punto de hacerle un tacto rectal con guantes de púas. Y no era para menos. Que tu hermano y tu ex hablaran tan bonito, que tu ex de pronto se preocupase de que quitaran las aceitunas de la ensalada porque no te gustan, que estuviéramos allí, tan bien, tan a gusto, al lado del mar…

¿Y su novia? ¿Dónde estaba su novia?

—¿Qué tal Raquel?

El nombre partió la mesa por la mitad, del peso con el que cayó. Leo me miró alejándose la copa y relamiéndose los labios.

—Bien. Bueno…, bien, sí.

—¿Bueno, bien, sí? ¿Ocultas algo? —le apreté.

—No. —Se rio—. Es que no me esperaba la pregunta.

—¿Quién es Raquel? —preguntó mi hermano.

—Es mi chica. —Leo dejó la copa de cerveza sobre la mesa con un suspiro y se frotó la barbilla, que parecía estar rasposa a juzgar por el sonido resultante de la fricción—. Es colega de tu hermana.

—Hostia puta —musitó Antonio.

—Está todo bien. Está todo bien —me apresuré a aclarar.

—¿Y hay foto de la tal Raquel?

—En Instagram todas las que quieras —apunté.

Jimena fue rápida y mortal, y en menos de nada Antonio tenía delante el móvil con el perfil de Raquel abierto… como sus ojos.

—Esto es coña, ¿no?

—No —negó extrañado Leo—. ¿Por?

Mi hermano despegó los ojos de la pantalla con dificultad.

—Joder, Leo…, esta tía está buenísima. No. ¡Qué coño! Es la tía más buena que he visto en mi vida. ¿Es modelo?

—Es… ¿bloguera?

—Influencer —apunté—. El término es más amplio. Deberías saberlo.

—Me pierdo. Le pongo empeño, eh, pero… se me escapan los límites y los márgenes del trabajo.

—Joder, enhorabuena. —Mi hermano babeaba. Literalmente... babeaba.

—Ya, bueno. —Leo le quitó el móvil, incómodo, y se lo pasó de nuevo a su dueña, que me sonreía de manera demoniaca.

La muy puta. Ahí, pinchando.

—¿Vienes con ella a la boda?

—¿Eh? —Sus ojos pasaron por encima de mí—. No. No, iré solo. Oye, por cierto, ¿vale cualquier hotel o habéis pillado alguno en concreto?

—El NH Collection. Ya te pasaré los datos.

—Si llevas puesta esa camisa el día de la boda, puedes dormir con nosotras —apuntó malignamente Jimena, sin dejar de mirarme.

—Cállate.

Sonreí. Leo me miró con una sonrisa.

—No aburramos a la pobre Adriana con los detalles de la boda —dijo mi hermano, que claro, como acababa de conocerla, no la había incluido en la lista de invitados.

—¡No me importa! —exclamó ella.

—Oye... Es sábado —apuntó Jimena—. Pensábamos pasarnos esta noche por la terraza esa que ponía temazos en nuestros años. ¿Os apuntáis?

—¡¡Hostia!! —gritó mi hermano, que por si no lo habíais notado es más bruto que un arado—. ¿Seguirá currando..., cómo se llamaba?

—Rita —contestó Leo con una media sonrisa.

—¡¡¡RITA!!! ¡¡Qué buena estaba!! Me traía loco.

—Y a tu hermana. —Leo me señaló con la cabeza.

—¿Y eso? —preguntó Adri.

—La odiaba —respondió él—. Una vez le tiró una copa encima.

—Te agarró del culo. Delante de mí —aclaré.

—No estábamos juntos. —Cogió la cerveza de nuevo y se la acercó a la boca.

«Ni ahora. Y volvería a bañarla con Malibú con piña si la viera hacerlo».

No lo dije. Solo lo pensé y gruñí por dentro. En su lugar, contesté:

—Las barreras del «estar juntos» nunca estaban muy definidas con nosotros.

—No —negó—. Nunca lo están…, nunca lo estaban.

Antonio bebió de su copa con los ojos abiertos de par en par.

Por supuesto, Antonio y Leo se quedaron. Y por supuesto, se vinieron arriba con el plan. La culpa supongo que la tuvo la cerveza y la melancolía. El diálogo interno con los chavales que fueron. Cada uno tiene su momento cuando lo tiene.

Y con el mío a cuestas, no pude evitar pensar por qué, POR QUÉ no pudo ser. ¿Qué narices hicimos mal? Todo, está claro. Pero… ¿dónde empezamos a equivocarnos?

No iba demasiado preparada para salir de fiesta, pero encontré en la maleta unos shorts negros monos y una blusita del mismo color. Casi ni me maquillé. Mientras Antonio y Leo rememoraban batallitas en la terraza con las últimas dos cervezas en la mano, me puse polvos de sol en las mejillas para resaltar el moreno, un par de pasadas de rímel y mi pintalabios de siempre. Cuando aparecí en la puerta que separaba el balcón del salón, Leo me miró como nunca nadie me había mirado, y menos él: como a una mujer. A pesar de mi altura, de mis treinta años recién cumplidos, de mis discretas tetas. La niña de dieciséis años se hizo un ovillo ante la reacción de mi interior, que venía a decir: «No me reafirmo en tu mirada, Leo. Que soy una mujer ya lo sabía antes de que tú me miraras así».

Las chicas tampoco se emperifollaron demasiado: unos shorts vaqueros con camiseta una, un vestido negro la otra. La gente que llenaba el garito al aire libre se había preocupado más por su indumentaria, pero a nosotros nos daba igual.

El gin-tonic que me pedí sabía a rayos. Me arrepentí de no haber pedido un vodka con naranja. Leo bromeó cuando probó su copa.

—Oh, Dios. —Parpadeó—. Qué bueno; me gusta el toque a aguarrás.

—A mí Maluma —dije señalando a los altavoces.

—Seguro que te gusta Maluma —aseguró muy serio.

—Me encanta… en toooodos los sentidos.

—¿En serio? Pero ¿este tipo no va en chándal a todos los sitios?

—No. A veces se viste todo de blanco y se pone collares de oro con cabezas de león.

—Qué elegante —me siguió el rollo.

—Sí. Estoy enamorada.

—¿Y el Doctor Amor no cela de ese flechazo?

—El Doctor Amor desempeñó su papel a la perfección y luego se marchó a cruzar otros mares en busca de otros brazos.

—¿No le llamaste más?

Oh, qué placer me dio que me concediera a mí el papel activo y no el pasivo, como se empeñaba en darme todo el mundo con el clásico «¿y no te volvió a llamar?».

—No.

—¿Por?

—No quise.

—Me parece bien. Ese tío no te hacía justicia.

—Mira, como tú a Raquel.

Se humedeció los labios y se echó a reír. Por el rabillo del ojo vi a Jimena y a Adriana bailando agarradas de un poste y a mi hermano tirarles cacahuetes que seguramente había cogido de la barra.

—Tener una novia tan guapa es lo que tiene —insistí—. Que a uno le hace parecer más feo.

—No soy feo. Soy…, uhm…, mundano.

Lancé una carcajada.

—Eso la deja a ella en… ¿divina?

—Bueno, encaja. —Pero algo en su expresión quitó condicionantes positivos a aquella afirmación.

—¿Qué quieres decir?

—¿Podemos apartarnos del altavoz? Tu Maluma del alma va a estallarme los tímpanos.

—No se te ocurra acusarle de cantar mal delante de aquí su futura señora.

—No, Dios me libre.

Dejamos que una pandilla de muchachitos ocupara el lugar en el que estábamos nosotros y nos apartamos hacia los márgenes de la terraza. En aquel momento era mi hermano el que bailaba agarrado al poste y Jimena y Adriana las que le jaleaban, chupito en mano.

—Entonces… —retomé—. Raquel es divina, ¿no? Cosa de otro planeta.

—Ay, Macarenita…, lo que se perdió la política contigo. Qué demagoga eres. —Suspiró con una sonrisa—. No he dicho eso. Tú has dicho que mi comentario la elevaba al estatus de divinidad y yo he apuntado que me encaja.

—¿Por qué te encaja? Porque hay algo en tu tono que me despista.

—Mírala a ella…, *multitask*; puede escuchar a Maluma, tararear, beber y estar atenta a mi tono.

—Escupe.

—¿Quieres que te escupa? —me preguntó con una ceja arqueada—. Antes vas a tener que esperar a que me caliente un poco. Me parece violento empezar ya así de fuerte.

Puse los ojos en blanco.

—Es feo que hable contigo de esto, Maca. —Se sinceró—.
Es… sencillamente feo.

—¿Por qué?

—Porque es tu amiga.

—Y tú mi amigo, ¿no? —Dejó la copa en un poyete y se
apartó el pelo de la frente—. ¿Alguna queja? —insistí. De pronto necesitaba saberlo. Necesitaba saber qué pasaba con Raquel.

—No. Ella es perfecta.

—¿Entonces?

—Es perfecta —asintió para sí mismo—. Yo no.

—¿Es eso? ¿Lo que te pasa es que tienes un ataque de inseguridad? ¡¡Leo, por Dios!!

—No me has entendido. O yo no me he explicado. —Cogió aire y me miró directamente a los ojos.

—Inténtalo otra vez. Trataré de seguirte.

Leo abrió la boca, pero volvió a cerrarla y desvió la mirada hasta perderla en el cielo al ras.

—No voy a hablar contigo de esto —sentenció.

—¿Es que tenéis problemas?

Me pareció que estudiaba mi expresión como si no conociese mi cara poro a poro, pero si quería añadir algo, se lo pensó mejor.

—Tus alumnos estarán habituados a esta forma de explicarte, hijo, pero yo…

Conozco a Leo. Lo conozco desde siempre. Me sostuvo en
brazos el mismo día en que nací, ayudado por mi padre, y hay
una foto que lo atestigua. Y sí, sé que habían pasado años, que
en muchos aspectos había crecido y que seguía sorprendiéndome el hombre en el que se había convertido, pero hay ciertos
gestos que no tenían misterio para mí. Sabía y sé cuándo algo no
va bien con Leo. Sé leerlo. Sé que la inclinación de su cabeza
significa frustración, que una ceja arqueada es síntoma de consternación. Sé cuándo está triste, cuándo calla algo, cuándo se
ahoga en entusiasmo…, aunque se contenga. Aunque se conten-

ga MUCHO. Así que… él no lo dijo, pero yo supe que había algún problema.

—Si quieres que seamos amigos tendrás que contarme estas cosas.

—No —dijo muy serio y seguro de sí mismo mientras recuperaba su copa y le daba un trago—. Qué va.

—Leo…

—¿Qué?

—No hay Dios que te entienda —aseguré.

—¿Qué quieres saber? ¡Está todo bien! —asintió para sí mismo—. Deja de preocuparte por mí, canija, de verdad. Va bien. Estoy bien. Estamos bien.

Supongo que mi mirada pudo traducirse en una duda… ¿Estaba hablando de él y de Raquel o de él y yo? Leo respondió como pudo:

—Es perfecta. Me da miedo no estar a la altura, pero todo es genial. Lo estoy haciendo bien y la hago feliz. No sé qué más podría pedir.

Era mentira, pero dudé porque, en realidad, en aquel momento ambos sabíamos que era mejor aceptar que aquella era su verdad y, por lo tanto, debía ser también la mía. No había posibilidad de réplica.

—Eso está bien —me atreví a decir con un hilo de voz—. Te lo mereces.

—Ya. —Suspiró—. Quizá debimos hacer más caso a los consejos.

—¿Y si está todo el mundo equivocado? —añadí, como una kamikaze.

—No puede ir todo el mundo desencaminado.

—¿Y por qué somos nosotros quienes tenemos que estar equivocados?

Leo no contestó. No hacía falta. Yo ya había tenido mi momento, mi encontronazo con las expectativas y la realidad y había recogido mis conclusiones. Él debía hacerlo por su cuenta.

Escuché un coro de gritos de ilusión y al mirar hacia donde habíamos dejado al resto, me encontré a Jimena y a Adriana totalmente entusiasmadas, cantando. Si no fuera por ellas, no me habría dado cuenta de la canción que estaba sonando…, una de nuestros años. De aquellas noches que invertimos en la gravilla que ahora mismo estábamos pisando. El Sueño de Morfeo, «Esta soy yo».

Miré a Leo dispuesta a quitarme la sensación agridulce preguntándole si se acordaba de aquella canción, de lo mal que la cantábamos Jimena y yo cuando gritábamos mucho, pero no me dio tiempo.

Sus labios calientes se pegaron a mi mejilla y su respiración algo alterada hizo bailar algunos mechones de mi pelo.

—Valiente —susurró.

Esa era yo. ¿Valiente? No lo sé. Pero sí…, como decía la canción, esa era yo, asustada y decidida. Asustada, sola y decidida a hacer de su vida algo que mereciera la pena vivir.

36
Querido Leo

Querido Leo:

Ojalá fuera capaz de hacerte entender cómo viví aquella noche. Ojalá pudiera abrirme el pecho y dejar que entraras para abrigarte con mi carne y con mi piel y sentir, desde dentro, cómo me estremecía. Esa noche, Leo, un poco triste por no encontrar un recuerdo bonito nuestro de tantos que tenía en aquel lugar, entendí esa frase que tanto decías: «Solo cuando me miras, soy». Yo ya era, pero al mirarme tú, me encontré, supongo. Supe dónde mirar. Supe.

Nuestra conversación me dejó un regusto amargo, ¿sabes? Por un lado me sentí entusiasmada hasta lo enfermizo con la idea de que, por más que te esforzaras, no pudieras esconder que algo no iba bien con Raquel. Era como encontrar de pronto tiempo extra en una cuenta atrás que no tenía ni idea de cómo terminaría. Pero pintaba mal para mí.

Otra parte de mí misma se cabreó, y mucho: contigo, conmigo y con ella. Conmigo, por alegrarme de la duda que vi en tus ojos. ¿En qué tipo de persona me convertía aquello? En una mala. O en una demasiado humana.

Contigo, por no haber conseguido mentirme mejor y ayudarme a olvidarte. No, joder. Tampoco era eso porque yo ya había olvidado los motivos por los que me importabas. Contigo, al final, por haberte convertido en la persona capaz de hacerme feliz, pero demasiado tarde.

Con ella, porque todo hubiera sido muchísimo más fácil si me hubieras dicho que estabas tan enamorado que la llevarías al altar donde me plantaste a mí. Definitivamente más fácil, aunque también doliera más.

Además estaba esa palabra flotando en el ambiente desde que la depositaste junto a mi oído: «Valiente». Valiente sería, sin duda, la única palabra que me tatuaría con la seguridad de que nunca perdería sentido y siempre recordaría por qué quise tenerla bajo la piel. Valientes somos todos, pero necesitamos que alguien nos lo recuerde de vez en cuando.

Querido Leo:

Aquella noche, cuando volvimos hacia el apartamento y decidisteis que habíais bebido demasiado como para coger el coche, me di cuenta de que nos debatíamos entre una cosa y otra sin poder evitarlo. Ralentizabas el paso para andar junto a mí; me comentabas algo, iniciábamos una conversación que se agotaba y entonces uno de los dos huía, forzando un puñado de metros entre los dos. Si yo me acercaba, parecía que eras tú el que evitaba estar más próximo; si no lo hacía, me mirabas enfurruñado porque querías que lo hiciera. Nos estaba pasando de nuevo, pero esta vez como si ninguna de las anteriores hubiera existido. ¿Era yo o nos estábamos gustando de nuevo? Creo que ni siquiera era amor y eso era lo que más me ilusionaba. Nos gustábamos como si fuéramos gente recién descubierta: tímidos, confusos, indecisos. Con miedo a no gustarle al otro, pero gozando las miradas que nos cruzábamos aunque duraran milésimas.

Pero tu relación con Raquel era perfecta, ¿recuerdas que me lo dijiste? Que era perfecta, que no debía preocuparme por ti. Y yo fingí que me lo creía y me alegraba.

Escogiste sin darte cuenta la cama en la que dormimos juntos por última vez en aquel apartamento. La nuestra, vaya. La que usábamos siempre que íbamos a ver a Jimena y sus padres no estaban. Cuando te vi salir del baño, recorrer los pocos metros que lo separaban de la habitación y meterte dentro, me entró una risita tonta porque yo tampoco me acordaba de que solíamos dormir en esa cama, pero tenía muchas ganas de volver a hacerlo. Aquella noche yo no quería acostarme contigo. Quería tumbarme a tu lado, que te quitaras la ropa y oler despacio y luego muy hondo ese punto entre tus dos pectorales cubierto de vello donde se encontraba tu verdadero olor. El de tu piel. Solo quería redescubrirlo, como si nunca lo hubiera conocido.

No eran horas para considerarse de noche, pero tampoco era de día cuando me acosté, recién desmaquillada, en pijama de pantalón corto y con el pelo recogido. En la cama de al lado, mi hermano roncaba. Era la combinación más fácil, claro, cuando nos dimos cuenta de que escaseaban las camas. Yo quise que alguien propusiera que era mejor que durmiéramos tú y yo juntos, pero… ¿quién iba a hacerlo?

Vi salir el sol por las rendijas de la persiana. Vi la habitación teñirse de plateado y azul y después, cuando el día cobró fuerza, de amarillo brillante. Tuve que levantarme a cerrar del todo, a pesar del calor, porque cualquier atisbo de luz me hacía difícil seguir imaginando cómo sería estar allí contigo.

Al final me dormí, claro, a fuerza de intentarlo.

Querido Leo:

La casa estaba aún sumida en el más riguroso silencio cuando me levanté. Habría dormido, ¿cuántas? ¿Dos horas? Me acordé de eso que decía tu padre sobre trasnochar…, que las horas de sueño por el día no cunden como por la noche y, mientras me preparaba un café, sonreí. Y apareciste. Con tus vaqueros y abrochándote la camisa. Con el pelo revuelto y las puntas húmedas, porque te habías lavado la cara.

—Buenos días. —Me besaste la sien.

—¿Quieres café?

—Por favor.

Nos sentamos en la terraza a bebernos nuestros cafés en silencio, con una sonrisa. No sé tú, pero yo estaba viviendo una fantasía. Si extrapolabas del contexto aquella imagen, el poco diálogo y a nosotros, podías implantarlo en cualquier situación. Podíamos ser amantes eventuales que acababan de despertarse después de unas pocas horas de sueño y muchas de hacer el amor. También un joven matrimonio de vacaciones. O un ligue…, una de esas parejas que casi no se conocen, pero se gustan muchísimo.

—Es raro —me atreví a decirte con los pies apoyados en la barandilla.

—¿El qué?

—Esto.

—Lo hemos hecho miles de veces. —Sonreíste y noté tu mirada en mi cuello despejado.

—Lo sé y por eso es raro. Lo hemos hecho mil veces, pero es como si fuese la primera.

Me atreví a mirarte y te vi intentando ahogar tu sonrisa en el fondo de la taza de café. No lo conseguiste y ella sobrevivió.

—No sé si entiendo lo que quieres decir —respondiste.

Me has visto desnuda cientos de veces. Has mordido mis pezones hasta dejar la marca de tus dientes en mi piel sensible. Me has hecho muchas cosas sucias que me han gustado casi diría que demasiado. Me has bañado con tu semen. Yo te he empapado con mi excitación mientras tu boca me recorría el sexo. Hemos discutido hasta la saciedad, hasta aburrirnos. Nos hemos hecho todas las declaraciones de amor que podían hacerse, menos la que tocaba, claro. Tenemos tanta historia como vida porque tu vida y la mía pertenecen a la misma trama. Y aun así… siento mariposas si me miras, me da vergüenza que se me intuyan los pezones bajo la tela del pijama y estoy eufórica por estar a tu lado…, como si nada de lo anterior hubiera existido y nosotros dos pudiéramos reescribirlo a nuestro antojo.

Sí, era difícil de explicar, Leo, y no era el momento de hacerlo.

—¿Qué vas a hacer con el resto de tus vacaciones? —solté fingiendo una despreocupación que no sentía.

—Vuelvo a Madrid mañana y luego me voy unos días a Londres. Quiero ver a algunos amigos que dejé allí. Después volveré a Valencia y me quedaré con mis padres en el pueblo como mucho una semana. Leer bajo la parra. —Me disparaste de nuevo los dos hoyuelos que se te dibujaban junto a la boca—. No dejo de pensar en eso… En perderme por las calles de Londres, agobiarme, acordarme de por qué me marché y después morirme de aburrimiento en el pueblo, para volver con más ganas a ese piso mío que huele a curry.

Tenía la esperanza de que me dijeras que no tenías ningún plan y te ofrecieras a llamarme para hacer algo antes de volver al trabajo, pero tú eres uno de esos tíos que sabe qué quiere contestar cuando, en septiembre, le pregunten qué tal las vacaciones.

—¿Y Raquel? —me atreví a preguntarte.

—Está de viaje con sus mejores amigas. Nos veremos a la vuelta.

—¿No son demasiados días sin veros?

No contestaste. Y yo me quedé con la duda.

Cuando te marchaste, Jimena, Adriana y mi hermano seguían durmiendo. Intentaste despertar a Antonio para llevártelo contigo en coche de vuelta a su casa, pero fue como intentar dar vida a Pinocho sin la magia. Era un tronco.

Me diste un beso en la mejilla y nos despedimos con un «ya nos vemos», y quise que nos viéramos mucho, aunque no me atreví a pedirlo. Por el contrario, me asomé al rellano y, viéndote bajar los primeros peldaños de la escalera, te dije:

—En la boda, ¿verdad?

—Sí. En la boda.

Me quedé con ganas de decirte que justo después yo tenía aquel viaje a México con Pipa, pero cerré la puerta y me dije a mí misma que alargar la conversación, para retenerte unos minutos más, carecía de sentido.

¿Sabes dónde me fui cuando cerré la puerta, Leo? Me fui a la cama en la que habías dormido y me tumbé sobre las sábanas que ya habías estirado, porque eres muy cuadriculado con el orden de ciertas cosas cuando estás en casas ajenas. Olí la almohada. Me revolqué sobre la tela fría hasta que estuvo caliente. Y me dormí.

Cuando me descubrieron allí tumbada, le dije a todo el mundo que en mi dormitorio hacía demasiado calor.

Y me resigné a no verte hasta la boda. Y a no saber si mi corazonada era cierta y si me enteraría de tu ruptura con Raquel por ella, por ti o por nadie.

37

Tienes que decírselo

Voy a decir algo que va a parecer tonto, pero me encanta Madrid en agosto. Y no creo que sea la única porque, desde hace unos años acá, cada vez hay más gente en la capital en un mes que, por tradición, solía dejarla desértica.

En agosto en Madrid no hace tanto calor como la gente cree. El mes malo es julio. Agosto ya empieza a abrir el cielo a las brisas agradables y no calientes y encima, como todo el mundo anda de vacaciones fuera, las terrazas, los restaurantes y todo lo que ofrece la ciudad es más accesible. Menos gente, más espacio. Es lógico.

Así que, aunque me lo había pasado genial en Valencia, había recargado las pilas y me encontraba muy descansada y agradecida por los mimos familiares, volví a mi pisito feliz. Feliz de estar en casa y poder decir lo mismo de dos lugares diferentes.

Jimena se quedó en Valencia unos días más con su familia. Desde allí, se marcharía a Ibiza en ferri, donde se encontraría con Samuel, que había conseguido un apartamentito por Airbnb no demasiado caro (y por ello, no demasiado bonito ni céntrico) para cuatro días. Menos daba una piedra.

A Adriana la perderíamos durante unos días también porque le tocaban vacaciones familiares. Estaba bastante poco emocionada con la perspectiva de pasar un par de semanas compartiendo casa en el pueblo con su familia política y, menos aún, de no ver a Julia pero… «es lo que hay», me dijo con una sonrisa resignada cuando le pregunté. Me dieron ganas de decir que podía ahorrárselo, pero ella aún no estaba preparada para despojarse de aquella vida alquilada.

Estaba sola en Madrid. Tenía la invitación sincera de Adriana de ir a pasar un par de días con ella en la casa de sus suegros en un pueblecito de Ávila, pero lo cierto es que me parecía un poco violento. No tenía más planes que disfrutar del sofá de mi casa y de un montón de libros, con la ventana abierta. ¡Ah! Y comprar más macetas con flores para mi balcón y un par de plantas de interior.

Pero llamó Raquel y me acordé entonces de que la vida, por más que te inventes fantasías de tranquilidad, suele imponer su realidad a la larga.

Le debía unos margaritas, me dijo. Y tenía razón. Ella tenía razón y yo ninguna excusa tras la que parapetarme para escaquearme de la cita. Además, me sentía mal. Unos meses antes me hubiera parecido imposible no querer ir a tomar algo con ella. Era divertida, coqueta, inteligente y me encantaba pasar tiempo a su lado. Pero claro, eso era antes de que se pusiera a salir con mi ex y de que el hombre en el que se había convertido me dejara un poquito más colgada de lo que me dejó su anterior yo.

Quedamos en el restaurante mexicano La Mordida que hay cerca del Retiro porque, además de que gracias a La Lupita la gastronomía de México se había convertido en una tradición para nosotras, quisimos «celebrar» así mi inminente viaje al país.

Llegó cinco minutos tarde, pero con el *eyeliner* perfecto. Hay una norma no escrita que permite, con cortesía, hacer esperar siempre y cuando necesites ese tiempo para hacerte la raya del ojo como Dios manda, y yo, una persona a la que nunca le salía a la primera, lo asumía con naturalidad. Me dio un beso en la mejilla y la noté un poco rara. Un poco nerviosa. Más seria de lo que habría esperado.

Mierda…, ¿Leo ya había cortado con ella? O quizá yo estaba muy equivocada con mi corazonada y en realidad iban a dar un paso de la leche, como irse a vivir juntos, adoptar un perro o… yo qué sé, darse de alta en Movistar juntos. Eso es para toda la vida.

Nos sentamos en la terraza, porque Raquel fuma y ese día, además, fumó como una chimenea. Lo normal habría sido preguntarle si estaba bien, si le pasaba algo, pero me anduve con pies de plomo porque no quería meter la pata.

—¿Qué tal por Valencia? —me preguntó fingiendo una sonrisa.

—Bien. Genial, en realidad.

—Me dijo Leo que os visteis.

—Sí…, vino a ver a mi hermano a la playa.

No dije más. Dios…, qué miedo tenía de cagarla.

—¿Y tú qué tal? —retomé la conversación—. ¿Dónde te fuiste con tus amigas?

—Maca…

El hilo de voz con el que me habló me acojonó viva. Después se frotó la cara sin tener cuidado con el maquillaje, aunque lo único que pasó fue que se le despeinaron un poco las cejas.

—¿Quieres que esperemos el margarita? —le pregunté, queriendo ganar tiempo.

—Ni siquiera sé si debería beber.

Arqueé una ceja. Hay mucha gente que, en una ruptura, prefiere no emborracharse de manera épica por no despertar más sentimientos y más pena que soportar después con una resaca, pero no sé por qué, me dio la sensación de que no se refería a eso.

—¿Qué pasa? —Y admito que mi tono fue bastante más brusco de lo que pretendía.

—Maca…, me pasa una cosa y no sé si debería contárte-
la porque te voy a poner en una situación muy fea.

—¿Es por… Leo?

—Necesito saber ahora mismo si va a pesar más nuestra
amistad que tu relación con él.

Dios mío de mi vida…, qué mal pintaba aquello.

—Sí, claro. No te preocupes.

Tragó saliva, se colocó el pelo y suspiró.

—Tengo una falta.

Juro que no entendí ni una palabra de lo que me estaba
diciendo.

—¿Qué? —pregunté notando el cuello en tensión.

—Tengo una falta. No me viene la regla.

¿Entro en detalles de la cascada de sensaciones o mejor os
lo ahorro? Porque no fue demasiado agradable. Creí que vomi-
taba y solo llevaba en el cuerpo un café con leche y una galleta,
por lo que lo único que subió a mi garganta fue bilis.

¿Era eso lo que le pasaba a Leo? ¿Lo sabía y no quería
decírmelo? ¿Estaba acojonado con la perspectiva de ser padre
en breve?

—¿De cuánto es la falta?

—De casi un mes.

—¡¡De casi un mes!! —grité.

La gente de las mesas de alrededor nos miró y Raquel me
pidió que bajara el tono de voz.

—Pero si tú tomabas la píldora, ¿no? —le pregunté.

—Sí —asintió—. Pero he estado leyendo que a veces…,
bueno, sabes que no es cien por cien efectiva.

—Es un 99 por ciento fiable. ¿Quieres decirme que eres
el 1 por ciento que tiene tan mala suerte?

—Últimamente llevaba mucho descontrol al tomármela
—dijo disculpándose—. Las horas, un día la olvidé, tomé dos
al día siguiente…

—Vale. Entonces… ¿no te bajó durante la semana de descanso?

—Manché un poco, pero… prácticamente nada.

No supe qué contestarle. No soy médico. No tenía ni idea de qué podía haberle pasado o si había realmente una posibilidad de que estuviera embarazada. Supongo que sí. Yo hubiera ido al médico, pero decirle aquello… ¿no sería juzgar la manera en la que se estaba enfrentando al asunto?

—Y…, bueno…, ¿has pensado ir al médico? —quise suavizar.

—Sí. Pero mi ginecólogo está de vacaciones.

—¿Te has hecho un test?

—Dos.

—¿Y?

—Uno salió positivo y el siguiente negativo.

Positivo.

Positivo.

El chalet. El bebé. El perro.

«Leo, tío, a lo mejor solo te faltan el perro y el chalet».

—Vamos a ver…

—¿Qué voy a hacer, Maca? —me preguntó con expresión aturdida—. Nos acabamos de conocer.

—He escuchado decir que…, bueno, puede haber falsos positivos, pero es muy difícil que haya un falso negativo. No soy médico, no sé si esto es muy científico, pero… —No contestó. Bajó la mirada y se encogió sobre sí misma—. ¿Y tú cómo te encuentras?

—Pues… mal. Rara. Pero ya no sé si me estoy sugestionando.

Me atreví por fin a preguntarlo porque una vocecita en mi cabeza me dijo que no era demasiado pronto para hacerlo y ya no se me veía el plumero:

—¿Lo sabe Leo?

—No.

Un camarero muy simpático nos trajo la jarra de margarita que habíamos pedido nada más sentarnos. Gracias a Dios. Necesitaba tener algo en las manos.

—¿Saben ya lo que van a comer?

—No —le dije con angustia—. No tenemos ni idea.

Como Leo, que estaría en Londres comprando libros en librerías de segunda mano y tomando pintas en pubs con sus antiguos colegas, sin imaginarse el dramón que tenía montado su novia. Y su ex, que era yo.

—Raquel, se lo tienes que decir —le aseguré cuando el camarero se marchó, dándonos tiempo para pensar en la comanda.

—¿Por teléfono? Esto no es un tema que tratar en una llamadita breve.

—Pues llámale y dile que venga. ¿No habéis coincidido en persona desde hace un mes?

—¿Qué? Ah, no —negó—. No es eso. Es que, bueno, en realidad yo pensaba que no…, que son cosas que pasan. Ya sabes. Tengo amigas que les ha pasado eso de no tener el periodo en la semana de descanso de la píldora porque, bueno, yo qué sé, a lo mejor es por llevar tanto tiempo tomándola, ¿quién sabe?

—Un médico. Un médico lo sabe.

—Ya lo sé, Maca, pero ¿qué hago? ¿Voy a urgencias y les digo que creo que estoy embarazada?

Me agarré la cabeza en un acto casi involuntario. Apreté mis sienes, pero el zumbido que notaba atravesarme entera no menguó.

—Llámale y dile que venga —repetí.

—Vuelve de Londres hoy.

—Llámale. —Había entrado en bucle, no podía decir otra cosa.

Le imaginé llegando al aeropuerto relajado, sin sospechar que estaba a punto de encontrarse con el percal. Me iba a estallar el cráneo.

—¿Tienes una aspirina? —le pedí.

—Maca, lo siento mucho. Siento estar contándote esto, pero… tú le conoces.

Levanté la mirada hacia su cara. Ah, carámbanos…, esa era la cuestión. No era por nuestra naciente y cada vez más estrecha relación. No. Necesitaba contármelo a mí porque yo conocía bien a Leo y sabría aventurar cómo iba a tomárselo.

—No se va a poner hecho un loco —le aseguré.

—¿Os pasó alguna vez?

—Al principio, antes de que yo me tomase la píldora.

—¿Y?

—Teníamos diecisiete y veinte años, Raquel; la situación no es comparable.

—Ya lo sé, pero ¿qué hizo?

—Pues se pasó dos días pálido y casi sin comer hasta que juntamos el dinero para un predictor. —Levanté las cejas. Aquello me parecía un recuerdo perteneciente a otra vida.

—¿Y si estoy embarazada? —soltó—. Lo acabo de conocer. Me gusta muchísimo y sé que estamos construyendo algo bonito y sólido, pero es muy pronto.

Ay, Dios mío de mi vida. Aquí me acordé muy mucho de las reticencias de Leo a contarme lo que le pasaba con Raquel. Lo agradecía mucho…, muchísimo. Si Leo no lo veía claro, si quería cortar con ella, si empezaba a pensar que se había lanzado de cabeza a algo que no estaba seguro de querer…, prefería no saberlo en aquel momento.

—Es algo que tenéis que hablar entre vosotros —le dije.

—No quiero abortar. Si lo estoy, no quiero abortar.

¿Era científicamente posible que me diera una embolia a mi edad? Porque juro que nunca me había encontrado peor.

—Sé que Leo sería un buen padre…, incluso si lo nuestro no funcionara, sería un buen padre. Es…, en el fondo es genial que me haya pasado con él, ¿sabes? Tener algo para siempre entre nosotros no suena tan mal. Yo siempre he querido ser madre. Tengo treinta y un años y quizá es el momento.

No. No era una embolia. Lo que me estaba dando era un infarto.

—Muchas cosas cambiarían, es verdad, pero ¿no es la vida eso? Cambios. Evolucionar. Crecer. Abrirte a la posibilidad de…

Cerré los ojos y me obligué a tragar saliva.

—Raquel… —la corté—. Habla con Leo. Antes de hacer más cábalas, habla con él. Y ve al pu… ñetero médico. Id juntos. Y hablad. Hablad mucho.

No conseguimos reconducir la conversación. Ni siquiera sé de qué hablamos después de aquello. Sé que Raquel prácticamente ni bebió ni comió y que yo lo hice por las dos. No me quité de la cabeza aquello en todo el día ni en los días posteriores. Fue como…, como una bofetada de realidad. Una realidad en la que, a lo mejor, volver a enamorarse desde cero del amor de tu vida no era tan bonito como parecía.

38
Cuando ya creía ver la luz

La soledad está infravalorada. Corremos siempre en dirección a los brazos de alguien, buscando amor o un hombre en el que llorar, olvidando que nosotros tenemos dos. Estar con uno mismo, sin nadie que suponga una excusa para no escuchar lo que viene desde dentro, puede ser placentero. En pequeñas dosis o a grandes bocanadas cuando necesitas encontrarte de verdad debajo de un montón de discursos que te has ido dando (y creyendo) a lo largo de los años; es positivo. O al menos fue lo que sentí aquellos días en Londres, solo, comprando libros viejos, bebiendo cerveza y paseando por las calles empedradas del que un día fue mi barrio. Aquel viaje me aclaró muchísimo las ideas. Es muy fácil ver quién es imprescindible cuando prescindes de todo unos días. La añoranza no miente. Pero, ojo, hay que saber distinguir entre la necesidad real y el enganche.

Raquel llamó en cuanto aterricé. No me sorprendió, claro; ella no tenía ni idea de que llevaba semanas dándole vueltas a cómo decirle que me había dado cuenta de que no podía hacerla feliz. Ella era mi novia, aún. Por eso, que me dijera: «Oye, Leo, ¿crees que podrías retrasar tu vuelta a Valencia unos días? Me gustaría verte», no me sonó raro. Al revés, lo leí como la oportunidad. Llevaba días preguntándome si no estaría precipitándome con esa idea que no dejaba de rondarme desde la noche que vi a Macarena con otro. Estuve a punto de confesárselo aquella noche en la terraza de Canet. Quería mirarla a los ojos y decirle: «Mierda, Maca, no tiene que ver con el pasado, tiene que ver con el ahora y es la Macarena de ahora a la que no puedo quitarme de la cabeza, y las dos no cabéis en el mismo sitio... En realidad, no cabe nadie más que tú, porque cómo puedes ser tan enorme siendo tan pequeña». No se lo dije, claro, pero con ella... no hacía falta. Me leía en voz alta a través de mi propia garganta. Creo que lo supo mucho antes que yo.

Cambié los billetes de AVE para Valencia y avisé a mis padres de que llegaría un par de días más tarde. Tuve el atino de aplazarlo un par de días, no solo uno. Iba a necesitar tiempo para solucionar aquello; más del que creía.

Quedamos en su casa, aunque yo hubiera preferido un lugar menos personal. No sabía si al verla tendría ganas de besarla o de acariciar su pelo y decirle: «Nena, no puede ser», y no quería que se quedase después con el mal recuerdo adherido a muebles y espacios, pero insistió mucho en que fuera allí, de modo que cedí.

Me besó en los labios cuando llegué. No sentí nada. Nada. Me recordó a una chica con la que estuve viéndome un tiempo, con la que todo era verdadero y honesto porque ambos sabíamos que solo era sexo. Ella estaba casada, por cierto. Después de pasar la tarde juntos, al besarme como despedida, siempre se reía y me decía orgullosa:

—Nada. No siento nada.

Eso era bueno porque nos habíamos prometido dejar de vernos el día que aquello cambiase. Si os estáis preguntando si tengo remordimientos por aquello, diré que hoy sí; en aquel momento ni siquiera me cuestionaba si debería tenerlos.

—¿Qué tal por Londres? —me preguntó Raquel, mohína.

—Bien. —Pasé los dedos por mi pelo y me quedé de pie, frente a ella y el sofá.

—Siento haberte pedido que retrasaras el viaje a Valencia. Sé que tienes ganas de estar con tu familia.

—No creas —quise bromear—. Mi madre es como un whisky bueno..., es mejor tomársela a sorbitos pequeños.

Nos quedamos callados y sonrió de un modo muy raro. Me interrogué a mí mismo. Era tan guapa que cualquier hombre habría tenido ganas de pegarme por estar pensando en romper con ella, pero es que... no. No era ella. Aquello no era más que una manera bonita de perder el tiempo. Los dos. Y como estaba tan rara, sopesé la posibilidad de no decir nada, probando suerte, por si era ella la que quería romper y me quitaba de encima el marrón. No me juzguéis mucho por ello; de vez en cuando tiendo a ser demasiado humano.

—Es raro que no hayamos hecho planes juntos estas vacaciones —dijo.

—Ya, es que...

—No es un reproche. Es solo una apreciación.

—Y es cierta. Es raro. Por eso mismo..., por eso mismo cambié de planes. Esta conversación es necesaria, Raquel.

—¿Qué conversación? —Arqueó las cejas.

—La que estamos teniendo.

Esperé por si añadía algo, pero no lo hizo, de modo que tomé las riendas de nuevo.

—¿Por qué crees que no hicimos planes para estas vacaciones?

—Bueno, porque somos dos personas independientes, casi acabamos de empezar y yo ya tenía cerrado el viaje con mis amigas.

—¿Y no crees que deberíamos haber estado locos de ganas y que habría surgido solo?

—¿Qué me estás queriendo decir?

Me senté en el sofá a su lado y ella se movió para poder mirarme bien a la cara.

—Estoy un poco... confuso —suavicé.

—Y yo. No me baja la regla desde hace casi un mes.

Hacía calor, pero no el suficiente como para que aquel jarro de agua helada me sentase bien.

—¿Cómo? —Era como si se hubiera comunicado en francés. Sé alguna palabra, pero no termino de entenderlo. Pues lo mismo.

—Puede..., existe la posibilidad... de que esté embarazada.

—Tomas la píldora —solté.

—Sí. Pero no es infalible al cien por cien y, bueno, ya sabes lo despistada que soy...

Me pareció que estaba repitiendo un discurso que, probablemente, había ensayado con sus amigas.

—Ya..., ehm..., ¿hacemos un test?

Por fuera parecía muy sereno, pero por dentro no dejaba de repetirme: «Contente, mantén las riendas, que no cunda el pánico, no te desmayes...».

—Ya me he hecho dos.

—¿Positivos?

—Uno sí. El otro no.

La visión de mi madre llorando desconsoladamente se me clavó entre las cejas. A ver, un embarazo no programado no es un drama, pero mi cabeza había viajado más allá... cuando naciera el bebé y Raquel y yo fuéramos plenamente conscientes de que la situación era insostenible y nos separásemos.

Macarena. ¿Qué diría Macarena? ¿Qué sentiría? ¿Cómo podría mirarla a la cara y decirle que me gustaba como nunca me gustó pero que iba a tener un bebé con otra?

Tragué saliva. Y pensé en lo que acababa de pensar.

«Me gustas más de lo que nunca me gustaste en el pasado».

—Deberíamos ir al médico —sugerí después de un silencio demasiado largo.

Los ojos le brillaron cuando la miré.

—Gracias —me dijo.

—¿Por qué?

—Por tomártelo así.

¿En qué puto mundo vivimos? ¿Desde cuándo lo que yo estaba teniendo era una actitud digna de agradecer? Era lo normal, joder. Lo normal.

—No digas eso, Raquel. Esto es lo que debo hacer. Lo que debería hacer cualquier hombre en mi situación. —Carraspeé—. Supongo que tu médico no está ahora mismo disponible.

—Está de vacaciones —confirmó.

—Ehm…, vale. ¿Tienes referencias de algún otro? Siempre hay alguno de guardia, ¿no?

—Sí. Pero… quería ir contigo.

—Claro.

Nos quedamos callados.

—¿Qué vamos a hacer si lo estoy?

—Prefiero esperar a tener esta conversación.

—Pero… ¿y si lo estoy? ¿Y si estoy embarazada?

—Bueno, será responsabilidad de los dos y yo respetaré cualquier cosa que quieras hacer.

«Aunque ahora mismo quiera morirme». Esto me lo callé.

—Si estoy embarazada quiero tenerlo.

Virgen de la Macarena…

—Yo no soy nadie para pedirte lo contrario. —Y no sé ni cómo me salió la voz.

Nos mantuvimos la mirada y me pareció estar en un duelo que, por cierto, perdí yo apartando los ojos hacia el suelo y pasándome las dos manos por el pelo.

—Qué marrón, ¿eh? —susurró.

Callarme hasta saber si estaba embarazada o decirle: «Cariño, esto no funciona». Esperar. No era el momento.

—No estaba programado. —Intenté sonreír.

—Le diremos que fue fruto del verano —bromeó.

—De aquel calentón en la ducha…, sin duda.

Una risa nerviosa se escapó de su garganta y me volví para mirarla. A mis padres les gustaría. A mí también me gustaba. Era la mejor opción. La mejor si sopesabas las cosas como nunca debería pasar en el amor. Y hasta a mis padres les pasaría…, les gustaría, pero nunca la querrían como querían a Macarena porque eso solo pasa una vez en la vida.

—Tranquila. —Alargué la mano y cogí la suya que, a pesar del calor, estaba horriblemente fría.

La sonrisa que tenía en los labios se fue convirtiendo en una mueca de terror.

—Casi no nos conocemos —dijo.

—Lo haremos bien.

¡¿Qué coño?! ¿Que lo haríamos bien? ¿Y yo qué sabía? No me pasaba la saliva por la garganta. ¡Yo no quería ser padre! Bueno, claro que quería serlo, pero… no con ella. Joder. Aquella punzada fue la confirmación. No era el momento, pero tendría que decirle que no la querría nunca, estuviéramos o no a punto de ser padres.

Me quedé a dormir aquella noche en su piso. Ella hizo unas cuantas llamadas, echó mano de contactos y consiguió una cita con el ginecólogo de una amiga suya que había tenido que quedarse de guardia ese mes porque tenía varios partos que atender.

Ella quiso hacer el amor. Yo no tenía cuerpo. Decirle que no fue más duro que hacerlo sin ganas. Hubiera podido pero no era un sentimiento con el que quisiera lidiar después.

Al día siguiente la dejé bebiéndose un café en la cocina, envuelta en una bata corta blanca, y me marché a mi casa con la excusa de darme una ducha y cambiarme de ropa antes de la cita. En realidad necesitaba respirar hondo y lejos de ella. Necesitaba calmarme y calmar las ganas de llamar a Macarena y pedirle que me sacara de allí. Nunca me había sentido tan asustado.

No la llamé, claro, aunque tenía la corazonada de que ella ya estaría al tanto de toda la historia. Días antes me preguntaba, si al final me decidía a seguir mi impulso y romper con Raquel, si debía decírselo a Macarena. Quería que lo supiera, pero me daba miedo que ella respondiera: «Me da igual». Aunque sabía que no se lo daba.

Ella… ¿querría salir conmigo algún día a cenar? ¿De qué hablaríamos? Me gustaba esa Macarena que se acariciaba un mechón de pelo cuando, conversando conmigo, hablaba de cualquier cosa menos del pasado. Estábamos… ¿empezando de nuevo? ¿Era eso posible?

Bien. Estaba a punto de saber si iba o no a ser padre y mentalmente había vivido una regresión a los quince.

La clínica en la que el doctor que le recomendaron pasaba consulta resultó ser uno de esos centros hiperpijos en los que es muy complicado sentirte cómodo si no tienes un ducado o un marquesado. La sala de espera, a pesar del mes en el que nos encontrábamos, estaba atestada de mujeres embarazadas y mujeres con niños. Ni un hombre. Me pareció extraño y hasta mal. ¿Es que los padres no querían formar parte de aquella experiencia?

Raquel, aunque visiblemente nerviosa, no parecía sentirse incómoda. Estaba habituada a relacionarse con gente muy bien posicionada. Nunca lo habíamos hablado abiertamente, pero me daba la sensación de que venía de una buena familia con muchos recursos.

—Nos miran —le dije en un susurro.

—Porque no llevamos anillo.

La miré con el ceño fruncido.

—¿En serio?

—¿No has visto la foto del Papa en la entrada?

—No.

—Estoy bromeando. —Sonrió—. Nadie nos mira. Al menos a mí. A ti quizá te miren porque eres muy guapo.

—Ya. Claro. —Levanté las cejas con una sonrisa—. ¿Cómo estás?

—A punto de vomitar un montón de vísceras.

—¿Tienes náuseas?

—Serán los nervios.

Pero colocó una mano en su vientre. El gesto me provocó náuseas a mí. Serían los nervios...

¿Puede un hombre de treinta y dos años tener un infarto? ¿Se aceptan llamadas a «mamá» lloriqueando? Carraspeé y me acomodé en la silla, justo en el momento en el que alguien llamó a Raquel. Al levantarnos los dos, concentramos todas las miradas de la sala.

—¿Lo ves? —le dije.

—Camina.

El doctor tendría entre doscientos y tres mil años y una verruga en la frente que captaba toda mi atención. Era hipnótica y desagradable a partes iguales. Creo que Raquel tampoco podía dejar de mirarla, aunque supo disimularlo mejor que yo.

—Entonces, durante la semana de descanso de su píldora anticonceptiva marcó, pero no tuvo una menstruación propiamente dicha.

—Exacto.

—¿Siguió tomándose la píldora?

—Ehm…, durante dos semanas sí. Llevo una semana sin tomarla por si acaso…, por si acaso estoy embarazada y le hace daño al bebé.

El médico la miró como si estuviese tonta.

—Vamos a hacer una ecografía y a salir de dudas.

El tiempo que tardó en desnudarse de cintura para arriba, tumbarse y prepararse para la ecografía se me hizo más largo que los cuatro años que tardé en doctorarme. Pero ¿por qué de pronto la gente era tan jodidamente lenta?

El líquido viscoso con el que untaron su vientre plano parecía estar frío y se le puso la piel de gallina. Me cogió de la mano y me sentí un farsante.

«Señor…, sé que hace años que no rezo. Sé que es hipócrita hacer esto, pero por favor, por favor…, no. Seremos horriblemente infelices».

—¿Estás rezando? —me preguntó Raquel con el ceño fruncido.

—¿Qué?

—Estás moviendo los labios.

—¿Yo? ¡Qué va!

«Por favor, Dios. Escucha mis plegarias».

El milagro fue que no me fulminara un rayo divino para castigarme por la insolencia.

—Nada.

Me quedé mirando la verruga como hipnotizado.

—¿Cómo? —preguntó Raquel, cuya mano sudaba a mares.

—Que no está embarazada. Nada. No lo está.

El alivio que sentí se vio empañado por las lágrimas de Raquel que, además de hacerme sentir fatal, no entendí.

Nos costó entablar conversación al salir. Una conversación real, ya me entendéis. Preguntarle si está bien, si tiene hambre, si quiere ir a casa, no es tener una conversación. Es hablar por llenar el silencio.

Cuando conseguimos hablar de verdad, fue de nuevo en el salón de su casa que, como siempre, estaba lleno de cajas vacías, prendas de ropa dejadas caer, libros a medio leer y algún par de zapatos.

Raquel se sentó avergonzada en el sofá y le repetí, por decimonovena vez, que no pasaba nada.

—Es que… me siento tonta. Me eché a llorar.

—Fue la acumulación de nervios. Es normal. Ahora ya puedes estar tranquila.

—No dejaba de pensar que había fumado más que en toda mi vida en las últimas semanas. Y me emborraché con las chicas. Mucho.

—Deja de pensar en eso. ¿Quieres algo? ¿Un vaso de agua? ¿Un chupito de tequila?

—Qué vergüenza.

—Eh… —Me puse de cuclillas frente a ella—. Eh, morena…, déjate de historias. De haber sido que sí, a lo mejor el que hubiera llorado habría sido yo.

Me lanzó una mirada de odio completamente merecida.

—Qué ilusión te hacía…

—Ninguna —contesté en una mezcla entre sinceridad y mezquindad que no pasó por el filtro de la razón.

—Qué sincero.

—Quiero decir que… no era el momento, ¿no? En eso estamos de acuerdo.

Se mordió una uña y evitó mirarme.

—Ya puedes decírmelo —musitó.

Me puse en pie y arqueé las cejas.

—¿Cómo?

—Que ya puedes decírmelo, Leo. Ya no tienes que sentirte mal. Ha sido que no y ya puedes ser honesto y decirme lo que ayer no te dejé decir.

—No sé si... —Me hice el tonto.

—Quieres romper conmigo.

Mierda. ¿Por qué siempre olvido que las mujeres listas nos dan cien mil vueltas? Saben las cosas antes incluso de que nosotros las pensemos.

—Raquel...

—¿Es por ella?

Al humedecerme los labios me parecieron de cartón, de otra persona, muertos. Negué con la cabeza. Luego asentí.

—Tengo que estar solo.

—Has estado solo tres años.

—Nunca he estado solo, Raquel. Ella siempre está. La llevo dentro.

¿Habéis roto con alguien alguna vez? Pues por más que imagines escenarios, siempre sucederá de la manera que no esperabas. Nunca son amables; incluso cuando las dos partes están de acuerdo hay mucho en el aire, mucho que no se dice. Reproches... Todos pensamos: «Si hubieras hecho equis, esto habría funcionado». A veces se verbaliza, otras no. Ella lo hizo. Claro que lo hizo. Sabía, tenía clarísimo, que la culpa no era suya y esa certeza, la de que no habría podido hacer nada para que funcionara, la cabreó. La había hecho perder el tiempo, ilusionarse, creer en nosotros mientras yo trazaba planes para poner parches en mis proyectos vitales. Quería el pareado, el perro corriendo en el jardín, el niño jugando en el salón. Siempre lo quise, pero se me olvidó que el fin no justifica los medios. Mi planteamiento era egoísta y enfermizo. Uno no puede obsesionarse con la meta hasta tal punto. Uno no puede pensar que lo que quiso con una persona puede hacerle feliz con otra, sin variar ni un ápice el plan. No eran todas esas cosas las que me harían feliz, era ELLA. La única ELLA que podía escribir en mayúsculas.

Yo quería el pareado, el perro corriendo en el jardín y el niño jugando en el salón..., pero con Macarena leyendo descalza, sentada en el escalón del porche. No con Raquel, aunque fuera, de todas todas, la mejor opción si no era con Macarena. Las personas no son opciones ni variables de éxito. Las personas no son escalones para alcanzar metas. Lo aprendí dándome cuenta de la mentira que yo mismo me había contado.

Cuando salí de su piso supe que durante mucho tiempo Raquel no querría saber nada de mí y la entendía. La dejé llorando de rabia. Me prometió, sin que yo tuviera que pedírselo, que Macarena no se vería afectada por aquello y yo la creí, porque lo jodido es que Raquel era perfecta. Demasiado. Como la buena chica que era, se daría un tiempo y después sería justa con Maca. Conmigo no sentía esa obligación, claro está.

Justo antes de irme, lanzó al aire algo que quiso ser, me imagino, una queja, pero que acepté como consejo:

—Dejad de ensuciar la vida de la gente con vuestra historia. Dejad de ser cobardes y de escudaros en lo mal que les parecería a todos que volvierais a intentarlo. Si queréis ser infelices, allá vosotros, pero dejadnos al margen. Vivid de una puta vez en vuestra propia piel.

Aquella noche apenas pude dormir. No me preocupaba el hecho de que tuviera razón, palabra por palabra, en aquella crítica. No me preocupaba tener dentro de mí un lugar que solo podría ocupar Macarena. Ni seguir queriéndola. Ni recordar de manera tan vívida de lo que éramos capaces, para bien y para mal. Lo que me preocupaba, lo que me quitó el sueño, fue saber que había conocido a alguien nuevo que me gustaba y la seguridad de que cuanto más la conociera, más me gustaría. Y era extraño. Y daba miedo. Y no lo entendía. Porque esa persona había estado en mi vida desde siempre. De pronto la Macarena de siempre tenía que convivir con esa mujer en la que se había convertido. A una la quería y la otra me encantaba. Macarena era, me cago en mi puta suerte, dos personas: el amor de mi vida y la esperanza. Si aún era capaz de sorprenderme..., ¿no significaba que quizá no llegábamos tarde?

Se veía venir, pensaréis. Sí. Supongo que sí.

39
¿Por qué no me lo dices?

Adriana vivía por y para mantener el móvil siempre con batería y, lo que era más difícil en aquel rincón de España, aquel pueblo en medio de un valle entre montañas en la provincia de Ávila que en invierno contaba con la friolera de veinte vecinos, tener siempre cobertura. Convirtió la terraza del salón en su centro de operaciones y allí leía, se depilaba las cejas con ayuda de un espejito, pelaba patatas y jugaba a las cartas. Pero siempre con el móvil en el regazo, donde nadie pudiera ver la pantalla iluminarse cada vez que Julia le escribía un mensaje.

Te echo de menos.

Tengo ganas de verte.

Sin ti todo es aburrido.

Ese era el tono general de los mensajes, salpicado por unas cuantas notas de cotidianidad en las que se comentaban qué estaban haciendo, qué planes tenían para el día o qué habían comido. Así es el ser humano.

Por las noches, por supuesto, la conversación cambiaba. A veces se volvía íntima:

Desde que estás en mi vida, soy más consciente incluso de mi cuerpo.

Mataría por tenerte esta noche durmiendo a mi lado.

Sueña conmigo.

Otras... se tornaba caliente:

No dejo de pensar en tus dedos encima de mi piel y la yema de tus dedos apretando mi carne. Por el amor de Dios. Invéntate algo y vuelve.

Me mata pensar que compartes cama con tu marido. Dile que no te toque, que me muero si lo hace alguien que no sea yo.

Quiero lamerte despacio.

Intercambiaban canciones, poemas, recomendaciones de libros y sueños que alimentaban la ilusión de ambas, pero que Adri no podía evitar pensar que eran... eso, sueños. Porque cuando terminaba la conversación, se deseaban buenas noches y ponía a cargar el móvil, se giraba, veía a su marido dormido a su lado y se estampaba contra la realidad. Una realidad que allí, en mitad de la noche, con el único sonido de los grillos y la respiración de Julián, pensaba que no podría cambiar jamás.

Samuel empezaba a mirar a Jimena con cierto rencor. Llevaban dos noches juntos en Ibiza y, aunque todo fluía con la suavidad de un guante de seda, sus intentos de terminar dentro de ella no surtían efecto. Lo había probado todo. La había abordado a lo bruto, pero ella le dijo que necesitaba un poquito más de seduc-

375

ción, que aquello le cortaba el rollo; lo había intentado también con mucha parafernalia, pero Jimena había respondido que le daba la risa si veía tanto protocolo; había echado mano de la sinceridad más pura («Jimena, déjame que te haga el amor. Me muero de ganas»), pero ella dijo estar premenstrual y encontrarse mal. Mentira, claro. Estaba a mitad de ciclo.

¿Se había intercambiado la personalidad con Adriana? No, claro que no. El hecho de que Adri fuera ahora más suelta que gabete y ella no se atreviera ni a cambiarse delante de su novio, era solo resultado de sus propias decisiones. La pelirroja había decidido abrazar la verdad sobre su sexualidad y Jimena dar la espalda a sus ansiedades.

No podía. No es que no le apeteciera. Claro que le apetecía, sobre todo cuando veía a Samuel tendido en la arena después de darse un baño en el mar. Joder, ese hombre era demasiado para su apetito. En cien ocasiones pensó: «A la mierda, voy a montarlo», pero después, cuando se acercaba a su oído para decir alguna guarrada, su mente se retraía en el recuerdo y casi podía escucharle decir: «La cama nunca fue un problema para nosotros». Y se bloqueaba.

Era tan fácil como preguntar. Samuel se había mostrado dispuesto a hablar sobre ello muchas veces, pero Jimena tenía miedo: tenía miedo de escuchar algo muy sincero que cambiara para siempre su imagen de Sam. Creía que escucharle decir que le encantaba tal o cual cosa en la cama con Luis, convertiría sus horas de sexo en una tortura a lo *Naranja mecánica*: no dejaría de visualizarlo haciendo cosas que con ella eran físicamente imposibles.

Si la cama no fue un problema con Luis…, ¿debía entender que sí lo sería con ella? Todo menos hablar. Dios mío…, cómo nos gusta complicar las cosas.

A veces estar en lo cierto no nos hace sentir bien. No siempre tener razón nos reconforta. En ocasiones es todo lo contrario.

Cuando auguras problemas…, no apetece un culo, hablando mal y pronto, que se cumplan tus sospechas.

Estaba echándole un vistazo a Facebook con los pies descalzos ante una hermosísima maceta nueva con una planta cuyo nombre técnico ni siquiera recuerdo, pero que en la floristería juraron que era muy duradera. La bauticé como Luisi y todos los días, al regarla y apartarla de los rayos de sol directos que podían quemarla, le hablaba.

—Venga, Luisi, que te voy a poner a la fresca.

Pero en ese momento, Luisi estaba servida, no cascaba demasiado sol y yo estaba agilipollada mirando una foto que Leo acababa de colgar. Últimamente estaba mucho más activo. Mi parte práctica pensó que por las vacaciones: tiempo libre, aburrimiento, Facebook; una cadena lógica de razonamientos. Mi parte romántica creyó que colgaba fotos para que yo las viera.

El texto que acompañaba a esta era un poco confuso y, como tantas veces pasa en ese loco muro de cara al mundo que son las redes sociales, el texto no tenía nada que ver con la imagen. En la instantánea, a la que había puesto un filtro en blanco y negro, su madre y su padre miraban al frente, sentados en un escalón de la que reconocí como su casa del pueblo. Probablemente no sabían que les estaban fotografiando porque Rosi, que siempre fue muy coqueta, no sonreía. Estaba, simplemente, mirando a su hijo con esa cara de orgullo con la que siempre lo hizo. El texto empezaba con una cita de Cortázar: «Lo que mucha gente llama amor consiste en elegir a una mujer y casarse con ella. La eligen, te lo juro, los he visto. Como si se pudiese elegir en el amor, como si no fuera un rayo que te parte los huesos y te deja estaqueado en la mitad del patio». Añadía después: «Por estas cosas enseño literatura; para que a nadie se le olvide que todas las verdades del mundo ya tienen dueño y existen en alguna página».

Había leído la frase la friolera de nueve o diez veces, imaginándome mi cara de boba, pero disfrutando de que nadie pudiera verme. Era uno de esos momentos…, de esos instantes de soledad que son como un caramelo con el corazón líquido…, esos que están más buenos si masticas impaciente.

El teléfono me vibró entre las manos y un aviso de WhatsApp apareció en la pantalla. No era de «Antes muerta que sin birra», donde la actividad esos días se limitaba a un comentario de Adriana quejándose de su maldita suerte y contándonos la penúltima pataleta de su suegra y a una foto de Jimena como única contestación a todo lo que decíamos con ella tendida al sol en alguna playa.

El mensaje era de Raquel y cuando abrí la aplicación vi que era largo no…, larguísimo. El último mensaje de la conversación era mío. Le preguntaba si estaba bien, si había sabido algo de «lo suyo» y le pedía que me llamase si necesitaba cualquier cosa, pero no recibí respuesta. Claro, hay ciertas cosas que necesitan reposar:

Quizá estoy suponiendo demasiado al creer que ya estás al día de todo, por eso te hablaré como si no supieras nada.
A lo mejor hasta acierto.
Hace unos días Leo volvió de Londres, como bien sabrás, y le conté lo de mi falta. Fue todo amabilidad. Cuando quiere, es un caballero y sabe esconder la cara de pánico muy bien.
No estoy embarazada, por cierto.
Leo y yo rompimos apenas una hora después de saberlo.
Me encantaría poder ponerlo a caldo y decirte que fue un insensible o un gilipollas, pero solo puedo echarle en cara que fuese demasiado honesto. La discusión fue tranquila, pero muy fea y tu nombre, lo siento mucho, lo manchó todo.
No estoy enfadada contigo; no puedo estarlo, pero soy humana. Necesitaré un tiempo sin verte, sin saber de ti.

Me hice ilusiones y, como dice La Vecina Rubia, me quedaron preciosas, pero no eran de verdad. Leo tenía otros planes.

No sé si conseguiréis olvidaros algún día. No sé si esta es la enésima intentona de dos personas enganchadas a hacerse daño. No sé nada de vosotros…, es algo que aprendí el otro día cuando escuché a Leo decir que nunca había podido estar solo porque te llevaba dentro.

Te deseo mucha suerte. Mucha, de corazón. Leo es de esos…, ya lo sabrás. De esos que en un restaurante miras desde tu mesa, sentado con otra mujer y que desearías que fuera tuyo. Pero no es de nadie. Menos tuyo. Tuyo es demasiado.

Tardé quince minutos en que se me fuera el tembleque en las manos y quince más en responder el mensaje. A día de hoy no sé si hice bien o si debí quedarme en silencio. No me arrepiento de haberlo mandado, eso es verdad, pero no quería hacerle daño:

No tenía ni idea, Raquel. Y no sé qué contestarte. Esta historia siempre ha sido demasiado complicada para que nadie, incluidos nosotros, la entienda, pero conozco a Leo y sé que nunca quiso hacerte daño. No me odies. Hay cosas en la vida que no pueden elegirse. Ojalá pudiera ser tan fácil.

Media hora de dudas y solo dos segundos para hacer captura de pantalla con la conversación y mandarla al grupo de las chicas. Adriana contestó la primera, ávida como estaba de cualquier información del exterior que la sacara del huerto de su suegra y de la insistencia de que «tenían que tener hijos ya».

Adriana:
No me lo puedo creer. Bueno…, en realidad sí.
No quiero decir «te lo dije», pero… te lo dije.
¿Has hablado con él?

Macarena:

¡Qué va! Yo no sabía nada. La última vez que
hablé con él fue en el apartamento de la playa.
Nos despedimos hasta la boda de mi hermano.

Adriana:

¿Cuántos calcetines te vas a poner dentro del
sujetador el día de la boda?

Macarena:

Cinco. Aunque no tiene sentido porque
él ya sabe lo que hay.

Adriana:

¡Has vuelto a caer!

Macarena:

De verdad que no. Va a sonar a excusa,
pero… esta vez es diferente. Él es diferente.

Jimena:

Me cago en tu puta madre, Macarena. ¡¡Otra vez no!!
¿Es que no me puedo ir tranquila a la playa cuatro días?
Pero ¡¡¿qué narices ha pasado?!!

Macarena:

No tengo ni idea. Me he encontrado el
percal mientras regaba las plantas.

Una mentirijilla de nada. Tampoco serviría de mucho el dato
de que estaba mirando su página de Facebook con cara de obsesa.

Jimena:

Bueno, Adriana, te informo de lo que va a pasar ahora,
que tú no tienes experiencia en esto. Ahora todo va a ser
increíblemente bonito, apasionado y de película durante...
¿un mes? Quizá dos. A los dos meses, Macarena opinará
que Leo mira demasiado a una chica en un restaurante.
Se pelearán a gritos en la puerta y ella aparecerá en tu
casa hecha un mar de lágrimas y te dirá que se ha acabado.
Esa escena puede repetirse hasta diez veces en el mismo mes.

Macarena:

Jime, te estás pasando.

Jimena:

No me estoy pasando. Es a lo que
nos tenéis acostumbrados.

Cerré la aplicación de WhatsApp, enfurruñada, pero el teléfono empezó a sonar. Era Jimena. Colgué. Después lo intentó
Adriana. También colgué.

Volví a entrar en el grupo y mientras ellas me escribían
mensajes sin parar del tipo: «Solo quiero que no sufras», «Tienes que protegerte», «No me fío», «Esto no va a salir bien», «Si
tenéis que intentarlo cinco veces es que no es para vosotros»...
Yo escribí mi mensaje. MI MENSAJE.

Macarena:

No tengo que convenceros de nada. Ni a vosotras ni a nadie.
Soy libre de vivir lo que quiera vivir, de equivocarme si quiero
equivocarme y de darle una oportunidad a esto si es lo que
quiero. Pero..., ojo, no me habéis dejado decir nada más que
«esta vez es diferente». Puede que sea una frase muy manida
y que ya la hayáis escuchado más veces, pero es mi verdad

y esperaba, al menos, que mis mejores amigas escucharan lo
que tiene detrás y que, por supuesto, ahora no me apetece
compartir.

Con cariño: iros a la mierda.

Apagué el móvil. Lo apagué… dos días enteros. Ya estaba
bien de vivir a expensas de los mensajes que entraran desde
fuera. Era momento de escucharme A MÍ.

40

Hagamos algo para solucionar esto

Jimena estaba mirando a Samuel hacer la maleta. Estaba preocupada por muchas cosas. La primera, que no conseguía ponerse
en contacto conmigo porque había sido un poco bruja y yo no
quería verla ni en pintura. La segunda, que a Samuel la cara de
frustración sexual le llegaba al suelo.

Era raro que en su primera escapada de vacaciones a la
playa no hubiera pasado absolutamente nada. Era demasiado
raro incluso para ella.

—¿Qué pasa? —le preguntó él apartando la maleta abierta.

—Nada.

—Me miras raro.

—Estaba pensando en lo de Maca.

—No te preocupes. Mañana te presentas en su casa y lo
arregláis. Es tu mejor amiga. Es normal que discutáis de vez en
cuando.

—Es que me enerva esa relación tóxica que se trae con Leo.
Van a terminar fatal. Lo vemos claro todos…, excepto ellos.

—Quizá podríais darles un voto de confianza.

—Sí, claro…

Samuel se quitó la camiseta y apartó las sábanas.

—Lo que no tiene sentido es que le deis tantas vueltas a
las cosas. Al final, por más que penséis, pasará lo que tenga que

pasar. —Se dejó caer en la cama y la llamó palmeando el colchón—. ¿Vienes?

Jime, que estaba apoyada junto a la ventana, se quedó mirando como una boba el pecho de Samuel. Dios…, cómo le ponía.

—¿Te la chupo? —le propuso de pronto.

—A lo mejor deberíamos consultar el estado de la luna, por si dentro de dos minutos consideras que el cuarto creciente no es un buen momento para el sexo oral.

—¿Por qué dices eso?

—Porque llevas poniéndome excusas desde que llegamos. —Samuel se acomodó con una expresión serena—. Y estás muy rara. Más de lo habitual, quiero decir. Rara eres un rato y hasta es parte de tu encanto, pero en la cama siempre habías sido… participativa.

—¿Tienes queja?

—Llevamos cuatro días aquí y no me has dejado tocarte un pelo.

—Querías comérmelo en la playa.

—Eso no es verdad. —Sonrió él—. Quería metértela en el mar. Es diferente.

Se preguntó, de nuevo, si lo habría hecho con Luis. Después se dijo a sí misma que tenía que hacer algo al respecto.

—Quiero chupártela. ¿Te apetece o no?

Samuel bajó la mirada hacia el liviano pantalón corto que llevaba, donde resaltaba un inicio de erección.

Ella correspondió al gesto acercándose a la cama con una sonrisa juguetona, se arrodilló sobre el colchón y bajó de un tirón la tela, para descubrir la polla de Samuel y agarrarla con la mano.

—Después voy a follarte hasta que te duela —le dijo él con la mirada turbia—. No me lleves mucho al límite.

—¿O qué?

—O me correré en tu boca y te pediré que saques la lengua y me lo enseñes.

A Jimena las charlas de sexo siempre le gustaron así, muy sucias, y Samuel había aprendido rápido lo que la calentaba.

Se la metió en la boca con placer hasta que no pudo más y después, al sacarla, escupió en la punta. Su saliva fue resbalando hasta la base y la repartió con la mano, mientras lo tocaba.

—Cómo me gustas así de cerda —gimió él—. Te había echado de menos.

—¿Cuánto?

—Mucho. Te lo voy a demostrar. Pero… sigue.

Colocó la mano sobre su cabeza y Jimena volvió a metérsela en la boca para succionar fuerte después. El gemido de Samuel la aceleró y durante un rato lo único que se escuchó en la habitación fue placer.

No sabría decir en qué momento se desconectó, pero lo cierto es que la mente, maldita hija del mal, se le fue por los mismos derroteros de siempre. Empezó a pensar…, cosa que, personalmente, no recomiendo durante el sexo. ¿Notaría diferencia de la boca de un hombre a la suya? ¿Sería más de dar o de recibir? En cuanto al sexo oral, se refería. Aunque en el otro sentido también se lo preguntaba. ¿Le gustaría…?

Después de un rato de dar vueltas a las mismas preguntas una y otra vez, volvió por un instante a la habitación, al acto en sí, a los olores, los sabores y el tacto del músculo duro en su mano, completamente empapado de saliva. La mano le resbalaba sobre la piel. Y pensó que…, bueno, en realidad no pensó.

Samuel no se lo esperaba. Un lametazo aquí, otro allá…, hasta le excitó. Pero cuando la lengua fue sustituida por un dedo y sin previo aviso este bajó y entró, él se tensó. Y mucho.

—¿No te gusta? —le preguntó ella.

—Ehm…

—¿Qué? ¿Quieres más…?

—Jime, en realidad…

Jimena movió la mano y el dedo se deslizó más adentro, haciendo que Samuel diera un respingo.

—¿Esto te pone? —le preguntó confuso.

—¿No te pone a ti?

—Te lo he preguntado yo primero.

—Claro que me pone —mintió ella—. ¿Y a ti?

—No estoy seguro.

—Despacio…

Se la metió en la boca de nuevo, pero la notó un poco menos dura. Lo miró mientras lamía y él le devolvió la mirada. Bastó ese cruce para que él lo viera claro.

—Vale, para.

—¿Qué?

—Que pares.

—Qué cortarrollos, Sam… —se quejó Jimena que, en realidad, se sentía bastante aliviada.

—¿Qué haces?

—¿Yo? Hacerte una mamada.

—¿Y con las manos?

—Probar cosas.

—¿Lo habías hecho antes? —la interrogó recuperando los pantalones.

—¿Y eso qué importa?

—¿Lo habías hecho antes o no?

—Pues no. Pero nunca es tarde si la dicha es buena, ¿no? ¿No tenéis el punto G ahí?

Se miró disimuladamente la mano con cierto respeto. Fue una especie de: «Dios, Jimena, eso no te ha gustado nada. Este chico te gusta de verdad».

—¿Por qué?

—¿Por qué qué? —Jimena empezaba a ponerse de mal humor.

—¿Por qué qué? ¿Por qué me has metido un dedo por el culo, Jimena? La pregunta es bastante obvia.

—Porque me apetecía probar, ¿qué pasa?

—Que no lo veo claro.

—Tú me metiste un dildo por ahí hace nada…, te lo recuerdo.

—¡Lo compraste tú! —se quejó Samuel.

Jimena boqueó sin saber qué decir.

—Si no te gustaba lo que te estaba haciendo era tan sencillo como decírmelo —respondió por fin.

—Si no te gustaba lo que me estabas haciendo era tan sencillo como no hacerlo —contraatacó él.

—¿Y cómo sabes que a mí no me estaba gustando?

—¿¡Te has visto la cara!? ¡¡Si parecía que te estaban obligando!!

—¡¡Yo hago las cosas porque quiero!!

—Haces las cosas porque llevas dos putos meses obsesionada —recriminó Samuel.

—¿Obsesionada? ¿Obsesionada con qué?

—¿Con qué? Con mi vida sexual anterior a ti. Con que mi ex fuera un tío. ¿Por qué no me preguntas abiertamente, Jimena? Prueba a hacerlo, venga. Dime, Samuel…, ¿se la metías tú o eras el que se ponía a cuatro patas? ¡¡Venga!!

Jimena se levantó de la cama y se dirigió al baño, pero él la sostuvo del brazo con suavidad.

—Nos vamos a la mierda antes de empezar, Jimena, y no va a ser culpa mía.

—¿Va a ser culpa mía entonces?

—¿Qué es lo que te cuesta entender? Dímelo. ¿Es que no entiendes que pueda sentir esto por un hombre y por una mujer indistintamente? ¿No entiendes mi rol con Luis en la cama? ¿O lo que no entiendes es el puto miedo que te da que diga en voz alta que me gustaba que me la metiera?

Hostia…, Jimena pensó que se moría del calor que le abrasó las mejillas.

—Me encantas, Jimena —le dijo él con voz triste—. Siento por ti cosas que yo tampoco entiendo, pero que no me preocupan. Me gusta hasta que me digas todas esas chaladuras sobre tu novio muerto porque creo que es tu manera de decirme que soy importante para ti. Has hecho que, de estar solo, pase a sentirme siempre lleno. Pero no puedo con esto. No puedo avergonzarme de mí, de lo que viví y del hombre al que quise.

—Nadie te está pidiendo que te avergüences.

—¡Tu propia vergüenza lo pide a gritos! Y no voy a pedirte perdón. Me acosté con él cientos de veces. Me enamoré de él sin entenderlo. Pero dime una cosa, Jimena, ¿de qué sirve entender las cosas que sentimos cuando estas nos hacen felices?

—No te estoy juzgando.

—No. Estás preocupada por si el hecho de que me haya comido alguna polla me hace potencialmente menos atractivo, ¿no?

—No —mintió.

—Lo besaba todas las mañanas —le dijo muy serio—. Me gustaba que me la chupara en la ducha y a él que yo se la comiera en el coche. Me folló un par de veces y lo hizo con cuidado y mucho placer porque yo quise probar. El resto de las ocasiones, me lo follé yo. Acéptalo, Jimena.

Y Jimena, que creía conocerse bien, se dio cuenta de que era más fácil hacerlo que decirlo.

La vuelta fue jodida y tensa. No se hablaron después de aquella discusión. Ella pensó que por la mañana las aguas estarían más calmadas, pero Samuel parecía todavía más molesto. Aun así, fue maduro y le preguntó si quería hablarlo de nuevo, si había reflexionado sobre lo que discutieron, pero Jimena respondió que no tenía nada que añadir, a lo que él solamente agregó:

—Pues entonces está todo más que claro.

Mientras esperaban el avión de vuelta a Madrid, Jime escribió a Adriana. Necesitaba pensar en otra cosa que no fuera que por no decir: «Samuel, me cuesta entender todo esto, pero quiero hacerlo», estaba a punto de joderla con alguien que sabía que podría ser importante en su vida. Lo habían dicho las cartas. Santi le había dado su bendición de alguna manera.

Jimena:
Adri, ¿has conseguido hablar con Maca?

Adri:
No, qué va. Tiene el teléfono apagado y no lo coge en su casa. De todas formas, no creo que debamos preocuparnos demasiado. Se le va a pasar enseguida. Vamos a darle tiempo. Fuimos un poco a saco.

Jimena:
Estoy a punto de coger el vuelo de vuelta...,
¿tú sigues en el pueblo?

Adri:
Qué va. Volvimos ayer, demos gracias al Señor.

Jimena:
¿Pasamos por casa de Maca con una botella de vino?

Adri:
Venga. ¿Te recojo en la tuya?

Jimena:
No, mejor nos vemos allí.

Quedaron en verse en mi portal a las siete. A Jimena le daría tiempo de sobra de pasar por su casa a dejar la maleta y a Adri le daría tiempo de ir a ver a Julia e incluso darse un revolcón.

Pero…

—Tienes las llaves de tu casa en mi piso.

La voz de Samuel sonaba tensa.

—¿Qué?

—Antes de irte a Valencia me dejaste las llaves de tu piso en casa por si pasaba algo. Si quieres ir a tu casa vas a tener que venir a la mía primero.

—¿Vamos a tener esta actitud de mierda hasta que lleguemos a Madrid? —respondió ella muy molesta.

—Sí, pero tranquila, no vas a tener que soportarla mucho tiempo. Dos horitas como máximo y después eres libre.

—¿Todo esto es porque te metí un centímetro de dedo por el culo?

Jimena, poetisa.

—Todo esto es porque te importa más quién fue mi ex que lo que sientes por mí.

—A mí tu ex me la suda.

—¿Sabes lo que me la suda a mí? Tu inmadurez emocional. Paséala con otro, Jimena. Yo me he cansado.

El paso por el piso de Samuel fue breve, claro. No estaba la cosa como para demorarse demasiado. Las cartas del tarot podían decir misa, pero si un tío la enviaba a la mierda con tanta claridad, ella no era de las que volvían con el rabo entre las piernas. Orgullo, qué gran mierda.

Así que cogió las llaves y se marchó. No se despidieron, no se besaron, no dijeron «ya te llamaré». Para Jimena era un «adiós muy buenas, este tampoco era el adecuado». Para Samuel, la última oportunidad de que ella se diera cuenta de cuánto dolía tener que esconderse también delante de la persona de la que se estaba enamorando.

Jimena arrastró su maletita de mano por toda Malasaña con bastante mala hostia. Con tanta…, que cuando tenía que haber girado a la izquierda para enfilar hacia Gran Vía, siguió recto y, sin saber cómo, se encontró más allá de la plaza del Dos de Mayo. Miró el reloj. Joder.

Volvió sobre sus pasos y al pasar por delante de una tienda de alimentación decidió entrar a comprar la puñetera botella de vino con la que pedirme perdón por ser sincera. Estaba de mal humor, no voy a increparla por ser una imbécil redomada ahora.

Así que entró, compró la botella y al salir casi se tropezó con dos chicas que, al refugio de un portal, lo estaban dando todo.

—Ay, perdón —dijo pasando de largo, apurada por haberles cortado el rollo.

Dio un paso, dos, tres, cinco, siete. El octavo no lo pudo dar porque la mente reconstruyó los pocos fotogramas que había captado de aquella pareja. Una media melena pelirroja. Dos ojos completamente aterrorizados. Dos bocas rojas de tanto beso.

Se volvió. Adriana seguía allí, junto a Julia, sin poder moverse.

—Pero… —balbuceó Jimena.

—Te lo puedo explicar.

Tuvo que pestañear cinco o seis veces para «despertar» del trance. Después, haciendo caso omiso de la llamada de su amiga, se dio la vuelta y empezó a andar. O mejor dicho… a correr.

41

Verdades como puños

Creí que me fundían el timbre. Sonaba sin parar, sin tregua, sin darle tiempo a que cogiera aire. Sonaba enfurecido, como la persona que apretaba el botón sin despegar la yema del dedo. Estaba segura de que era Jimena, pero pensaba que estaría cabreada por haber tenido el teléfono apagado y haberlas preocupado.

Cuando le abrí la puerta, entró como una exhalación, empujándome y tirando de cualquier manera su maleta de mano en mi recibidor.

—¡Eh! —me quejé.

—¿Tú lo sabías?

—¿Qué?

—Claro que lo sabías. —Se rio sin ganas—. Aquí la única gilipollas soy yo, ¿no?

—No tengo ni idea de lo que estás hablando. ¿Qué dices, Jimena?

—Lo de Adri. Tú lo sabías.

Joder. Pero ¿qué cojones había pasado?

—No sé a qué te refieres —intenté escaquearme.

—¿No lo sabes? ¿No sabes que Adriana tiene un rollo con la tía con la que hizo el trío con su marido? ¿Me quieres decir que no tienes ni idea de que Adriana es lesbiana?

Me acerqué a la puerta con paso lento y la cerré.

—Tranquilízate. Si te ve así, vas a hacerla polvo. Imagino que llegará en nada, ¿no? Lo que tarde en alcanzarte.

—¿¡Cómo lo sabes!? —me gritó.

—Pues porque no hay que ser adivina, Jimena. Si estás así es porque te la has encontrado en la calle con Julia y no le has dado tiempo a explicarse.

—¿Explicarme qué? ¿Que está mintiendo a todo el mundo?

—Venga, Jimena. Tú eres mucho más inteligente que esa mierda de reproche. Cálmate un poco antes de que llegue. No lo está pasando bien.

—¿Y quién sí? Además… ¿Qué pasa? ¿Es que yo no soy su amiga? ¿Por qué me lo habéis ocultado?

El timbre del telefonillo sonó en aquel mismo instante y chasqueé la lengua contra el paladar.

—Un genial último día de vacaciones – musité para mí misma antes de abrirle la puerta a Adriana.

—¡¡Siempre me escondéis cosas!! ¡¡Habláis a mis espaldas!! ¿Sabes lo mal que me siento ahora mismo?

—Pues deja de sentirte tan mal porque esto no va contigo, va con Adriana. Abre un poco las miras.

—¡¡Ahora me llamas…, ¿qué me estás llamando?!! ¿Egocéntrica?

—Entra en el salón y cálmate —le supliqué—. Por esto no quería decírtelo. Justo por esto. Estaba asustada. No hagas que sienta que tenía razones para estarlo.

—¿Razones para estarlo? —preguntó con una expresión algo ida.

—Jimena, tú no estás cabreada por esto. Estás sorprendida. No pienses en ti ahora. Entiendo que te haya sentado mal que yo lo supiera y tú no, pero si conviertes esto en un drama, no va a atreverse nunca a…

—¿A qué?

—A tener una vida de verdad.

Abrí la puerta en el momento en el que el ascensor se abría y una Adriana desencajada salía de él.

—Jime…, ¿está aquí? —La vio detrás de mí y se abalanzó sobre ella—. Jimena, déjame que te lo explique, por favor. No es…, no es lo que parece. ¿A que no, Maca? ¿A que lo ha sacado de contexto? Julia solamente es… una amiga. Es una amiga muy cariñosa y…

—¿Y por eso estás llorando? —le preguntó Jimena.

Bastó esa sencilla pregunta para hacer que Adri se desmoronara.

—No sabía cómo decírtelo. No tenía ni idea de cómo hacerlo. Ni siquiera sé cómo decírmelo a mí misma. —Sollozó—. Esto es un puto marrón.

—No es un marrón. —Traté de calmarla—. Ven, siéntate. Jimena lo entiende. De verdad.

Jimena nos miró sin saber qué decir. Creo que nunca habíamos visto a Adri en ese estado.

—Voy a por un vaso de agua. Siéntate.

Volví al segundo; las dos habían tomado asiento en mi salón, pero ninguna se miraba. Adri sollozaba mirando al suelo y Jimena estaba girada hacia la ventana.

—Me siento imbécil —musitó esta.

—No tienes por qué sentirte así —dije—. Deja que te lo explique y ya está.

—Pensaba que éramos amigas, que teníamos la suficiente confianza como para contarnos estas cosas. Estas cosas son importantes, Adri. Esto no es una tontería. ¿Pensabas escondérmelo toda la vida? ¡Eres lesbiana, tía! ¡Y estás casada con un tío!

—Vale ya —le pedí cabreada—. Rebaja toda esa rabia.

—¡¡Es que me siento imbécil!!

—¿Cómo iba a decírtelo? —contestó Adri—. ¡Con la que has montado porque Samuel tuviera un novio! ¿Con qué confianza te digo después de eso que me he dado cuenta de que me gustan las tías?

—Es que esto no funciona así, Adri. ¿Me quieres hacer creer que un día te levantaste y dijiste: «Uhm..., hoy voy a probar a ser lesbiana, a ver si me gusta»? ¡¡Venga ya!! ¡¡Me lo has estado ocultando y...!!

Quiero mucho a Jimena, pero tuve ganas de abofetearla.

—¡¡No lo sabía!! —se quejó la pelirroja—. En el fondo sí, supongo; yo sentía que había algo que no encajaba, pero es que nunca me había enamorado, Jimena. No sabía la diferencia. Yo pensaba que lo que tenía con Julián era amor y que el problema era yo, porque no tenía libido. Pensaba que... —se limpió a manotazos las lágrimas—, que no tenía deseo sexual. Creí que era asexual y punto. Pero ella... me cambió la vida. Joder..., casi la pierdo. —Se mordió el labio fuerte para no llorar de nuevo—. Esto no es fácil, Jimena. Estoy casada y enamorada de otra tía. ¿Con qué cara quieres que se lo cuente a mi marido?

—No estamos hablando de tu marido. Estamos hablando de tus amigas. De Julián podríamos haber hablado después, cuando lo supiéramos todas.

—Joder, Jimena —me quejé—. No sé si te has dado cuenta, pero aquí, en esta historia, tienes un papel secundario, no protagonista.

—¡¡Cállate!! —me gritó.

—Montaste un drama porque Samuel estuvo enamorado de un tío —le aclaró Adriana—. ¿Crees que es un buen punto de partida para que te confíe esto?

Jimena se encogió en su sillón y, sin darnos oportunidad de reaccionar, se echó a llorar también. Me pregunté si no serían los efluvios de Luisi, la planta nueva, la que estaba provocando el ataque de histeria colectiva en mi salón.

—Pero vamos a ver... ¿este dramón a qué viene? A ti te ha sentado mal que no te lo dijera antes, entendido. Y tú..., tú no se lo dijiste antes porque, después de ver cómo había reaccionado con lo de Samuel, tenías miedo. ¿No creéis que las dos tenéis posturas comprensibles? Bajaos del burro, por Dios. Dejad de dar voces. Aquí cada una tiene su tragedia personal y estamos llevándolo un poquito al extremo.

—Dijo la que se ha pasado dos días con el teléfono apagado —añadió Adriana secándose de nuevo las lágrimas y los mocos.

—Porque me tenéis hasta el toto —sentencié dejándome caer en el hueco de sofá que quedaba libre—. Entre la una, la otra, la de más allá y el Niño del Peine. Estar sola y aislada de vez en cuando no viene mal. Os recomiendo una jornadita de reflexión. ¡¡Jimena!! —grité al ver que no dejaba de llorar—. ¡¡Vale ya, vamos a hablarlo como adultas!!

—Me ha dejado —gimió.

—¿Qué? —pregunté confusa.

—¡Que me ha dejado! Me ha dejado porque no lo he entendido y porque me da miedo preguntar. Me ha dicho adiós y se acabó, como si no importase nada.

Me encomendé a todos los santos. «¿Por qué a mí?».

—Jime…, solo quiere que reacciones, que vuelvas y le digas: «No entiendo una mierda, pero quiero que me lo expliques». ¡Y ya está!

—No. —Se pasó el dorso de la mano por debajo de la nariz—. Lo hemos dejado. Yo allí no vuelvo. Porque no entiendo una mierda y porque…, porque…

—Porque te da un miedo que te cagas —terminó de decir por ella Adriana.

—¡¡Pues sí!! —se lamentó—. Porque no lo entiendo. Y me da miedo no estar a la puta altura.

—Eso es una estupidez —sentencié.

—Los miedos son así —terció Adriana—. No tienen por qué ser lógicos. Casi nunca lo son.

—¿Y si nunca llega a quererme como le quiso a él? ¿Y si lo doy todo y él no puede por el sencillo hecho de que soy mujer?

—Otra estupidez —apunté.

—Díselo así —le pidió Adri.

—¿Que se lo diga así? ¡¡Dile a tu marido que en realidad no estás enamorada de él!! ¡¡Dile que tienes novia!!

—Por favor, no frivolicemos —intenté mediar.

—No, no… —me interrumpió Adri—. Si tiene razón. Tengo novia. Y marido. Y esto es un desastre.

Una tosecita seca salió de la garganta de Jimena y chasqueé la lengua contra el paladar antes de acercarme a abrazarla, pensando que el llanto había vuelto. Cuál fue mi sorpresa al encontrarla partiéndose de risa.

—¿Te estás riendo?

Asintió con los ojos llorosos. Era esa típica situación en la que, literalmente, no sabes si reír o llorar. Adriana se contagió. A mí me salió una risita por la nariz.

—La pelirroja come ostras, mi novio percebes y tú y yo, Maca, tú y yo nos comemos una mierda.

Fue una estupidez, pero nos reímos. Nos reímos mucho porque, si se puede escoger, es mejor eso que escupir reproches, culpas y lágrimas.

Nos costó un rato calmarnos. Las risas no solucionaron todo el asunto. Aún se nos escaparon algunas lágrimas. Hasta yo lloré, pero creo que del agobio. Saqué unas cervezas del frigorífico y metí en el horno una pizza precocinada. Estas cosas con comida pasan mejor. Después, tragamos en silencio hasta que empezamos a entonar el mea culpa.

La primera fui yo. Lamentaba haberlas preocupado.

—En realidad sabíamos que se te pasaría enseguida. —Sonrió tímida Adriana—. Para cabrearte eres pésima.

—Pues cuando me cabreo de verdad, me cabreo pero bien.

—Eso solo sirve con Leo —apuntó Jimena.

Ella fue la siguiente:

—¿Por qué seré tan zopenca?

—Lo cierto es que me sorprende que una tía que cree que su novio muerto le envía señales a través de objetos inanimados y tarotistas, no entienda que a veces el amor no tiene género.

—Vete a tomar por el culo.

—Tiene razón —me apoyó Adriana—. Tú, mejor que nadie, deberías saber que el amor es complicado.

—Ahora ya no hay nada que hacer.

—Siempre hay algo que hacer —la animé.

—Dios…, me muero de la vergüenza. —Se tapó la cara.

—Pero ¿por qué?

—Porque sí.

—Porque sí no es una respuesta.

—No te va a gustar la de verdad —aseguró.

—¿A quién pretendes sorprender? —dijo Adri con media sonrisa—. Le metiste un dedo en el culo y te pilló con el carrito del helado y toda la mierda de excusas que te habías puesto a ti misma.

Jimena levantó el dedo corazón.

—¿Ese dedo fue el que le metiste?

A Adri y a mí nos dio un ataque de risa.

—Yo pensaba que le estaba gustando —dijo ella muy digna—. Lo estaba haciendo con la suavidad de un maestro shaolín. —Eso no hizo más que agravar nuestras carcajadas—. Reíros, reíros, que vosotras no tenéis ningún circo montado en vuestra vida, qué va. La falsa heterosexual y la masoca empedernida. —Nos señaló—. Si esto va de dar lecciones, yo voy a dar la mía: tú, tienes que decírselo a tu marido y te tienes que separar. Vas con retrasito en esto de vivir la vida, así que yo no perdería mucho el tiempo, a ver si la pelirrosa se va a cansar de ser la otra.

—En realidad tiene razón. —Le di un par de palmaditas en la espalda a Adri.

—Tú no te libras… Tú… ten la cabecita sobre los hombros. —siguió Jimena.

—La tengo —gruñí.

—En lo que respecta a esa relación de mierda, ninguno de los dos la tiene. Controlaos en la boda de tu hermano o… eso va a ser *Bodas de sangre*.

Y con la referencia a Lorca me quedé. Y con la advertencia. No por el miedo ni por el prejuicio contra el que ya no sabía cómo luchar y que apuntaba a que Leo y yo en la misma frase era algo malo por naturaleza. Si me quedé con el aviso fue porque, ante todo, la boda de mi hermano era lo primero. Mis sentimientos…, mis sentimientos ya se vería lo que eran.

42

Bodas de azúcar y canciones

La vuelta al trabajo fue... suave. Los primeros días Candela y Pipa seguían de vacaciones, con lo que me encontré en la gloria. Incluso me pregunté por qué narices me quejaba siempre tanto de mi trabajo. Era... *cool*, ¿no? Viajaba bastante, conocía a gente con profesiones diferentes e interesantes, trataba con la moda constantemente y estaba rodeada de cosas bonitas. Además, después de mi «reforma laboral» tenía unas buenas condiciones. A eso le llamo yo el efecto «Vacaciones de mes y medio». Se me habían olvidado las razones que llenaban la parte contraria de la balanza. Eso o que, desde la Polinesia Francesa, Pipa no tenía mucho que decir y yo muchas fotos de archivo que ir subiendo a sus redes sociales sin necesidad de tenerla detrás.

Eso sí: mi mesa, que dejé ordenada e impoluta antes de irme, era un maremágnum de papeles y carpetas plagados de post-its de colores con la letra de Candela. Me costó toda una jornada ponerme al día con la cantidad de mierdas que me pedía que solucionara. Eran tantas que mi parte mezquina no pudo evitar pensar que qué narices había estado haciendo durante mis vacaciones. ¿Irse de manipedi con la jefa?

Me tranquilizó tener aquellos días. Así fue mucho más fácil meterle mano a todo lo concerniente al viaje a México y quedarme tranquila. Solo quedaban algunos flecos pequeños, revisar las condiciones de algunas marcas que «nos acompaña-rían» en aquella travesía e ir adelantando trabajo tipo post para la web y el montaje de algún vídeo. No era difícil, solamente un poco aburrido. Pero… qué maravilloso fue tener la oficina para mí sola. Pensé que corría el riesgo de pasarme el día revisando el móvil por si había noticias de Jimena (por si la habíamos convencido, aunque fuera un poco, para que volviera a hablar con Samuel) o de Adriana (por si se había levantado aquella mañana con ganas de recuperar la independencia para ser completa-mente feliz por fin). Pero no. Descubrí que nunca había sacado tanto trabajo adelante. Y que hacer entrar en razón a alguien cuando no quiere… es muy difícil.

Cuando Candela y Pipa llegaron, fue más complicado concentrarse. El problema principal fue darse cuenta de que, en apenas dos meses, Candela había conseguido mantener con Pipa la relación que yo, en tres años, no había podido ni rozar. El primer día entraron a la vez, riéndose, con vasos de café para llevar de la misma cafetería, mientras mi ayudante le contaba muy animada una anécdota de sus vacaciones que Pipa escuchaba con atención.

¿Qué había hecho yo mal?

No tuve demasiado tiempo para pensar en ello. No solo porque tenía asuntos personales que demandaban atención, como dos amigas en momentos vitales muy diferentes, pero igual de críticos según su propia percepción, que necesitaban de su otra mejor amiga para ejercer como tal. Tenía, además, que cuidar de las mariposas que habían crecido en mi estómago y que, cada vez que pensaba en la boda de mi hermano, levantaban el vuelo hasta amenazar con escapar volando por mi garganta. Y, ojo…, me sirvió para no amargarme. Tanto que aprendí que, quizá, le había regalado al trabajo algunas emociones que debí invertir en mí. Había vida fuera de aquel precioso despacho. Había vida más allá de Pipa y sus problemas. Además, no encontrar unos guantes de piel de zorro de color mostaza, queridas, no cataloga como problema en la escala de la razón humana.

Sin embargo, como la vida no es ni blanca ni negra y las personas (casi) nunca responden al perfil del psicópata, malvado porque sí, de las películas de 007, Pipa me puso muy difícil poder ponerla a caldo tranquila. Justo antes de salir corriendo hacia Atocha, a coger el tren con destino a Sevilla para la boda de mi hermano, cargada con la maleta de mano y la funda de mi vestido, tuvo un detalle que no esperaba.

—Maca, Maca…

Recuerdo cerrar los ojos con fastidio, creyendo que perdería el tren porque a ella, de pronto, se le antojaría que llenara un botecito con mis lágrimas para dárselas a beber a sus enemigos o algo así. Pero no. Al volverme con una sonrisa educada, me tendía una tarjeta.

—¿Qué es? —pregunté extrañada.

—Es el teléfono de la chica que me maquilló cuando tuve el evento de aquella bodega en Sevilla.

—Te lo agradezco de verdad, pero… no hace falta.

—Llámala para concretar la hora y la dirección. Ya tiene parte del sábado reservada para ti y para tu madre.

Abrí la boca a la vez que notaba las cejas aproximarse al nacimiento de mi pelo.

—Eh…, yo…, ahm…, pues…

—Un gracias basta.

—Gracias. Claro, por favor. Mil gracias.

—Está pagado.

Cuando se marchó hacia su mesa, me pareció ver en su boca una sonrisa cómplice para mí, pero desapareció enseguida, al igual que el gesto de fastidio de Candela cuando se dio cuenta de que la miraba.

—Es un detallazo.

—Corre o perderás el tren. Siempre llegas a todas partes corriendo —respondió Pipa mientras se sentaba en su silla—. Aunque, bueno, al menos esas carreras no te pillarán en tacones. Ya. No sabe ser amable durante mucho tiempo.

Llegué, efectivamente, sin tiempo de tomarme una cerveza en la estación con Jimena, así que ella me llevaba ventaja. No me había esperado. La compensé con un par de latas en la cafetería del AVE. El resultado fue que, aunque pasamos por nuestros asientos para dejar el equipaje, no volvimos a sentarnos hasta que se anunció la llegada a la estación de destino. Pero... qué bien supieron aquellas dos horas y media, apoyadas en la bancada junto a esas ventanas tan bajas a través de las que vimos cómo el paisaje nos tragaba. Casi me olvidé de cuidar a las mariposas. Casi. Al llegar al hotel les di unos mimos cuando se me ocurrió pensar si Leo ya estaría allí, si su habitación estaría cerca de la mía o si estaría pensando también en mí. Después, Antonio me dijo que Leo llegaría a la mañana siguiente porque no había podido saltarse un claustro importante aquel mismo viernes y las mariposas durmieron tranquilas unas cuantas horas más.

La cena fue sencilla y muy familiar. Sin protocolos. Mi casi oficialmente cuñada quiso que fuera de aquella manera: ella con sus padres y hermanos por un lado y nosotros cinco, contando a Jimena, por otro, como antaño. Como aquellas cenas de viernes, años atrás, cuando mi madre nos cocinaba huevos fritos con patatas. Mi padre reservó mesa en la terraza de Casa la Viuda, donde estuvimos tan a gusto que cuando quisimos darnos cuenta estaban cerrando. Corrieron las anécdotas casi tanto como el vino dentro de las copas y los brindis por Antonio, por su prometida, por el amor y por nosotros como familia. Y al final Jimena, a la que el vino había puesto ñoña, lloró porque nos quería mucho, dijo, y arrastró a mis padres al lloriqueo. Mi hermano y yo resistimos como campeones, pero nos cogimos la mano, como cuando teníamos miedo por la noche siendo unos mocosos.

El día de la boda amaneció algo gris y a mí me pilló despierta. Genial para pensar, para soñar, para montar castillos en el aire. Fatal para mi salud emocional y mis ojeras. Aguanté sin despertar a mi compañera de habitación hasta que sonó el despertador y tuve excusa para saltar de la cama y meterme en la suya.

—Eres una pesada —rezongó—. Y estás tan nerviosa que me duele el estómago hasta a mí.

Tenía razón. Estaba muy nerviosa. Como una niña.

Cuando Jimena y yo descorrimos las cortinas, arrugamos el ceño. El cielo estaba mucho más gris de lo que se podía adivinar a través de la poca luz que entraba instantes antes en la habitación.

—Como llueva... —musité.

—La lluvia en Sevilla es una maravilla, chiquilla.

—Sí, y novia lluviosa es novia dichosa, pero es una putada.

—Y que lo digas. Llevo sandalias.

—Como todas. ¿Qué esperabas? ¿Que alguna invitada llevara katiuskas?

En el salón de desayuno del hotel, además de mis padres, los de mi cuñada, alguna tía a la que hacía años que no veía o amigotes de mi hermano, nos esperaban un millar de chinos. No exagero..., los había a miles. Y todos querían jamón. Temí que Jimena luchara a muerte con alguno, cuchillo en mano, por una loncha. Fue un desayuno divertido. Mi hermano estuvo espléndido..., los nervios siempre le hacen ser más gracioso.

Supe que Leo había llegado porque las mariposas levantaron el vuelo sin aviso previo. Y no soy una de esas personas que creen en el poder mágico del amor porque sí, pero después de lo de las cartas del tarot... había dejado abierta la posibilidad de que el cuerpo percibiera cosas que no pasaban por la razón.

Eran las dos de la tarde en Sevilla y las nubes ya prometían escampar.

La maquilladora llegó un rato después, cuando ya habíamos dado un bocado rápido y mi madre alcanzaba el punto álgido de sus nervios, contagiándonos a todos y provocando algún que otro cruce de gritos. En mi casa somos muy así. Un par de ladridos, un beso, una disculpa y andando. Como nuevos.

Tenía mis reservas con lo de la maquilladora. Pensaba darle el cambiazo y regalarle la oportunidad de que arreglase a Jimena en lugar de a mí, pero me dijo que pasaba de ponerse en manos de alguien que pudiera pintarle los labios de rosa. Y ella se lo perdió, porque la verdad es que tanto mi madre como yo quedamos encantadas con el resultado. Joder, cuando me miré en el espejo no me reconocía sin las ojeras. ¿Cómo lo hizo? Ni idea. Nunca más he podido disimularlas de aquella manera.

A las cuatro, nos tocó ponernos los vestidos y marcharnos corriendo para hacer las fotos de rigor con mi hermano y salir pitando hacia la basílica de Santa María de la Esperanza Macarena para esperar a la novia. Y al resto de invitados. Y a Leo, claro.

Fueron llegando con cuentagotas. Al principio les esperamos en la puerta, pero el calor apretaba y terminamos buscando el refugio del interior. Antonio se situó frente al altar, al lado de mi madre, que estaba guapísima vestida de granate.

Estaba sentada en el primer banco, dándome aire con un abanico de madera que mi madre me había comprado para la ocasión, cuando Jimena me dio un codazo que me hundió la costilla flotante.

—¡Au! —me quejé.

Ella, con su vestido negro con un solo tirante cruzado sobre el pecho, se estaba poniendo de pie. Creí que la novia se había adelantado. Pero no.

Lo vi llegar a cámara lenta. Os lo juro. Él y ese traje oscuro con camisa blanca. Otra vez la camisa blanca. Casi ni me molestaba la corbata que, aunque era preciosa, rompía ese símbolo hecho tela. Se apartó el pelo de la frente en un gesto recurrente y bajó la mirada, como si evitase mirarme hasta estar junto a mí. Me había quedado tan agilipollada que seguía sentada cuando llegó, pero me tendió la mano y me levanté. La palma de su mano era suave, como solo podía ser la mano de un hombre acostumbrado a acariciar las hojas de los libros. Y estaba seca. La mía no. La mía sudaba a mares.

Nos miramos a los ojos sin separar las manos y fuimos sonriendo despacio, como si ese movimiento casi imperceptible de nuestras manos fuera un preliminar.

—Estás muy guapo —dijo Jimena, incómoda por el momento.

—Ah..., ¿qué? —preguntó con el ceño fruncido—. ¿Yo? Gracias. Vosotras también estáis... —me miró— increíbles.

—Gracias —musité.

—Ese vestido...

—Es el que te dije. —Solté su mano y acaricié la falda—. ¿Verdad que recuerda a *Coco*?

—Da ganas de vivir.

El pedorreo de Jimena ni me molestó. Que se riera tanto como quisiera.

—¿Dónde están tus padres? —quiso saber Jime.

—En la puerta, saludando a no sé quién. Parecen de la familia.

—Son de la familia —insistí.

—Bueno, ya me entiendes.

Y hablando de padres, mi madre se abalanzó a sus brazos como quien ve al hijo pródigo, repitiéndole sin parar lo guapo que estaba. Mi padre, sin embargo, solo le dio la mano con una sonrisa tensa. Para nuestros padres..., asumidlo, nunca dejamos de ser las niñitas que corrían a abrazar sus piernas cuando volvíamos de la escuela. Guardan nuestra imagen más tierna y la conservan para siempre. Así que, por más cariño que le tuviera, aquel seguía siendo el hombre que rompió por dentro a su pequeña. Percibir aquella tensión me puso triste, pero no tuvo nada que ver con los recuerdos. Lo que me entristeció fue que aquella barrera no le dejara ver al hombre en que ese chico que mi padre conocía se había convertido.

—¿Necesitas ayuda para la traca? —le preguntó Leo con su mano aún entre las de mi padre, en un apretón muy familiar.

—No me vendría mal.

—No la necesita —solté yo—. La voy a encender yo.

—Te prenderás el vestido —advirtió mi madre.

Pero los valencianos somos así, medio comerciantes medio piratas, enamorados del olor de la pólvora y el calor del fuego en la cara. Así nos ha ido forjando el carácter la tierra y la tradición. Aún recuerdo bien la cara que se le quedó a Adriana cuando Jimena y yo la llevamos a su primera *mascletà*. Al terminar se volvió hacia nosotras y musitó: «Aquí estáis pirados». Y en el fondo…, en el fondo estaba en lo cierto.

La mecha prendió rápida entre mis manos pero di un par de pasos antes de que explotara el primer petardo. Podíamos ser dos familias valencianas celebrando una boda en Sevilla, pero las costumbres son las costumbres y se vinieron con nosotros. La detonación arrancó el grito de varios viandantes y nos hizo sonreír. Cuando las explosiones terminaron, todos los asistentes estallaron en aplausos y a la novia, que bajaba del coche en aquel preciso momento, se le escaparon un par de lágrimas.

¿Qué tendrán las bodas? ¿Por qué nos hacen llorar? ¿Es porque nos emociona la celebración del amor? ¿O porque despiertan fantasías olvidadas de amor romántico y cuentos con final feliz? No lo sé. Solo sé que lloré, pero más por dentro que por fuera.

Cuando ahogué la primera lágrima viendo cómo mi herma-no miraba a su futura esposa con aquella devoción, me di cuenta de que, además de la emoción normal y humana de ver casar a alguien tan cercano como él, aquella era la primera celebración de un matrimonio a la que acudía desde que Leo y yo no nos casamos.

Y fue casi como imaginamos que sería la nuestra, aunque a nosotros nos iba a casar un párroco joven en un monasterio de piedra clara, en un pueblecito marinero junto a Valencia.

Busqué la mirada de la Virgen de la Macarena por la que llevaba mi nombre no por creencia, sino por buscar las siete diferencias que ahuyentaran el recuerdo de una fantasía que nunca existió. El recuerdo, en aquel momento, fue más fuerte que la sorpresa de todo lo nuevo que Leo tenía por compartir. Y aunque encontré a la Macarena, mis ojos resbalaron hasta donde él estaba sentado. ¿Y qué creéis que encontré? ¿Más recuerdos? ¿Arrepentimiento? ¿Dolor por lo que perdimos? ¿Duda? No. No, por favor. Encontré una sonrisa que devolví con un nudo en la garganta. Al fin y al cabo, teníamos razones para sonreír.

Pensé en mi vestido de novia, que nadie había querido comprar por Wallapop. Pensé en si él guardaría su traje o si sería el que llevaba puesto en aquel preciso instante. Pensé en el viaje de novios que no habíamos hecho. Pensé en todo lo que hubiera seguido a nuestra boda, siendo consciente de que no estábamos preparados para dar aquel paso. No es el siguiente escalón lógico cuando uno se quiere. Esto no va de enamorarse, casarse y tener hijos. La vida, al fin, es vivir el amor como vaya a hacernos felices.

Sonreí al ver su expresión porque creí entender que me decía que «aquellos no éramos nosotros». Y no lo éramos.

Quise correr a su lado apartando a todo el mundo e ignorando que mi hermano y Ana estaban a punto de dar el sí quiero para decirle: «Nosotros, los de verdad, nunca lo hubiéramos hecho así. Habría sido bonito, pero no habría sido nuestro, porque nosotros lo que querríamos era casarnos de noche, con las manos cogidas y solo iluminados por velas». Él me contestaría: «Solo cuando me miras, soy».

Lluvia de pétalos. Purpurina. Unicornios eructando arcoíris. Bebés soñando. Cachorritos. Bollería recién horneada. Un orgasmo. Mi mente, en aquel momento, se marchó lejos, al País de la Piruleta.

Una colina completamente verde salpicada de flores, el puto perro de nuestros sueños corriendo con la lengua fuera y nosotros con cara de estar de propofol hasta las cejas, mirándonos como gilipollas con un montón de corazones flotando alrededor.

—Macarena. —Jimena me dio otro codazo—. Macarena, joder. No me hagas decir tacos, que el Niño Jesús se pone triste.

—¿Qué quieres? —me quejé, saliendo de mi fantasía.

—Que te están esperando. Te toca leer.

Por eso lloramos en las bodas, creo. Porque nos damos cuenta de las fantasías que cumplimos, de las que no y de las que, sencillamente, alcanzamos mal.

Por supuesto, a la salida, además de la tradicional lluvia de arroz, volvimos a encender una traca. Una más grande que la anterior, tras cuyo estruendo gritamos «Vivan los novios» como descosidos. Y cuando estuve a punto de resbalar con un grano de arroz sobre mis zapatos de tacón, la mano de Leo me sostuvo. Y cuando él se tropezó con la cola del vestido de la novia, la mía agarró su codo.

Para cuando llegamos a la finca donde se celebraba el convite ya no hacía tanto calor, pero todos estábamos sedientos. En el jardín donde tenía lugar el cóctel previo a la cena, decenas de camareros nos esperaban, gracias a Dios, dispuestos a rellenar nuestra copa cuantas veces fuese necesario.

Jimena, Leo y yo brindamos tantas veces que solo con no-sotros los novios amortizaron el precio del sarao. Y menos mal, porque nos ayudó a capear con elegancia la tensión cuando mi abuela, que fue la persona más cascarrabias y con peor follá que conoceré en la vida y que andaba ya un poco chocha, nos pre-guntó al pasar del brazo de mi padre cuándo nos casábamos nosotros.

—Joder… —balbuceó Jimena, temiéndose que aquella pregunta desencadenara el caos.

—Ya nos casamos, señora Jacinta. ¿No se acuerda? Fue una ceremonia preciosa —le dijo Leo después de guiñarme el ojo.

—¿Sí? Pues no me acuerdo.

—Sí, abuela… —le seguí el rollo—. Una ceremonia pre-ciosa, claro que sí. De noche. Rodeados de velas.

—Cerca del mar.

Cruzamos una mirada.

—¿Cerca del mal?

—Del mar, abuela —aclaré aguantándome la risa—. Del mar. De las olas. En la arena.

—Pues vaya ideas… —refunfuñó.

—Sois unos cafres. —Escuché que nos reprochaba mi pa-dre mientras se la llevaba confundida lejos de nosotros.

Cuando los perdimos de vista entre la gente, volvimos a brindar: por los cafres. Rosi, que hablaba con la hermana de mi madre, nos lanzó una mirada recriminatoria que tuvo menos efecto del deseado a causa de la sonrisa que la acompañó.

Mi hermano y Ana tuvieron el atino de sentarme en una mesa con los amigos de toda la vida, de modo que no me aburrí como una ostra escuchando a mi madre y a la suegra de Antonio anali-zar los pormenores de la organización del bodorrio. No. Yo pude ponerme tibia a vino, reírme a carcajadas con la boca abierta y levantar la voz para terminar de contar con mi versión de los hechos las anécdotas que consideraba poco fidedignas.

Y pareció que hasta Santi estaba con nosotras, joder, porque habrían pasado quince años, pero muchos de los que ocupábamos aquella mesa vivimos con él los años de instituto, los primeros cigarrillos y los botellones de litronas en el Parque Amarillo. Brindamos también por él cuando su nombre apareció en las historias rememoradas y Leo palmeó la espalda de Jimena con suavidad.

—Estoy bien —le dijo con una sonrisa tímida—. No lo echo de menos. Sé que viene conmigo a todas partes.

Y ese comentario que podría haber rechinado en otros oídos, dibujó una sonrisa de comprensión en los labios de Leo, aunque el «Leo» de hacía unos años hubiera puesto los ojos en blanco.

Para cuando llegaron los postres, Jimena y yo ya habíamos notado que el vino hacía estragos y que nosotros tres, dentro de lo que había por allí, conservábamos una psicomotricidad muy digna. Fuimos los únicos que no nos manchamos la ropa ni volcamos ninguna copa. Mi madre, que vigilaba desde su mesa como un halcón, parecía orgullosa de nuestro comportamiento. El café que nos tomamos ayudó, por supuesto. Y la charla. Y el calor. Creo que sudamos el alcohol y este se evaporó en el aire. Y mientras Jimena desplegaba toda su verborrea para explicar lo maravilloso que era su trabajo, Leo se volvió hacia mí.

—Estoy asustado —dijo con una sonrisa enorme.

—¿Por Jimena? Eso es que has perdido la costumbre de tratar con ella.

—No. —Se rio—. Jimena me da ternura, no miedo.

—¿Entonces?

—Tu hermano. Antonio.

—Solo tengo uno. —Le devolví la carcajada—. No hacía falta la especificación. ¿Por qué te da miedo?

—Por la música.

Fruncí el ceño y bajé la barbilla, en una expresión de incomprensión total.

—¿Qué dices? ¡No te hacía tan borracho!

—No estoy borracho. Bueno…, no estoy tan borracho. Solo un poco achispado.

—Los hombres de las novelas, deberías saberlo, nunca se achispan. O se emborrachan como babuinos o aguantan el alcohol como unos campeones.

—Pues entonces yo seré la damisela.

—Y yo el héroe. ¿De qué tengo que salvarte?

—De las canciones.

—¡¿Qué dices!? —Volví a reírme.

—De las canciones —aseguró falsamente serio.

—Pues me temo que está a punto de empezar el baile —susurré con esperanzas de que fuera una petición encubierta para que lo sacase de allí y nos marcháramos solos a pasear por los jardines de la finca—. ¿Qué debo hacer cuando comience la primera canción? ¿Atento contra el equipo de música o rompo una ventana con una silla y te saco en brazos?

—Nada de eso. Tienes que estar preparada para buscar recuerdos nuevos. Es nuestra misión.

—No entiendo ni una palabra de lo que dices.

—A ver, valiente. —Y aquella palabra me supo a gloria cuando la tragué—. ¿Qué haremos cuando salgamos corriendo de todas las canciones? En cada nota, una explosión y pedazos de recuerdos por todas partes. Tú y yo a los quince, a los veinte, a los veinticinco.

Levanté las cejas.

—Oídos sordos.

—Eso no vale. —Se apoyó en el respaldo de la silla y se concentró en arremangarse la camisa blanca.

—Pues correremos.

—Por un campo de minas.

—Quítate la corbata.

Ni lo pensé. Me salió solo. Y él desató el nudo y la deslizó por debajo del cuello de la camisa hasta el bolsillo de la americana, que colgaba en el respaldo de la silla, igual que el novio que un rato antes se había pasado el protocolo por el forro y se había quitado la suya.

—¿Alguna petición más? —me preguntó lanzándome una fugaz mirada.

—Que te prepares para pedir alguna canción que no sea nuestra.

—¿Hay alguna en el mundo que no lo sea?

Si no hubiera bebido tanto, quizá habría tenido la mente más fría y más centrada en por qué, a aquellas alturas de la noche, aún no me había dicho nada sobre su ruptura. ¿Imaginaba que Raquel me lo había contado o simplemente esperaba el momento adecuado para decírmelo? ¿Habría momento adecuado? Pero había probado el vermú, el vino blanco, el tinto, el cava y hasta una copa de orujo… Quizá cuando me levantase de la mesa me subiera todo el pelotazo y cayera desmayada. O a lo mejor eso ya había pasado y yo estaba viviendo una ilusión paralela dentro de mi inconsciencia.

Los novios no cortaron la tarta, menos mal. Es un momento que me pone muy violenta; lo paso mal por ellos. Pienso en la vergüenza que me daría a mí estar en su lugar y me recorren incluso escalofríos. Si les sacan una espada para cortarla, ya me encuentro al borde del colapso. Pero Antonio me lo ahorró. La repartieron ya cortada y ellos se lanzaron poco después a la pista de baile para abrir con un vals, según la tradición. O no, claro, porque en mi familia somos muy de hacer nuestras propias versiones incluso de la costumbre más arraigada.

Estuve segura de que fue mi hermano quien escogió la canción en cuanto esta empezó a sonar. Y, gracias a Dios, todavía no era nuestra: ni de Leo, ni mía, ni de ningún recuerdo que tuviera nuestro nombre.

De todas las canciones del mundo, que son millones, nunca habría imaginado que Antonio elegiría una de Rihanna, pero ¿qué narices? A la mierda el prejuicio sobre la música moderna, «Love on the brain» es preciosa.

Cacé los ojos de Leo escalando mis hombros desnudos en cuanto nos levantamos para ver de cerca lo mal que bailaba mi hermano. Como me sentí cohibida por la mirada, eché la mano hacia atrás, agarré la suya y tiré de él para que anduviera más rápido, pero me paré cuando choqué con la mirada temerosa de sus padres.

—La alarma maternal —le indiqué, dejando que Jimena se acercara a la pista sin nosotros—. No les dejemos ver que volvemos a caernos bien o habrá accidentes cardiovasculares.

—No te descentres del objetivo —me recordó con guasa, obviando la vigilancia de sus padres—. Las canciones..., las canciones son lo que nos ocupa.

—Esta no es nuestra.

—Pues quizá pueda ayudarnos a crear recuerdos nuevos.

Jimena me fulminó con la mirada a lo lejos cuando dejé que Leo me rodeara la cintura con uno de sus brazos y que me meciera con discreción al ritmo de la canción.

—Los novios tienen que terminar de bailar para que los invitados puedan...

—Bah..., cállate. Nadie nos presta atención.

Ja. Mi madre, la suya, su padre, el mío, Jimena y hasta el ojo izquierdo de mi hermano nos acechaban. Pero... a la mierda.

Apoyé la sien en su pecho y noté cómo lo llenaba con una bocanada de aire.

—Bailar no es lo nuestro.

—Sinatra hubiera sido una mala idea —musitó.

Y es que quisimos bailar «Under your skin» en esa boda nuestra que nunca celebramos.

—No te quejes de los recuerdos cuando eres tú quien los trae de vuelta. —Levanté la cabeza hacia él—. Aunque, sinceramente, a estas alturas hay algunas cosas que me resultan tan lejanas que parecen que pertenecen a otra persona.

—Porque son de otra persona. Esa es la magia del tiempo. —Acercó su boca a mi oído—. Tú conoces a aquella Macarena porque la has podido espiar durante años, recordándola, pero ella no sabe de ti. No sabe lo que aprendiste y lo que sigues ignorando.

—El tiempo es un camino de una única dirección.

—Pues no lo hagamos a la inversa.

Apoyó la mejilla en mi sien y nos mecimos. Nos mecimos escuchando a Rihanna cantar: «Solo ámame. Solo ámame. Todo lo que tienes que hacer es amarme».

Ojalá hubiéramos escuchado aquella letra entonces, cuando aún podíamos hacerlo bien.

43
Tráeme de vuelta

Jimena me arrancó de allí. De la canción, de sus brazos, de la fantasía de poder hacer que el tiempo nunca se escapara por aquel agujero de gusano que era la memoria y que los recuerdos de nosotros dos se quedaran donde estaban, en el pasado, donde no pudieran estorbar a las personas que habíamos terminado siendo.

Pero Leo tenía razón. Mi hermano es un nostálgico. Estaba claro que habría pedido algunas canciones. Algunas en concreto.

Nos separamos. Leo se marchó hacia la barra con los amigos de entonces y yo me quedé junto a Jimena, bailando con la falda arremangada cualquier tema que sonara, quitándonos y poniéndonos las sandalias, según si mi madre miraba o no, y haciéndonos fotos para mandárselas a Adriana en mensajes etílicos cargados de «faltas aquí» y «te echamos de menos». Ser dos chicas de veinte de nuevo sentaba bien.

La primera canción que sonó como un disparo fue «Corazón de mimbre», de Marea. Leo y yo nos buscamos inconscientemente con los primeros acordes. Yo estaba recobrando el aliento después de una canción movida con una botella de agua en la mano y él apoyado en un hueco libre de la barra, en mangas de camisa y acariciando el cristal de una copa. La dejó y dio un paso hacia mí justo en el momento en el que Kutxi Romero nos cantó: «Quieto *parao*..., no te arrimes».

Levanté la palma de la mano, pidiéndole que no se acercara. Leo paró para leer en mis labios cómo seguía la letra de la canción:

—«Ya son demasiados abriles. Para tu amanecer *desbocao*, mejor que me olvides».

Negó despacio con la cabeza y una sonrisa, y contestó con la siguiente estrofa:

—«Yo me quedo aquí a tender mi pena al sol, en la cuerda de tender desolación».

Mi boca esbozó una sonrisa enorme. El salón se movió a toda velocidad por un túnel del tiempo y nos depositó con violencia en la plaza de aquel pueblo, ni siquiera recuerdo cuál, bajo un montón de bombillas. Noté la espalda empapada de sudor de tanto saltar al ritmo de aquella canción que me encantaba cantarle, sobre todo cuando decía eso de «solo es mi maltrecho corazón que se encabrita cuando oye tu voz, el muy cabrón».

—¡¡Maca!! ¡Estás apollardada! —se quejó Jimena.

El salón volvió a su sitio y nosotros con él. Aparté la mirada de Leo.

—¿Qué?

—¿Me acompañas al baño?

Al volver del baño mi madre me reprendió por haberme recogido el pelo.

—¡¡Con lo guapa que estabas!!

—Ay, mamá —soné muy adolescente—. ¡Hace un calor horrible! Lo llevaba todo pegado.

¿Cuándo se iban a marchar mis padres? Nadie debería estar en el mismo salón en el que sus padres intentan seguirle el ritmo a una canción de Bisbal.

—Ya os hacía de camino al hotel —le dije, por si les venía la inspiración y se iban.

—Eso es lo que te gustaría a ti.

Pues sí. Me leyó la mente.

Melendi. A mi cuñada le encanta Melendi. Yo habría optado por pedirle al DJ «El caballo la mató», pero no era muy festiva. Así que este se decidió por «Desde que estamos juntos»: una canción virgen, sin recuerdos.

—¿Bailas? —me preguntó una voz junto al oído.

No era Jimena. Ella estaba junto a la barra, pidiendo dos copas más, y... tenía razón, yo estaba apollardada.

—Me da vergüenza —le respondí a Leo.

Su contestación fue tenderme la mano otra vez y arrastrarme a la pista, donde bastantes ojos nos siguieron. No dejábamos de ser, para muchos, esos dos que estuvieron a punto de casarse. «Qué apuro», podía escucharles pensar. «Él la dejó casi plantada en el altar».

—Pensarán que me sacas por pena —intercedí entre estrofa y estrofa, resistiéndome a bailar.

—O se darán cuenta de lo gilipollas que fui. Corre, se terminará y no le habremos sacado recuerdos nuevos.

—Es Melendi.

—Como si es el Puma.

«Desde que estamos juntos,
porque volví a buscarte.
Yo te pedí perdón.
Me hiciste arrodillarme».

Ay, mi madre.

Sí, mi madre, esa señora que nos miraba bailar como al borde de sufrir un vahído. Aún disfruté más al moverme sin vergüenza, de pronto, entre sus brazos, contoneándome al ritmo caribeño del final de la canción. Éramos dos rebeldes y casi sentaba mejor que fingir tener todavía veintipocos.

La siguiente fue una canción sobre unas chicas que no querían ningún chico malo en su vida y me alejé de Leo a regañadientes cuando Jimena, que quería bailarla con toda la intención de meterme en la cabeza la letra de la canción, me arrastró a través de la pista lo más lejos de él que pudo.

Él sonrió divertido por esa lucha de espacio. Él contra todos. Yo debatiéndome entre el reproche conocido o la nada que suponía todo lo que no habíamos vivido.

Bailé con Jimena, pero sin dejar de mirarle y sonreír.

Corrieron canciones de reguetón como el agua del Guadalquivir; canciones sin recuerdos que llenamos con carcajadas cuando, si nos acercábamos, siempre irrumpía alguien en la escena. Como Romeo y Julieta rodeados de Capuletos y Montescos tratando de evitar un drama que, en realidad, nadie tenía intención de iniciar.

Pero sonó…, sonó otro recuerdo. «Sin documentos», de Los Rodríguez.

«Quiero saber que la vida contigo no va a terminar».

Su mano tiró de mí, aprovechando que mi hermano hablaba con Jimena sobre vete tú a saber qué. Me deslicé entre los bailarines amateurs que llenaban la pista hasta chocar contra su pecho.

—Esta noche estás especialmente solicitada.

—Hay mucho bombero evitando fuegos que no existen.

—Ah, ¿no existen?

Rodeé su cuello y nos movimos de un lado a otro. En realidad, él no bailaba. Él me rodeaba con los brazos y miraba mi cara mientras mis caderas provocaban la falsa sensación de que ambos bailábamos. Ni siquiera tuvimos la canción entera de tregua. Una de mis tías vino a despedirse con expresión grave.

—Nos vamos ya. Mira qué rojo está tu tío. Creo que le ha subido la tensión.

Por Dios santo...

Katy Perry. Por favor, que alguien le cortara el suministro de chupitos psicotrópicos al DJ que estaba mezclando temas en una orgía de variedad sin parangón. «I kissed a girl». Jimena gritó mi nombre.

—¡¡Maca!! Ven, vamos a mandarle un vídeo a la que come ostras.

Qué hija de la grandísima fruta es cuando quiere...

Vi a Rosi acercarse a su hijo y decirle algo que lo hizo sonreír, pero como sonreiría un hijo adulto que no va a atender las indicaciones de su madre porque ya puede no hacerlo. Miró su reloj de pulsera y dijo algo.

—Ahora: «I kissed a girl and I liked it» —cantó Jimena mientras grababa una nota de voz.

Ni siquiera me volví para increparla por su falta de tacto. Estaba muy ocupada intentando interpretar la escena.

—Tía..., ¡¡tía!! —gritó—. ¿Puedes hacerme caso durante un minuto?

La miré, hice una mueca y volví a mirar a Leo, que se palpaba los bolsillos mientras su madre rebuscaba en el bolso. Seguro que Rosi había perdido la tarjeta de su habitación. Sonreí.

—Joder. —Escuché quejarse a Jimena—. Venga..., yo te cubro. Pero solo un par de canciones o tu madre me matará, ¿vale?

—¿Desde cuándo necesito niñera?

—Desde que Leo volvió. Venga, ¡ve! Pero si os enrolláis, mañana me suicido con el beicon del desayuno.

Le sonreí y Jimena me adelantó muy decidida.

—¡¡Rosi!! —vociferó—. ¡¡Rosi!! ¡¡Escúchame una cosa!! Ven…, ¡¡ven aquí, te he dicho!!

Miré a Leo y moví la cabeza hacia la salida. Me interrogó con la mirada y, sin estar segura de lo que preguntaba, asentí.

Se movió a la izquierda, dejó a su madre hablando con Jimena y, como un espía soviético en plena Guerra Fría, se escabulló del salón lleno de enemigos. Yo, agente doble, le seguí. En la puerta, tras echar un vistazo hacia atrás, Leo me cogió la mano y tiró de ella para hacerme correr tras él.

Nos sentamos en un murito del jardín a recobrar el aliento y el eco de una machacona canción de finales de los noventa que le encantaba a mi hermano nos persiguió hasta allí.

—Pero qué horror —me quejé entre risas.

—¿Soy yo o hay un complot contra nosotros dos ahí dentro?

—Alguien ha debido de creer que no es buena idea que tú y yo bailemos.

—¿Por si invocamos al demonio con nuestra danza?

Estallamos en carcajadas y perdimos la mirada entre las bonitas plantas que llenaban la finca.

—Odio esta canción. —Leo se apartó el pelo de la frente y suspiró—. Me recuerda a cuando tu hermano me obligaba a ir a The Face con él.

—Para cuando mis padres me dejaron ir, esa discoteca ya había cerrado.

—Qué *millennial* eres —fingió quejarse.

—Tú también lo eres, querido.

—Lo sé, pero no se lo digas a mis alumnos.

—Ya lo saben. ¡Si hasta fuiste un fenómeno en redes sociales!

—No me lo recuerdes. —Se frotó la cara.

—Sexpeareteacher.

—¡Dios! ¡Cállate! —se quejó avergonzado, pero con una sonrisa.

—Sería capaz de hablar sin parar, aunque fuera de esto, para no tener que escuchar esta tortura de canción.

—Tengo una idea mejor.

Sacó el móvil del bolsillo de su pantalón y abrió Spotify, donde rebuscó con dedos rápidos, buceando entre varias listas de reproducción hasta dar con una canción.

—Vamos a escuchar a Pecker.

—¿Pecker?

—Mola mucho. —Me miró fugaz.

—«Mola mucho», dijo el profesor *millennial*.

—Calla o te perderás la letra y no entenderás por qué no dejo de escucharla desde que la descubrí.

—¿Cómo se llama?

—«El cielo, el fuego y el hielo».

Me sonaba a algo épico, tipo *Juego de tronos*, pero no. No. No hablaba de batallas, de reyes tiranos, de relaciones incestuosas e hijos bastardos. Nada de justicia o mundos mágicos. De lo que hablaba era de nosotros. De nuestra historia. Pero… la de ahora. La historia que iniciamos cuando chocamos a regañadientes en la plaza de Santa Bárbara.

«Ha pasado mucho tiempo.
¡Cuánto te sigo queriendo!
Y a pesar de
todo lo que ocupa el hielo,
siempre rozamos el cielo».

Como instantes antes había pasado con el interior del salón en el que los invitados bailábamos, el jardín se convirtió en un borrón, un tornado de cosas por decir que nos lanzó con fuerza a otro espacio, a otro tiempo verbal, que esta vez no era el pasado.

Nos vi. Lo vi. Vi todo lo que podríamos ser. Todo lo que podría pasar. Todo lo bueno. Y lo malo, que me mordió las tripas con un bocado de miedo. Pero allí estábamos, cogidos de la mano, invirtiendo en lo único que nos había importado lo suficiente como para arriesgarnos una y otra vez a salir destrozados.

Lo miré; él me miró. A nuestro alrededor los recuerdos por crear dibujaron una mancha que nos convirtió en el vértice.

—¿Te recuerda a mí? —me atreví a decirle.

—Como todas las canciones del mundo. —Sonrió—. Pero esta es nueva. Es de ahora. Y eso es...

—Reconfortante —terminé la frase por él.

Sonrió. Sus dedos rozaron los míos, que estaban apoyados en aquel muro bajo de piedra. Nos agarramos, por si la fuerza con la que giraba el futuro a nuestro alrededor nos hacía caer.

—Ponla otra vez.

La canción comenzó de nuevo antes incluso de terminar.

—¿Cuánto tiempo tendremos antes de que salgan a buscarnos? —preguntó echando la vista atrás, pero el borrón de momentos por vivir seguía aislándonos de la realidad.

—Un par de canciones.

—Todo lo nuestro se mide en canciones, ¿te das cuenta?

—Y lo de todo el mundo. —Me reí—. Cualquier historia de amor podría contarse solamente con un puñado de canciones.

—Entonces no somos especiales.

—Nadie lo es, eso es lo mágico.

Apoyé la sien en su hombro.

—¿Por qué no me lo has dicho? —pregunté—. ¿Por qué no me has contado que rompiste con Raquel?

—Porque ya lo sabes.

—Pero hay cosas que necesito escucharte decir a ti.

—No sabía qué interpretarías de esta ruptura y no quise... —Se pasó la mano por la barbilla—. No quiero presionar. O parecer un imbécil.

La canción repetía «cuánto te echo de menos» y yo me puse triste. Agaché la mirada, pero sus dedos se movieron junto a los míos, como recordándome que estaba allí, cogido a mi mano.

—Me voy a México la semana que viene. —Se volvió hacia mí con cierta alarma en la expresión, pero lo tranquilicé añadiendo—: Por una semana.

—Ah… pues… bien, ¿no? ¿A qué parte?

—A Guadalajara y luego a Acapulco, a unas sesiones de fotos. No sé por qué, pero quería contártelo desde que nos despedimos en el apartamento de Jimena.

—Quizá porque odias volar y tienes la «creencia» de que si hablas de tus viajes con la gente, no te pasará nada —se burló.

No pude contestarle. La voz de Rosi llamándole como cuando éramos unos críos abrió un boquete en la espiral de futuro que nos envolvía y ambos nos giramos para buscarla. Su cuello quedó cerca de mí y no pude evitar susurrar:

—Quizá deseaba contártelo porque quiero decirte que hasta que vuelva te echaré de menos.

Su cabeza se volvió unos grados hacia mí y sonrió.

—Entonces yo tendré que decirte que estaré encantado de inventar una excusa que haga completamente necesario que nos veamos cuando vuelvas.

Rosi volvió a gritar y a maldecir. No podíamos verla aún, pero se acercaba… como Leo a mí. Su nariz golpeó con suavidad la punta de la mía en una caricia mitad beso prohibido mitad promesa. Hasta con los ojos cerrados supe que él también los tenía cerrados.

—Tienes que irte.

—Sí. —Asumió con los ojos cerrados—. Pero es que me cuesta.

—Me tienes muy vista —bromeé.

Abrí los ojos con pereza y otro jirón de recuerdos aún imposibles se deshizo en el aire, dejándonos más expuestos. Leo abrió los suyos también y me estudió…

—¿Qué? —pregunté.

—¿Quién eres?

«¿Qué más da quién soy si quiero serlo contigo?», pensé.

—¡¡Leooooo!! —gritó su madre.

—Vete antes de que te llame por tu nombre completo.

—Y rompa más la magia.

La ausencia de sus dedos entre los míos me pareció insoportable, pero se aligeró cuando tras levantarse y sacudirse el polvo de los pantalones, me sonrió.

—Me encantan tus camisas blancas —confesé.

—¿Sí? —Se miró fugazmente—. Qué curioso…, te quedarían mucho mejor a ti.

El sonido de sus pasos por la gravilla se despidió de mí por él. De mí y de la noche en la que, sin necesidad de besos, prometimos más con hechos que con años de palabras.

44
Me falta la paciencia

Floté durante días, aunque no conté nada porque me moría de pánico. No quería que nadie ensuciara con su versión más realista y más «basada en hechos reales» lo que para mí era la noche más bonita de mi vida. De un plumazo, había borrado al menos dos años de los que salimos juntos siendo adolescentes y los había sustituido por algo que no pasó, pero que hubiera valido la pena recordar.

¿Qué hice entonces cuando me preguntaron sobre la boda? Sonreír y decir que había sido mágica, para salir por peteneras después y comentar como lo precioso que era el vestido de la novia, lo buena que fue la comida o cómo le brillaban los ojos a mi hermano. Como si hubiera percibido cualquiera de esas cosas, cuando yo solo tuve ojos y boca para Leo.

Nadie quiso indagar. Creo que todos sospechaban que yo era una ingenua a punto de caer de nuevo y de algún modo tenían razón, aunque por otra parte estaban completamente equivocados.

¿Quién era ese hombre? ¿Por qué se parecía tanto al Leo que pudo ser?

Hice la maleta con pereza, como siempre, pero sin debatirme entre la desidia y la amargura; solo quedándome embobada recordando la noche del sábado, moviéndome entre los brazos de Leo.

Estaba viajando en el tiempo y cambiando piezas, recomponiendo una historia como si fuera Frankenstein, sustituyendo los trozos rotos por los pedazos de algo nuevo mucho más bonito. Empecé por el principio, de modo que aún me sentía como una adolescente a la que ni el sexo le hacía falta. Tiempo al tiempo.

Pipa viajó en primera, pero la organización no quiso pagar dos billetes más en Business, de modo que Candela y yo nos sentamos junto a la salida de emergencia. La nebulosa fantástica provocada por la boda de mi hermano aún me duraba y yo llevaba un colocón de amor de la leche, de modo que no estaba tan quisquillosa con ella... a pesar de que me lo puso difícil. Se pasó las dos primeras horas de vuelo criticando todas las cosas que la organización del congreso al que acudíamos había hecho mal. Como si ella tuviera mucha experiencia con ese tipo de macroeventos; como si supiera en realidad lo complicado que era contentar a Pipa.

—Porque ya verás..., llegaremos al hotel y no le gustará y será una movida que flipas.

Candela cada vez hablaba más como Pipa y, mientras guardaba silencio para no cabrearme, me puse a pensar si no sería eso lo que yo había hecho mal: no mimetizarme, seguir siendo yo misma.

Cuando me dijo que le parecía mal que nosotras dos tuviéramos que compartir habitación y que no nos hubieran puesto dos individuales, ya no me pude callar. No le vi sentido a hacerlo.

—Cande, cielo, es un congreso que paga a Pipa diez mil euros por viajar, además de todos los gastos. No es la única influencer que estará allí y todos habrán negociado sus precios. Tu jefa, lo sabes bien, se va a embolsar casi treinta mil euros esta semana, contando los acuerdos de publicidad. Quizá todas estas quejas están yendo en la dirección equivocada.

—¿Qué quieres decir? —preguntó ceñuda.

—Que es tu jefa la que tendría que haberse hecho cargo de tu billete en primera, de tu habitación individual y de un plus por viajar fuera del país.

—¿A ti te lo ha pagado? —se alarmó.

—Lo que quiero decir —obvié su obsesión por lo que yo cobraba o dejaba de cobrar— es que si tenías alguna queja, tendrías que habérsela planteado a Pipa antes de embarcarte en esto.

—Sí, claro…

—Yo nunca me habría atrevido, pero bueno…, dado que tenéis tan buena relación…

Me tendría que haber callado la bocaza, estaba claro, pero no tenía ganas. Ya no tenía ganas. Ni siquiera me di cuenta de lo al límite que me encontraba.

Llegamos a Ciudad de México en plena madrugada. Candela, que se había tomado una pastilla para dormir dosis «perder el conocimiento», iba zombi perdida y me fastidió tener que ser yo, la «no preferida», la que tuviera que hacerse cargo de las labores de despertar a Pipa suavemente cuando anunciaron el descenso, rellenarle el papelito de la aduana y guardar la ropa que se quitó para bajar del avión «mucho más mona». Yo hacía de esclava mientras Cande, la dulce Cande, pedía otro café a la azafata…, y no para mí.

El aeropuerto de Ciudad de México es enorme. Y algo caótico, cabe decir. A fuerza de preguntar aquí y allá nos enteramos de dónde teníamos que dejar las maletas para que fueran embarcadas en nuestro vuelo con destino final a Guadalajara y en qué puerta teníamos que esperarlo. Después de salir de la zona de seguridad, volver a entrar, perdernos y encontrar por fin la puerta que tocaba, Pipa vio un Starbucks y, para no perder el sitio para el embarque (no había posibilidad de acceso prioritario con el billete de Pipa porque ese vuelo no tenía primera clase), me quedé haciendo cola.

—Traedme un café americano, por favor —les pedí mientras se alejaban.

—¿Tienes pesos? —Arrugó la nariz Pipa.

Y encima les tuve que dar yo el dinero. Ovarios hinchándoseme en tres, dos, uno…

El vuelo se retrasó más de una hora y tuve que avisar a la organización para que, a su vez, llamasen al conductor que nos recogía en el aeropuerto. Esto no afectó para nada a la extraña pareja, porque oyeron el aviso por megafonía y ni siquiera se levantaron de su asiento. Cuando volvieron, se les había olvidado mi café.

Pensé que me daba algo, pero al subir al avión tuve la suerte de que me tocase sola junto a una ventana y una amable azafata me ofreció un café. Ver el sol saliendo sobre Ciudad de México fue un momento de paz… y el germen de mi necesidad de recorrer algún día sus calles hasta encontrarme frente a la casa azul donde vivió, sufrió y amó Frida Kahlo.

El tráfico en Guadalajara era peor que en Madrid. Pensé que se trataría de una ciudad pequeña y tranquila, pero no era así. Era un hervidero de vida. No llegaba a la magnitud de la capital del país, pero me sorprendió la cantidad de coches y de gente que iba y venía por todas y cada una de sus calles. La temperatura era agradable, ni frío ni calor, aunque el conductor, un chico joven muy majo, nos indicó que estaba refrescando un poco por las noches.

El *check in* fue un horror. Tuvimos que hacer cola, lo que a Pipa le repateó, y además, al llegar al mostrador, nos indicaron que como estaban llenos por causa del congreso aún no tenían nuestras habitaciones disponibles. Conseguir que nos prestasen una para que Pipa pudiera darse una ducha fue un periplo en el que Candela tampoco me acompañó. Me dijo que tenía que vigilar las maletas porque la jefa estaba preocupada por si se las robaban de la zona del *concierge*. Estuve a punto de decirle que le echara un vistazo también a mis ganas de vivir, porque me las estaban robando ellas mismas a punta de pistola.

Cuando subimos a la habitación provisional, cogí las riendas y le dije a Candela que se encargara ella de planchar la ropa que Pipa quería ponerse para la comida que teníamos en un rato (sí, lo sé, ¿cuántas veces se cambia de ropa la maldita Pipa de Segovia y Salvatierra? Mil) y, después de organizar los dosieres con el programa del día, me senté en el borde de la cama teléfono en mano. En cuanto metí la clave del wifi del hotel, el teléfono se volvió loco recibiendo mensajes.

Jimena:
¿Ya has llegado? ¿Es México lindo y querido?

Adriana:
Avísanos cuando estés en el hotel. El viaje es muy largo
y Pipa un coñazo. Tememos por tu salud mental.

Macarena:
Vivita y coleando, pero con una mala hostia de la leche.
Aquí, la princesa Candela se está columpiando bastante
con la excusa de ser amiguita de meñique de la jefa. Aún
no tenemos nuestra habitación definitiva porque esto está
hasta los topes y necesito darme una ducha, pero creo
que Guadalajara me va a gustar... Lástima que no estéis
aquí conmigo.

Contesté el mensaje de mi madre («Ay, hija mía, lo mío es sufrir. Tu hermano de viaje de novios allá en la Conchinchina y tú en la otra punta del mundo»). Un par de la organización, que quería asegurarse de que todo había ido bien en nuestra llegada y confirmar de paso las actividades del día. Por último… el de Leo. ¿Vosotras también os dejáis lo mejor del plato para el final?

> **Leo:**
> Mándame todas las noches una foto de lo que más te haya gustado del día. Cómprame algo absurdo y feo que no quiera quitar nunca de la mesa de mi despacho. Hazte con una edición mexicana de *Como agua para chocolate* en una librería tradicional. Bebe tequila pero no llores cuando escuches a los mariachis y prueba el picante hasta que los labios se te hinchen como con un millón de besos. Disfruta del viaje tanto como puedas y… compártelo conmigo.

Incluía el link a una canción de la banda sonora de *Coco*: «Un poco loco». Casi se me descosió la cara de la sonrisa que se me dibujó en ella.

> **Macarena:**
> Creo que lo mejor de hoy son las ganas de compartir esto contigo. Échame de menos.

Dimos un bocado rápido en el restaurante del hotel con una de las chicas de la organización que nos explicó la dinámica de lo que tenían preparado. Pipa daría una charla (cuyo discurso yo misma había redactado antes de irme de vacaciones) sobre moda, estilo y *lifestyle* la tarde siguiente, tras la que tendría que hacerse fotos con un grupo bastante amplio del público que había pagado tener un *meet&greet*. Teniendo en cuenta cómo era Pipa, no lo vi demasiado claro cuando me lo comentaron, pero a ella le pareció bien, de modo que…, bueno, ella vería. La mañana del tercer día participaría en una mesa redonda, con tres influencers más a nivel internacional sobre las redes sociales, el lenguaje 3.0 y la moda, y cómo construir un canal de YouTube de éxito. Después de eso, nos marcharíamos a Acapulco a un hotel precioso para unas sesiones de fotos para una marca de joyería, pero eso ya era otra cuestión.

Con la tarde libre, propuse acercarnos al centro de Guadalajara para pasear, pero ambas prefirieron «instalarse» y descansar.

—Ya saldremos a cenar a un sitio *cool*... Por cierto, Maca, ¿puedes preguntar por alguno?

—Nos reservaron mesa en Santo Coyote —musité—. Iremos con otros invitados del congreso para que nos conozcamos todos.

—¿Quieres que nos inventemos una excusa, Pipa? Si no te apetece, no tienes por qué ir —propuso Candela.

Quise matarla. Tenía diez mil euros en razones para ir a la puta cena, pero aun así me callé.

—No, no. Iremos. Pero... mañana busca un sitio *cool*, Maca. Si no te aclaras, que te eche una mano Cande.

Al cuello me la iba a echar.

Aquella tarde ellas se quedaron en el hotel... Yo me fui con mi cámara de fotos al centro, donde paseé por el casco antiguo, visité la catedral, compré algunos regalos y me tomé una michelada. Fue increíblemente reparador y me vino muy bien para enfrentarme a la noche.

Cuando caí en mi cama, Candela no dejaba de hablar de lo guay que había sido la cena. Nuestra mesa había ocupado buena parte del restaurante y nos habían mezclado con youtubers, viners, instagramers y gamers de todo el mundo. Mucha gente muy joven, mucho ruido, mucho ego y conversaciones transversales que cruzaban las mesas y que cuando llegaban a tus oídos ya no tenían demasiado sentido. Todo en inglés y español mezclado. Todo a gritos. No me sentí cómoda en ningún momento y me dio la sensación de que Pipa tampoco. Me aventuro a asegurar que si Candela lo estuvo fue porque coqueteó con un youtuber de viajes australiano que no la dejó ni a sol ni a sombra y que, la verdad, era muy guapo.

—Lo que pasa en Guadalajara, ¡se queda en Guadalajara! —exclamó quitándose los pendientes frente a mi cama—. ¿Verdad?

—Verdad.

No quise ni rechistar. Estaba cansada. La energía vital me había llegado para desmaquillarme, ponerme el pijama y el despertador, pero ya no quería más historias.

—Era guapísimo —repitió.

Yo asentí y agarré el móvil para mandarle a Leo una foto de un coche antiguo impecable aparcado en una estrecha calle arbolada, cerca de una plaza a la que llamaban «la de las nueve esquinas». Después escribí a Pipa; Candela no dejaba de parlotear, pero ni siquiera necesitaba confirmación por mi parte de que la estaba escuchando.

¿Te encuentras bien? Me dio la impresión en la cena
de que estabas algo ausente.

Contestó casi en el acto:

Estoy bien. Solo necesito dormir. Gracias.

Levanté la mirada hacia Candela, que se había puesto un camisón de raso blanco roto y se paseaba inquieta, rememorando las conversaciones que había mantenido con el chico en cuestión.

—Entonces yo le contesté: «¡Claro! Eso se lo dirás a una chica en cada una de las ciudades que visitas». Y él dijo…

—Candela…, ¿has notado a Pipa rara esta noche?

Paró junto a su cama y se dejó caer sentada en el colchón.

—No, ¿por?

—No sé. La he notado… como ida.

—Yo la vi como siempre. —Se encogió de hombros—. Estuvo mucho rato hablando con alguien por WhatsApp en inglés y después…

—¿Y eso cómo lo sabes? —Arrugué el ceño.

—Bueno, no es que tuviera intención de cotillear, pero me llamó la atención que estuviera chateando en inglés.

—¿Y sabes con quién?

—Ya te he dicho que no tenía intención de cotillear —se defendió—. No vi más.

Eduardo. Estaba segura. La que se nos venía encima…

El mensaje de Leo que leí nada más despertarme fue lo mejor del día, sin duda. A partir de ahí, fue todo a peor. De bajada. De culo. Sin frenos. De cara al precipicio. Candela demostró muy pronto que aún tenía muchas cosas que aprender sobre sus funciones, lo que en sí no es un problema porque, oye…, nadie nace aprendido. Lo que sí era un problema era su capacidad para encontrar siempre una excusa o un culpable externo para sus meteduras de pata. O yo no se lo había explicado bien o alguien la había confundido o no tenía manos para tantas tareas. Antes yo hacía aquello sola; ahora éramos dos. ¿A quién pretendía engañar?

Por si no fuera suficiente, el humor de Pipa no mejoró. Desde que nos encontramos en su habitación para ayudarla a acicalarse, se mostró meditabunda y visiblemente apagada. Decía que tenía migraña, pero lo que tenía era un mal de amores de la hostia. Solo había que pararse a observar las miradas que le echaba al anillo de pedida que lucía en la mano izquierda. Iba a casarse con un gay y no podía quitarse de la cabeza al italiano, que, por lo visto, no había tirado la toalla.

Busqué un segundo para hablar con ella a solas, por si quería desahogarse. Había expresado en muchas ocasiones que yo era la única persona que estaba al tanto de todo y con la que podía hablar del tema, pero Candela no lo permitió. Se pegó a rueda y casi me costó deshacerme de ella para ir sola al baño. Creo que se olía algo y no quería quedarse al margen.

La charla fue bien. Lo he comentado ya en alguna ocasión, Pipa era buena en lo suyo. Representaba su papel a la perfección. Pero si ya estaba mohína antes de la charla… ¿os podéis hacer una idea de cómo estaba después de hacerse (¡¡¡ELLA!!!) cuatrocientas fotos?

—Esto nos va a estallar en la cara —susurré junto a Candela, no como aviso sino para que fuera con pies de plomo y no tensase la cuerda.

—No sé por qué dices eso.

—Ya verás.

Y tanto que estalló…

En la cena estuvo solo de cuerpo presente; estaba claro que su cabeza estaba en otro lado porque ni siquiera nos dirigió la palabra. Solo pidió un vino tinto y sorbió despacito y con desgana mientras mareaba la comida que se sirvió en el plato. Tanto interés en ir a un restaurante *cool* para eso. Cogí unas cuantas fotos de la presentación de los platos y la decoración mientras Candela pedía el wifi del local para chatear con alguien.

—Hay un cóctel en el Westing —musitó un rato después—. Deberíamos acercarnos, Pipa. Es importante aprovechar la ocasión y seguir haciendo networking.

Qué raro…, a mí me pareció que su verdadero interés estaba en volver a ver al youtuber australiano. Y…, más raro aún…, Pipa accedió. Creo que iba como una marioneta y le daba exactamente igual una cosa que otra. Es posible que el cóctel le diera la oportunidad para escaquearse de aquella cena tan deprimente con nosotras dos y por eso se animara. No lo sé.

Yo no me fui al hotel a descansar por deferencia a ella. No por Candela y lo bien que se lo estaba pasando coqueteando con el rubio aquel, no. Por Pipa, que cuando llegamos hablaba con (más) desgana (de la habitual) con unos y con otros, dejando sonrisas lánguidas donde en otro momento habría carisma y deslumbramiento. Si hubiera sabido lo que nos esperaba, me hubiera marchado al hotel. A menudo me pregunto qué habría pasado, cómo sería mi vida hoy si lo hubiera hecho. Ninguna de las respuestas me satisface en realidad, así que supongo que aquello fue, sencillamente, lo que nos tocaba vivir.

Me acerqué a ella cuando vi que hasta la sonrisa comercial le costaba...

—Pipa, ¿quieres que nos vayamos?

—¿A qué hora tenemos que estar mañana listas? —preguntó como quien pregunta «¿A qué hora me sientan en la silla eléctrica?».

—A las doce, hay tiempo —le dije con sinceridad—. Pero... no tienes ninguna obligación de estar aquí. Todo el mundo lo entendería si te fueras a descansar.

—Nah. —Hizo un ademán—. Está bien. Da igual. Está aquí todo el mundo. No podemos faltar.

Ella y su obsesión por estar, aparecer, ser vista. Pues... se iba a cansar.

—¿Estás bien, Pipa? —insistí

—Que sí, Macarena, por Dios.

—Es por... Eduardo, ¿verdad?

Pipa pareció despertar al escuchar su nombre. Me miró, contuvo el aliento y después se apartó el pelo a un lado.

—No me lo quito de la cabeza —musitó.

—Y él tampoco a ti, ¿no?

—No. Tampoco. Creo que debería escaparme a Milán a hablar con él en persona. Esto no puede seguir así. Si aceptase que esto se queda aquí, no habría problemas, pero es que se pone como loco cuando menciono que…

—¿Que te casas con otro tío que solo es tu mejor amigo? —Arqueé las cejas.

—No me juzgues, Macarena. Has sacado tú el tema —dijo duramente.

—¡No te juzgo! Solo quiero que…

—No quieres nada, Maca. Déjalo estar ya de una vez. No puedes arreglar la vida de los demás y no eres juez moral en ningún tribunal, de manera que… solo déjalo. Déjame en paz.

—Yo solo quiero…

—Cállate —escupió ruda—. Solo falta que de esto también se entere Candela.

—¿Por qué…?

—¿Que por qué digo eso? Porque lo sabe todo de mí. Todo. Sabe lo que te pago, lo que no te pago, lo que te digo, lo que te hago, los pormenores de todos nuestros desencuentros y a saber qué más, porque es discreta y no me cuenta.

—¿Discreta? —Casi grité, lo juro—. ¿Esa tía es discreta? ¡¡Lo que es…, es una metomentodo!!

Pipa me miró sorprendidísima. Estaba habituada a verme callar, claro.

—Esto no me lo esperaba —susurró como si me hubiera pillado comiendo basura.

—Es que estoy harta, Pipa. ¡Candela me está haciendo la cama!

—La cama te la estás haciendo tú sola, reina.

—¿Todo esto porque te he preguntado qué tal?

—Todo esto porque eres muy pesada, muy cansina y no entiendes hasta dónde llegan tus obligaciones.

—¿Te está faltando algo en el viaje? —contesté poniéndome, por primera vez en mi vida, chula con Pipa—. ¿Tienes queja de mi trabajo?

—De tu trabajo no, de tu actitud de mierda. Siempre mirándome por encima del hombro, como si tu superioridad moral no me quedase clara constantemente con esos juicios de valor que emites disfrazados de consejos. Eres venenosa, tía —musitó con toda su mala baba—. Y no todas queremos vivir solas y amargadas porque el amor es complicado.

Sin darnos apenas cuenta habíamos ido desplazando la discusión a un rincón, de modo que nadie nos miraba y nadie nos oía, pero… al echar un vistazo alrededor me di cuenta de que si contestaba en aquel mismo momento, aquello terminaría siendo un cirio. En ocasiones, intentando que una situación no estalle no hacemos más que alimentar el fuego que está convirtiendo el aire en dióxido de carbono. Hay momentos en los que tenemos que parar, respetarnos, tomar decisiones. Respiré hondo, comedí las ganas de llorar y asentí para mí.

—Estás muy equivocada conmigo, Pipa. Nunca ha sido mi intención juzgarte, pero… visto lo visto, será mejor que me vaya buscando otro trabajo al volver a Madrid. Esto está muy roto y solo puede generar problemas.

No me pasó desapercibida la expresión de Pipa, aunque intentó controlarla en cuanto se asomó a su rostro: estupefacción. Sí, Pipa, yo tampoco me esperaba no callarme y hacer, por fin, lo que debía hacer por mí misma.

—Tienes a Candela —seguí—, aunque te pongo sobre aviso: trabaja bien, pero tiene mucha tontería encima. Quizá se le pase con la edad, pero no le confíes ningún secreto. Los que me confiaste a mí, quédate tranquila, me los llevo a la tumba. Este es nuestro último viaje juntas, Pipa. Disfruta de la noche. Mañana nos veremos.

Me volví cogiendo aire y cuando ya no pudo verme, mientras me abría paso entre la gente para recoger mi bolso y mi chaqueta, sonreí. Temblaba, me encontraba mal, con total seguridad lloraría al llegar a la habitación y meterme en la cama, pero… lo había hecho bien. Había hecho lo correcto.

Candela estaba sentada en una banqueta visiblemente borracha. Borracha pero con glamour, cabe decir. Que me cayera mal no implica que no tenga ojos en la cara. A su alrededor, había una docena y media de instagramers, con las que le encantaba codearse, ahora lo tenía claro. Entre ellas, por cierto, cinco españolas.

—¿Te vas? —me preguntó con el tono de voz mucho más alto de lo normal, seguramente por el efecto de los margaritas.

—Me voy.

—¿Ha pasado algo?

—¿Y tu australiano? ¿Se ha ido a bucear por alguna barrera de coral? —contesté bastante borde mientras buscaba mi americana en el perchero que quedaba al lado.

—Ha ido a buscarme otra copa. —Agitó la suya vacía—. Y a por un chupito de tequila. ¡Yija!

Chasqueé la lengua contra el paladar al localizar mi chaqueta y, tirando de la manga, la saqué de debajo de su culo.

—Gracias.

—¿Has discutido con la diva? —preguntó.

—Shh… —Miré alrededor—. A nadie le interesa. Mañana hablaremos.

—¿A que adivino lo que ha pasado?

—Seguro que lo sabes mejor que yo. Enhorabuena, Candela. Por favor, no me despiertes al llegar a la habitación.

—Tía, eres una borde —se quejó.

—Y tú una falsa.

Joder…, ¡qué a gusto me quedé cuando esas cuatro palabras salieron de mi boca!

—Oye, listilla —respondió en un tono que me hizo volverme cuando ya me iba—. No vayas ahora de discretita conmigo, que lo de que se casa con su novio el maricón ya lo sé.

El grupo de chicas de detrás nos miró sin disimulo.

—¡¡Cállate!! —le exigí en voz más baja—. No me busques más problemas. Eso no te lo he dicho yo —apunté.

—Técnicamente sí. Os escuché hablar en el despacho un día. Con el que se mensajea quién es, ¿el amante hetero o el que le chupa la polla a su futuro marido?

Una de las chicas de detrás se descolgó del grupo y se marchó. Me costó tragar saliva y me acerqué a Candela con el firme propósito de meterle mi propia chaqueta en la boca y ahogarla.

—¿No me has oído? ¡¡Cállate!!

—¡¡Cállate tú, pesada!! —me exigió—. Siempre lloriqueando y haciéndote pasar por una mosquita muerta. ¡No engañas a nadie!

Pero esta ¿de qué cojones iba?

—¿Y tú qué? Que te gusta más un famoso que a un tonto una piruleta. Te va la fama, la pasta y el postureo, ¿no? Pues genial, estás en el sitio perfecto. ¿Quieres que te radie la jugada? Seguirás con Pipa hasta que sepas lo suficiente como para ser valiosa en otro sitio; entonces te irás. Y así, te pasarás media vida. Lo peor es que la gente como tú, puta rastrera —lo sé, lo sé, me fui de madre..., culpa de mis 250 pulsaciones por minuto—, suele tener más suerte de la que merece. Ahora sí..., no te preocupes, que por mi parte se va a enterar todo el mundo de qué estás hecha.

Vi su pelo rubio antes incluso de que llegase hasta nosotras. Su pelo rubio y el humo que le salía por las orejas. Hasta iracunda Pipa era guapísima.

—¿Qué estás haciendo? —me exigió en el tono más bajo y discreto que pudo—. ¿Ahora la atacas a ella?

—Ella… —empecé a decir.

A esas alturas, Candela se había echado a llorar con lo que…, vaya, yo parecía aún más culpable.

—¡Estás descontrolada! —exclamó mi jefa—. ¿Qué narices te pasa? ¿Quién eres?

¿Quién eres, Maca? ¿Quién eres…? La gran pregunta del ser humano. ¿Quiénes somos?

—Sinceramente, Pipa: no te conviene montar un pollo aquí —y lo dije a modo de aviso, no como una amenaza.

—¿O qué? —respondió mientras echaba un brazo alrededor de Candela, que gimoteaba falsamente.

—Hay mucha gente y con muchos followers. Vamos a dejarlo aquí.

Coloqué la chaqueta sobre mi brazo como pude con mis manos temblorosas. Yo también tenía ganas de llorar, pero no iba a hacerlo, al menos hasta que estuviera de vuelta en el hotel. La gente de alrededor se sumió en un silencio extraño… Ese tipo de silencio en el que disimulas, mientras bebes de tu pajita, para intentar enterarte de algo que está ocurriendo a tu alrededor. Así que, en ese ambiente, la voz de la persona a la que le acababan de ir con el cotilleo se escuchó perfectamente:

—¡¿Qué dices?! ¿El superabogado es gay? ¿Pipa se va a casar con un gay?

La voz vino de atrás. De muy atrás… del punto hacia el que había caminado la que se había desmarcado del grupo hacía unos minutos. Había ido corriendo a contárselo a alguien que probablemente se lo contaría a otro alguien… y en poco más de veinticuatro horas, todo Madrid lo sabría.

La mirada de Pipa emanaba una rabia homicida que no había visto en la vida.

—Yo no he sido —le advertí señalándola con el dedo.

—Estás despedida —contestó—. Pero mucho. Y espera a que hable con mis abogados.

—¡No he sido yo! —insistí.

—¿Y quién ha sido, eh?

—Lo ha dicho en voz alta. Ha sido ella —me acusó entre lágrimas Candela—. Estaba gritando como una loca.

—Te juro que te mato —se me escapó, mirando a Candela.

—¡¡Sí!! ¡Claro que sí! Tú amenaza también —me animó Pipa—. Te vas a morir de hambre, te lo digo ya. Te voy a joder la existencia de por vida. Eres mediocre —Macarena temblando—, eres una palurda pueblerina —Macarena sintiendo calor en la parte central de su pecho—, eres vulgar, anodina, sin nada en especial. Envidiosa. —Macarena viendo rojo... todo rojo—. Entiendo que te plantaran en el altar; lo que no sé es cómo lo engañaste durante tanto tiempo.

Pum. Apagón. Desequilibrio. Rotura. Derrumbe. Fundido a negro.

La cordura me sujetó durante un segundo..., uno, en el que fui consciente de que estaba a punto de destrozarme la vida yo solita. Pero a gusto.

—¿Mediocre? —contesté—. ¿Envidiosa? ¿Vulgar? ¿Pueblerina? ¿Y me lo dices tú, que eres analfabeta funcional, inútil, superficial y soporífera? He intentado ser tu amiga. He intentado ¡¡que me quisieras y me trataras con respeto!! Pero esto es lo último. ¿Que me despides? ¿Que me vas a denunciar? ¿Sí? Pues denúnciame pero bien: ERES UNA PUTA BRUJA. Y que me oiga todo el mundo. PUTA BRUJA. Mala persona, mala compañera, una mujer de mierda. ¡¡Denúnciame ahora por decir la puta verdad!! Pero eso sí..., a esa... —señalé a Candela— tú sigue cuidándola, que cuando quieras darte cuenta se te ha comido y te ha cagado.

—¡¡Qué ordinaria eres!! No se puede tener menos clase. Sal de mi vista, te aborrezco, palurda.

Ni lo pensé. Como mi *speach*. Le robé la copa a la persona que tenía al lado y le arrojé el contenido a la cara. Era un frozen margarita de fresa... Os podéis hacer una idea de la estampa.

Candela abrió la boca alucinada.

—Ahora sí soy ordinaria, hija de la grandísima puta.

En este momento no me veis, pero estoy muy avergonzada. Debería mentir y decir que después de semejante espectáculo me di la vuelta y me fui, pero no. Me dio tiempo a tirarle una bandeja de aperitivos y un par de bolsos que encontré a mano antes de que un seguridad me sacara del cóctel mientras daba patadas al aire.

Acerté a ver tres o cuatro móviles grabando antes de que el gorila girara el codo del pasillo conmigo en brazos.

Ahora sí que sí.

45
Como un chupito

Mi viaje a México fue como un chupito de tequila: breve, intenso y me dejó ardiendo por dentro. Ida, borracha de ira, enferma de miedo, temblorosa y con ganas de vomitar. El enésimo trago que da la vuelta al estómago, la gota que colmó el vaso. Sé que sabéis a qué me refiero porque todos hemos tenido un momento así, aunque sea en una borrachera. El viaje a México fue esa copa que bebes sabiendo que te joderá la noche, ese tipo al que besas con lengua en un tren porque estás cachonda aunque sepas que te complicará la existencia, la onza de chocolate que precede al atracón. Puta Pipa, me había amargado otra ciudad del mundo. Otro sitio precioso que encadenar a un mal recuerdo por su culpa.

Me costó mucho tranquilizarme. Tanto que cuando fui consciente por fin de mí misma y de mi realidad había empaquetado todas mis cosas, pedido un taxi y ya estaba en la terminal del aeropuerto, frente al mostrador de Iberia, cambiando mi billete.

Huía, sí, pero no sé qué otra cosa me quedaba por hacer.

En una hora, el vídeo pasó de mano en mano. En dos, ya era viral en España, Trending Topic en Twitter y tendencia en Instagram. Algunas revistas digitales se hicieron eco al momento con titulares del tipo: «La asistente que dijo basta» o «Pipa, la influencer traicionada». ¿Traicionada? Mandaba cojones. Agradecí enterarme cuando ya me había bajado el globo de ira y era capaz de pensar, porque de lo contrario hubiera llamado yo misma a la redacción de esas revistas a informar de primera mano de que Pipa tenía el papo muy gordo y muy poca vergüenza.

La primera llamada fue, en realidad, la decisiva. Después de esa primera hubo muchas más: Jimena gritando histérica que iba a matar a Pipa, Adriana preguntándome cómo estaba e intentando hacerme creer que tampoco había visto tanta gente el vídeo, e incluso mi hermano, desde Myanmar en plena luna de miel, preguntándome si me habían drogado. Si pude responder a mi gente de manera civilizada fue por esa primera llamada. El bálsamo. La prueba. Él.

—Maca…

—Esta llamada te va a costar una pasta —respondí con un hilo de voz.

—Dime que estás en el aeropuerto.

—Estoy en el aeropuerto. Salgo en el primer vuelo a Madrid… a las seis y diez de la mañana. He perdido el último de hoy.

—¿A qué hora llegas a Madrid? Da igual, yo lo miraré. Mejor escucha…

Cerré los ojos muy fuerte, allí, hecha un ovillo en uno de esos incómodos asientos del aeropuerto, y recé por que en aquel momento no me preguntara cómo estaba, qué había pasado o si estaba bien. No quería ninguna de esas preguntas. No quería que me pidiera datos. No quería ni acordarme, solo dormir y despertar cuando todo hubiera terminado. Todo…, cuando el vídeo se hubiera olvidado, yo tuviera otro trabajo, ya ni me acordara del ridículo de perder los papeles en mitad de una fiesta en otro país (¡¡a muchas horas de vuelo del mío!!), cuando Adriana hubiera sido sincera con Julián y ya viviera feliz junto a Julia, cuando Jimena dejase de buscar excusas para volver a abrirse a alguien y yo..., y yo supiera qué cojones me estaba pasando con Leo.

Pero... como venía siendo costumbre con ese hombre al que estaba conociendo de cero, dijo lo único que en ese momento me hacía falta escuchar:

—Se lo merecía, Maca. Quizá no fueron maneras y está claro que si volvieras atrás lo cambiarías, pero está hecho y no hay nadie que te quiera que no entienda que tú, Macarena, no haces eso si no estás al límite. Has soportado mucho, has agachado la cabeza, has callado y tragado..., pero llega un momento en el que uno tiene que morder la mano que le da palos. Barbilla alta, canija, porque eres la puta polla.

No me eché a llorar, lo que en realidad me sorprendió bastante. Por el contrario, me salió una risa sorda de entre los labios.

—¿Qué hora es en España? —quise cambiar de tema.

—Las nueve de la mañana. El vídeo ya estaba circulando cuando me he levantado.

—No creí que fueras de esos que echa un vistazo a las redes sociales con el primer café. — Arrastré con suavidad las uñas entre mi pelo y cerré los ojos—. ¿Cuánta gente lo ha visto?

—No quieras saber eso ahora. Tú aprovecha el vuelo para descansar. Duerme un poco. Ya te preocuparás por esas cosas más tarde. No importan.

—¿Cuántas visualizaciones? Es peor imaginarlo que saberlo.

—Lleva medio millón.

El aire me salió a trompicones de entre los labios.

—Se me ve bien la cara, ¿verdad?

—Sí —confirmó con voz firme.

—Me quiero morir.

—Claro que no. —Su voz sonaba como la de alguien preocupado por el estado de otra persona que se está ahogando en un vaso de agua…, grande, pero vaso—. No te quieres morir, no te vas a morir, y esto, en menos de nada, habrá pasado de moda.

—Nadie me va a contratar jamás.

—Pues quizá ha llegado el momento de cambiar de sector.

Me reí sin demasiadas ganas y me quedé callada. No sabía qué más decirle.

—Estaré en el aeropuerto cuando llegues.

—Leo, no hace falta.

—Ya, es que las cosas que se hacen porque uno quiere no tienen por qué hacer falta. Eso son las obligaciones, que no tiene nada que ver con nosotros. Estaré en la terminal, ¿vale? Estaré como desearía ahora mismo estar allí.

Creo que me encogí aún más.

—No entiendo nada —balbuceé.

—Entender está sobrevalorado. —Y en su voz me pareció alcanzar a ver una sonrisa.

—¿Entonces?

—Entonces, canija, nos queda sentir. Pero tú por un rato… mejor relájate. Ya has sentido demasiado en las últimas horas.

El vuelo fue horroroso. Horroroso. Escala en Londres, no diré más. Y es que, aunque fue una escala corta y llevadera, desde que años atrás me quedara tirada con Pipa en Heathrow por un temporal, no podía soportar aquel aeropuerto. Pero, bueno, mirando la parte positiva del asunto, se habían terminado los viajes de trabajo. Y los viajes en general, porque con lo que tendría que invertir en abogados para enfrentarme a la demanda que iba a ponerme la rubia, no creo que me quedara un chavo para viajar durante el resto de mi vida.

Cuando salí a la terminal arrastrando mi maleta y mi mala cara ya ni siquiera sabía cómo sentirme, pero me centré un poco al ver a Leo. Allí estaba, con unos vaqueros y una camisa que, bueno, no era blanca pero también valía como símbolo. Y yo con la ropa que llevaba al salir del cóctel completamente arrugada y hasta salpicada de frozen margarita de fresa. Vamos, lo que viene siendo hecha un cuadro de comedor.

Me planté delante de él, solté la maleta y lo miré desde allí abajo.

—Canija… —Sonrió.

—Estoy horrible, necesito una ducha y que me escondas en algún sitio por si hay paparazis en mi casa.

—No hay paparazis en tu casa, Maca. Se llamará Pipa, pero no es Pippa Middleton.

—Escóndeme —le pedí—. En serio.

—Si te parece, primero voy a abrazarte.

Hablan mucho de los besos: beso de hermanos, el beso de una madre, un beso de tornillo, un pico, uno francés, el beso de buenas noches, de buenos días y el de después de correrse. ¿Y qué hay de los abrazos? Los abrazos son el primo pobre de las caricias, cuando pocas veces algo reconforta más. El calor del cuerpo que te acoge, la presión de los miembros que encajan en tu cuerpo y que te visten, el olor de la persona a la que le cedes ese espacio tan tuyo. Un abrazo es, sin duda, un homenaje a la confianza, una ofrenda casi sagrada. Regalamos el aire que nos queda en los pulmones y que calienta la tela sobre la que lo vertemos. Concedes el roce completo de un cuerpo que, desde que naces, es solo tuyo. Te das a oler, a tocar, te dejas al alcance de unas manos que no te pertenecen y que no puedes controlar. Es un voto. Es una dádiva. Es…

—Dios… —Suspiré.

—Ya estás en casa.

Y «casa», en ese momento, era él.

Él y el olor de su perfume. Él y la aspereza de su barba en mi sien. Él y la yema de sus dedos recorriendo mi espalda. Él y el calor que emanaba y que iba traspasando la tela hasta fundirse con mi piel.

Alcé la mirada y Leo agachó la suya. La boca, entreabierta…, qué tentación. Esa boca, que hablaba, que humedecía, que suspiraba. La mano que tenía en su espalda fue hacia su boca y pasé el pulgar por debajo de su labio inferior. Agachó un poco la cabeza, sin dejar de mirarme, y lo atrapó entre los dientes sin presionar demasiado.

—No hagas eso… —le pedí.

Respondió sin palabras ejerciendo un poco más de presión para pasar la lengua por encima después.

—Vamos, canija. Tengo que esconderte del mundo por un rato.

En el taxi, a su lado, iba pensando en el Leo del pasado, en lo que podría haber esperado de él. Si aquello me hubiera sucedido cuatro años antes, justo en el tramo final de nuestra relación, hubiera tenido cierto reparo (no quiero decir miedo porque nunca podría querer a alguien que despertase miedo en mí) en contarle lo que había pasado. Me daría vergüenza porque seguro que me diría algo como: «No puedes ponerte de esa manera; no puedes perder los nervios y gritar como una loca y amenazar con morirte y tirarte al suelo. No puedes, Macarena. Sencillamente, no puedes hacerlo». Eso es lo que hacía cuando me sobrepasaba lo muchísimo que lo quería y lo convertía en algo malo. Yo tampoco fui buena para él, ¿sabéis? Pero eso cuesta mucho más tiempo en asumirlo.

Fue difícil identificar la gran diferencia entre las dos personas que ocupaban los asientos traseros de aquel taxi y los que, hasta para no casarse, pelearon tanto. La diferencia era que los dos no habíamos cambiado…, solo crecido. Cuando estuvimos juntos solo éramos el esbozo de las personas que íbamos a ser. ¿Y si nuestras cuatro intentonas de relación eran solo el preludio? ¿Y si siempre estuvimos destinados, pero nunca antes de ser quienes éramos en aquel momento?

—Necesito saber una cosa —le dije sin mirarle—. Cuando viste el vídeo…, ¿qué sentiste?

—¿Cómo?

—Sí. —Me volví y lo vi con los ojos puestos en mí y expresión confusa—. Cuando me viste gritar y tirarle una copa en la cara a mi jefa, ¿qué sentiste? ¿Sentiste vergüenza?

—No. Claro que no. Sentí… impotencia, pero no vergüenza.

—¿Impotencia?

—Es lo que sentimos cuando vemos a alguien a quien queremos pasar por algo que no podemos evitar, pero que lamentamos —me aclaró casi esbozando una sonrisa—. Pero también sentí orgullo.

—¿Del numerito?

—No. —La sonrisa se materializó por fin y los dos hoyuelos aparecieron junto a sus labios—. Eso, sinceramente, canija, te lo podías haber ahorrado. Pero sentí orgullo al ver que eras fuerte, que no te callabas, que dabas voz al humillado y que te rebelabas contra lo establecido. Era como… verte protagonizando los malditos *Juegos del hambre* en versión bloguera.

Sonreí también.

—Qué gilipollas.

—Pero no te preocupes, Katniss, te esconderé en mi casa para que el Capitolio no te encuentre.

Tenía razón cuando decía que su casa olía a curry. No sé de dónde salía aquel olor a especias, pero era como viajar hasta un mercado en plena Nueva Delhi o algo así. Al entrar se encogió de hombros, como disculpándose, y movió las varillas de uno de esos ambientadores de Rituals que tanto me gustan.

—Es exótico —le dije.

—Es cargante —bufó.

Dejó mi maleta junto al sillón y se encaramó al armario para darme una toalla.

—Date una ducha. Voy a prepararte algo de comer.

—¿No trabajas hoy?

Dibujó media sonrisa.

—No.

Claro que trabajaba, pero alguien habría recibido ya a esas horas una excusa convincente por teléfono y él iba a quedarse en casa.

El cuarto de baño era bonito y moderno. Los azulejos eran blancos, estaban impolutos, y la ducha era bastante amplia en comparación con el tamaño del estudio que, por no tener, no tenía ni paredes que separasen ningún espacio. Mientras la estancia se llenaba de vaho, curioseé entre sus cosas, desnuda. Su cepillo de dientes, su perfume, su peine. Todo me hacía un poco de gracia y, a la vez, me parecía emocionante; como si estuviera descubriendo algo muy íntimo de alguien a quien acababa de conocer. Ya ves.

Con la muda limpia que saqué de mi maleta y el modelito ultracómodo que pensaba ponerme en el viaje de vuelta antes de todo ese drama, salí del cuarto de baño buscando a Leo porque no encontraba el secador del pelo, pero no estaba.

Tendí las toallas donde me pareció y después de guardar mi ropa sucia dentro de la maleta, viendo que no volvía, seguramente de comprar algo para comer ya preparado, paseé por allí, estudiando los detalles del piso y los lomos de los libros que llenaban las estanterías.

Iba a coger una bonita edición antigua de Jane Austen en inglés cuando me llamó la atención un libro muy nuevo que descansaba sobre la mesa junto al sillón. Y si me llamó la atención no fue por el color azul de las letras de su título o el blanco

de las del nombre del autor. Fue... la ilustración de la portada.
El dibujo de esa chica podría haberme representado a mí unos
años antes. Me sentí rara..., como cuando te encuentras con una
desconocida que se te parece demasiado. Me senté en el sillón y
lo ojeé. Poemas. Aquel libro no le pegaba nada a Leo; no podía
imaginarlo comprándolo en una librería. ¿Se lo habrían regalado? Fui a buscar la dedicatoria, por si podía darme alguna pista..., y allí estaba. Era un regalo, claro, pero para mí:

> *Firmo este libro a sabiendas de que jamás*
> *tendré el valor de dártelo. Valor de ser cobarde,*
> *entiéndeme. No te mereces revivir aquello, pero...*
> *Míranos aquí dentro: a mí tan chulo y tan dolido,*
> *tan sobrepasado. A ti tan... mujer de mi puta vida.*
> *Pero da igual cuánto fuimos porque seremos*
> *recuerdos... En nuestra mano está que sean hermosos.*
> *Felices treinta.*
> *Si volvieras a nacer, ¿querrías volver a vivirlos?*

Lo más bonito que Leo me había escrito en mi vida era un
«Te quiero» en la tarjeta de un ramo de flores... siempre seguido o precedido de un «Perdóname». Aquello era tan nuevo para
mí como aquel estudio o su perfume. Ese... ¿era Leo?

El sonido de las llaves avisó de su entrada. Desde donde
estaba sentada, lo vi entrar y dejar en la mesa alta de la cocina
una bolsa.

—¿Maca? —me llamó.

Pero luego, sencillamente, me vio allí, sosteniendo el libro
con la primera página abierta y la sombra de su caligrafía dibu-
jándose sobre ella. Y de pronto todo estaba hecho, todo estaba
de más.

Chocamos a medio camino entre la puerta y el sillón; ni
siquiera fui consciente de levantarme. Leo era como una borra-

chera…, una muy buena. Un viaje de una droga dura, de esas que enganchan a la primera toma y te encadenan de por vida.

Nos besamos con la misma violencia con la que nos habíamos precipitado el uno contra el otro y la boca llena de lengua hasta tal punto que no sabíamos cuál era de uno o del otro, aunque… daba igual. Me di entera en aquel beso, claro, porque podría haberme pasado media vida diciendo que no con la cabeza, pero en realidad no hacía otra cosa que gritar que sí a pleno pulmón. Era una yonqui, joder. Y ahora que había vuelto a probar los efectos de estar con Leo, no quería nada más.

Rodeé su cuello con mis brazos y me levantó hasta que rodeé su cintura con mis piernas. Matrícula de honor para aquel beso, joder, que despertó nuestra sexualidad. Mención de honor por ser capaz de no condensar ningún beso antiguo en su interior, por no recordarnos nada de lo que ya nos habíamos dado.

—Joder… —gimió—. Qué bien sabes.

Como si fuera la primera vez que me saboreases, como si el tiempo mejorara mi esencia, como si en realidad estuviéramos ilesos o tan rotos que ya todo daba igual.

Mis uñas se arrastraron entre los mechones de su pelo con tanta fuerza que creo que le dolió, pero daba igual; a mí, a él, lo que estábamos haciendo.

—Llévame a la cama —le pedí a una distancia tan escasa de su boca que pude tocar su lengua cuando saqué la mía.

—¿Qué puedo hacerte?

—Todo —supliqué.

Su lengua entró en mi boca de nuevo y me pegué tanto como pude a él mientras caminaba hacia una cama que me pareció enorme cuando caí sobre ella. Me retorcí cuando lo vi empezar a desabrocharse los botones de su camisa…, uno detrás de otro, con una lentitud que me torturaba.

—Por favor… —gemí.

—Shh…, coge aire. Ten paciencia. No voy a correr.

Se me había olvidado aquel detalle…, que hasta la cara le cambiaba cuando estaba cachondo. Que disfrutaba viendo cómo me contorsionaba para sostener el placer, conteniendo el aliento para no morir de la desesperación de esperarle.

La camisa desapareció en el suelo y yo me quité la camiseta mientras él tiraba de mis pantalones por los tobillos y estos se unían al resto de prendas en el suelo. Abrí las piernas en una invitación muda y él la aceptó mientras se mordía el labio con saña y se desabrochaba el pantalón. Pronto lo único que quedaba entre los dos era la ropa interior.

—Quiero… —empezó a decir antes de dejar caer su peso sobre mí y hundir la boca en mi cuello— morderte, hacerte gritar, que te dé tanto gusto que creas que te duele y…

—Fóllame —pedí arqueándome para pegar mi sexo al bulto de su polla.

—Y una mierda.

Leo gruñó y se acomodó sobre mí, empujando su cadera para clavar su erección en un alarde de hombría que aún me puso más caliente y disparó mi mano en dirección a su entrepierna. Le agarré por encima de la ropa y gimió entre mis labios antes de mover su mano en círculos justo donde más me gustaba. Estaba tan mojada que cuando la metió dentro de mis bragas coló dentro de mí dos dedos sin dificultad.

De un tirón sacó mis pechos del sujetador y los metió por turnos en su boca, tirando del pezón hasta provocarme ese tipo de dolor que te moja aún más. No me molesté en volver a taparme cuando se incorporó para quitarme las bragas.

Y así, abierta y ofrecida, volví a recibir sus dedos dentro, con violencia y fuerza mientras su otra mano se posaba en la parte baja de mi vientre.

—Hazme… —susurré.

—¿Qué? ¿Qué quieres? —respondió mientras jadeaba.

—Hazme... lo que quieras.

Era, para alguien como yo, la máxima expresión de la sexualidad: «hazme lo que quieras» quería decir «te doy el control» porque nada me excitaba más que cederle el control... a él. Solo a él. Y no tenía nada que ver con el amor en aquel momento, pero sí con la confianza y la intimidad.

—Avísame si me paso —pidió.

La mano que descansaba sobre mi vientre lo presionó y sus dedos comenzaron a entrar y salir de dentro de mí con fuerza. Pensé que me estaba muriendo en mitad de un orgasmo que no terminaba de llegar. Lancé un manotazo que le dio en la mejilla:

—Hijo de puta... —se me escapó de entre los labios húmedos.

—Hija de puta tú. —Sonrió antes de arquear los dedos y hacer que, del latigazo de placer, me incorporara—. Túmbate. Túmbate y abre las piernas, joder.

Obedecí. Y tanto que obedecí.

Lo siguiente que sentí, con la cabeza embotada de tanto no pensar, fue su cuerpo entre mis muslos, completamente desnudo.

—¿Quieres jugar? Juguemos.

Su polla dura se paseó entre mis labios y movió las caderas. Intenté agarrarla para meterla dentro, pero se apartó.

—Shh...

—No —me quejé—. Fóllame. Fóllame ya.

—Claro que te voy a follar..., pero primero voy a lamerte.

Lamió mi vientre, mordió mi costado, sujetó mis pechos pequeños con las dos manos y cuando llegó a mi sexo abrió la boca y deslizó la lengua. Le sujeté allí mientras acariciaba su pelo y él respondió sosteniéndome la mirada durante el tiempo que tardó en hacer que me corriera, que, entre nosotras, fue poco. Solo necesitó dos minutos de lametones y un dedo horadando mi intimidad para hacer que me corriera con tanta intensidad que me dieron ganas de llorar.

Me dio la vuelta sin dificultad cuando terminé como una muñeca desmadejada. Ni siquiera me dio dos segundos para respirar hondo antes de tumbarse en la cama, colocarme encima y... ni siquiera sé cuándo se había quitado el bóxer. De pronto yo estaba recorriéndolo con la lengua antes de meterme su polla dentro de la boca. Muy dentro, hasta provocarme una arcada y dejarme sin aire. Creí que me corría otra vez.

—Esto te gusta..., ¿eh? Que sea un animal. Que te ahogue. Que no puedas más.

—Sí —contesté jadeante cuando la sacó—. Más.

Volví a llevarla hasta el fondo de mi garganta y succioné. Chupé. Tenía mucha saliva y contuve la respiración para llenarme la boca hasta el límite. Cuando no pude más, la saqué con un gemido de alivio. Y volví a empezar.

Los dedos de Leo se enredaron en mi pelo y le escuché balbucear que lo hacía muy bien, que quería más, que no dejase de chupar. Lo miré, con la boca llena, con ojos empañados con una inocencia fingida y saqué la lengua para pasarla por la cabeza carnosa y húmeda de su polla.

—Voy a correrme en tus labios —amenazó levantando las cejas lentamente.

—No. Vas a correrte dentro de mí.

Me levantó en volandas para acomodarme en su regazo y encajar mi sexo con el suyo.

—¿Quieres follar?

—Follar —repetí acercándome a sus labios.

Desapareció dentro de mí tan rápido que lancé un alarido de alivio.

—Estoy cansado de joder con otras pensando en ti —gimió—. Estoy cansado de correrme mordiéndome la lengua por si vuelvo a decir tu nombre.

Me enderecé y empecé a moverme arriba y abajo mientras Leo me agarraba un pecho y una nalga, apretando, clavándome los dedos.

—No pares —pidió cuando aminoré el ritmo.

A Leo siempre le gustó rápido y fiero; no entendía que el amor pudiera hacerse de otro modo. Así es la pasión, ¿no? Lo nubla todo. Y no piensas. Es solo una carrera en busca de esa explosión que hace que todo valga la pena. Así que cuando exigió más y más rápido, solo pude sentirme nuevamente con la única persona con la que yo entendía el sexo sin peros. El único al que le prestaba mi voluntad durante un rato para que hiciera lo que quisiera, como si leyera mi mente y adivinara, siempre, dónde estaba el límite de mi placer.

Apoyé las palmas de las manos sobre su pecho y moví las caderas hasta que me faltó el aliento. Leo había dejado ya que la timidez de su voz se esfumara para gemir bien alto porque recordaba cuánto me gustaba escuchar su expresión de placer, su respiración alterada y el gruñido que le arrancaba enterrarse tan hondo dentro de mi cuerpo.

Rocé torpemente sus labios y abrió la boca para lamerme un par de dedos mientras una de sus manos tiraba de mi pelo.

—Trátame mal —gemí—. Fóllame como si no me quisieras.

No me di cuenta de todo lo que encerraba aquella frase; si él lo hizo, no lo demostró cuando rodeó mis hombros, me dio la vuelta y se quedó detrás de mí, agarrado a un mechón de mi pelo y a mi nalga.

—Guarra —susurró—. Guarra es como me gustas, empapada, gimiendo como una gata…, la más guarra.

—Haz que me corra otra vez.

Me embistió fuerte, como si me navegase, rompiendo las olas y dejando sobre el agua la estela de su paso. Casi me partió por la mitad y yo casi le pedí que lo hiciera. Mi dedo corazón se deslizaba suave sobre mi clítoris, acelerando el orgasmo que se acercaba con cada acometida. El sonido de la habitación…, Dios…, siempre fui más de oído que de ojos y el choque de sus caderas contra mis nalgas era más erótico para mí que verlo entrando en mi cuerpo. El silencio de palabras con el que nos retábamos, pidiendo más y más, hasta no poder responder más que con sudor. Los «ahhh» ahogados; mis «mmmm»; su pecho empapado sobre mi espalda cuando lamía mis hombros, y mi cuello girando en busca de su boca, mientras me arqueaba para alcanzarla.

No tardé en tensarme con la cercanía del orgasmo y moví torpe la mano conforme el cosquilleo fue creciendo; me quedé a merced de sus movimientos cuando todo estalló, dejándome ciega, sorda y tonta por un segundo y suplicando que no parara de moverse.

—Un poco más, Leo, un poco más dentro.

No fui consciente de que me fallaron las rodillas hasta que me quedé desmadejada sobre el colchón con la mejilla pegada a la sábana y Leo empujando enloquecido entre mis piernas, ahora extendidas y temblorosas.

La palmada en mi culo fue el pistoletazo de salida y me di la vuelta cuando salió atropellado del calor de mi interior. El primer azote de semen me llegó al pecho, con el sujetador a medio quitar; los siguientes al abdomen, el cuello, las clavículas y, por último, resbaló hacia mi pezón derecho.

Me quedé mirando mi cuerpo convertido en un lienzo guarro y después lo miré a él. Ya empezaba a dibujarse en su cara esa expresión, la gamberra, sinvergüenza y arrepentida, todo a la vez.

—Joder… —Suspiró pasándose la mano desde la nuca hasta el pecho—. Joder…

Esbozó una sonrisa y yo eché mano de la caja de pañuelos que tenía en la mesita de noche, pero él negó con la cabeza antes de cogerme en brazos y llevarme a la ducha con la boca pegada a la mía.

Me masturbó bajo el agua caliente, con los labios en mi hombro y los dedos acariciándome despacio.

—He tenido suficiente —me quejé entre risas falsamente, porque no quería que parara.

—Dios…, Maca…, me ha gustado tanto que tengo que devolvértelo.

—Yo también lo he disfrutado.

—No tanto como yo. Es imposible. Ojalá pudieras meterte en mi cuerpo, canija…, y vieras lo que yo veo, sintieras lo que yo siento y…

Sabía lo que se hacía. No necesité más palabras. Quizá las dijo, pero yo… no las escuché.

Después se enrolló una toalla a la cadera, se sentó y me colocó entre sus piernas para secarme lentamente y con dedicación. Hizo que sintiera cada centímetro de mi piel como algo hermoso. Eso también fue nuevo. Y agotada de tanto, cuando volvimos a tumbarnos en su cama solo pude decir:

—Qué marrón…

46
Nuestro marrón

Vamos a enumerar desgracias. Contad conmigo: dos días después de aterrizar de vuelta en Madrid, el vídeo fue emitido incluso en la tele; hablaron de mí y de mi ataque de histeria en
prensa, webs, blogs, YouTube y la radio. *Anda Ya* incluso me
dedicó la canción de las ocho de la mañana. Bueno, eso podría no
ser una desgracia, eso me da caché…, creo.

Más desgracias: se enteró hasta mi madre. Explícale tú a
tu madre por qué has salido en *Sálvame* gritando y tirándole
comida a tu jefa. Pero explícaselo bien porque las madres, aunque quieren como nadie puede querer, son las más críticas del
mundo y el trabajo… les importa.

—¿Yo te he enseñado a arreglar las cosas así? ¡¡Tirando
canapés!!

Si me llega a decir algo como «con la de gente pasando
hambre que hay en el mundo», juro que me hubiera tirado del
balcón con Luisi, mi planta, cogida en brazos.

¿Qué más? ¡Ah! No tenía trabajo, claro. Estaba en el más
absoluto paro. No tardé en recibir los papeles de mi despido que,
como era procedente…, ya imaginaréis: ni un duro de indemni-
zación. Menos mal que lo que sí me había enseñado mi madre
fue a ahorrar como una hormiguita hasta tener un colchoncito.
Gracias, mamá.

En la lista de desgracias estaba también el hecho de lo pesado que se puso todo el mundo: el mismo día recibí diez llamadas, diecisiete mails y un chorizo de wasaps que, por supuesto, no me dio la gana contestar. La mayoría eran ofertas de trabajo. Y ninguna pintaba demasiado bien, pero…, claro, ¿quién iba a querer contratar a la loca del momento? Bueno, bueno…, igual me estaba adelantando a los acontecimientos. Gente rara hay en todas partes.

Pero hubo cosas buenas, claro que sí. Una lista también maja: en la cama de Leo, me la sudaba todo. Y me la sudaba todo también cuando sonaba su despertador, tiraba de la sábana, se colocaba desnudo entre mis piernas y me despertaba con la polla dura sobre la cadera susurrando:

—Dame los buenos días…

¿Hace falta que añada más cosas a la lista? Eso es todo, pero…, joder, era muy largo. Muy duro. Muy… Me habéis entendido.

Otra cosa buena fue que, aparte de las llamadas, los mensajes y los correos electrónicos, todos entendieron que me había escondido del mundo y aceptaron que no diera señales de vida. Nota mental: cuando la armas parda, rollo salir en programas de cotilleo hecha un basilisco en una grabación de móvil de grandísima calidad (gracias, nuevas tecnologías por grabar en alta definición), la gente es supercomprensiva. Si te vuelves viral, los de cerca te dejan en paz. Y si estás follándote a tu exnovio, ex amor de tu vida y nuevo hombre de tus sueños como si fueras una auténtica loca obsesionada con el sexo… se agradece.

Al cuarto día de follar, dormir, comer, beber vino y volver a follar con un Leo que iba y volvía del trabajo como poseído, a una velocidad superior a la de la luz, el subidón de estar mejor jodida que nunca fue bajando. Y me di cuenta de la situación. De la verdadera situación.

1. Tenía, con total seguridad, una demanda en camino de la que no sabía cómo podría defenderme. Una putada lo de no hacerle caso a mi abuela y estudiar derecho.

2. Sabía de mi futuro qué día de la semana sería el siguiente y que en las noticias habían dicho que llovería. Ya.

3. Cada vez que me corría entre los brazos de Leo me acercaba al Nirvana, al sol, a la nada y a enamorarme como nunca creía haberlo estado, dejando a la altura del betún cualquier intentona anterior.

Ese hombre no era Leo. Ese hombre era alguien diferente, capaz de conocer mi cuerpo como él, pero convertir cada caricia en un reto, cada beso en un verso y leerme todos los poemas que teníamos a mano para escribirlos después en mi espalda desnuda con la yema de los dedos. ¿Quién lo hubiera soportado, joder? Estaba recuperándome de un superdrama. Aquellos mimos, aquellas atenciones, aquellos gemidos roncos en mi oído cuando su espalda y sus glúteos se tensaban (en su movimiento de cadera estrella, eso sí que no había cambiado) eran como opio.

Pero hasta del opio uno despierta. Preocupado, además.

Me despertó con los labios, como cada mañana. Sonreí inconscientemente. La luz gris entraba en la habitación, demostrando que el hombre del tiempo no se había equivocado en su predicción.

—Buenos días…

—Espera… —gimoteé—, esto sé cómo termina.

—¿Cómo?

—Con mis muslos húmedos.

—Puedo humedecerte la boca, si quieres. —Sonrió subiendo encima de mí y abriendo mis piernas con una rodilla.

—Dios…, ¿siempre has sido así de insaciable?

No respondió. Ya estaba frotándose.

—No, Leo…, espera… de verdad.

—Tengo charla de orientación a las doce y papeleo que hacer. Va a llover y me mojaré en la moto. Dame algo que me recuerde que en casa todo es mejor.

Cerré los ojos cuando sus labios se deslizaron por mi cuello y su pelo cosquilleó en mi barbilla.

—Leo…

—¿Qué? ¿No te apetece?

Lo miré, sosteniéndose sobre sus brazos con una sonrisa, desnudo; pensé en la camisa que se pondría para ir a trabajar en un rato y en lo mucho que me arrepentiría entonces de haber contestado, pero me obligué a hacerlo.

—Creo que deberíamos hablar.

—Oh, oh. —Torció el gesto.

—Oh, oh…, sí.

Se incorporó, saltó de las sábanas blancas que tan bien olían y se puso los calzoncillos con un solo y elegante movimiento, de espaldas a mí. Lanzó sobre la cama una camiseta (mía o suya, ¿qué más daba?), me miró de reojo y pasándose la mano por la barbilla me llamó con un movimiento de cabeza hacia la cocina, hacia donde se encaminaron sus pies descalzos.

De camino vi el libro…, el que dedicó pensando que jamás lo sacaría de su estantería. El detonador.

—¿Café? —ofreció.

—Por favor.

Me pegué a su espalda, con los brazos alrededor de su cintura, mientras preparaba café. Él no usaba cápsulas, claro, porque le gusta el café de verdad, decía él; porque es tan antiguo que a estas alturas ya es moderno, diría yo.

—Creía que esto pintaba mal —musitó sin volverse a mirarme cuando dejó la cafetera sobre la vitrocerámica.

—¿Mal?

—¿Desde cuándo un «deberíamos hablar» trae buenas noticias?

—Desde que este es el mundo al revés y tú eres...

Se dio la vuelta, pero seguí rodeando su cintura desnuda. Lo miré sin poder terminar la frase, vestida con su camiseta, descalza, con el olor a piel y placer emanando de su pecho y la lluvia de finales de verano empezando a caer tras la ventana. ¿Podía pedir más?

—Yo soy, ¿qué? O quién, en el mejor de los casos —preguntó bajando la mirada hasta chocar con la mía.

—Eres el puto hombre perfecto.

Lanzó una carcajada y me levantó en volandas para sentarme en la encimera de la cocina.

—No soy perfecto, canija. Soy menos imbécil.

—Pues no mola. —Fruncí el ceño.

—¿Por qué no mola? —Se burló.

—Porque yo ya te tenía metido en tu casilla, ¿sabes? Esto lo desbarata todo.

—¿El sexo? —preguntó mirándome los labios.

—El sexo, las caricias, el café que haces por las mañanas y que me traes a la cama, donde te espero hasta que vuelves con comida preparada que comemos con las manos después de joder. De volver a joder. ¿Te hablo de que me leas al oído? ¿O de cuando me abrazas antes de dormir?

Frunció el ceño y dio un paso atrás, hasta apoyar el final de su espalda en la mesa alta en la que deberíamos comer si saliéramos más a menudo de la cama.

—No termino de entenderte. ¿Dónde está el problema?

—En que..., joder, Leo, no juegues. Terminaré colgándome. Es de manual. —Chasqueó la lengua contra el paladar y apoyó los brazos en la madera—. Es que a ratos me da la sensación de que ni siquiera te conozco..., que estoy descubriéndote de cero —me quejé.

—Y eso te da miedo.

—Claro que me da miedo.

—Porque… ¿por qué?

—Porque no sé…, no sé qué viene ahora, por dónde saldrás, qué nos pasará.

Sonrió y se pasó una mano por la cara mientras suspiraba:

—Ay, Dios mío…

—¿Qué? —exclamé entre la risa y la protesta.

—Macarena, canija…, es así como funciona. ¿Crees que el resto de los mortales se conoce desde que nace? Lo normal es esto. No saber. Empezar con alguien, comerse la boca y sentir que no se tiene suficiente, sin saber si se cansará y te dejará en la mierda. Uno se enamora sin conocer el mapa, centímetro a centímetro, de quién es la otra persona. Descubrirlo es el juego. Follar, hacer el amor, lamerse…, eso solo lo ameniza.

Parpadeé e hice una mueca.

—¿Qué estás diciendo?

Se acercó, apartó la cafetera del fuego y me miró.

—Que por fin lo estamos haciendo bien. Que por fin es… normal. Yo tampoco sé qué viene ahora, por dónde saldrás o qué nos pasará.

—Esto está mal.

—Venga, Macarena —se quejó—. ¿Quién lo dice?

—¡¡Todo el mundo!! —Abrí mucho los ojos.

—¿Y quiénes son ellos para decir que esto —colocó su mano en mi pecho y la mía en el suyo— está mal?

—Acabará mal.

—¿Son adivinos? Nosotros no tenemos ni idea, pero, vaya, ellos lo saben. Qué alivio. Corre, vete de aquí o terminaremos… ¿enamorados? Ah, no, eso ya ha pasado. Cinco veces.

—¿¡Lo ves!? —Levantó las cejas y se rio, apartándose para servir el café—. ¡¡Leo!! —protesté.

—¡¡Macarena!! —me imitó.

—No voy a poder soportarlo, ¿sabes?

—¿El qué?

—Romperme otra vez. Por ti.

Dejó la taza, se apoyó en la encimera con la cabeza gacha y se enderezó muy rápido.

—Deja, por favor, de dar más valor a lo que ellos opinan. Deja de cederles el control. El único lugar en el que deberías ceder el control debería ser la cama, si quieres. ¿Ellos creen que esto está mal? Fenomenal. Tenemos mucho tiempo y ninguna prisa para demostrar que están equivocados.

—¿Y la presión? Ejercen presión, Leo.

Me pasó el café que llenaba la taza, aromático, oscuro y seguramente muy amargo. Sonrió y besó mi hombro de camino a mi oído para susurrar:

—La presión me la suda porque, por primera vez en mi vida, lo único que importa en esto está aquí. —Nos señaló—. Tú y yo. Nadie más. Que no nos roben la posibilidad de enamorarnos como cualquier otra pareja. Estoy harto de ser «Leo y Macarena» en sus versiones: «Sois demasiado jóvenes para salir juntos, esto va a terminar mal», «¿Otra vez? Con todas las personas que hay en el mundo», «Lo que mal empieza, mal acaba», o mi preferida: «Os doy un mes».

—Se lo hemos puesto fácil para que opinen eso, ¿no crees?

—¿Y si dejamos de permitir que las palabras de los demás midan lo que tenemos? ¿Y si dejamos de pensar en las diez mil razones que tenemos para no hacerlo y nos centramos en la única que hace que valga la pena? Porque no conozco a nadie que pueda quererte más que yo y estoy aprendiendo la manera de hacerlo bien, Macarena. Y si vuelvo a ser gilipollas, mírame, cógeme la cara entre las manos y dime: «Mi amor, eres un imbécil». Y yo me morderé la lengua y asumiré que tú, que me quieres más de lo que puede quererme nadie, no me mentirías. Y si tú vuelves a dejar que la inseguridad te haga minúscula, te cogeré la cara y te diré: «Mi amor, eres la única puta mujer de mi vida desde que tengo uso de razón». Y tú, que en realidad eres enorme, entenderás que después de media vida peleando por esto, tengo razón.

Tragó saliva y me interrogó con la mirada. El diálogo que se sucedió fue tan silencioso como intenso. Tan desnudo como el sexo, tan húmedo como un buen beso, tan sincero como las lágrimas que más escondes.

—No lo saben todo. Nadie lo sabe todo —añadió—. Y lo poco que yo sé, es que si no es contigo, a la mierda, no es con nadie. Y no nací para morirme solo. Nací para ti. Y a tomar por culo el mundo, canija. Tú y yo valemos más que la opinión de gente que no tiene ni puta idea de lo que es ver cómo te corres. Punto.

Hay ocasiones en las que solo las palabras pueden curar, construir, demoler o cimentar algo de verdad. Hay ocasiones en las que lo que callamos durante tanto tiempo termina por desbordar la barrica que lo contuvo, mientras maceró lo suficiente como para empezar a tener sentido. Hay ocasiones en las que un discurso apasionado en boca de un profesor de literatura en ropa interior, en una cocina que huele a café y con el repiqueteo de las gotas de lluvia en el cristal de la ventana es lo único que necesita una pequeña, muy pequeña, mujer en paro que está aprendiendo que tiene voz y que esa voz sirve para defender lo que quiere.

Hay, sin embargo, otras ocasiones en las que solo un beso puede responder a lo que es, sencillamente, verdad. ¿Quién dice que es verdad? Pues yo, que no tenía más razón que el resto pero tampoco el resto tenía más razón que yo, así que… ¿y si andábamos? Porque decía Machado que solo se hace camino al andar.

47
El desastre

Mi madre es dramática como una copla. Una pobre incomprendida para la que el mundo actual no está preparado. O ella no está preparada para el mundo actual, como demuestra su nula capacidad de mandar wasaps con un simple «vale» en menos de dos minutos y medio. Son muchos minutos para cuatro letras.

En su dramatismo coplero, mamá guarda muchas frases y dichos populares que a Antonio y a mí nos fascinan: «Ay del día de tus alabanzas», «Quien todo lo quiere, todo lo pierde», «Quien siembra vientos recoge tempestades», «Entre todos la mataron y ella solita se murió» o «Las desgracias nunca vienen solas». Y… no sé si es que mi madre es muy sabia o que el refranero popular la ayuda, pero… qué razón. Los desastres nunca vienen de uno en uno.

Adriana llevaba semanas manejando su doble vida con éxito; o eso creía. Muchas semanas de racanear minutos en la rutina para escaparse a la habitación de Julia, donde todo le parecía maravilloso. Semanas de sonreír de más, sonrojarse mucho, dormir de menos y levantarse de la cama, del sofá y del escritorio constantemente, si Julián estaba cerca, porque no quería que pudiera leer por encima de su hombro las conversaciones que mantenía con ella, con Julia. Conversaciones que empezaban cuando sonaba el despertador y las dos corrían a desearse feliz día y terminaban cuando los párpados pesaban tanto que las letras del teclado táctil ya se tornaban borrosas.

Para Adriana todo era Julia. Todo. Las cosas que le pasaban en el trabajo, las canciones, las personas con las que se encontraba, lo que comía, bebía y deseaba. No le había pasado jamás. No podía quitársela de la cabeza ni un segundo, ni quería.

Julia y el color rosa pálido de su pelo, que, le confesó, en realidad era de un rubio anaranjado que siempre la acomplejó.

—Hacen muchos chistes con las pelirrojas, ya lo sabrás bien.

Julia y lo suaves que eran sus labios cuando los acariciaba con la yema de sus dedos o con los suyos propios.

—Estaría besándote toda la vida.

Julia y la risa que se le escapaba, a carcajadas, sonora y como un cacareo cuando algo le hacía mucha gracia.

—Te ríes llena…

Julia y la mirada, después de correrse, que lo significaba todo sin decir absolutamente nada.

—Te quiero.

Y ese momento, pensó que ese te quiero compartido haría que valiera la pena todo lo que tuviera que hacer para estar con ella siempre. A veces creía que lo que tocaba era echarle valor y confesarlo todo; otras creía que debía callar para siempre.

Julia no exigía, no pedía, no presionaba, pero esperaba. Y ella lo sabía. Tenía un tictac continuo golpeándole la sien, pero conseguía acallarlo. Siempre conseguía acallarlo.

Por eso supongo que lo que pasó no fue una desgracia al fin y al cabo. Fue solo… la oportunidad. A veces más vale salir por una ventana que esperar a que la puerta se abra sola.

Llegó a casa cansada y un poco aburrida con el papel que le tocaba interpretar en cuanto cruzaba la puerta. «Hola, cariño, ¿qué tal en la consulta?». Beso en los labios. Nada, sin sentir nada. «¿Yo? Bien. Sin más. Ya sabes. Aunque hoy vino una novia adorable, de las que te recuerdan por qué amas tu trabajo. ¿Hacemos la cena? Vengo hambrienta».

—Hola, cariño, ¿qué tal en la consulta?

—Bien. Sin más.

Julián salió del dormitorio y la miró muy fijamente. En su expresión había algo que o era nuevo o había estado demasiado ocupada siendo feliz con otra persona como para percatarse.

—¿Pasa algo?

—No. ¿Por? —le preguntó serio.

—No sé. Estás raro, ¿no?

—Para nada. Voy haciendo la cena…, vendrás hambrienta.

—Pues… vale. —Se encogió de hombros con naturalidad para no demostrar la inquietud que le despertaba su seriedad—. Voy a quitarme el uniforme y… voy.

—Vale.

Dejó el bolso colgando de una silla en el salón, pasó al dormitorio contiguo y se quitó la camiseta y los pantalones chinos, todo negro. Se miró en el espejo del armario y estudió su piel…, nada, ni una marca que pudiera hacerle sospechar. ¿Qué mosca le había picado a este? Quizá había tenido un mal día en la consulta. Quizá había dormido mal la noche anterior. Quizá tenía hambre. Quizá estaba enfurruñado porque llevaban mucho mucho mucho tiempo sin acostarse.

Se quitó el sujetador, respiró hondo y se dijo que a lo mejor tenía que hacer alguna concesión…

Después se puso su pijama menos sexi.

El salón estaba ya en semipenumbra cuando se dirigió hacia la cocina, por eso casi le pasó desapercibida la figura sentada en el sofá; la de su marido, claro, al que esperaba encontrar haciendo la cena. Si no hubiera sido por el fulgor de la pantalla del móvil que sostenía entre sus manos, hubiera pasado de largo.

—¡Joder, Julián! ¡¡Qué susto!! ¿Qué haces ahí sentado a oscuras?

El sonido de su teléfono móvil cayendo sobre la mesa de centro la sobresaltó. Adivinó una conversación de WhatsApp abierta en el display. La saliva no le pasó por la garganta.

—No es que me hicicra mucha falta confirmar, pero… antes de montar este numerito necesitaba cerciorarme. Voy a pedir perdón por violar tu intimidad y leer tus mensajes, pero por nada más. No te agarres a eso para justificarte.

—No sé qué has leído, pero lo has sacado de contexto —se atrevió a decirle.

—¿En serio?

Adri encendió la luz del salón de un manotazo; no podía soportar no ver su expresión mientras hablaban. Lo vio inclinarse sobre la mesa otra vez y coger el aparato:

—«Ahora viene lo peor; esperar hasta mañana para verte. Los jueves suele pasar a ver a su madre después del trabajo, así que mañana no tendré que irme corriendo de tu cama». «Es verdad. Los jueves son mi día de la semana preferido. Casi parece que solo estamos tú y yo». —Chasqueó la lengua contra el paladar, dejó el teléfono en la mesa, esta vez con más cuidado, y se volvió a mirarla—. ¿Qué es exactamente lo que he sacado de contexto?

—Julián…

Adriana se apoyó en la pared. Creía que el suelo se abría bajo sus pies descalzos.

—Ahora viene lo incómodo… La típica conversación que creí que no tendríamos que tener nunca: ¿quién es? ¿Cuánto tiempo hace que lo ves? ¿Lo quieres? ¿Vas a mandar a la mierda esto por follarte a otro? Porque si me cuentas la milonga de que solo necesitabas sentirte deseada por otro, sentirte una chiquilla otra vez, tontear y dar vida a la rutina… hasta puedo creérmelo. Hasta ahí llega mi buena intención, Adriana.

—No es… —Miró al suelo, tragó, acercó una silla y se sentó—. No es lo que parece.

—Cuidado —respondió él muy serio—. Me trago la milonga si me la adornas, pero comer mierda no entra en mis planes.

—No es lo que parece.

—¿Sabes lo que más me molesta? —Se acomodó en el sofá, sin mirarla—. Que lo hayas guardado en el móvil con el nombre de una tía, como si con eso bastara. Cuando acabáis de follar ¿os reís de lo gilipollas que soy? ¿Es eso? ¿Te crees que te casaste con un subnormal? ¿O es que crees que el amor me ciega?

No supo qué decir.

—¿Quién es? —repitió él—. ¿Cuánto hace que lo ves?

—Un mes..., quizá dos. No lo sé.

—¿No lo sabes? ¿No tenéis aniversario?

—Julián...

—¿O es que el tiempo pasa tan rápido a su lado que ya ni te acuerdas?

Esa era la opción correcta, pero miró al suelo y no respondió.

—¿Lo quieres?

—Creo que sí.

—¿Crees que sí? Perdona, ¿me lo puedes repetir mirándome a la cara? Es lo menos que puedes hacer después de cinco años casados y casi diez juntos.

Levantó la mirada y sostuvo la de Julián.

—Yo no he buscado esto —confesó.

—Pobre... —La ironía empapó cada mueble del salón—. Lo debes de estar pasando fatal. Pero dime una cosa..., ¿te folla bien? ¿Mejor que yo? Porque lo último que me esperaba es que una mujer a la que casi tengo que drogar para que finja que tiene ganas de que me la folle, me engañe.

—A lo mejor ese es el problema, ¿no crees?

—¿Te vas a poner chula, Adri? —Julián arqueó las cejas—. Te pillo con esta mierda y... ¿te pones chula?

—No me has entendido. —Se frotó la frente.

—No. No entiendo nada. Lo de que tuviéramos hijos ya, ¿qué fue? ¿Un ataque de conciencia?

—No estábamos junt…

Iba a decir «juntas» cuando Julián la interrumpió:

—Ah…, ¿te dejó? ¿Se tomó unos días libres y tú volviste corriendo a los brazos del gilipollas de tu marido?

—Julián. —Tragó saliva—. Escúchame…

—Venga, ahora la milonga. —Se preparó él, cruzando los brazos.

—No es ninguna milonga. Es la verdad. —Ahí iba—. No le he cambiado el nombre al contacto. Es una mujer.

Él parpadeó.

—¿Qué?

—Que… Julia se llama Julia. Ni Carlos ni Julio ni Manuel ni… nada. Se llama Julia porque es una mujer. Una chica. —El silencio se extendió en el salón cuando Julián se levantó del sofá—. Es una chica —repitió, porque cada vez que lo decía, un peso desaparecía de su estómago—. Y creo que la quiero.

—No me hace gracia, Adriana, déjalo ya.

—Querías la verdad y te la estoy diciendo.

—¿Me estás engañando con una tía?

—Sí —asintió—. Con Julia.

—Deja de decir su nombre como si supiera quién es.

—Sabes quién es —aclaró.

Pum. Conexiones cerebrales activadas y Julián cayendo en la cuenta en tres, dos, uno…

—¡¡No me lo puedo creer!! —gritó—. ¡¡No me lo puedo creer!!

—Cálmate. Yo tampoco quería esto.

—¿Es ella? ¿Es ella? No puede ser… —Respiró hondo—. ¿Y aquello qué fue, un papelón? ¿Un…?

—La conocí en persona un poco antes que tú. Muy poco. Solo quería asegurarme de que no estaba loca, de que no nos había mentido y…

—Y te enamoraste.

—Sí —asintió.

—¿Te gustan las tías?

—Sí.

—¿¡Te gustan las tías!? —repitió gritando más.

—Sí, Julián, pero eso no es lo importante. Lo importante es que la quiero a ella. A ELLA.

—¿¡¡¡Me estás diciendo que eres una puta lesbiana!!!?

Una bofetada duele, pero… lo hubiera preferido a aquella pregunta que no pudo contestar.

—¿Quién lo sabe?

No respondió tampoco a aquello, pero porque la anterior pregunta no dejaba de repetirse en su cabeza. Sin parar.

—¡¡Que quién lo sabe, joder!! —gritó de nuevo Julián.

—Las chicas. A Macarena se lo conté; Jimena me pilló.

—¿Te pilló? ¿Qué pasa, que por la calle con ella de la mano dándoos besitos? Pero ¿qué es esto, Adriana? ¿Qué mierda es esta?

—Esta mierda es lo que siento. —Levantó la voz—. Y deja de hablar con ese asco de algo que no tiene nada de sucio. Sucio es que te vistas ahora de moral, pero que te pusiera bien cachondo verme comerle el coño mientras te pajeabas.

Julián pestañeó antes de contestar, pero contestó tranquilo, sin gritos, sin palabras malsonantes, pero con una rabia que podía masticarse:

—Eres una guarra. Una jodida viciosa. ¿Me oyes? Yo no hice nada malo. ¡¡No hice nada malo!! Pero tú…, tú eres una cerda indecente.

Por más años que conozcas a alguien, siempre puede sorprenderte lo que guardaba debajo de la piel social, de lo aceptable, de lo que fingimos defender hasta que nos toca de lleno.

—Yo no soy ninguna cerda indecente. —La voz le falló, pero se obligó a ser firme—. Estoy enamorada de una mujer y eso, Julián, es un problema porque estoy casada contigo, no en sí mismo. El amor no está bien ni mal, y no eres nadie para juzgarlo.

—Vete. Pero vete… de verdad. Recoge todas las cosas tuyas que aprecies y llévatelas… ¿Adónde? Me da igual. Las que queden aquí cuando cierres esa puerta puedes darlas por perdidas. Coge la maleta grande, llénala y vete de aquí.

—Julián…

—No intentes llamarme, volver o… hablar con mi familia.

¿Con su familia? Ese hombre debía estar alucinando.

—Esta casa es tan mía como tuya —respondió ella—. Podría pedirte que te fueras tú, ¿no?

Julián la miró un instante.

—¿Sí?

—Sí —contestó ella muy segura de sí misma de pronto—. La hipoteca va a tu cuenta, pero yo me hago cargo de los gastos. Podemos discutirlo con un abogado si quieres.

—Con el abogado vamos a discutir esto y muchas cosas más, como que has estado haciendo la tijera por todo Madrid con esa guarra, creyéndote moderna y…

—Cuidado —advirtió Adriana levantando un dedo.

—¿Cuidado?

La risa seca de Julián la acojonó. Que se dirigiera tranquilo hacia el dormitorio, más. No le siguió hasta que no escuchó las puertas del armario y la ventana abrirse con violencia.

Su ropa. Sus zapatos. Su ropa interior. El libro que descansaba en su mesita de noche. Los discos que guardaba cerca del equipo de música. La bolsita con su maquillaje. El perfume. Todo voló a través de la ventana. Todo. TO-DO. Y mientras él arrojaba por la ventana del segundo piso todo lo que Adriana tenía, sin importarle dónde cayera o sobre quién, ella no pudo tranquilizarlo, pararlo o hacer algo que no fuera gritar y tirar de él. Hasta que no quedó nada. Ni ropa ni zapatos ni ropa interior ni libros ni discos ni maquillaje ni perfume ni la alianza de su boda que, después de quitársela, siguió el mismo camino que las pertenencias de su mujer. No quedó insulto que pronunciar ni habitante del edificio por escucharles. No quedó nada bonito allí que recordar, sobre todo cuando la empujó hasta la puerta, tiró su bolso abierto por las escaleras y después la arrojó al rellano con tanta fuerza que aterrizó en el suelo, golpeando con la espalda la puerta de los vecinos de enfrente. Y así, entre el dolor lacerante de su espalda, el portazo y la amable señora que la recogió de su felpudo, Adriana aprendió algo que no esperaba cuando se levantó por la mañana: muchas personas llevan un monstruo dentro, tan dentro que pueden pasar años escondiéndolo.

Jimena y yo fuimos a recogerla, pero tuvimos que esperar a que terminara con los trámites de la denuncia, claro, porque nadie, sea quien sea, esté lo enfadado que esté, hayas hecho lo que hayas hecho, tiene derecho a empujarte, sacarte de tu casa, vejarte y tirarte al suelo como a un perro. Y da igual cuánto llore después, lo arrepentido que esté y todas las excusas que su lengua consiga conjugar. El monstruo, una vez da la faz, no puede seguir a tu lado, aunque no vuelva a salir de su guarida jamás. El hecho de que exista es más que suficiente.

48

Pensar

Eran las siete de la mañana cuando Jimena y yo salimos del piso de Julia. Adriana se había dormido hecha un ovillo en el sofá y no quisimos despertarla para despedirnos, pero abrazamos a la que aún era una desconocida antes de irnos. En dos años, esa chiquilla de pelo rosa y piel pálida se convertiría en familia para nosotras. Aunque no lo supiéramos aún, nos bastó verla con Adriana. Sencillamente nos bastó.

Estábamos conmocionadas y no sabíamos ni qué decir. Tanto era así que, antes de que Jimena se marchase a trabajar, mientras desayunábamos, no cruzamos ni una palabra.

La acompañé al trabajo, eso sí. Quería decirle muchas cosas, pero hicieron cuello de botella y no pude pronunciar ni una jodida palabra. Y como no pude, lo escribí, de vuelta a casa... bueno, a casa de Leo.

> Jimena, lo de hoy tiene que hacernos pensar. Y mucho. Lo que opinen los demás es un monstruo al que alimentamos con nuestra vergüenza y nuestras explicaciones y que termina por comerse nuestra vida. Si hacemos una cosa, nos criticarán por ello; si hacemos lo contrario, también. Si no se puede contentar a todo el mundo, ¿por qué no intentar, al menos, complacernos a nosotros mismos? Ser felices. Y que les den por el culo.

Llama a Samuel y pídele que te lo explique todo. Escúchalo como nosotras escuchamos a Adriana cuando nos dijo que estaba enamorada. Después siente y si le quieres, quiérelo mucho y quiérelo bien, como todos nos merecemos que nos quieran y querernos.

No sé si ella lloró cuando se sentó a su mesa en la editorial y pensó en todo lo que le acababa de pasar a Adriana y en todas las explicaciones que, aun sin obligación, tendría que dar. Yo sí lo hice, mientras Leo me acariciaba el pelo y me decía, no sé si por decir o con el firme convencimiento de ello, que todo saldría bien para todos. Supongo que él ya sabía que yo lloraba por mucho más que la peor noche de Adriana..., lloraba por los años perdidos creyendo que los demás sabían más que yo. Lloraba por las veces que me había sentido inútil, cuando todos estamos aquí para probar, fallar, aprender y acertar. Y lo último con suerte. Lloraba, qué narices, porque la vida puede ser un jodido desastre cuando quiere y, cuando lo es, nos cuesta ver que también es maravillosa.

A mí, todo aquello me sirvió para reafirmarme. A Jimena, para temer que el mundo no entendiese y que ella, al fin y al cabo, no fuera más que otro ejemplo de ese mundo.

Lo cierto es que, hiciera lo que hiciese, todo le recordaba a Samuel. Todo. Llevaba días diciéndose a sí misma que se trataba de un cuelgue y que se le pasaría, pero no notaba mejoría. Repetía la misma rutina de emociones desde que se levantaba hasta que se acostaba: sonaba el despertador, pensaba en él, miraba el móvil y, al no tener noticias suyas, se reprendía a sí misma, se obligaba a sonreír y a estar muy feliz de cara a la galería el resto del día y se sumía en una tristeza que no podía explicar conforme llegaba la noche. Se dormía leyendo cosas deprimentes sobre almas en pena y suicidios por amor. Tendría que haberle pedido a Leo su tesis doctoral..., le hubiera venido al pelo.

Pero claro, aquel día no había empezado como los anteriores. No había dormido. La llamada de Adriana la había pillado en la cama pero despierta y había salido por patas casi sin mirar ni lo que llevaba puesto. Entre la comisaría y la casa de Julia, había pasado la noche y ahora estaba en el trabajo vestida con unas mallas negras que dejaban los calcetines de dinosaurios a la vista, una camiseta de tirantes, un jersey fino desbocado y en los pies unas Converse negras maltrechas a través de las cuales…, sorpresa, según la postura de su pie, también se veía el calcetín. Pero eso le daba igual, claro, porque si Samuel la viera de aquella guisa seguro que dejaba escapar una de esas carcajadas sordas y terminaba diciendo algo como:

—Tuve que escogerte a ti porque normales había demasiadas.

Y ella se sentiría rara y especial. Como siempre se sentía, por otro lado, pero comprendida.

—¿Estás bien?

Su jefe, tan menudo y ojeroso, se había plantado frente a su mesa y la miraba con expresión preocupada, pero ella no se dio ni cuenta hasta que habló.

—¿Qué? ¿Que si estoy bien? Sí, sí…, es que una de mis mejores amigas ha tenido problemas esta noche y tuve que ir con ella. Esta cara es porque no he pegado ojo. Me sacaron de la cama, me vestí a toda prisa y mira… —Se señaló la cara—. Ni siquiera me he puesto BB Cream.

—No sé en qué idioma has dicho lo último, pero… espero que no sea grave. Lo de tu amiga, me refiero.

—No fue agradable, pero, como no se ha muerto nadie, se podrá solucionar.

—¿Quieres irte a casa? No tienes buena cara. Quizá deberías acostarte. Tengo tu último informe de lectura, la propuesta para el libro de los cementerios y la corrección del de los ovnis. No hay nada urgente por aquí.

Jimena se lo planteó. Total…, con tan pocas horas de sueño y Samuel rondando continuamente por su cabeza no creía que pudiera concentrarse demasiado en nada, pero…

—¿Crees en la lectura de las cartas del tarot? —le preguntó.

—¿Algún libro en mente?

—Puede. ¿Crees?

—Una vez me las leyó la tía de mi mujer. —Suspiró—. Me dijo que iba a tener complicaciones de salud y problemas económicos derivados de la incapacidad de alguien por no saber discernir entre su vida personal y la profesional.

—¿Y? —preguntó interesada Jimena.

—Tengo un solo huevo y la editorial en la que estaba quebró porque uno de los socios se acostó con la mujer del otro y ambos concentraron toda su energía en odiarse.

—¡Sí que crees! —respondió ella, maravillada.

—Haberlas haylas, dicen de las meigas. Querida Jimena, si alguien te leyó las cartas y te auguró complicaciones…, estás jodida.

Salió de la oficina diez minutos después. A sus compañeros les contó que se encontraba fatal, porque a ninguno le interesaban los pormenores que la habían empujado a no pegar ojo en toda la noche. Y si se fue de la editorial, sintiendo el amor que sentía por su trabajo, fue porque consideraba que necesitaba dormir…, pero… una cosa llevó a la otra. Un pensamiento encadenó con el siguiente y, sin saber muy bien por qué, se vio a sí misma en la parada del autobús esperando que Mei le diese hora para una sesión rápida.

Samuel se la quedó mirando con una expresión indescifrable. Iba vestido de calle, signo inequívoco de que no estaba trabajando. Se lo contó una vez: septiembre era mal mes para él. Casi todos sus clientes habituales volvían de las vacaciones jodidos por tener que volver, pero físicamente descansados. Ninguno se acordaba de la contractura del cuello cuando acababa de venir de la playa.

—Vaya —musitó.

—Una abuelita muy maja me abrió el portal. —Jimena señaló escaleras abajo—. Alguien debería poner ascensor en este edificio. Esa señora la va a diñar subiendo la compra el día menos pensado.

—¿Entonces que has venido para comentar los problemas estructurales del bloque? ¿O a disculparte después de un par de semanitas de silencio total, como me tienes habituado?

Jimena resopló y limpió unas motas de polvo invisibles con la puntera de sus zapatillas.

—¿Crees que vendría a disculparme con esta pinta? —le preguntó con un atisbo de sonrisa que no lo contagió a él—. Vengo a pedirte un favor.

—Fenomenal. Mucho mejor.

Si la ironía fuera gas venenoso, Jimena estaría muerta.

—Necesito que vengas conmigo a un sitio.

—¿A cuenta de qué? —le preguntó Samuel apoyándose, tan grande y tan alto, en el marco de la puerta.

—De que… necesito saber que no me voy a equivocar.

—Bienvenida a la vida, Jimena. Nadie sabe a ciencia cierta si se equivocará o no, pero así es como funciona.

—Por favor…, acompáñame.

—¿Adónde?

—A que nos lean las cartas.

Samuel fue a cerrar la puerta, pero Jimena puso la zapatilla. Él no la vio. El aullido de dolor resonó en el hueco de la escalera como una alarma nuclear y Samuel abrió de nuevo asustado.

—¡¡No me jodas, Jimena!! —exclamó—. ¿Te he roto el pie?

—Ahhh…, joput… —Apretó los labios mientras daba saltitos con el pie bueno—. No. Aún está unido al tobillo, lo que, con la fuerza con la que has cerrado, es un logro.

—Joder, Jime, yo no… no quería hacerte daño, pero es que… te tienes que ir.

Ella dibujó con sus dos enormes ojos claros una mirada que despertara en él una migaja de lástima, y Samuel chasqueó la lengua contra el paladar.

—No puedes hacer esto, Jimena. No puedes asustarte cada dos por tres y salir huyendo de aquí para volver dos semanas después con uno de estos despliegues tuyos de… sinrazones. No voy a ir a que me lean las cartas. No voy a ir a que me lean la mano. No voy a ir a que me limpien el aura.

—Lo siento, ¿vale? —exclamó ella, apoyando el pie con cuidado—. Lo siento. ¡¡No te entiendo!! No entiendo cómo puedes haberle querido tanto y plantearte algo conmigo de verdad. No entiendo que te guste hacerme las cosas que me haces habiendo hecho con él… ¡todo lo contrario! Y lo peor… ¡no entiendo por qué narices esto me molesta tanto! Yo era una persona moderna, sin prejuicios… hasta que te conocí a ti. Y de pronto me encuentro siendo una carca preocupada por si dabas o te daban. ¡¡Y lo siento!!

Samuel suspiró y apoyó la frente en el marco de la puerta.

—¿Era tan difícil decirme esto en lugar de montarte películas?

—Sí. Claro que era difícil, Samuel, porque significaba aceptar que soy una persona anticuada y arbitraria, que tiene prejuicios sobre el amor y que da demasiada importancia a lo que los demás opinen.

—Pero ese es tu problema. Yo no puedo hacer nada. No voy a obligarte a quererme con mis circunstancias. Si no te gustan…, Jimena, ¿te haces a la idea de lo que he pasado yo hasta aceptarme? Darle cabida a tus dudas en mi vida sería dar un paso hacia atrás y no puedo permitírmelo. Mis padres no me hablan, mis hermanos creen que soy un excéntrico, la mitad de mis amigos dejaron de serlo y todos los que hice después se quedaron al lado de Luis con la ruptura.

—Ya lo sé. —Suspiró—. Hace… hace unas semanas, el día que volvimos de Ibiza, pillé a mi amiga Adriana besándose con una chica en un portal. Esa chica es el amor de su vida, y esta noche su marido se enteró y tiró por la ventana todas sus cosas y la echó de casa a empujones.

Él frunció el ceño como respuesta.

—¿Es ese el espejo en el que quiero mirarme? No. —Negó enérgicamente con la cabeza—. Claro que no. No quiero ser como Julián, Sam. No quiero ser alguien que finge ser muy moderna mientras alimenta en su interior el miedo que le dan las cosas que no entiende. No entiendo que pudieras quererle a él y después te plantees quererme a mí; ¡no lo entiendo! Pero quiero entenderlo. Quiero, Sam, y… ahí es donde me tienes que ayudar.

El suspiro de Samuel salió de su nariz como un torrente de aire caliente justo antes de que se volviera, cogiera las llaves de casa y cerrara la puerta tras él.

—¿Dónde vamos? —preguntó ella.

—No entiendo por qué pones tanta energía y ganas en todo lo que no puede explicarse: güija, tarot, psicofonías, fotografías de fantasmas…, pasas más tiempo en el Más Allá que en el Más Acá y alguna explicación tiene que tener. Si tú quieres entender mis sentimientos, yo tendré que entender los tuyos, así que… vamos a esa maldita lectura de cartas y que sea lo que Dios quiera.

Mei barajaba las cartas con lentitud y los ojos puestos en Samuel. Jimena no estaba segura de si estaba concentrándose o se le estaba cayendo la baba. Él es un tío extremadamente atractivo, de los que hacen que una mujer se gire por la calle, aunque no pueda decirse que sea guapo; así que empezaba a ponerse celosa cuando, por fin, la tarotista se limitó a la tirada. Samuel le había pedido que solo echara un vistazo a cómo le iría el amor.

—¿Pinta mal? —preguntó él con sorna, lanzándole una miradita a Jimena.

—No exactamente. Así, de primeras, te digo que han salido todas del derecho. ¿Ves esta? Es el Juicio: significa que tienes voluntad de empezar algo nuevo y que lo has decidido con buen juicio. También, que tienes capacidad de perdonar. Eso es bueno si alguien ha metido recientemente la pata contigo... —Mei miró de soslayo a Jimena, que casi pudo escuchar sus pensamientos: «Zorra con suerte»—. Este es el Ermitaño: eres alguien que ha estado sumido en un proceso introspectivo para conocerse a sí mismo. Ya te has hecho las preguntas adecuadas y has encontrado tus respuestas. Eres alguien paciente y...

—vuelta a la miradita— me parece que te va a hacer falta esa paciencia y buen tino... Esta de aquí es la Emperatriz. Hay una mujer..., una buena y atractiva que nunca ha tenido problemas para escoger pareja. Ella te ha elegido a ti, pero..., cuidado, porque a su lado ha salido la Rueda de la fortuna... lo que significa que es ella la que tiene la última palabra. Te ha escogido, pero tiene un dilema y tendrá que decidir si esto funciona o no. —Samuel abrió la boca para decir algo, pero se quedó a medio camino. Estaba alucinado...—. El Loco —dijo Mei con una sonrisa—. Intentáis frenaros, pensáis demasiado, pero... no hay manera. El corazón gana la partida. Esto es un nuevo comienzo. Sin duda.

Entraron en una cafetería pequeña y no demasiado bonita, pero funcional, cerca del piso de Mei. Pidieron dos cafés y hablaron. Samuel se lo contó todo. Todo. Cómo conoció a Luis, los primeros sentimientos encontrados, la primera noche de sexo y el rechazo que sintió después. Le abrió su vida y desmenuzó frente a ella siete años de relación que escondía, como todas, también sus miserias; lo hizo con tanta honestidad que Jimena supo que no había vuelta atrás: ese hombre era para ella y aquella historia debía terminar formando parte de la suya propia.

No lo entendió todo aquella mañana, claro. Ni siquiera aquella semana o aquel mes. Jimena tardaría años en darse cuenta de que eso que dicen de que el corazón tiene razones que la razón no entiende, era muy cierto. Pero aprendió algo muy valioso: que el ser humano nace para amar; la forma en que lo haga no puede ser motivo de juicio.

Samuel también aprendió cosas, claro que sí. Como a dejarse llevar por una loca a la que sacaba dos cabezas y que creía en los ángeles, en que los muertos nos velan, en las profecías y en algo llamado destino que, empujado por la energía que desprendemos, nos lleva allá donde necesitemos. Él necesitaba sentir de nuevo. Ella entender. El resto es historia…, pero os la cuento luego.

49

Quien todo lo quiere…

Recibí la llamada de Jimena con una sonrisa en los labios. Escucharla decir que lo tenía claro de verdad, me alivió. Que me dijera que el tarot le había dado la razón me asustó, no por ella…, a ella ya estoy habituada. Más bien por mí. No recordaba todas las cosas que las cartas me habían asegurado que sucederían. Aunque… el futuro no está escrito a fuego sobre el hilo del destino, ¿no? O algo así. Estas frases nunca me salen como quiero.

Justo antes de hablar con ella había recibido algunas llamadas algo extrañas: un par de agencias de comunicación, que no sé cómo narices habían conseguido mi número, me ofrecieron la posibilidad de acercarme a sus oficinas para una entrevista personal. Estaban buscando a alguien de mi perfil y, con todo el revuelo que se había formado en las redes sociales, pensaban que era la indicada para el puesto. Los discursos fueron prácticamente idénticos…, tanto fue así que tuve que preguntar un par de veces durante la segunda llamada si no habíamos hablado una hora antes.

Al principio pensé que era una broma, claro. ¿Quién narices iba a querer contratar de bote pronto a la pirada que le tiraba canapés a su jefa la bloguera? Pero no… iba en serio. Tan en serio que cuando mencioné que había tenido otra llamada, la persona de la segunda agencia me instó a cerrar una entrevista con fecha concreta lo antes posible.

—Seguro que nosotros podemos ofrecerte mejores condiciones.

Estaba alucinando. Entonces ¿era verdad eso de que hasta la mala publicidad es buena?

Leo opinaba que sí y que en el mundo del *management* y la asistencia de artistas necesitaban por un lado gente muy organizada y, por otro, reclamos publicitarios. Yo era un dos en uno. ¡Oiga, que estaba de oferta y yo sin saberlo!

Leo estaba tomando notas frente a un montón de libros que había traído a mi casa después de mi queja formal por estar siempre en la suya. Se había sentado en el suelo con la espalda apoyada en el sofá y parecía un estudiante más. Me costaba creer que fuera él quien dictaba los apuntes y corregía los exámenes. Me costaba creer que lo sintiera tan cerca.

Habíamos tomado la decisión de, por el momento, mantener lo nuestro entre nosotros. Puede parecer una obviedad, pero... decírselo a alguien suponía tener que dar unas explicaciones que no solo no nos apetecían (en la vida hay que hacer muchas cosas que a uno no le apetecen, pero, oiga, así funciona el mundo) sino que sabíamos que nos perjudicarían. Ahora que no me perseguían las dudas, que no tenía un vacío constante en el pecho por no saber qué pasaba por su cabeza, no quería que nadie viniera a ensuciarme los ojos con los que miraba eso tan bonito que estaba pasando entre nosotros. Sé que nadie lo haría con mala intención, pero aquello, empezar de cero, sentir como al principio, aprender con aquellas ganas, solo pasa una vez en la vida y, dado que lo habíamos intentado en más de una ocasión, no queríamos que nada ni nadie pudiera estropear el quinto conato de felicidad entre nosotros..., ahora que parecía que iba a ser de verdad.

Lo sé. Llevábamos solo una semana, pero... estaba segura. Tenía un pálpito.

Me senté frente a él en el suelo y lo vi levantar la mirada hasta mi cara con lentitud. Tenía una mano dentro del jersey liviano, a la altura del cuello, y el codo contrario apoyado en la mesita de té. Me dio la risa.

—¿Qué te hará tanta gracia?

—Verte ahí, en esa postura tan rara, haciendo cosas importantes.

—Ríete cuanto quieras. Ya me lo cobraré. —Devolvió los ojos a los papeles—. ¿Te molesto aquí? ¿Quieres que recoja esto?

—No. No te preocupes. No tengo nada que hacer. Estoy en paro.

—En paro por poco tiempo: estás de moda.

—Calla…, acabo de mirar mi perfil de LinkedIn y tengo récord de visitas. Me han dejado otro mensaje pidiéndome el currículo. Yo no sé si es que la gente es una morbosa o es que, como creen que fui contando secretos de Estado, quieren que saque todos los trapos sucios de Pipa. —Hice una mueca—. Y yo sin poder dar mi versión de los hechos.

—Puedes dar tu versión de los hechos —aclaró mientras anotaba unas cosas al margen con un lápiz. Después levantó la mirada de nuevo—. Pero antes tienes que decidir si quieres que esto pase o si quieres alimentarlo y actuar en consecuencia.

—Lo sé.

—¿No sabes nada de Pipa?

Alargué el pie y lo asomé a su lado por debajo de la mesa; Leo cogió mi dedo gordo y tiró un poco de él. Ronroneé.

—No.

—Ya sabes lo que dicen: *No news, good news.*

—No exactamente. Me da miedo que esté tan silenciosa porque necesita toda su energía para elaborar la demanda que me desgraciará la vida.

—¿Qué pone en redes? —se arremangó.

—Lo que está poniendo en redes ahora mismo se lo preparé yo. Ha seguido con el plan de medios establecido; no ha movido ni una coma. Me preocupaba que redactase un comunicado oficial para aclararlo todo, dejarme de loca del coño y alzarse como defensora de los mártires del mundo, pero supongo que sus abogados le han recomendado no hablar del asunto.

—*No news…* —repitió Leo.

Le sonreí y sus dedos siguieron acariciando mi pie.

—Jimena ha vuelto con Samuel. Creo que por fin de verdad.

—Me alegro. Ese chico me cayó bien. ¿Y Adri? ¿Qué cuenta?

— Que ayer al llegar a la tienda alguien había dejado sobre el mostrador una nota que ponía «Adriana Lesviana». Con uve. Dice que ha tenido que ser su suegra con toda seguridad, pero no la vi afectada. Se echó unas risas. Creo que estar con Julia hace que se olvide de toda esa mierda.

—No hace que se olvide…, hace que valga la pena.

—Como tú y yo cuando les digamos a nuestros padres que hemos vuelto y mi madre vomite y la tuya se desmaye.

—Creo que vomitará la mía y la tuya fingirá un infarto, más bien. Ven…

—Aquí estoy bien, gracias —jugueteé.

—Ven —insistió—. Déjame que te demuestre que vale la pena.

Me levanté y correteé hasta sentarme a horcajadas sobre él. Nos besamos, sonriendo.

—¿Eres feliz? —me preguntó, mirándome a los ojos e intentando apartar todos los abuellillos de pelo que se me escapaban de mi coleta mal peinada.

—Mucho. Adri va a vivir su propia vida por fin; Jimena va a olvidar a Santi con un hombre que merece la pena y tú y yo estamos encontrando la manera.

—Tengo ganas de encontrar la manera de convencerte para hacer muchas cosas, es verdad.

—No tienes que convencerme de nada. Quiero hacerlas. Todas. —Levanté las cejas un par de veces—. Hasta en eso tenemos suerte. Ahora solo falta que llegue mi gran momento profesional.

—Cuidado con lo que deseas, canija. Disfruta de estos días. Piensa hacia dónde quieres encaminarte antes de aceptar alguna de esas ofertas.

—Vengo de unas vacaciones de mes y medio. Ya me dio tiempo a pensar en lo que quiero.

—Ya, pero pensar en mi polla no vale.

Me moví y, mientras me reía, la noté contenta debajo de mí.

—Uhm… —aprecié.

—Sí… —Fingió preocupación—. Por aquí la cosa está dura.

—Pues… eso es malísimo.

Leo subió las dos manos por dentro de mi camiseta hasta agarrar con fuerza mis dos pechos.

—Pensaba que el subidón hormonal se me había pasado a los veintinueve —dijo muy serio—. Pero solo es que no estaba contigo. ¿Quieres un polvo cerdo?

—¿Cómo de cerdo?

—Déjame que lo piense. —Me balanceó sobre sus caderas—. Uno de esos en los que te agarro del culo tan fuerte que te dejo marcas, que te muerdo el hombro mientras te follo y… —se acercó a mi oído— te trato mal un rato.

—¿Mal?

—Sí. Todo lo mal que te gusta que te traten hasta que te corres. Después, no te preocupes, volverás a tenerme a tus pies. Antes, eso sí, es muy posible que te agarre del cuello mientras te follo y solo te deje respirar cuando no puedas más.

No me preguntéis por qué…, da igual…, eso me gusta. Bueno, ¿qué narices? Cuando das el control a otra persona en el sexo te sientes liberada, desinhibida, y todo se hace sin culpa, vergüenza o remordimiento. Se siente un subidón de adrenalina al confiar tanto en otra persona como para dejar en su mano el límite de lo que te hace. Pero que nadie se asuste..., solo jugábamos.

Así que, poniéndome como me ponía que él tomase las riendas y durante un ratito jugáramos a que yo era su muñequita, a esas alturas yo ya tenía las bragas mojadas. Sus dedos frotándome fuerte solo vinieron a reafirmar las ganas.

—¿Vas a hacerme eso..., eso de meterme los dedos fuerte y presionar mi vientre para hacer que me corra rápido?

—Solo si te gusta tanto que me pegas y me insultas.

Sonreí con descaro y me devolvió la sonrisa.

—¿Vamos a la cama o quieres hacerlo aquí mismo?

No pudo contestarme porque el timbre del portal sonó en casa agudo y molesto, haciendo añicos los planes de sexo.

—¿Quién va a ser un miércoles a estas horas? —Arrugó la nariz—. No abras.

—Recuérdame por qué no estás trabajando ahora mismo.

—Porque no tengo clase hasta esta tarde. —Me dio un mordisco en la boca y después deslizó la lengua sobre ella—. Te voy a comer entera.

El timbre volvió a partir por la mitad la atmósfera entre los dos.

—No abras —suplicó.

—¿Y si es para entregarme la notificación de mi demanda?

—Tu vida es como el *reality* de las Kardashian.

—Es increíble que sepas quiénes son las Kardashian.

—Soy profesor de literatura, no marciano.

Me levanté de su regazo a regañadientes y, ya en el recibidor, descolgué el telefonillo.

—¿Quién?

—Maca, soy yo.

Una especie de corriente nerviosa me recorrió de los dedos de los pies hasta la frente. Era...

—¿Raquel? —pregunté.

—Sí. ¿Puedes abrirme?

—Pues… no me pillas muy bien.

—Es importante.

No tuve más narices que abrirle la puerta. Cuando me asomé al salón, Leo había tenido la decencia de no quitarse aún los pantalones, pero estaba tocándose un poco por encima. La polla, completamente dura, se le marcaba cargando hacia la izquierda.

—¿Tienes hambre? —me preguntó con sorna.

Y yo contesté lo menos sexi que ese hombre habría escuchado en su vida como respuesta para una pregunta como esa:

—Es Raquel. Raquel tu exnovia. Está subiendo.

No es que corriera a encerrarse en mi habitación, es que creímos que lo mejor era que no lo viera allí para no avivar tensiones. Que viniera a verme después de su silencio total era bueno. Lo último que sabía de ella era aquel mensaje con el que me informó de que Leo y ella habían roto, y eso fue antes de todo el follón de México y mi «ruptura» con Pipa.

Le abrí la puerta justo antes de que llamase. Joder. Qué hija de puta…, lo guapa que estaba. Impecable, despampanante y elegante todo en uno. La invité a pasar, pero se quedó de pie en el recibidor, sin entrar hasta el salón. Llevaba en la mano un bolso de asa corta increíblemente precioso de Louis Vuitton.

—¿Es nuevo? —le pregunté, queriendo sonar amistosa y normal…, no como la tía que acababa de estar diciéndole guarradas al oído a su más reciente expareja.

—Sí. —Lo miró y esbozó una sonrisa avergonzada—. Nueva ruptura, nuevo bolso. Soy una mujer de costumbres.

—Ya…

Cogí aire. Iba a ser difícil.

—Pasa al salón, mujer, no estés aquí de pie.

—No te preocupes, la visita va a ser breve. Quería hablar contigo sobre… todo este lío de Pipa, el vídeo y todo eso.

—Me extrañaba que no me hubieras llamado para…, no sé, empoderarte conmigo o llamarme loca del nabo.

—Estaba… queriendo distanciarme un poco. No quiere decir que no haya hablado con Pipa para intentar mediar, entiéndeme. Es que…

—Vale, vale —la paré—. No quiero tampoco que te sientas violenta. Habrá tiempo de tomar margaritas en el futuro y hablar de estas cosas cuando ya nos den risa. Y…, esto…, ¿qué…, qué te dijo Pipa?

—Pues que te iba a despellejar viva para que le hicieran unos zapatos con tu piel. —Hizo una mueca que me dio fe, porque se parecía bastante a los gestos que hacía la Raquel que no me odiaba—. Eso fue en nuestra primera charla sobre el asunto. Ayer parecía más tranquila. Supongo que tiene otras cosas en las que pensar.

—¿Sí? —pregunté esperanzada.

—Sí, pero no he venido a decirte eso. He venido a hablar de trabajo.

—Dime que no vas a ofrecerme trabajar contigo. —Se me escapó.

—Soy la primera a la que no le apetece verle la cara todos los días a la tía por la que la dejaron, cielo.

—Nunca pensé que una mujer como tú fuera a pronunciar esa frase refiriéndose a una mujer como yo.

—Está demasiado reciente para bromear, Maca. Dejemos un par de meses más.

—Perdón. —Agaché la cabeza—. No era mi intención. Yo solo quería…

—Deja de disculparte —me pidió—. La culpa no es tuya. Tengo que aprender a llevarlo. Vamos a centrarnos… ¿has recibido ya ofertas?

Levanté la barbilla y asentí. ¿Cómo lo sabía?

—Agencias, me imagino, ¿no? En un par de días es muy posible que te llamen hasta de alguna tele para colaborar en un programa. Van a ofrecerte un buen dinero.

—Pero…

—No lo cojas. No aceptes. No lo hagas.

—¿Eh…?

Por el amor de Dios. No entendía nada.

—Te quieren por el reclamo publicitario, por el personaje. Justo en eso te convertirán: en una caricatura de ti misma. Sacarán de contexto ese vídeo, se quedarán con lo que les convenga, y a partir de ahí construirán una figura con tu mismo aspecto pero que no tiene nada que ver contigo. Y tú tendrás que representar el papel. Hay quien eso lo considera éxito. Yo te conozco y sé que para ti no lo es.

—No lo es —confirmé—. Pero tendré que aceptar alguna oferta aprovechando esto, Raquel. Mis ahorros no me van a pagar el alquiler siempre. Calculo que en cuatro meses voy a estar en una situación peliaguda, y no es que las personas con mi formación encuentren trabajo de lo suyo con mucha agilidad.

—Lo entiendo. Pero… ¿y si yo pudiera ofrecerte algo?

—Tú y yo no podemos trabajar juntas, Raquel. No quiero estropearlo más —contesté con sinceridad.

—Conozco a unos chicos que han despuntado con una tienda multimarca de lujo online. La plataforma sería algo así como MyTheresa o Ekseption, pero únicamente en la red. Aguantaron con un equipo mínimo, todo gente de confianza, amigos y demás, porque pensaban que el boom se les iba a agotar en nada; han pasado tres años y cada vez facturan más y llegan más lejos. Están a punto de firmar acuerdos con marcas que los pueden catapultar a primera línea. Muy primera línea.

—Vale. Y entonces…

—Necesitan una directora de comunicación. Buscan a alguien joven, con experiencia en el mundo digital, que domine el uso de las redes sociales, el lenguaje de la moda, que tenga contactos en España y sepa moverse entre influencers.

—¿Directora de comunicación? Tú estás loca. —Noté una llamada de pánico en las mejillas—. Yo no estoy preparada para dirigir la comunicación de una empresa.

—Es una empresa que funciona como una marca personal: has dirigido la comunicación de una marca personal durante tres años. Estando contigo, Pipa creció ¿cuánto?

—Un sesenta por ciento más cada año.

—¿Ves? —Arqueó las cejas—. Puedes. Tienes el perfil, la experiencia y algo que no encuentran por ningún lado: necesitan a alguien que se defienda con el inglés, pero que se mueva cómoda tanto en Italia como en España, donde están a punto de lanzar la plataforma también.

—No sé italiano.

—Te defiendes en italiano.

Los globos oculares iban a estallarme, estaba claro.

—No sé italiano como para trabajar hablando en italiano, es lo que quería decir.

—¿Serías capaz de una inmersión lingüística intensiva? Dos meses. En dos meses de intensivo, hablarías un italiano decente. Podrían esperar. Han estado tres años sin nadie que les solucionara esta papeleta. Pueden esperar dos meses a que empieces.

—Eh…, ¿dos meses? Bueno, imagino que si me pusiera con un profesor todos los días ocho horas, sí…, podría hablar italiano.

Y no lo niego, la mente es muy rápida con estas cosas y en menos de nada tenía proyectándose a todo color detrás de mis ojos la imagen de la Macarena que siempre quise ser. Empezaba a emocionarme. Era un reto. ¿Podía hacerlo?

Raquel siguió hablando:

—No sé los pormenores de la oferta económica: solo sé que el rango del sueldo es alto, de directivo. Y que es el trabajo que has estado esperando toda tu vida…, eso también lo sé.

—¿Dónde está el truco? —pregunté.

—La oferta caduca pronto. Tienes poco tiempo para pensarlo. Necesitan empezar a moverse y, aunque pueden esperar a que termines de formarte con el idioma, si no quieres el puesto tienen que buscar a otra persona.

—Alguien me dijo una vez que si tienes que decidir con prisas, la respuesta debería ser siempre no.

—En este caso creo que esa norma no es válida. Pero hay más…

—¿Qué más?

—El puesto… es en Milán, donde tienen la oficina. Necesitan a su directora de comunicación allí. Es condición *sine qua non*.

—Entonces tengo que decir que no —respondí muy segura.

Raquel sonrió, pero sonrió como con lástima.

—Maca…

—No, Raquel. Las cosas por aquí empiezan a funcionar y… y… —Me arrepentí de lo dicho porque estaba claro que hablaba de Leo—. Tengo aquí a mi familia, mis amigos. No es lo mismo vivir a tres horas en coche de casa que a…

—Es Milán, Macarena, no Shanghái.

—Es que…

—Morenaza. —Se acercó un paso y me cogió la muñeca con cariño—. Si es bueno, no te ata. Si es para ti, quiere verte volar. Y si te quieres a ti misma, también. No tomes nunca decisiones por terceros. La vida es tuya y eres la única persona a la que debes dar cuenta de tus juicios. No digo que, después de pensarlo y meditarlo, no puedas decir que no, pero que no sea por él. Él tomó su camino cuando le tocó hacerlo y —levantó la mano cuando vio que iba a responderle— no lo digo a mal.

Lo digo porque estará de acuerdo conmigo en que tienes que tomar tus propias decisiones al margen de él. Piensa en tu felicidad. En tu futuro. En tus sueños. Piénsalo, Maca. Este es el trabajo de tu vida. ¿No estás cansada de que siempre tengamos que escoger el amor y la familia antes que nada?

—Es que no…

—Piénsalo. Tienes cuarenta y ocho horas antes de darme una respuesta. Otra conocida suya les recomendó a un chico con más experiencia, pero les insistí en que tú eras la mejor. Y si aceptas un consejo: no pidas opinión a demasiada gente u olvidarás lo que tú misma quieres.

Después de eso, Raquel se acercó, me dio un beso en la mejilla y se dirigió hacia la puerta.

—¿Por qué me lo ofreces a mí? —le pregunté.

—Porque eres la única persona que conozco que podría hacerlo, por la que pongo la mano en el fuego y que sé que sería feliz haciéndolo. No quiero alejarte de él, si es lo que piensas.

—No lo he pensado en ningún momento.

Bueno…, una mentirijilla se me permitía por el shock, ¿verdad? Pasarme… se me había pasado por la cabeza.

—Dale un beso de mi parte —dijo con una sonrisa algo canalla—. Cuando salga de tu dormitorio, me refiero. Buena suerte.

—Gracias.

Los pasos de sus tacones traspasaron el umbral de la puerta, pero antes de cerrar se volvió para susurrarme:

—Si te quiere, te aconsejará que lo cojas. Si te quieres, lo cogerás.

Cuando cerró la puerta, me quedé sin poder ni siquiera parpadear. ¿Qué… acababa de pasar?

Me giré unos grados hacia mi izquierda cuando percibí movimiento. Leo estaba apoyado en la puerta que separaba el recibidor del salón, a través del cual se accedía al único dormitorio de la casa. Dios…, me encantaba ese piso.

—¿La has oído? —le pregunté.

Él asintió.

—Y… ¿a que es una locura?

Leo cogió aire y los dos segundos que tardó en hablar me prepararon para la respuesta:

—No, canija. No es una locura. Tienes que aceptar la oferta.

—Pero…

—Tienes que aceptarla, Macarena. Si no lo haces…, nos costará lo que tenemos.

—Y si me voy a vivir a Milán también.

—De las dos opciones, me quedo con la que no me odias para siempre y aún podemos despedirnos con una sonrisa.

Cuidado con lo que deseas…, qué gran verdad.

50

… todo lo pierde

Cuarenta y ocho horas para decidir mi vida. Así es como sentí la visita de Raquel y como resumí nuestra conversación. Cuarenta y ocho horas para decidir si dejaba mi país, la nueva vida que había construido en Madrid y me marchaba a hacerme grande a Italia. No hablo de hacerme grande en el sentido de Beyoncé, sino en el de aceptar que los retos son lo que nos hace crecer.

Que levante la mano quien no haya soñado nunca vivir fuera de su país y emprender una aventura así. Estudiar un Erasmus en algún país europeo lleno de gente nueva (y muchos rubios de metro noventa), hacer unas prácticas remuneradas en Nueva York, Londres, París… o emprender en una ciudad como San Francisco. Los sueños, sueños son, dijo Calderón de la Barca. Pero… ¿qué hay de los sueños que puedes materializar con un simple «sí»?

Leo no atendía a razones. Maldita sea, qué cabezón fue siempre. Dio igual la calma con la que expliqué mis argumentos, y hasta que hiciera un esquema en una libreta mientras daba sus primeras clases del año y se lo enseñara por la noche durante la cena. Me dijo que no, que no podía opinar lo mismo que yo.

—Canija. —Y las cejas se le arquearon de preocupación—. Yo voy a respetar lo que decidas, pero… decide por ti. Ya decidiste por mí demasiadas veces.

Y lo que más me jodía es que tenía razón. Hasta la decisión de marcharme de Valencia e instalarme en Madrid había venido motivada por su abandono.

—Nunca soñé tan grande, Leo. No es el sueño de mi vida. Crecer laboralmente con avaricia no es mi guerra.

—No soñaste tan grande porque te robé los sueños hasta hacerlos manejables, Macarena —dijo muy serio—. Querías el trabajo más tranquilo del mundo y el adosado porque yo ya tenía ambición por los dos, y ESO NO ES JUSTO. A veces no buscamos las cosas, a veces nos encuentran, Macarena. Acéptalo.

—Yo no dejé de soñar por ti. No soy tan tonta —me defendí empezando a enfadarme.

—Dejemos los recuerdos donde están, Maca; ya no hablan de nosotros. Solo digo que... estabas más enamorada de mí que de ti y yo más enamorado de mí que de nosotros. Pero he dejado de mirarme el ombligo y con esta nueva sabiduría —sonrió con tristeza— te lo digo, mi amor: si quieres ser feliz, no tomes las mismas decisiones que tomaste cuando no conseguías serlo.

Aquella noche nos la pasamos tirados encima de mi cama mirando al techo, casi sin dormir y sin hablar. De vez en cuando uno de los dos se quedaba en un estado de duermevela del que despertaba al poco alarmado, como si dormirse estuviera prohibido.

Al final decidimos que lo más inteligente en aquella situación era hacer el amor. Comenzamos lento, despacio, perezosos y pesados, pero no tardamos en dejar que el placer nos fuera contagiando. Con la espalda arqueada, encima de él, ya no me sentía tan pequeña. Moviendo mis caderas con él dentro de mí, solo podía pensar en nosotros, en lo bueno, en lo capaces que podíamos ser. Con sus manos en mi cintura, con su boca entreabierta, con sus gemidos y la forma en la que se movía desde abajo. Con el cuerpo, pero también con la sensación que deja la intimidad en la piel. Éramos demasiadas cosas para dejarlo ir.

Éramos cuanto quisimos. ¿Cómo iba yo a marcharme? Para cuando se corrió dentro de mí, para cuando estallé frotándome con su humedad y la mía mezcladas, ya estaba segura de que nada valía tanto la pena como nosotros.

—No voy a irme —le dije por la mañana cuando, de pie en la cocina, nos tomábamos un café antes de que tuviera que irse a la universidad.

Había amanecido un día tan brillante que pensaba que no podía sino significar que había tomado la decisión correcta: no aceptar la propuesta.

Leo no pareció percatarse de mi comentario; siguió bebiendo de su taza mientras consultaba un cuadrante de clases en su teléfono móvil. Iba a repetírselo cuando dejó el teléfono y la taza sobre el mármol de la cocina y se volvió para mirarme.

—Date unas horas más. Y déjame darte también un par de argumentos, ya que estoy formando parte de la decisión, para que los sopeses y los coloques en la parte de la balanza que consideres.

—Claro —respondí.

—Tienes treinta años: es tu momento de trabajar, joderte y luchar. Por ti, que conste, por la vida que quieres o por el simple placer de vivir esa experiencia. Si dices que no y la razón soy yo, me pasaré toda la vida preguntándome si no seré quien tenga la culpa de cada complicación laboral por la que pases, aunque no tenga que ver ni de lejos conmigo. Tampoco sabremos si hubiéramos podido superar nuestras propias expectativas: nos quedaremos con que, por miedo, nos lo pusimos fácil. Y también está la soledad…

—No soporto la soledad, Leo —le dije—. La impuesta, quiero decir. Hasta me vine con Jimena a Madrid. Y menos mal. Me hubiera muerto aquí sola.

—No te hubieras muerto. Habrías conocido a Adriana de todas formas. Jimena hubiera seguido estando en tu vida.

Maca…, cada vez que tienes miedo de perder algo, lo agarras tan fuerte que asfixias las cosas que puedan venir. El futuro puede traerte situaciones complicadas, por supuesto, pero también cambios a mejor. Ahora va todo bien, estamos intentando que funcione, pero… ¿y si mañana decidimos que no es lo que queremos? ¿Y si duramos un mes o dos años? No puedes tomar una decisión tan importante por nadie que no seas tú.

—Leo, eso no es…

—Maca. —Me cogió la cara y sonrió—. Nos conocemos de toda la puta vida, pero llevamos juntos apenas unos días. Hazlo por mí: piénsalo unas horas más.

El consejo de Raquel de no pedir opinión a demasiada gente resonaba en mi cabeza cuando Leo se fue a trabajar y yo me quedé rondando por casa sin saber qué hacer. Nunca había sido una mujer ambiciosa con mi trabajo; mi sueño, cuando estaba en Valencia, era conseguir un trabajo que nunca tuviera que llevarme a casa, de los que te dejan físicamente agotada pero mentalmente muy despierta. Quería salir, ir directa a mi sofá y leer, escuchar música, seguir estudiando, ver películas, criar a mis hijos, ser feliz con las cositas pequeñas. No me veía cargando dosieres y durmiendo poco por un trabajo. Aunque…

Pipa siempre despertó en mí cierta admiración. Creo que fue la base del sentimiento que me empujaba a querer que me quisiera y a no buscar otro trabajo, aunque ella fuera una tirana con una minusvalía emocional que la incapacitaba para las relaciones personales profundas. La admiraba porque, vale, era una niña bien que había tenido todas las facilidades del mundo, pero cuando salió de la facultad de Derecho no hizo lo que todo el mundo esperaba de ella: no empezó a trabajar en el bufete de papá o de cualquier amigo de papá donde ascendería rápido, con buen sueldo y muchos mimos. No. Ella cuidó sus redes sociales, invirtió dinero en sí misma, construyó una marca de cero, supo qué hacer con ella para que creciera y en menos de dos años Pipa facturaba un montón de dinero por ella misma. Sin papá, mamá o algún primo con muchos apellidos: por sus fotos cuidadas, su buen gusto, sus recomendaciones y sus diseños, que lanzaba en colecciones cápsula para marcas afianzadas en el mercado. Cuando yo la conocí, Pipa tenía muchas ideas y, aunque siempre tuvo facilidad para delegar y que fuéramos otros los que nos mancháramos las manos, lo hizo ella y por ella.

Yo envidiaba aquel empuje. Yo admiraba a la mujer que había en Pipa, capaz de alzar un imperio a partir de un blog. Aunque no me cayera bien, aunque estuviera a punto de meterme por el culo una demanda con la fuerza de los mares y creyera que yo la había traicionado a pesar de los años que invertí en demostrarle que estaba a su lado. Si a alguien debía preguntarle, me vais a perdonar, era a ella.

No fui al despacho a buscarla porque no quería encontrarme con Candela y, además, era viernes. Los viernes era bastante complicado que Pipa se pasara por allí. Lo que hice fue bastante osado por mi parte y me podría haber ganado una denuncia por acoso y una orden de alejamiento como un castillo, pero lo hice igual: me planté en la puerta de su casa y llamé al timbre, con total naturalidad. Como si fuese a ver a una amiga. La Macarena que había estallado en México y le había derramado una bebida en la cara era muy osada y, una vez la Macarena serena la hubo tranquilizado y aleccionado, me enseñó a no temer a nadie como yo temía a Pipa.

—¿Sí? —preguntó la chica que se encargaba de las labores del hogar.

—Hola, Luz, soy Macarena. ¿Está Pipa?

—Sí. Está desayunando.

—Avísala de que subo, por favor.

Cuando me abrió con una sonrisa, Luz tenía pinta de no saber qué estaba pasando en las esferas 3.0 y de no haber visto mi vídeo.

—¿Qué tal? ¿Y tus llaves? —me preguntó extrañada.

—Las dejé en el despacho.

Y no era mentira. Las dejé en el despacho junto a un montón de cosas mías antes de saber que nunca volvería a trabajar allí.

—Pasa. Está en la cocina. ¿Te preparo un café?

—No te molestes. Va a ser una visita breve.

Que la había avisado de mi llegada era evidente. Que no se la esperaba, también. Pero no había por allí indicios de que fuera a llamar a la policía, de modo que entré en la cocina sin dudar. La encontré vestida con una camisa a rayas y unos vaqueros; estaba descalza, llevaba el pelo suelto y algo despeinado y sujetaba junto a los labios una cucharada de yogur que dejó en el bol en cuanto entré.

—Hola, Pipa.

—¿Pido que vengan los antidisturbios o puedo confiar en que no terminaré con el yogur como mascarilla facial?

—Vengo en son de paz.

—Lo sé. Te conviene.

—Pipa, no sé si eres consciente de que ya no nos une ninguna relación laboral y que, por lo tanto, no tengo que rendirte pleitesía. Por si acaso, te comento que nos conviene a las dos. Tenemos que aclarar cosas.

Cogí una banqueta y me senté frente a ella en la fabulosa barra de desayuno. No pareció importarle y apoyé los codos mientras unía las dos manos.

—Yo no dije nada de Pelayo ni de Eduardo. Jamás le contaría a nadie nada tuyo, y menos algo que sabía que podría hacerte daño, no porque te quiera mucho, que no es el caso, sino porque era mi trabajo. Soy una persona profesional y ni siquiera mis amigas más íntimas sabían ningún pormenor de lo que hacíamos o decíamos en nuestro despacho. Después de tres años creí que estaba claro.

Pipa cogió su taza de té y le dio un trago. Después se quedó mirando el contenido unos segundos eternos antes de volver a dejarla en la barra y mirarme.

—Ya lo sé.

Levanté tanto las cejas que me las puse de peineta.

—¿Ya lo sabes?

—Bueno… me enteré hace unos días. Dicen que se pilla antes a un mentiroso que a un cojo, ¿no? Pues no te aburriré con los detalles, pero Candela está despedida. La pillé gestionándose un tanto por ciento de mi caché al volver de Acapulco y ya… salió toda la mierda. No esperes que te dé las gracias por advertirme, Maca…, tú me obligaste a contratarla.

—¿Quién te está llevando las redes ahora? — pregunté obviando la pullita.

—Estoy tirando con lo que tú preparaste para el mes. Pelayo me está ayudando.

—Ya…, no he seguido en detalle el asunto: ¿se ha filtrado lo de Pelayo y su novio?

—Sí —asintió tocándose el pelo—. Pero es solo un rumor, ¿no? ¿Qué más da? Para la prensa es un rumor inventado por una ayudante despedida y despechada.

—Pues podías aprovechar tus redes para limpiar mi nombre, ya que estás.

—Me tiraste a la cara un margarita y unos canapés de camarón. No flipes.

Casi me dio la risa.

—Si has venido a pedir perdón, no te molestes. Vamos a dejarlo así y ya está.

—Vale —asentí—. Pero quería aprovechar para preguntarte una cosa. Dos en realidad.

—No voy a demandarte, respira tranquila. A Candela sí, por cierto. Su contrato sí llevaba cláusula de confidencialidad.

—Me alegro. Es una pedorra. Personas así son las que lo hacen complicado. Compañeras, no competencia.

—Eso mismo digo yo. Con lo complicado que lo tenemos las mujeres, ya solo nos faltan otras tías poniéndonos la zancadilla.

—Tú me pusiste un par —apunté.

—No. Yo era fría y exigente y nunca se me dieron bien las palmaditas en la espalda, pero jamás eché por tierra tu trabajo.

—Bueno… —No quise discutir—. A tu siguiente ayudante trátala con más cariño.

—¿Qué querías preguntarme? —atajó. Al fin y al cabo, aquello no era una reunión de viejas amigas.

—Me han ofrecido un puesto como directora de comunicación de una tienda online de lujo…, pero en Milán. Estoy empezando una relación con alguien a quien quiero muchísimo y que creo que es el definitivo…

—Leo, ¿no? —Sonrió chulita.

—Pues sí, Leo. Estoy pensando en no aceptar la propuesta.

—¿Por él? —Levantó las cejas sorprendida—. ¡Venga ya! No me lo puedes estar diciendo en serio.

—No es solo por él.

—No. Es por él y porque te mueres de miedo de verte allí solita, ¿no? Pues espabila, Macarena, que la vida es solamente para los valientes.

—¿Y si no quiero grandes cosas en la vida? ¿Y si no ambiciono el éxito?

—¿Qué te crees, que vas a terminar en la revista *Forbes*? No seas boba, parece que naciste ayer. El éxito y las grandes cosas se miden según una escala subjetiva.

—Claro… —asentí.

—Y… pregunto… ¿no significaría éxito para ti atreverte a hacerlo, probar suerte y volver si no te gusta?

Me quedé pensativa.

—El amor no es lo único en la vida, Maca —apuntó.

—Lo sé. Pero… ¿y mis amigas?

—Tus amigas estarán a tu lado si lo son, pero esto ya no es el patio del colegio. Todas tenéis que hacer vuestra vida. Ya volveréis a juntaros para beber ginebra cuando vuestras parejas no os sobrevivan.

Me entró la risa y ella se contagió.

—¿Algo más? —insistió apagando la sonrisa que se le había dibujado en los labios.

—Sí… ¿y Eduardo?

—No lo sé. El amor no es lo único en la vida, te lo repito.

—No, pero tú misma has dado a entender que no se pueden tomar decisiones por miedo, ¿no?

—Es complicado.

—Tanto como lo mucho que te preocupe lo que piensen los demás. Aprendamos de esto… las dos. ¿Cuánto dura un escándalo? Me plantaron en el altar, he sido protagonista de un vídeo viral…, te lo digo con conocimiento de causa: se cansan y en un mes hay un cotilleo nuevo que comentar.

—¿Y qué propones? ¿Que nos vayamos cogiditas de la mano a Milán a compartir piso como buenas amigas?

—¿Qué? ¡¡No!! Por Milán no te querría ver ni en pintura. Ni en Madrid. En realidad en ningún sitio —me burlé—. Me refería más a algo…, algo excéntrico. Sé una estrella. Rompe el compromiso con Pelayo, proponle a Eduardo vivir en España y aparece en todas las fiestas con ese macarra tatuado. ¿No me digas que no tendría glamour?

La dejé pensando en la cocina. Ella también me dejó pensando a mí. Uno nunca sabe qué persona es capaz de abrirle más los ojos. A veces la simpatía no tiene nada que ver con ello.

Aquella misma tarde, por cierto, recibí en mi bandeja de entrada varios mails con links a artículos sobre la tienda online italiana que me ofrecía el trabajo. Algunos provenían de Raquel, que me pedía que tomase la decisión con conocimiento de causa. Otros, de Leo, pero venían sin ningún comentario por su parte, como si no quisiera meter las manos en la decisión por no mancharla con su nombre.

Ya casi de noche, cuando me preparaba para las últimas veinticuatro horas de reflexión antes de rechazar la oferta, me llegó otro correo que me devolvió un poco la fe en el equilibrio del cosmos. Era una carta de recomendación de Pipa en inglés, breve pero efectiva, que venía a decir:

Si esta carta ha caído en sus manos es porque tiene la posibilidad de contratar a la señorita Macarena Bartual. Le daré un consejo: hágalo. Estaré encantada de compartir con usted los motivos por los que debe hacerlo si encuentra la necesidad de escuchárselo decir a su anterior empleador, pero le recomiendo que le dé la oportunidad de demostrarlo por ella misma.

Sinceramente,

Pipa de Segovia y Salvatierra

51
La respuesta que cambiaría mi vida

Decidí lo que decidí pensando en el pasado, en el presente y en el futuro. Esa es la verdad. Intenté no incluir en la operación el nombre de nadie que no fuera yo, pero fue imposible. Barajé todas las posibilidades, añadí todas las variables, estudié todas las posibles consecuencias. Pero cuando pasado, presente y futuro se ponen de acuerdo…, una debe ser justa consigo misma.

Macarena era una niña emprendedora. Con sueños. Luego se enamoró, se atontó y dejó de pensar en nada que no fuera hacer viable una historia complicada que, con el tiempo, mutó de amor a obsesión. Pasó lo mismo con la otra parte.

Entre los sueños que llenaban sus «lo que quiero ser de mayor» estaban viajar, vivir en sitios diferentes y aprender a hablar muchos idiomas. Macarena era una niña a la que no le molestaba pensar que podía no alcanzarlo, pero… a los trece años, tenía la firme creencia en sí misma de que, al menos, pelearía por ello.

La decepcioné haciendo caso omiso a sus sueños y pintarrajeándolos con el nombre de Leo y un millón de corazones.

Macarena fue una joven con ganas de querer bien y de quererse como merecía. A pesar de su pequeña estatura, sus pechos más bien inexistentes y sus ojeras oscuras, ella se apreciaba. Ese cuerpo del que se quejaba era el que la había acompañado desde que nació, permitiéndole hacer y sentir cosas maravillosas.

Y si Macarena aprendió a quererse fue aceptando que uno nunca debe amar a otro por encima de sí mismo. Al menos cuando ese otro no es carne de tu carne y sangre de tu sangre, entendedme.

En el pasado, Leo y yo nos antepusimos a todo y nos equivocamos la friolera de cuatro veces porque no supimos relativizar. Creímos que el mundo giraba a nuestro alrededor y en la primera vuelta nos tumbó de un guantazo. No aprendimos hasta ahora, pero... ya nos tocaba, ¿no? Además, seguía resonando en mi cabeza un consejo que le di a Leo cuando aún salía con Raquel: «En caso de duda, haz lo contrario a lo que hubiéramos hecho nosotros».

La Macarena que gritaba y lloraba constantemente porque Leo le daba mal vivir no hubiera aceptado la oferta de trabajo.

La Macarena que tenía miedo de que el mundo le hiciera daño hubiera preguntado a su madre, y su madre y su afán de protegerla le hubieran convencido de que no era buena idea.

La Macarena a la que no le gustaban los cambios ni los retos y que prefería el calor de la mierda al frío de limpiársela de encima hubiera corrido a consultarlo con las chicas y, en una conversación muy larga, habría llegado a la conclusión de que era una locura, dijeran lo que dijesen Jimena y Adriana.

Pero había crecido, aprendido y visto el mundo con mis propios ojos. Sabía lo que pasaba cuando te aferrabas al pasado y a lo que tenías alrededor. Sabía lo que pasaba cuando no te permitías soñar. Sabía cómo era la vida sin pasar miedo. Pero es que... ¿no dicen que «si te da miedo, hazlo con miedo»?

Hay que trabajar para que la vida sea maravillosa, no convertir el trabajo en algo solamente soportable. Estamos aquí dos días, casi de paso. El mundo sigue girando y no le importan nuestras nimiedades. ¿Y si..., y si nos concentramos en irnos con el pecho lleno? ¿Y si nos preocupamos más por hacernos felices?

Fue la decisión más dura de mi vida y ni siquiera sabía lo que me esperaba..., que fue mucho. Nunca decidí nada tan sola. Nunca me sentí tan respaldada, es verdad.

Leo sonrió cuando le dije que iba a decir que sí, que iba a aceptarlo. Sonrió con pesar, pero sonrió. Me cogió la mano, besó mis nudillos y me dijo algo que jamás había escuchado de su boca:

—Estoy muy orgulloso de ti.

Admiración. Nunca había sentido su admiración por mí.

—¿Me ayudarás a decírselo a las chicas?

—No. —Negó con la cabeza, mirando mis dedos—. No puedo. Tengo que asumir que te vas y no intentar retenerte. Va a ser duro.

—¿Por qué me has convencido para que dijera que sí, entonces?

—Yo no te he convencido de nada, canija. Lo decidiste sola y así es como debía ser.

Las chicas no lo llevaron tan mal como creí. Lloraron, claro. Lloramos todas. Durante unos minutos todo a mi alrededor fue un guirigay de preguntas chillonas.

—¿Cómo que te vas? ¿Cuándo te vas? ¿Por qué? ¿Por cuánto tiempo? ¿Te lo has pensado bien? ¿Y Leo? ¿Y si no te gusta? ¿Qué vas a hacer allí sola? ¿Cómo lo harás, si no sabes italiano más que para pedir la comida?

Ellas lloraban mientras lanzaban las preguntas y se pegaban manotazos la una a la otra para callarse y dejarse hablar, y yo..., yo me reía, pero sollozando como una idiota porque iba a echar muchísimo de menos tantas cosas...

Las cervezas en la cafetería Santander. Los pinchos de tortilla a medias, algunos sábados por la mañana, cuando teníamos el espíritu aventurero y salíamos de la cama a una hora decente.

Las cenas en My Veg y las botellas de «El novio perfecto». El maldito tatuaje que teníamos pendiente de hacernos porque Jimena no se decidía con el diseño.

Escuchar sus quejas por sus trabajos y ver sus ojos brillar cuando se daban cuenta de que estaban donde querían estar.

La luz que entraba en mi piso los domingos por la tarde, a finales de primavera, tiñéndolo todo de rosa.

Los paseos en moto con Leo que casi no había tenido tiempo de disfrutar. El futuro con Leo, que se nos deshacía en las manos por no destrozarlo más quedándome y culpándonos por siempre.

Madrid. Echaría de menos Madrid, que me adoptó y me hizo sentir parte de sus calles, sus plazas y sus luces. La ciudad en la que crecí. Y aprendí.

Añoraría a la Macarena que dejaba allí, la que aún no sabía cuán fuerte podía sonar su voz, la pequeñita, la que se movía por inercia pero siempre se movía.

—Lo siento mucho —les dije empapada en lágrimas.

Ellas se callaron, dándose codazos y secándose las mejillas.

—Es tu decisión y nosotras te apoyamos —pudo contestar Adriana.

—Pero me voy justo ahora…, justo ahora que tú empiezas con Julia, que vas a mudarte, que tienes todo el lío del divorcio y que tu suegra te deja notas con faltas de ortografía en la tienda. —Sollocé ridículamente. Ellas se rieron también entre lágrimas—. Y justo ahora, Jime, que te has rendido y vas a querer a alguien que está vivo.

—Pero es que te tienes que ir, Maca —contestó ella.

—A veces no sé si…

—Te tienes que ir; no se puede vivir eternamente de recuerdos. Hay que vivir de nuevo.

Y eso es lo que pensaba hacer. Vivir. Vivir de nuevo.

Hacérselo entender a mis padres ya fue otro cantar.

Leo me ayudó a empaquetar todas mis cosas y decidir qué me llevaba y qué no. Fue una lucha contra la memoria. Junto a las maletas, agarré un poco de lo bueno, un poco de lo malo y también una pizca de lo regular. La ilusión y la desilusión; lo aprendido. Las lágrimas, las sonrisas; el cociente resultante.

—¿Y si lo intentamos? —le pregunté, sentada en el suelo de mi habitación, doblando ropa, como aquella vez que preparé mi maleta para viajar a Milán con Pipa pero sin intención de volver.

Leo no contestó. Siguió de pie, mirándome, apoyado en el armario abierto y casi vacío. Levanté la cara hacia él y negó con la cabeza.

—No lo sé —terminó diciendo—. Son muchos kilómetros. Nos arriesgamos a idealizarlo otra vez y convertirnos en una pareja cuyos encuentros siempre son decepcionantes.

—Estás dramatizando —me obligué a decir.

—¿Y si piensas en ti durante un tiempo, canija? ¿Y si dejas el nosotros para cuando seas quien quieres ser sin que nadie medie en ello?

Hice una mueca.

—No te entiendo. —Suspiré y dejé la prenda que estaba doblando en mi regazo—. No te entiendo, Leo.

—Bueno…, estoy innovando. Te estoy queriendo bien. A veces, para encontrar hay que dejar ir.

Aprovechamos el tiempo que nos quedaba para vivir la historia de amor más bonita de nuestras vidas porque, escuchadme…, nada es más bonito que aquello que sabes que se acaba. No hay dudas, no hay rutinas, no hay nada desdeñoso en aquello de lo que te estás despidiendo. Más que la despedida, claro.

Hicimos el amor como animales. Follamos por deporte contra todas las paredes, ventanas y superficies horizontales. Nos permitimos algunas promesas, no muchas, por si no podíamos cumplirlas. Y nos dijimos te quiero tantas veces que creo que valió por todas las vidas que vivimos en una. Hay personas con las que el destino, sin saber por qué, no funciona.

Me preguntó si me molestaba que no fuese a despedirme al aeropuerto. No se sentía capaz de no pedirme que me quedara en el último momento.

—Me da miedo volverme loco. Y me da miedo que te quedes y me odies por ello.

Le dije que no, que no me molestaba, pero luego cambié el discurso.

—Claro que me molesta, pero así será más fácil.

—Es que ninguna de las opciones es la buena.

—Sí, que te canses de esperar a ser feliz sin mí aquí, cojas todas tus cosas y me sigas allá donde vaya.

—Suena a cuento con final feliz.

Y la vida no es un cuento, ¿verdad que no?

Nos despedimos, por tanto, la noche antes de mi viaje en el que ya no sería nunca más mi portal. De repente, volvieron a mi cabeza todas las vidas que imaginé junto a él. Todas las posibilidades que fueron quedando obsoletas conforme el tiempo pasó sobre ellas. Todas las cosas que no hicimos y no haríamos. Todas las versiones de nosotros mismos que habíamos jugado a ser y que terminaron rompiéndose de tanto tirar, porque no éramos nosotros.

¿Y qué éramos nosotros? Un puñado de canciones, ¿no? Canciones condenadas a ser recordadas siempre sin poder volver a sonar en vivo.

—Me da miedo…

—¿Estar sola? —me preguntó, acariciándome las mejillas.

—No. Estar sin ti.

—No. No temas eso. Vas a estar contigo, que es mucho mejor.

Besó mi frente, mi nariz y después mis labios, en un abrazo apretado que olía a despedida.

—¿Cuánto durará esta vez? —le pregunté sin saber si me refería al olvido, a la esperanza o a nosotros.

—Lo que duremos nosotros, Maca. Esto es de por vida.

Como un tatuaje. Como una cicatriz. Como el primer beso. Leo y yo éramos de por vida, pero ni siquiera en nuestra despedida supimos qué éramos. Ni qué seríamos.

52
Los cuentos y las niñas

A veces me pongo a pensar y me pierdo; de pronto un pensamiento gira a la derecha, se encuentra con un camino estrecho que hace tiempo que no pisa y se desvía, desorientándose y terminando en un rincón que no sabía que existía. Es así, creo, como he llegado a esta reflexión: todo es culpa de los cuentos de princesas.

Los cuentos con final feliz. Los cuentos en los que el amor siempre vence sin más condicionantes y que terminan justo en el punto en el que la vida se complica. ¿Alguien se cree que cuando dos personas se encuentran, cuando se enamoran y deciden ligar sus vidas… es el final? Es solo el comienzo de algo que empieza siendo cuento y termina siendo… una historia más. Todos nuestros amores nos parecen de novela, pero nos lo parecen a nosotros, que los protagonizamos.

La culpa es de los cuentos de princesas, escuchadme bien, que no se pararon a hablar sobre si ella quería que él la salvase o si, sencillamente, nadie salva a nadie más que a sí mismo.

Si esperabais encontrar una de esas historias en las que el chico corre por la terminal del aeropuerto para retenerla, besarla y jurarle un amor de los que no envejecen, siento deciros que… aquí no la hallaréis.

En realidad, en ese sentido hay poco más que contar, aunque supongo que eso ya os lo imagináis. Me fui.

Me fui y, aunque me encantaría deciros que lo hice sin lágrimas, no puedo. Lloré, claro que lo hice. Despedirse de todo lo que fue tuyo no es fácil, aunque sea lo que quieres y lo que sabes que necesitas. No hizo falta que nadie me retuviera para que resultara tan jodidamente duro, porque a pesar de que Jimena, Adriana, mis padres, mi hermano y su mujer se mostraron felices por el nuevo futuro que se extendía frente a mí, formaban una comitiva de despedida muy emocionante. Mucho. Toda mi familia reunida apoyándome en uno de los momentos más cruciales de mi vida no es triste, pero es una paradoja: lo que más quieres te dice adiós porque también te quiere. Como Leo.

—Escríbenos —me pidió Jimena, muy afectada.

—Por favor, no te olvides de nosotras cuando hagas amigas italianas que sepan cómo combinar el terciopelo sin parecer una cortina —añadió Adriana completamente en serio.

Lo bueno de mis amigas es que, hasta en los dramas, no pueden evitar ser estúpidamente graciosas.

Leo no cumplió su palabra. Sí que vino a despedirse, pero no se unió a nosotros. Llegó cuando ya casi estaba a punto de cruzar el control de seguridad y le pidió a una chica que me diese una nota. No lo vi, pero juro que ese trocito de papel que me llegó de mano de una desconocida olía a él. Aún olía a él:

Fuiste la forma más triste y bonita que tuvo la vida de decirme que no se puede tener todo.

Lamento que esa frase no sea mía. Ni siquiera sé de quién es. Solo sé lo roto que me siento ahora mismo. Te quiero, Macarena. Te quiero. Quédate con eso. Guárdalo. Cuídalo. Yo haré lo mismo con la huella que me dejas. Y si algún día es posible, sé que será contigo. Ahora vive mucho. Tienes que crear recuerdos que contarme cuando seamos viejos.

No hubo más despedida. Aquellas palabras contenían demasiada verdad y la verdad a veces no es justa.

Aquí estaba la clave de lo que nos pasó: alguien nos dijo que no era posible y nosotros lo creímos sin más, sin esforzarnos por demostrarnos, al menos a nosotros mismos, que no era cierto. Cuando uno cree una mentira..., ¿no la convierte en verdad automáticamente? Bueno..., sea cual sea la respuesta, ya daba igual. Perdimos tanto tiempo...

No cometáis el mismo error; escuchaos, cuidadlo, haced lo posible.

No puedo decir que no pensase en él, que me faltase. Me faltó él. Me faltó oler su cuello, sentir el calor de su cuerpo, ver esa sonrisa que se le dibujaba cuando se permitía ser débil, pero habíamos vivido demasiadas despedidas en nuestra vida como para sumarle otra.

Instalarme fue duro: el piso que alquilé desde España era un auténtico desastre lleno de manchas de humedad en el que hacía un calor insoportable. Alquilé una sauna de cuarenta metros cuadrados llena de muebles que más valdría convertir en polvo antes de que alguien muriera de susto al verlos. Ni los complementos de decoración más cuquis que pude encontrar por Internet convirtieron aquel pisucho en un hogar. Así que tuve que mudarme... dos veces. No os aburriré con los detalles de las discusiones con los caseros en un italiano que llevaba prendido con alfileres.

El trabajo, sin embargo, fue fácil y agradable desde el primer día. Dominaba el uso de las redes sociales, de modo que enseñar a todo un equipo de una marca que empezaba a despuntar a sacarle partido era emocionante y más sencillo de lo que podía parecer. Motivador también. Mucho. El día que me vi a mí misma reunida con un grupo de periodistas, explicando en un italiano mucho menos macarrónico de lo que pensaba los detalles de un dosier de prensa que yo misma había redactado, di por aprobada la asignatura pendiente de sentirme dueña de mi propio futuro. Se puede. Si yo pasé de sentirme (y convertirme, por consiguiente en) un felpudo humano a tomar las riendas de mi carrera... es posible aprender que el miedo, en pequeñas dosis, puede ser muy estimulante y hace crecer hasta ser una profesional segura de mí misma... Cualquiera puede con aquello que se proponga. Con todo. Menos volar, claro, que es imposible por las leyes de la física y eso. A no ser que se invente un artilugio con el que el ser humano pueda hacerlo...

Sin embargo, ser quien uno quiere ser no depende solamente de alcanzar un trabajo que le llene. Lo profesional juega un importante papel en nuestra vida, pero no lo es todo. Como no lo es el amor.

Aprender a gestionar la soledad creo que es lo que me hizo definitivamente la *fucking master of the universe* de mi propia vida.

Mis compañeras de trabajo me facilitaron mucho lo de tener vida social en una ciudad que hasta el momento solo había conocido de visita, pero claro, cuando no vives en tu entorno, cuando todo lo tuyo se quedó en el lugar del que vienes, es normal que un viernes noche sin salir se convierta en una tragedia total. De la que aprendes, también os diré.

Me refugié en cosas muy mías, muy para mí: en hacer de mi piso alquilado un hogar, a pesar de que (el definitivo también) tenía solo cuarenta metros cuadrados; en aprender con qué disfrutaba de verdad y quién era yo. Quiénes somos se puede manifestar de muchas maneras: en la tradición de abrir una botella de vino bueno cada jueves, en encontrar tu propio estilo combinando ropa nueva y antigua, sin que nadie que te conozca bien pueda interceder (a veces que te digan «Uy, ¡eso es nuevo! Nunca te había visto con este tipo de falda» puede cohibirte en esa búsqueda) o en el hallazgo nuevos hobbies. ¡Somos tantas pequeñas cosas a la vez! Una no deja nunca de aprenderse a sí misma y siempre, escuchad, SIEMPRE estamos a tiempo de echar abajo algo que creímos importante en el pasado y sustituirlo por algo que nos haga mejores. Y felices.

Aprendí a coser algunas cosillas para mí, me di cuenta de que encontraba sumamente interesantes las revistas de decoración y me puse al día con la informática.

Tuve mis momentos de bajón, teléfono en mano, lloriqueándole a Jimena, preguntándole entre sollozos qué cojones hacía yo allí, tan lejos de ellas. También escribí a Adriana para decirle que me odiaba por haberme marchado de su lado en esos primeros meses de su nueva vida. Las dos me contestaron lo mismo: «Estás buscando la felicidad, creando recuerdos increíbles, ¿no te basta?». A ratos no; por lo general sí.

Pero claro, es que las tuve muy cerca.

Tardaron un par de meses en venir a verme. Jimena estaba viviendo su propia historia de amor, encontrándose a través de cómo amaba por primera vez, y entiendo que separarse de Samuel le resultara duro aquellos primeros meses. Adriana estaba aprendiendo a caminar dentro de esa nueva vida junto a Julia…, aprendiendo que no tenía ni que pedir perdón por a quién amase ni dar explicaciones a nadie. Querer a alguien es aprender a no esperar que llene todos tus vacíos; que comparta su camino, que lo haga coincidir con el tuyo, es lo realmente valioso. Así que a pesar de estar lejos de ellas, de haber convertido Milán en mi casa sin fecha de retorno, estoy tan al día como antes de cada detalle de sus vidas. Benditos adelantos tecnológicos; nuestro grupo de WhatsApp sigue llamándose «Antes muerta que sin birra», aunque Adriana, que pronto se va a poner oronda, ya no bebe… al menos durante unos meses. Jimena, que en condiciones normales refunfuñaría por ser la única del grupo que mantiene la sana costumbre de agarrarse una castaña de vez en cuando, no se queja demasiado porque Samuel le quita las contracturas y las penas a golpe de..., de..., me habéis entendido perfectamente.

Todos los días, de vuelta a casa desde la oficina, paseo hasta la Galería de Víctor Manuel II para mirar escaparates y fundirme entre turistas y autóctonos y fingir que formo parte de los últimos. Con mis zapatos planos (que no son una ordinariez, querida Pipa), mis pantalones de traje siempre tobilleros, mis jerséis básicos y mi gabardina oscura dejando que cobre protagonismo el rojo de mis labios; con la melena suelta y ondulada, recogida en un moño suelto o repeinada.

Una tarde me paré frente al escaparate de Prada, junto al toro de Turín sobre el que una vez pedí encontrar la felicidad, y... me vi reflejada. Me vi allí, tan mía, tan como a mí me daba la gana sin que me importase lo que nadie pensase, que me sentí orgullosa. De mí. Sin necesidad de esconder el sentimiento con miedo de que alimentase demasiado mi ego. Y entendí: la independencia real, la victoria sobre mis miedos, la demostración de fortaleza hacia mí misma, el espacio para ser yo, la aceptación de quién era, soy y seré y la realización. Me faltaban muchas cosas en mi vida cuando recibí aquella oferta de trabajo y no solo pertenecían al terreno laboral. Anteriormente intenté llenar los vacíos con amor..., amor a mis amigas, a Leo, a alguien que llenase su vacío cuando no estuvo. Siempre hacia fuera. El viaje es a la inversa, ¿sabéis? Nadie se preocupa por decírnoslo. Primero aprendes a quererte bien y cuando ya lo sabes, cuando has mapeado, aceptado y amado cada uno de tus territorios (los luminosos y los que siempre permanecerán en la sombra), estás preparada para querer. ¿Por qué? Porque sabes qué necesitas, qué mereces, qué te hará feliz y esquivas el drama, aceptas el ego pero le acotas el territorio y, simplemente, eres.

Es un proceso que costó muchos meses, pero que asumí en un segundo viendo en quién me había convertido en el reflejo que devolvía un escaparate.

Y le llamé. Sin las dudas y los miedos, le llamé y le dije que estaba lista. Él llevaba tiempo esperándome.

Qué curiosa es la vida. Cuando crees que el amor se escapa…, suele ser el momento en el que entiendes por fin de qué va la vaina.

—Cuando te dio igual que fuera imposible, lo hiciste. ¿No te dice eso mucho sobre la vida?

Esa frase no es mía. Es de él. Del hombre que me ha devuelto la fe en que el amor termina por encajar cuando toca. Y con quien toca.

Enamorarse de nuevo es complicado. Es duro también. Asusta muchísimo. Y cuando has crecido y madurado lo suficiente como para entenderlo, más aún. Creo que por eso lo he llevado tan en secreto. Un par de amigas aquí lo supieron casi desde el principio, desde que empezó, claro. Fue difícil esconder las mejillas sonrojadas cada vez que llegaba un mensaje, las prisas por salir algunos viernes y esos fines de semana en los que no estaba disponible para ningún plan que me propusieran. Al final, a la fuerza, tuve que decirlo en voz alta:

—Me he enamorado.

Él es… especial. Es un hombre muy especial. Entiende bien lo que a veces hace que me pierda en mis propios pensamientos y también a la persona en la que me he convertido. No le molesta que los sábados por la mañana, cuando tengo un poco de trabajo que adelantar antes de una semana intensa, suene un disco de Édith Piaf a todo volumen en mi pequeño piso. Perdón, nuestro pequeño piso. Aún no me acostumbro a pensar que ese territorio ya lo conquistó también el amor.

Tampoco le importa que de vez en cuando me apetezca cenar espaguetis con albóndigas y nada más en el mundo pueda contentarme. Le gusta hacerme masajes en los pies cuando vuelvo de un evento en el que he considerado que era importante que alguien me viera la cabeza, y que esta no pasara desapercibida a la altura de los sobacos del resto de invitados. Se pone un poco nervioso con esa pipa de vapor que llevo a todas partes con la que «fumo» un líquido ambarino y dulzón que no tiene nicotina. Mi nuevo vicio.

Le encanta cuando vuelvo a casa del trabajo y por el camino he comprado verdura en ese sitio que regenta una mujerona que siempre me regala un puñado de cerezas si estamos de temporada o una cajita de fresas. No le importa que en este piso en el que vivimos juntos sin que mis padres lo sepan aún, prácticamente no haya nada suyo. Tampoco que su trabajo suene mucho menos importante que el mío, a pesar de que yo encuentro que es un hombre con una vocación tardía que le hace brillar los ojos.

De él me gustan las mañanas de domingo, momento en el que compra flores: se despierta antes que yo, va a por algo de desayunar y... siempre vuelve con ellas en los brazos. En mi pequeño piso de Milán siempre hay flores frescas porque a él le gusta que me guste su detalle. También la forma que tiene de besarme tan breve como apasionada. Estoy completamente enamorada del momento en el que dijo: «A la mierda, yo soy feliz contigo, todo lo demás me da igual». Y le dio igual. Me encantan sus manos algo nervudas y sus antebrazos cuando se arremanga el jersey. El gesto con el que acaricia su cuello cuando se concentra. Me atonta el olor de su perfume que no me recuerda a nada más que a lo que estamos viviendo juntos ahora. Me conquistó cuando me pidió hacer partícipe a alguien de nuestro secreto y que esa persona fuera su madre.

—Alguien tiene que saberlo. Y quiero que sepa lo feliz que soy ahora, desde que te encontré.

Y a mí me da una mezcla de ternura e ilusión que puede llegar a ponerme triste. Porque cuando aprendes que nada es demasiado bonito, asumes también que la belleza es relativa.

Mantener a las chicas al margen fue duro y a ratos hasta cruel. Son mis mejores amigas y soy consciente de que pasé un año mintiéndoles, porque esconder la verdad es la definición más honesta de la mentira. Cuando me preguntaban si no tenía pensado rehacer mi vida, si no había tomado un vino con ningún italiano elegante o si me acordaba de Leo, me limitaba a decir que no a todo y cambiar de tema. Aunque en el fondo supongo que no mentía del todo porque no quería rehacer mi vida: tal y como estaba era justo como tenía que ser; él no es italiano, aunque sea elegante. Vino buscando exactamente lo mismo que yo: el equilibrio entre el trabajo, la vida, el amor y la reafirmación. Vino cuando creyó conocerse lo suficiente como para salir de donde estaba, de donde siempre soñó estar, al darse cuenta de que no le llenaba. No son las cosas, es la gente, pero hay que invertir mucho de nosotros mismos para que esa gente que nos rodea cuente.

Y con respecto a Leo..., bueno, pienso en él cada día, a cada hora, en cada segundo, porque lo llevaré en la piel hasta el día que me muera, pero no me acuerdo de él. No así. No existe en recuerdos. Los recuerdos, al fin y al cabo, son cosa del pasado, y rebuscar en ellos razones por las que sentirse nostálgica no tiene sentido.

Pero... al final se lo tuve que decir. Era incómodo, insensible, no tenía sentido. Al principio me acusaron de estar loca por ocultarlo. Después, sencillamente, lo entendieron. A veces es necesario que un amor solo nos toque a quienes lo vivimos. Es algo que aprendí de los fracasos. Eso y que no quiero amores grandes, pasiones desmedidas y emociones por encima de lo humano. Quiero amar pequeñito, bien, bonito. Quiero que la pasión solo me desborde la boca de tanto beso, mordisco y gemido, y que las emociones sean siempre manejables para entender lo que siento y, así, sentirlo más.

A veces creo que nos engañan. El amor no tiene que ser duro ni doler; el amor tiene que mecernos, hacernos reír y ser hogar. De quienes me digan que eso es aburrido, me río yo en su cara. Aprenderlo me hizo madurar y entender los errores que había cometido.

Entro en casa y escucho el sonido del extractor de la cocina.

—*Amore* —anuncio—. Ya he llegado.

—¡No me digas! Y yo que pensaba que eras un holograma.

Nos damos un beso en los labios, uno de esos fugaces, de saludo, pero que desde que empezamos siempre tiene un sabor especial, como aquel primero que nos dimos sobre el toro de Turín, mientras girábamos sobre nosotros mismos como dicta la tradición. Después, como en aquella ocasión, no podemos evitar que los labios quieran ir un poco más allá.

—Huele muy bien —le digo cuando consigo separar mi boca de la suya y echo un vistazo al horno, donde se dora un pollo, y me asomo después a la sartén en la que se están caramelizando unas chalotas—. Qué descubrimiento esto de la cocina.

—Soy un saco de sorpresas —bromea—. Has salido tarde, ¿no?

—Me lie un poco. No te lo vas a creer, por cierto... Pipa... mi exjefa... ¡se ha casado en Las Vegas con el italiano tatuador!

Se gira para mirarme con una ceja arqueada y se aparta el pelo de la frente.

—¿En Las Vegas? ¿Con un tatuador...? ¿En serio?

—Se ha modernizado la niña. Me alegro por ella.

—¿No era odiosa?

—Sí —asiento—. Pero todo el mundo tiene derecho a su final feliz, ¿no?

—No hay finales felices. El final es morirse. Hay caminos bonitos de recorrer.

Una risa se me escapa de la nariz y le doy una palmada en el trasero a la vez que le paso la bolsa de tela en la que guardo un pequeño tesoro:

—Fresas —anuncio con las cejas arqueadas—. Y quítate mi pintalabios de la boca.

—A veces me da por pensar que me paso la vida limpiándome el carmín de la boca.

Después sirvo unos vinos para beberlos mientras la cena termina de hacerse y él me cuenta cómo ha ido su día. Trabaja en la Biblioteca Nazionale Braidense y hace talleres de poesía y otras cosas valiosas para chicos sin recursos. Hay días que llega rabiando y otros que compensan hasta el más complicado. Y escuchándolo hablar de unas ediciones preciosas que han llegado al fondo de la biblioteca y que tengo que ir a ver, me doy cuenta de que hoy me he vuelto a enamorar. De la pasión con la que habla de los adornos casi borrados por el paso del tiempo y el roce de los dedos en el lomo de un libro antiguo, de la dedicación que le puso a la cena y al vino, de que no se arrepienta, ni un día, de haberlo dejado todo por mí.

Cada día me enamoro, es verdad, de cosas que antes no conocía, no apreciaba o no veía. Cada día soy consciente de que el amor significa cosas que el día anterior ni siquiera entendía. Cada día…, él y yo.

Hay un poema de Vega Cerezo que me gusta mucho. Se llama «Vivir en viernes». Hacia el final, dice así:

Somos hijos de padres obreros.
No hemos sabido corregirnos eso.
Nos gusta pasear por el barrio,
comer paella los domingos
y follar los viernes.

Sobre todo, follar los viernes
hasta borrarnos las marcas de la piel.

Él, que sabe cuánto pueden emocionarme los versos de otra persona que supo poner en palabras algo que yo también sentí, me lo lee a veces en la cama, los viernes, después de que follemos como buenos hijos de obreros que somos, celebrando el fin de semana. Y hoy es viernes, así que después del pollo con chalotas follamos, como siempre.

Follamos conmigo encima, con su pulgar en mi boca, con mis ojos cerrados, con su respiración en mi cuello, con esperanza, con futuro en los gemidos, con la piel húmeda y la esperanza de que esta vez sea la que convierta mi cuerpo en casa y a él en padre. Ni siquiera hemos hablado de ello, pero estamos decididos, ¿por qué no? Ahora que ya sabemos lo que es querer bonito, ahora que ya nos enamoramos de verdad. Sin prisas. Cuando llegue. Si llega. Si no llega, nos tendremos a nosotros y aprenderemos que nuestro espacio no será compartido jamás. ¿Con pena? Quizá. Pero nos tenemos a nosotros, que ya es mucho.

Y con el latigazo de placer que inunda mi interior de él y de la posibilidad de futuro, nos agarramos el uno al otro con uñas y dientes para terminar soltando una exhalación que sería capaz de empañar todos los cristales de esta pequeña casa que hacemos grande con nuestra libertad, queriéndonos como hemos aprendido a hacerlo, como queremos; ya nos da igual que alguien pueda señalarnos y decirnos que estamos equivocados.

Cuando terminamos, me dejo caer en el colchón completamente desnuda y sonrío. Él dice que esa es la mejor parte del sexo…, cuando sonrío al final. Y me doy cuenta de que es algo nuevo que no hacía antes de él. Antes de este él.

Giro en el colchón y lo miro. Él me sonríe de vuelta.

—¿Cuándo empezamos a ser tan felices? —le pregunto.

Son esas preguntas medio estúpidas medio metafísicas que tanto adora escuchar de mi boca tras el sexo.

—Cuando dejamos de creer que importaban más los demás, supongo.

—Hoy me he vuelto a enamorar de ti —le confieso—. Por lo de los libros nuevos.

—¿Y la nota que te dejé en la bolsa de la comida?

—Eso ya lo has hecho más veces —me burlo—. Pero por prepararme el túper también te quiero más. —Lanza un par de carcajadas al aire y yo me acerco a su pecho—. Cariño… —musito—. Habrá que decírselo pronto a todos los que aún no lo saben.

—Lo sé —asiente mientras se acaricia el pelo y echa un vistazo a ese anillo que deslizó en mi dedo en plena plaza del Duomo una noche de hace ya bastantes meses—. Tu madre va a desmayarse.

Me incorporo. El pelo largo se desliza por mi hombro hasta taparme un pecho y busco su mirada con la mía brillante. Sé que brilla mucho porque nunca he podido mirarlo de otro modo.

—¿Qué? —me pregunta.

—Ay, Leo…

—Ay —contesta él antes de besarme.

Las personas no cambian y en cierto sentido estoy de acuerdo, pero escuchad…, no estamos condenados por quiénes éramos cuando erramos. Somos mucho más que los aciertos y las equivocaciones que cargamos. Sin importar qué fuimos, somos y en el futuro seremos. Total, aceptémoslo, de lo único que estamos seguros de ser algún día es pasado. Seremos recuerdos de otros. Pintémoslos de colores, de modo que no nos olviden y que el amor nos sobreviva.

Epílogo

Antes de conocerla, no sabía de este lugar, pero desde el día que le conté mi historia sentada en una de estas mesas vivo un poco enamorada de sus rincones. Me conquistó porque desprende cierta magia. Su barra de madera barnizada, el olor a bollería recién hecha y las partículas de café en el aire, como motas de purpurina, haciéndolo posible todo, por imposible que parezca. Por eso sé que tiene que ser aquí. Aquí, donde la magia sucede y se vuelve más real. Por eso he vuelto a Madrid, a este Madrid, por un momento, respondiendo a su llamada.

A pesar de que la cafetería está llena, el rumor de las conversaciones es suave. Nadie grita ni levanta la voz. Es como si todos supieran lo que estoy haciendo y compartieran conmigo la emoción. Creo que es importante. En la vida hay que dar el relevo, saber cuándo una puerta se cierra y tienes que dejar que otra persona ocupe tu lugar. Sé que es mi momento. Nuestro momento.

Leo no estaba muy convencido cuando se lo dije, pero al final creo que lo entendió. A nosotros no se nos ha acabado el cuento, pero tenemos que vivir en intimidad el resto, lo que nos queda. Es el momento de cerrar nuestra puerta. Y de que ella abra la suya.

Hace apenas unos minutos que nos conocemos. Nos presentó ella justo antes de acercarse a la barra a pedir unos cafés y saludar a Sofía, la dueña, con la que se funde en un abrazo tal y como hizo aquella primera tarde en la que le relaté mi historia de amor… no sé si con Leo o conmigo misma.

La chica que tengo sentada enfrente parece agobiada y la comprendo. Es difícil de explicar pero necesario para que todo vuelva a empezar y no termine aquí.

—Relájate. No pasa nada —le digo.

—Es que no sé si sabré hacerlo. Eso es todo.

—¡Claro que sabrás! Solo tienes que contarle tu historia.

—Pero es que ni siquiera sé por dónde empezar. —Se queja en una risa—. Por él, por mí, por aquel viaje, el piso, aquella canción; ¿le cuento cómo nos conocimos o directamente voy al momento en el que empezó a ser importante? ¿Le hablo de todo el mundo o solo de…?

—Calma —le pido—. Tú cuéntaselo todo. Ella lo ordenará.

Casi me da ternura su agobio. Yo sé lo que siente; también lo sentí al principio pero luego, después de intentarlo un par de veces y equivocarnos en la forma y el contenido, encontramos la manera de contar todo lo que fuimos y seremos Leo y yo. ¿De qué otra manera podrías tener este libro entre las manos?

En el fondo me da envidia lo que esta chica está a punto de vivir. Es muy emocionante: buscando las palabras adecuadas va a volver a enamorarse, a vivir de nuevo, a llorar con lo que le dolió. Va a construirse desde las primeras páginas para que otros se metan en su piel, anden en sus zapatos y la acompañen en el camino.

Es raro, lo sé. Quizá no estás entendiendo nada, pero es que la vida es tan mágica como uno quiera creer que lo es. Como este lugar, en el que siempre terminamos viéndonos, como si una cafetería pudiera contener todas nuestras historias y dar respuesta a las dudas. Este lugar en el que la persona que nos trajo aquí, nos reúne a todos.

Lo que quiero decir es que esto es una despedida. Como habrás imaginado, se acaba, pero no me puedo marchar a hacer mi vida sin darte las gracias por llegar hasta aquí y que estés leyendo esto ahora, porque fue esa voz que en tu cabeza repitiendo las palabras impresas la que me dio vida. Ahora que ya aprendí y amé, me voy, pero no sin presentarte antes a Coco.

Coco, esta chica que tengo delante y que está tan nerviosa y agobiada, me dará el relevo como yo se lo di a Sofía.

Al final esto es una familia; un montón de hermanas con historias sobre el amor, viviendo como saben y pueden esa cosa tan complicada que es caer enamorada.

Ahora le toca el turno a Coco pero… para eso habrá que esperar a que consiga narrar su vida al oído de alguien que ya está pensando en cómo encerrarla en papel y tinta. Alguien que ahora mismo traga alguna que otra lágrima por la despedida, que me quiere y a la que quiero, pero a la que diré adiós, como a ti, hasta que decidas volver a encontrarme entre las páginas de un libro.

Cuando se sienta a nuestra mesa, disimulando la emoción mientras se toquetea el pelo verde, Coco y yo la miramos. Es muy probable que se pregunte cómo empezar, pero soy yo la que lo hace:

—Ha sido un viaje increíble. Emocionante. Duro a veces. Pero… lo pasamos bien, ¿verdad, Elísabet?

—Verdad. —Sonríe ella emocionada.

—Coco…, ahora te toca a ti. Venga, cuéntaselo todo. Yo escucharé un rato y os daré algún consejo pero… me iré pronto. Yo ya debo cerrar mi puerta.

Pero antes… gracias a ti, que lees, por abrirla.

Agradecimientos

Después de pasarme diez minutos delante de la hoja en blanco sin saber cómo expresar lo sumamente agradecida que estoy, he decidido que esta vez seré breve de verdad.

GRACIAS; por las charlas por teléfono, por los abrazos, por las sonrisas, por los «tú puedes», por los «estamos contigo», por las cenas, por las botellas de vino, por las carcajadas, por aquel beso, por los comentarios en mis redes sociales, por los regalos, por los brindis, por las bromas en mañanas de resaca.

GRACIAS; por el tiempo depositado en mis páginas, por leerme bonito, por mirarme bonito, por abrazarme bonito, por vivir bonito. Por las noches en Malasaña, por las madrugadas recorriendo la Avenida Diagonal, por las carreras por cualquier ciudad para llegar a tiempo y los viajes a la otra punta del mundo.

GRACIAS; por defender mi libro como si fuera vuestro, por aquel café que nos tomamos, por la lata de cerveza que bebimos por la calle, por las canciones que gritamos aunque no nos supiéramos la letra, por aquel abanico prestado cuando no me encontraba bien y por esa canción que me invitasteis a escuchar y que ahora forma parte de la banda sonora de mi vida.

GRACIAS; por formar parte de esta, del modo que sea. Por estar al otro lado de las redes sociales, por sonreírme en la calle, por compartir mis angustias, por darme consejo cuando lo pido y comprenderme cuando no lo hago. Seas quien seas, GRACIAS, porque sin vosotras, nada de esto sería posible.